Seadove

Seadove

Seadove

海鷗成立四分之一世紀・紀念

5

探偵事務所

Detective Office

十大最佳推理小說作家
偵探小說史上，最瞭解犯罪的作家

漢密特的懸疑推理小說

他在冷硬派小說的地位，
相當於推理小說的愛倫・坡加上柯南・道爾！

「漢密特用字遣詞乾淨俐落，寫作風格獨一無二。
他擅長用簡練的文字刻畫人物，在美國小說界中，無人能出其右。」
——《紐約時報》

最經典的十大懸疑推理小說
英國《衛報》評選必讀小說
蘭登書屋（Random House）評選20世紀百大英文小說
美國推理作家協會（MWA）票選百大推理小說第2名

Dashiell Hammett

作者/**達許・漢密特** 譯者/葉盈如

目　錄

前言

　　達許・漢密特（Dashiell Hammett，1894～1961），美國偵探小說家，「硬漢派」小說鼻祖，「黑色電影」創始人。

　　漢密特出身寒微，13歲輟學謀生，當過報童、碼頭裝卸工、機關雜務、小職員等。1915年起，擔任過八年的私人偵探，這為後來的小說創作直接提供了素材。作為小說家，漢密特作品不多，但品質很高，其中最廣為稱道的是《馬爾他之鷹》、《玻璃鑰匙》、《瘦子》、《血色的收穫》，前三部都拍成了電影，大受歡迎，漢密特由此轉戰編劇領域，成就斐然，曾獲最佳電影劇本金像獎的提名。1938年，漢密特當選美國電影藝術家委員會主席。1942年，根據小說《馬爾他之鷹》拍攝的同名電影，榮獲奧斯卡三項大獎提名。

　　漢密特的偵探小說，第一大特點，是塑造了一種新的美國民間英雄，即「硬漢」形象，評論家往往將其與海明威小說中的硬漢相提並論。漢密特小說的第二大特點，是情節設置及細節描寫貼近現實，各色人等的言行舉止，以及當時的社會氛圍，都非常逼真，氣息濃郁，讓讀者彷彿身臨其境。這與漢密特豐富的閱歷有關，尤其是做私人偵探的經歷，使他對犯罪份子和警方的行為和心理有直接感受，這一點是大多數偵探小說家不具備的。

馬爾他之鷹

馬爾他之鷹

一、史貝德—亞傑偵探事務所

　　山姆・史貝德有個瘦長的呈V字形的翹下巴，嘴巴也呈V字形，但跟下巴相比，線條沒有那麼剛硬，兩個鼻孔呈兩個更小的V字形，眼睛是土黃色的。在鷹鉤鼻的兩道皺紋上，長著兩條濃密的眉毛。太陽穴扁平，向前聚攏，又形成一個V字形。整體看來，他的長相很討喜，像個玉面魔。

　　他對依菲・普蘭說：「親愛的，有什麼事嗎？」

　　依菲・普蘭是個身材頎長的女人，皮膚黝黑，穿一件緊身的棕黃色薄羊毛外套，裡面似乎穿了件貼身的布衫。她看起來很活潑，像個小男孩，一雙棕色的眼睛透著調皮。

　　她關上門，倚在門邊，說道：「有位叫萬德麗的女士想跟你見個面。」

「是有業務要交給我嗎？」

「可能是吧！不管怎麼說，你都該見一見她，因為她相當吸引人。」

史貝德說：「寶貝，那就叫她進來吧！」

依菲‧普蘭轉身出去，推開另一間辦公室的門，說道：「萬德麗小姐，請過去吧！」

對方回了聲「謝謝」，聲音柔美，發音極其純正。

一位年輕女子推開門，緩緩進來。她有一雙寶藍色的眼睛，目光羞澀，帶著試探。她體態纖長，身姿婀娜，胸部豐滿，腿很長。身穿兩種藍色的衣服，跟她的藍眼睛搭配得很和諧。她有一頭深紅色的頭髮，戴一頂藍色帽子。與那頭紅髮相比，嘴唇的顏色要暗淡許多，但很飽滿。月牙形的嘴微微張開，露出羞怯的笑容和一口閃亮的白牙。

史貝德起身致意，伸出那雙粗獷而健壯的手，指了指桌邊那張櫟木製成的扶手椅，示意對方坐下。他大概有6英尺高，削肩，周身同樣寬闊，看起來像個圓錐形，跟那件新熨燙過的灰色上衣很不相稱。

萬德麗小姐回了聲「謝謝」，然後坐在椅子上。

史貝德坐到轉椅上，轉過半圈，露出討好的笑容。他笑的時候沒咧嘴，臉上的V字形看起來更長了。

辦公室外傳來依菲‧普蘭打字的嗒嗒聲、輕微的鈴聲和換行的聲音。隔壁那間辦公室有電動機的嗡嗡聲，聽起來很枯燥。史貝德的辦公桌上有個銅菸灰缸，裡面有很多掐滅的菸頭，還有一根正燃燒著的香菸。辦公桌面是黃色的，上面放著綠色的吸墨紙和一些文件，都沾著菸灰。窗子是打開的，開了八九吋，掛著淡黃色的窗簾。窗外飄來一股清淡的氨水味。桌上的菸灰被微風輕輕吹動著。

萬德麗小姐的表情很不自然，默默盯著桌上那些緩慢移動的菸灰。她搭在椅邊坐著，雙腿伸得很直，似乎準備隨時起身。她戴一副黑色的手套，抓著腿上那個黑皮包。

史貝德轉過椅子，問道：「萬德麗小姐，找我什麼事？」

萬德麗小姐屏住呼吸，嚥了下口水，急切地看著他說：「你能否……我

是說，我想⋯⋯」她那潔白的牙齒用力地咬住下嘴唇，沒再說下去。一雙深色的眼睛透出哀求的目光。

史貝德明白了她的意思，點點頭，若無其事地笑了笑，歡快地說：「只有把事情完整地告訴我，我才知道該怎麼幫你。」

「事情發生在紐約。」

「哦。」

「我妹妹失蹤了。她比我小5歲，今年17。雖然是親姐妹，但我們一點也不親密。她的社交圈跟我完全不同，我不知道她在紐約的什麼地方認識那個男人的。父母正在歐洲，就快回來了，要是他們知道這件事，一定接受不了，所以我必須趕在他們回國前找到妹妹。」

「哦。」

「我父母下月初就回國。」

史貝德的眼睛閃動著光芒，說道：「就是說我們只有兩個禮拜的時間了。」

她的嘴唇在顫抖，雙手揉搓著腿上的黑色皮包，繼續說道：「她寫了一封信給我。看了那封信，我才知道她去做什麼了。我氣壞了。我很擔心，怕她做了什麼事，被警察抓走了。我不知道該找誰幫忙，迫於無奈才來找你，請幫我出出主意好嗎？」

史貝德回道：「你說得沒錯，的確很難辦。但在那之後，她就給你寫信了，對吧？」

「對。她只給我留了一個郵局的信箱，我按照那個信箱給她發了封電報，等她來取，可是一個禮拜過去了，一點回音都沒有。父母很快就要回國了，我沒辦法，只能找到舊金山來。我在信上跟她說我要來了，我是不是不該這麼做？」

「有些事情說了不好，或許不應該告訴她。你至今還沒找到人？」

「沒找到。我在信中告訴她，我住在聖馬可旅館，想跟她聊一聊。就算她不想跟我回家，至少去見上一面。可是三天過去了，她一直沒露面，什麼消息都沒有。」

史貝德那顆如同玉面魔般的頭點了點，皺著眉頭，抿著嘴，露出憐憫的神情。

萬德麗小姐勉強地笑著說：「這種狀況太讓人擔心了。總這麼等著也不是辦法。我不知道她到底出了什麼事，也不知道將會發生什麼。」她收起笑容，渾身顫抖起來，「我只有她留給我的郵局信箱，於是寫了一封信給她。昨天下午，我去郵局等她，結果直到天黑也沒等到人。今天一早，我又去了一趟郵局，但科琳始終沒露面，不過，我見到了佛洛德·塞斯比。」

史貝德皺著的眉頭舒展開了，點點頭，神情很專注。

她沮喪地說：「他說科琳現在什麼事也沒有，過得很開心，但就是不告訴我她在什麼地方。我沒辦法相信他說的，但他只告訴我這些。」

史貝德說：「他說的也許是真的。」

她激動地喊道：「我也希望他說的是真的，可是我根本沒見到科琳的面，也沒通過電話，怎麼能輕易回去呢？他說科琳不想跟我見面，我不相信。他說回去以後會告訴科琳，說跟我見過面了，並讓她到旅館跟我見面。要是她願意，今晚就會去旅館找我。不過他認為科琳不會去，要是那樣，他就自己來見我。他……」

這時，有人把門推開了。萬德麗小姐嚇了一跳，趕緊摀住嘴，不再說下去了。

來人往屋裡走了一步，道了一聲「抱歉」，然後連忙摘下頭上那頂棕色的帽子，退了出去。

史貝德說：「邁爾斯，進來吧，沒事。萬德麗小姐，這位亞傑先生是我的同伴。」

邁爾斯·亞傑隨手關上門，拿著帽子，對萬德麗小姐笑了笑，隨意地施了個禮。此人身材中等，體格壯碩，肩膀很寬，脖子很粗，臉是紅色的，方下巴，精神抖擻，頭髮修剪得很整齊，有幾根白頭髮。他大約40多歲，史貝德也30多歲了。

史貝德說：「萬德麗小姐的妹妹因為一個男人離開了紐約的家，來到了這裡。對方名叫佛洛德·塞斯比。他們雙方約定今晚見面。塞斯比答應會帶

她妹妹來，但我看八成不會。萬德麗小姐想讓二人分手，帶妹妹回家，希望我們幫忙。是這樣吧？」他看了看萬德麗小姐，問道。

她含混地回道：「是這樣。」

由於史貝德剛剛對她露出諂媚的笑，又時不時點頭，給她鼓勵，她緊張的情緒放鬆多了，但這時候，她又羞紅了臉。她慌亂地盯著腿上的皮包，用手指緊勾著。

史貝德給同伴遞了個眼色。

邁爾斯·亞傑來到辦公桌前，用那雙棕色的小眼睛大膽地盯著那個女人看。隨後，他朝史貝德打了個沒聲的口哨，以示讚許。

史貝德的手從扶手椅上拿開，伸出兩根手指，提醒道：「我可不想出什麼亂子。聽著，我們要做的是，今天晚上，塞斯比離開旅館時，跟蹤他，找到你妹妹。要是你妹妹跟著去了，你就勸她回去。如果她不肯聽，或者我們找到她，但她不想走，我們再想別的辦法。」

亞傑粗著嗓門回道：「嗯，就這麼辦。」

萬德麗小姐抬起頭來看著史貝德，皺著眉頭，抖動著嘴唇，用微微顫抖

的聲音艱難地說：「可以，但你們必須當心點。想想他做的那些事，我覺得怕極了。我妹妹還那麼小，他就敢把人從紐約帶走，我真擔心他會對我妹妹做什麼可怕的事，你說他會不會？」

史貝德笑著拍椅子扶手，說道：「我們知道該怎麼應對這種人，這件事就交給我們吧！」

她追問道：「你還沒告訴我他到底會不會對我妹妹不利呢？」

史貝德點了點頭，謹慎地說：「危險是不可避免的，不過別擔心，交給我們吧！」

她用信任的語氣說：「我相信你們，但想提醒一下，那傢伙是個危險人物。在我看來，他什麼都不怕，如果認為事情影響到自身安全，他可能會毫不猶豫地殺了科琳。你覺得他會不會這麼做？」

「你是否恐嚇過他？」

「我是這麼跟他說的，要是他能在我父母回來以前讓我妹妹回家，我就

答應他，瞞著這件事。要是他不能，我爸爸會想法子收拾他。話是這麼說，但我覺得他根本就不信。」

亞傑問：「他們難道不可以經由結婚來掩蓋此事嗎？」

萬德麗小姐紅著臉，慌亂地說：「科琳在信中說，他已經有妻子了，還有三個孩子。正因如此，她才決定跟他走。」

史貝德說：「這些人常幹這種事，但英國還很少有人這樣。」

他拿過紙和筆，問道：「告訴我，他長什麼樣子？」

「他35歲左右，個子跟你差不多，皮膚很黑，不知是天生的，還是後來曬黑的，頭髮也是黑色的，眉毛濃密，說話嗓門很大，像吵架似的。看起來很狂躁，很凶惡。」

史貝德沒抬頭，潦草地寫著，同時問道：「他眼睛是什麼顏色的？」

「灰藍色，如同一灣水，不是像有眼淚那種。對了，他下巴上還有道凹痕。」

「體形如何？是瘦小，中等，還是很強壯？」

「他健壯得很。肩膀很寬，腰挺得筆直，氣質很像軍人。今天早上見面時，他穿一件淺灰色上衣，戴灰色帽子。」

史貝德把鉛筆放下，又問：「他是做什麼的？」

「這個我完全不清楚。」

「你們約定幾點見面？」

「8點鐘之後。」

「好的，萬德麗小姐。我們會派人過去的，也許能幫上忙。」

萬德麗小姐做出哀求的手勢，說道：「史貝德先生，你和亞傑先生不準備親自出面嗎？我不是對你們派去的人不放心，只是那個人實在可怕，可能會傷害到科琳。要是你們答應親自出面，我可以多付些錢。」她慌張地打開皮包，拿出兩張百元鈔票，放在辦公桌上，「這些夠不夠？」

亞傑說：「好吧，這件事交給我了。」

萬德麗小姐從椅子上站起來，激動地跟亞傑握手，大聲說：「謝謝，謝謝！」隨後又跟史貝德握手，同樣道了一聲「謝謝」。

史貝德說：「別這麼說，很高興幫你的忙。要是可能的話，你最好跟塞斯比在樓下見面，或者在走廊裡站一會兒，這樣便於我們行動。」

「放心，我會照做的。」說完，她再次致謝。

亞傑提醒道：「事後不必來找我，等我去找你。」

史貝德送萬德麗小姐出去，一直送到走廊口。

回到辦公室時，亞傑對那兩張鈔票點點頭，興奮地說：「還不賴嘛！」然後拿起其中一張，折好後放進貼身的衣服口袋裡，又說，「我看她的皮包裡還有。」

史貝德收起另一張鈔票，坐下來說：「行了，告訴你，可別招惹她。你覺得她如何？」

「很討人喜歡。可是你卻讓我別招惹她。」說到這兒，亞傑突然面無表情地大笑起來，「山姆，你是比我先見到她，但先答應她的可是我。」他雙手插在褲子口袋裡，走路時晃著身子。

史貝德咧開嘴笑了，裡面的牙都露了出來，像一隻狼：「相信我，你要是跟她有瓜葛，一定會出事。你還是多動動腦子吧！」說完，他捲起菸來。

二、迷霧中的命案

　　電話鈴在黑暗中響起。響了三遍後，彈簧床才發出吱嘎聲。手在木頭上摸了一陣，一件又小又硬的東西掉在鋪著地毯的地板上，發出沉悶的聲響，彈簧床又吱嘎起來。

　　男人接起電話：「喂，是的，請講。什麼，死了？好吧，給我15分鐘。多謝。」

　　開關聲響起，天花板正中的吊燈亮了。吊燈是藍白色的，呈碗狀，三根鎖鏈是鍍金的。史貝德坐在床邊，光著腳，身穿一件白色和綠色相間的格子睡衣。他盯著桌上的電話，臉色陰沉。隨後，他拿起電話旁邊的捲菸紙和菸草。捲菸紙是棕色的，菸草是牛頭牌的，來自德罕。

　　窗戶是開著的，外面的空氣濕漉漉的。惡魔島上的霧號聲響了起來，號聲很枯燥，每分鐘六下。桌上有一本封面朝下的書，名叫《美國知名罪案輯錄》，作者是杜克。一個小鬧鐘放在書的一角，看起來很不穩，似乎隨時要掉下來，時間是2點05分。

　　史貝德從容而細心地用粗壯的手指捲著菸，先把捲菸紙折彎，捏起一些棕色菸草放在紙上，兩邊一樣高，中間凹進去些，然後食指緊捏住捲菸紙外側，兩個拇指從內側向外捲。捲好後，手指捏住菸捲兩側，用舌頭舔了舔捲菸紙邊緣，左手的大拇指和食指捏住菸捲，右手大拇指和食指把捲菸紙邊緣撫平，最後把其中一頭擰起來，另一頭叼在嘴上。

　　地上有一個外殼是鎳做的打火機，封套是豬皮的。史貝德把打火機撿起來，點燃菸捲，然後站起身來，脫去睡衣。他光著身子，皮膚光滑而勻稱，

肩膀下垂，看起來像一頭毛被剃光了的熊。他沒有胸毛，皮膚就像孩子般粉嫩。

史貝德撓了撓頸背，找了一件連體的白色薄料褲套上，然後穿上灰襪、黑色的吊襪帶和深棕色皮鞋。繫好鞋帶，他撥通灰石街4500號的電話，叫了一輛計程車。隨後，他穿上一件白綠色條紋的襯衫，戴上白色軟領，打了條綠色領帶，又把今天那件灰外套穿上，還套了一件肥大的粗呢風衣，戴一頂深灰色帽子。他急忙把菸草、鑰匙和一些錢塞進口袋，準備出門。這時，門口傳來鈴聲。

史貝德在布希街下車，付了車費。布希街是條山路，其中一段在史塔克頓街地道上，與山下的唐人街相通。夜晚的舊金山霧很濃，空氣濕漉漉的，非常冷。整條街都霧濛濛的，什麼都看不太清。一群人在距離史貝德不遠的地方聚集著，朝一條小巷子裡觀望，布希街另一側的一男一女，還有住宅裡的一些人也在向那邊看。

人行道兩側都是窗戶，窗戶都有鐵欄杆，在醜陋的山路階梯之上。史貝德穿過人行道，來到牆邊，扶著濕滑的牆頂，朝山下的史塔克頓街俯瞰。

忽然，一輛汽車從地道口開出，馬達聲轟隆隆地響著，像一陣風般極速駛過。在地道口附近的一座電影看板下，有個男人正蹲在那裡。兩家商店中間的空地上橫著一根煤氣管道。蹲著的男人正朝看板下觀望，為了看清下面的情形，他一手撐地，一手抓緊看板的綠色邊框，頭幾乎貼在人行道上，姿勢很怪異。看板另一側，還有兩個男人在看來看去，表情很不自然。看板和另一側的住宅間有條幾英寸寬的縫隙，住宅邊的灰色圍牆光溜溜的，牆腳就是看板背後。燈光在牆上來回閃著，人的影子在燈光中時隱時現。

史貝德開始順著布希街向人群走去。來到一塊白底藍字的陶瓷指路牌下時，一個身穿警服、嘴裡嚼著口香糖的警察伸手攔住了他，問：「你來這兒做什麼？」

「湯姆‧波浩斯打電話通知我過來的，我叫山姆‧史貝德。」

警察把手收回去，說：「真的是你，抱歉，我剛才沒看出來是你。他們

在後面，」他用大拇指朝身後指了指，「這件事太煩人了。」

「是啊，真煩人。」史貝德回道，然後朝小巷子走去。

剛進巷子，沒走幾步，就看見路上停著一輛黑色的救護車。救護車後面，小巷子左側，有一道用粗木橫起來的柵欄，高度大概到人的腰部。柵欄前的黑色路面與史塔克頓街那塊看板之間形成一道很陡的斜坡。

柵欄上有一根長約10英尺的木條被拔出了地面，正掛在旁邊的木條上，來回晃動著。陡坡下面約15英尺處，有一塊又扁又圓的大石頭矗立著。在大石頭和陡坡之間的低窪處，邁爾斯·亞傑躺在那裡，臉部朝上。有兩個人正守在他身邊，其中一個用手電筒照著他的屍體，另一個也拿著手電筒，在陡坡上照來照去。

有一個人從下面爬上小巷子，對山姆說：「嗨，山姆。」這個人正在前面的陡坡上奔跑，他個子很高，肚子凸著，眼睛很小，但閃著機智的光芒，嘴唇很厚，兩鬢的鬍渣沒刮乾淨。他的鞋子、膝蓋、雙手和下巴上都沾著黃色的泥巴。

他跨過柵欄，對山姆說道：「我猜你肯定會在我們運走屍體前過來瞧一眼，果然被我猜著了。」

「湯姆，謝謝你。告訴我，這到底是怎麼回事？」史貝德把手臂拄在柵欄上，對下面那些跟他打招呼的人點點頭。

湯姆·波浩斯用一隻髒兮兮的手指點了點自己的胸口，回道：「被射穿了心臟，凶器就是這個傢伙。」他從上衣口袋裡掏出一把很大的、縫隙中沾滿泥巴的左輪手槍，遞給山姆，「這是英國產的韋伯利手槍，對吧？」

史貝德的手臂離開柵欄，身體前傾，沒伸手過去拿槍，只是看了看，然後說道：「嗯，的確是韋伯利—福斯伯里左輪手槍，自動的，三八口徑，八顆子彈。這種槍已經停產了。裡面的子彈射出幾顆？」

「一顆。」湯姆又指了指自己的胸口，說道，「據推測，在柵欄被壓壞時，他就已經死了。」他舉起那把沾著泥巴的手槍，又問：「這個傢伙你見過嗎？」

史貝德點了點頭，毫不在乎地說：「這種韋伯利—福斯伯里手槍我沒少

見。」接著，他滔滔不絕地說：「他就是在這裡中槍的，對吧？當時，他就站在你所在的位置，後背對著柵欄，至於凶手，就站在這個位置。」他來到湯姆面前，舉起手，伸出食指，做了個開槍的姿勢，「邁爾斯中槍後，身體向後退了一下，從柵欄翻了過去，順著山坡向下滾，直到被那塊石頭擋住，我說得沒錯吧？」

湯姆皺著眉頭，慢吞吞地回道：「沒錯，是這樣。子彈溫度很高，把他的外套都燒糊了。」

「發現屍體的是什麼人？」

「是巡警希林。他從布希街那邊過來，一輛正在轉彎的汽車大燈把這裡照亮了，他在亮光中發現柵欄壞了，就過來查看，隨後發現了屍體。」

「那輛轉彎的汽車什麼情況？」

「沒啥情況。希林當時並不知道這裡出事，所以根本沒留意那輛車。據他說，他當時是從鮑爾街沿途巡查過來的，一路上並沒見到有人從這邊過去，要是有人，他一定能看見。如果不走大路，就只能從史塔克頓街的看板下面離開，不過沒人會那麼做。霧氣很重，地面全都濕了，只留下兩處痕跡，一個是邁爾斯滾下山坡的痕跡，另一個就是發現這把手槍的地方。」

「沒有人聽見槍響嗎？」

「我的上帝，我們也是剛來。肯定有人聽見槍聲了，不過得給我們點時間去找。」他轉身準備跨過柵欄，「屍體還沒拉走，過去瞧瞧吧！」

史貝德說：「我不看了。」

湯姆的腿在柵欄上停住，轉頭看了看史貝德，一雙小眼睛裡流露出詫異的神色。

「你不是已經去瞧過了嗎？再說，我能瞧見的東西，你也都瞧見了。」史貝德說。

湯姆用疑惑的眼光看著史貝德，點了點頭，把腿收了回來，說：「他的槍放在屁股後面，沒開過火。大衣鈕子是扣著的，口袋裡有165塊錢。山姆，他有任務在身，對嗎？」

史貝德猶豫了一下，用點頭做了回答。

湯姆說：「哦？」

「他應該去跟蹤一個人，那個人名叫佛洛德‧塞斯比。」史貝德按照萬德麗小姐的描述，把塞斯比的外貌說了一下。

「為什麼要跟蹤這個人？」

史貝德雙手插口袋，眨了眨那雙疲憊的眼睛。

湯姆失去了耐性，追問道：「到底為什麼？」

「他可能是個英國人，至於他在耍什麼花招，我還不清楚。我們正準備找到他的住址。」史貝德咧開嘴笑了笑，從口袋裡抽出一隻手，拍了拍湯姆的肩膀，「你就別追問我了。」他把手放回衣服口袋裡，「我得把邁爾斯的死訊告訴他老婆。」說完，他轉身走了。

湯姆皺起眉頭，張了張嘴，但又閉上了。他皺起的眉頭舒展開了，清了清喉嚨，用沙啞的聲音文謅謅地說：「邁爾斯可真不幸。他雖然和我們一樣有不足之處，但還是有優點的。」

「誰說不是呢？」史貝德冷冰冰地附和了一句，離開了小巷子。

史貝德來到布希街與泰勒街相交的路口，在一家24小時營業的藥店裡打了個電話。

他說了個電話號碼，等了一會兒，電話接通了。

他說道：「親愛的，邁爾斯遭到槍襲……對，他死了。冷靜點，這件事得通知伊娃。別，我不能去，得你去。對嘛，這才是好女孩。跟她說，我會去看望她，叫她別來辦公室找我……呃，再說吧！不要一出事，就認為跟我有關。好了，不說了。你簡直是個天使，拜拜！」

史貝德打開吊燈，小鬧鐘顯示3點40分。他把帽子和大衣扔在床上，走進廚房，拿了個酒杯和長頸瓶裝著的百加得酒，然後倒了一杯，站著喝光了。他把酒瓶和杯子放在桌上，坐在床邊，捲了一支菸。4點半，他喝了三杯酒，正抽第五根菸。這時候，門鈴響了。

史貝德嘆息一聲，起身去浴室門邊的電話機旁按下按鈕，打開大門，咒

罵道：「她真可惡！」隨後，他皺著眉頭，紅著臉，盯著那個黑色的電話機盒。

電梯門打開又關上的聲音從走廊裡傳來。史貝德又嘆息一聲，來到走廊門邊。走廊裡鋪著地毯，兩個男人邁著矯健的步伐正往這邊來。史貝德陰沉的臉色好轉起來，立刻打開門，迎接二人，並對其中一位招呼道：「嗨，湯姆。」他就是剛才在布里特街遇見的個子很高，凸肚的探長。然後又對旁邊那個人招呼道：「這位警官，你好，快進來吧！」

二人點了點頭，默不作聲地進了屋。史貝德關上門，帶二人來到臥室。湯姆在窗邊沙發上坐下，警官則坐在桌邊的椅子上。

警官身材壯碩，頭很圓，頭髮花白，剪得很短，方臉，蓄著很短的花白鬍子。領帶上有一根金別針，五塊錢一枚那種，西裝領上有一枚精巧的、鑲嵌著鑽石的徽章，那是一個秘密社團的標誌。

史貝德去廚房拿了兩個杯子，倒上百加得酒，遞給二人，自己也倒了一杯，然後坐在床邊。他沒有半點驚詫神色，舉起杯來，平靜地說：「來，讓我們慶祝案子宣告偵破。」說完，他仰頭喝了個精光。

喝完酒，湯姆將酒杯放在腳下的地板上，用那隻髒兮兮的食指抹了抹嘴，然後盯著床腳發呆，好像受到啟發，在極力回想某件事。

警官盯著酒杯看了一陣，然後抿了一小口，把杯子放在桌上。他目光冷峻，慢吞吞地在屋子裡掃視了一會兒，然後轉向湯姆。

湯姆的神情有些尷尬，他動了動身子，低頭問道：「山姆，邁爾斯的事，你告訴他老婆了沒有？」

「說了。」史貝德回道。

「她有什麼看法？」

史貝德搖著頭說：「我不知道女人的想法。」

「你不知道才怪。」湯姆小聲說道。

警官身體前傾，手放在雙腿上，一雙淺綠色的眼睛冷冷地盯著史貝德。他的目光像是一種受按鈕操控的機器，要是不按下按鈕，就不會轉移一樣。

他問史貝德：「你隨身帶著的是什麼槍？」

「我不帶槍，但辦公室裡有幾把，我對那東西沒什麼興趣。」

警官說：「你這裡可能有一把槍，能讓我看看嗎？」

「沒有。」

「你確定？」

史貝德揮動著空酒杯，笑著說：「你可以到處查查。要是能找到證據，這個破地方隨你翻，我無所謂。」

湯姆不滿地辯解道：「山姆，你這是做什麼？」

史貝德把杯子放在桌上，站起身來，眼神凶惡，語氣冰冷地對警官說：「丹第，你究竟想做什麼？」

丹第依舊看著史貝德，但眼珠轉了一下。

坐在沙發上的湯姆動了動，用鼻孔長長出了一口氣，難過地抱怨道：「山姆，我們並不想惹事。」

史貝德沒理會湯姆，對丹第說：「想做什麼就直說！竟然想來這兒抓我，你以為自己是誰？」

丹第放低了聲音，說：「別這樣，坐下來聽我說。」

史貝德一動不動，回道：「想坐還是想站都隨我自己，你管不著。」

湯姆用哀求的口吻說：「看在上帝的面子上，你講講道理好不好？爭吵是毫無意義的。知道我們為什麼對你不滿嗎？因為一開始，我向你詢問塞斯比的情況，可是你卻說跟我無關。山姆，我們畢竟是職責所在，你不該用這種態度應付我們。這麼做不合適，再說對你也不好。」

丹第警官猛地站起身來，方正的臉探到比他高大的史貝德旁邊，說道：「我說過，你遲早會栽跟頭的。」

史貝德揚起眉毛，撇了撇嘴，用委婉但卻透著嘲諷的語氣回道：「誰沒有栽跟頭的時候呢？」

「我現在說的是你。」

史貝德笑著搖了搖頭，說：「不，我會小心行事。多謝你的提醒。」他收起笑臉，上嘴唇左側抽動了幾下，露出上面尖銳的牙齒，瞇著眼睛，用同樣低沉的語氣說，「你們這種態度讓我很不舒服。想說什麼就直說好了，不

說的話就快滾，別影響我睡覺。」

丹第問道：「塞斯比底細如何？」

「他的事我都告訴湯姆了，知道的我已經全說了。」

「你只跟湯姆說了一點。」

「我只知道那些。」

「你幹嘛要跟蹤這個人？」

「不是我，是邁爾斯。至於原因，就是有人出了一大筆錢，想讓我們跟蹤他。」

「那個人是誰？」

史貝德的臉色和聲音都恢復了平靜，責問道：「你們應該清楚，在沒有徵得委託者同意的情況下，我不能隨便透露這件事的詳情。」

丹第失去了耐性：「可是現在出了謀殺案！你只有兩個選擇，一是告訴我們，二是去法庭說。」

「未必。說與不說是我的自由，你們能拿我怎樣？現在不比過去，我不會因為警察不喜歡就痛哭流涕。」

湯姆來到床邊坐下，臉上滿是鬍渣，皺紋叢生，髒兮兮的，神情很疲累。

他用哀求的口吻說：「山姆，你說得對，但我希望你能把知道的情況說出來，就當給我們一個破案的機會，否則我們怎麼查出邁爾斯是被誰殺死的？」

史貝德說：「他是我的人，身後事我自會安排，無需你們費神。」

丹第回到椅子上坐下，把手放在膝蓋上，一雙綠眼睛像正冒著熱氣的盤子，笑著說：「就知道你會是這種態度。不過正因如此，我們才決定來找你。湯姆，我說得沒錯吧？」他的笑容中透著冷漠。

湯姆沒回答，只是哼了一聲。

史貝德警惕地看著丹第。

丹第繼續說道：「被我猜中了。剛才我就對湯姆說：『以山姆‧史貝德的為人，遇到醜事絕不會對外宣揚。』這是我的原話。」

史貝德收起了警惕的神情，呆滯的目光中透著厭倦，轉頭用毫不在乎的口吻對湯姆說：「你男朋友現在是因為什麼發脾氣？」

丹第從椅子上跳起來，用兩根手指敲了敲史貝德的胸口，一字一句地說：「塞斯比是在你離開布里特街35分鐘後被殺的，這就是原因。」

史貝德用相同的語氣說：「拿開你那討厭的爪子！」

丹第把手指收了回來，但態度絲毫沒變：「聽湯姆說，你連同伴的遺體都沒看一眼，就急匆匆地離開了。」

「他媽的，山姆，你的確就那麼離開了。」湯姆叫道，聲音中透著歉意。

丹第說：「你離開以後並沒有去亞傑家通知他老婆。我們往她家打電話了，你辦公室的那個女孩在她家，說是你讓她去的。」

史貝德很平靜，傻乎乎地點了點頭。

丹第又想用手指去扣史貝德的胸口，但很快收了回來，說道：「我算了一下，你用10分鐘的時間給那個女孩打電話交代情況，然後用10分鐘或15分鐘去找塞斯比。他在李文沃斯街旁邊的吉利街。對你來說，時間完全來得及。到了以後，你又用10到15分鐘的時間等他出現。」

史貝德說：「我怎麼知道他住在什麼地方？再說，我怎麼能肯定，他殺了邁爾斯以後會直接回家？」

丹第說：「究竟怎麼回事，你心裡明白。你到家時幾點？」

「3點40。我想思考些事，所以到處走了走。」

警官點了點那顆圓圓的頭，說道：「3點半時，我們往你家打過電話，知道你那時候沒在家。你去了什麼地方？」

「去了趟布希街，然後就回來了。」

「途中遇見什麼人了嗎？」

「沒有，沒人為我作證。」史貝德笑了起來，「丹第，坐下來把酒喝了。湯姆，把酒杯拿過來。」

湯姆說：「山姆，謝謝你，不必了。」

丹第雖然坐了下來，但根本沒看酒杯裡的蘭姆酒。

史貝德給自己倒了一杯，喝光後放下杯子，回到床邊坐下，友善地看了看兩位警官，說道：「現在，我知道自己處於什麼境地了。方才我的語氣有些不禮貌，請見諒。不過我那種態度也不是沒有原因的，你們一來就認為這件事是我做的，我能不生氣嗎？我正為邁爾斯的死煩心，而你們說話又夾槍帶棒的。好吧，我知道你們的來意了。」

　　湯姆說：「哎，不說這個了。」

　　警官一言不發。

　　史貝德問：「塞斯比死了？」

　　警官有些遲疑，湯姆回答說：「對，他死了。」

　　警官有些發怒，說道：「要是你不知道的話，那不妨告訴你。他臨死前一個字也沒說。」

　　史貝德低頭捲著菸，問道：「為什麼那麼說？你覺得我知道這件事？」

　　丹第的語氣很強硬：「我沒開玩笑。」

　　史貝德抬頭看了看他，笑著拿起菸捲和打火機，問道：「丹第，你還沒準備抓我，是吧？」

　　丹第沒有回答，只用那雙綠色的眼睛冷冷地盯著史貝德。

　　史貝德說：「要是這樣的話，我就不必理會你的想法了是吧，丹第？」

　　湯姆說：「山姆，別這樣，你得講道理才行。」

　　史貝德叼著點著的菸捲，笑著吐了一口煙，說：「湯姆，我當然會講道理。想知道我是怎麼殺死塞斯比的？抱歉，我記不起來了。」

　　湯姆不滿地哼了一聲。

　　丹第說：「他是在準備走進旅館時中槍的。開槍的人站在馬路對面，用的是四四或四五口徑的手槍，一共朝他後背打了四槍。當時沒並沒有目擊者，但我們的推測應該沒錯。」

　　湯姆加了一句：「他的三角皮肩帶裡有一把魯格[1]手槍，但沒用過。」

1. 魯格手槍：半自動，口徑9毫米或7.65毫米，8發子彈。――譯注

25

馬爾他之鷹

史貝德問：「關於他的情況，旅館裡的人瞭解嗎？」

「他們對他一點也不瞭解，只說他是一星期以前來的。」

「就他自己？」

「對。」

「你有沒有搜過他的身，還有他住的房間？發現什麼沒有？」

丹第抿著嘴問：「在你看來，我們會發現什麼？」

史貝德用壓扁的菸捲比劃了一個圈，心不在焉地問：「你們沒找到能夠證實他身分、或者能夠瞭解他真實情況的東西嗎？」

「我們還以為你知道這些，會跟我們說說。」

史貝德用那雙土黃色的眼睛盯著警官，無比坦率地回道：「我一次都沒見過塞斯比，不管是死的，還是活的。」

丹第警官有些不滿，猛地站起身來。湯姆也站了起來，打了個哈欠，伸了伸懶腰。

丹第皺著眉頭，兩隻眼睛像綠色的水晶石一般冰冷：「好吧，我們沒什麼要問的了。」他的上嘴唇緊貼在牙齒上，聲音從下嘴唇發出來：「史貝德，這次很公平。跟你告訴我們的相比，我們說的要更多一些。你應該知道我，我一向對你很公平，而且往往讓你佔便宜。可能我對你的指責多了些，但這並不影響我留意你的一舉一動。」

史貝德平靜地回道：「的確很公平，要是你能把那杯酒喝完就更好了。」

丹第警官來到桌邊，端起酒杯，緩慢地喝了起來。喝完後，他伸出手，說道：「明天見。」二人禮貌地握了一下手。湯姆也跟史貝德握了一下手。他們走後，史貝德脫掉衣服，關上吊燈，上床睡了。

三、史貝德身邊的三個女人

史貝德在第二天早上10點來到辦公室。依菲・普蘭正坐在桌邊，拆開收到的信件。她黝黑而淘氣的臉龐有些憔悴。見史貝德來了，她放下手裡的黃銅裁紙刀和一疊信件，小聲提醒他說：「她來了，在裡面。」

史貝德低聲抱怨道：「不是跟你說了，別讓她過來嗎？」

依菲・普蘭瞪大了那雙棕色的眼睛，用同樣焦躁的聲音說：「你是說過，但你沒教我該怎麼做。」她閉了會兒眼睛，放下端著的肩膀，神情疲累地說，「山姆，你別生氣，我可陪她熬了一夜。」

史貝德來到女孩身邊，幫她理了理兩鬢的頭髮，安慰道：「抱歉，親愛的，我不是那個意思……」

這時，辦公室的門開了。史貝德對開門的女人說：「伊娃，你好！」

對方說：「嗯，山姆。」

她三十歲多一點，是個漂亮的金髮女郎。她是壯碩型身材，但體態很美。身穿一襲黑色，看來是匆忙換上，為逝者服喪的。她打了聲招呼，然後退回辦公室等山姆進去。

山姆從依菲・普蘭的手上移開了手，進了辦公室。辦公室的門剛關上，伊娃就過來仰起淒苦的臉蛋索吻。還沒等山姆摟住她，她的手臂就挽了上來。山姆給了她一個吻，想從她身邊離開，但她把臉埋在他胸前哭起來。

他輕輕拍了拍她豐潤的後背，溫柔地說：「親愛的，你真讓人心疼。」他瞇起眼睛，充滿憤怒地看著自己辦公桌對面那張桌子，那是他同伴坐過的地方。他有些無奈，嘴唇緊閉，做了個鬼臉，下巴躲開她的帽子，問道：

「你派人去找邁爾斯他哥哥沒有？」

她抽泣著，嘴巴緊貼著他的衣服，聲音很模糊：「去了。他今早來的。」

他又做了個鬼臉，低頭瞥了一眼手錶，戴著手錶的左手正摟著她左肩，手錶露在袖口外。時間是10點10分。

懷裡的女人動了動，抬頭用那雙藍色的眼睛盯著他。她雙唇濕潤，眼眶發白，眼中含淚，悲戚地問：「告訴我，山姆，他是不是你殺死的？」

聽了這話，史貝德瘦削的下巴拉得老長。他移開手臂，往後退了一下，憤怒地瞪著她，同時清了清喉嚨。

她仍舊保持著伏在他懷裡的姿勢，神情淒苦，朦朧的雙眼流著淚，眉毛揚著，濕潤的雙唇在發抖。

史貝德聲音低沉地笑了一下，然後來到窗邊，從掛著淺黃色窗簾的窗口望向院中。身後傳來她走近的聲音，他轉身來到辦公桌旁坐下，用兩隻拳頭拄著下巴，瞇著眼睛，土黃色的眼睛在閃光。

「這個想法棒極了，是什麼人給你的啟發？」他的聲音很冷漠。

「我覺得……」她用一隻手捂著嘴，眼淚又流了下來。

隨後，她身姿婀娜地來到辦公桌旁。她腳上穿了一雙小巧精緻、鞋跟高得驚人的黑色拖鞋。

她的語氣中透著哀求：「山姆，你得對我溫柔點。」

山姆放聲大笑起來，眼睛裡閃著光。

伊娃說：「山姆，你把我丈夫殺了，應該對我好一點才是。」

山姆拍了拍手，說：「我的天！」

她痛哭流涕，拿出白手絹，把臉蒙了起來。

他來到身後摟住她，在頸背後吻了吻，面無表情地說：「好了好了，伊娃，別哭。」

她剛停止哭泣，山姆立刻說道：「親愛的，你今天不該來這兒。待在這裡可不是明智的做法，你得馬上回家。」

她從他懷裡轉過臉來，問道：「你今晚會來找我嗎？」

「今晚不行。」他柔聲說道。

「你能早點來看我嗎？」

「嗯。」

「什麼時候？」

「一有空就去。」

山姆給了她一個吻，然後送到門口：「拜拜，伊娃。」

送走伊娃後，山姆回到辦公桌旁，掏出衣服口袋裡的捲菸紙和菸草，但沒有捲菸，只是拿著兩樣東西，盯著已逝同伴的辦公桌發呆。

依菲‧普蘭推門進來，一雙棕色的眼睛裡透著許多心事，但語氣卻很隨意：「出什麼事了？」

史貝德一直盯著同伴的辦公桌，沒有回話。

女孩蹙著眉頭來到他身邊，抬高了聲調追問：「到底出什麼事了？你跟那個寡婦之間的事怎麼解決的？」

史貝德輕輕動了動嘴唇，回道：「她認為邁爾斯是我殺的。」

「如此一來，你們兩個就能結婚了，是吧？」

史貝德沒說話。

女孩把他的帽子摘下來放在桌上，隨後抽走了停留在他手中的菸草袋和捲菸紙。

史貝德說：「警方認為塞斯比是我殺的。」

她把菸草鋪在一張捲菸紙上，問道：「他是誰？」

「在你看來，我殺了哪個？」史貝德問。

女孩沒有回答。

史貝德說：「塞斯比就是萬德麗小姐讓我們跟蹤的人，這件事是邁爾斯負責的。」

她用纖長的手指把菸捲好，用舌頭舔了舔，弄平整，再把兩端擰好，放進史貝德的嘴裡。史貝德說「親愛的，謝謝」，然後用一隻手臂攔住她的細腰，把臉貼在她的臀部，失落地閉上了眼睛。

她低頭看了看他淺褐色的頭髮，問：「你準備娶伊娃嗎？」

沒有點燃的那根菸隨著他的嘴唇上下動著：「別胡說了。」

「但她就是這麼想的。這麼久以來，你都跟她搞在一起，她當然會有這種想法。」

他嘆息一聲，說：「我寧願不認識她。」

女孩的聲音有些哀怨：「這種念頭你可能是現在才有的，以前可不是這樣。」

他說：「對於女人，我只能那樣，除此之外，別無他法。」

女孩說：「山姆，你這話言不由衷。你應該清楚，她在我眼裡就是個下賤女人，可要是我的身材能像她那樣，恐怕也好不到哪兒去。」

史貝德沒心情聽這些，只是用臉在她臀部蹭來蹭去，沒有說話。

依菲咬了咬嘴唇，彎下身來盯著他，皺著眉頭問：「你覺得，他有沒有可能是她殺死的？」

史貝德直起身子，放下那隻攔住她的手臂，用一個笑容回應了這個有意思的念頭。他掏出打火機點著菸捲，溫柔地說：「你是個天使，一個喜歡說閒話的天使。」

她勉強擠出笑容，說：「要是我跟你說一件事，你還會這樣認為嗎？那天凌晨三點，我去伊娃家通知她那個消息，發現她剛從外面回家。」

他的眼神變得警惕起來，但嘴邊仍掛著笑，問：「就這些？」

「她讓我在門外等了一會兒，然後趁這個時間在屋裡脫衣服，也許她當時剛好在脫衣服，還沒脫完。進屋後，她說自己已經睡下了，可是我覺得她在說謊，因為她的衣物都放在椅子上，帽子和大衣在最下面，貼身的內衣在頂上，還殘留著體溫，此外，床單雖然皺巴巴的，但明顯是被故意弄成那樣的，沒有身體壓過的痕跡。」

史貝德溫柔地撫摸著女孩的手，搖著頭說：「親愛的，你的觀察力跟偵探沒什麼兩樣，但⋯⋯人不是她殺的。」

依菲・普蘭猛地抽回自己的手，醋意十足地說：「山姆，那個下賤女人竟然想成為你的老婆。」

他用頭和一隻手比劃了一下，露出無奈的表情。

女孩皺著眉頭問：「你昨晚有沒有跟她見面？」

「沒有。」

「沒騙我吧？」

「沒有。親愛的，別像丹第似的好不好？這對你沒什麼好處。」

「丹第來找過你了？」

「是的。今早4點，他和湯姆‧波浩斯到我家坐了會兒，還喝了杯酒。」

「他們真的認為那個人是你殺的？他叫什麼名字？我忘了。」

他把菸頭丟進黃銅做的菸灰缸，又捲起一支，回道：「塞斯比。」

她追問道：「他們真的那麼認為？」

他的眼睛一直盯著手裡的捲菸紙和菸草，回道：「誰知道呢？事實的確如此，也不知道我說的話他們信了幾分。」

「山姆，抬頭看著我。」

他沒有抬頭，但開始放聲大笑。見他這樣，依菲憂鬱的心情變得好一點了。

她鄭重其事地說：「你的樣子真讓人不放心。盲目自信可不好，早晚有一天你會明白這一點。」

他模仿她的樣子嘆息著，同時用臉在她手臂上蹭來蹭去，說道：「這種話丹第也說過。親愛的，拜託你幫我轉移伊娃的視線，至於別的麻煩，交給我去處理。」他起身戴上帽子，交代道，「把史貝德—亞傑偵探事務所的牌子換成山姆‧史貝德偵探事務所。我出去一下，一個小時後回來，要是有變，我會打電話通知你。」

史貝德來到聖馬可旅館，穿過紫色的長廊，到櫃檯打聽萬德麗小姐。櫃檯是個紅頭髮的小夥子，模樣很新潮。他走開了一會兒，回來告訴史貝德：「她今早已經結帳離開了。」

「多謝。」

史貝德離開櫃檯，來到走廊外一個凹進去的房間。房間裡有個辦公桌，桌面是桃花心木打造的。一個穿黑色衣服的中年胖男人坐在桌後。走廊另一面豎著一根桃花心木打造的三角木樁，上面鐫刻著幾個銅字：佛里德先生。

見史貝德來了，胖男人從桌後走出來，跟他握手。

「史貝德，亞傑的事，我剛從《論報》上看到了，真是深感遺憾。老實說，他昨晚還待在這兒。」這個人說話明顯受過專門訓練，可以在任何時候表達關切之意，不令人感到不適。

「佛里德，謝謝你。你跟他交談過嗎？」

「那倒沒有。我昨晚很早就過來了，見他坐在走廊裡，以為他在工作，所以就沒跟他打招呼。我知道，做你們這行的人忙起來時都喜歡獨處。怎麼，這件事跟他有關？」

「現在還不清楚。不過我向你保證，盡量不讓這家旅館惹上麻煩。」

「多謝。」

「不必客氣。我想瞭解一下這裡的住客情況，但別讓人知道我調查過此事。」

「沒問題。」

「今天早上，有一位叫萬德麗的小姐結帳離開了，我想詳細瞭解這位小姐的事。」

佛里德說：「好的，我們去問問看。」

史貝德沒有挪動腳步，搖著頭說：「不，我不打算拋頭露面。」

佛里德點了點頭，離開了房間。來到走廊時，他忽然停了下來，折回去對史貝德說：「昨晚值班的是哈利曼探長，他一定見過亞傑。我要不要跟他說一聲，別把這件事傳出去？」

史貝德瞥了他一眼，說：「不必了，他說與不說沒什麼不同。此外，現在還不能確定這件事跟萬德麗小姐是否有關聯。哈利曼人還不錯，但嘴不太嚴，我可不想讓他多心，以為這裡面有什麼隱密。」

佛里德點點頭，然後出去了。15分鐘後，他回來告訴史貝德說：「記錄上顯示，她是上星期二登記入住的，從紐約來。她來的時候只拎了幾個包，

沒帶行李箱。沒有人給她打過電話，也許收到過信件，但沒幾封。她只跟一個很高、很黑的男人有過來往，那個人三十五六歲的樣子。今早9點半，她出去了一趟，回來以後就結了帳，然後把包放在一輛汽車上，離開了旅館。幫她拎包的孩子說那輛車是納許牌旅行車，也許是租的。她走的時候留了一個地址，以便我們把信件轉寄給她，地址是洛杉磯的大使旅館。」

史貝德說：「佛里德，謝謝你，謝謝。」隨後離開了聖馬可旅館。

回到律師事務所時，依菲．普蘭正在列印信件。見史貝德回來了，依菲放下手頭的工作，說道：「你朋友丹第來過了，說想看一下你的槍。」

「然後呢？」

「我說了，讓他等你回來以後再過來。」

「做得不錯。要是他來了，就讓他隨便看。」

「對了，萬德麗小姐來過電話。」

「她也該打電話過來了。說什麼了？」

「她想跟你見個面。」女孩拿起桌上那張用鉛筆做記錄的紙條，「她的地址是加州街，皇冠公寓1001號房。去了以後，你就說找勒布朗小姐。」

史貝德把那張紙條要過來，用打火機點著，直到燒成灰燼，才扔到鋪著油氈的地板上，又用鞋底踩了幾下。

女孩看了看他，有些不高興。

史貝德咧著嘴對她笑了笑，說：「寶貝，就得這麼處理。」說完，他轉身離開了。

四、尋找黑鳥雕像

　　史貝德來到皇冠公寓1001號房。來開門的正是萬德麗小姐。她身穿一件綠色帶腰帶的紗衣，臉紅紅的，深紅的捲髮有些蓬亂，散落在右側太陽穴上。

　　史貝德摘下帽子，說道：「早安。」

　　見到他的笑臉，萬德麗小姐也微微笑了起來，但她那雙藍得發紫的眼睛裡還是透出些許煩憂。她垂下頭，羞澀地說：「史貝德先生，請進。」

　　她帶史貝德走過開放式的廚房，又經過浴室和臥室，來到一間起居室。屋子裡凌亂不堪，萬德麗小姐不好意思地說：「對不起，到處都這麼亂，我還沒來得及把行李打開。」

　　她把他的帽子放在桌子上，坐在胡桃木長椅上。史貝德在她對面那張裹著綢緞、靠背是橢圓形的椅子上坐下。

　　她十指交叉，低頭盯著雙手，說道：「很抱歉，史貝德先生，我承認自己沒說實話。」

　　史貝德露出一個禮貌的微笑，一言不發。

　　萬德麗起初不敢抬頭看他，後來，她終於抬起頭來，怯生生地看著他，結巴地說：「那個……我昨天說的那些話都是假的。」

　　「無所謂，我們根本也沒當真。」史貝德一臉無所謂的樣子。

　　「那……」萬德麗小姐有些窘迫。

　　「我們只信那兩百塊錢。」

　　她有些不解：「你的意思是……」

他淡然道：「我的意思是，對我們來說，錢是最實際的，足以把事情安排妥當。至於你是否說了實話，無所謂。」

她的眼睛裡閃動著光芒，起身把裙子撫平，然後身體前傾，急迫地問：「事情到了這個地步，你還會……」

史貝德做了個手勢，示意她別再說下去。他皺著眉頭，但嘴角卻帶著笑意：「現在的難題是，我不知道你到底叫萬德麗，還是叫勒布朗？」

她紅著臉小聲說：「其實我叫歐香奈西，全名是布麗姬·歐香奈西。」

「歐香奈西小姐，現在的情形很不妙，因為同時出了兩件命案，在社會上引起了強烈的反應。在警方看來，凶手極其膽大妄為，很難對付。這……」

歐香奈西一臉畏懼，根本不想再聽下去了，史貝德見狀，便停了下來。

他搖了搖頭，說：「這件事也不能怪你，畢竟你之前已經提醒過我，說塞斯比這個人很危險。至於你編造的關於妹妹失蹤的說辭，我們根本沒有相信，也就無所謂了。」他聳了聳肩膀，「還是那句話，你沒什麼錯。」

「謝謝，」她的聲音很微弱，然後搖了搖頭，「即便如此，我還是非常自責。」她把手捂著喉嚨，「昨天見到亞傑時，他是那麼健壯，那麼精力充沛……」

史貝德喝道：「別說了！我們的職業本身就有危險，他清楚自己做的是什麼。」

「他有沒有結婚？」

「結了。他有一萬塊保險金，老婆對他沒什麼感情，兩個人也沒孩子。」

她小聲說：「好吧，別再說下去了。」

史貝德又聳了聳肩：「事實就是如此。」他看了一眼手錶，然後來到她身邊坐下，用輕鬆但堅定的語氣說：「現在不是擔心那件事的時候。外頭的警察、檢察官和記者們都在到處奔走，想方設法在探聽詳情。你準備如何應付？」

她羞怯地把手放在他袖口，用顫抖的聲音說：「史貝德先生，我想請你

幫我擺脫眼前的麻煩。他們瞭解我的情況嗎？」

「暫時還不清楚，我得先和你見一面才行。」

「要是我說謊騙你的事被他們知道了，他們會怎麼看我呢？」

「他們肯定會起疑。正因如此，我才始終與他們周旋，想跟你見面以後再決定怎麼辦。這件事的詳情不必全都如實告訴他們，在必要的情況下，我們可以編些瞎話，把他們哄騙過去。」

「你是否覺得這件殺人案跟我有關係？」

史貝德咧開嘴笑了笑，說：「你不提的話，我差點都忘記問了。你跟這件事有關係嗎？」

「沒有。」

「沒有就好。你想好怎麼跟警察說了嗎？」

她坐在長椅那頭，那麼嬌弱，那麼年輕，看起來忐忑不安，非常困擾。那雙眼睛在又濃又密的睫毛下一眨一眨的，似乎想逃開他的注視，但又無法逃開。

她開口問道：「他們非調查我不可嗎？我無法忍受這些。如果真是那樣，我寧願去死。史貝德先生，請幫幫我，讓他們別來盤問我好不好？請原諒，我暫時不能向你說明原因。你能做到嗎？」

「我盡力吧！能告訴我為什麼嗎？」

她跪在地上，雙手緊握在一起，抬起頭來，侷促不安地看著他。她的臉是那麼蒼白，看起來滿腹心事。

她哭訴道：「我的生活沒有一天是美好的。我比你想像中的壞多了，但我並不是徹頭徹尾的壞人。史貝德先生，請看著我好嗎？你知道我不是個徹頭徹尾的壞人，對嗎？你能否給我些許信賴？我是那麼孤單，那麼恐懼，我唯一能求助的人只有你。我明白，要是我不相信你的話，就不配讓你相信我。我很相信你。也許有一天我會告訴你原因，但不是現在。史貝德先生，這個忙你能幫得上，而且你剛才已經答應幫忙了，是不是？其實我原本打算逃的，但我相信你能救我，所以才來找你。我知道自己的舉動不太妥當，請見諒。要不是無路可走，我又怎麼會跪在這裡求你呢？史貝德先生，你是那

麼有智慧，那麼堅韌，那麼有膽識，你一定能把這些力量給予我一些。幫幫我吧，就這一次，求你了。我現在急需幫助，要是你不幫我，我根本不知道去哪兒求助。我知道不該讓你糊里糊塗地幫這個忙，但請體諒體諒我，答應吧，好嗎？」

在她傾訴的時候，史貝德一句話也沒說。等她說完後，史貝德噘起嘴來，深深吐出一口氣，說：「我看你的樣子根本不需要任何幫助。我發現你的眼睛只要轉一下，說話聲音立刻就不一樣了，就像剛才你說『史貝德先生，請見諒』時，眼睛就是那個樣子。」

她猛地站起身來，臉漲得通紅，頭抬得很高，盯著史貝德說：「我是自作自受，可是我真的很需要你的幫助。我的聲音可能聽起來有點假，但那些話並不都是騙人的。」她把身子扭到一邊，後背不像剛才那樣筆直了，「看來你不願意相信我了，都怪我。」

史貝德紅著臉注視著地板，小聲說：「你現在的處境很不妙。」

布麗姬·歐香奈西來到桌子旁邊，拿起他的帽子，然後回到他面前站著，但沒把帽子遞過去。她的臉看起來非常消瘦，而且慘白慘白的。

史貝德看著自己的帽子，問：「昨晚到底發生什麼事了？」

「9點鐘時，佛洛德來旅館找我。為了能讓亞傑看見他的樣子，我提議出去走走。我們去了吉利街，在一家飯店吃了晚飯，又跳了舞。12點半左右，我回了旅館。在門口，佛洛德跟我道了別。我看見亞傑就站在街對面。佛洛德離開後，他就跟著往下面走了。」

「往下面走？你是說，他往市場街那個方向走了？」

「是的。」

「亞傑是在布希街和史塔克頓街附近遭到槍擊的，你知道他們在那個地方做了什麼嗎？」

「你說的那個地方離佛洛德的住處近不近？」

「不，有一大段距離。要是從你住的旅館過去，得穿過十多條馬路。他們離開以後，你都做了些什麼？」

「我回去就睡了。今天早上，我出去吃早飯，看見他上了報紙的頭條。

吃過早飯，我去了聯合廣場，因為我之前發現那裡有計程車，所以就叫了一輛車回旅館，準備收拾東西離開。我是昨天下午找到這個地方的，可昨晚有人來我房間裡翻動過，所以我想盡快搬走。後來，我就打電話到你的事務所找你了。」

史貝德問：「你是說，有人去聖馬可旅館翻過你的房間？」

她咬著嘴唇，說道：「對。趁我到事務所找你時，那些人就去了。我本來不想說這個。」

「你的意思是我不該問這個，是吧？」

她點了點頭，一臉羞澀又膽怯的表情。

他的眉頭皺了起來，歐香奈西動了動他的帽子。

他失去了耐心，笑了笑，說：「別在我面前擺弄帽子。不是跟你說過了嗎，我會盡量想辦法的。」

她露出了表示歉意的微笑，然後把帽子放到辦公桌上，坐回長椅上，緊挨他坐著。

史貝德說：「雖然糊里糊塗的，但我還是个得不幫你。不過，要是不瞭解內情，我真的很難幫上忙。你至少得跟我說說佛洛德‧塞斯比的詳細情況。」

她的指尖在兩人中間不停地繞圈，劃著8字。她盯著其中一根手指，不疾不徐地說：「我們是在亞洲相識的。上個禮拜，我們一起從香港來到這裡。他本來答應幫我，可是見我孤獨無助，只能依靠他，所以就違背了之前的承諾。」

「他怎麼違背承諾了？」

她沒說話，只是搖了搖頭。

史貝德皺起眉頭，毫無耐心地問：「你為什麼叫人跟蹤他？」

「他連自己住在哪裡都不願告訴我，所以我想查查他的住處，另外還想知道他在做什麼，跟什麼人會面之類的。」

「亞傑是不是他殺死的？」

她驚慌失措地看著他，說：「那還用說，肯定是他做的。」

「他口袋裡倒是有一把魯格手槍，但亞傑所中的子彈並不是從魯格手槍射出的。」

她說：「他還有一把左輪手槍，塞在大衣口袋裡。」

「你看見過嗎？」

「是的，經常見。他總在那裡放把槍。昨天晚上，我沒看見他的槍，但知道大衣裡肯定有。」

「他怎麼帶那麼多槍在身上？」

「因為槍就是他吃飯的傢伙。在香港的時候，我聽人說，他以前給一個賭場的老闆當保鏢，後來因為一些事，那個老闆不得不從美國離開，所以他就去亞洲了。那個賭場老闆失蹤了，據說佛洛德知道這件事，至於詳情如何，我就不太清楚了。他總是隨身攜帶幾樣武器，而且在睡覺的時候會把很多報紙弄皺，然後把整個地板都鋪上，這樣一來，只要一有人進屋，他立刻就能察覺。」

「你還挺會選同伴的。」

她不假思索地說：「我只能求助他這樣的人。我不管別的，只要能盡心為我做事就行了。」

史貝德一邊用拇指和另一根手指捏著自己的下嘴唇，一邊看著她，表情有些陰鬱。他的兩條眉毛幾乎擰在一起，中間的皺紋更加明顯了。他說：「哦，只要能盡心為你做事就行。那麼我想知道，你遇到的難題究竟有多麻煩？」

「麻煩到出乎你的想像。」

「會讓人丟掉性命嗎？」

「我不是個勇敢的人。在我看來，死亡是最可怕的事了。」

「就是說，真的有可能會丟掉性命？」

她顫抖了一下，回答說：「一點也沒錯，就像我們現在坐在這裡一般真實。不過要是你能幫我的話，也許就沒那麼危險了。」

他拿開手指，撓了撓頭，苦惱地說：「奇蹟只有上帝才能創造，我又不是上帝。」他看了手錶一眼，「都過去這麼久了，你還沒告訴我任何有用的

資訊，真是浪費時間。告訴我，塞斯比是什麼人殺的？」

她用弄成一團的手絹捂著嘴，回答說：「不知道。」

「是跟你有仇的人嗎？還是跟他有仇的人？」

「但願是他的仇家。我很怕……真的不清楚。」

「你有什麼事要他幫忙？為什麼帶他離開香港，來到這裡？」

她用又驚又怕的眼神看著他，搖了搖頭，沒有回答。她看起來非常疲累，但卻異常執拗，令人心疼。

史貝德站起來，雙手插口袋，繃著臉看她，怒不可遏地說：「我看沒戲。我連你想做什麼都不知道，這個忙我根本就幫不上。我想，你可能也不清楚自己究竟想做什麼吧？」

她低頭抽泣起來。

他把聲音憋在喉嚨裡，發出沉悶的怒吼聲，然後來到桌邊，準備拿起帽子走人。

她沒有抬頭，一邊抽泣，一邊用祈求的口吻問道：「你應該不會去找警察吧？」

正在憤怒中的史貝德大聲吼道：「我幹嘛去找他們？那些傢伙從今天凌晨四點就開始折磨我，我躲還來不及呢！在此之前，我還認真地想幫你。現在看來不必了，這件事我根本就接不了。」他把帽子戴上，整理了一下，又說，「就算我站在原地一動不動，他們都會成群結隊地來找我，哪用得著我去找他們？算了，如果他們再問我，我就把知道的都說出去。至於你，自求多福吧！」

史貝德又在喉嚨裡低吼了一聲，然後坐在長椅上，問：「你還有多少錢？」

聽了這個問題，她明顯吃了一驚。隨後，她咬著下嘴唇，不情願地回道：「就剩500塊了。」

「給我。」

她看著他，既遲疑，又膽怯。他的嘴巴、眉毛和肩膀悉數擺出發怒的樣子。她轉身去臥室取出一疊鈔票，交給了他。

他把錢接過來，數了一下，說：「只有400塊。」

她捂著胸口，柔聲說：「我得給自己留些生活費。」

「再多給點不行嗎？」

「不行。」

他仍不死心：「你肯定有能變現的東西。」

「只有幾枚戒指和一些首飾。」

他伸出手，說道：「務必把這些東西當掉。我建議你去雷米迪爾，那裡離教會街和第五街不遠。」

她的目光中透著哀求，但史貝德那雙土黃色的眼睛異常冷漠，根本沒得商量。她只好把手伸進衣領，緩緩掏出一小捆鈔票，放在他攤開的手上。

他展開鈔票清點了一下，有四張20的，四張10塊的，還有一張5塊的。他抽出兩張10塊的和那張5塊的遞給她，其餘的則塞進口袋裡。

他站起身來，說道：「我馬上出去，看看能幫你做點什麼。要是有進展，我就馬上回來通知你。我們定個暗號，到時我會按四下鈴：第一聲長，第二聲短，第三聲長，第四聲短。我一個人出去就行了，你不必送。」

他轉身離開了。她獨自站在房間裡，那雙藍眼睛愣愣地望著他離去的背影。

史貝德來到一間待客室，門上掛著一塊招牌，上面寫著：「懷斯—梅里肯—懷斯律師事務所」。

一位紅頭髮的女孩坐在總機旁，招呼道：「史貝德先生，你好！」

史貝德來到女孩身邊，把手搭在她圓潤的肩膀上，說：「你好，親愛的。席德在不在？」

女孩把電話線插上，拿起話筒說：「懷斯先生，史貝德先生有事找您。」隨後，她抬起頭來，對史貝德說：「他請你進去。」

他捏了捏她的肩膀以示感謝，然後穿過待客室，走向裡面的走廊。走廊的燈光很昏暗，盡頭處有一扇磨砂玻璃門。他推門進了那間辦公室，裡面有張偌大的辦公桌，桌上堆著一疊文件。一個男人坐在辦公桌後。他個子很

矮，皮膚呈橄欖色，黑色的頭髮稀稀落落的，露出許多頭皮屑，臉是橢圓形的，神情很疲累。

矮個子男人手裡夾著一根沒點燃的雪茄，朝史貝德擺了擺手，說：「拿把椅子過來坐。邁爾斯昨晚中了大獎，是嗎？」他疲累的臉上和刺耳的聲音裡都不帶任何感情色彩。

史貝德皺著眉頭，清了清喉嚨，說：「我來就是為了這件事。我不打算讓驗屍官插手，還想躲開那些牧師和律師，席德，我能否以替委託人保守秘密為藉口，或者擁有不坦露真實身分的無上權利嗎？」

席德・懷斯聳了聳肩膀，嘴角向下撇了撇，說：「當然可以。調查跟法院的審訊畢竟是兩碼事。你可以嘗試一下。你曾經惹上過大麻煩，最後不也平安過關了嗎？」

「是，可是丹第太不講道理了，叫人很難忍受。我想一切都順利的。席德，把帽子戴上，跟我出去找個靠得住的人。」

席德・懷斯對辦公桌上堆積的文件哼了一聲，起身朝窗邊的壁櫥走去。他從掛鉤上拿下帽子，說：「山姆，你真混帳！」

下午5點10分，史貝德返回事務所。依菲・普蘭坐在他的辦公桌旁，正在翻看《時代》雜誌。

史貝德坐在辦公桌上，問道：「有動靜嗎？」

「暫時不會有。你怎麼好像喝醉了一樣？」

他咧嘴開心地笑著：「照這情形看，我們的前景相當樂觀。以前我總有這種念頭：要是邁爾斯離開了，或者在什麼地方送了命，我們的生意可能會比現在好些。幫我送花了沒有？」

「送去了。」

「親愛的，你太好了！今天你有沒有什麼直覺啊？」

「什麼意思？」

「對於萬德麗，你有什麼看法嗎？」

女孩一點也沒猶豫，說道：「她讓人產生一種憐憫之心。」

史貝德在思考的同時說道：「但她的名字未免多了些。萬德麗、勒布

朗、歐香奈西，後面那個據說是她的真名。」

「就算她把電話本上的名字都用一遍也無所謂。你應該清楚，她是個很好的女孩。」

史貝德笑嘻嘻地眨了眨疲憊的眼睛，說：「我看未必。不過，她能在兩天之內付給我們700塊，這才是最讓人滿意的。」

依菲‧普蘭直起身子，鄭重其事地說：「山姆，要是你明知道她有困難卻坐視不理，或者藉機騙她的錢，那將是不可原諒的，而且很難讓我再敬重你。」

史貝德尷尬地笑了一下，隨即皺起眉頭。就在他想說些什麼的時候，走廊的門開了。

依菲‧普蘭起身出去了。史貝德摘下帽子，坐在椅子上。

女孩拿著一張名片進來，上面的署名是喬爾‧開羅。

「他真是個怪人。」依菲說。

「親愛的，請他進來吧！」

喬爾‧開羅個子不高，不胖不瘦，膚色黝黑，黑色的頭髮梳得油光可鑑。很明顯，他是地中海人。他繫一條深綠色的領帶，領帶上有一塊方形的、閃閃發光的紅寶石，紅寶石周圍鑲嵌著四顆長方形的鑽石。他穿一件黑色的緊身上衣，窄小的肩膀被緊緊包裹著，直到圓潤的臀部那裡才略微寬鬆些。褲子比流行的樣式要緊一些，裹著兩條圓鼓鼓的大腿。腳上是一雙漆皮皮鞋，上半部分罩著淺茶色鞋罩。他戴一雙麂皮手套，拿著一頂黑色的圓形禮帽。

當他朝史貝德快步走來時，空氣中飄來一股柑苔調香水味，那種味道很像檀香。

史貝德朝他點頭致意，指著一張椅子說：「開羅先生，坐吧！」

開羅很禮貌地給史貝德鞠了一躬，然後道了一聲謝，坐了下來。他的嗓音很細，而且很尖銳。他的坐姿非常鄭重，兩個腳踝交疊放著。他把帽子擺在雙腿上，然後摘下那雙黃色的手套。

史貝德把椅子轉過來對著他，問道：「有什麼要指教的，開羅先生？」

他轉椅子的動作和友善的口吻跟昨天見布麗姬‧歐香奈西時如出一轍。

開羅翻過帽子，把手套放了進去，然後把帽子放在身邊的桌角。他左手食指和無名指上各有一枚光彩奪目的鑽石戒指，右手中指上也有一枚戒指，紅寶石的，周圍也鑲嵌著跟領帶上一樣的鑽石，兩顆紅寶石十分相稱。他的手不大，保養得宜，皮膚光滑柔嫩，但肌肉不夠緊繃，動作也不靈活。

他摩挲著雙手，發出窸窸窣窣的響聲，然後用更大的聲音說道：「聽說你的同伴不幸身亡了，請允許我這個陌生人表達一下哀悼之情。」

「謝謝你。」

「有件事想問問史貝德先生。報紙上說，有一個叫塞斯比的人在你朋友出事後不久也死了，這兩件事有一定的關聯，是這樣嗎？」

史貝德面無表情，沒有回答。

開羅起身鞠了個躬：「對不起。」他坐下來，手掌按在辦公桌邊，「史貝德先生，我之所以問這個問題，並不是為了滿足好奇心，而是因為它跟我丟失的一樣東西有關。那是一個裝飾品，我想請你幫忙找到它。」

史貝德點了點頭，揚起眉毛，一副全神貫注的表情。

開羅慎重地說：「這件東西是一座小小的黑鳥雕像。」

史貝德再次點頭，表示很關注。

「如果有人能找到這件古董，我將代表它的所有人支付5000美元酬勞。」開羅伸出那隻指甲很寬、樣子很難看的食指，在辦公桌前比劃了一下，「我說到做到。不過，我不喜歡別人問東問西，幹你們這行的應該很瞭解這一點。」他把手放下，與另一隻手並排放在桌上，露出了一個友善的笑容。

史貝德若有所思地看了看開羅，說：「5000塊可真不少，這……」

這時，有人在外面輕輕敲門。

史貝德說：「進來。」

依菲‧普蘭的頭和肩膀從門縫裡露出來。她戴一頂小黑帽，穿一件黑大衣，大衣上有灰色的皮領。

她問道：「還有什麼要交代的嗎？」

「沒有。你可以走了。幫我把門鎖上，好嗎？」

「再見。」她關上門便離開了。

史貝德把椅子轉過來對著開羅，說道：「你說的價錢相當令人滿意。」

外面傳來依菲·普蘭關走廊那扇門的聲音。

開羅面帶微笑，從懷裡掏出一支精緻的黑色手槍，說道：「把雙手疊在一起，放在脖子後頭。」

五、喬爾・開羅

史貝德靠在椅子邊，雙手交叉抱頭。他看都不看一眼正對著自己的槍口，只是緊緊盯著開羅那張黑色的臉龐，一臉波瀾不驚的樣子。

開羅咳嗽了一下，露出一個微笑，看起來有些神經不太正常的樣子。他眼珠很黑，亮晶晶的，透著羞怯和誠懇的目光。他說：「史貝德先生，我準備搜一下你的辦公室，別想攔我，否則我會要你的命。」

史貝德面無表情地說：「你儘管搜。」

開羅始終把槍口對著史貝德壯碩的胸膛，說道：「我得確定你身上有沒有帶槍，你站起來。」

史貝德起身用小腿把椅子往後踢了踢，然後站直。

開羅來到他身後，把手槍換到左手上，然後掀起史貝德上衣背後，朝裡面看了看。他用槍頂著史貝德的後脊樑，翻了翻他腰間，又摸了摸前胸。開羅的臉就在史貝德右肘下方不到6英寸的地方。

史貝德突然向右轉身，用手肘撞了開羅一下。開羅的臉想躲開，但為時已晚，他的顴骨下方中了招。這一下撞得開羅幾乎栽倒，幸好他的漆皮鞋尖被史貝德用右腳跟踩住了。此時，史貝德已經把個子比他矮的開羅控制在自己的肘邊。史貝德的臂彎持續發力，朝開羅驚詫的臉猛攻，隨後突然發出一掌，目標是開羅手裡的槍。在他的手指觸碰到槍的同時，開羅把手鬆開了，那把槍在史貝德手裡看起來格外小巧。

史貝德抬起腳來，向右側轉了個身，左手揪住對方的衣領。開羅那條帶紅寶石別針的綠色領帶就搭在他手指關節上。隨後，他又用另一隻手把槍放

進衣服口袋裡。史貝德面無表情，土黃色的眼睛透著陰冷的目光，嘴角微微上揚，看起來很生氣。

開羅的表情又難受，又懊悔，烏黑的眼珠含著淚。他臉色黝黑發亮，像鉛塊的顏色一樣，只有顴骨下方有些發紅，那是剛剛被撞的。

史貝德揪住他的衣領，把他的身體扭過來，往後一直推，推到他剛才坐過的椅子前。那張黝黑的臉露出疑惑不解的表情。史貝德臉上浮現出一個溫柔而迷離的笑容，然後抬起右側肩膀和手臂，頃刻間，他的拳頭、手腕、前臂和臂肘彷彿鐵棒一般，在充滿張力的臂膀的帶動下，朝開羅的半邊臉砸去。開羅的一側下巴、嘴角和腮幫子受到沉重的打擊，暈了過去。

史貝德扶住他發軟的身體，將他放在椅子上。他就那樣四肢攤開，嘴巴張著，頭部下垂，靠在椅背上。

趁他毫無知覺時，史貝德慢吞吞地在他身上搜索了一遍，偶爾還翻動一下。搜查完畢後，史貝德把收繳上來的東西堆在桌子上，然後捲了一支菸，點燃，慎重而認真地逐一清點起來。

首先是一個黑色的、皮質柔軟的大錢包。裡面裝著面額不等的紙幣，加起來一共365美元，還有三張面額是5塊的英鎊；一張印有開羅姓名和照片的希臘護照，上面有各國的簽證；五張折起來的粉紅色的紙，紙質很薄，幾乎透明，上面密密麻麻地寫著字，像是阿拉伯文；一張幾乎被揉爛的剪報，上面登著亞傑和塞斯比遇害的新聞；一張明信片，照片上的女人皮膚黝黑，但模樣俊俏，眼神熱烈豪放，嘴巴線條柔美，嘴角微微向下；一條絲質大手帕，看起來已經用了很長時間，有些發黃，折疊的地方有些開裂了；一疊薄薄的名片，上面印著「喬爾‧開羅先生」字樣；還有一張戲票，戲是當晚在吉利劇院上演的。

除了錢包裡那些東西以外，他還在開羅身上找到三條色彩豔麗的絲質手帕，絲質手帕上帶著濃厚的柑苔調香水味；一塊白金的浪琴錶，錶鏈是純金的，錶鏈另一頭與一個白色呈梨狀的金屬環相接；一堆硬幣，分別來自美、英、法、中四個國家；一個鑰匙環，上面有五六把鑰匙；一支自來水筆，純銀材質，上面鑲嵌著瑪瑙石；一個合成皮套，裡面裝著一把金屬材質的梳

子；另一個合成皮套，裡面有一把修指甲的銼刀；一張卡片，上面印著舊金山街道地圖；一張南太平洋行李寄存卡；半包香料，紫羅蘭味的；一張名片，是上海做保險的中間人為了招攬生意特製的；四張信紙，上面印著貝爾維迪旅館字樣，其中一張上面寫著山姆・史貝德的大名，還有他事務所和住所的地址。

史貝德把上述物品認真檢查了一遍，還特地掀開錶蓋，看裡面是否有暗藏東西。檢查完畢後，他用兩根手指夾住開羅的手腕，確定仍有脈搏後放了下來。他回到座位坐好，捲了一支菸，點燃。他一邊吸菸，一邊凝神思考，臉上沒有一絲表情，只有嘴角一張一合。當開羅醒來，發出輕微的哼聲時，史貝德立刻變得友善起來，臉上帶著微笑。

喬爾・開羅慢慢睜開眼睛，視線卻一直停在天花板上。大約過了一分鐘，他才把嘴合上，嚥了下口水，鼻子裡發出粗重的喘息聲。他撤回一條腿，用手按了按，然後抬起頭來，四處打量了一下，一副心有餘悸的樣子。見到史貝德時，他坐直了身子。他原本想開口說話，但忽然感覺有些異常，於是伸手摸摸自己的臉頰，那裡剛剛被史貝德打過。他的臉已經腫了個大包，紅裡泛著青。

開羅咬著牙，艱難地吐出幾個字：「史貝德先生，其實我完全可以開槍，要了你的命。」

史貝德說：「你的計畫就是如此啊！」

「不，我本來不想開槍的。」

「嗯，我知道。」

「既然如此，你幹嘛要拿走我的槍，還打我一頓？」

史貝德咧嘴大笑，笑得連牙床都露了出來，活像一匹狼。他說道：「那5000塊酬勞原來是胡扯，你想想，我能不氣嗎？」

「不，史貝德先生，我說的是真的。」

史貝德詫異地說：「什麼？你不是耍我吧？」

開羅把手從又紅又腫的臉上移開，坐了起來，鄭重其事地說：「如果真能找到那座雕像，我願意支付5000塊。雕像在你手上嗎？」

「不在。」

開羅彬彬有禮，但有些質疑：「既然不在你手裡，你為什麼寧願冒著巨大的危險，也不讓我搜查？」

史貝德用一根手指彈了彈桌上那些開羅的東西，說道：「要是有人來打劫，我會無動於衷嗎？想必你已經弄到我的住址了吧，去搜過沒有？」

「搜過。我是打算支付5000塊，但如果能為事主省下這筆錢，我何樂而不為呢？你說是吧？」

「你說的事主是什麼人？」

開羅搖了搖頭，微笑著說：「請見諒，恕我無可奉告。」

史貝德俯身向前，抿著嘴，微笑道：「見諒？開羅，為了制住你，我可是費了許多功夫。這可是你自己送上門來的，怪不得我。昨晚剛好發生了兩起謀殺案，我完全可以憑這個理由送你去警局。現在，你只能乖乖聽我發落。」

開羅的笑容有些許僵直，但態度還是相當從容的：「來這兒之前，我曾對你做過調查。我很確定，你是個講道理的人。如果是樁好生意，你一定不會拒絕。」

史貝德聳了聳肩膀，問：「什麼生意？」

「就是我說的那5000塊，只要找到……」

史貝德把手翻過來，在開羅的錢包上重重扣了兩下，說道：「我敢保證，這裡面根本沒有5000塊。你也可以說，只要找到一頭紫色的大象，就付給我100萬。說，你到底想做什麼？」

開羅瞇起眼睛，慎重地說：「你的意思我懂，你是想讓我做點什麼，以示誠意，對嗎？」他用指尖在紅潤的下唇上抹了抹，「我可以預付一些訂金，這樣行嗎？」

「行。」

開羅伸出手，想去拿錢包，但好像忽然想到了什麼，把手收了回來，問：「先付你100塊怎麼樣？」

史貝德從錢包裡拿出100塊，然後皺著眉頭說：「還是200塊吧！」說

完，他又從錢包裡抽出100塊。

開羅沒說什麼。

史貝德把那200塊塞進衣服口袋，然後將錢包丟在桌上，果斷地說：「你的第一個想法是那座雕像在我手裡，現在證明不是。那麼，你的第二個想法是什麼？」

「就是你知道那座雕像的下落。即便不能完全確定，至少也得提供線索，以便我們去找。」

史貝德對此置若罔聞，又問：「你說雕像真正的主人是你們的人，能拿出什麼證據嗎？」

「很遺憾，沒什麼證據。關於這件事，沒有人能拿出確鑿的證據來。要是你瞭解整件事，就會同意我的說法，正因如此，我才會來找你。事實上，別人從我們的人手裡拿走了雕像，這件事本身就說明我們對它的所有權了。至少我們比塞斯比正當得多。」

史貝德問：「他女兒呢，你怎麼說？」

開羅的情緒變得激動起來，眼睛和嘴巴都張得老大，臉也漲紅了。他的聲音很尖銳：「雕像不是他的！」

史貝德「哦」了一聲，態度既不肯定，也不否定。

開羅的聲音沒那麼尖銳了，但情緒還是很激動：「他已經到舊金山了嗎？」

史貝德眨了眨疲累的雙眼，說：「我們還是把話挑明吧！」

開羅顫抖了一下，鎮定下來，用柔和的口吻說：「我覺得沒那個必要。如果你能提供一些我們不知道的線索，我至少會付給你5000塊。要是不能，我來找你就是多餘的，再按照你說的做，就更多餘了。」

史貝德點了點頭，冷漠地朝桌上那堆東西擺了擺手，說：「把你的東西收起來吧！」

開羅把東西收好。

史貝德又說：「你的意思是說，在我幫你們找那座雕像時，你們會負擔我的一切開銷。東西找到以後，我就能得到5000塊，對吧？」

「沒錯，史貝德先生。不過預付的部分要從那5000塊裡扣除，就是說，總數是5000塊。」

史貝德的眼角略微皺了皺，表情凝重地說：「好，你的要求很合理。你只是讓我幫你找回東西，並非去殺人或打劫。如果可以，我的手段要盡可能正當些。」

開羅的表情依然很鄭重，但眼睛除外。他說：「對，如果可以的話。我住在貝爾維迪旅館635號房，要是有重要情況，可以去那兒找我。史貝德先生，我對你很有信心，但願我們合作愉快。」他遲疑了一下，問：「我的槍可以拿走了嗎？」

「哦，差點忘了，當然可以。」

史貝德從上衣口袋裡掏出手槍，遞給開羅。

開羅用槍指著史貝德的胸口，鄭重地說：「把手放在桌上，我要搜搜你的辦公室。」

「真該死！行行行，你儘管搜吧！」史貝德苦笑著說。

六、跟蹤史貝德的小個子年輕人

　　喬爾‧開羅已經離開半小時了，但史貝德仍坐在桌前皺著眉頭發呆。過了一會兒，他學那些不想繼續沉浸在煩心事裡的人們那樣，大聲對自己說：「得了，不管怎麼說，他們已經付過錢了。」隨後，他拉開抽屜，從裡面拿出一瓶曼哈頓雞尾酒，還有一個紙杯。他把酒倒到杯子的三分之二處，喝完後，把酒瓶收回去，又把紙杯丟進紙簍。接著他起身穿上大衣，戴上帽子，關掉電燈，來到燈光璀璨的大街上。

　　在史貝德住所附近一個角落，站著一個身材矮小的年輕人。他二十出頭的樣子，穿戴乾淨俐落，一件灰色大衣，一頂灰色帽子。

　　來到沙特街後，史貝德開始朝卡尼街那邊走。他進了一家賣雪茄的菸店，買了兩袋產自德罕的牛頭牌菸草，然後走出菸店。這時，街對面有三個人正在等電車，矮個子年輕人也跟他們在一起。

　　史貝德來到鮑爾街，在一家名為赫伯特的烤肉店用了晚餐。7點45分，他從烤肉店裡出來。那個矮個子年輕人正站在一家男裝店門口，看著櫥窗裡的商品。

　　史貝德來到貝爾維迪旅館櫃檯找開羅，但服務人員說他不在。他轉頭看了看，那個年輕人在大廳一個角落裡坐著，與他保持很遠一段距離。

　　史貝德又去了吉利劇院，不過開羅並不在劇院的休息室裡。他一刻也不耽擱，來到劇院前的人行道，面對劇院站著。之前那個年輕人正混在幾個逛街的人中間，徘徊在馬科德餐廳門口。

　　直到8點10分，喬爾‧開羅才慢步朝吉利街走來。史貝德拍了一下他的

肩膀，他的反應很驚訝，而且一點也不像裝的。過了一會兒，他說：「對了，你看到戲票了，所以知道我會來這兒。」

史貝德把開羅從人群中拉到路邊，說：「是的。有個情況得跟你說一下。馬科德餐廳門口有個傢伙，戴帽子那個，看見了嗎？」

「哦？我看看。」開羅嘟囔著。他看了錶一眼，然後在吉利街上張望著。他首先看了看劇院門口張貼的廣告，上面的喬治·亞利斯[1]一身夏洛克裝扮。接著，他那雙烏黑的眼珠才緩緩朝旁邊掃視。果然，餐廳門口有個戴帽子的年輕人，臉色慘白，表情冷漠，睫毛彎彎的，一雙眼睛正在向下看。

史貝德問：「知道他是什麼人嗎？」

開羅笑了笑，說：「不知道，沒見過。」

「這個人在跟蹤我，跟了很長一段時間了。」

開羅舔了舔下嘴唇，說：「你還讓他看見我們倆在一起？這妥當嗎？」

「我哪知道是不是妥當？反正現在他已經看見了。」史貝德說。

開羅把帽子摘下來，用戴著手套的手順了順頭髮，然後重新戴好帽子，鄭重其事地說：「史貝德先生，我不認識這個人，而且跟他沒有半點關係。我用自己的人格發誓，我只請了你一個人幫忙。」

「這麼說，他就是別人派來的。」

「可能是吧！」

「我只是想把這件事弄明白。要是他妨礙我做事，我絕不留情。」

「你想怎樣就怎樣，反正我不認識他。」

史貝德說：「好，快進去吧，要開演了。再見。」

說完，他來到馬路對面，見有一輛電車正朝西開，便跳了上去。

戴帽子的年輕人緊隨其後，也上了那輛電車。

來到海德街時，史貝德下了車，走進家門。屋子裡並不是很亂，但明顯有被人搜過的痕跡。史貝德洗了個澡，換上一件乾淨的襯衫，套上一件立領

---

1. 喬治·亞利斯，英國著名演員。——譯註

外套，又出門了。他在沙特街坐上一輛往西去的車，年輕人也跟了上去。

距離皇冠公寓還有六七條馬路的路程時，史貝德下了車，來到一所棕色大樓前。他一次按下三個按鈕，門鎖發出「嗞嗞」的響聲，而後開啟。他進門後穿過電梯和樓梯，順著一條牆壁是黃色的走廊向下走，來到大樓背後，找到一扇上了耶魯鎖的大門，從後門進入一個窄小的院落。這個院落與後面那條黑漆漆的街道相連。走了兩條街，史貝德才穿過去。快到9點半時，他終於到了位於加州街的皇冠公寓。

布麗姬・歐香奈西的態度格外熱情，看來史貝德的到來令她感到很意外。她身穿一條阿托瓦式長裙，裙子是藍色的，綢緞料子，上面帶有暗色條紋，肩帶上裝飾著玉墜，拖鞋和長襪同樣是阿托瓦式。

起居室裡的陳設很整潔，兼有紅色和淺黃色兩色。一個黑色和銀色相間的陶瓶裡插滿了鮮花，令整個室內春意盎然。壁爐裡有三塊木柴，燒得正旺。歐香奈西去把史貝德的衣帽放好，史貝德則撥弄著爐火。

回屋時，她屏息問道：「有什麼喜訊嗎？」雖然是一副笑臉，但笑容中透著些許擔憂。

「不用擔心了。你不想說的那些事，不用對外界公布了。」

「你是說，警察不會來盤問我了？」

「對。」

她鬆了一口氣，無比輕鬆地坐在胡桃木長椅上，仰頭用敬佩的目光看著史貝德，問：「你是怎麼做到的？」她這麼問並非出於好奇，更多是覺得不可思議。

「在舊金山這個地方，很多事都可以用錢解決。」

她給史貝德騰出些地方，說：「坐啊！你這麼做會不會惹麻煩？」

他露出些許自得之色，說：「要是麻煩不大，我才不當回事。」

他站在壁爐前，用放肆的眼光打量著她，一邊打量還一邊評斷。在這種目光的注視下，她羞紅了臉。她的眼神還有些羞澀，但比過去自信多了。女孩見他半天不動，以為他不會過來一起坐了，誰知他來到長椅邊坐下，問道：「我跟你偽裝的那種人不一樣吧？」

她困惑地看著他，小聲說：「你什麼意思？我沒聽明白。」

他解釋說：「就是看起來像個女學生一樣，支支吾吾的，一有點什麼，臉就紅了。」

她沒有跟他的目光對視，紅著臉說：「我下午不是告訴過你嗎？我很壞，壞得超乎你的想像。」

史貝德說：「對，我問的就是這個。就像跟我說話這副樣子，你練了很久吧？」

她的樣子窘迫極了，看起來像要哭了，但她隨即噗哧一笑，說：「好吧，史貝德先生，我這個樣子全都是偽裝出來的。跟你說吧，其實我今年已經80歲了，是個翻砂匠，壞得不能再壞了。我這個樣子不是一天兩天能裝出來的，是經年累月一點點變的，不可能一下子改掉，你不會強人所難吧？」

他說：「哦，沒關係。我才不相信你是那麼單純呢！要是那樣，我們還怎麼合作？」

她用手捂著胸口，說：「我的確沒那麼單純。」

他禮貌地說：「今天晚上，我見到了喬爾‧開羅。」

愉悅的表情從她臉上消失了。她膽怯地盯著史貝德的側臉，隨後變得小心翼翼。史貝德把腿伸出去，面無表情，雙眼只盯著自己的腳。

一陣沉默後。她開口問道：「你認識他？」聲音裡透著緊張。

史貝德沒有抬頭，語氣還跟剛才一樣若無其事：「我說我今天晚上見到他了。他正準備去劇院看戲，喬治‧亞利斯演的。」

「你的意思是，你們兩個交談過？」

「對，不過只有一兩分鐘，然後劇院開演的鈴聲就響了。」

她起身去壁爐前撥動了幾下爐火，挪動了壁爐架上的擺設，又穿過屋子，來到角落處，從一張桌子上拿了盒香菸，整理了一下窗簾，最後回到座位上。這時候，她已經恢復平靜，看起來不再擔憂了。

她裝做若無其事的樣子，問道：「他說了些什麼？」

「說了些什麼？」

她略作猶豫，說：「關於我的。」

「一句也沒說。」史貝德掏出打火機，送到她那支菸旁邊。他那張魔鬼般的臉上沒有任何表情，唯有一雙眼睛在閃光。

她用玩笑和撒嬌的語氣問：「哎呀，他都說什麼了嘛？」

「他說讓我幫忙找一座黑鳥雕像，事成後有5000塊酬勞。」

她吃了一驚，把嘴裡的菸頭都咬碎了。她慌張地掃了他一眼，然後看向其他地方。

他懶散地問：「你不去弄弄爐火，再整理一下屋子了？」

她笑了一下，聲音愉悅而清脆，然後把咬碎的菸頭吐了出來，丟進菸灰缸，又用那雙炯炯有神的眼睛看著他，高興地說：「不用了。你的想法是怎樣的？」

「5000塊啊，這可不是一筆小錢。」

歐香奈西露出一副笑臉。但史貝德卻一臉嚴肅地看著她。她的笑容漸漸褪去，心裡不覺慌亂起來。她的神情既痛苦，又困惑，說道：「我知道，你不會相信他的話。」

「幹嘛不呢？5000塊啊，這可不是一筆小錢。」

她一把拉住史貝德的手臂，說：「史貝德先生，你不是已經答應幫我的嗎？我對你那麼信任，你怎麼能……」她放開他的手臂，兩隻手用力揉搓在一起。

史貝德露出一抹和善的笑，她見了以後不禁心慌意亂。

史貝德說：「你對我有多麼信任的問題還是暫時放一邊吧！是，我答應幫你的忙，但關於那座黑鳥雕像的事，你卻隻字未提。」

她那雙寶藍色的眼睛盯著他，目光中透著祈求：「可是你現在不是已經知道了嗎？否則你也不會提到它了。不管怎麼說，你不能這麼對我。」

他第三次說道：「5000塊啊，可不是一筆小錢。」

她舉起雙手，做出認輸的樣子，神情憂鬱地說：「不錯。要是說起我對你的信任和忠心，那可比我能付給你的錢多多了。」

史貝德哈哈大笑，笑聲中透著些許薄情，他說道：「說得對。你是付過錢給我，但除此之外，你還給過我什麼？你信任過我嗎？你甚至連一句實話

都沒說過。我幫過你的忙，可是你呢？幫過我一點沒有？你只是花錢讓我盡心為你做事罷了，除此之外，什麼都沒有。既然是做買賣，我當然要奉行價高者得的原則了。」

她的眼裡飽含熱淚，用顫抖而沙啞的聲音說：「別這樣，求你幫幫我吧！我寧願把所有錢都給你。要是你不幫我，我就無路可走了。你還想要什麼？」她來到他身邊，氣呼呼地說：「實在不行，我用自己的身體交換，可以嗎？」

兩個人的臉只有幾英寸距離，史貝德用雙手捧住她的臉，吻了她一下，這個吻既霸道，又充滿不屑。他往後退了一下，冷漠而暴躁地說：「讓我想想。」

她面無表情地坐在那裡，還保持著被他親吻時的姿勢。

史貝德站起來，說：「真該死，這太無聊了。」他來到壁爐前，走了兩步，然後停下來，瞪大眼睛看著燃燒的火焰，牙齒咬得咯咯直響。

歐香奈西還是動也不動。

他轉身面對她，臉色發紅，眉毛中間露出兩條深深的紋路。

他盡可能地平靜下來，說道：「我不管你說的是不是實話，也不管你想要什麼花招，至於你的秘密，我也不感興趣。只有一件事，你要讓我相信，你不是亂來的。」

「請相信我，我沒有亂來，我的目的純粹是善意的。」

他勒令道：「那就向我證明。我可以幫你，事實上，我已經在這麼做了。我甚至可以什麼都不問，就這麼閉著眼睛朝前走，但我現在還無法相信你，所以不能為你做什麼。你得給我一個相信你的理由才行。此外，你得清楚自己在做什麼，不能亂來。」

「相信我，再給我一點時間好嗎？」

「多長時間？你到底在等什麼？」

她搖著嘴唇，低頭看著地板，用小得不能再小的聲音說：「我必須跟喬爾·開羅見個面，談一談。」

史貝德看了一眼手錶，說：「今晚就可以。他看的那場戲快散場了。我

們可以往他住的旅館打個電話。」

她抬起頭來，慌亂地說：「不能讓他來這兒。我不想讓他知道我住哪兒，我怕。」

史貝德說：「那就去我家吧！」

她抿著嘴，遲疑片刻，問：「你覺得他會不會來？」

史貝德以點頭做了回答。

她立刻從座位上跳起來，大眼睛亮閃閃的，高聲說：「好吧！我們是不是馬上就走？」

她轉身去了隔壁房間。史貝德來到桌邊，輕輕拉開抽屜，裡面放著兩副撲克牌，一個記分簿，一個螺絲釘，一根紅繩和一枝金色的鉛筆。歐香奈西回來了，她換了一件灰色的羊皮大衣，戴一頂小巧的黑帽，手裡還拿著史貝德的外套和帽子。這時候，史貝德早已合上了抽屜，點上了菸。

他們坐計程車來到史貝德家樓下，計程車停在一輛黑色轎車後面。黑色轎車的駕駛位上坐的是伊娃‧亞傑，車上沒有其他人。史貝德摘下帽子，跟伊娃致意，然後便陪布麗姬‧歐香奈西走進大門。進去以後，他停在一張長椅前，對歐香奈西說：「我有事出去一下，你在這裡等我一會兒好嗎？」

歐香奈西坐下來，說道：「當然可以，去吧，慢慢處理你的事。」

史貝德來到轎車旁邊，打開車門。

伊娃的臉色很蒼白。她說：「山姆，我必須跟你談一下，讓我進去好嗎？」

「現在不是時候。」

伊娃咬著牙，厲聲問：「她是什麼人？」

史貝德柔聲說：「伊娃，我時間不多，告訴我，出什麼事了？」

伊娃朝門口點了下頭，追問道：「她到底是什麼人？」

史貝德放眼朝街上看去。不遠處街角的一個車庫前，有一個二十來歲的年輕人正懶散地靠在牆邊。他個子不高，身穿一件乾淨的灰色大衣，戴一頂灰色帽子。史貝德不禁皺起眉頭，收回了目光，看著伊娃那張氣急敗壞的臉。

他問道：「到底什麼事？已經很晚了，你不該來這裡。」

她哀怨地說：「我現在終於懂了。你不願意讓我去事務所找你，現在又說我不該來這裡。你的意思就是不想繼續跟我來往了，對嗎？既然如此，你大可把話挑明。」

「伊娃，你沒權利要求我這麼做。」

「我是沒權利。只要是跟你有關的事，我都無權要求什麼。在此之前，我覺得自己是有這個權利的。在我看來，你的表現說明你是愛我的，你給我……」

史貝德沒耐心聽下去，說道：「親愛的，現在不是說這些的時候。來找我有什麼事？」

「山姆，我不能在這兒說，讓我進去好嗎？」

「現在不方便。」

「怎麼了？」

史貝德沒有回答。

她抿著嘴啟動了汽車，然後氣呼呼地盯著前面看。

直到車子向前開走，史貝德才說：「伊娃，我們明天再見。」他一手拿著帽子，另一隻手去把車門關上，然後站在路邊看著。直到車子遠去，他才轉身回去。

布麗姬‧歐香奈西從長椅上站起來，開心地笑了。兩個人一起回史貝德的公寓。

七、寫在空中的字母——G

　　由於安裝在牆上的床已經翻了起來，所以他的臥室現在成為起居室。史貝德把歐香奈西的衣帽拿開，讓她坐在一張有坐墊的搖椅上，然後去給貝爾維迪旅館打電話。旅館的人說，開羅去了戲院，還沒回來。史貝德留下自己的電話，讓他們通知開羅，一回旅館就打電話給他。

　　他坐在桌邊的扶手椅上，對眼前的女孩講述了一件事。事情發生在幾年前的西北地方。他不加任何修飾，也沒有抑揚頓挫的聲調，只是平淡地敘述著。有時候把一些語句略作改動，重說一次。他的講述給人一種這樣的感覺：這件事非常重要，任何細節都要按原樣複述下來才行。

　　起初，布麗姬‧歐香奈西聽得並不認真，很明顯，這個故事並沒有吸引她，只是讓她感到有些奇怪而已。與故事本身相比，她更想弄明白的是史貝德講這件事的用意。不過後來，她慢慢被這個故事打動了，幾乎入了迷。

　　故事是這樣的：有一個人名叫佛里特克拉夫特。一天中午，他離開位於塔科馬的房地產辦事處，出去吃飯，可是這一去就杳無蹤跡了。距離午飯不到半小時，他還給別人打過一個電話，約對方下午4點後一起去打高爾夫球，可到了約定的時間，他並未出現。他的妻子和孩子從那以後再也沒見過他。他與妻子的感情很好，他們有兩個兒子，大的5歲，小的3歲。在塔科馬郊區，他擁有一套住宅，另外還有一輛屬於自己的汽車，派克牌的。總之，那種衣食無憂的美國人擁有的一切，他都有。

　　佛里特克拉夫特繼承了父親的70000美元遺產，一直從事房地產業，經營得還不錯。失蹤時，他已經靠這行賺了大概20萬美元。他的事業已步入正

軌，只剩一些瑣碎的小業務還沒了結，比如在他失蹤之後那天，就有一筆利益頗豐的買賣準備達成交易。可見，他是在完全沒有任何準備的情況下失去蹤跡的。失蹤之時，他身上只帶了五六十塊錢。有人推測，他可能做了什麼見不得人的事，或者有了別的女人。不過，據他以往的行事作風來看，上述推測都不成立。

「他的失蹤就好像握緊的拳頭忽然鬆開了一樣，一下子什麼都沒了。」史貝德說道。

正講到關鍵時刻，電話鈴響了起來。

史貝德接起電話，說道：「喂，開羅先生嗎？我是史貝德。我想請你到我家來一趟，可以嗎？就在伯斯特街。對，我就是這個意思。」他回頭看了歐香奈西一眼，然後噘著嘴，迅速說道，「歐香奈西小姐也在這裡，她想跟你見個面。」

歐香奈西動了動，皺起眉頭，一言不發。

放下電話後，史貝德對她說：「他一會兒就過來。我們接著說。那件事發生在1922年。到了1927年時，我在西雅圖一家大型偵探事務所上班，佛里特克拉夫特的妻子找到我，說在斯波坎①見到一個長得很像他丈夫的人。我去了一趟，見到了那個人。他就是佛里特克拉夫特。原來，他化名為查爾斯·皮爾斯，在斯波坎住了好幾年。他還在幹老本行，每年能賺20000～25000美元，而且在那裡又娶了個老婆，還生了個兒子。他在斯波坎郊區有一套房子。每當需要交際的時節，他就會約人去打高爾夫，時間仍舊是下午4點。」

雖然找到了佛里特克拉夫特，但史貝德不知如何處理，因為沒人告訴過他該怎麼辦。當時，史貝德住在達文波特旅館，兩個人就在他房間裡聊了一會兒。佛里特克拉夫特覺得自己的行為沒什麼不對的，也不屬於犯罪，因為他給之前的妻子和孩子留了一大筆錢，足以讓他們衣食無憂。不過，該怎麼

---

1. 斯波坎：位於美國華盛頓州東部，是華盛頓州的第二大城市。——譯注

跟史貝德解釋這件事，他有些頭疼。在此之前，他還沒想過該怎麼對外人解釋這件事，這次不妨嘗試一下。

史貝德對歐香奈西說：「他一說我就明白了，但他妻子有些想不通。在她看來，這件事有些沒頭沒腦。不過這件事的結局倒還令人滿意。女人不希望這件事傳得沸沸揚揚，而且她覺得他這麼做純粹是玩陰謀，因此她也沒心思繼續跟他過了。後來，兩個人悄無聲息地辦了離婚手續，從此各過各的，事情就這樣圓滿的解決了。」

「原來，當年的事情是這樣的：那天出去吃午飯時，他路過一座正在修建中的辦公大樓。大樓的框架剛剛建好，一根房樑之類的東西忽然從八九層樓高的地方掉下來，落在與他距離非常近的人行道上。他沒被砸到，但被飛起來的小石頭擦傷了臉。我見到他的時候，他臉上還有一塊舊傷疤。說起這件事的時候，他忍不住去摸了摸那道疤。呵呵，這個人的感情還挺豐富的。不過，據說他當時被嚇得不輕，與其說是被嚇到，倒不如說是很受震撼。在他看來，他的生活原本是被掩蓋起來的，而這件事似乎把上面的蓋子掀開了。」

「佛里特克拉夫特一向奉公守法，而且對家庭很有責任感，是個稱職的丈夫和父親。他的生活一直順風順水，而且不用為生計煩惱，所以他覺得這麼做是理所當然的，並非被迫。他身邊的人也都是這樣的。他的生活始終安穩而勤懇，而那根突然墜落的房樑令他意識到：生活其實不是這樣的。雖然他是個奉公守法的人，是個稱職的丈夫和父親，但那根突然墜落的房樑也許會剝奪他的生命。他覺得很多人會被這樣的意外害死，之所以能活下來，不過是僥倖而已。」

「他很苦惱，倒不是因為覺得上天不公平，最初受到打擊時，他已經決定順應上天的安排了。他之所以苦惱，是因為他發現有序的生活不但節奏不對，而且根本不在同一個軌道上。如果不能習慣新事物，他的心情就無法平靜。因此，吃過午飯，他想出了一個習慣新事物的辦法：要是生命會被突如其來的墜落物終結，他幹嘛不改變一下自己的生活呢？比如離開現在的環境，來個不辭而別。他說，自己還跟以前一樣愛家人，但心想，留給他們的

財富完全能保障生活，所以雖然仍有不捨，但他並未因離別而感到難過。」

史貝德繼續講述道：「當天下午，他抵達西雅圖，從那裡坐船前往舊金山。他四處漂泊，後來到了西北部，在斯波坎定了居，又娶了位妻子。他的第二任妻子與前妻長得不像，但性格有很多地方相似。她喜歡打高爾夫球和橋牌，還喜歡新式沙拉烹飪。佛里特克拉夫特認為自己的做法無可厚非，因此對於自己的選擇，他並不後悔。事實上，他現在的生活跟在塔科馬時沒什麼兩樣，只不過他完全沒意識到這一點。不過我一直覺得這種生活還不錯。他以前之所以不告而別，是想習慣生活中突然墜落的房樑，但後來再沒有什麼東西突然墜落，所以他就習慣了那種生活。」

布麗姬·歐香奈西說：「很吸引人的故事。」她起身來到他面前，靠得很近。她瞪大眼睛，目光很深邃。她說道：「你提出讓我和他見面的主意對我沒什麼好處，這個不用我說你也知道。不過既然你那麼說了，我只能接受。」

史貝德微笑著說：「是，這個不用說了。」

她的手不停地擺弄著那件藍上衣上的一顆黑釦子：「如果不是對你那麼信賴的話，我不會陷入現在這樣的境地，你應該清楚這一點。」

史貝德有些無奈，語氣中透著嘲諷：「又說這個。」

她執著地說：「可是你知道，事實就是如此。」

史貝德撫摸著她那隻擺弄釦子的手，說道：「不，我不知道。我們之所以陷入這種境地，是因為當初我想弄明白你究竟想做什麼，還有我憑什麼要相信你。這是兩碼事，別攪和在一起。總之，我無需你相信，只要你能說動我，讓我相信你就好了。」

她盯著史貝德的臉看，鼻子兩側輕輕動著。

史貝德又摸了摸她的手，笑著說：「他一會兒就來了，別想這些啦！把你們的事處理完，回頭我們再商量下一步怎麼走。」

「你想讓我自己和他交涉？」

「是啊！」

她用手心貼著史貝德的手，柔聲說：「親愛的，你真是上天給我的恩

賜。」

「沒有你說的那麼好。」史貝德說。

她雖然面帶笑容，但眼神中還是有些埋怨，然後轉過身去，坐回到搖椅上。

喬爾・開羅的黑眼睛裡布滿了血絲，情緒很激動。史貝德還沒把門打開，他就用尖銳的聲音絮叨起來：「史貝德先生，在劇院門口看到的那傢伙又跟來了，正在外頭守著。這下可好，我都無法解釋了。其實，我是抱著很誠懇的態度來這兒的，沒想要什麼詭計。」

史貝德皺起眉頭，沉吟道：「我也是誠心請你過來的，不過，我早該想到那傢伙會跟來。你進來的時候，他看見你沒有？」

「肯定看見了。我原本可以走過去的，但你卻讓他們看見我們在一起了，所以一切都沒意義了。」

布麗姬・歐香奈西來到走廊，站在史貝德身後，焦急地問：「有事嗎？你們說的是哪個傢伙？」

開羅摘下那頂黑帽子，給歐香奈西鞠了個躬，不過他的動作硬邦邦的。他嚴肅地說：「我也是從史貝德那裡知道的。你有什麼問題就問他吧！」

史貝德沒有轉身對著歐香奈西，只是毫不在乎地說：「有個傢伙一直跟著我，跟了一晚上。進來說吧，開羅，讓鄰居聽見了可不好。」

歐香奈西抓住史貝德的手臂，問道：「你去我住處的時候，他有沒有跟著？」

「沒有，我甩開他了。我想，他應該是想回到這裡來繼續盯梢。」

開羅用雙手拿著帽子，貼在肚子上，進了走廊。史貝德關上了門。

來到起居室，開羅又給歐香奈西鞠了個躬，動作同樣是硬邦邦的。

「歐香奈西小姐，能再見到你真是太好了。」他說。

歐香奈西伸出手，說道：「喬爾，我就知道，你見到我一定會很開心。」

兩人握手時，開羅又鞠了個躬，然後便鬆開了手。

達許・漢密特

歐香奈西回到之前那張搖椅中坐下，開羅則坐在桌邊的扶手椅上。史貝德把開羅的帽子和外套放在衣櫥裡，然後來到窗邊，坐在沙發上捲菸。

歐香奈西對開羅說：「關於你想買那座黑鳥雕像的事，山姆已經告訴我了。我想知道，你什麼時候能準備好這筆錢？」

開羅揚起眉毛，面帶笑容道：「已經準備好了。」他對歐香奈西笑了一會兒，然後轉頭看著史貝德。

正在點菸的史貝德臉上沒什麼表情。

歐香奈西問：「是付現金嗎？」

開羅回答說：「嗯，是的。」

她眉頭緊蹙，舔了舔嘴唇，然後把舌頭收回去，問：「假如我們現在交出黑鳥雕像，你能馬上支付5000塊嗎？」

開羅舉起一隻手，扭動著說：「呃，可能我沒說明白。我現在身上沒有5000塊，但已經備好了，放在銀行裡。等銀行營業了，馬上就能取出來。」

她看了看史貝德，說：「哦。」

史貝德朝胸前吐了一口煙，說：「他應該沒撒謊。今天下午，我搜過他的身，口袋裡只有幾百塊。」

她瞪大了眼睛，史貝德見了以後不禁咧開嘴巴笑了。

坐在椅子上的開羅俯身向前，急迫地說：「明早10點半，我把準備好的錢交給你，你看可以嗎？」

布麗姬·歐香奈西微笑著說：「可是黑鳥雕像沒在我手上。」

開羅的臉因為生氣而漲紅起來。他板著臉，一句話也不說，黑色的眼睛裡透著憤怒，兩隻醜陋的手搭在椅子扶手上，瘦弱的身體坐得筆直。

女孩朝他扮了個鬼臉，勸慰道：「給我一個禮拜時間，我就能弄到手了。」

開羅很有禮貌，但仍有疑慮：「東西在什麼地方？」

「就在佛洛德的藏身之處。」

「你說的是佛洛德·塞斯比嗎？」

歐香奈西點了點頭。

開羅追問道：「你知道藏在哪兒嗎？」

「應該知道。」

「既然如此，幹嘛還要等上一個禮拜時間？」

「或許不用等那麼久吧！告訴我，這件東西你是幫誰買的？」

開羅挑起眉毛，回道：「當然是它的主人了，我跟史貝德先生說過。」

女孩有些驚訝：「你又回到他身邊了？」

「那是自然。」

她低聲笑道：「我早該猜到的。」

開羅聳了聳肩膀，用一隻手心摩擦著另一隻手的手背，垂下眼簾，說：「這很合理啊！現在該我問你了。你想不想把東西賣給我？」

她的回答很果斷：「佛洛德的死讓我感到恐懼，所以我不敢再帶著那東西，甚至連碰都不敢碰。我只希望能把它立刻脫手。」

史貝德放鬆地坐在沙發上，一隻手臂拄著扶手，表情淡然地看著他們兩個，同時傾聽他們的交談，看不出他是好奇還是心煩，也看不出他偏向哪方。

開羅小聲問：「佛洛德究竟出了什麼事？」

布麗姬・歐香奈西沒說話，只是用右手食指指尖在半空中比劃了一下，畫出一個字母——G②。

開羅笑了，但笑容中帶著疑慮：「哦，知道了。他也在這裡嗎？」

她煩躁地說：「不清楚。這個問題不重要吧？」

開羅笑容中的疑慮更深了，他雙手放在腿上，又短又粗的食指隱約指了指史貝德，說：「重要得很。」

女孩看了看他的食指，然後做了個手勢，煩躁地說：「反正不是你就是我。」

---

2. G在這裡表示一個人名的開頭第一個字母，指的是古特曼。古特曼的英文原詞為Gutman。——譯注

「說得對。還有外頭負責跟蹤的那傢伙。」

「嗯。」她大笑一聲，說，「如果他就是你在君士坦丁堡派出去的人，那就是了。」

開羅氣得漲紅了臉，用刺耳的聲音叫道：「難道他就沒有可能是你派的？」

聽了這話，布麗姬·歐香奈西立刻從椅子上跳起來，快步來到開羅面前。她咬著下唇，臉色因為緊張而變得慘白，瞪著一雙烏黑的大眼睛。開羅剛要起身，歐香奈西揚起右手，往他臉上啪啪打了兩下，開羅臉上出現了清晰的指印。

開羅喉嚨裡發出一聲悶響，把耳光打了回去，不僅如此，他還推了她一下。她一時沒站穩，低聲尖叫起來。

史貝德面無表情地離開沙發，來到兩人身邊，一把抓住開羅的脖子，用力地晃來晃去。脖子咯咯作響的開羅伸手去掏槍，但史貝德握住他的手腕，迫使那隻手離開衣服，伸到一邊。開羅無力地鬆開手指，那把黑色的手槍落在了地毯上。

布麗姬·歐香奈西迅速過去撿起那把槍。

被扼住喉嚨的開羅費力地說：「你又打我，這已經是第二回了。」他的眼球向外凸著，但眼神卻異常冰冷，怒不可遏。

史貝德大聲道：「沒錯，只有讓你挨打，你才能老實點。」他鬆開開羅的手腕，然後給了他三個大耳光。

開羅原本想朝史貝德臉上吐唾沫，但他只做了個動作，沒吐出來，因為他嘴巴太乾了。史貝德又往他嘴巴上打了一下，打破了他的下嘴唇。

就在這時，門鈴響了。

開羅盯著走廊通道的門，眼睛滴溜溜地轉。他的眼神裡沒有怒氣，只有警覺。

女孩的呼吸變得沉重起來，倉惶地盯著走廊。

史貝德臉色陰沉，朝開羅看了一眼。開羅的嘴上正在流血。史貝德往後退了一步，把手鬆開了。

女孩來到史貝德身邊，小聲問：「是誰？」

開羅也盯著史貝德，目光中透著同樣的問題。

史貝德不耐煩地回道：「我也不知道是誰。」

門鈴又響了，這次比上次響得更急。

「好了，別說話。」史貝德離開房間，隨手關上了門。

史貝德把走廊的燈點亮，然後開了門。門口站著的是丹第警官和湯姆．波浩斯。

湯姆說：「你好啊，山姆。我們猜，你這時候應該還沒睡。」

丹第沒說什麼，只是點了點頭。

史貝德的語氣很和善：「我說哥們，這都幾點了？你們倆可真會挑時間。」

「史貝德，我們有些事想跟你聊聊。」丹第的語氣很平淡。

史貝德擋在門口，說道：「行，說吧！」

湯姆．波浩斯往前走了一步，說：「就在這兒說嗎？不合適吧？」

湯姆湊到史貝德面前，那張粗糙的臉幾乎貼到人家鼻子下面了。他臉上帶著嘲諷的表情，但態度很親暱，一雙小眼睛閃著興奮的光芒。他伸手推了推史貝德的胸口，玩笑道：「嘿，山姆，你這是怎麼了？」

史貝德用力頂住那隻手，臉上露出猙獰的笑容，問：「怎麼，湯姆，想硬碰硬？」

湯姆把手收回去，小聲說：「看在上帝的面子上，好不好？」

丹第咬著牙，擠出幾個字來：「進去說。」

史貝德露出尖銳的牙齒，說：「不行！想說什麼就在這兒說，不想說就滾。」

湯姆哼了一下。

丹第依舊咬著牙，說：「史貝德，還是配合點的好。躲得了一時，躲不了一世。」

史貝德得意地說：「那就試試吧，看你能不能擋得住我。」

丹第背過手去，把那張鋼鐵一般的臉湊到史貝德面前，說：「好啊，試試就試試。人們都說，你和亞傑的老婆是一夥的，你們倆合謀騙了亞傑。」

史貝德大笑起來，說道：「聽得出來，這是你自己的想法。」

「你不承認？」

「當然不認，根本就是無稽之談。」

丹第說：「我聽說亞傑的老婆想跟老公離婚，然後嫁給你，但亞傑沒答應，是真的嗎？」

「沒這回事。」

丹第假裝若無其事地繼續說道：「很多人都說，亞傑去跟蹤那個人是你故意指派的。」

史貝德忍俊不禁，笑道：「想同時把幾條命案賴在我頭上，你未免太貪了吧？因為塞斯比殺了邁爾斯，所以你認為我把塞斯比給殺了，現在你又認為我殺了邁爾斯，前面的說法就不攻自破了。」

丹第說：「我有說過你殺了哪個人嗎？是你自己說的好不好？就算是我說的，這種觀點也很合乎邏輯。」

「呵呵，你的意思是，我為了搶邁爾斯的老婆，所以殺了他，然後再殺塞斯比，把邁爾斯的死推到他身上？厲害，真他媽厲害。照這麼說，我還得再殺一個人，這樣才能把塞斯比的死推到那個人頭上。看來，以後只要舊金山出了命案，就都得怪在我頭上？」

湯姆說：「哎呀，山姆，別鬧了。其實我們跟你一樣，也不樂意做這種事，可是沒辦法，職責所在。你應該能理解。」

「你們能不能幹點正事？別大半夜的跑到人家來問一堆蠢得不能再蠢的問題。」

丹第不失時機地補了一句：「而且對方的回覆謊話連篇。」

史貝德回了一句：「你就放心吧！」

丹第把他從頭到腳打量了好幾遍，然後盯著他的眼睛，說道：「我的判斷不會錯，你跟亞傑的老婆並不清白，你在撒謊。」

湯姆那雙小眼睛露出詫異的目光。

史貝德用舌尖舔了舔嘴唇，說道：「你大半夜跑到這兒來，就是為了這個剛剛打探到的消息？」

「這只是其一。」

「還有什麼？」

丹第撇了撇嘴，看著站在門口的史貝德，別有用心地說：「我們進去說。」

史貝德皺起眉頭，搖了搖頭。

丹第嘴角揚起，得意洋洋地笑了，笑容中透著陰險。他對湯姆說：「裡邊肯定有古怪。」

湯姆不看他們兩個，只是慌亂地挪動著雙腳，含含糊糊地說：「誰知道呢！」

史貝德說：「你們兩個在打什麼啞謎？」

丹第把大衣釦子扣上，說：「算了，史貝德。我們這就走，不過以後有事的話，我們還會再上門來。我猜，你想跟我們對著幹。再仔細考慮考慮吧！」

史貝德咧嘴笑道：「好吧，警官。隨時恭候二位大駕。改天方便的話，我會請你們進去坐的。」

這時，起居室裡傳來尖銳的叫聲：「警官，救我！救我！」是喬爾·開羅在呼救。

丹第警官剛要離開，聽到叫聲，停下了腳步。他轉過身來，嚴肅地對史貝德說：「我們還是進去看看的好。」

屋裡傳來一陣打鬥聲，拳頭的砰砰聲，還有被人捂住嘴巴後發出的呼救聲。

史貝德勉強笑道：「看這情形，二位還是請進吧！」說完，他給兩位警官讓了路。

兩個人進了走廊，史貝德關上門，隨他們一起進了起居室。

八、一派胡言

布麗姬・歐香奈西坐在桌子旁邊的扶手椅上，身體縮成一團，下巴埋在膝蓋後面。她眼眶發白，看起來又驚又怕。

喬爾・開羅弓著身子站在她面前，一手握著那把曾經被史貝德卸掉的手槍，另一隻手按著正在流血的額頭。鮮血順著他的指縫流，滴在眼睛上。他的嘴唇上有道細長的傷口，下巴上也有三條波浪形的傷。

開羅瞪著那個蜷縮在一起的女孩，好像當幾個偵探不存在似的。他想說些什麼，但嘴唇一直在發抖，根本說不出話來。

走在最前面的丹第衝到開羅身邊，一隻手伸到腰間，另一隻手扼住開羅的手腕，喝道：「做什麼呢？」

開羅拿開沾滿鮮血的手，在丹第面前揮動。額頭的傷口露了出來，上面有道傷口，足有三英寸長。

他叫道：「看，這就是她做的好事！」

女孩站起來，膽怯地看看正按著開羅手腕的丹第，又看看湯姆・波浩斯，然後快速躲到他們身後，距離史貝德比較近的地方。

史貝德正倚在門框上，臉上沒什麼表情。當女孩看著他時，他那土黃色的眼睛裡有些許不懷好意的笑意稍縱即逝。

丹第歪著腦袋看了看開羅的傷，問女孩說：「是你打傷他的嗎？」

歐香奈西朝史貝德看去。史貝德倚在門框上，對她探問的目光無動於衷，好像所有事都跟自己無關一樣。

女孩轉過來，用那雙烏黑的大眼睛看著丹第。她的目光無比誠懇，但

聲音卻在發顫：「怎麼會呢？剛才房間裡只有我們兩個，他要打我，我只是……想把他推開，根本沒想開槍。」

開羅拿槍的那隻手被丹第按著，他一邊掙扎，一邊喊道：「天吶，你就是個騙子！太無恥了！」他轉身對丹第說：「別聽她胡說。我是抱著誠意過來談事情的，沒想到，他們竟然合起夥來揍我。聽見你們來敲門，他把槍留給她，讓她看住我，然後才出去開門。等他出去，這女人就告訴我說，等你們兩個離開了，他們就幹掉我。我很害怕，所以才大聲呼救。我想，你們聽見喊聲一定會來救我的。後來，她就用槍往我身上打。」

丹第奪下開羅手裡的槍，說：「這東西得沒收。好了，說說怎麼回事吧！你來這兒想做什麼？」

開羅轉過頭去，用憤怒地眼神看著史貝德，回道：「是他打電話約我過來的。」

史貝德像要睡著了似的，一句話也沒說，只對開羅眨了眨眼睛。

「他找你來有什麼事？」丹第問。

在回答之前，開羅先掏出一塊淺紫色帶條紋的絲質手帕，擦拭著下巴和額頭上的血。剛才他很生氣，但現在卻變得警覺起來。

「他們只說……只說想跟我見個面，沒說什麼事。」他回答說。

湯姆‧波浩斯低頭聞了聞開羅的絲質手帕，上面有股柑苔調香水味。隨後，他轉過頭去，用責問的眼神盯著史貝德。史貝德忙著捲菸，只對他眨了眨眼睛。

「然後怎麼了？」丹第問。

「然後，他們兩個就開始揍我。那女人先動手的，然後史貝德把我按住，奪走了我口袋裡的槍。幸虧你們來了，不然我就沒命了。他讓這女的用槍盯住我，然後就出去開門了。」

布麗姬‧歐香奈西忽然從扶手椅中起身，給了開羅一個耳光，說：「他胡說！你們得想想辦法，讓他誠實點。」

開羅疼得哇哇大叫，不知在說些什麼。

丹第揪住開羅，又把女孩推到椅子上，吼道：「不許胡來！」

史貝德點上菸，吐出煙霧，對湯姆咧嘴一笑，小聲說：「她性格比較暴躁。」

湯姆說：「是。」

丹第低頭看女孩，板著臉問：「你說想讓我們聽真相，那真相是什麼？」

她說：「反正他說的那些沒一句是真的。」她轉過頭去，問史貝德：「我說的對不對？」

史貝德說：「我當時在廚房弄蔬菜肉蛋捲，誰知道你們怎麼回事。」

她皺著眉頭，用疑惑的目光看著他。

湯姆哼了兩下，一臉厭棄的樣子。

對於史貝德說的話，丹第連理都不理。他繼續盯著女孩問：「求救的人是他，不是你，你還說他在撒謊？」

女孩鄙夷地看著開羅，回道：「他膽子太小了。我就動手打他幾下，竟然把他嚇成那樣。」

開羅臉上血跡斑斑，沒沾上血的地方也因生氣而發紅。他氣呼呼地說：「得了吧，又在騙人了！」

歐香奈西用穿著藍色高跟拖鞋的腳踢開羅的小腿骨。丹第趕緊把開羅拉到一邊。高大的湯姆來到她面前，低聲說：「妹妹，你這樣可不好，收斂點兒。」

她肆無忌憚地說：「你們要是讓他實話實說，我就不這樣。」

湯姆說：「好吧，我們會的，但你別太放肆了。」

丹第信心滿滿地盯著史貝德，一雙綠眼睛裡閃爍著凌厲的光芒。

「湯姆，他們肯定有問題，應該帶回去審問。」他對屬下說。

湯姆點了點頭，臉色很陰沉。

史貝德從門口走進房間，來到桌邊時，把菸蒂丟在菸灰缸裡。他面帶微笑，態度親切，從容地說：「這件事只要調查一下就真相大白了，別急著把人帶走嘛！」

丹第一臉不屑地笑了笑，說：「那是當然。」

史貝德給女孩鞠了個躬，說：「歐香奈西小姐，給你介紹一下，這位是丹第警官，這位是波浩斯探長。」他又給丹第鞠了個躬，介紹道：「歐香奈西小姐是一名私家偵探，在我手下工作。」

「這不是真的。她……」喬爾・開羅氣呼呼地說。

史貝德連忙搶過話頭，聲音很大，但態度還跟剛才一樣溫和。他說：「我們的僱傭關係是昨天才確定的。這位先生叫喬爾・開羅。他跟塞斯比是朋友，算不上朋友的話，也是彼此熟識。今天下午，他來找我，說想請我去找一件東西。東西在塞斯比手裡，他被殺時很可能帶在身上。我覺得這件事怪怪的，所以拒絕了。結果開羅就掏出槍來……算了，現在也不是對簿公堂，先不說這個。後來，我跟歐香奈西小姐商量了一下，覺得應該再找開羅來談談，說不定能探聽出一些關於邁爾斯和塞斯比被殺的內情來。就這樣，我把開羅約過來了。在詢問時，我們的態度可能不太好，但也沒把他怎麼樣。他是受了點傷，可遠遠沒到威脅生命的地步。那把槍是他的，因為他曾經拿槍對著我，所以我這次只能一見面就搶下了他的槍。」

這時候，滿臉通紅的開羅有點心虛了，一雙滴溜溜亂轉的眼睛有時盯著地面，有時候又看看史貝德那張沒有任何表情的臉。

開羅垂下眼簾，盯著丹第的胸口看了大概一分鐘，然後才敢往上看。不過，他目光閃爍，謹小慎微的。他小聲說：「我不知該怎麼說。」他的樣子不像是裝出來的。

丹第建議道：「實話實說就行。」

開羅看著丹第，焦躁地說：「就算我說的是實話，你們會相信嗎？」

「別吞吞吐吐的。只要你控訴他們打你了，法官就會發傳票，拘捕他們。」

史貝德用輕鬆的語氣說：「沒事，開羅，就按照他說的做，哄他開心一下嘛！你起訴完我們，我們再起訴你，這樣我們幾個就都被抓起來了。」

開羅一副緊張兮兮的樣子，先是清了清喉嚨，然後四處張望，目光不敢與任何人對視。

丹第的鼻孔重重地出了一口氣，說：「你們幾個把帽子拿上。」

開羅用探尋而憂慮的目光看著史貝德，但坐在搖椅扶手上的史貝德一臉嘲諷，還對他眨了眨眼睛。

史貝德咧開嘴巴，對大家笑了笑，又對女孩笑了笑，然後用愉快的語氣說：「行了，讓我們把這件事弄個明白。」

丹第那張方正的臉緊繃著，像塊鐵板似的。他又重複了一遍：「你們幾個把帽子拿上。」

史貝德對丹第笑了笑，然後動了動身子，以便讓自己坐得更舒服一點。

「怎麼你們還沒發現嗎？其實你們被捉弄啦！」他的語氣聽起來很慵懶。

湯姆‧波浩斯的臉紅得發亮。

丹第一動也不動，板著臉，輕輕撇了撇嘴，說道：「是嗎？不管真相怎樣，到警局以後都會弄清楚。」

他從扶手上站起來，腰背挺直，雙手插口袋，信心滿滿地低頭看丹第，眼神裡透著嘲諷。

他說：「丹第，你真打算把我們抓起來？我不信你有這個膽子。我們會把今天的事透露給舊金山的各家報紙，讓你鬧的這個笑話人盡皆知。你想讓我們起訴對方，然後全部被關起來？別做夢了。跟你說吧，你中計了。你們來按門鈴的時候，我跟歐香奈西小姐說『肯定是警察來了。那幫該死的傢伙，一次比一次惹人厭。不如我們設個圈套，耍他們一下。我去開門，你們聽著點兒，等他們要走的時候，你們當中的一個就大聲呼救。他們肯定中計。看看能騙他們多長時間。』然後……」

布麗姬‧歐香奈西坐在椅子上捧腹大笑，看起來有些情緒失控。

一開始，開羅有些吃驚地看著她，後來，他自己也笑了起來。他沒有絲毫怒氣，只是笑容有些凝滯。

湯姆瞪大眼睛看著他們，模樣很凶。他大聲叫道：「夠了，山姆，別胡鬧了。」

史貝德嘿嘿一笑，說：「事情本來就是這樣啊，我們……」

丹第用蔑視的口吻說：「你怎麼解釋他頭上和嘴上的傷？這些傷是怎麼

弄的？」

史貝德說：「這得問他本人。照我看，也許是刮鬍子的時候不小心弄傷的。」

沒等丹第發問，開羅就主動說了。他滿臉堆笑，但臉上的肌肉卻因緊張而顫抖著。

「是摔在地上弄的。你們來的時候，我們倆正在玩搶手槍的遊戲，我不小心被地毯絆住，摔倒了。」

「一派胡言。」丹第說。

史貝德說：「丹第，事情就是這樣，你愛信不信。在報社面前，我們也是這麼說。信與不信，報社的人都會按照我們說的登出去。這就是個笑話，登在報上的話，只會鬧出更大的笑話。我們不過是跟警察開個玩笑而已，不算犯法吧？你有什麼證據能證明我們犯法了？剛才那些話都是玩笑，你能拿我們怎樣？」

這時候，丹第與史貝德背對著。他上去按住開羅的肩膀，然後來回晃，聲色俱厲地吼道：「總之，你是跑不掉了。要是再敢喊，後果可就嚴重了。」

開羅氣呼呼地說：「警官先生，這就是個玩笑。他說你們是朋友，不會見怪的。」

史貝德放聲大笑起來。

丹第的動作很粗魯，一把將開羅扭過來，一隻手扼住他的手腕，另一隻手按著他的後頸，說道：「隨便你怎麼說，我現在要以私自攜帶槍枝的理由帶你去警局。你們兩個，我回頭再來帶走。看著吧，不知道看笑話的是誰呢？」

開羅一臉恐慌，看著身邊的史貝德。

史貝德說：「丹第，別傻了。這槍是我的，也就能嚇唬嚇唬人。」他大笑起來，「很遺憾，口徑是三二的，否則你肯定以為邁爾斯和塞斯比是這把槍打死的。」

丹第放開開羅，轉身用右拳給了史貝德一下，打在了他下巴上。

布麗姬・歐香奈西嚇壞了，驚叫一聲。

挨了一拳後，史貝德臉上的笑容不見了。不過，他很快平靜下來，讓人猜不透他在想什麼。他稍稍往後退了一步，穩住站姿，衣服下面那壯碩的肩膀在蠢蠢欲動。他剛要出拳，湯姆・波浩斯就橫在兩人中間，用雙臂和酒桶一樣的肚子擋住他，哀求道：「別動手，別動手，看在上帝的面子上。」

史貝德在原地站了很長時間，緊繃的肌肉終於放鬆下來。他臉色發白，怒氣沖沖地說：「那就趕緊離開這裡。」

湯姆仍然保持著剛才的姿勢，回頭看了丹第一眼，一雙小眼睛裡透著責怪。

丹第雙腳分開，穩穩地站著，握緊的拳頭橫在面前。這時候，他那雙綠眼睛瞇成了一條線，看起來沒那麼凶了。

他用命令的口吻說：「把他們的名字和住址記下來。」

湯姆看了看開羅。開羅馬上開口說：「我叫喬爾・開羅，住在貝爾維迪旅館。」

湯姆剛要詢問女孩，史貝德搶先說：「這是歐香奈西小姐，不管什麼時候，你都能透過我找到她。」

湯姆看了看丹第。

丹第煩躁地吼道：「她住在哪兒？快點記下來！」

「要找她的話，得透過我辦公室轉達。」

丹第來到女孩面前，問道：「你住在什麼地方？」

史貝德對湯姆說：「我受不了他了，快把他弄走。」

史貝德的眼睛裡閃著冷漠的光。湯姆看了看他，小聲說：「山姆，克制點兒。」隨後，他把外套扣好，轉過身去，故作輕鬆地說：「行了，我看差不多了，撤吧！」說完，他向門口走去。

丹第板著臉，看起來有些猶豫。

這時，開羅也往門口那邊走去，同時說道：「史貝德先生，我也該告辭了，幫我把外套和帽子拿來好嗎？」

「這麼著急幹嘛？」史貝德問。

丹第氣呼呼地說：「你不是說鬧著玩嗎？既然這樣，幹嘛不敢留在這兒？」

　　開羅緊張極了，目光不敢與任何人對視：「哪有的事，警官說笑了。很晚了，不如我們一起走吧！」

　　史貝德來到走廊裡，從衣櫥裡取出開羅的外套和帽子，面無表情地幫他套上。穿好以後，他往後退了一步，用沒有任何感情色彩的聲音對湯姆說：「我的槍還在他那兒，這件事交給你了。」

　　丹第從外套口袋裡掏出手槍，擱在桌上，然後轉身就走。開羅立刻跟在他身後。

　　湯姆來到史貝德面前小聲說：「上帝保佑，你可別亂來了。」

　　史貝德沒說話。

　　湯姆嘆息了一聲，轉身離開了。

　　史貝德把他們送到走廊拐角處，然後站在那裡，看著湯姆把走廊門關好。

九、與布麗姬親密接觸

史貝德回到起居室，坐在沙發一角。他手肘拄在腿上，雙手托著臉，盯著地板看。坐在扶手椅上的布麗姬·歐香奈西正在對他淺笑，但他沒往那邊看。他緊皺眉頭，鼻子兩側因為呼吸忽上忽下，目光中透著煩躁。

見他沒有抬頭看的意思，布麗姬不再笑了，拘謹地盯著他看。

這時候，史貝德突然大罵起來。他仍然用雙手托著臉，眼睛也還盯著地板，不過那張臉氣得通紅。他在罵丹第，罵聲中帶著濃重而粗獷的喉嚨音，他反覆罵著各種各樣的髒話，而且足足持續了五分鐘。

罵夠以後，他才抬頭看歐香奈西，咧嘴一笑，難為情地說：「你覺得我方才發脾氣是在耍個性，對嗎？沒事，我知道自己該怎麼做。不過像今天這樣，被人打了一頓卻不能還手，這是我最不能忍受的。」說到這兒，他認真地摸了摸下巴，然後大笑起來，慵懶地倚在沙發上，翹起二郎腿，「這一拳可真夠狠的，不過能夠贏他，也算值了。走著瞧，我一定會牢牢記著這筆帳。」說後面這句話時，他又皺起了眉頭，一臉愁容。

女孩又笑了，起身來到他身邊坐下，說道：「你的野蠻簡直令我大開眼界。你以前就這樣嗎？」

「我不是被他賞了一拳頭嗎？」

「那倒是，但對方的身分是警官啊！」

史貝德說：「是警官又怎樣，我根本沒當回事。他當時氣壞了，所以用拳頭結結實實地揍了我一下。要是我跟他打起來，他肯定得卯上這件事，沒完沒了地調查下去。真那樣的話，我們就得去警察總局，把編出來的那些

瞎話交代一遍。」他用琢磨的眼神盯著歐香奈西，問道，「你把開羅怎麼了？」

歐香奈西紅著臉說：「沒怎麼啊！我就是告訴他別動，等那兩個人離開以後再談。只是嚇嚇他而已，沒想到他死活不聽，還大聲叫了起來，可能太不禁嚇了吧！」

「所以你就用槍打他？」

「是他先動手的，我能怎麼辦？」

史貝德雖然面帶笑容，但看起來還是很苦惱。他說：「看看你自己都做了些什麼。我就說你只會胡亂猜疑，只會做些亂七八糟的事。」

歐香奈西姿態很低，表情和語氣都很懊悔：「山姆，我知道不該那麼做，我錯了。」

史貝德從衣服口袋裡掏出菸草和捲菸紙，一邊捲菸一邊說：「你當然錯了。你已經跟開羅談過了，現在該跟我談談了吧！」

歐香奈西一個指尖貼在嘴上，瞪大眼睛看著房間那頭，眼神很空洞。看了一會兒，她瞇起眼睛，偷看了史貝德一眼，樣子有些慌亂。史貝德的注意力都集中在捲菸上。

歐香奈西開口說道：「是啊，當然得談談。」她放下手指，把那件藍衣服拽到膝蓋下面，然後盯著膝蓋，一臉愁眉不展的樣子。

史貝德舔了舔捲好的菸捲，然後掏出打火機，問道：「你怎麼了？」

「我……我還沒……」她停下來想想了該怎麼措辭，然後說，「可是我們還沒談出結果。」她皺著的眉頭舒展開來，抬起頭看著史貝德，目光明澈而誠懇，「我們才剛開始談，那兩個人就來了。」

史貝德大笑起來，同時吐了一口煙：「想讓我打電話約他再過來一趟嗎？」

她收起笑容，搖了搖頭，同時眼睛滴溜溜地來回轉，用一種似乎是好奇的眼神盯著史貝德。

史貝德把手臂放在她背上，用手掌撫摸著她露出來的肩膀，那裡的皮膚又細又白，不過他與那雙肩膀之間隔得很遠。歐香奈西順勢一靠，貼在他的

臂彎中。

　　史貝德說：「不用這樣，我在聽。」

　　她轉過頭，對他笑了笑，假裝很驕傲的樣子逗他：「可是你的手臂還留在那兒，它也想聽嗎？」

　　他的手從肩膀上挪開，放在她背後：「不了。」

　　她小聲說：「真搞不懂你在想什麼。」

　　史貝德點了點頭，好聲好氣地說：「說吧，我等著。」

　　「瞧瞧，現在都幾點了！」她的一隻手指朝鬧鐘指著。鬧鐘放在桌上的那堆書和文件上，時針和分針看著都很笨重，上面顯示2點50分。

　　「哎呀，今天晚上要忙的事太多了。」

　　歐香奈西從沙發上站起來，說：「真糟糕，我得告辭了。」

　　史貝德沒移動，只是搖了搖頭說：「別想走，事情還沒說明白。」

　　她反對道：「那得用好幾個小時，現在都幾點了？」

　　「時間長也沒辦法，今天必須說明白。」

　　她笑嘻嘻地問：「我在你眼裡是罪犯嗎？」

　　史貝德說：「別忘了，還有個傢伙在外面盯梢。我猜他可能還沒走。」

　　她頓時緊張起來，問道：「你覺得他還沒走？」

　　「多半是。」

　　她打了個冷顫，說：「你出去看看好不好？」

　　「出去看看？行啊！」

　　「那……你說的是真心話嗎？」

　　史貝德看了看她。見她一臉擔心的模樣，史貝德在沙發上待了一會兒，然後起身去衣櫥取了外套和帽子，說：「那就去看看，等我十分鐘。」

　　她送到走廊門口，囑咐說：「當心點。」

　　「我會的。」說完這句話，史貝德出去了。

　　史貝德來到伯斯特街，整條街上幾乎看不到人。他先向東走了一段，然後到馬路對面，又向西走了兩條街。最後，他穿過馬路，回到住處樓下。途

中，他只見到兩個修理工，正在車庫裡修車。

史貝德回到家中。剛一開門，就看見站在走廊拐角處的布麗姬·歐香奈西。她拿著開羅那把槍，面向門口，身體側向一邊。

史貝德說：「人還沒走。」

她咬著嘴唇，遲緩地轉身回了起居室。

史貝德也回到起居室。他把外套和帽子放在椅子上，說道：「現在好了，我們有的是時間談事情。」

他去廚房把咖啡壺放在火爐上，剛剛放好，歐香奈西就出現在門口。史貝德把一根又細又長的法式麵包一點點切成片。歐香奈西就在門口呆呆看著他。她右手還握著槍，左手在槍上來回撫摸，看起來很無趣。

史貝德用切麵包的刀子指著碗櫃，說：「那裡有桌布。」碗櫃旁邊有塊獨立空間，可以在那兒吃早餐。

歐香奈西鋪好了桌布。麵包片呈橢圓形，切得很薄。史貝德把豬肝醬塗在切片麵包上，又把鹹味牛肉夾了進去。他把咖啡倒出來，接著取出一個裝白蘭地的矮瓶，在咖啡裡加了些酒。桌子旁邊有條長凳，歐香奈西把手槍放在長凳上，然後跟史貝德一起坐下用餐。

史貝德說：「我們可以在吃飯時順便聊聊那件事。」

歐香奈西扮了個鬼臉，抱怨道：「你也太能糾纏人了。」說完，她吃了一口三明治。

「說得沒錯。我不僅纏人，還喜歡思考一些不切實際的事，讓人很難猜透。說說看，許多人對那隻黑鳥，或者說黑鷹很感興趣，這東西什麼來頭？」

她嘴裡咀嚼著，然後嚥下去，同時盯著那塊被咬了一口的三明治，說：「要是我什麼都不說的話，你打算怎麼辦？」

「你是說關於這座雕像的事嗎？」

「不，是整件事的來龍去脈。」

史貝德咧嘴笑了，笑得能讓人看見他裡面的牙齒。他說：「哦，這沒什麼好驚訝的，至於下面的事該怎麼辦，我自有主意。」

歐香奈西的視線從三明治上移開，轉而看著史貝德的臉，問道：「哦？我很想知道你打算怎麼辦，能告訴我嗎？」

史貝德晃了晃腦袋。

她的臉上一點點浮現出些許笑容，笑容中透著嘲諷：「這件事很不切實際，讓人很難猜透嗎？」

「也許是吧！不過這件事已經漸漸浮出水面了，你還有必要藏著掖著嗎？不錯，有很多情況我不瞭解，但我也不是一無所知，不知道的那些，我已經大致推測出來了。再等一天，我甚至可以知道一些連你都不知道的事。」

她的目光又轉回三明治上，神色也變得很嚴肅：「我猜，你已經知道是怎麼回事了。一提起這件事我就心煩，拜託你別讓我說了。耐心等等，你自己就能弄明白，不是嗎？」

史貝德大笑起來，說：「現在還不好說。好吧，既然你不想說，我就自己去研究吧！不過事先說明，我調查事情的方式比較機械，一切都交給機器，腦子裡的想法很不切實際，所以隨心所欲，瞎弄。你覺得自己不會被意外飛出來的碎屑傷到就行。」

歐香奈西沒說話，扭動著裸露的肩膀，看起來有些侷促。接下來一段時間，他們都低頭吃飯，誰也沒再說話。史貝德面無表情，而歐香奈西似乎在想心事。過了一會兒，歐香奈西小聲說：「老實說，你讓我感到畏懼。」

「這話是騙我的吧！」史貝德說。

她的聲音很低沉，但語氣堅定：「沒騙你。在我認識的人之中，只有兩個讓我感到畏懼，而今天晚上，這兩個人都出現在我面前了。」

「你不知道該怎麼對付開羅，所以畏懼他，這不難理解。」史貝德說。

「你不也一樣嗎？」

史貝德咧嘴笑道：「我跟他那種人不一樣。」

她的臉變紅了，順手把一片塗了豬肝醬的麵包放進眼前的盤子裡。

「實不相瞞，那是一座雕像，造型是一隻黑色的鳥，具體地說，是一隻鷹，也許是獵鷹吧！差不多有這麼高。」她用手在桌面上比量出一英尺左右

的高度。說話時，她額頭上又白又光滑的皮膚摔在一起。

「那些人為什麼那麼重視它？」

她輕啜了一口摻著白蘭地的咖啡，搖了搖頭，回道：「那些人沒跟我說過，所以我也不清楚怎麼回事。他們只說，如果我能找到的話，就付500英鎊作為酬勞。我和喬爾分開後，佛洛德又對我開出了750英鎊的價碼。」

「這麼看來，它的價值肯定比7500英鎊還高。」

歐香奈西說：「比那高多了。他們只是單純地僱用我幫忙找東西，根本沒有對半平分的意思。」

「這個忙怎麼幫呢？」史貝德問。

歐香奈西把杯子端到嘴邊。

史貝德紋絲不動，用那雙土黃色的眼睛瞪著她的臉，眼神很霸道。後來，他捲了一支菸。爐子上的咖啡壺正在他們身後發出咕嘟嘟的沸騰聲。

歐香奈西把杯子放在桌上，猶猶豫豫地說：「雕像被一個叫凱米多夫的俄國人藏起來了。他們想讓我去找那個人，把雕像弄到手。」

「具體做法是什麼呢？」

她顯然對這個問題很排斥：「這個問題並不重要，不說也罷。再說，你知道這個也沒什麼用。總之，這跟你一點關係都沒有。」說這句話的時候，她居然笑了起來，一點都不覺得羞恥。

「你這筆買賣是在君士坦丁堡談的吧！」

她遲疑片刻，點了點頭，說：「在馬爾馬拉島。」

他夾著菸捲，對她擺了擺手，說：「後來呢？」

「我知道的都說了。他們讓我那麼做，事成後給500英鎊，我答應了。後來，喬爾似乎有意單獨進行，自己拿走黑鷹。發覺這個情況後，我們決定立刻行動，用同樣的辦法對付他。可惜事情並沒有什麼進展。佛洛德本來答應給我750英鎊，但他根本無意兌現承諾。他讓我跟他一起去紐約，說把東西賣掉之後就給我錢。不過，我覺得他在騙我。」由於憤怒，她的眼睛幾乎變成了紫紅色，「我想知道黑鷹到底在哪兒，所以就來找你幫忙了。」

「要是東西到手了，你打算怎麼處理？」

「去見佛洛德‧塞斯比，跟他攤牌。」

史貝德瞇起眼睛，盯著她說：「你就不想賣個更好的價錢嗎？這東西應該比他們預想的更值錢。」

她說：「我不清楚。」

史貝德瞪大眼睛，看著落在盤子裡的菸灰，問道：「這玩意兒為什麼值那麼多錢？你多少知道些情況吧？就算不知道，也能猜出點什麼來。」

「我真的毫不知情。」

他一臉嚴肅地問：「你總該知道是什麼做的吧？」

「像陶瓷，又像黑色寶石，不太肯定，因為我從來沒摸過。佛洛德拿到東西以後給我看過一次，而且只有幾分鐘時間，我只見過這一次。」

史貝德把菸頭按在盤子裡，用力掐滅，揉碎。給自己續了杯咖啡後，他的臉色好看點了。他用餐巾擦了擦嘴，然後把那團餐巾丟在桌上，說：「你就是個騙子。」

她站了起來，在桌子那邊低頭看著他。她的臉微微發紅，目光陰沉，又有些難為情。

「對，我是騙子，生來如此。」她說。

他從桌椅當中走出來，好聲好氣地說：「別自誇了，怎麼像個孩子似的。關於這件事，你有沒有跟我說過真話？」

她垂下頭去，烏黑的睫毛上閃著淚光，小聲說：「有一些。」

「一些是多少？」

「很少。」

史貝德一手托著她的下巴，讓她抬起頭來。雖然她在流淚，但史貝德毫不在意地大笑一聲，說道：「沒關係，我們有一整晚時間，可以再嘗試嘗試。我再多準備一些摻白蘭地的咖啡吧！」

她垂下眼簾，用發顫的聲音說：「我受夠了！我討厭這件事，也討厭自己。不停地編造謊言，說謊騙人，連我自己都分不出真假來了。真想……」

說到這裡，她捧起史貝德的臉，熱情地親吻著他的嘴唇，身體也靠過去，貼得很近。

史貝德把她攬在懷中，一隻手撫摸著她的頭，手指伸進紅色的頭髮中，另一隻手撫摸她窈窕的後背。他藍色衣袖裡的肌肉脹鼓鼓的，眼睛像要冒出火來。

十、貝爾維迪旅館走廊的長沙發

天色漸亮時，史貝德起床了。夜色褪去，只留下稀薄朦朧的霧氣。睡在他身邊的布麗姬‧歐香奈西還在睡夢中，呼吸平穩。史貝德輕手輕腳地下了床，離開臥室，帶上房門。他去浴室盥洗一番，出來後翻了翻女孩的外套，從裡面找出一把顏色暗沉的銅鑰匙。他帶著這把鑰匙出門了。

來到皇冠公寓，他大搖大擺地走到那個房間門前，用鑰匙打開了房門。他的動作很小心，幾乎沒弄出什麼動靜，所以沒人發現。就算有人發現他也不會起疑，因為他根本沒有一點躡手躡腳的樣子。

進入房間後，史貝德把燈全開了，然後仔細地搜索了一番。他的動作既敏捷又穩健，翻過一遍的地方絕不再翻第二遍。抽屜、櫃子、盒子、皮包、箱子……不管有沒有上鎖，他都逐一打開檢查。凡是鼓起來的衣服，他都摸了一遍。紙張也翻了一遍，同時豎起耳朵聽裡面的聲音。床上也查過，被單和被子都掀開了。地毯和每樣家具擺設下面，百葉窗的縫隙裡，甚至是窗戶外面，全部查了。後來，他到梳妝檯前，用一把叉子把所有化妝品叉了一遍，瓶子裡裝的東西都對著光看過。廚具餐具和食物也查了，垃圾桶裡面的東西也倒在一張報紙上檢查。來到浴室，檢查馬桶水箱蓋，還把裡面的水都放出來，查看底部。最後是浴缸、臉盆、水槽、洗衣槽以及排水管道裡的鐵絲網。

翻遍整個房間，並沒發現黑鷹，甚至連跟它有關的物品都發現。他只看到一張字條，那是房屋租賃收據。房間是一個禮拜前租的，租期是一個月。梳妝檯抽屜是鎖著的，裡面有個帶花紋的盒子引起了他的注意。盒子裡裝著

許多華麗的飾品，他花了許多時間看這些東西。

檢查完畢後，他煮了一杯咖啡。喝完咖啡，他來到廚房，用隨身攜帶的小刀挑開窗子的插銷，推開窗戶。窗外有一條救生梯。他回起居室拿起外套和帽子，從救生梯大搖大擺地離開了。

回家路上，他進了一家食品商店。店老闆胖胖的，眼睛有點腫。他從商店裡買了些橘子、雞蛋、麵包、奶油。

史貝德回到家中。雖然他動作很輕，但走廊門還沒關好，就被布麗姬·歐香奈西發覺了。

「什麼人？」她問。

「史貝德，來給你送早飯了。」

「是你啊！嚇死我了。」

臥室門被打開了。女孩坐在床邊，身體發抖，右手放在枕頭底下。

史貝德把買來的東西放在廚房的桌子上，然後回到臥室。他坐在女孩身邊，吻了吻她裸露的肩膀，說道：「我出去看看那傢伙還在不在，又買了些早餐。」

「他還在外面嗎？」

「走了。」

女孩放下心來，靠在史貝德身上，說：「我醒來時找不到你，然後聽見有人來了，嚇死我了。」

史貝德把她臉上的紅髮理到後面，說道：「我以為你晚些時候才能醒。抱歉，親愛的。昨晚睡覺時，你一直把槍放在枕頭下面嗎？」

「不，你知道的，不是那樣。我剛才被嚇到了，所以才拿槍的。」

女孩去浴室洗澡打扮，史貝德去做早餐，趁機把那把銅鑰匙放回她外套口袋裡。

從浴室出來時，女孩用口哨吹著《古巴曲》，問道：「我把床整理一下吧！」

「太好了！我正在煮雞蛋，還要幾分鐘才會熟。」

女孩來到廚房時，史貝德已經把早餐擺在桌上了。他們一起坐下來享

用。

史貝德問：「跟我說說關於黑鷹的事，好嗎？」

她放下叉子，皺著眉頭，噘著嘴巴，說：「幹嘛讓我說這個？尤其是今天早上。我不想說。」

史貝德吃著麵包，難過地說：「你這個小狐狸精可真固執。」

史貝德和布麗姬・歐香奈西一起出門，來到馬路對面一輛正在等客的計程車旁邊。盯梢的年輕人不見了，去皇冠公寓途中也沒人跟著。

到了公寓以後，歐香奈西沒讓史貝德進去。

她說：「穿著晚禮服獨自出去，這個時間才回來，簡直糟透了，最好別讓人看見。」

「今晚一起吃晚飯嗎？」

「好的。」

兩人在公寓門口吻別。

史貝德上了計程車，對司機說：「去貝爾維迪旅館。」

到貝爾維迪旅館後，史貝德看到了昨天盯梢的那個年輕人。他正坐在走廊的長沙發上假裝看報。在那個位置可以隨時監視電梯。

史貝德來到櫃檯，問服務人員開羅在不在。他抿著嘴唇，眉頭皺著，土黃色的眼睛在閃閃發亮。問完後，他禮貌地道了謝，然後離開。

他穿過走廊，來到能看見電梯的長沙發跟前，在與那個假裝看報的年輕人相距一英尺的地方坐了下來。

年輕人沒抬頭，眼睛始終盯著報紙。史貝德近距離觀察著他。他看起來還不滿20歲，頭部大小跟他的矮個子很協調，膚色很白，相貌端正。他臉上有許多剛冒出來的黑鬍渣，年輕人血氣方剛，所以他的臉色看起來有點泛紅。他的衣服不是嶄新的，質地也不高級，但給人感覺很整潔，有一種硬朗的氣派。

史貝德把菸絲鋪在棕色的捲菸紙上，漫不經心地問：「他人呢？」

年輕人放下報紙，刻意掩飾著自己原本靈活的動作，慢吞吞地朝周圍看

了看，然後盯著史貝德的胸口：「你說什麼？」他的睫毛彎彎的，下面有一雙淺棕色的小眼睛。他的聲音跟臉色一樣，給人感覺蒼白、冷漠且平靜。

史貝德還是一邊捲菸，一邊問：「他去哪兒了？」

「你說誰？」

「就是那個說話像女人一樣的男的。」

那雙淺棕色的小眼睛原本盯著史貝德胸口的絳紫色領結，但這會兒，他的目光移開了。

他問：「你是不是想要我？」

史貝德舔了舔菸捲，嬉皮笑臉地說：「我要要你會事先說明的。你從紐約來，對嗎？」

年輕人沒回答，眼睛盯著史貝德的領帶。

史貝德像得到了滿意回覆似的點了點頭，又問：「不要命的傢伙，是嗎？」

年輕人盯著史貝德的領帶看了一會兒，然後拿起報紙，認真看起來，同時嘴裡擠出幾個字：「滾開。」

史貝德把菸捲點上，倚在沙發上，一副心情愉悅的樣子，然後毫不在乎地說：「小兄弟，我保證，你這張報紙沒看完，就想跟我聊聊。就算不是你，也是你的同夥。你可以把我的話轉告給G。」

年輕人猛地放下報紙，用那雙冷漠的淺棕色眼睛盯著史貝德的領帶，眼神異常陰險。他雙手攤開，放在肚子上，用陰沉的聲音警告道：「別纏著我，否則要你好看。我再說一遍，滾開！」

這時，一對男女從他們眼前經過。男的戴眼鏡，矮個子，很胖。女的腿很細，一頭金髮。等他們走遠了，史貝德笑嘻嘻地說：「你這套放在第七大道還管用，但這裡是我的勢力範圍，可不比羅馬城。」他抽了一口菸，吐出一道白煙，問：「說吧，他到底在什麼地方？」

年輕人爆了一句粗口。

史貝德的聲音還跟剛才一樣友善，但表情變得冷漠起來：「只有不懂事的孩子才會說那種話。你得懂一點禮數，否則無法在這裡待下去。」

年輕人把剛才的罵人話又重複了一次。

史貝德把菸蒂扔在沙發旁邊的罈子裡，然後對一個賣菸小販身邊的男人揮了揮手。那個中年男人幾分鐘前就站在那兒了。他對史貝德點了點頭，走了過來。此人體型中等，看起來很健壯，一張圓圓的黃臉，一襲乾淨俐落的黑衣。

「你好啊，山姆。」

「你好，路克。」

兩人握了握手。

路克說：「邁爾斯的事我聽說了，真為他感到惋惜。」

「是啊，運氣不好。」說著，史貝德扭過頭去，伸手指了指沙發上那個年輕人，「你們怎麼能讓那種小子混進來呢？那是個不入流的殺手，還帶著武器。」

路克那雙棕色的眼睛目光銳利，看了一會兒後，他變了臉色，問年輕人說：「你到這裡來做什麼？」

年輕人站起身來，史貝德也站起來了。在兩個壯實的男人面前，年輕人就像個學生一樣。他來回看著兩個人胸前的領帶。路克的領帶是黑色的。

路克說：「算了，要是沒什麼事就趕快滾吧！」

「好，我記住你們兩個了。」年輕人說完就走。

兩人看著年輕人走出旅館大門。史貝德摘下帽子，拿出手絹，擦了擦額頭上的汗珠。

旅館裡的偵探問：「出什麼事了？」

「認出那小子純屬巧合。究竟怎麼回事，我現在也沒弄明白。對了，你認識喬爾・開羅嗎？就是635號房的房客。」

路克看了他一眼，說：「你說他呀！」

「他什麼時候住進來的？」

「四天前。」

「他有什麼不對勁嗎？」

「這倒不清楚，不過說真的，他的樣子可不怎麼討人喜歡。」

「幫我問問，他昨晚有沒有回來住，好嗎？」

「沒問題，我去去就來。」

史貝德坐在沙發上等回音。

過了一會兒，路克回來說：「問過了，他沒回來住。有什麼不對勁嗎？」

「沒有。」

「有什麼話就說嘛！你也知道，我這個人嘴很嚴的。要是他有什麼不對勁，你得讓我們知道，要不然旅館收不到錢怎麼辦？」

「不是那方面的事。說實話，他託我辦點事，沒什麼大不了的。要是他有什麼不對勁，我一定會告訴你。」

「哦，那樣最好。需不需要我幫你盯著他？」

「求之不得。你也知道，多暸解一點僱主的情況沒壞處。」

電梯上面的時鐘指向11點21分時，面色發白的喬爾‧開羅回到了旅館。他的情緒很低落，頭上纏著繃帶，一身衣服皺得厲害，像是很久沒換過了。

待在櫃檯的史貝德走過去，若無其事地說：「早啊！」

開羅直起身子，警惕而冷漠地說：「早。」

一陣靜默後，史貝德說：「我們找個地方聊聊，怎麼樣？」

開羅昂著頭說：「抱歉，我暫時不急於談那件祕事。我說話比較直接，但這是真心話，請多包涵。」

史貝德擺了擺手，同時搖著頭，無奈地說：「還為昨晚的事耿耿於懷？你應該能看出來，我那麼做也是迫不得已。不管你們倆誰先動手，我都得站在她那邊。因為你和我都不知道黑鷹在哪兒，但她知道。我之所以跟她來往，完全是為了找到黑鷹。」

開羅將信將疑地說：「不管遇到什麼事，你都能做出看似完美的解釋。」

史貝德一臉嚴肅地說：「要不然怎麼辦？裝出結巴的樣子嗎？好了，我們去那邊好好聊聊。」說完，他走向那邊的長沙發。

兩人坐下來後，史貝德問：「你被丹第帶到警局去了，是嗎？」

「是的。」

「盤問了多久？」

開羅苦著臉，氣呼呼地說：「剛問完，問的時候態度蠻橫極了。我準備去希臘領事館申訴，還要找律師。」

「想去就去，結果怎樣就不好說了。你都交代了什麼？」

開羅得意地笑了，說：「我什麼都沒說。不管他們怎麼問，我始終堅持你那套說法。」他收起笑容，繼續說道，「不過，你那套說法不夠合理，要是能更完善些就好了。我反覆說了幾遍，自己都覺得荒謬。」

史貝德露出諷刺的笑容，說道：「是很荒謬，但這樣也有好的一面。你保證什麼都沒說出去？」

「絕對沒有。你儘管放心，史貝德先生。」

史貝德用手指敲擊著兩人中間的沙發，說道：「我猜，丹第還會再來找你。那套說辭是很荒謬，但你堅持那麼說，他也拿你沒轍。如果說實話，我們幾個都得被關起來。你在警局裡站了一夜吧？快去休息吧，我走了。」

史貝德回到偵探事務所時，依菲‧普蘭正在接電話，並跟對方說「他還沒來」。見史貝德來了，依菲四處看了看，然後擺出口型，示意對方是伊娃。史貝德搖了搖頭。依菲大聲說：「好的，只要他來了，我會第一時間轉告，讓他回你電話。」

掛斷電話後，依菲說：「她這一早已經打了三遍電話了。」

史貝德叫了一聲，看起來很心煩。

女孩那對棕色的眼睛朝辦公室裡看了一眼，說：「歐香奈西小姐在裡面等你，她九點剛過就來了。」

史貝德好像料到她會來似的。他點點頭，問：「還有其他事情嗎？」

「波浩斯探長打過電話來，不過沒說什麼事。」

「幫我回個電話給他，現在就回。」

「還有一位先生打電話來，叫古什麼。」

史貝德眼前一亮，問：「他叫什麼？」

依菲好像沒心思說這件事：「叫古什麼來著。我說你還沒來，他說『要是見到他，就說古什麼已經收到他轉達的消息了，而且來過電話。我還會再打電話的。』」

史貝德抿著嘴，好像在品嘗美食一樣。

「親愛的，謝謝你。幫我給湯姆·波浩斯打電話，看看能不能打通。」說完，他推開自己那間辦公室的門，進去以後隨手關上了門。

布麗姬·歐香奈西身上那套衣服跟上次來的時候一樣。

見史貝德進來了，她馬上從辦公桌後面的椅子上起身，來到他面前，說道：「有人去翻過我的住處，把裡面搞得亂極了。」

史貝德露出意外的表情，問道：「丟東西沒有？」

「好像沒有吧，我也不確定。我不敢再住那兒，換了件衣服就過來找你了。我覺得是跟蹤你的那個傢伙做的，你上次去的時候肯定被他發現了。」

史貝德搖了搖頭，說：「親愛的，這不可能。」

他從口袋裡掏出一張午間報紙的上午版，遞給她，讓她看一則名為《叫聲把小偷嚇跑》的新聞。這則新聞內容很長，佔版面的1/4。

沙特街的一間公寓裡住著一個叫卡洛琳·比爾的單身女子。一天凌晨4點，她聽到臥室裡有動靜，就大聲叫起來，結果闖進來的那個人就這樣被嚇跑了。那棟公寓裡還有兩個單身女人，在那之後，她們倆也發現自己的住處有人闖入，不過她們三個都沒丟什麼東西。

史貝德說：「我當天就是從那間公寓的後門溜出來的。我確定他被我甩開了。他也許從公寓的門房裡看了登記冊，懷疑那三個單身女子其中一個是你，所以就去調查了。」

她不這麼認為：「可是我們上次一起回你家的時候，他正在你家樓下守著。」

史貝德聳了聳肩膀，說：「既然是盯梢，肯定不會是一個人單獨行動。或許他跟我去了一趟沙特街，覺得你當晚會住在我那兒不回去了，所以才闖進去翻東西吧！誰知道呢？不過我保證，他絕對不知道你住在皇冠公寓。」

她還是有些擔心，說：「不是他就是別人，反正我的住處被人發現了。」

他盯著她的腳背，皺著眉頭說：「你說的也是。這件事也許是開羅做的。他一夜未歸，幾分鐘前才回旅館。他說自己昨晚被警察帶去盤問，站了一晚上，但我看他怪怪的。」

他打開辦公室的門，問依菲：「湯姆接電話了嗎？」

「沒有，我過幾分鐘再打一遍。」

「謝了。」他關上門，看著布麗姬。

布麗姬用憂鬱的眼神看著他，問：「你今天早晨去見喬爾了，是嗎？」

「嗯。」

她略微猶豫了一下，問：「找他什麼事？」

他微笑著說：「親愛的，這件事茫無頭緒，我總得跟各種各樣的人接觸一下，才能弄明白，不是嗎？」

他一手搭在她肩膀上，帶她來到旋轉椅前，然後朝鼻尖輕吻一下，把她按倒在椅子上，他本人則坐在桌子上，說：「你現在需要一個新住處，讓我們來想想辦法。」

她重重地點了點頭，說：「對，原來那地方我再也不想回去了。」

他拍了拍身邊的桌子，想了一會兒，說：「有辦法了！稍等。」他轉身出了辦公室，關上門。

依菲·普蘭拿起話筒，說道：「我再試一次吧！」

史貝德說：「不急。我想知道，你還是相信自己的直覺，認為她是個好女孩嗎？」

她抬起頭來，用靈動的眼神看著他說：「當然，我堅持原來的看法。不管她闖了什麼禍，她都是無辜的。你是說這個嗎？」

「是的。既然你對她印象這麼好，能不能幫她一下？」

「怎麼幫？」

「讓她去你那兒住幾天，行嗎？」

「你是說，去我家嗎？」

「對。有人闖進她的住處偷東西，這種事在一個禮拜內已經發生兩次了。要是有人跟她一起住的話，情況可能會好一點。讓她去你家住幾天吧，這對她來說是莫大的幫助。」

　　依菲・普蘭身體前傾，真誠地問：「山姆，她的處境真的很不妙嗎？」

　　「應該是這樣。」

　　她用指甲撬了撬嘴唇，說：「要真是那樣，我媽媽一定會害怕。我只能跟她說，這位小姐是一位暫時沒被發現的重要證人，需要我們保護，直到案子宣告偵破為止。」

　　史貝德說：「親愛的，你真好。方便的話，馬上把她帶過去吧！我去找她拿鑰匙，把公寓裡那些有用的東西取出來。等一下，讓我想想。你們兩個不能一起出去，否則可能會被人盯上。你馬上回家，然後找輛計程車，路上留心是否有人盯梢。確定沒人盯梢，我再送她出來。雖然這種可能性不大，但還是小心為妙。」

十一、古特曼

布麗姬‧歐香奈西去依菲‧普蘭家住下了。忙完這件事，史貝德回到辦公室。電話鈴響了，他接起來說：「喂，你好！對，我是史貝德。沒錯，我在這兒等你回電話。什麼，你是古特曼先生？哦，對。現在嗎？12樓C，行，知道了。給我15分鐘。」

掛斷電話後，史貝德坐在電話旁邊的桌子上捲菸。他那V字形的嘴角露出一抹得意的笑容，但眼神卻很憤怒，一直盯著手裡的菸捲。

這時候，伊娃‧亞傑來了。

史貝德換了一副輕鬆的表情，親切地說：「嗨，親愛的。」

伊娃站在門口看著史貝德，抽泣著說：「山姆，對不起，請你原諒我吧！」她戴著手套，雙手不停地擺弄著一塊黑絲邊手帕，雙眼紅腫，眼神又驚又怕。

史貝德沒移動，只說：「瞧你說到哪兒去了。沒關係，別放在心上。」

她仍舊抽泣著，說：「是我讓那些警察去你家的。山姆，我太嫉妒了，嫉妒得快發瘋了。我打電話給他們，說去你家就能查出邁爾斯的真正死因。」

「你怎麼會有這種想法？」

「那不是我的本意。我只是氣壞了，想報復你一下。」

他攬住她，把她拉到身邊來，說道：「這件事有點麻煩，不過暫時還沒什麼情況，以後別這樣了。你的想法未免太荒唐了。」

她說：「以後保證不這樣了。不過你昨晚對我的態度很不好，好像故意

躲著我似的。我特地來找你，想讓你提防些，可是你……」

「你想讓我提防什麼？」

「菲爾知道我和你相愛的事了。邁爾斯把我要離婚的事告訴他了。不過他不知道我提出離婚的原因。在他看來，他弟弟不想跟我離婚，也不想讓我們在一起，所以被你殺了。他昨晚去了趟警局，把這件事告訴警方了。」

山姆的語氣很柔和：「好吧，你想來提醒我，但我那時候正忙著，所以你就火了，跑去菲爾・亞傑那兒，慫恿他對付我。」

她抽泣著說：「我知道自己做了對不起你的事，你會因此恨我，再也不會理我了。對不起，真的對不起！」

她那雙藍眼睛緊盯著他看，想從他眼裡看出些什麼。

她悠悠問道：「你為什麼覺得我那晚不在家裡呢？」

「這不重要。總之，我肯定你那晚不在家。」

她很生氣，眼前一片模糊，嘴巴也變形了：「我真的在家。是依菲・普蘭告訴你的吧？她進我家以後到處看，還盯著我的衣服。山姆，她素來看不慣我，總是找碴，這一點你也知道，為什麼還相信她說的話呢？」

史貝德的語氣很柔和：「哎呀，你們這些女人可真是的。」他看了一眼手錶，「親愛的，我約了人，再不去就遲到了。你趕快回去吧！那件事你自己拿主意。如果是我，我要嘛不說，要嘛就跟席德說實話。我的意思是，你不想說就算了，但最好別編瞎話。」

她強調道：「我跟你說的都是實話啊！」

他起身說：「不，你肯定沒說實話。」

她踮起腳來，對著他的臉說：「你對我一點信任都沒有嗎？」

「沒錯，我不信。」

「因為我對你做了那些事，所以你怪我，是嗎？」

他低頭親吻她一下，說：「那倒不至於，我沒怪你。快點回去吧！」

她摟著他說：「我想讓你陪我一起去見懷斯先生，你願意嗎？」

史貝德拍了拍她的手臂，把它們從身上拿開，親了親露在袖口和手套之間的左手腕，然後把她的身子朝門口方向扭過去，推了一把，說：「滾。」

史貝德來到亞歷山卓旅館十二樓C。這是一間套房，房門是桃花心木的。來開門的是那個跟蹤他的傢伙，他們兩個在貝爾維迪旅館走廊裡還說過話。史貝德問了聲好，態度很友善，但那傢伙的手放在門上，一句話也不說。

進門以後，史貝德見到一個長得很胖的男人。胖男人的皮膚鬆鬆垮垮，嘴巴、下巴和脖子都是贅肉，不過臉色很好，粉嫩粉嫩的。至於他的肚子就別提了，鼓得像個大皮球似的。總之，他看起來活像個大號的圓筒，只不過多了兩條腿和兩隻手。他過來迎接史貝德時，身上的肥肉不停地晃動著，像一根堆滿泡泡的管子。他眼睛很小，向外凸起，周圍都是肥肉。頭很大，頭髮烏黑，但很稀疏。他穿一件燕尾服，繫一條很寬的領帶，裡面是背心，這些都是黑色的。領帶上別著一顆粉紅色珍珠。下身是毛料褲，漆皮鞋。

他伸出手，熱情洋溢地說：「你好啊，史貝德先生。」他的手胖嘟嘟的，皮膚粉嫩，像一隻粉紅色的胖海星。

史貝德與他握了握手，說：「古特曼先生，你好。」

胖子一隻手跟史貝德握著，另一隻手上去托住他的臂肘。兩人踏著腳下的綠色地毯，來到一張椅子前。椅子包著綠色的絨布，旁邊有張桌子，桌子上有個蘇打水瓶，幾個水杯，一個托盤，裡面是約翰走路威士忌，一盒包裝華麗的花冠牌雪茄，兩張報紙和一個黃色的皂石盒。史貝德坐在椅子上。胖子倒了兩杯威士忌，又往裡面加了點蘇打水。那傢伙不知哪兒去了。史貝德觀察著房間。他背後那面牆上有兩扇窗戶，可以看到下面的吉利街。其餘三面牆上各有一道門，房門都是關著的。

胖子的語氣很歡快：「先生，我對我們的初次交往很滿意。」他一面說著，一面轉過身來，把威士忌遞給史貝德，「我對一個人的信任得視情況而定。如果一個人在喝酒方面太過小心，就很難讓我感到信任。」

史貝德略微欠了欠身，笑著接過酒杯。

胖子把杯子舉起來，迎著窗戶的亮光看裡面的氣泡，愉快地說：「但願我們能摒棄前嫌，彼此坦誠相待。」

兩人放下杯子以後，胖子用機警的眼神看著史貝德，問道：「你不是那種藏不住秘密的人，對吧？」

　　史貝德搖了搖頭，說：「不，我挺愛說的。」

　　胖子用很高的嗓門說：「那太好了！要知道，我最不相信的就是那種不愛說話的人。那種人平時挺沉默，但一開口就容易壞事。說話是一種鍛鍊，說得多了，才知道什麼場合該說什麼話。」他滿臉笑容地拿起酒杯喝著，「我們兩個性格相投，應該可以相處得很愉快。」喝完酒，他放下杯子，拿起雪茄，「來，抽一支。」

　　史貝德接過雪茄，把菸頭切去，然後點著。胖子拖著另一把套綠色絨布的椅子來到史貝德身邊，把菸灰缸擺在兩人中間，又從桌上拿起酒杯和一支雪茄，這才坐下來。這時候，他那原本滿身晃動的肥肉都放鬆下來了。他嘆了一口氣，就像放下了什麼心事似的，然後說道：「先生，如果你不介意的話，我們好好談談怎麼樣？不瞞你說，我很樂意跟愛說話的人打交道。」

　　「那太好了！我們就先談談那座黑鷹雕像的事吧！」

　　聽了這話，胖子放聲大笑，身上的肥肉也跟著晃動起來，那張粉嫩的臉透著亮光。他說：「我們能不能談這件事呢？」說完又自己回道，「當然能。先生，你簡直太對我的脾氣了。你沒拐彎抹角，而是直接問我能不能談黑鷹的事。我很欣賞你這種單刀直入的個性，我本人也一樣。我很高興跟你做這筆買賣，黑鷹的事肯定要談，不過在此之前，我有個問題想問。這個問題或許不重要，但如果你能回答，我們之間的誤會就解除了。你來這兒跟我見面，是你本人的意思，還是受歐香奈西小姐之託呢？」

　　史貝德抽著雪茄，朝胖子頭頂吐了一口煙，然後皺著眉頭，像在思考什麼。後來，他皺緊的眉頭舒展開了，抬起頭看著胖子，不疾不徐地說：「這個問題現在還不確定，因為我得看看情況。」

　　「什麼情況？」

　　史貝德搖了搖頭，說：「現在還不知道。要是知道的話，我就直接給你答案了。」

　　胖子喝了一口酒，問道：「我猜你指的是開羅吧？」

「可能是吧！」史貝德含糊地回道，然後端起酒來喝。

胖子的上身彎向史貝德那邊，胸口都貼到那個大肚子上了。他滿臉堆笑，用一種諂媚的語氣說：「有什麼話就直說嘛！他們兩個人，你到底站在那邊？」

「隨你怎麼想吧！」

「難道不是嗎？在他們兩個當中，你只能傾向於一方。」

「我可沒這麼說過。」

胖子雙眼發亮，用沙啞的聲音低聲問：「怎麼，除了他們兩個以外，還有別人嗎？」

史貝德用雪茄指著自己的胸口，說道：「我啊！」

胖子鬆了一口氣，以一種極其放鬆的姿勢坐回椅子上，歡快地說：「太棒了，先生！我很欣賞你這種作風，能毫不掩飾地說出自己的企圖。誰都要為自己謀求利益，這是天經地義的事。要是誰說自己一點謀利之心都沒有，那反倒讓人生疑。我最不敢相信的就是這種人了，因為謀求利益是人類的本性，只有笨蛋才不為自己謀利。」

史貝德吐了一口煙，禮貌而認真地說：「是這樣。我們還是聊聊黑鷹的事吧！」

胖子的眼睛瞇著，幾乎被臉上的肥肉擠成了一條縫。他露出友善的微笑，說道：「那就聊聊吧！史貝德先生，你知道那黑鷹價值多少嗎？」

「我不知道。」

胖子又把身子靠過來，一隻肥胖而粉嫩的手搭在史貝德座椅的扶手上，說道：「要是我把它的真實價值說出來……不說全部，只說一半，你都不會信，以為我在誇大其詞。」

史貝德笑著說：「不，我從來都沒想過這個。看來你還是不太願意把整件事原原本本地告訴我。這樣吧，你告訴我那東西到底是什麼，我自己就能算出個大概了。」

胖子笑著說：「先生，這你可算不出來。除非對這東西非常在行，否則沒人知道它的真實價值。另外……」他喘了一口氣，接著說，「這件東西是

世上絕無僅有的。」他又大笑起來，一身肥肉都跟著晃動。隨後，笑聲突然間消失了。胖子的嘴巴還保持著大笑時候的樣子，但臉上已經沒有笑容了。他眼珠一動不動地盯著史貝德看，要是不知道的人，一定以為他有近視。

他的聲音仍然很沙啞，並且帶著明顯的驚訝：「什麼？你還不知道它到底是什麼？」

史貝德晃了晃手裡的雪茄，不以為意地說：「很奇怪是嗎？其實對於這東西的價值，我心裡大概有譜。看得出來，你們為了它能把命豁上。我只是對這件事的內情有些好奇。」

「她沒跟你說過嗎？」

「你說歐香奈西小姐嗎？」

「是，那個挺討人喜歡的女孩。」

「她沒說過。」

胖子的眼睛被滿臉的肥肉包裹著，看起來就像兩條縫一樣。他模糊地說：「這件事她肯定清楚。開羅呢？他也沒跟你說過嗎？」

「開羅精明得很。他只肯為這東西掏錢，其中內情卻不透露半分。」

胖子舔了舔嘴唇，問：「他出多少錢？」

「一萬美金。」

胖子大笑起來，不屑一顧地說：「那個希臘人才出一萬塊？而且還不是英鎊，是美金？你對此有何看法？」

「我說要是幫他拿到那東西的話，但願他能兌現承諾，把一萬美金付給我。」

胖子眉頭緊鎖，額頭上的肥肉堆成了一條縫。他說：「嗯，先生，但願這個詞你用得恰當極了。」隨後大聲說：「這件事他們肯定清楚。」說完這句，他的聲音又變小了：「他們知道黑鷹是怎麼回事嗎？還有，你對他們有什麼看法？」

史貝德坦誠地說：「關於這件事，我現在掌握的證據還不充分，所以幫不了你。開羅對此事不置可否，歐香奈西說自己毫不知情，但我覺得她的話不可信。」

達許‧漢密特

胖子皺著眉，撓了撓頭，敷衍地說：「這種做法也沒什麼不對。」隨後，他閉上眼睛，肥胖的身體在椅子上動來動去。突然，他睜開眼睛，而且瞪得很大，對史貝德說：「也許他們真的不知道這件事。」說完，他皺著的眉頭舒展開了，肥胖而粉紅的臉上露出了笑容，看起來很開心。他嚷嚷道：「要是他們不知道的話，這世上知道這件事的就只有我啦！」

史貝德強裝笑臉，說：「哦，看來我找對人了。」

胖子也跟著笑了，但他之前的開心勁兒消失了，笑容裡藏著防備。他的笑臉像是戴著一副面具，但眼神卻異常犀利，並且在掩飾自己的真正意圖，以免被史貝德看出來。他有意躲開史貝德的眼睛，看著他手臂旁邊的酒杯，笑呵呵地說：「哦，我的天，你的杯子裡沒酒了。」說完，他起身來到桌邊倒酒。在酒瓶、杯子和蘇打水瓶發出一陣叮鈴噹啷的響聲後，他調出了兩杯飲料。

史貝德始終坐在椅子上。胖子來到他身邊，鞠了個躬，開玩笑說：「先生，這種藥對身體無害。」說完把裝滿飲料的杯子遞給他。

史貝德起身來到胖子身邊，居高臨下地盯著他看。他的眼睛很亮，眼神冷冰冰的。他端起杯子，從容地說：「來，為了我們能彼此坦誠，乾杯。」

胖子嘿嘿笑了，與史貝德一起乾杯。胖子坐回椅子上，兩隻手拿著杯子，放在肚子上。一直對史貝德笑。他說道：「先生，這件事是挺讓人費解的，不過事實就是如此。他們兩個都不知道黑鷹是怎麼回事，除了我——凱斯伯・古特曼以外，這世上再沒人知道啦！」

史貝德站在那裡，雙腿叉開，一隻手拿著杯子，另一隻手插在褲子口袋裡，說道：「非常好。要是你把這件事告訴我，那這世上就有兩個人知道了。」

胖子眼睛裡閃著光，笑著說道：「先生，你說的對。不過，要不要告訴你，我還沒想好。」

史貝德循循善誘地說：「別耍笨好不好？你知道黑鷹的內情，而我知道去哪兒能找到它，我們兩個只有合作才是最好的辦法。」

「好吧！不過先生，你先告訴我黑鷹在什麼地方？」

史貝德沒有回答他。

胖子的頭略微偏左，眉毛挑起來，努著嘴，友善地說：「別這樣，先生。我會把我知道的事告訴你，但你卻不願意把自己知道的事告訴我，這筆買賣太不公平了，我看我們恐怕談不下去了。」

史貝德臉色蒼白，氣呼呼地說：「我再給你一次機會，你仔細想想。我跟你手下那個小混混說過了，你只有跟我合作，這件事才能辦成。別耍花招，浪費我的時間，告訴你，要是你今天不跟我談的話，以後就再沒機會了。我對那些人藏在保險櫃裡的東西一清二楚，不過我一點也不關心這些，因為跟我毫不相干。真該死！你以為我少了你就不能活了嗎？要是你們一開始沒有找到我的話，這件事說不定也能辦成，但現在不行。別忘了，這裡是舊金山。今天擺在你面前的只有兩條路，一是把你知道的告訴我，否則就馬上滾蛋。」

說完，他氣呼呼地轉身把酒杯摔在桌上。酒和杯子的碎片落在木桌和地板上，發出稀里嘩啦的聲音。史貝德根本不在意打碎杯子的事，轉過身來與胖子相對。

胖子也不在乎那個被打碎的杯子。他努著嘴，眉毛向上挑著，頭偏向左邊。當史貝德用憤怒的語氣說話時，他粉紅色的臉一直態度溫和。

史貝德的憤怒仍未平息，他說道：「還有一件事情，我不想……」

正說到這兒，史貝德左側的那扇門開了，給他開門的那傢伙進來了。關上門後，那傢伙站在門口，一雙手貼肋骨兩側，瞪著眼睛看史貝德，眼神十分凶惡。他從頭到腳打量著史貝德，最後視線停在那件褐色衣服口袋裡的手帕上。那塊手帕是絳紫色的，四周有花邊。

史貝德盯著那傢伙，繼續說道：「還有，你要是決定了的話，就別再讓這個傢伙跟著我了。他弄得我神經緊繃，我討厭死他了。他跟著我也沒用，得不到任何好處。如果再礙手礙腳的，我一定殺了他。」

那傢伙沒說話，甚至連眼睛都不抬，只是撇嘴笑了笑，笑容有些神秘。

「好吧！不過說實話，你的脾氣也太大了。」胖子的語氣很溫和。

史貝德狂笑著說：「我的脾氣？」他來到椅子前，拿起帽子戴上，然

後伸出一根手指，指著胖子的肚子，說道：「仔細考慮考慮，5點半前給我答覆。」整間屋子都迴盪著他咆哮的聲音。他放下手，瞪著眼睛看了看面前的兩個人，然後走向來時那扇門。打開門時，他轉身說道：「記住了，5點半。過了這個時間，我可不等了。」

那傢伙盯著史貝德的胸口，帶著恨意說了聲粗話，這句話他在貝爾維迪旅館的走廊時也說過。

史貝德重重地關上門，離開了。

十二、輪番上場

　　史貝德離開古特曼的住處，進了電梯。他的嘴唇乾得厲害，臉色也白得可怕，還一直出冷汗。他掏出手帕來擦汗時，發現自己的手竟然在發抖。他咧嘴笑了一下，「呵」了一聲，聲音很大。負責開電梯的人回頭看了他一眼，問：「怎麼了，先生？」

　　離開吉利街以後，史貝德去皇宮飯店吃午飯。坐下來時，他的手不抖了，嘴唇和臉色也都好多了。他悠閒地吃過午飯，然後去找席德・懷斯了。

　　懷斯站在辦公室的窗戶邊咬著手指甲發呆。見史貝德來了，他轉過椅子，對他說：「來啦！把椅子拿過來坐吧！」

　　史貝德把椅子拿到辦公桌邊，桌子幾乎被各種文件鋪滿了。他問：「亞傑的老婆來找你了嗎？」

　　懷斯眼睛發亮，問道：「來啦！山姆，你想娶那個女人是嗎？」

　　史貝德很不高興，重重地出了一口氣，埋怨道：「怎麼你也這麼想？我的天！」

　　律師撇嘴笑了笑，神情疲累地說：「要是不想娶她，你可有麻煩了。」

　　正在低頭捲菸的山姆抬起頭來，鬱悶地說：「你不是跟我鬧著玩吧？既然如此，這個麻煩你正好可以幫我解決。她都跟你聊了哪些事？」

　　「跟你有關的。」

　　「就說來聽聽吧！把那些你認為我該知道的都告訴我。」

　　懷斯撓了撓頭，頭皮屑紛紛掉下來，落在他的肩膀上。他說：「她本來準備跟邁爾斯離婚，然後……」

史貝德打斷了他的話頭：「這段就別說了，我知道。說點新鮮的。」

「我哪兒知道她有多少⋯⋯」

史貝德拿出打火機點燃菸捲，說：「席德，別吞吞吐吐的。告訴我，她到底有什麼事不想讓我知道？」

懷斯用責怪的眼神看了看史貝德，說：「山姆，這個⋯⋯」

史貝德仰頭看著天花板，沮喪地說：「我的天吶，他怎麼說也是靠我起家的律師，結果現在我有事來找他，還得低三下四的。」他盯著懷斯，問道：「其實讓她到這兒來是我的主意。你想過沒有，我的目的是什麼？」

懷斯看起來很疲憊，他做了個鬼臉，責怪道：「但願別再碰到一個像你這樣的，否則我非得進精神病院不可。」

「不管怎麼說，你都不能對上門的顧客置之不理吧？邁爾斯遇害那晚，她去了什麼地方？她告訴你了嗎？」

「嗯。」

「她去哪兒了？」

「她在邁爾斯身後跟著。」

史貝德直起身來，眨了眨眼睛，難以置信地叫道：「我的天！真不知道這些女人一天到晚腦子裡都在想些什麼！」他大笑了一會兒，然後平靜下來，問道：「好吧！她發現什麼沒有？」

懷斯搖了搖頭，說：「沒有。邁爾斯遇害那晚曾經回家吃過飯，席間，他說自己約了一個女孩子在聖馬可旅館見面，還用玩笑的語氣說，要是伊娃想離婚的話，這正好是個機會。起初，伊娃以為他只是想試探一下她的態度，因為他已經知道⋯⋯」

史貝德又打斷了他：「這段也跳過去吧，我知道。後來呢？」

「好吧，你讓我說什麼，我就說什麼。邁爾斯出門後，伊娃覺得他說的也許是真的。你應該瞭解邁爾斯的為人，他⋯⋯」

「關於邁爾斯性格的部分不必說了。」

律師說：「看來我什麼都不該說。後來，伊娃去車庫把車子開出來，去了聖馬可旅館。到旅館以後，她沒進去，只是把車停在旅館對面，坐在車

裡等著。她看到邁爾斯從旅館裡出來，並在暗中觀察一對從旅館走出來的男女。她還說自己認識那個女的，因為前一天晚上，她見過那個女人跟你在一起。直到這時，伊娃才明白，原來邁爾斯是在開玩笑，所謂的在旅館的約會不過是工作而已。跟我說這段話時，她看起來很生氣，也很失望。接著，她在邁爾斯後面跟著，跟了很久，直到徹底確認他在跟蹤那對男女後，她才離開。隨後，她去了你家找你，但你沒在家。」

史貝德問：「那時候是幾點？」

「你指的是她去你家時幾點嗎？頭一回大約是九點半到十點的樣子。」

「什麼，頭一回？」

「對啊，她見你不在家，就在你家周圍晃了半個小時左右，然後又去了一趟。第二次去的時候大約十點半吧，可是你還是不在。為了打發時間，她開車去市區找了一家電影院看電影，一直看到午夜時分。她想，那時候你怎麼也該回家了。」

史貝德皺起眉頭，問道：「什麼？都十點半了，她還去看電影？」

「是的，她說鮑爾街有家凌晨一點才關門的電影院，她就去了那兒。因為她不想回家等邁爾斯。據我推測，以前遇到這種情況，邁爾斯每次都非常生氣吧，特別是在深更半夜的時候。她在電影院裡待到一點鐘。」說到這裡，懷斯放緩了語速，一抹冷笑從他的眼神中閃過，「她覺得當時已經太晚，不知道你是不是歡迎她去找你，所以改了主意，去愛麗絲街的泰記餐館吃了點東西，之後便單獨回家了。」懷斯靠在椅子上，想聽聽史貝德怎麼說。

史貝德面無表情地問道：「她說的話你信嗎？」

懷斯反問道：「你不信？」

「不知道。也許這些話是你們事先串通好的。」

懷斯笑著說：「山姆，難道你認為自己會將大把支票給陌生人嗎？」

「我不會給那麼多。算了，這些都無所謂。有一點可以確定的是，那天的凌晨兩點鐘邁爾斯還沒回家，因為那時候他已經被人殺了。」

懷斯說：「嗯，當發現邁爾斯還沒回家時，她非常生氣，於是便開車去

你家了。事實上，邁爾斯是因為她沒在家才生著氣出去的。」

「可是我當時去看邁爾斯的屍體了，並不在家。天呐，找來找去的真讓人眼花撩亂。後來怎麼樣了？」

「她回家了，邁爾斯還是不在家。就在她脫衣服時，你派去的人告訴她邁爾斯死了。」

史貝德全神貫注地捲了一支菸，然後點上，然後才說：「她說得很完整，而且跟目前掌握的情況都對得上，所以我覺得她的話是可信的。」

懷斯又撓了撓頭，這次的頭皮屑掉得更多了。他用探究的眼神看著史貝德，問：「可是你還是有所懷疑，對嗎？」

史貝德抽出嘴裡的菸，說道：「席德，不管我信與不信，總之我對這件事毫不知情。」

律師聳了聳肩膀，無奈地冷笑著，說道：「不錯，我背叛了你。你本該找一個可以信任的，完全忠心於你的律師，為什麼不呢？」

史貝德起身冷笑道：「現在他人都已經死了。怎麼，生我氣了？好吧，是我思慮不周，對你不夠禮貌，以後我會注意這個。不知道我方才做了什麼，以致惹你生氣，難道是我來的時候沒給你跪下？」

席德‧懷斯看起來有些不自然，笑著說：「山姆，你這個狗東西。」

史貝德到辦公室時，依菲‧普蘭正在外面的辦公室坐著。她似乎在擔心什麼，一雙棕色的眼睛盯著史貝德，問道：「發生什麼事了？」

史貝德板著臉說：「哪有什麼事？」

「她呢？怎麼沒過來？」

史貝德快步來到依菲身邊，雙手放在她的肩膀上，對那張驚慌失措的面孔大聲說道：「怎麼，她沒去你那兒嗎？」

她胡亂地搖著頭，說：「沒有，我左等右等，就是不見她來。後來我又打電話給你，可是沒聯繫上你。沒辦法，我只能到這裡來了。」

史貝德倏地一下收回雙手，插在褲子口袋裡，怒氣沖沖地吼道：「又是這樣，來來回回的！」

說完，他邁著大步衝進自己的辦公室。不久，他出來下了一道命令：「給你媽媽打個電話，問問她有沒有到。」

依菲撥通了家裡的電話，史貝德則在屋子裡走來走去。

放下電話後，依菲說：「她還是沒過去。你是用計程車送她走的嗎？」

他從鼻孔裡哼了一聲，算是做了肯定回答。

「你是不是肯定……不用說，她被人跟蹤了。」

史貝德停下腳步，雙手叉在腰間，一臉慍怒地看著依菲，氣呼呼地叫道：「不，根本就沒人跟蹤她。你以為我是三歲小孩嗎？送她上車以前，我已經排除這方面的問題了，而且我還陪她一起坐車走了十幾條街，這才徹底放心下來。下車以後，我又目送她的車子走過六七條街。」

「好吧！但……」

「但她沒去你家，我知道你說的是實話。在你看來，我認為她已經去你家了嗎？」

依菲‧普蘭不以為然地說：「看看你現在這副樣子，跟個三歲孩子有什麼區別？」

史貝德的喉嚨裡發出一陣令人不悅的聲響，然後直接朝走廊的大門走去，同時說道：「我得出去找她。就算她鑽進下水道裡去了，我也得把她給翻出來。你留下來等消息。看在上帝的面子上，大家都幹點正事吧！」

快到電梯那裡時，史貝德又折了回來。他開門時，依菲正坐在自己的辦公桌旁。

「你是知道我的。我像剛剛那樣發脾氣的時候，別放在心上。」史貝德對她說。

依菲說：「你以為我會放在心上啊？只是……」她抱住自己的雙肩，猶豫了一會兒，才開口說，「我總不能穿著這套晚禮服一直在這兒等啊！要是你兩個禮拜還不回來，難道讓我等兩個禮拜嗎？你真混蛋！」

史貝德咧開嘴笑了笑，安慰道：「對不起，我的寶貝。」說完，他對她鞠了個躬，樣子很誇張，然後便轉身離開了。

史貝德來到街口的停車處時，有兩輛黃色的計程車停在那兒，兩個司機都站在車外，正在閒聊。

史貝德走過去，問道：「我中午看見一個留著金髮，臉色很紅的司機在這兒，他人呢？」

其中一個司機回道：「他呀，幹活去啦！」

「他幹完活以後還會回到這裡嗎？」

「八成會吧！」

另一個司機朝東面點了點頭，說：「瞧，他回來了。」

史貝德來到街頭的人行道上，等那個司機把車停好，下了車，然後走到他身旁，說：「我今天中午坐過你的車，當時還有個女孩跟我一起。我們在史塔克頓街上車的，中途路過沙加緬度街，到瓊斯街街頭時，我先下車了。你還記得嗎？」

那個臉色發紅的男人說：「是啊，這個我有印象。」

「我不是讓你送她到第九街的某個地方嗎？你怎麼沒送她過去？你把人送到什麼地方去了？」

司機用那隻髒兮兮的手摸了摸臉，同時看了看史貝德，露出疑惑不解的神情，說：「我也不知道啊！」

史貝德遞給他一張名片，用寬慰的語氣說：「沒事，要是你怕惹事的話，我可以坐你的車去你們的辦公地點，跟那裡的主管知會一聲。」

「哦，這樣最好。我送她去渡輪大廈了。」

「車上只有她一個人嗎？」

「是的。」

「除此之外呢？她有沒有坐你的車去別的什麼地方？」

「再沒有了。不過，你下車之後，我在沙加緬度街繼續開車前行，到波克街時，她敲了敲車窗，說想下車去買份報紙，我就找了個路口，把車停下來，然後對賣報的小孩吹了個口哨，讓她買了報紙。」

「那是什麼報紙？」

「是《論報》。我在沙加緬度街又開了一陣，開過范尼斯街後，她再次

敲了車窗，說想去渡輪大廈。」

「她當時情緒怎樣？是很激動，還是別的什麼樣子？」

「這個我倒沒留意。」

「你把她送到了渡輪大廈，然後呢？」

「她付了車費，然後就離開了，再沒什麼了。」

「那裡有沒有人在等她？」

「不知道。即便有的話，我也沒看見。」

「她走的是哪條路？」

「你指的是到渡輪大廈以後嗎？這我可不知道。也許直接上樓了，也許去樓梯那邊了吧！」

「她手裡是不是有一份報紙？」

「嗯，是夾著一份報紙。她在給我車費的時候我看見了。」

「露在外面的報紙顏色是粉紅的，還是白的？」

「老大，我給忘了，真抱歉。」

史貝德向司機道了謝，然後給他一個銀元，說：「這個給你，拿去買包菸抽吧！」

史貝德去買了份《論報》。因為外面有風，所以他來到一間辦公大樓的門廳，然後認真地讀起報紙來。

沒過多久，他便看完了頭版的頭條新聞，接著又看了第二版和第三版的頭條。第四版的頭條是《製造偽鈔的嫌疑犯已被抓獲》，他看了一陣子。第五版有則新聞是《海灣一年輕人飲彈自盡》。至於第六版和第七版，上面並沒什麼值得留意的東西。第八版上有則新聞引起了他的注意，標題是《三個少年被疑為舊金山失竊案案犯，歷經槍戰後，此三人已被抓獲》。接下來的版面沒什麼值得一提的。第三十五版上刊登的是氣象新聞、船期、生產、結婚、離婚、新生兒和訃告之類的消息，他只看了訃告上的人名。第三十六和三十七版上都是金融界新聞，沒有他想看的東西。第三十八版，也就是最後一版，上面也沒找到什麼。他嘆息了一聲，然後把報紙疊起來，裝進上衣口袋裡，然後捲起菸來。

他神情嚴肅地站在門廳裡，一邊抽菸，一邊盯著什麼看，這樣持續了五分鐘左右。接著，他出了辦公大樓，來到史塔克頓街，找了輛計程車，前往皇冠公寓。

他進了公寓大樓，拿出布麗姬給他的鑰匙，打開房門。床邊掛著一件藍裙子，是她昨晚穿的那件。臥室的地板上還有她的藍色絲襪和拖鞋。梳妝檯抽屜裡那個首飾盒已經被拿出來了，放在梳妝檯上，裡面的東西全都不見了。史貝德蹙起眉頭，舔著嘴唇，打量屋子裡的東西，但什麼都沒碰。

離開公寓後，他回到了市區。剛到辦公大樓門口，他就被人攔住了，是在古特曼家看見的那小子。他堵著門說：「他要跟你見面，跟我走。」

這個傢伙兩隻手插在口袋裡，口袋裡好像有什麼東西，鼓鼓的。

史貝德咧嘴笑了，用譏諷的口吻說：「你們竟然在5點20分之前來找我，真是出乎意料。希望我沒讓你們等太長時間。」

那傢伙盯著史貝德的嘴說：「你總是跟我對著幹。當心點，早晚有一天，子彈會打在你的肚臍眼上。」他說話的聲音有些古怪，好像身上很疼似的。

史貝德眉開眼笑地說：「越橫的流氓，黑話說得越花俏。行了，走吧！」

兩人並排走在沙特街上，走過一整條馬路，誰都沉默不語。那傢伙的手一直沒從口袋裡拿出來。

後來，史貝德頗有興致地問：「嘿，小子，你多久沒幹那些小偷小摸的事了？」

那傢伙對他的問話充耳不聞。

「你是不是……」史貝德的話說了一半便停住了，他那土黃色的眼睛裡透出些許柔情。

兩人來到亞歷山卓旅館，搭電梯上十二樓，直接朝古特曼的套房走去。走廊裡沒看到其他人。史貝德在那傢伙後面，走得很慢。快到古特曼的房間時，兩人相距差不多有一英尺半。這時候，他忽然來到那傢伙身後，牢牢地勒住他的兩條臂肘，用力往前推了一下，於是他插在口袋裡的兩隻手被拔了

出來。那傢伙拼命想掙脫，但史貝德比他強壯有力得多，他根本就無法與之抗衡。他往後踢了一腳，但史貝德雙腿劈開，躲過去了。

史貝德將那傢伙直挺挺地舉起來，又重重地摔在地上。這一摔並沒有發出很大動靜，因為走廊裡鋪著地毯。史貝德的一對大手從那傢伙的手臂滑下來，扭住了他的手腕。那傢伙死死咬著牙，發出粗重的喘息聲，雖然他拼命掙扎，但還是被牢牢控制住了。

史貝德按著那傢伙，很長時間過去了，兩人始終保持這種姿勢。後來，那傢伙緊繃著的手臂放鬆了。史貝德鬆開手，往後退了一步，從他兩側衣服口袋裡各掏出一把手槍，兩支手槍都是重型自動槍。

那傢伙轉過頭來，雙手又插回口袋裡，默默地盯著史貝德的胸口看。他的臉白得嚇人，沒有任何表情。

史貝德把兩支槍塞進口袋裡，咧嘴一笑，諷刺道：「好了，進去吧！我猜你這回肯定能得到老闆的獎賞。」

兩個人來到古特曼的房間門口，史貝德敲了敲房門。

十三、皇帝之禮

古特曼打開門，露出的是他那張胖嘟嘟的臉，笑容滿面地伸出手來，說道：「哦，先生，謝謝光臨，快進來吧！」

史貝德與他握了手，然後走進屋子。那傢伙跟在他後頭，也進屋了。胖子把門關上以後，史貝德掏出那兩把手槍，遞給古特曼，說：「這些東西交給你了。你怎麼能讓他帶著這種東西到處跑，太危險了。」

胖子接過手槍，大笑了幾聲，目光從史貝德身上轉到那傢伙身上，說：「好，好，好。不過請告訴我，剛才發生什麼事了？」

史貝德說：「一個跛腳的送報人從他身上搶走了槍，又被我要了回來。」

古特曼把槍遞給那傢伙。那傢伙臉色蒼白，接過槍後放進衣服口袋，一句話也不說。

古特曼放聲大笑，對史貝德說：「哦，老天，你可真了不起，是個值得交往的朋友。快請坐，把帽子給我吧！」

屋子右側有一扇門，那傢伙從那扇門離開了。

胖子帶史貝德來到桌子旁邊，讓他坐在綠色絨布罩著的椅子上，然後遞給他一支雪茄，並且親自給他點上。他調了兩杯摻蘇打水的威士忌，遞給史貝德一杯，自己端了一杯，然後坐在史貝德對面。

「先生，我應該跟你說聲對不起，因為……」

史貝德說：「無所謂，我們還是聊聊黑鷹的事吧！」

胖子把頭往左一歪，目光親暱地看著史貝德，說：「好的，先生，現

在就開始吧！」他輕輕抿了一小口威士忌，接著說，「像你這麼精明強幹的人，尤其從事這個行業，肯定聽說過一些離奇的事，對吧？但我敢擔保，這件事肯定比你之前遇到的所有事都離奇。」

史貝德非常禮貌地點了點頭。

胖子瞇起眼睛，問道：「先生，你是否聽說過耶路撒冷的聖約翰騎士團①？好像後來有人稱之為羅得騎士團。」

史貝德擺了擺那隻叼著雪茄的手，說：「沒聽說過。不過上學的時候，歷史課好像講過十字軍的事情。」

「不錯。你記得蘇萊曼大帝嗎？1523年，就是這位大帝把那些人從羅得島趕了出去。」

「不記得了。」

「沒關係。總之，你知道蘇萊曼大帝把那些人趕走就行了。被趕走以後，那些人到了克里特島，並在那裡待了7年之久。1530年，他們說服了查理五世，從他手裡要了三塊地方，即馬爾他島、哥佐島、的黎波里。」

「哦。」

「沒錯，不過這是有條件的。他們必須每年向皇帝上貢，貢品就是……」他伸出一根手指，「一隻鷹。這麼做的目的是向人們昭示，馬爾他島仍為西班牙領地。如果有一天，他們離開了馬爾他島，那麼這個島就將被西班牙收回去。明白嗎？也就是說，雖然皇帝把這個島許給了他們，但他們對這座島並沒有變賣或贈送的權利。」

---

1. 聖約翰騎士團：全稱為「耶路撒冷、羅得島及馬爾他聖約翰主權軍事醫院騎士團」，又稱「羅得騎士團」、「聖若翰士團」。它是歷史上著名的三人騎士團之一，在十字軍東征時期戰鬥力最為強大。它具有「準國家」性質，但沒有領土。它是最古老的天主教修道騎士團之一，也是世界上最著名的微型國家之一。馬爾他騎士團的前身是醫院騎士團，曾經擁有自己的領土，但後來在戰爭中失去。醫院騎士團於1099年由Blessed Gerard等人建立，最初的主要工作是對病人和受傷的朝聖者進行醫療救助，自1120年慢慢開始發展為軍事組織，但仍以醫療救助為己任。——譯注

達許‧漢密特

「哦。」

胖子回過頭去，打量了一下那三道緊閉的門，然後把椅子拉到史貝德身邊，低聲說：「當年的騎士團有數不盡的財富，你對此事可有耳聞？」

「我記得他們好像是挺闊綽的。」史貝德說。

古特曼露出一個厚道的笑容，說：「先生，這話未免太輕描淡寫了。豈止是闊綽！」他的聲音變得更小了，但言語間開心和滿足卻是掩藏不住的，「他們可是巨富啊！他們的富有是你，乃至所有人想像不到的。他們對撒拉森人進行了多少年的掠奪啊，在那些年裡，他們搶奪金銀、珠寶、絲綢、象牙……總之都是東方世界獨有的瑰寶。先生，歷史就是如此。對聖殿騎士而言，所謂的聖戰，其實跟掠奪是一個意思。好了，我們再說說那個查理皇帝吧！他算是把馬爾他島租給了那些人，但租金只是每年一隻鷹而已。這是一份多麼大的恩典啊！因此，那些富可敵國的騎士自然想回報皇帝這份恩情。這也是無可厚非的，對吧？不錯，他們是這麼想的，也的確這麼做了。他們的心思很巧。第一年上貢時，他們送給查理的並不是一隻活著的鷹那麼簡單，而是一隻用金子打造的鷹，不僅如此，就連裝這隻鷹的箱子上都嵌滿了名貴珠寶。要知道，那些珠寶可全都是來自亞洲的上等貨。」說到這裡，古特曼的聲音大了些，狡黠的黑眼珠緊盯著史貝德，史貝德臉上沒有任何表情。

「先生，不知你對此是否有什麼想法？」胖子問。

「這個不好說。」

胖子露出自得的笑容，說：「這些歷史並不是學校課本裡講的，在威爾斯先生編撰的史書上也看不到，但不可否認，它們是確實發生過的歷史事實。」他的身體向前傾斜了些，繼續說道，「從十二世紀起就有關於騎士團的記錄了，時至今日，那些記錄還保存在馬爾他。不過，記錄並不詳盡。儘管如此，記錄裡面還是最少有……」他豎起三根手指，「三個地方提到過這隻嵌滿珍寶的鷹。記錄上雖未明說，但我想絕對是它，不會是別的。德拉維爾·勒魯編撰過一本《聖約翰騎士團記錄》，裡面就有一個地方提過它，只是措辭比較隱晦而已，但這並不影響我們證明此事的存在。還有一本名叫

《聖殿騎士的起源和組織》的書，它的附錄裡有一段關於此事明確記述，與我剛才跟你講的那段完全一致。這本書的作者是保利[2]，不過書還沒寫完，他就去世了，因此並未面世。」

史貝德回道：「嗯，很好。」

「是的，先生。這隻嵌滿珍寶的鷹有一英尺高，是一群土耳其奴隸在聖安格魯的城堡裡造出來的。隨後，這隻鷹被交給了維里爾‧德亞當，就是當時騎士團的領袖。他把鷹放在一艘很大的帆船上，打算送給西班牙的查理大帝。駕駛這艘船的人也是騎士團成員，好像叫柯米爾，或是柯威爾。」說到這兒，他放低了聲音，「不過，這隻鷹並沒有被送到西班牙。」

他抿起嘴巴笑了笑，問史貝德：「巴巴羅薩‧海雷丁，綽號紅鬍子，聽說過這個人嗎？沒聽過？他是個海盜頭子，在當時很出名，經常在阿爾及爾[3]一帶活動。騎士團上貢的帆船被紅鬍子和他的手下劫了，那隻鷹就這樣到了阿爾及爾。這件事千真萬確。法國歷史學家皮耶‧唐從阿爾及爾寄出過一封信，上面就對此事有記述。據他所說，這隻鷹放在阿爾及爾一百多年後，被法蘭西斯‧文尼爵士拿走了。法蘭西斯‧文尼是英國人、冒險家，有一段時間曾經跟阿爾及爾的海盜混在一起。可能他並沒有拿走這隻鷹，但皮耶‧唐覺得他拿了，我的想法跟他一樣。」

「我看過法蘭西斯‧文尼夫人寫的《文尼家族十七世紀回憶錄》，因此確定，裡面並沒有提到過這隻鷹。還有一點可以確定，就是1615年時，這隻鷹已經不在法蘭西斯‧文尼手上了，因為他當時窮困潦倒，死在了美西納[4]的一家醫院裡。但是，先生，這隻鷹到了西西里，而且此後一直在那兒，這是毋庸置疑的。1713年，維托里奧‧阿梅迪奧二世登上帝位，這隻鷹就落在

達許‧漢密特

---

2. 保利：巴斯瓦拉‧保利，法國人，曾經被路易十六委任為科西嘉總督。科西嘉原本是熱那亞的商業屬國，但在1755年，保利率領島上人民趕走了熱那亞人，創建了科西嘉獨立政府。——譯注

3. 阿爾及爾：阿爾及利亞首都，位於地中海南岸，阿爾及爾灣西側。——譯注

4. 美西納：義大利城市。——譯注

了他手裡。他退位後在香貝里結了婚，還把這隻鷹當作禮物送給了妻子。關於這件事，可以在卡洛蒂所著的《維托里奧・阿梅迪奧二世王朝軼事》中找到證明。」

「阿梅迪奧有意在杜林把先前的退位詔廢掉，所以我覺得這隻鷹可能被阿梅迪奧夫婦帶到杜林去了。不過這不重要，因為這隻鷹後來又輾轉落在了一個西班牙人手裡。此人就是唐・何塞・蒙尼諾。他當過兵，參加過1734年攻打和佔領那不勒斯的那場戰爭，還在查理三世時期做過宰輔，佛羅里達的布蘭卡伯爵就是他的兒子。1840年，也就是西班牙卡洛斯王朝戰爭結束前，這隻鷹已經不在他手上了。關於這一點，倒是沒有什麼書面上的證據。隨後，這隻鷹又在巴黎露面了。那時候，卡洛斯王朝的殘餘勢力不得不離開西班牙，並且一股腦湧到了巴黎，我猜，這隻鷹就是被他們當中的一個帶到巴黎去的。這個人是誰並不重要，對於這隻鷹的真正價值，他似乎並不瞭解。卡洛斯王朝的戰爭爆發時，有人將這隻鷹的表面用油漆或陶瓷釉之類的東西塗抹了，讓人以為它只是個有趣的黑色雕像而已。先生，此後的70多年中，這隻被掩飾原貌的鷹在巴黎的收藏家和商人們手中輾轉流傳，居然沒有一個人看破真相，他們可真是夠笨的。」

胖子稍稍歇了一下，笑了笑，又惋惜地搖了搖頭，接著說道：「先生，在70年時間裡，這件令人匪夷所思的東西被人們像踢皮球一樣，在巴黎的貧民窟轉來轉去。直到1911年，希臘商人卡里羅斯・康斯坦丁尼在一家冷清的商店裡發現了它。沒多久，卡里羅斯弄清了它的底細，並得到了它。即便表面厚厚的瓷釉掩蓋了它的真實價值，但這一切還是沒有逃過卡里羅斯的眼睛和鼻子。關於這隻鷹的來歷，大多數情況都是卡里羅斯調查出來的，這也使他洞悉了背後的真相。得到消息以後，我用盡了各種方法，終於從他口中探出了許多情況，並在日後漸漸豐富了一些細枝末節的東西。」

「當確定這東西的真正價值時，卡里羅斯並沒有急著出手，這是因為，只要經過鑑定，他就可以隨心所欲地漫天要價，而且絕對是令人瞠目結舌的價格。也許跟別人相比，他更願意與騎士團的後代做這筆買賣，比如耶路撒冷聖約翰騎士團的後代——英國騎士，普魯士的白十字騎士團，或是在馬爾

他擁有義大利或德國國籍的高層騎士……總之就是那些非常有錢的騎士。」

胖子把杯子舉起來看了看，裡面已經沒有酒了。他笑著起身重新斟了兩杯，並在加蘇打水的時候問：「怎麼樣，你現在開始有些相信了吧？」

「我本來也沒說不信啊！」史貝德說。

古特曼嘿嘿笑了，說道：「你是沒那麼說，但你的表情呀……」他坐了下來喝了一大口，然後掏出一塊白色的手帕抹了抹嘴，繼續說，「先生，在調查這隻鷹的來歷時，卡里羅斯為了更穩妥些，便在它表面又塗上了一層瓷釉，於是它就變成了現在的樣子。他把東西弄到手滿一年的那天，大概就是我逼迫他把這件事的來龍去脈說出來後的三個月，我在倫敦的《泰晤士報》上無意間看到一條新聞，這才知道，有人去他家行竊，他本人也被殺了。得知此事後，我在第二天就趕到了巴黎。」古特曼搖了搖頭，看起來很難過，「鷹已經不見了。先生，我當時簡直要瘋掉了。除了我以外，我不信還有人瞭解它的底細，也不信他會把真相告訴其他人。因此，東西雖然失竊了，但那個賊一定還不知道這隻鷹到底是什麼，要是知道的話，除了皇冠上的寶石以外，他絕不會再拿其他東西。」

他閉上眼睛，自得的笑容浮現在臉上。隨後，他又張開眼睛，說道：「不過先生，這件事都已經過去17年，我花了17年時間把它找到了。我要是想得到什麼東西，就一定會想盡辦法，不達目的不罷休。我就是這樣的人。」他笑得更歡快了，「因為我想得到它，於是便找到了它。凡是我想要的，就一定會到手。」他舉起杯子一飲而盡，然後抹了抹嘴，把手帕放回去，繼續說，「我追尋這隻鷹，一直跟蹤到一名俄國的將軍家中。此人名叫凱米多夫，家住君士坦丁堡郊外。在他眼裡，這隻鷹不過是尋常的雕像罷了，至於其歷史背景，他一無所知。可惜跟其他俄國將軍一樣，他這個人很喜歡跟人唱反調。我說想買下這隻鷹，但他卻不答應賣給我。可能是我太心急了，說話的方式有些欠妥。也許這件事沒什麼問題，究竟怎麼回事，我也不太明白。總之，我只想得到它。我很怕那個呆笨的將軍想查出這隻鷹的底細，萬一刮開上面的瓷釉，那就露餡了。於是，我派了幾個人代替我出面，去把東西弄到手。他們成功了，先生，但東西並沒到我手上。」他起身端著

空酒杯來到桌子旁邊，「不過沒關係，東西很快就會到我手上。先生，你的杯子哪兒去了？」

史貝德問：「如此說來，這隻鷹原本的主人其實是凱米多夫將軍，不是你們，對嗎？」

胖子興致盎然地說：「原本的主人？先生，要是按照你這麼說，它最初的主人應該是西班牙國王才對。」他咂了咂舌頭，繼續說道，「沒必要追溯這隻鷹最初的主人，幹嘛那麼認真呢？不管它曾經在誰手上，那個人都只是暫時的擁有者罷了。它是件古董，非常值錢的古董，毫無疑問，誰拿到就是誰的。」

「你的意思是說，它現在的主人就是歐香奈西小姐了？」

「不，先生，不是她的。她只是代我出面處理這件事。」

「哦。」史貝德的語氣裡透著嘲諷。

古特曼盯著自己手裡的威士忌瓶塞，似乎在想些什麼，然後問道：「東西現在已經到她手上了嗎？你確定？」

「未必。」

「它在什麼地方？」

「具體在什麼地方，我也不確定。」

「砰」的一聲，胖子把酒瓶放在桌上，氣憤地說：「你不是說你知道嗎？」

史貝德伸出一隻手，做了個毫不在意的手勢，說道：「我是說，只要時機成熟了，我就知道去什麼地方取那東西。」

古特曼臉上粉紅色的肥肉聚在一起，開心地問：「這麼說你知道？」

「嗯。」

「在哪兒？」

史貝德咧嘴一笑，說道：「這件事就交給我吧！」

「何時？」

「我需要一些時間準備。」

胖子嘟著嘴，不安地笑了笑，問：「歐香奈西小姐在什麼地方，史貝德

先生？」

「在我那兒躲著，現在很安全。」

古特曼露出了讚許的笑容，說道：「先生，我相信你。在我們還沒商談價格之前，我想知道，你打算什麼時候把黑鷹交出來？」

「兩三天以後吧！」

胖子點了點頭，說：「那就好。哎呀，我忘了把營養品加進去了。」他轉身來到桌邊，倒了威士忌，把蘇打水加進去，把一杯放在史貝德手邊，自己端起一杯，「好，先生，預祝我們公平合作，大發橫財。」

兩人乾了一杯。胖子坐了下來，史貝德問：「你剛才說公平合作指的是什麼？」

古特曼把酒杯舉起來，對著光亮的地方凝視了一會兒，然後喝了一大口，說：「先生，我有兩個方案。每個方案都很公平，你可以任選其一。第一個方案是，你把黑鷹交給我，我立刻付你25000美元，等我到紐約以後，再付25000美元給你。第二個方案是，我付你黑鷹價格的25%，但這筆錢要兩三個月後才能兌現。你看，一個是很快拿到50000，另一個是拿到更多，但得等上一陣子。」

史貝德喝了一口酒，問：「25%是多少呢？」

胖子複述著他的話：「是多少呢？10萬，或者25萬？總之是筆鉅款。要是我說一個最低的大致價格，你會信嗎？」

「幹嘛不信？」

胖子咂咂嘴唇，放低了聲音，開心地說：「要是我說值50萬，你信嗎？」

史貝德瞇著眼睛說：「你覺得這東西值200萬？」

古特曼從容一笑，反問道：「你不是說過嗎？幹嘛不信？」

史貝德把喝完的酒杯放在桌上，把雪茄放在嘴裡，又拿下來看了看。他土黃色的眼睛目光迷離，說道：「那可是很大一筆數目啊！」

胖子贊同道：「的確數目很大。」他起身拍了拍史貝德的膝蓋，「不過這還不是按最高價算的，而是最低價。卡里羅斯‧康斯坦丁尼或許是天底下

最傻的人，但事實並非如此。」

史貝德從嘴裡抽出雪茄，皺著眉頭，厭棄地看了看，然後把雪茄放在菸灰缸上，閉起眼睛，又重新睜開，面前的東西變得更模糊了。

他說：「最低價？那要是按最高價呢？」這時候，他的舌頭已經有些不受控制了。

古特曼伸出一隻手，掌心朝上，說道：「最高價嗎？這我可不敢說，要是我說出來的話，你可能會以為我瘋了。實不相瞞，我也不知道它的最高價究竟高到什麼程度。」

史貝德垂下去的下嘴唇與上唇緊緊貼在一起，毫無耐性地搖了搖頭。他的眼神中，有一道極其驚悚的光一閃而過，眼前的東西變得更模糊。他雙手握著椅子扶手，掙扎著站起身來，搖了搖頭，晃悠著身體向前邁出一步，用沙啞的聲音模糊地說：「你真該死！」

古特曼從椅子上跳了起來，把椅子推到後面，搖了搖那顆肥胖的腦袋。在他那張粉紅色的，泛著油光的臉上，一雙眼睛看起來像兩個黑色的窟窿一般。

史貝德拼命地搖晃腦袋，盡可能把視線鎖定在門上，晃動著身體，又向那個方向邁出一步。

胖子尖叫道：「威爾默！」

那小子從一扇門裡走了進來。

史貝德邁出了第三步。這時候，他已經臉色發灰，顎部肌肉凸出，好像耳朵下面豎著兩個肉瘤。當邁出第四步時，他的兩條腿已經無法伸直了，眼皮發沉，眼前一片模糊。他又往前走了一步。那傢伙來到史貝德面前，但並未擋住他的去路。他的手放在上衣內側胸口處，嘴角抽搐著。

史貝德打算邁出第六步，但那傢伙忽然伸出腿來，把史貝德絆倒在地。威爾默的手還放在衣服口袋裡，向下俯看著史貝德。史貝德掙扎了幾下，想要起身，但被那傢伙的右腳踢在太陽穴上，翻了個身。他又掙扎了幾下，然後便暈了過去。

十四、「鴿子號」

早上6點鐘剛過，史貝德走出電梯，轉過牆角，眼前就是他的事務所，黃色的燈光從那道磨砂玻璃門透了出來。他停在原地，雙唇緊閉，從頭到尾打量著整條走廊，然後才大搖大擺地走向門口。

為了避免弄出聲響，他盡可能輕柔地轉動著門把，直到轉不動為止。這時他才發現，門是鎖著的。他又換左手轉動門把，同時用右手輕輕掏出鑰匙，從中挑出辦公室的鑰匙，插入鎖孔。他踮起腳尖，穩住身體，深吸了一口氣。「啪嗒」一聲，門開了。

他進去時，依菲·普蘭正枕在自己的手臂上呼呼大睡。她穿著外套，還披著史貝德的大衣。

史貝德摀著嘴大笑起來，然後隨手關上門，走進裡面的辦公室。那間辦公室空無一人。他來到女孩身邊，一手搭在她肩膀上。

她動了動，睡眼惺忪地抬起頭來，眨了眨眼。發現史貝德站在眼前，她頓時坐直身體，瞪大眼睛，露出笑容。她靠在椅背上揉了揉眼睛，說：「你終於回來啦！現在幾點了？」

「六點。你怎麼還在這兒？」

她打了個哆嗦，裹緊身上的大衣，打著哈欠說：「不是你說的嘛，讓我等你回來，或者來電話。」

「哦，想不到你這個女孩竟然這麼聽話，還挺認真負責的。」

「我本來不想……」她沒再說下去，站起身來，身上的大衣滑落在椅子上。她的目光落在他帽簷下的太陽穴上，嘆道：「天吶！你的頭怎麼了？」

史貝德的右側太陽穴腫了起來，而且顏色發黑。

「不知道，可能是撞的，也可能是被人揍了。應該沒什麼事，不過還挺疼的。」他伸手摸了兩下，馬上放了下來。起初是一副古怪的表情，然後露出猙獰的笑。「我去拜訪一個人，被那個人下藥了，在他家地板上昏迷了12個小時才醒過來。」

她走過來幫他摘下帽子，說道：「這太嚇人了。頭腫得這麼嚴重，還是讓醫生檢查一下吧，別到處走了。」

「看著嚇人，其實沒那麼嚴重，就是疼。可能迷藥的藥力還沒過吧！」他來到辦公室角落的小屋裡，把冷水灑在手帕上，問道，「我走以後，這裡有什麼事嗎？」

「山姆，找到歐香奈西小姐沒有？」

「沒找到。我走以後有什麼事嗎？」

「我接到了一個電話，是當地檢察官辦公室來的。檢察官想跟你見個面。」

「檢察官要見我？」

「應該是的。對了，還有個傢伙讓我轉告你，說古特曼先生有事跟你商量，時間是五點半前。」

史貝德把水龍頭關上，擰乾手帕，走出小屋，把手帕按在太陽穴上，說道：「哦，這件事我知道了。我在樓下遇到了那傢伙，就是跟古特曼見面才弄成這樣的。」

「山姆，他就是那個打電話來的古先生嗎？」

「是的。」

「為什麼……」

史貝德雙眼無神地看著女孩，似乎在整理思緒。「他想要一樣東西，以為我有辦法。我跟他說，要是五點半之前不跟我聯繫，這件事他就甭想了。見面後，我跟他說還得再等兩三天，他就給我下藥了。看樣子他並不想要我的命，只是想讓我昏迷10到12小時。可能他覺得自己就能弄到手，所以不想讓我插手。」他皺起眉頭，「但願他想錯了，」他收回目光，繼續說道，

「歐香奈西小姐有消息嗎？」

女孩搖了搖頭，說：「她跟這件事有關嗎？」

「有一點。」

「他想要的東西是歐香奈西小姐的？」

「應該說，是西班牙國王的。寶貝，你有個叔叔是大學的歷史教授，對吧？」

「他是我表哥，怎麼想起問這個來了？」

「我有一個400年前的秘密，要是跟他說了，他能否為我們保密一段時間？」

「沒問題，他人很好的。」

「好，把鉛筆和本子拿出來。」

依菲拿出鉛筆和本子，坐在椅子上。史貝德又往手帕上灑了些冷水，把手帕按在太陽穴上，站在依菲身邊，複述起古特曼講的那個故事。他從查理五世獎賞聖約翰騎士團的騎士開始講起，講到卡洛斯王朝那群人失敗後去了巴黎，將那隻塗著瓷釉的鷹也一併帶了過去為止。提到那些文學作品時，他有些結巴，但至少發音還是很接近的。關於歷史事實，他的複述幾乎一字不差，像一個訓練有素的記者。

他講完後，依菲還把本子合上，抬起頭來，紅著臉問：「這真是個刺激的故事，對不對？」

「是的，也可以說很離奇。你現在就拿過去講給你表哥聽，問問他有什麼想法。再問問他有沒有接觸過跟這件事有關的史料？這件事有沒有可能是真的，或者完全是無稽之談？要是他能查證一番更好，但最好能讓他說說自己的見解。看在上帝的面子上，這件事一定要保密。」

依菲說：「好，我馬上過去。你去找個醫生檢查一下吧！」

「先吃點早餐吧！」

「不了，我去柏克萊吃，我急著聽泰德怎麼說。」

史貝德說：「好的。要是他嘲笑你，你可不要哭哭啼啼的。」

史貝德來到皇宮飯店，怡然自得地吃了頓早飯，又看了兩份早報，然後回到家裡洗了個澡，刮了刮鬍子。他用冰塊敷了敷瘀青的太陽穴，然後換了乾淨的衣服。

　　他來到皇冠公寓，進了歐香奈西的房間。屋子裡一個人也沒有，一切陳設都跟上次離開時一樣。

　　他又去了亞歷山卓旅館，古特曼不在，房間裡一個人都沒有。史貝德詢問了一下，住在那兒的還有一個叫威爾默・庫克的人，他是古特曼的秘書。此外，古特曼的女兒萊亞也住在那兒。據旅館的工作人員說，萊亞一頭金髮，眼睛是棕色的，今年只有17歲，是個美人兒。此外，古特曼這群人是十天前從紐約過來的，帳還沒有結。

　　史貝德又來到貝爾維迪旅館，住在那裡的偵探正在咖啡廳裡吃早餐。

　　看到史貝德的太陽穴，那位偵探瞪大了眼睛，說：「山姆，早啊！坐下來吃個雞蛋怎麼樣？哦，天吶，你這是沒少挨棍子吧？」

　　史貝德坐下來說：「我已經吃過了，多謝。看著嚇人，其實沒什麼。開羅這邊有什麼動靜嗎？」

　　「他昨晚又沒回來住。昨天你離開半小時後他就走了，直到現在也沒露面。」

　　「這可不是個好習慣。」

　　「可以理解，他是個單身漢，又在這種大城市裡。誰對你下這麼重的手啊？」

　　「不是開羅做的。」史貝德盯著罩在路克的烤麵包片上的銀蓋子，「趁他不在，去他房裡搜一搜行嗎？」

　　「行啊！只要是你的事，不管什麼時候，我都願意幫忙。」路克把面前的咖啡推到一邊，雙肘支在桌上，瞇著眼睛對史貝德說：「可是我總覺得你不願幫我的忙。山姆，這個傢伙到底有什麼事啊？你應該知道我是信得過的人，所以無須隱瞞。」

　　史貝德抬起頭來，目光清澈而坦誠，說道：「我知道你可靠。我沒什麼好隱瞞的。實不相瞞，我現在正在為他辦一件事，但他身邊有些朋友好像在

阻撓我，所以我對他也不太信任了。」

「我們昨天趕走的那傢伙也是他的朋友嗎？」

「對，路克，是他的朋友。」

「邁爾斯就是他們那群人殺的嗎？」

史貝德搖了搖頭，說：「邁爾斯是塞斯比殺的。」

「塞斯比呢，誰殺了他？」

史貝德笑著說：「這件事至今還沒搞清楚，不過警察認為是我做的。」

路克哼了兩聲，起身說道：「你還真讓人看不透。走，我們去查一查吧！」

兩人來到櫃檯，路克趁機跟服務人員交代，要是開羅回來的話，就打電話報個信。隨後，兩個人來到樓上開羅的房間。房間乾淨整潔，百葉窗也拉得很平整，紙簍裡有些廢紙，浴室裡有幾條皺巴巴的毛巾，看來女服務生還沒進來打掃。

開羅的行李只有一個方形的皮箱，一個旅行袋和一個小皮包。浴室的小櫥櫃裡擺滿了各式各樣的化妝品：護膚霜、香水、香粉、護膚水、洗髮水、生髮水等應有盡有。壁櫥裡掛著兩套西裝和一件大衣，下面還有三雙皮鞋，裡面都用楦頭撐著。

旅行袋和小皮包都沒鎖，史貝德把其他地方搜查完畢後，路克打開了皮箱上的鎖。

史貝德說：「還沒什麼發現。」兩個人把箱子翻了一遍，但沒什麼有用的發現。

路克鎖上箱子，問道：「我們到底要找什麼特殊的東西呢？」

「也沒什麼。聽說他是從君士坦丁堡來這兒的，我想驗證一下這個消息是否屬實。看樣子是真的。」

「他幹哪行的？」

史貝德搖了搖頭，說：「我也想知道。」他穿過房間，彎下身來翻紙簍，「這是我們最後的機會了。」

紙簍裡有一張報紙，而且是昨天的《論報》，這使他頓時來了精神。報

紙是折起來的，露在外面那版是分類廣告。他把報紙打開，認真查看了這個版面，並沒有找到什麼有用的線索。

裡面那版上面是金融、船期資訊、天氣、出生、死亡、結婚、離婚等訊息，報紙左下角第二欄下面有兩英寸寬的報紙被撕掉了。

被撕掉的部分上面有個小標題——「今日抵達」，下面的內容是：

上午0點20分——卡派克號，於阿斯托利亞港到港

上午5點05分——海倫・德魯號，於格林伍德港到港

上午5點06分——阿巴拉多號，於班東港到港

下面那行被撕掉了，根據殘留的幾個字母推測，應該是「於雪梨到港」。

史貝德把這份《論報》放在桌上，繼續翻紙簍裡的東西。裡面有一張包裝紙、一根繩子、兩個襪子的標籤、一家男士服裝店出具的發票，半打襪子，價格很便宜。紙簍最下面有一個報紙揉成的小紙團。史貝德把紙團展開，與桌上的報紙放在一起，其中三面是吻合的，而方才猜測的「抵達雪梨港」那個位置有半英寸的缺口。這個缺口可以刊登6到7條船期資訊，而這塊報紙的反面是一條證券經紀人的廣告，沒什麼用處。

路克從他肩膀處探過身子，問道：「這東西有問題嗎？」

「看樣子，他很重視這則船期資訊。」

路克說：「這並不違法吧？」

史貝德把兩片報紙折疊起來，塞進上衣口袋裡。

「這裡都查完了吧？」路克問。

「是的，路克，謝謝你。要是他回來了，能否打個電話通知我？」史貝德說。

「沒問題。」

史貝德來到《論報》的經營處，買了一份隔天的報紙，翻到船期資訊那

版，跟從開羅的紙簍裡找出的那份報紙對比了一下。撕下來的那頁是這樣寫的：

上午5點17分——塔希提號，於雪梨和帕比提港到港
上午6點05分——商船隊員號，於阿斯托利亞港到港
上午8點07分——加多匹克號，於聖佩德羅港到港
上午8點17分——西維拉多號，於聖佩德羅港到港
上午8點05分——鴿子號，於香港到港
上午9點03分——黛西‧格雷號，於西雅圖港到港

他仔細看了這張表格一遍，用指甲在香港兩個字下面做了個標記，又掏出小刀把這部分割了下來，將剩下的東西扔回紙簍，然後返回事務所。

他坐在辦公桌前，查看了電話簿一遍，然後開始打電話。

「幫我轉接卡尼街1401號。請問，昨天早上由香港啟航的『鴿子號』在哪個碼頭停靠？」他又重複了一遍。「多謝。」

他用拇指按了一下通話筒按鍵，然後鬆開，說：「幫我轉接達文波特街2020號。請接刑事局，波浩斯探長在不在？多謝。嗨，湯姆，我是山姆‧史貝德。對，昨天下午，我打電話給你詢問過。是的，一起吃個午飯怎麼樣？好。」

他把話筒貼在耳朵邊，又按了一下剛才的按鍵，「幫我轉接達文波特街170號。嗨！我是山姆‧史貝德。昨天，我的秘書接到電話，說布萊恩先生想跟我見個面，麻煩你幫我問問他何時方便。對，我是史貝德。」過了很長時間，「是的，兩點半？好，沒問題，謝謝。」

他打出第五個電話：「嗨，甜心，我找席德。喂，席德，我是山姆。當地檢察官約我今天下午2點半見面，你能在4點鐘左右打個電話給我，看我是不是遇到麻煩了？你在星期六下午打高爾夫球的活動，恐怕得另選時間了。席德，你得保證我不被關進監獄。嗯，再見。」

他把電話推到一邊，打了個哈欠，伸了個懶腰，摸了摸瘀青腫脹的太

陽穴，又看了手錶一眼，然後捲了一支菸點燃。就在他迷迷糊糊要睡著的時候，依菲・普蘭走進辦公室。

她滿臉笑容，臉蛋紅紅的，眼睛裡閃著亮光：「泰德說這件事也許是真的，他也希望是真的。他還說自己對這方面的事不太熟悉，但你說的名字和時間都沒問題。也就是說，至少那些事不是假的。他聽了以後激動得很。」

「太棒了！現在只希望他別太關心這件事，親自跑去驗證才好。」

「泰德不是那種人，放心吧！在這方面，他很有經驗的。」

史貝德說：「哇，看來姓普蘭的都是人才，真讓人佩服。當然，你也是。你鼻頭上有一塊髒東西，是煤炭沾上去的。」

依菲低頭掏出小鏡子照了照，說：「他姓克利斯蒂，才不姓普蘭。肯定是在火災中不小心沾上的。」說著，她掏出手帕，把髒東西擦掉。

史貝德問：「哦？普蘭和克利斯蒂熱情四射，把柏克萊點燃了嗎？」

她用粉撲把粉擦在鼻子上，同時對史貝德扮了個鬼臉：「我坐船回來的時候遇到一艘著火的船，那些人正把船拖出碼頭，風把濃煙吹到我坐的那艘船上了。」

史貝德雙手握住椅子扶手，急切地問：「那艘船與你坐的船距離近嗎？有沒有看見那艘船叫什麼名？」

「看見了，是『鴿子號』。怎麼了？」

史貝德一臉沮喪，笑了笑說：「妹妹，要是我知道怎麼回事就好了。」

十五、每個人都在做白日夢

　　史貝德和波浩斯探長來到賀夫‧布勞飯店，享用著德國豬腳。高個子服務生約翰在一旁服務。波浩斯用叉子叉起一塊晶瑩剔透的淺色肉凍往嘴裡送，忽然停了下來，說：「嗨，山姆，聽我說，忘記那天晚上的事吧！他完全弄錯了。不過你那樣耍他，換做是誰都不可能不發脾氣。」

　　史貝德看著眼前的探長，似乎在思考著什麼，問道：「你來找我就是為了這件事嗎？」

　　波浩斯探長點了點頭，把肉凍放進嘴裡，吃了下去，補充道：「主要是這件事。」

　　「丹第讓你來的，是嗎？」

　　波浩斯做了個令人厭惡的鬼臉，說：「他跟你一樣，都倔強得很，怎麼可能是他讓我來的？」

　　史貝德笑著搖了搖頭，說：「不，湯姆，那只是他自己的想法，其實他並不是倔強。」

　　湯姆苦著一張臉，用刀切著豬腳，埋怨道：「你老是這樣，像孩子似的。有什麼好抱怨的？他又沒傷到你，說到底，你才是贏家。既然如此，何必跟他過不去呢？那樣你自己也不會好過。」

　　史貝德小心翼翼地把刀叉放在盤子裡，雙手放在盤子旁邊，冷漠地笑了笑，說：「當地警察都想盡辦法，想要給我一點顏色看看，可是我一點都不放在心上。」

　　波浩斯的臉更紅了。他說：「你在我面前這麼說是不是太自大了？」

史貝德拿起刀叉開始用餐，波浩斯也自顧自地吃起來。

過了一會兒，史貝德問：「港口那裡有艘船著火了，你看見沒有？」

「我只看到那兒冒煙了。山姆，你得講點兒道理。丹第已經知錯了，你又何必揪著不放呢？」

「照你這麼說，我應該去跟他說，但願我的下巴沒有弄疼他的拳頭，是嗎？」

波浩斯只顧著切面前的豬腳。

「菲爾‧亞傑有沒有給你提供什麼新消息？」史貝德說。

「呸，真該死！丹第又沒說邁爾斯是你殺的。可是以他目前的狀況，只能硬著頭皮順著這條線索往下查，不然還能怎麼辦？換做你是他，也得這麼做吧？」

史貝德的目光中透著惡意，問道：「這怎麼可能？他不認為人是我殺的？不是這樣嗎？你怎麼看？人是我殺的嗎？」

波浩斯的臉更紅了，說：「邁爾斯是塞斯比殺的。」

「你認為凶手是他？」

「嗯。邁爾斯身上的子彈是一把韋伯利手槍發射出來的，而那把手槍正是塞斯比的。」

史貝德問：「真的嗎？」

探長回道：「一點也沒錯。我們找到一個年輕人，他在塞斯比住的旅館裡工作。出事那天早上，他在塞斯比的房間裡見過這把槍。他從來都沒見過這種樣式的槍，所以格外留意了一下。我也從沒見過。你曾說過，這種槍目前已經停產了，所以在這一片區域，應該不會再有另一把同樣的槍。如果不是塞斯比的，那塞斯比的槍在什麼地方？況且邁爾斯身上的子彈就是這把槍裡射出來的。」他拿起一片麵包放進嘴裡，又拿了出來，問：「你不是說見過這種槍嗎？在什麼地方？」他把麵包又塞進嘴裡。

「大戰前夕，在英國。」

「沒錯，這就對了。」

史貝德點了點頭，說：「如此說來，殺死塞斯比的嫌疑人就只剩一個

了，那就是我。」

波浩斯臉色通紅，如坐針氈。他抱怨道：「我的天，你怎麼老是惦記這件事呢？都過去了。關於這件事，你和我心裡都很清楚。你總是這樣抱怨，難道忘了自己是個偵探了嗎？我們是把這個罪名安到了你頭上，可這種事你以前沒對別人做過嗎？」

「你是說，你們想把這個罪名安在我頭上？湯姆，你儘管試試看。」

湯姆低聲咒罵了一句，然後開始全力對付眼前的豬腳。

「好了，我和你都知道真相了，丹第知道嗎？」史貝德說。

「他知道。」

「他是怎麼弄明白的？」

「山姆，他從來都沒有真的認為你是……」看到史貝德的笑臉，波浩斯忽然停住，迅速轉換了話題，「我們已經搞清楚塞斯比的底細了。」

「哦？他到底是什麼人？」

波浩斯那雙棕色的眼睛緊盯著史貝德的臉，他的眼神裡閃著精明的光。

史貝德失去了耐性，大聲吼道：「要是我知道的有你們倆以為我知道的一半那麼多就好了。」

波浩斯嘟囔道：「要是我們全都知道那就好了。跟你說吧，據我們調查，他一開始在聖路易混，給人做打手。他在那兒犯了許多案子，被抓了很多回。由於他是伊根的同夥，所以沒被判過刑。按理說，那個地方有他的保護傘，可不知為什麼，他竟然離開了那兒。後來他去了紐約，據他的情婦說，他在那裡搶劫了一家賭場，因而被判了一年刑。後來法隆出面保釋他，他才被放了出來。兩三年後，他又在朱利特被捕，不過沒關多長時間。據說他的另一個情婦在言語上激怒了他，所以他用手槍將那個情婦打了一頓。在那之後，他就跟狄克西・莫納漢混在一起，兩人走得很近。之後他做的事就再沒出過差錯。這是因為，狄克西的勢力在當地是最大的，和芝加哥賭場的希臘人尼克勢力差不多。塞斯比給狄克西當保鏢。狄克西曾經欠手下一筆錢，不知是無力償還，還是有意想賴帳。總之，塞斯比幫他躲過了這筆債，還跟他一起逃掉了。說起來，這是兩三年前發生的事了，也就是新港海濱划

船俱樂部關門大吉那陣子。至於狄克西在那裡有沒有股份，我就不得而知了。反正從那時到現在為止，狄克西和塞斯比都是頭一次露面。」

史貝德問：「怎麼，狄克西也露面了？」

波浩斯搖了搖頭，回道：「不。」他的一雙小眼睛透出冷峻的目光，彷彿在窺探什麼，「他沒有露面，除非你見過他，或者知道什麼人見過他。」

史貝德懶散地仰頭靠在椅背上，一邊捲菸，一邊用平和的口氣說：「我沒見過這個人，你剛才說的那些我還是頭一次聽到。」

波浩斯哼了一聲，說：「我想也是這樣。」

史貝德咧嘴一笑，問：「關於塞斯比的這些情況，你們是從哪兒打探出來的？」

「一部分是從資料裡查到的，另一部分是四處調查搜集到的。」

「比如從開羅那裡得到的？」這一次，變成史貝德的眼神中透著窺探之意了。

波浩斯放下咖啡杯，搖了搖頭，說：「不，他什麼也沒告訴我們。你不是已經幫我們給他灌了迷藥了嗎？」

史貝德哈哈大笑，說：「這麼說來，你和丹第兩個大偵探審了他一晚上，居然一無所獲？」

波浩斯反駁道：「哪有一晚？分明只有兩三個小時好嗎？我們見沒什麼收穫，就放他走了。」

史貝德又笑了笑，然後看了看錶。見服務生約翰正在看他，於是他買了單。等待找錢時，他對波浩斯說：「今天下午我還要去跟當地檢察官見個面。」

「是他找你去的？」

「對。」

波浩斯推開椅子，站起身來。他個子很高，身材壯實，圓鼓鼓的肚子向前凸著，說話時不夾雜任何感情色彩：「我們剛才說的話請你一定要對他保密。」

一個長著一對招風耳的瘦高個年輕人在前面引路，史貝德來到了當地檢察官的辦公室。他滿臉笑意地走了進去，用輕鬆的語氣說：「布萊恩，你好啊！」

檢察官布萊恩在辦公桌對面伸出手來。他體型中等，滿頭金髮，看起來大概45歲。他的眼睛是藍色的，目光冷峻，給人一種很強的壓迫感，鼻樑上戴著一副黑絲邊夾鼻眼鏡。嘴巴比一般人大些，看起來能言善道的樣子。方下巴，略微向內凹陷。

「史貝德，你好嗎？」他的聲音很洪亮，透出久居高位的氣勢。

兩人握了握手，分別坐下來。

當地檢察官的辦公桌上有四個小按鈕，列成一排。他按下其中一個，瘦高個兒年輕人從門外走了進來。檢察官交代道：「把湯瑪斯先生和希利請進來。」交代完畢後，他轉了下椅子，面色愉悅地對史貝德說：「你跟警察之間的配合一直都不太順利，對吧？」

史貝德的右手指動了動，做了個無所謂的手勢，毫不在乎地說：「也沒什麼，是丹第人過熱心。」

這時，兩個人從門外走了進來。史貝德對其中一人招呼道：「嗨，湯瑪斯，你好啊！」

那個人大概30歲，個子很矮，很胖，皮膚黝黑，服飾和髮型都不太整潔。

他伸出手來拍了拍史貝德的肩膀，那隻手上滿是曬斑。

「最近生意還順利嗎？」他問道，然後坐在了史貝德身邊。

另一個男人年紀略小，臉色發白。他在與大家相距不遠的位置坐下，把一個筆記本放在膝蓋上，用一枝綠色的鉛筆刷刷記錄著什麼。

史貝德朝他那邊瞥了一眼，笑著問布萊恩：「記下我說過的話，然後起訴我嗎？」

檢察官笑了笑，摘下眼鏡看了看，又重新戴上，問：「塞斯比是誰殺的？」

「不知道。」史貝德回道。

布萊恩揉搓著夾鼻眼鏡的黑絲邊，老成地說：「你可能不知道，但你一定會有可靠的推測。」

「也許吧，但我一點也不想推測。」

檢察官的眉毛揚了起來。

史貝德心平氣和地複述了一遍：「我不想那麼做。我的推測也許有用，也許一點用處也沒有。再說，我老媽還不至於生出那麼傻的兒子，在當地檢察官和他的助理、速記員的面前推測什麼。」

「要是你沒什麼要隱瞞，為什麼不能推測一番呢？」

「誰不想要有點隱私呢？」史貝德的語氣很平和。

「你是說……」

「比如對這件事的推測。」

檢察官低頭看看辦公桌，又抬起頭來看看史貝德，然後把鼻樑上的眼睛往上推了推，說：「我只是為方便起見才叫速記員在場的，要是你不想看見他，我可以讓他離開。」

史貝德說：「無所謂。要是他能把我說的話都記下來才好，我還樂意在上面署名。」

檢察官說：「不不不，你理解錯了，我不是那個意思。」

「希望是我理解錯了。」

湯瑪斯說：「他不是那個意思。」

「他什麼意思？」

布萊恩擺了擺手，說：「我只是說，你可能還沒弄清狀況就被牽連進去了，那樣的話……」

史貝德冷哼一聲，說：「我明白了。在你看來，我並不是不想合作，只是耍笨了。」

布萊恩說：「瞎說什麼！要是有人去找你，擺出各種理由，以說明莫納漢就在本地，想讓你幫忙尋找此人。他們也許會隨便編造一些故事，比如說莫納漢為了躲避債務而逃跑了，而不告訴你其他情況。你怎麼可能瞭解整件事的內幕，確定這不是一件普通的案子呢？這時候，你肯定不會對這種事負

責。除非……」他放低聲音，一字一句地說，「你掩蓋了疑犯的真實身分，或者幫他掩藏罪證，如此一來，你就是他的同謀了。」

史貝德憤怒的表情不見了，聲音也不再怒氣沖沖：「原來你是這個意思？」

「沒錯。」

「看來你並沒有惡意，但你的想法是錯的。」

「有證據嗎？說來聽聽。」

史貝德搖了搖頭，說：「現在我還拿不出證據來，只能跟你說說。」

「你說說看。」

「根本沒人請我去辦狄克西・莫納漢的事。」

布萊恩和湯瑪斯互相看了一眼。

布萊恩轉頭看著史貝德，說：「但你自己說過，有人委託你辦理他保鏢塞斯比的事。」

「是的，辦理他以前的保鏢塞斯比的事。」

「以前的？」

「嗯，以前的。」

「塞斯比和莫納漢分道揚鑣的事你已經知道了？你確定這件事是真的？」

史貝德把菸頭丟進菸灰缸裡，懶散地說：「我只確定我的委託人和莫納漢毫無瓜葛，至於別的，我不清楚。據說，塞斯比陪莫納漢去了亞洲，後來兩人走散了。」

當地檢察官和他的助理互相看了一眼。

湯瑪斯的語氣難掩激動：「這條線索倒是給我們一個方向，也許是因為塞斯比背叛了莫納漢，所以才被莫納漢那群朋友殺掉了。」

史貝德說：「一個欠債不還的賭鬼，怎麼可能有朋友呢？」

「現在我們有兩條新線索了。」布萊恩的後背靠在椅子上，盯著天花板看了好幾秒，然後猛地坐直身體，自以為是地說：「現在我們可以總結出三點：

一，殺掉塞斯比的是芝加哥那群賭鬼。莫納漢欠下賭債不還，而塞斯比是莫納漢的手下，所以他們對他下手。他們並不知道塞斯比已經背叛了莫納漢，或者說，他們並不相信兩人已經分道揚鑣了。他們以為殺了塞斯比就可以讓莫納漢露面，也可能他們逼塞斯比說出莫納漢的下落，但遭到拒絕。

二，殺死塞斯比的是莫納漢的朋友。

三，塞斯比把情報透露給莫納漢的對頭，但後來他們之間出現分歧，所以那些人把他殺掉了。」

史貝德忍不住笑了：「按照你的分析，還有第四點，塞斯比歲數大了，所以就死了。你們倆不是在跟我開玩笑吧？」

兩個人半天不說話，愣愣地盯著他看。史貝德面帶笑容，一會兒看看這個，一會兒看看那個，隨後，他假裝可憐兮兮地說：「你們腦子裡一直在尋思阿諾・羅斯汀[1]那個賭鬼的事吧？」

「啪」的一聲，布萊恩的左手手背拍在右掌心上，用一種居高臨下的口氣說：「這件事只有三個可能。」他右手握拳，只伸出食指比劃，忽然停在史貝德的胸前，「至於你，只需把消息透露給我們，方便我們判斷就好了。」

史貝德懶散地說：「是嗎？」

他臉色一沉，手指摸了摸下嘴唇，又撓了撓後頸。他一副不耐煩的樣子，皺著眉頭，鼻孔喘著粗氣，怒吼道：「布萊恩，我的消息對你來說沒什麼用。要是我說了，你會否定之前那個賭鬼報復殺人的假設。」

布萊恩直起身子，聲音不高，但卻透著威嚴：「這個你不用管。再怎麼說，我也是當地的檢察官啊！」

1. 阿諾・羅斯汀（1882年1月17日～1928年11月6日），猶太裔美國人，著名的賭徒，綽號「大腦」。——譯注

史貝德咧開嘴，露出尖銳的牙齒，說：「我還以為這次談話是非官方的。」

布萊恩說：「我是司法官，入職時就宣過誓，不管什麼時候，我都會這麼做。既然你那裡有罪犯的違法證據，就應該告訴我，無論我們的談話是官方的，還是非官方的。」他點了點頭，用頗有深意的口吻說，「不想配合，除非你有法律依據。」

「聽你這話的意思，我跟這件案子還有點牽扯？」史貝德問。他的聲音是平和的，好像被對方給逗笑了，但表情卻不是這樣，「我的依據更充分，而且更適合我，我的委託人有權利保留一些秘密。可能我會被傳訊，到大陪審團甚至是驗屍陪審團面前，但到現在為止，他們並沒有找我。現在，我還沒必要到處宣揚我委託人的事。再說，你和警方都認為我與那晚的謀殺案有關，對我橫加指責。在這之前，你們也讓我陷入麻煩。依我看，想脫離眼前的困境，唯有將那些殺人犯全都綁起來，帶到你們面前。不過，鑑於你們和警方現在都沒搞清楚狀況，所以我必須繞開你們，才能達到這個目的。」

他起身對速記員說：「小子，你都記下來了嗎？還是我語速太快，來不及記下來？」

速記員看著他，眼神中透著驚慌：「先生，我都記下來了。」

史貝德說：「很好。」他轉過頭去，對布萊恩說：「要是你想去部裡告狀，說我干涉司法部門執法，讓他們把我的執照吊銷，那就去吧！這種事你以前也幹過，結果呢？還不是被人一頓奚落？除此之外，你還得到了什麼？」說完，他拿起帽子準備離開。

布萊恩說：「等等，聽我說……」

史貝德說：「像這種非官方的談話，以後還是別找我了。不管是對你，還是對警察，我都沒什麼好說的。執法機構裡的人都想傳我去問話，真是煩死了。以後不管你想見我、拘捕我，或是傳訊我，我都會帶律師一起過來。」他戴上帽子，說，「也許我們會在審訊時再見。」說完，他昂首挺胸，大搖大擺地離開了。

十六、第三樁命案

史貝德來到沙特旅館，往亞歷山卓旅館打了個電話。古特曼不在，他的手下也都不在。他又往貝爾維迪旅館打了個電話，開羅不在，而且一整天都沒回去。

史貝德回到事務所，看到一個油頭粉面，穿著很顯眼，皮膚黝黑的男人正在辦公室外面等他。

依菲‧普蘭指著那個人說：「史貝德先生，這位先生想見你。」

史貝德面帶微笑，對那個人微微欠了欠身，然後打開辦公室的門，說：「請進吧！」

那個人進去了，史貝德還留在外面，問依菲說：「那件事有回音了嗎？」

「還沒有，先生。」

膚色黝黑的男人是一家電影院老闆，電影院位於市場街。他懷疑手下的一個出納與警衛勾結，合夥騙取電影院的錢。史貝德大致聽了他的講述，接下了這筆生意，並開出50塊的價格。對方付了錢，史貝德又花了半小時，終於把人打發走了。

電影院老闆剛出去，依菲‧普蘭就走進辦公室。她那張黝黑的臉上看起來好像有很多心事和疑慮。

她問史貝德說：「還沒找到她嗎？」

史貝德搖了搖頭，用指尖輕輕按了按瘀青的太陽穴。

「感覺好點沒？」

「沒什麼大不了的，只是頭很疼。」

她來到他身後，把他的手放下來，用自己纖長的手指輕輕幫他揉起太陽穴來。

他仰面靠在椅背上，頭抵著她的胸口，說：「你果然是個天使。」

她低頭看著他的臉說：「都過去一天多了，可是她卻……山姆，你可一定要把她找到啊！」

他的身體動了動，有些不耐煩地說：「在我這裡沒什麼是一定要做的。不過，如果我這顆快要炸裂的腦袋現在若能休息片刻，好了以後自然會出去找人。這就要看你的了。」

她小聲說：「哦，真可憐。」然後便安靜地揉起來。過了一會兒，她問道：「她能去哪兒呢？你能猜到嗎？」

這時，電話鈴聲響了起來。

史貝德接起來說：「喂，哦，對，是席德啊！我沒事，多謝關心……不……那是自然。他是很粗暴，不過我也一樣。他一直堅持自己那套猜想，以為是賭鬼之間的惡鬥。我們可沒有以吻告別，我只是表明了我的態度，然後就把他扔在那兒，一個人走了。你就是不放心這件事吧……好的，再見。」他放下電話，又仰面靠在椅背上。

依菲·普蘭從他身後走過來，站在他身邊，問道：「山姆，你知道她去哪兒了，是嗎？」

「嗯，我知道。」史貝德勉為其難地回道。

「她在哪兒？」她的情緒有些激動。

「還記得那艘失火的船嗎？她就在那上面。」

她瞪大了眼睛，棕色的瞳孔被眼白包裹著，用一種明顯不是提問的語氣說：「你去過那裡了！」

「沒有。」

她氣憤地說：「山姆，她可能已經……」

他不耐煩地說：「她是去了那裡，而且是自己去的，沒人送她。她得知那艘船已經抵港，於是便直接上了船，沒去你家。哎呀，我該怎麼說呢？

她是我的委託人不假，可是我總不能時時刻刻跟著她，求她讓我幫忙，對吧？」

「可那艘船失火了，山姆，我告訴過你的。」

「那時候是中午，我已經分別跟波浩斯和布萊恩約好了。」

她瞪著他說：「山姆‧史貝德，我真沒見過幾個像你這麼下流的人，你怎麼能做出這種事來？她是沒告訴你她去哪兒了，可是你心裡應該很清楚，她現在的處境很不妙，你怎麼還能坦然地坐在這裡，像沒事人一樣？你應該知道，她也許……」

史貝德被這番話羞紅了臉，但他還是固執地說：「放心好了，她會照顧自己的。就算她遇到麻煩，也知道該在什麼時候去求助什麼人。」

她大聲叫道：「你是因為她沒提前跟你知會一聲，所以耿耿於懷吧？她有她的自由，想去哪兒就去哪兒，這有什麼問題呢？況且你也不是什麼誠實的人吧？你在面對她的時候又有多坦誠呢？憑什麼要求她毫無條件地信賴你？」

「夠了。」史貝德說。

聽到史貝德用這種語氣說話，依菲的眼神中透出一抹驚慌，不過她向後甩了甩頭，那抹驚慌轉眼就不見了。她撇了撇嘴，然後嘴巴閉得緊緊的，說：「山姆，要是你現在不過去找她的話，我自己去。我還要報警，讓警察也過去。山姆，你快去吧！」她聲音發顫，很不連貫，聽起來像是快要哭了。

他起身咒罵了一番，然後說道：「我的天吶，與其坐在這裡聽你胡言亂語，不如出去閒逛，這樣我的腦子還能清醒一下。」他看了看錶，「你回家去吧，記得鎖門。」

依菲說：「我不回家，我就在這兒等你。」

「你愛怎麼樣就怎麼樣吧！」他戴上帽子，但很快又摘了下來，拿在手上，出門去了。

一個半小時以後，5點20分，史貝德神采奕奕地回來了。

他一進門就對依菲說：「寶貝，你怎麼變得越來越難溝通了呢？」

「你說我嗎？」依菲問。

「是啊！」他的手指用力地按了按依菲的鼻子，然後雙手把她整個人托起來，吻了吻她的下頷，這才放下她，問道：「我不在的這段時間有事嗎？」

「路克……我記不清他的名字了，就是貝爾維迪旅館的，他在半個小時前打過電話來，說開羅已經回去了。」

史貝德猛地閉緊嘴巴，轉身衝向門口。

依菲在他身後喊道：「你找到她沒有？」

他頭也不回地說：「回來再跟你說吧！」

出門後，史貝德馬上攔了一輛計程車，不到10分鐘就抵達了貝爾維迪旅館。

進了大廳，他找到路克。

這位旅館偵探朝他走過來，一邊咧嘴笑著，一邊搖頭。

他說：「你來晚啦！你的那隻小鳥15分鐘前已經飛走了。」

史貝德很沮喪，但又無可奈何。

路克說：「他結完帳以後就帶著行李離開了。」他從胸口的口袋裡掏出一個舊筆記本，舔了舔大拇指，翻了幾頁，遞給史貝德看：「我只能幫你把那輛計程車的號碼記下來。」

史貝德拿出一個信封，把號碼抄在背面，說：「謝謝你了。他有沒有留轉達地址？」

「沒有。他回來的時候拿著一個大箱子，去房間裡整理完東西以後帶著行李下來，然後去櫃檯結帳走人。至於他跟那個計程車司機說了什麼話，我們根本聽不見。」

「他的箱子呢？」

路克的下嘴唇一沉，說：「哦，我的天，怎麼把那個東西忘了。跟我來，快。」

兩人來到樓上開羅的房間，看見了那個箱子。箱子是合上的，但沒上

達許・漢密特

鎖。兩人把箱子打開，可是裡面空空如也。

路克問：「太奇怪了，是不是？」

史貝德沒說話。

他回到事務所，依菲‧普蘭用探究的眼神盯著他看。

「我去晚了。」他說了一句，便進了自己的辦公室。

依菲跟了進去。

史貝德坐下來，開始捲菸。依菲坐在辦公桌上，與他面對面，腳踩著他座椅的一角。

「歐香奈西小姐情況如何？」她問。

「我去的時候她已經走了。」史貝德回道。

「她上了『鴿子號』？」

「『鴿子號』簡直一塌糊塗。」

「山姆，別咒罵了，快跟我詳細說說。」

他點上一支菸，把打火機塞進口袋裡，然後拍了拍她的小腿，說：「嗯，是『鴿子號』。昨天中午剛過，她就上船了。」說到這兒，他的眉頭皺了起來，「可見，她從渡輪大廈下車以後就直奔那兒去了，兩個地方離得不算遠。她去的時候點名要找雅克比船長，但船長去了市內，不在船上。看來船長事先不知道她會去，至少在那個時候不會。她在船上等到4點，船長回去了。兩個人在船長室裡待了很長時間，直到晚飯時，兩個人才一起去吃飯。」

史貝德吐了一口煙，又轉頭吐出一塊發黃的菸絲殘渣，繼續說道：「晚飯後，船上又來了三個人。古特曼、開羅，還有那個來送過信的傢伙。後來，布麗姬和他們一起去了船長室，談了很長時間的話。我問過船上的水手，只知道他們發生過爭吵，別的就不知道了。到了夜裡11點左右，船長室裡傳來一聲槍響。值班人員過去查看，但被船長攔在門口。船長說沒發生什麼事。我去過船長室，在牆角發現一處嶄新的彈痕，根據那個高度判斷，應該沒有打傷人。當時只開了那一槍。目前我瞭解到的就這麼多。」

他板著面孔，又抽了一口菸，說：「聽船上值夜的人說，船長和四位來

客是半夜的時候一起離開的，當時五個人都沒什麼異常。我本來想找當晚值夜的海關人員瞭解一下情況，但沒找到人。從那時到現在為止，船長一直不見人影。今天中午，他原本約了幾個貨商洽談，但卻沒露面。船上的人準備上報失火的事，可就是找不到他。」

依菲問：「那艘船是怎麼著火的？」

史貝德聳了聳肩膀，說：「我也不清楚。據說起火的地方是離船尾很近的一間底艙，那是座貨艙。火在昨天就已經燃燒起來了，但直到今天臨近中午時才被發現。現在火已經被撲滅了，但燒毀了許多東西。因為船長不在，船上的人都有意迴避此事，那是……」

這時候，有人打開了走廊門。史貝德馬上停住不說了。依菲‧普蘭也慌張地從桌子上跳下來，朝正中那扇門走去。她還沒走到門口，辦公室門就被打開了。

進來的是個男人。

他問道：「史貝德呢？」

這個男人的聲音暗啞，喉嚨裡發出咕嚕嚕的響聲，聽起來很刺耳。他好像很不舒服，呼吸也很困難，費了很大的力氣才說出這幾個字來。

依菲‧普蘭被嚇了一跳，趕緊把路讓開。

男人站在門框下，頭戴一頂發皺的軟帽。他大約7呎高，身上緊緊地裹著一件筆挺的黑大衣。大衣上面一排密密的鈕扣從頸背處直到膝蓋，這使他看起來更加瘦削。他個子很高，肩膀聳著，瘦得皮包骨。瘦瘦的臉，皮膚很粗糙，皺紋叢生，顏色蒼白，一看就是飽經歲月磨礪。他臉上全是汗。黑色的眼睛，裡面布滿血絲，眼神瘋狂而炙熱。下眼皮垂著，裡面粉紅色的黏膜都露了出來。一雙乾瘦發黃的手露在黑色衣袖外面，橫在胸前。一隻手裡抓著一個橢圓形的棕色紙包，上面綁著細繩。紙包比橄欖球稍大一些。

高個子男人站在門口，好像沒看見史貝德。

他說：「你知道……」這時候，他喉嚨裡又發出咕嚕嚕的響聲，掩蓋住了他說的話。他的身體搖搖晃晃，另一隻手放在拿著紙包的手上，卻不撐住身體，就這樣向前栽倒在地。

史貝德沒有任何表情，但動作卻很快。男人倒下時，他立刻從椅子上跳起來，抓住了對方。這時候，那個男人忽然吐了一口鮮血。棕色的紙包掉落在地，滾到了辦公桌腳。男人的膝蓋和腰先後蜷縮起來，裹著大衣的瘦弱的身體癱倒在史貝德懷中。

史貝德扶不住他，只好輕輕放下，讓他躺在地板上。他向左側身躺在地上，瘋狂而炙熱的眼神已褪去，一雙黑眼睛布滿血絲，直愣愣地瞪著。嘴巴還保持著張開的狀態，但沒再吐血。整個人就這樣靜止在那裡。

「把門鎖上。」史貝德說。

依菲·普蘭嚇得直打哆嗦，戰戰兢兢地去走廊，鎖上了門。史貝德跪在地上，把瘦高個兒男人的身體翻過來，讓他仰面躺著，然後一隻手伸進他的大衣裡，拿出來時，那隻手上沾滿了血。見此情景，史貝德的神色竟然絲毫沒變。他舉起那隻沾滿血的手，以防碰到其他東西上，用另一隻手掏出打火機，按了一下，湊到男人的眼睛邊。他分別查看了兩隻眼睛，但無論是眼皮、眼珠、虹膜，還是瞳孔，都沒有任何反應了。

史貝德熄滅打火機，收起來，然後跪著湊到屍體旁邊，用那隻沒沾血的手解開那件長大衣的鈕扣。大衣內側全是血，裡面是一件短上衣，藍色，兩排釦子，上面也全是血。上衣領口靠近胸口的地方，還有胸口下側兩邊都被血浸透了，上面有斑駁的彈痕。

史貝德起身去外面的辦公室盥洗處。

依菲·普蘭臉色慘白，渾身顫抖。她一隻手抓著走廊門把，背靠玻璃門站著，盡力撐直身體，小聲問：「他是不是已經……」

史貝德一邊洗手一邊回道：「是的，看樣子他的胸口處中了五六槍。」

「我們是不是該……」

沒等依菲說完，史貝德阻止道：「人已經不行了，不用找醫生了。讓我想想該怎麼辦。」他洗完了手，又把臉盆抹淨，「按理說，他身中多槍，走不了多遠。要是他能多挺一會兒，把話說完就好了。」

他皺著眉頭，又放水沖了沖手，然後用毛巾擦了擦手，說：「你穩定一

下情緒，可別對我吐。」他扔下毛巾，整理一下頭髮，「先看看紙包裡有什麼東西吧！」

他回到辦公室，從男人的腿上跨過去，從地上撿起紙包。紙包的重量令他的眼神裡透出一絲驚喜。他把紙包放在辦公桌上，使綁著的繩結朝上。繩子繫得很緊，硬邦邦的，他只好取出小刀來，切斷了繩子。

依菲別過臉去，有意繞開屍體，來到史貝德旁邊。她雙手扶著辦公桌一角，看他切斷繩子，打開紙包。一開始，她臉上一副幾欲作嘔的表情，但現在，她變得激動起來，小聲問：「你覺得它就是那東西？」

史貝德回道：「看看就知道了。」紙包裡面還有一層灰色的，質地粗糙的包裝紙，厚度跟三張紙差不多。他面色沉鬱，只有眼睛閃著亮光。剝去灰色的包裝紙，裡面是一個灰白色的，呈蛋形的東西，周圍塞滿了鉋花和木屑。將周圍的東西都清理掉以後，一座一英尺高的黑鷹雕像出現在眼前。雕像通體烏黑，沒沾到鉋花和木屑的地方閃動著光芒。

史貝德大笑起來。他一手按著黑鷹，用手指肆意撫摸著，另一隻手臂緊緊把依菲・普蘭攬入懷中，說：「親愛的，這東西終於落入我們手裡了。」

「哦，輕點兒，你弄疼我了。」依菲說。

他鬆開手臂，雙手捧起那座黑鷹雕像，晃了晃，把上面沾著的鉋花和木屑抖落下去，又往後撤了一步，吹吹上面的灰塵，細細端詳著，一臉自鳴得意的表情。

忽然，依菲・普蘭神色大變，發出一聲尖叫，指了指史貝德的腳下。

史貝德低頭看了看，原來他剛才後退時踩在了屍體的手上，把手掌邊的肉壓在地板上了，史貝德立刻縮回了腳。

這時候，電話鈴聲忽然響了起來。

史貝德對依菲點了點頭，依菲來到辦公桌邊接起電話：「喂……哪位？哦，是的。」她的眼睛忽然睜大，「是……等等，別掛電話……」她的嘴巴張得很大，一副驚恐的表情，聲音也高了許多，「喂，喂！」她用力地拍著電話支架，又叫了兩聲「喂！」隨後，她轉過身來，一邊抽泣，一邊看著史貝德，史貝德來到他身邊。

依菲的情緒非常激動：「是歐香奈西小姐。她在亞歷山卓旅館，情況很危險。山姆，她的聲音很嚇人，話還沒講完就突然終止了，一定是出事了。快去救人吧，山姆！」

史貝德把黑鷹雕像放在桌上，臉色一沉。他指了指地上的屍體，說：「我得先把這個傢伙處理一下。」

依菲雙手握拳，捶著史貝德的胸口，喊道：「不！不！你必須馬上過去看看她怎麼樣了。山姆，你現在還不懂嗎？這雕像本來就是歐香奈西小姐的，這個人是為了幫她，才把東西帶到這裡來的。那些人就是因為這個殺了他。現在，她……所以你必須去看看！」

史貝德推開她的手，把黑鷹雕像放回那堆鉋花和木屑當中包好，不過他包得不是很精細，紙包比原來大了許多。

「我離開以後，你馬上打電話報警。你不瞭解內情，所以只把事情經過說一遍就好，別提誰的名字。你就說，我接了個電話就立刻出去了，沒說去什麼地方。」他想用繩子把東西綁起來，但繩子纏在了一起，他罵了一句，然後把繩子拉直，綁上了紙包，接著說，「千萬別把這東西的事告訴他們，除此之外的事都可以一五一十地說。」他咬了咬下唇，補充道：「要是你看他們的樣子已經知道雕像的事了，那就別瞞著。不過據我推測，他們應該還不知道。要是他們真的問起雕像的事，你就說讓我拿走了。」他綁好紙包，夾在手臂下，「總之，除了這個雕像的事，其他的都照實說就好。要是他們不提，你就不承認，也不否認，當作沒這回事。對了，千萬記住，電話不是你接的，是我接的。還有，地上這個傢伙跟什麼人和什麼事有關，你一概不知。要是我還沒回來，你連我的事也不能告訴他們，知道嗎？」

「我明白，山姆。你知道他是什麼人嗎？」

史貝德像一隻狼似的咧嘴笑了，說道：「應該是雅克比，『鴿子號』的船長。」他戴上帽子，看了看屍體，又打量了一下整個房間，似乎在思考著什麼。

女孩央求道：「山姆，我們趕快離開這兒吧！」

他漫不經心地說：「好，我盡快。這會兒警察還沒來，你把地板上那幾

片鉋花掃一掃。對了，你還得跟席德聯絡一下。不。」他摸了摸下巴，「還是別把他拉進來的好。在他們來之前，我得把門鎖上。」他撫摸著她的臉，「妹妹，你真是太好了。」說完便出去了。

十七、星期六夜晚

　　史貝德用手臂輕輕夾著那個包，邁著輕快的步伐向前走著。除了那雙滴溜溜亂轉的眼睛以外，沒人能看出他的警覺。出了辦公大樓，他穿過一條小巷子和一座狹長的庭院，來到卡尼街，接著轉到伯斯特街，攔了一輛計程車。

　　他坐著計程車來到第五街匹威克公車總站。下車後，他把黑鷹雕像寄存在行李處，把收據裝在貼了郵票的信封裡，在信封上寫了如下字樣：M.F.霍蘭先生收，郵局信箱號碼是舊金山的。寫好以後，他封好封口，投進了信箱。他在公車總站攔了一輛計程車，前往亞歷山卓旅館。

　　史貝德來到12樓C，敲了敲門。第二次敲門時，一個小女孩開了門。她一頭金髮，穿一件閃閃發光的浴袍。她臉色蒼白，表情呆滯，雙手緊緊抓著裡面的門把，喘息著問：「你是史貝德先生嗎？」

　　「是的。」史貝德回道。

　　這時候，女孩眼看就要栽倒在他面前，他立刻扶起了她。

　　女孩仰面倒在他懷裡，金色的短髮向後披散著，頸背的肌肉繃得緊緊的。

　　史貝德把扶著女孩的那隻手往上移了移，托住她的後背，彎下身子，另一隻手放在她的膝蓋下面，想把她抱起來，但女孩掙扎起來，嘴裡模糊地喊著：「不要！媽媽啊！」

　　史貝德扶女孩進了屋，用腳把門關上，然後一手放在她腋下，一手緊抓著她的手臂，就這樣攙著她在鋪著綠色地毯的屋裡走來走去。她的身體東

倒西歪，根本站不穩，史貝德只好把她拉起來，扶穩，又從後面推著她繼續走。女孩深一腳淺一腳地走著，為免被她的腳步干擾，史貝德踮起了腳。女孩閉著眼睛，臉色蒼白，而史貝德則板著臉，用冰冷的眼神顧盼四周。

史貝德機械地說：「嗯，很好，就這樣，左邊，右邊，左邊，右邊。很好。一，二，三，四；一，二，三。好，轉身。」走到牆角時，史貝德碰了碰她，兩人又轉回來繼續走，「好，該往回走了。」又到牆角了，史貝德碰了碰她，「乖女孩，做得很棒。繼續往前走。一，二，三，四。好，轉過來。」他又碰了碰她。這一次，他的手勁比上次更大，腳下的速度也加快了，「不錯。左邊，右邊，左邊，右邊。加快速度。一，二，三……」

她渾身顫抖，吞嚥口水的聲音很大。史貝德給她的手臂和半邊身體做了按摩，貼在她耳邊：「這樣會好一點。你走得很棒。一，二，三，四。加快速度，快，快！不錯。接著走。腳抬起來，放下，嗯，很好。轉身，左邊，右邊，左邊，右邊。他們給你用的是什麼麻醉藥？跟對付我的那種一樣嗎？」

她抬了抬眼，一雙金棕色的眼睛毫無神采，很快又閉上了，吃力地說了一句「是」，後面說了什麼，史貝德根本沒聽出來。

兩個人一直在屋裡不停地走，女孩幾乎要用跑的才跟得上史貝德的腳步。史貝德隔著衣服不斷給女孩按摩，期間還一直跟她說著話。他的眼神很冷漠，但又透著嚴肅和警覺。「左邊，右邊，左邊，右邊。該轉過來了。做得好。一，二，三，四……一，二，三，四。再試試，嗯，很好。一，二……」

她瞇著眼睛四下看了看，一副筋疲力盡的樣子。

史貝德變得比剛才活躍一些：「做得不錯哦。把眼睛睜開，睜大一點，再大一點！」他晃了晃她的身體。

女孩有些反抗，但還是把眼睛睜開了，只是眼神很呆滯。「啪，啪，啪」，史貝德一連給了她好幾個耳光。她一邊小聲地喊痛，一邊掙扎著想擺脫史貝德。史貝德把她攬在懷中，繼續帶她往前走。

他用尖銳的聲音喝道：「接著走。告訴我，你是誰？」

「萊亞・古特曼。」女孩回道。她的聲音有些沙啞，但史貝德還是聽清了。

「你是古特曼的女兒？」

「嗯。」這時候，她略微吐字不清。

「布麗姬呢？」

她在他懷裡拼命扭動，兩隻手緊緊抓住史貝德的一隻手。他猛地抽出手來，上面留下一條鮮紅的印記，足有一英寸半那麼長。

「你做什麼啊？」他一邊叫著，一邊檢查她的手。左手心裡什麼都沒有，掰開右手，只見裡面藏著一根別針，有三英寸長，鋼針上用玉鑲嵌。他舉起別針，對女孩吼道：「你想做什麼？」

見到別針，女孩嗚嗚哭起來，然後將自己的浴袍揭開。浴袍裡面是一件鮮黃的睡衣，揭開睡衣，只見她左乳房下面雪白的皮膚上有一道道紅色的傷痕，那些傷痕縱橫交錯，上面還有很多小紅點，應該都是那根別針弄的。

她的身體又開始搖搖晃晃：「我要保持頭腦清醒……走……直到你來……她說過，你一定會來……太漫長了。」

史貝德把她緊緊攬入懷中，說：「走吧！」、

她拼命扭動身體，回過頭說：「不……跟你說……睡覺……去救她……」

史貝德問：「你的意思是讓我去救布麗姬？」

「是的……帶她去伯靈格姆……安科26號……要快，不然就晚了……」說完，她頭一歪，倒在他的肩頭。

史貝德把她扶起來，動作很粗魯：「誰帶她去那兒的？你爸爸嗎？」

「是……威爾默……開羅。」她身體不停地動，眼皮也不停地跳，但就是無法睜開眼，「……殺了她。」說完，她的頭又垂下去了。

史貝德再次扶起她來，問道：「雅克比是誰殺的？」

她好像沒聽見這個問題，掙扎著抬起頭，睜開眼，嘟囔了一句：「去吧……她……」

他用力地晃了晃她：「堅持住，醫生很快就來了。」

她慌張地睜開眼，一直迷茫的臉上忽然浮現出一絲清醒。她用暗啞的聲音喊道：「爸爸……殺我……發誓你不要……他會知道的……我做……是為了她……答應了……不睡……就沒事了……早晨……」

他又晃了晃她：「如果睡一覺，你身上的藥力就會褪去嗎？」

「是的。」她的頭又垂了下去。

「你的臥室在哪兒？」

她試圖抬起一隻手去指，但怎麼也抬不起來，只是指著地面，如同一個筋疲力盡的孩子。她嘆息一聲，癱倒下去。

在她即將倒地時，史貝德及時抓住了她。史貝德輕鬆地把她攬在胸前，前面有三扇門，他朝最近的那扇門走過去。他轉動把手，將門栓打開，用腳踢開門，抱著女孩進入一條走廊，經過開著門的浴室，來到一間臥室。他把頭探進浴室裡看了看，沒看到人，於是把女孩抱進臥室，臥室也沒人。他看了看抽屜櫃和屋裡的衣物，這應該是男人住的地方。

史貝德又抱著女孩返回原來那間鋪著綠色地毯的房間，進了對面那扇門。同樣經過一條走廊和　間沒人的臥室，來到另一間臥室。這裡的擺設看起來才是女人住的。他掀開床罩，把女孩放在床上，脫了她腳上的鞋，又抬起她的身體，脫去那件黃色的浴袍，又給她拿來枕頭枕好，蓋上被子。

他推開房間裡的兩扇窗戶，背對窗戶站著，盯著女孩看。女孩睡得很沉，呼吸粗重，但情緒已經穩定下來了。史貝德皺起眉頭，一邊咬著嘴唇，一邊四下打量。暮色西沉，房間裡的光線很昏暗，他默默地站了五分鐘。後來，他抖了抖厚重傾斜的肩膀，一臉不耐煩的樣子，出去了。套房最外面那間屋子的門，他讓它開著。

史貝德來到位於鮑爾街的太平洋電報電話公司營業部，往達文伯斯特街2020號打了個電話。「請轉接急診醫院……喂，你好，請馬上派醫生到亞歷山卓旅館12樓C，那裡有位女孩中毒昏迷……我是亞歷山卓旅館的霍伯先生。」

掛電話，他大笑了一陣，接著又打了個電話：「喂，法蘭克，我是山

姆‧史貝德……給我派輛車好嗎？不要多嘴的司機……有點事，得立刻去一趟半島……兩三個小時就夠了……嗯，到愛麗絲街，約翰燒烤店，我在那兒等他。拜託你，速度快點。」

他又打了個電話到事務所，但接通以後只是放在耳邊聽了聽，沒說話，然後就掛斷了。

他來到約翰燒烤店，點了排骨、馬鈴薯和番茄片，囑咐服務生快點上菜。菜上來以後，他迅速吃完，然後一邊喝著咖啡，一邊抽著菸。這時，一個壯實的年輕人走進店裡。這人頭上斜戴一頂方格毛料帽子，雙瞳顏色很淺。他興沖沖地直奔史貝德走來，說：「史貝德先生，車子已經加滿了油，現在就可以出發了。」

「太棒了！」史貝德喝完咖啡，跟那個年輕人一起出了燒烤店，對他說：「伯靈格姆那一帶有個叫安科街，安科路或者是安科大道的地方，你聽說過嗎？」

「沒聽說過。不過沒關係，根據名字總能找到的。」

「那就去找找吧！」說完，史貝德打開那輛黑色的凱迪拉克轎車車門，坐在副駕駛位上，「我要去那裡的26號房，速度快點。到了以後，車子別停在正門口。」

「好的。」

車子開出了很長一段路，兩個人誰都沒說話。

後來，司機開口問道：「史貝德先生，你的合夥人被殺了，是嗎？」

「嗯。」

司機不禁咂舌道：「你們這行可真不容易，一個不小心，命就沒了。」

「是啊！其實做哪行都不容易，開計程車不也一樣，誰能保證長命百歲呢？」

壯實的年輕人贊同道：「說得也是，不過沒關係啦，要是我真能平安地活過一百歲，反倒怪了。」

史貝德目視前方，眼神空洞。司機再問什麼，他都機械地用是或者不是來回答，弄得司機也不好再問了。

來到伯靈格姆，司機進了一家藥房，打聽去安科街該怎麼走。過了十分鐘，車子停在一個黑暗的角落裡，滅了大燈。司機指了指前面的一排房子，說：「那裡就是了。可能在馬路那頭的第三或第四戶人家。」

史貝德說：「好。」下車後又交代，「我可能很快回去，火不要熄。」

他來到馬路對面。只有前面很遠的地方亮著一盞路燈。

距離他五六棟房子外，道路兩邊亮著燈光，與夜色交相輝映。彎彎的月亮掛在半空，月色朦朧，像遠處那盞路燈一樣寥落。馬路對面有棟房子開著窗，裡面傳來收音機的嗡嗡聲。

史貝德轉了個彎，來到第二棟房子前。房屋兩邊的柵欄與兩根粗壯的門柱子相連，看起來很不相稱。其中一根柱子上有個白色金屬牌，上面有幾個字，不過只能依稀看見2和6兩個數字。上面還釘著一張白色卡片，方形的。他湊到跟前一看，原來是張廣告，寫著「對外出租或出售」字樣。兩根門柱子中間並沒有大門。史貝德沿著水泥鋪成的小路來到房屋前，在門口的台階下站了好一會兒。整棟房子黑漆漆的，裡面沒一點聲音。門上同樣釘著一張白色的方形卡片，跟門柱子上那張卡片寫著同樣的字。

史貝德來到門口，豎起耳朵聽了一陣，還是沒聽到什麼。他打算透過門玻璃朝裡面看，雖然沒有窗簾，但裡面黑漆漆的，看不見任何東西。他踮著腳，從一扇窗戶走到另一扇窗戶，但每扇窗戶裡都是黑漆漆的，看不見東西。他推了推兩扇窗戶，但窗戶關得很嚴，推不開，門也是鎖著的。

屋子四周漆黑一片，雜草遍地，他繞著屋子走了一圈。側面的窗戶很高，以至於他伸手無法搆到。後面的窗戶倒是不高，但都鎖著。

史貝德返回門柱子那邊，點燃打火機，照了照那張卡片。這時，他發現牌子下方有聖馬特奧一家房地產商的公司名和地址，還有一排用藍色鉛筆寫的字：「去31號可取鑰匙。」

史貝德來到車子旁邊問司機：「有手電筒嗎？」

「有。」他把手電筒遞給史貝德，「有什麼需要我幫忙的嗎？」

史貝德上了車，說：「也許需要。把車開到31號。車燈打開吧！」

31號是一棟灰色的房子，形狀方正，與26號有一段距離，在馬路那頭。

樓下的屋子亮著燈。史貝德來到門廊處按下了門鈴。來開門的是一個黑髮女孩，大概14、5歲。

史貝德對她點了點頭，微笑著說：「你好，我想取26號的鑰匙。」

「等一下，我去叫爸爸。」她回到屋裡喊了聲，「爸爸！」

一個手拿報紙的男人走了出來。他個子很矮，身材很胖，臉色發紅，禿頭，蓄著大鬍子。

史貝德說：「我想取26號的鑰匙。」

矮個子胖男人有些遲疑：「那裡斷電了，你什麼也看不清呀！」

史貝德拍了拍衣服口袋，說：「沒事，我帶手電筒了。」

胖子更懷疑他的動機了。他清了清喉嚨，用力握緊手裡的報紙，看起來很慌亂。

史貝德見狀，只好掏出名片遞給他，然後放回口袋裡，故意壓低聲音，說：「我收到消息，說有東西藏在那兒。」

胖子頓時來了精神：「這樣啊！你等我一下，我也去。」

他很快便取來了一把銅鑰匙，鑰匙上掛著兩個小標籤，一個紅的，一個黑的。他們兩個路過車子的時候，史貝德朝司機招了招手，司機也跟了上來。

史貝德問：「這段時間有沒有人來看過房子？」

胖子說：「應該沒有。最近這兩三個月都沒人來找我要鑰匙。」

胖子一直走在前面，來到26號的門廊時，他才把鑰匙塞給史貝德，小聲說：「給你吧！」然後到一邊站著去了。

史貝德開了鎖，把門推開。裡面黑漆漆的，一點聲音都沒有。史貝德左手拿著手電筒，藉著昏暗的光朝前走去。司機緊跟在他身後。胖男人也跟在後面，與司機隔了幾步遠。他們把整棟房子搜查了一遍，起初還有些顧忌，後來，由於沒發現什麼，他們的膽子變得越來越大了。房子裡空空如也，應該有好幾個禮拜沒進過人了。

車子在亞歷山卓旅館前停下，史貝德對司機說：「謝謝你，就到這兒

吧！」說完便下了車。

他來到旅館櫃檯，那裡坐著一個年輕男子。他個子很高，臉很黑，一臉凝重的表情。

「史貝德先生，晚安！」他說。

「晚安。」史貝德把他拉到服務台一側，問：「住在12樓C的古特曼和他的家人還在嗎？」

年輕人匆忙瞥了史貝德一眼，說：「他們出去了。」他的眼睛看了看別處，一副欲言又止的樣子，然後又看了看史貝德，小聲嘟囔道：「史貝德先生，今晚發生了一件很奇怪的事，跟他們有些關聯。有人打電話到醫院急診部，說他們住的地方有個女孩病了。」

「結果怎麼樣？根本不是那麼回事？」

「嗯。屋裡沒人。傍晚前他們就出門了。」

「嗯，那些惡作劇的人總愛捉弄人。謝謝你了。」史貝德說。

他來到公用電話亭，撥了一個號碼：「喂，是普蘭夫人吧？依菲在家嗎？哦，麻煩你了，謝謝。」

「喂，親愛的！有好消息了嗎？好，好，你別出門，等我二十分鐘……嗯，是的。」

半小時後，史貝德來到第九街的一棟兩層樓前。這是座磚房。他按了門鈴。來開門的是依菲・普蘭。她那張像男孩一樣的臉上露出疲憊的神色，但見到史貝德，她換上一副笑臉，招呼道：「嗨，老闆，快進來。」她又小聲囑咐道，「山姆，我媽媽正在裡面發脾氣，要是她跟你說什麼，你可別跟她吵。」

史貝德咧開嘴笑了，拍拍依菲的肩膀，答應了。

依菲挽著他的手臂，問道：「歐香奈西小姐呢？」

他吼道：「我根本沒看見她。這根本就是個陷阱。你敢肯定電話裡那個是她本人嗎？」

「是啊，不會錯的。」

他面色不悅：「呵，你被騙了。」

依菲帶史貝德來到一間明亮的起居室。進屋後，依菲嘆息了一聲，躺在長沙發一邊。她顯然非常累了，但還是努力對史貝德笑著。

史貝德來到她身邊坐下，問道：「你那邊沒什麼問題吧？那件東西的事你沒說出去吧？」

「我沒說。我就照你教我的那些說的。他們可能認為那通電話很重要，所以你才會去調查。」

「丹第去了沒有？」

「沒有。賀夫和奧加帶幾個人來的，那幾個人我不認識。我還跟局長說了幾句。」

「他們帶你去警局問話了？」

「是的。他們提了很多問題，不過都是做做樣子，你知道的。」

史貝德搓著手說：「太棒了！」他的眉頭皺了起來，「要是見了我，他們的問題肯定更多。不說別人，丹第和布萊恩肯定會問。」他抖了抖肩膀，「除了警察以外，還有別人來過嗎？」

她坐起來，回道：「有。那天幫古特曼送信的傢伙來過，不過沒進屋。當時警察開著走廊門，我看見那傢伙在外面站著。」

「你跟他說什麼了嗎？」

「沒有。我按照你的吩咐，沒理他。過了一會兒，他就走了。」

史貝德咧嘴笑道：「妹妹，你太幸運了！幸虧先去的是警察。」

「這是什麼意思？」

「那傢伙壞透了，手段又毒辣。死的人是雅克比嗎？」

「嗯，是的。」

他用力地握住她的手，起身說：「我該走了。你這麼累了，早點去睡吧！」

依菲也站起來，說：「山姆，是什麼……」

史貝德捂住她的嘴，說：「等星期一再說吧！趁你媽媽還沒逮到我，我還是趕緊走吧，要不然，她非罵我一頓不可，怪我教壞她的乖女兒。」

回到家中時，已經是後半夜了。史貝德掏出鑰匙開門，這時候，身後傳來一陣高跟鞋走路的嗒嗒聲。他停下來轉身一看，是布麗姬・歐香奈西。

　　她跑上台階，一把摟住他，上氣不接下氣地說：「哦，我還以為你今晚不會回來了呢！」她臉色很差，身體劇烈地顫抖著，看起來心情非常煩躁。

　　他一手扶著她，另一手接著開門，然後把她攙扶到屋裡，問：「你等我很久了？」

　　她喘息著回道：「對，在街上……一個門口……」

　　「自己能走嗎？要不要我抱你走？」他問。

　　她依偎著在他肩頭，搖了搖頭說：「我想……找個地方坐一會兒……放心……我會好起來的。」

　　他們坐電梯來到樓上，進了他的套房。在他開門的時候，她站到一邊，雙臂交叉放在胸前，發出粗重的喘息聲。

　　他打開走廊的燈。兩人一起進了屋。他把門關上，伸手攬過她，向起居室走去。就在他們即將邁進起居室時，裡面的燈忽然亮了起來。

　　女孩驚叫了一聲，身體緊靠著史貝德。

　　胖子古特曼站在門口，臉上掛著善意的微笑。身後的廚房裡又走出一個人，是威爾默。那傢伙手裡握著兩把槍，由於他的手很小，那兩把槍顯得特別大。浴室裡也走出一個人來，是開羅，他手裡也拿著槍。

　　古特曼開口道：「先生，如你所見，我們幾個都來了。讓我們坐下來好好談談，如何？」

十八、擋災的人

史貝德雙手摟著布麗姬・歐香奈西，假意笑了幾聲，說：「好啊，談談吧！」

古特曼搖搖晃晃地往屋裡退了三步，一身的肥肉亂顫。

史貝德領女孩走進房間。那個傢伙和開羅也跟著進來。到門口時，開羅停住了腳步。那傢伙放好槍，緊跟著史貝德。史貝德轉頭向下看了看那傢伙，吼道：「滾開！不准搜我的身。」

那傢伙說：「站在那兒別動！別說話。」

史貝德的鼻孔隨著呼吸一上一下，但語氣卻很鎮定：「滾開！你的爪子要是敢動我一下，我就掏槍了。問問你的老闆，是想跟我談，還是想殺了我。」

「威爾默，沒事。」胖子皺著眉頭，但語氣很平和。

他又對史貝德說：「你的膽子還真大。行了，坐下來談談吧！」

史貝德說：「我說過，我很討厭這個小流氓。」他帶著布麗姬・歐香奈西來到窗邊的沙發坐下。布麗姬的頭靠在他肩上，他則用左手摟著她的肩膀。她的呼吸平和下來，身體也不再發抖了。在古特曼那群人面前，她完全喪失了活力，雖然還有人的感知，但卻一動不動，像株植物似的。

古特曼坐在那張有軟墊的搖椅上，開羅坐在桌邊的扶手椅上。威爾默始終站著。他站在開羅方才站的位置，垂著手，手裡拿著槍，蜷曲睫毛下那雙眼睛始終盯著史貝德，開羅的手槍放在旁邊的桌子上。

史貝德把帽子摘下來，丟在沙發那邊，對古特曼咧嘴一笑。他的下嘴唇

鬆弛襲來，上眼皮下垂著，臉上呈現出許多V字形，這副笑容跟色魔沒什麼兩樣。

「你女兒肚子上的皮膚很美，可惜被別針劃破了，真遺憾。」他說道。

古特曼滿臉帶笑，親切中透著奸猾。

站在門口的威爾默往前邁了一小步，手裡的槍舉到臀部位置。屋子裡的人同時看向威爾默。布麗姬·歐香奈西和開羅兩人的眼神竟都透著責怪，這不免令人費解。在大家的注視下，威爾默的臉突然紅了。他退了回去，手也放下，恢復了原來的姿勢，但是視線仍然停留在史貝德的胸口。他的臉白了一陣，但很快又恢復紅潤，一貫冷漠的臉上閃過一絲驚奇之色。

古特曼那雙奸猾的眼睛轉向史貝德。他臉上帶著笑，聲音也很親切歡快，彷彿一切都順理成章：「先生，讓你看笑話了。不過這招是最見效的，對不對？」

史貝德的眉毛都聚在一起了：「對，在什麼事面前，這招都見效。那隻鷹已經到手了，我第一時間就想來見你。你承諾給我現金，所以我沒理由拒絕這種買賣。我之所以去了伯靈格姆，就是以為在那兒能找到你們。誰知你們像沒頭蒼蠅似的亂跑，所以我們晚了半個小時才見到面。我知道你們是怎麼想的，不就是想甩掉我，趕在雅克比跟我見面前攔住他嗎？」

古特曼得意地笑了笑，說：「好了，先生，不說那些了。你不是想跟我見面嗎？現在已經見到了，不是嗎？」

「嗯，我是想跟你見面。你打算什麼時候付給我第一筆錢，順便拿走那隻鷹？」

布麗姬挺直身體，一雙藍眼睛詫異地盯著史貝德。史貝德的目光始終停留在古特曼身上。不以為然地拍了拍布麗姬的肩膀。古特曼那雙埋在肥肉當中的眼睛閃著欣喜的光芒：「很好，先生。這件事呀……」說著，他把手伸進上衣口袋裡。

開羅的兩隻手放在大腿上，身體往前傾了傾，柔軟的嘴唇往外吐著氣。他的眼睛亮得很，像油漆一般，一會兒看看史貝德，一會兒又看看古特曼。

古特曼重複道：「很好，先生。這件事呀……」他從口袋裡掏出一個

白色的信封來。五個人，包括威爾默那個冷漠的傢伙在內，十隻眼睛，動作一致地盯著那個信封。古特曼那雙肥胖的手把信封翻了過來，信封的正反面都沒有字，封口是插在裡面的，沒黏上。古特曼抬起頭，露出一個善意的微笑，然後把信封丟給史貝德。

信封不大，但裡面的東西有些分量。只見它砸在史貝德胸口下面，又彈了一下，落在他的大腿上。

史貝德從容地拿起信封，鬆開搭在女孩肩膀上的手，兩隻手打開信封。裡面是一疊新鈔，手感堅硬而光滑。他把鈔票拿出來清點了一遍，一共十張，面值都是一千塊。他抬起頭來，溫柔地笑了笑，說：「這比我們之前談好的價格要少啊！」

古特曼說：「你說得對，先生。我們之前是討論過價格，但那只停留在口頭上，而現在擺在你面前的可是貨真價實的現鈔啊！這可比口頭上承諾的十倍還可靠。」他暗自偷笑，身上的肥肉也跟著亂顫起來。過了一會兒，他的態度稍微正常一點：「我現在要對付的人比之前多了。」他的頭和閃著光的眼睛動了動，指著開羅接著說道，「再說……算了，先生，總而言之一句話，現在的情況已經跟之前不一樣了。」

這時候，史貝德已經把鈔票送回信封裡，恢復原狀。他用前肘支撐身體，後背彎曲，拇指和食指夾著信封，信封在他兩腿之間來回晃動著。

「你說得對。現在你們幾個已經聚到了一起，可是別忘了，黑鷹在我手上。」

喬爾・開羅那雙醜陋的手緊緊抓著椅子扶手，身體前傾，用尖細的嗓音嚴肅地說：「史貝德先生，我覺得我有必要提醒你。黑鷹是在你手上沒錯，可是你卻被我們控制了。」

史貝德咧嘴一笑，說道：「這有什麼好擔心的？」

他直起身子坐著，把信封放在身邊的沙發上，對古特曼說：「錢的事稍後再談也不遲。眼前最要緊的是，得找一個人出來幫我們擋災。」

胖子皺起眉頭，好像沒聽懂他的意思。他剛要提問，史貝德搶先解釋道：「現在已經出了三宗命案了，警局那邊肯定得找個人認了這些罪才行。

我們……」

史貝德還沒說完，開羅就急切地辯駁道：「哪兒有三宗，分明是兩宗好不好？史貝德先生，你的合夥人是塞斯比殺的，這一點毋庸置疑。」

史貝德高聲道：「行，就按照你說的，兩宗命案。可不管是兩宗還是三宗，結果都一樣。重點是，我們務必得找個人出來，送到那群警察面前。」

這時候，古特曼插話了，而且無論是表情還是語氣都信心十足：「好了，史貝德先生，以我對你的觀察和瞭解，應付警方的事你一個人就能搞定，根本不用我們幫忙。畢竟在這方面，我們都是門外漢。」

「你要是這麼想的話未免太沒見識了。」史貝德說。

「行了，史貝德先生，都到這個份上了，你可別說自己是那種懼怕警察的不入流的小人物，或者說，你的能力不足以應付他們……」

史貝德冷哼了幾聲，前肘支著身體，不耐煩地說：「我才不怕他們呢！應付他們的法子我也想出來了。我不是說了嘛，他們現在需要一個人來承擔罪責，所以我們得幫他們找出這麼個人來。」

「先生，我承認你說的這個辦法可行，但是……」

「但是什麼？除此之外，再沒別的辦法行得通了。」史貝德的額頭泛紅，眼神非常急迫，太陽穴上那個包已經變得跟豬肝一樣顏色了。「我並非信口胡說。這種辦法我以前就用過，但願這次也能蒙混過關吧！以前有一兩次，我把最高法院的人罵了一遍，結果我什麼事都沒有。之所以這樣，是因為我始終謹記一點：那就是，早晚有一天，那群傢伙會來跟我算總帳。我也告訴自己，在那天來臨之前，我必須找一個幫我擋災的人，等他們來找我時，我就把那個人送到他們面前，告訴他們：『你們這群傻瓜，這才是你們要找的罪犯呢！』從法律角度來說，我只有這麼做才能安然無恙。要是我做不到，那就玩完了。現在還沒到那個地步，我也不希望落到那個地步。這沒什麼好說的。」

在古特曼那張粉嫩多肉的臉上，狡詐的表情已經消失了，取而代之的是遲疑。但他還是強裝笑臉，鎮定自若地說：「先生，我承認，你說的這個辦法很不錯。如果這麼做符合現實的話，我一定會第一個站出來說：『行，

先生，就這麼做，我奉陪到底。」問題是，你的辦法並不現實。這個辦法的確不錯，但再怎麼好的辦法，無法付諸實施就等於零。眼下，你應該想個不同尋常的辦法出來。你是個聰明人，一定知道該怎麼應付這種局面，別走以前的老路。說實在的，不走尋常路的做法會帶給你更大的收益。當然，跟找個人出來擋災相比，其他辦法可能要複雜些，但是……」他大笑一聲，雙手一攤，「一點點小麻煩對你來說根本不足為懼。以你的智慧，不管遇到什麼事，最終都會化險為夷的。」他噘著嘴，瞇起眼睛，「總之，先生，你知道該怎麼辦。」

史貝德沉著臉，眼神已不像剛才那樣急迫了：「我可不是隨口亂說的。」他的聲音很陰沉，情緒也很克制，「我久居於此，對這個行業也再熟悉不過。你說得對，我是可以想辦法過了眼前這關，可下次呢？我再有一個想完美解決的案子，他們肯定會出面阻撓。到那時候，你們早就四散到紐約、君士坦丁堡或者其他地方，只留下我一個在這裡啞巴吃黃連，這太不划算了，我不幹。」

古特曼說：「你說得也有道理。你可以……」

史貝德鄭重其事地說：「這可不行，我是認真的。」他直挺挺地坐著，臉上凝重的表情已被微笑取代，聲音也輕鬆愉快，「古特曼，讓我來告訴你，現在對我們大家都有好處的做法是怎樣的。要是我們不找一個幫我們擋災的人，黑鷹的事遲早會被警方查出來。到那時，不管你身在何處，都必須想辦法遮掩此事。你不是指望著黑鷹發財嗎？要是不這麼做，你的計畫也會因此受阻。找個人出來幫我們擋著，他們就不會再追究了。」

古特曼的神情沒什麼變化，只是眼神裡透出些許慌張：「是的，先生，你說到重點了。他們會不會就此作罷呢？要是像你說的，找個人幫我們擋災，會不會讓原本不知道黑鷹一事的他們有所察覺呢？我覺得很可能會變成這樣。另外，說不定他們現在已經不再追查了，所以我們最好還是別那麼做吧，免得惹禍上身。」

史貝德額頭青筋暴突，但還是克制地說：「我的天，古特曼，你根本沒弄清楚狀況。跟你說吧，他們可不會無所作為。表面上看，他們是沒什麼行

動，但實際上，他們正躲在暗處伺機下手呢！他們已經知道我跟這件案子有很大關聯，要是到了關鍵時刻，我能做出點什麼來還好，要是不能，我可就慘了。」他的語氣充滿誘惑力，「古特曼，別猶豫了，現在我們唯一的出路就是找個人出面承擔所有罪名。至於人選嘛，就那個小流氓好了。」他對門口的傢伙點了點頭，一臉愉悅的表情，「那兩個人——我指的是塞斯比和雅克比——本來就是他殺的，對不對？他也是命該如此。找出他的罪證，把人送給警方得了。」

對於史貝德的提議，站在門口的傢伙彷彿無動於衷，他只是繃緊嘴角，露出一個像是微笑的表情。開羅那張黑臉變成了黃色，嘴巴和眼睛都因驚訝而張得老大。他喘息著，渾圓而柔軟的胸脯一上一下，用一種難以置信的表情盯著史貝德看。布麗姬·歐香奈西離開史貝德，獨自蜷縮在沙發裡，默默盯著他看。除了驚訝和不安的表情以外，她似乎即將爆發出狂笑來。

古特曼面無表情，身體也完全靜止，過了很長時間，他才下定決心，哈哈大笑起來。他笑得神采飛揚，連那雙奸詐的眼睛裡也透著笑意。

「天吶，先生，你這個人可真是怪極了！」他從口袋裡掏出一塊白手帕，擦了擦眼睛，說，「先生，你心裡究竟在謀劃什麼，我們誰都猜不透，不過有一點我可以確信，你的舉動總是能讓人震驚。」

史貝德好像並沒有把胖子的笑放在心上：「這沒什麼可笑的。」他好像在跟一個固執的朋友爭辯，「目前看來，他是我們唯一制勝的籌碼。把他送給警方，他們……」

古特曼反駁道：「不，我親愛的朋友。你還不明白嗎？你這個主意太荒謬了，我根本從未有過這種念頭。事實上，我視威爾默如親生兒子一般。要是按照你說的那麼做，威爾默會把我們和黑鷹的事透露給警方的，不是嗎？」

史貝德僵硬地嘴角一咧，笑著柔聲說：「我們可以說他拒捕，殺掉他，如果有那個必要的話。不過以現在的情況看來，我們還無須那麼做。他想說就儘管說好了，對我們不會有任何影響，這一點我可以向你保證。事實上，這並不難做到。」

古特曼額頭上那些發紅的肥肉擠在一起，形成一道皺紋。他低著頭，下巴貼在硬邦邦的衣領上。

「這該如何是好呢？」他問。

他那身肥肉猛然間縮在一起，顫抖起來。他抬起頭來，轉頭看著威爾默，笑著問：「威爾默，你是怎麼想的？這太荒謬了，是不是？」

威爾默睫毛下那雙淺褐色的眼睛閃著寒光：「是啊，太荒謬了！這個狗雜種！」他的聲音陰沉沉的，而且吐字異常清晰。

史貝德問布麗姬·歐香奈西：「親愛的，你好點沒有？」

「我好多了，只是……」她的聲音很小，以至於後面兩個字在兩步以外的地方就聽不清了，「我好害怕。」

史貝德一隻手放在她穿著灰色絲襪的膝蓋上，不以為然地說：「別怕。不會有事的。想不想喝點酒？」

「不用了，謝謝你。」她又小聲說，「山姆，小心。」

史貝德咧嘴一笑，看了看古特曼。古特曼也正看著他。

古特曼面帶微笑，很長時間沒說話。過了一會兒，他才問：「想好怎麼辦了嗎？」

史貝德一愣：「什麼怎麼辦？」

古特曼又大笑了一陣，在他看來，現在有必要這麼做。

他解釋道：「先生，如果你剛才提出的那個辦法是認真的，我想知道你的具體步驟是怎樣的。從禮貌上來說，你有必要詳細說明一下。你打算怎麼做，以防止威爾默……」他停頓了一下，然後笑著說，「對我們造成威脅呢？」

史貝德搖了搖頭，說：「得了，不管是誰的禮貌，我都不想利用。」

胖子臉上的肥肉都擰在了一起。他反駁道：「別這麼說，先生。我承認，我剛才不應該那樣笑，現在，我以最大的誠意向你表示歉意。史貝德先生，我並沒有嘲笑你的意思。我是不贊同你的辦法，但對於你的智慧和能力，我從未質疑過，而且一直深感佩服。先不提我視威爾默如親生兒子這個事實，你能不能詳細說說，你那個辦法到底有什麼用？要是你願意解釋一遍

的話，我會認為你已經給我面子，不再怪罪我了。」

史貝德說：「好吧，你說得很有道理。其實多數檢察官最在意的問題是該怎麼處理檔案。在這一點上，布萊恩跟他們沒什麼兩樣。如果遇上一件會給他們帶來麻煩的案子，他們更願意草草了事，而不是追根究柢。我不清楚他們有沒有為了省事而冤枉過哪個無罪之人。但有一點我可以確定，就是他們如果能拼湊出罪證來，就不會放過那個看似無罪之人。如果涉嫌犯罪的是一群人，而且這群人之中已經有一個人罪證確鑿，其他五六個還沒有罪證落在他們手上的同夥就會被放過。因為繼續追查這些人的罪證相當麻煩，案子很可能會因此變得沒完沒了。」

「我相信他們會對這個誘餌感興趣的。至於黑鷹的事，他們才不會在意。一旦抓到這個小流氓，他們一定會沾沾自喜。不管他說什麼，檢察官都不會信的，而是會把那當成故意攪亂視線的詭計。這件事包在我身上。我會跟他們說，解決這件案子最好的辦法就是牢牢盯住這個小流氓的罪證，將其繩之以法。如果他們想把整群人一網打盡，反倒會把案子弄得亂糟糟，讓陪審團覺得糊里糊塗的。」

古特曼緩緩搖了搖頭，看來他並不贊同史貝德的意見。不過他還是笑了，並且用很溫和的態度說：「先生，我覺得這麼做完全行不通。塞斯比、雅克比和威爾默這三個人看起來八竿子打不著，當地檢察官怎麼會輕易相信他們之間有聯繫呢？」

史貝德說：「你還是看不懂當地檢察官的心思。殺死塞斯比的動機很簡單。塞斯比是個打手，你手下的小流氓跟他一樣。關於這一點，布萊恩已經分析出來了，沒什麼好懷疑的。僅憑這一點，他們就可以絞死他了。既然塞斯比被殺一案解決了，他們只需在雅克比被殺一案的卷宗上添一筆，兩件案子就都可以了結了，沒必要單獨針對雅克比被殺一案再審一遍。如果兩個死者是被同一把槍殺死的，子彈也對得上，他們一定會歡歡喜喜地結案。」

「你說得對，可是⋯⋯」古特曼沒說完，轉頭看著威爾默。

威爾默挺直身體，從門口走到古特曼和開羅中間，站在屋子正中的位置。他雙腿叉開，上身略微前傾，肩膀聳起，雖然雙手仍垂在身體兩側，但

達許・漢密特

拿槍那隻手的指關節發白，看得出來，他那隻手已經發力了，另一隻手也握緊了拳頭。他那張稚嫩的臉上本來就帶著憎恨和凶惡的表情，現在看起來更加狠毒和冷酷了。他的情緒很激動，吐字也沒那麼清晰了：「狗雜種！站起來，接我一槍！」

史貝德對威爾默露出一種毫無威脅的笑容。

「狗雜種，你給我站起來！有膽子的話，就跟我比試比試，別總是耍我，我忍你很久了！」威爾默說。

史貝德臉上的笑意更濃了：「這個從西部來的沒禮貌的傢伙。」他看著古特曼，笑著說：「我覺得你應該提醒他一下，黑鷹還沒有到手，這時候用槍指著我會誤事的。」

古特曼想笑，但又笑不出來。他做了個鬼臉，伸出乾澀的舌頭，舔了舔乾巴巴的嘴唇。他原本打算用父親喝斥兒子的口吻教訓兩句，但說出口時，卻因為喉嚨沙啞而顯得很不自然：「行了，威爾默，我們不能那麼做。這件事沒你想得那麼嚴重。你……」

威爾默緊緊盯著史貝德，氣得幾乎說不出話來。「你讓他別招惹我，要是他再來糾纏，我就弄死他，誰都別想攔住我。」

古特曼說：「好了，威爾默，到此為止。」他轉過身來與史貝德面對面，神情和聲音都平靜下來，說道：「史貝德先生，我早就說過了，你的那個辦法根本行不通。這一頁就翻過去吧，別再提了。」

史貝德來回看了看他們，隨即收起臉上的笑容，冷漠地說：「我想說什麼全憑心情，你們管不著。」

古特曼馬上接過話：「是，你想說什麼全憑心情，我很欣賞你這種個性。可是我認為你的辦法沒用，所以再談下去也毫無意義。」

史貝德說：「我不明白你的意思，你們也沒辦法讓我明白。」他皺起眉頭，「我們還是直來直往地說吧！我覺得我們的商談除了浪費時間以外，毫無意義。這件事得你們自己解決，跟我沒關係。你不是想讓我親自跟那個小流氓談吧？行，我有辦法對付他。」

古特曼說：「不，先生。我可以明確地告訴你，除了我以外，你無需跟

任何人談。」

史貝德說：「這還差不多。既然如此，我再幫你出個主意吧！這個主意肯定比不上之前那個，但總比沒有好。想不想聽聽？」

「願聞其詳。」

「把開羅交給警方。」

聽了這話，開羅馬上抓起桌上的槍，牢牢握在手裡，瞄準沙發盡頭那塊地板。他的臉又發黃了，一雙烏黑的眼珠毫無神采，從這張臉猛地轉向那張臉。

古特曼以為自己聽錯了：「你說什麼？」

「把開羅交給警方。」

古特曼又想笑，但他克制住了，喊道：「我的天吶，先生！」聽得出來，他已經六神無主了。

史貝德說：「這個辦法當然沒有剛才那個好。原因有兩個：第一，開羅的身分並非打手；第二，殺死塞斯比和雅克比的手槍口徑比他那把手槍的人。要想把事情賴在他頭上得費一點功夫，但總比一個人也不交給警方要好一點。」

開羅非常氣憤地喊道：「要是非得把我們中的一個交給警方，幹嘛不選你或者歐香奈西小姐呢？」

史貝德對他笑了笑，平靜地說：「黑鷹現在在我手上，而你們想得到它。想得到黑鷹，你們必須付出一定的代價，而找人出來擋災是代價的一部分。說到歐香奈西小姐，」他轉頭看了看歐香奈西那張蒼白的臉，又轉過來看著開羅，輕輕聳了聳肩膀，接著說道，「要是你們覺得她能勝任，我當然沒意見，我們接下來就可以針對此事進行探討。」

女孩用雙手抬著喉嚨，沉悶地叫了一聲，然後與史貝德拉開距離，坐到那邊去了。

開羅很激動，臉上的肌肉和身體都顫抖起來，喊道：「我提醒你，你根本沒資格做出任何決定。」

史貝德嘿嘿一樂，那聲音聽起來令人很不悅，臉上也露出不屑一顧的表

情。

　　這時候，古特曼開口了，看來他有意調和。「各位，我說一句，我們的探討應該是友善的，否則還怎麼繼續談下去呢？可是，如同……」他又對史貝德說，「開羅先生所說，對於某些情況，你應當再好好想想……」

　　「應當？少說那些屁話。」史貝德肆無忌憚地說。在他看來，這時候不管是對他們大吼大叫，還是用戲劇般的語言來加重語氣，都不如這麼說管用。「要是我死了，你們還能拿到黑鷹嗎？再說，我確信你們在沒得手之前不會殺了我。你們有什麼辦法恐嚇我，讓我乖乖交出黑鷹呢？」

　　古特曼歪著腦袋想了想，縫隙中那兩隻眼睛亮晶晶的。想了一會兒，他友善地說：「好吧，先生。不如再想想別的辦法怎麼樣？我的意思是，我們能不能別要誰的命，也別提那些關於死的字眼？」

　　史貝德認同地說：「說得也是。不過真到走投無路的時候，我們只能找個人出來頂罪。這麼說吧，要是你們的做法不能讓我滿意，我絕不答應。現在我給你們兩個選擇：要嘛放棄，要嘛把我幹掉。不過我心裡有數，殺了我，你們可沒那個膽。」

　　古特曼滿臉堆笑：「我明白你的意思。你這樣也算是表態了。這麼說來，我們雙方都應該細細思考一番，再做決定。先生，你也知道，人在生氣的時候往往比較衝動，甚至忘了思考怎麼做才是對自己最有利的。」

　　史貝德也笑了：「我之所以想出這些主意，不過是希望大家同心同德罷了。我真慶幸自己剛才沒逼得太狠，否則難保你們不會因一時情急而幹掉我。」

　　古特曼的語氣很友善：「我的天啊，先生，你這個人可真不簡單。」

　　喬爾・開羅從椅子上跳起來，又從威爾默身後繞過去，來到古特曼的椅子背後。他彎下身，嘴巴湊到古特曼耳邊，又用那隻不拿槍的手擋著，以免被人聽到。古特曼聽得很認真，慢慢閉上了眼睛。

　　史貝德看著布麗姬・歐香奈西，咧開嘴巴笑了笑。布麗姬也動了動嘴唇，露出勉強的微笑。雖然她還盯著史貝德看，但眼裡卻跟剛才一樣茫然。

　　史貝德對威爾默說：「二比一。小子，你馬上要出局了。」

威爾默雖然一言不發，但膝蓋和雙腿都開始發抖了。

史貝德又對古特曼說：「對於這種不要命的無名小卒，你根本無需理會，更不能讓他們左右你的決定。」

古特曼的眼睛睜開了。開羅把話說完以後，在胖子的椅子背後直挺挺地站著。

史貝德說：「為免惹出麻煩，我曾經收了他們兩個人的槍。這個小流氓……」

威爾默非常激動，憋得差點說不出話來。他把手槍舉到胸前，說：「好吧！」

肥胖的古特曼起身扣住威爾默的手腕。喬爾‧開羅立刻來到威爾默身邊，把他的另一隻手臂也控制住了。他們用力地扳威爾默的手臂，讓他的槍口對著地板，威爾默奮力掙扎。過了一會兒，威爾默敗下陣來，說道：「好吧……去……狗雜種……煙……」

古特曼反覆勸說道：「好了，好了，威爾默，到此為止吧！」

開羅也說：「威爾默，這樣不好。」

史貝德眼神迷離，臉上沒有任何表情。他起身走到三個人中間。

這時候，威爾默已經沒力氣掙扎了。開羅依然抓著他的手臂，站在他面前勸解。

史貝德輕輕推開開羅，左手握拳，朝那傢伙的下巴揍了一下。那傢伙的兩隻手臂都被束縛著，這突如其來的一拳令他身體後仰，隨後又朝前面栽倒。

古特曼聲嘶力竭地叫道：「喂！你這是……」

史貝德掄起右拳，又揍了那傢伙一下。

開羅見狀立刻鬆開了手。威爾默渾身無力，撲倒在古特曼肥胖的肚子上。開羅朝史貝德撲過去，試圖用十根蜷縮發硬的手指抓他的臉。史貝德喘了一口氣，推開了開羅。不料開羅並未死心，又撲了上來。只見他眼中噙著淚水，紅紅的嘴唇因為氣憤而上下翕動，像是在說話，但卻發不出聲來。

史貝德先是放聲大笑，然後冷哼了兩聲，說：「好小子，你有種！」

達許‧漢密特

史貝德攤開手掌，給了開羅一記耳光，將他打倒在桌上。

誰知開羅站穩以後又朝史貝德撲過來。史貝德伸出兩條健壯的手臂，用雙手擋住了開羅的臉。開羅的手臂沒有史貝德的長，沒辦法抓到他的臉，只能用拳頭砸他的手臂。

史貝德喝道：「趕快停手！否則受傷的是你自己。」

開羅嘴裡喊著：「你就是個窩囊廢！」隨即往後退了幾步。

史貝德彎下身來，從地板上撿起威爾默和開羅的手槍，然後站起身來，將兩把槍倒著掛在左手上，食指控制著扳機，一副不以為然的樣子。

古特曼把威爾默安置在搖椅上。開羅跪在地上給他揉手。古特曼皺著眉頭，一臉猶豫的表情。

史貝德檢查了一下威爾默的下巴，說道：「沒傷著骨頭，讓他在沙發上躺著吧！」他把那傢伙抱起來，走到沙發前。

布麗姬·歐香奈西迅速起身讓開。史貝德放下那傢伙，用右手拍了拍他的衣服，又找出一把槍來。他把這支槍跟左手的槍放在一起，轉過身去。

這時候，開羅已經在那傢伙身邊坐下來了。

史貝德手裡的槍碰撞出叮叮噹噹的響聲。他看起來很興奮，對古特曼說：「這就行了，讓這個人出面幫我們擋災。」

古特曼臉色蒼白，一言不發，陰沉沉地盯著地面，一眼都不看史貝德。

史貝德說：「別耍笨了好不好？開羅跟你說悄悄話，你沒拒絕。我打這個傢伙的時候，你還護著他。現在出了這種事，你可不能當什麼都沒發生過。怎麼，你想自己去挨槍嗎？」

古特曼的雙腳動了動，但還是不說話。

史貝德說：「你要是一時拿不定主意，我可以再給你指條路——我把雕像和你們這群傢伙一併送去警局。」

古特曼抬起頭來，從牙縫裡擠出幾個字：「不，先生，這可不行。」

「就知道你不會答應的。你現在拿定主意沒有？」史貝德說。

胖子嘆息了一聲，苦笑道：「你把他送警局去吧！」

「這就對了嘛！」史貝德說。

十九、俄國人的詭計

　　威爾默像一具屍體似的仰面躺在沙發上，臉色慘白，神情平靜。喬爾・開羅彎腰坐在他身邊，摸摸他的臉，又摸摸手腕，然後把額上的頭髮往後撥一撥，一邊看著他的臉，一邊輕聲說著什麼。

　　布麗姬・歐香奈西站在桌子和牆角間，咬著下唇，一隻手扶著桌子，另一隻手放在胸口。要是史貝德沒往她這邊看，她就偷瞄他一下。要是發現史貝德看過來了，她的眼睛就馬上轉向開羅和威爾默。

　　史貝德擺弄著手裡的槍，幾把槍互相碰撞，叮噹作響。開羅背對著史貝德。史貝德看看開羅的後背，點了點頭，問古特曼：「他不會有事吧？」

　　胖子的語氣很平靜：「我也不清楚。先生，這件事就拜託你了。」

　　史貝德笑了，這一笑使他下巴的V字形看起來更明顯了。

　　他說：「開羅。」

　　開羅轉過頭來，黑色的臉孔上帶著激動的表情。

　　史貝德說：「先讓他睡一會兒，我們應該趁這個時間商量一下怎麼把他送到警局。」

　　開羅難過地說：「你對他已經夠無情了，還不肯放過他嗎？」

　　史貝德說：「當然不能放過他。」

　　開羅起身來到胖子身邊，哀求道：「古特曼先生，別這麼對他好嗎？有件事你務必想清楚……」

　　史貝德攔住他的話頭：「這件事已經決定了。現在你表態吧，想不想加入我們？」

古特曼面帶微笑，這微笑中包含著些許惋惜和難捨。他點了點頭，對開羅說：「我也不想這麼做，可是我們除此之外別無選擇。」

史貝德又問：「開羅，你到底想不想加入我們？」

開羅舔了舔嘴唇，慢吞吞地說：「如果……」他嚥了一口唾沫，接著說，「我也……我可以選擇嗎？」

史貝德鄭重其事地說：「可以，但你要是打算跟你的男友站在一起，不加入我們的話，我會把你們倆都送到警察那兒去。」

古特曼反對道：「哦，史貝德先生，那可不行。那樣的話……」

史貝德說：「在這個節骨眼兒上，我絕不會容許他背叛。他如果不跟我們站在一起，我就送他去坐牢。我們要辦的事太多了，千萬別弄得一團糟。」他盯著古特曼，臉色陰沉沉地，猛然間大聲罵道：「我的天！你們這群傢伙是頭一回做小偷嗎？接下來你們打算怎樣？跪下來求上帝保佑嗎？」他又盯著開羅，眼睛裡冒著怒火：「想好沒有？到底站在哪邊？」

開羅聳了聳肩膀，沮喪地說：「除了加入你們，我還能怎麼辦？」

史貝德說：「很好。」他又看了看古特曼和布麗姬·歐香奈西，說道：「坐下來說吧！」

女孩來到沙發旁邊，膽怯地坐在昏過去的威爾默腳邊。古特曼坐在搖椅上，開羅也回到了扶手椅上。史貝德把槍放在桌上，坐在靠近他們的桌角，跟那幾把槍挨得很近。他看了一眼手錶，說道：「現在是兩點。天亮以後我才能拿到黑鷹，說不定得等到八點。時間很充裕，我們可以慢慢籌畫。」

古特曼清了清喉嚨，問道：「黑鷹在什麼地方？先生，我不是那種愛算計的人，但我希望在這筆買賣成交之前，我們這些人不要脫離彼此的視線範圍。」他看了看沙發，又轉眼看著史貝德，機警地問：「那個信封呢？在不在你手上？」

史貝德搖了搖頭。他也往沙發那邊看了看，又看了看布麗姬，笑著說：「在歐香奈西小姐手裡。」

布麗姬小聲說：「對，在我這兒，」說著，她的手伸進上衣裡，「我收起來了。」

史貝德說：「沒關係，你保存好就行了。」

他又對古特曼說：「我們都互相盯著，至於黑鷹，我可以讓人送過來。」

古特曼滿意地說：「太棒了，先生。只要你把黑鷹交給我們，我就付給你一萬美金。你可以把威爾默送給警方，不過得給我們一兩個小時的時間，讓我們離開這座城市。」

史貝德說：「不會有別人知道這件事的，你們沒必要逃走。」

「先生，這可說不定。檢察官會審問威爾默，還不知他怎麼說。保險起見，我們還是離開的好。」

史貝德說：「你們愛怎麼樣就怎麼樣吧！如果需要，我可以讓他一整天都待在這兒。」他捲了一支菸，接著說，「先商量一下細節吧！他殺塞斯比的動機是什麼呢？殺雅克比的動機又是什麼？另外，他是在什麼地方殺死雅克比的？怎麼殺的？」

古特曼笑著搖了搖頭，說：「先生，我們已經履行承諾，把錢和威爾默都交給你了，這些事你就別想了。」

史貝德點燃菸捲，說道：「我不能不想。既然是替死鬼，就得有十足把握送他去坐牢才行。有鑑於此，我必須得知道事情的真相。」他皺起眉頭，「你有什麼可抱怨的？要是他跑了，你們可就麻煩了。」

古特曼的身體往前傾了傾，用胖胖的手指著桌上的手槍，說道：「這些東西足以作為罪證。那兩個人都死在這些槍下。你剛才不是說過了嘛，死者身上中的子彈是從那把槍打出來的，這一點警方很容易就能查出來。我覺得這些證據已經足夠了。」

史貝德說：「也許吧，但事情遠沒有那麼簡單。我必須得知道事情的真相，以便於確定在警方面前該說些什麼，不該說什麼。」

開羅眼睛瞪得老大，說道：「你之前不是許諾說這件事一點都不難辦嗎，難道忘了？」

他又轉頭看著古特曼，激動地說：「你看看他。我就說不能答應他。照我看……」

史貝德冷冰冰地說：「隨便你們怎麼想。不過你們現在已經深陷其中，別無選擇了。快想想看，他殺塞斯比的動機是什麼？」

古特曼雙手交叉，放在肚子上，讓搖椅晃動起來。他臉上帶著笑，但話音中明顯透著悔意：「你真是個難纏的傢伙。我現在才明白，這件事其實從一開始我們就打錯主意了，不該託付給你。我的天吶，我現在真是悔不當初啊！」

史貝德擺了擺手，毫不在乎地說：「你哪裡打錯主意了？你得到黑鷹，又不會被警方抓起來，難道還不滿足？」

古特曼讓搖椅停下來，說道：「塞斯比是個殺手，名聲很壞，而且又跟歐香奈西是一夥的。我們想要修復跟歐香奈西小姐的關係，而除掉此人就可以讓歐香奈西小姐重新站到我們這邊來，此外，我們也不希望她身邊有這麼一個難對付的保鏢。先生，我說的可都是實話。」

「嗯，很好，就這麼說，還有呢？黑鷹有沒有可能在他那兒呢？」

古特曼搖了搖頭，肥胖的腮部顫抖著。他和氣地笑了笑，說：「我們從未有過這種想法。對於歐香奈西小姐，我們再瞭解不過了。在香港時，她把黑鷹託付給雅克比船長，經由『鴿子號』運到這裡來，而她自己乘坐了另一艘船快一步抵達。這件事我們是後來才知道的，但即便如此，我們還是從未懷疑過歐香奈西小姐。但我們始終相信一點：如果這個世界上只有一個人知道黑鷹在哪兒，那這個人只能是塞斯比。」

史貝德默默想了一會兒，點了點頭，說：「你們在殺掉他之前沒跟他談談嗎？」

「先生，我們談了。威爾默找到他了，兩天後的晚上我親自跟他談的。威爾默一直跟蹤他和歐香奈西小姐。塞斯比雖然沒發現有人跟蹤，但此人非常狡猾。那天晚上，塞斯比殺死你的同夥以後回到旅館，威爾默把他帶來見我，可是他對歐香奈西小姐忠心耿耿，我拿他一點辦法都沒有。後來，威爾默又跟蹤他回到旅館，殺了他。」

史貝德想了想，說：「聽起來沒什麼問題，那麼殺死雅克比的經過如何？」

古特曼看著史貝德，正色說道：「說起雅克比的死，這件事都怪歐香奈西小姐。」

歐香奈西驚叫了一聲，用手摀住嘴巴。

史貝德沉穩地說：「那些就別提了，說說經過吧！」

古特曼看了看史貝德，露出一絲精明的笑，說道：「先生，如你所知，開羅跟我之間一直有聯絡。那天早晨，他被警察問完話後，我請人把他找來。經過一番商談，我們達成一致，決定合作。」他對開羅笑了笑，接著說，「開羅先生好像能未卜先知似的。『鴿子號』就是他第一個想到的。他那天早上從報紙上得知『鴿子號』抵港的時間，於是想起在香港時，有人曾說雅克比船長和歐香奈西小姐見過面。他本以為歐香奈西小姐在那艘船上，但去船上問過，才知道她不在。總之，他一發現船隻抵港消息時就明白怎麼回事了。歐香奈西小姐把黑鷹交給了雅克比船長，並經由『鴿子號』運到這裡。不過，歐香奈西小姐非常聰明，所以雅克比船長並不知道真相。」

他朝布麗姬笑了笑，晃了晃椅子，繼續說道：「後來，我帶著開羅先生和威爾默一起去船上找雅克比，謝天謝地，歐香奈西小姐也在船上。我們進行了一番激烈的商討，直到那天半夜，我看歐香奈西小姐像是妥協了。後來，我們一起下了船，返回我住的旅館，準備跟她一手交錢，一手交貨。不料，歐香奈西小姐和雅克比在中途溜走了，看來我們這些男人還是小看了歐香奈西小姐。」他大笑起來，說，「先生，這件事做得可真漂亮。」

史貝德看了看布麗姬。布麗姬那雙烏黑發亮的大眼睛也正在看他，一臉哀求的模樣。

史貝德問古特曼：「是你在下船前放了把火？」

胖子說：「先生，那不是有心的，但事實上，失火一事確實得歸咎於我們，至少是威爾默。威爾默趁我們在船艙裡討論時去尋找黑鷹，一時不慎，把火柴隨便亂扔，結果引發了火災。」

「好，我知道了。如果在審問雅克比被殺案時遇到麻煩，我們可以把縱火的罪名栽在他頭上，接著說說開槍是怎麼回事吧！」史貝德說。

「好的。我們在城裡四處尋找他們的下落，直到今天下午才發現他們

的蹤跡。不過起初，我們只是找到了歐香奈西小姐落腳的公寓，並不確定他們是否在裡面。我們在門外偷聽了一會兒，聽到裡面有腳步聲，於是按下門鈴。她沒有開門，只是在裡面詢問我們的身分。後來，我們就聽見裡面傳來推窗的聲音。」

「我們立刻意識到發生了什麼。威爾默趕緊跑到樓下，去大樓後面的消防樓梯攔截。當他趕到的時候，正好撞上了帶著黑鷹準備逃跑的雅克比。當時兩個人距離很近，在混亂中，威爾默對雅克比開了幾槍，但雅克比頑強得很，既沒倒下，也沒有放棄黑鷹，還把威爾默打倒，然後趁機逃掉了。威爾默從地上站起來時，發現鄰近街區走來一名警察，只好放棄追趕。為了避開警察，他進了皇冠公寓的後門，又從正門出來，跟我們會合。」

「後來，我們又遇到了難題。歐香奈西小姐放走雅克比後關好窗，這才給我們開了門。」他笑了笑，接著說道，「我和開羅進去以後進行了一番勸導，歐香奈西小姐這才告訴我們，雅克比準備帶著黑鷹去找你。據我們判斷，雅克比的傷勢很重，就算警察沒有救他，他也走不了多遠。儘管如此，我們還是決定把握這僅有的機會。我們勸說歐香奈西小姐幫我們一個忙，往你的事務所打個電話，希望能在雅克比趕到之前引你出來。與此同時，我們又讓威爾默出去繼續跟蹤雅克比。可惜我們耽誤了許多時間才做出這個決定，而且還要勸說歐香奈西小姐……」

躺在沙發上的威爾默哼了幾聲，翻了個身。他有幾回睜開了眼睛，但又閉上了。布麗姬起身去了桌邊和牆角中間站著。

古特曼說：「幫我們的忙，因此你比我們先一步得到了黑鷹。」

威爾默從沙發上起身，手臂撐著沙發坐著。他看了看周圍，眼睛落在史貝德身上時，明顯不安起來。

開羅起身來到威爾默身邊，手搭在他肩膀上，說了幾句話。威爾默忽然站起身來，把開羅的手臂甩到一邊。他又環視了整個房間，然後死死盯住史貝德。他的臉泛著青色，身體蜷縮在一起。

史貝德坐在桌角抖著腿，一臉無所謂的表情，說道：「喂，小子，別來挑釁我，否則就準備吃我一腳吧！不想死的話就老實坐下來，什麼話都別

說。」

威爾默看著古特曼。

古特曼面帶微笑，和藹地說：「威爾默，說實話，我一直把你當成親生兒子一樣，真要和你分開，我也於心不忍。不過……兒子沒了可以再養一個，但馬爾他之鷹卻是世上絕無僅有的。」

史貝德不禁大笑起來。

開羅在威爾默耳邊說了幾句悄悄話。威爾默坐回沙發上，一雙淺棕色的眼睛冷漠地注視著古特曼。開羅坐到他旁邊。

古特曼嘆息了一聲，但笑容仍掛在臉上。

他對史貝德說：「當你年輕的時候，對這種事是搞不清楚的。」

開羅又把手搭在威爾默肩膀上，小聲說了幾句。史貝德對古特曼咧嘴笑了笑，然後對布麗姬說：「麻煩你去廚房給大家準備點吃的好嗎？多弄點兒咖啡。來者是客，怎能招待不周呢？」

古特曼讓搖椅停下來，伸出一隻胖嘟嘟的手，說道：「寶貝，等一下。別一個不小心把信封弄髒了，還是把它留在這兒吧！」

史貝德語氣冰冷地說：「他現在還是那筆錢的主人。」

她把手伸進懷中，取出信封，遞給史貝德。

史貝德把信封扔給古特曼：「你要是擔心有人打它的主意，就把它坐在屁股底下算了。」

古特曼和和氣氣地說：「不，我沒那個意思。我沒什麼好擔心的。既然是做生意，就要有模有樣才行。」他把信封打開，抽出裡面的鈔票數了數，然後笑嘻嘻地說，「你瞧，這裡面現在只剩下九張了。」

史貝德看著布麗姬，問道：「什麼情況？」

她驚恐萬分，拼命搖頭，嘴唇輕輕動了動，像是要說話，但什麼都沒說。

史貝德把手伸向古特曼，對方把錢交給了他。史貝德點了點，確定是九張一千美元的鈔票，便還給了古特曼。

史貝德站起身來，板著臉，拿起桌上的三把槍，說道：「這件事必須得弄個明白，我們……」他朝布麗姬點了點頭，但眼睛並沒看她，「去浴室說吧！我把門打開，面朝門站著。想要出門就得經過浴室，否則就只能從三樓跳下去，我勸你們別這麼做。」

古特曼反對說：「我們根本沒打算離開這裡啊！先生，你無須說這種話來嚇唬我們，有失待客之道。」

史貝德耐著性子解釋，但語氣不容置疑：「讓我把事情查個明白，花不了多少時間。出了這種事，我們的計畫全亂了，必須得查清楚。」他碰碰布麗姬的手肘，說：「跟我來。」

進了浴室，布麗姬·歐香奈西跟剛才完全不一樣了。她的雙手放在史貝德的胸口上，與他貼著臉，柔聲說：「山姆，相信我，那張鈔票不是我拿的。」

史貝德說：「我沒說是你。不過這件事必須得弄個明白。把衣服脫掉。」

「你不相信我？」

「不信。脫衣服。」

「不！」

「我只能帶你回房間，親手幫你脫。」

她嚇壞了，摀著嘴往後退了一步，兩隻眼睛瞪得老大，指縫間透出一句話來：「你敢！」

「這有什麼不敢的？我必須得找到那張鈔票。別擺出一副矜持的羞澀模樣，在我面前根本沒用。」

她來到史貝德面前，撫摸著他的胸膛，說道：「不，不是你想的那樣。在你面前脫得一絲不掛，我沒什麼好害羞的，只是……你應該明白，你如果在這種情況下對我苦苦相逼，會把事情搞砸的。」

「你說的這些我不明白。不管怎麼說，我一定要找到那張鈔票。脫衣服。」他的聲調沒有絲毫變化。

布麗姬看著史貝德的眼睛，臉色由粉紅變得發白，史貝德那雙灰黃色的眼睛連眨都不眨一下。布麗姬踮起腳尖，一件件脫下衣服。史貝德坐在浴缸邊看著她，同時也盯著門外。起居室裡靜悄悄的。沒過多久，布麗姬已經把所有衣服都脫掉了，她動作很從容，脫下來的衣服就放在腳下。她光著身子，往後退了一步，眼睛盯著史貝德。她大大方方地站在那裡，不抗拒，也不羞澀。

　　史貝德把手槍放在抽水馬桶上，面朝門單膝蹲下來，仔細檢查地上的每一件衣服。沒找到那張鈔票。他起身把衣服遞給布麗姬，說：「謝謝你的配合。我知道怎麼回事了。」

　　她接過衣服，一言不發。史貝德拿起手槍，關上浴室門，回到起居室。

　　古特曼坐在搖椅裡，笑瞇瞇地問：「找到沒有？」

　　開羅和威爾默並肩坐在沙發上。開羅用探究的目光看著史貝德。威爾默頭也不抬，他手肘拄著膝蓋，雙手抱著頭，望著眼前的地板發呆。

　　史貝德說：「沒找到。我想，那張鈔票就在你手裡握著。」

　　「在我手裡？」胖子笑著說。

　　史貝德晃動著手裡的槍，發出一陣叮叮噹噹的響聲。他說道：「沒錯。如果你不承認，我就要搜身了。」

　　「你……」

　　「趕快認了吧，不然我馬上搜身了。除此之外，你沒別的選擇。」史貝德說。

　　古特曼盯著史貝德那張嚴峻的面孔，忽然間大笑起來。他說：「我的天吶，先生，我知道你說得出就做得到，對此我一點都不懷疑。先生，恕我直言，你可真不簡單吶！」

　　史貝德說：「錢在你手裡藏著。」

　　「是的，我給藏起來了。」胖子從口袋裡掏出一張皺巴巴的鈔票放在腿上整平，然後從外套口袋裡掏出信封，抽出裡面的九張鈔票，把它們放在一起，重新裝進信封，接著說道，「我有時會跟別人開一些無傷大雅的玩笑。我知道，應對這種事對你來說一點不難。看，你這不是已經過關了嗎？不過

讓我感到意外的是，你的方法竟然如此簡單，一下就查出了真相。」

史貝德露出嘲諷的冷笑，說道：「我原本以為，耍這種詭計的是小流氓他們那個歲數的人，真是出乎意料。」

古特曼嘿嘿一笑。

布麗姬·歐香奈西從浴室裡走出來，除了外套和帽子，其他都穿戴整齊。她朝起居室邁了一步，又轉身往廚房方向走去，還順手打開了電燈開關。

開羅坐在沙發上，又開始跟那傢伙竊竊私語。威爾默聳了聳肩膀，一副很心煩的樣子。

史貝德看看手裡的槍，又看看古特曼，然後朝走廊那邊走去，在壁櫥前停下來。他打開壁櫥門，把槍放在一個箱子裡，關上櫃門，並上了鎖。

布麗姬·歐香奈西正在把咖啡裝進鋁製的壺中。

史貝德問：「你已經找到那東西了，是吧？」

她連頭都沒抬，冷漠地說：「嗯，找到了。」她放下咖啡壺，去了門口。她的臉又變紅了，瞪著雙眼，眼裡滿是淚水。她帶著些許嗔怪溫柔地說：「山姆，你這麼對我實在不應該。」

「親愛的，這件事我務必要查個水落石出。」史貝德低頭在布麗姬的嘴上輕吻了一下，然後朝起居室走去。

古特曼對史貝德笑了笑，把白色的信封遞過去，說道：「這些錢你不如先收著吧，反正很快就是你的。」

史貝德坐在扶手椅上，並未接過那筆錢。他說：「不急，有關錢的數目，我們還沒達成一致。按約定，我應得的可遠不止一萬塊。」

「一萬美金可不是個小數目啊！」古特曼說。

「你是在重複我的原話嗎？一萬美金是不少，但並非我們約定的價格。」

「先生，你這話沒錯，我們約定的金額確實不止這個數。不過短短幾天時間，幾乎沒費什麼勁，這麼大一筆錢就到手了，這有什麼不好呢？」

史貝德聳著肩膀說：「你真以為我的日子就那麼好過？得了，就算你說得沒錯，又怎樣呢？這是我自己的事。」

胖子贊同地說：「那是當然。」他瞇起眼睛，頭朝廚房那邊點了幾下，小聲問：「這些錢也有她一份嗎？」

「這也是我自己的事。」史貝德說。

胖子說：「說得是。不過……」他遲疑片刻，「我想給你些忠告。」

「說來聽聽。」

「你得防著點兒這個女人。可能你會分給她不少，但如果她覺得自己吃虧，你可就麻煩了。」

一抹嘲諷的光從史貝德眼裡閃過。他問道：「很壞嗎？」

胖子說：「很壞。」

史貝德咧嘴笑了笑，捲了一支菸。

開羅的手臂搭在威爾默的肩頭，趴在他耳邊繼續說著悄悄話。不知開羅說了什麼，威爾默猛地甩開他的手臂，轉過頭來，臉上滿是憤怒和鄙夷。他握起不大的拳頭，朝開羅的嘴巴就是一卜。開羅發出像女人一樣的叫聲，躲到沙發後面去了。他掏出絲質手帕按了按嘴，拿開時，絲質手帕上沾滿了血。他把絲質手帕繼續按在嘴上，用埋怨的眼神看著威爾默。威爾默大叫道：「滾開！離我遠一點！」之後就用雙手抱著頭。

開羅絲質手帕上的柑苔調香水味迅速在整間屋子蔓延開來。

布麗姬・歐香奈西聽見開羅在叫，便來到門口四處看。史貝德咧嘴笑著，用大拇指點著沙發的方向，說道：「真是一堂動人的愛情課！餐點弄好了嗎？」

布麗姬說：「很快就好了。」說完，便又回到廚房。

史貝德點了一支菸，對古特曼說：「我們來聊聊關於錢的問題吧！」

胖子說：「樂意之至，先生，但之前那個數目不行，我最多只能給你一萬美金。」

史貝德吐了一口煙，說：「應該是兩萬才對。」

「要是我有那麼多的話，當然願意付給你。但我現在只能拿出一萬美金來，真的，我以人格保證。先生，你應該知道，這些只不過是第一筆，日後……」

史貝德大笑，說道：「我知道，你日後會付一百萬給我。不過眼下這筆……這樣吧，一萬五。」

古特曼皺著眉搖了搖頭，但臉上仍帶著微笑：「史貝德先生，我以一名紳士的人格向你保證，我現在最多只能拿出一萬美金。」

史貝德沉著臉說：「這麼做可不怎麼紳士，不過既然你就那麼點兒錢，我也只能收著了。」

古特曼遞過來一個信封。史貝德點了點裡面的錢，然後塞進褲子口袋。

這時候，布麗姬·歐香奈西進來了，手裡端著一個盤子。

威爾默什麼都不想吃。開羅端了一杯咖啡。布麗姬、史貝德和古特曼三個人坐下來吃了些炒蛋、燻肉、烤麵包，還有果醬，每個人還喝了兩杯咖啡。飯後，所有人都靜靜等待清晨的到來。

古特曼一邊抽著雪茄，一邊看《美國知名罪案輯錄》，時不時偷笑幾聲。遇到感興趣的地方，他也會發表一些自己的看法。開羅板著臉坐在沙發一側，心思都在自己的嘴巴上。威爾默坐在那裡，雙手抱頭，這個姿勢一直持續到凌晨四點多。後來，他躺在沙發上，腳對著開羅，臉面向窗戶，睡著了。布麗姬·歐香奈西坐在扶手椅上小憩，偶爾聽一聽胖子發表的見解，或者跟史貝德漫無邊際地說幾句。

史貝德捲了好幾支菸，沒完沒了地抽著，還在屋子裡走來走去的，一副悠閒自得的樣子。他非但沒有絲毫睏意，反而比平時更加精神百倍，一會兒去布麗姬的扶手椅上坐著，一會兒去桌角坐著，一會兒在靠背椅上坐著，還有一會兒竟然坐在布麗姬前面的地板上。

五點半時，他去廚房煮了些咖啡。

半小時後，威爾默睡醒了，打著呵欠坐起來。

古特曼看了手錶一眼，問史貝德：「現在可以拿過來了嗎？」

「一小時以後吧！」

古特曼點了點頭，繼續看那本書。

七點鐘時，史貝德拿起電話，撥了依菲‧普蘭家的號碼：「喂，你好！是普蘭夫人嗎？我是史貝德，請幫我叫依菲來聽電話好嗎？是的……多謝。」他一邊等依菲來接聽，一邊輕輕吹起了口哨，吹的是《古巴曲》，「喂，親愛的。吵醒你了吧，真抱歉。幫我個忙，去一趟郵局，我們那個霍蘭郵箱裡有一個信封，上面有我寫的地址。信封裡有一張收據，是匹威克公車站行李託管處開的。你拿著收據去把東西取出來，就是我們昨天收到的那個包裹。取完以後給我送過來……快點好嗎？嗯，送到我家，我在家呢……你真是太好了……一定要快……拜拜。」

八點十分，外面的門鈴響了。史貝德來到電話機盒旁邊，按下電鈕，開了門鎖。

古特曼放下手裡的書，站起身來，笑著問：「我陪你一起去門口可以嗎？」

「當然可以。」史貝德回道。

古特曼和史貝德來到走廊門口時，依菲‧普蘭已經出了電梯，迎面走過來了，手臂下夾著一個棕色的包裹。她那張男孩子一樣的臉上滿是輕鬆和愉悅。見到史貝德，她幾乎是跑過來的。她看了一眼古特曼，然後笑著把包裹遞給史貝德。

史貝德接過來說：「謝謝你，小姐。真抱歉，你的休息日就這麼被我攪和了。不過……」

她笑著說：「這種事你以前也不是沒做過。」她發現史貝德沒有邀請自己進屋的意思，於是問道：「還有其他事情嗎？」

他搖了搖頭，說：「沒有了，謝謝你。」

她道了一聲再見，轉頭往電梯間方向走去。

史貝德把門關上，拿著包裹進了起居室。古特曼看起來非常激動，臉蛋紅紅的，腮部的肥肉顫個不停。史貝德把包裹放在桌上，開羅和歐香奈西馬上圍了過來，激動不已。威爾默也站了起來。他臉色發白，神經繃得緊緊

的，不過他沒走過去，還留在沙發旁邊，彎睫毛下那雙眼睛盯著大家看。

史貝德往後退了一步，說道：「交給你了。」

古特曼用那雙胖嘟嘟的手解開繩子和包裝，撥開木屑，把黑鷹捧在手上，啞著喉嚨說：「啊！整整十七年，我終於得到你了。」他忍不住流出淚來。

開羅舔了舔嘴唇，兩隻手握在一起。女孩咬著下唇。在場的所有人都氣喘吁吁的。屋裡的空氣很涼，濃重的菸味中混雜著一股臭氣。

古特曼把黑鷹放在桌上，手伸進衣服口袋裡摸索著。

他肥胖的臉上沁出許多汗來，說道：「就是它。不過我還得仔細查查。」

他從口袋裡掏出一把小刀，握著小刀的手都抽搐了。

開羅和布麗姬分別站在古特曼兩旁，緊挨著他。史貝德往後退了一下，以便同時監視在場的所有人。

古特曼把黑鷹倒過來，用小刀在底邊刮了一下，刮下一層黑色的碎屑。隨後，他又把刀插進瓷釉下露出的黑色金屬裡，拔出來，在雕像底部鑿出一道彎彎的細痕。細痕表面是一層薄薄的瓷釉，裡面是灰色的散發著柔光的金屬，那是鉛。

古特曼咬著牙，喘著粗氣，熱血上湧，臉看起來都腫了。他把黑鷹翻過來，用刀朝鷹頭劈過去，露出來的還是鉛。「咣噹」，小刀和黑鷹都被丟在桌上。

古特曼木然轉身，啞著喉嚨對史貝德說：「是假的。」

史貝德沉著臉，緩緩點了點頭。他伸出一隻手，抓著布麗姬·歐香奈西的手腕，把她拉到跟前，另一隻手捏著她的下巴，托起她的臉，怒喝道：「又是你耍的花招吧？你到底想做什麼？」

布麗姬喊道：「不，不，山姆，我向你發誓，我從凱米多夫手裡拿到的就是這個！」

喬爾·開羅跑到史貝德和古特曼中間，尖銳的聲音伴隨著橫飛的唾沫：「是這個！是這個！是那個俄國人！我早該想到的。我們以為他是傻子，沒

想到，他居然把我們都騙了！」開羅流著眼淚，氣得直跳腳。他對古特曼嚷道：「蠢胖子，都是你出的餿主意！你提出要從他手裡買過來，他肯定猜出這東西是個寶貝，所以做了個仿品來騙我們。怪不得，我們輕而易舉就偷了過來，他還派我全世界去找。你這個蠢胖子！都怪你！」他忍不住掩面痛哭。

古特曼下巴低垂，眨了眨眼睛，一副迷茫的神情。過了一會兒，他抖了抖身體，但那身肥肉並未顫動。他忽然變得神采飛揚，和和氣氣地說：「別難過了。誰沒有失算的時候呢？你應該清楚，我心裡並不比你好過。沒錯，一定是那個俄國人搞的鬼。算了，先生，我們總不能站在這兒哭個不停，互相指責吧？還是想想下一步該怎麼走吧！我看，我們要不要……」他停頓了一下，露出一個燦爛的微笑，「返回君士坦丁堡呢？」

開羅垂著手，詫異地瞪著眼睛，吞吞吐吐地說：「你是……」

古特曼拍了拍手，一雙眼睛閃著亮光。他的聲音沙啞，不過透著欣喜和洋洋自得：「我找這東西十七年了，做夢都想得到它。先生，要是讓我再浪費一年時間的話，那也只不過是……」他小聲計算了一下，「多了百分之五又十七分之十五而已。」

開羅笑嘻嘻地說：「我跟你一起去！」

史貝德放開女孩的手，打量了一下房間。那傢伙不見了。他來到走廊，門是敞開的。他做了個鬼臉，不滿地關上門，回到起居室，倚著門框，興味索然地看著古特曼和開羅。過了很長時間，他刻意模仿胖子的聲音，開口說道：「好吧，先生，我不得不說，你們可真是名副其實的賊啊！」

古特曼賠笑道：「先生，事實如此，我們也沒什麼好自誇的。雖然遇到一點困難，但我們都還活著，別弄得像天要塌下來了似的。」他從背後伸出那隻肥胖的左手，攤開掌心，「先生，請把信封交出來吧！」

史貝德面無表情，絲毫不動。他說：「我能做的已經都做了。你心愛的寶貝已經到手了。如果它不是你要找的東西，那可不能怪我，只能怪你自己運氣不好。」

古特曼說：「算了，先生，事已至此，追究誰的責任又有什麼用呢？再

說了……」他的右手從背後伸了出來，手裡拿著一把槍柄雕花且鑲嵌金銀和珍珠貝的手槍，「先生，恕我直言，請你務必把那一萬美金還給我。」

史貝德聳了聳肩，面無表情地掏出信封，打算交給古特曼。這時候，他遲疑了一下，從信封裡抽出一張面額一千的鈔票，塞進褲子口袋裡，然後把信封交給古特曼。

「為了這件事，我不僅付出了時間，還破費了不少，這些就算是補償了。」

古特曼默默想了想，隨後也像史貝德那樣聳了聳肩膀，接過信封，說：「好吧，先生，我們得走了。」他眼睛旁邊的肥肉全都擠在一起，「你想不想成為我們這個君士坦丁堡探險隊的一員？不想？那好吧，先生。其實我倒是很樂意跟你相處。你見多識廣，腦子又聰明，我很欣賞你。以你的明智，應該不會把我們這個危險的計畫洩露出去，所以我們沒什麼好擔心的。顯而易見，這幾天發生的事如果被警方盯上，你和可愛的歐香奈西小姐也都脫不了關係。你這麼聰明，應該懂我的意思。」

史貝德說：「我懂。」

「這我相信。我還相信，現在即使沒有替死鬼，你也有辦法應付警方。」

史貝德說：「是，我有辦法應付。」

「我就知道你有辦法。好了，先生，離別的話還是簡短些為好，我們後會有期。」他鄭重其事地鞠了一躬，又對布麗姬說：「再見啦，歐香奈西小姐。桌上那個稀奇的寶貝送給你，就當是紀念品吧！」

二十、如果你被判了絞刑

　　凱斯伯・古特曼和喬爾・開羅離開了。外面的門關上了，起居室的門還開著。史貝德皺著眉頭，目光陰沉，盯著起居室的門把看了五分鐘。他努著嘴巴，額頭上的幾條深深的皺紋顏色發紅。後來，他把嘴巴收了回去，使其看起來如同一個硬朗的V字形。接著，他走到電話旁邊。站在桌邊的布麗姬・歐香奈西緊張地看著他，但他毫不理會。

　　他拿起電話，又放了回去，彎腰去翻看懸掛在架子角落的電話號碼簿。他飛快地一頁頁翻過，很快找到了要撥的號碼。他用手指按著那裡，直起身來重新拿起電話撥過去。

　　「喂，你好，請問波浩斯探長在不在？麻煩你叫他來聽電話。我是山姆・史貝德。」等對方來接電話時，他漫無目的地四處看著，「喂，湯姆，我幫你弄到了……是的，很多。聽著，槍殺塞斯比和雅克比的傢伙名叫威爾默・庫克。」他詳細描述了一下威爾默的外貌特徵，接著說，「他是個打手，老闆名叫凱斯伯・古特曼。」他又描述了一下古特曼的長相，「你們在我家看到的那個開羅也是他們的同夥……嗯，不錯，古特曼那群人曾經在亞歷山卓旅館入住，房間是12樓C，至於現在還在不在，我就不知道了。你最好動作快點，因為他們剛剛從我家出去，馬上要離開舊金山了。不過據我推測，他們做夢也想不到警察會抓他們。古特曼的女兒還在那裡……很年輕。」他又把萊亞・古特曼的外貌描述了一遍，「聽說那傢伙槍法了得，你們可要當心一點……對了，我還弄到了他用過的槍，到時候交給你……是啊，快點行動吧！一切順利！」

史貝德緩緩放下電話，舔了舔嘴唇，手心裡冒出許多汗。他挺直身體，做了個深呼吸，眼睛亮起來，快步走進起居室。

見他猛地進來，布麗姬·歐香奈西嚇壞了，隨即嘿嘿一笑。

史貝德在她對面很近的地方站著。他魁梧壯碩，臉上雖然帶著笑，目光卻透著寒意。

「聽著，他們很快就會被抓，我們也會隨之暴露。情況緊急，我們只有幾分鐘時間，快想想怎麼回答警察的問話吧！事到如今，你最好別再隱瞞。告訴我，是不是古特曼派你和開羅去君士坦丁堡的？」

她想說些什麼，但又遲疑了一下，咬著嘴唇，沒有說出來。

他一隻手搭在她的肩膀上，說：「我就是因為你才被捲進來的！真該死！別沉默了，快說，是不是他派你們去君士坦丁堡的？」

「是……他派我去的。後來，我在那兒見到了開羅，就讓他幫我的忙……」

「等等。黑鷹是開羅從凱米多夫手裡偷出來的？你讓他偷的？」

「對。」

「得手以後準備給古特曼嗎？」

她又遲疑了一下。史貝德怒氣沖沖地看著她。

她被他的眼神震懾，嚥了嚥口水，說：「不是。當時我們想自己留著，不想給別人。」

「後來呢？」

「我擔心開羅會算計我，就找佛洛德·塞斯比當幫手。」

「他答應幫你了，然後呢？」

「我們得手以後就去了香港。」

「帶上開羅了嗎？還是你們一早就拋棄了他？」

「你說得對。在君士坦丁堡時，我們對一張支票做了點手腳，讓他進了監獄。」

「這是你們為了撇下他而一早制定好的計畫吧？」

她難為情地回道：「嗯。」

「很好。你和塞斯比帶著黑鷹去了香港，然後呢？」

「嗯……後來，我知道雅克比的船即將駛往這裡，就把黑鷹包起來，託付給他。因為我不知道開羅和古特曼的手下會不會跟我們坐同一班船，而且我那時也不清楚塞斯比的底細，不知他能否靠得住，所以這樣做保險些。」

「嗯，你和塞斯比搭另一艘船先一步上了岸，接著呢？」

「我知道古特曼人在紐約。他眼線眾多，早晚會知道我們做的事，說不定還會猜到我們已經離開香港，到了舊金山。要是他收到電報，一定會計畫怎麼找到我。不出所料，他真的找上門來了。不過一開始，我並不知道這些。我擔心古特曼找到我，可又必須等雅克比的船抵港，同時我還怕古特曼找到佛洛德，用金錢利誘，令他背叛我，所以才決定找你幫忙跟蹤他。」

「別騙人了。你心裡清楚得很，塞斯比已經上了你的當，不可能背叛你。我看過他的記錄，他貪戀女色，之前遇到好幾次大麻煩都是因為女人。俗話說，江山易改，本性難移。你雖然不瞭解他的過去，但肯定知道他已經臣服於你了。」

她既羞澀又畏懼，紅著臉看他。

「你想在雅克比的船抵港前除掉塞斯比是吧？說說你用的什麼招數？」

「我知道他之前在美國時和一個賭鬼混在一起，結果遇到了麻煩，不得不離開那裡。是什麼麻煩我不太清楚，不過我猜，他如果發現有偵探在跟蹤的話，會以為是找他算帳的，肯定會想辦法趁早逃跑。可是……」

史貝德自信地說：「你把有人跟蹤的事告訴他了吧？否則就算邁爾斯再沒心計，也不會第一天晚上跟蹤就被他察覺了。」

「沒錯，是我告訴他的。那晚我們一起走在街上，我裝作無意間發現有人在跟蹤，還指給他看。」她抽泣起來，「對不起，山姆，我原本以為他發現有人跟蹤會立刻逃跑，完全沒想到他會殺人，真的。」

史貝德咧開嘴巴做出一副笑的模樣，但眼神裡卻嚴肅得很。

「親愛的，你沒猜錯，塞斯比的確不可能殺人。」他說。

女孩抬起頭來，驚恐地看著他。

「邁爾斯不是塞斯比殺的。」

聽了史貝德的話，女孩臉上又添了一抹疑慮。

史貝德說：「邁爾斯是沒什麼心計，但再怎麼說，他也當了好幾年偵探，哪會在跟蹤的時候那麼容易被對方發現呢？他是在一條死巷子裡被殺的，死的時候大衣釦子很整齊，說明他當時根本沒掏槍。這怎麼可能？他就算再蠢也不會搞成那樣。你曾說過，塞斯比脾氣很壞，火氣又大，像他這種性格怎麼可能有耐心把邁爾斯引進死巷子裡去呢？要說強迫他進去那就更不可能了。」

史貝德舔了舔嘴唇，溫柔地笑了笑，繼續說道：「親愛的，是你叫他去那兒的。你是他的委託人，如果你讓他跟你去那兒，他肯定會放棄跟蹤。像他那種傻瓜，如果你拉著他，讓他跟你走，他會從頭到腳打量你一番，然後舔舔嘴唇，咧嘴笑笑，接著就乖乖跟你走。我想事情應該是這樣的：那天晚上，你拿了塞斯比的手槍。天很黑，你趁邁爾斯不備，對他連開了好幾槍。」

布麗姬‧歐香奈西一點點退到桌子旁邊，驚恐地說：「山姆……不要……不要用這種語氣跟我說話好嗎？我沒做過，你要相信我。」

他看了一眼手錶，喊道：「少來這套！警察就快到了，我們現在的處境很不妙。快點說！」

她一隻手放在額頭上，說道：「天吶，你怎麼會有這種想法呢？我不可能做那麼恐怖的事……」

他一點耐性都沒了，壓低聲音說：「行了，趕快收起你那套吧！告訴你，現在絞刑架就懸在我們頭頂上。別像個女演員似的，這裡可不是你的戲台。」他伸手把她拉到面前，喝道：「快點說！」

「我……我……他舔了舔嘴唇，盯著……我沒想到他……」

史貝德狂笑起來，說：「我知道邁爾斯是什麼樣的人。不說這個了，說說你為什麼要殺了他？」

她掙脫史貝德的手，上去摟著他的脖子，讓他低頭親吻自己。她緊緊貼在他身上。他也伸出雙臂，牢牢抱住她。她眼睛半睜著，顫慄地說：「其實我一開始並沒想殺他，後來我發現佛洛德一點都不害怕，這才……」

史貝德拍了拍她的肩膀，說：「別撒謊了。這件事你不是已經委託我和邁爾斯去辦了嗎？事實上，你只想確認跟蹤的人與你相識，這樣他才會聽你的話，跟你去那個地方。那天晚上，你拿了塞斯比的槍。其實皇冠公寓你一早就租下來了。我在你的公寓裡發現一張租房單據，上面的時間比你告訴我的要早五六天。你的箱子沒放在旅館，放在公寓了。」

她嚥了嚥口水，艱難地開口說：「對不起，山姆，我騙了你。我想告訴你的，但一直不敢開口。事實上，我很清楚佛洛德不會輕易被嚇跑，要是他發現有人跟蹤，一定會……哦，山姆，我沒臉說下去了。」她抱住他，痛哭流涕。

「你的如意算盤是這樣的：佛洛德發現有人跟蹤，肯定會動手。如果死的是佛洛德，你就能徹底擺脫他。如果死的是邁爾斯，佛洛德就會被警方抓起來。不管死的是誰，你都能如願以償。」史貝德說。

「大概……就是那樣。」

「可是你發現塞斯比並不想動手，所以你就跟他借槍，親自下手了。我說得沒錯吧？」

「是的……不過有些事不是你想的那樣。」

「大體上是沒錯的。你早就計畫好了，把殺人的罪名栽在塞斯比頭上，讓他去坐牢。」

「我原本以為他們會關他一陣子，至少在雅克比船長把黑鷹交給我之後再放他出來，那樣的話……」

「你完全沒想到古特曼已經來了，而且想方設法在找你。當你得知塞斯比被人殺了，就猜到凶手是古特曼的人。你很後悔，早知如此，就不該設計除掉能夠保護你的塞斯比。你想另尋保護傘，所以又掉頭來找我，是這樣吧？」

「你說得沒錯。可是……親愛的，這不是我回來找你的全部原因。自從我第一次看見你，我就知道自己……」

「好啦，小美人。要是你走運的話，或許能被判20年。等你從聖昆廷放出來，可以再來找我。」

她的臉不再與他貼著，往後退了退，用疑惑的眼神看著他。

史貝德臉色發白，語氣依然很溫和：「親愛的，但願上帝保佑你不會被判絞刑，這麼討人喜歡的脖子，那樣就太可惜了。」他伸手去撫摸她光滑的頸背。

她立刻從他的手臂中逃離，跑到桌子旁邊，雙手捂著脖子，身子蜷縮著。她喉嚨緊緊的，說道：「你不會……」後面說不下去了。

這時候，史貝德的臉一會兒泛白，一會兒泛黃，但嘴角仍掛著微笑。他淡定地開口說：「我必須把你交給警察。那樣你會被判入獄20年，但至少能夠活命。親愛的，我會等你出獄的。要是你被判了絞刑，我會在心裡時常思念你的。」

她放下手，直起身體，穩定了情緒。她的眼睛裡還閃著些許疑慮，但臉上卻很平靜。

她露出一個溫柔的微笑，說道：「山姆，不要開這種玩笑好嗎？這太可怕了。你的語氣讓我差點信以為真了。那種事太粗魯了，你不會那樣做的，對嗎？」

史貝德大笑起來。他臉上出了許多汗，啞著喉嚨說：「傻瓜，你很快就要被抓起來了。警察審問過那群人以後，我們兩個當中肯定得有一個被他們帶走。我也有可能被判絞刑，但你的運氣或許會比我好些，你說呢？」

「別這麼做，山姆。難道你忘了我們那個纏綿的夜晚了嗎？」

「我為什麼不能這麼做？」

她戰戰兢兢地呼出一口氣，說道：「我懂了。原來你根本就不喜歡我，之前的一切不過是誘我上當的計策罷了。」

史貝德說：「我想，我應該是對你有感情的，但我跟塞斯比和雅克比他們不一樣，我不會被你騙。」

她流著眼淚喊道：「這對我太不公平了！你怎麼能如此卑劣？你明知事情不是那樣，幹嘛要那樣說？」

「我為什麼不能說？上床是你主動的，目的就是想讓我別再追問下去。就在昨天，你還幫古特曼打電話到我辦公室，假裝遇到危險，讓我去救你，

目的是想把我引開。昨天晚上，你把他們帶到我家，可是自己卻留在外面，等著跟我一起進門。你把我給騙了，還讓我摟著你，因為那樣，我即便帶著槍也無法掏出來，動手打架也不可能。要是古特曼不帶你走，表示他很有頭腦，知道你根本靠不住。只有到走投無路時，他才會認為你能騙得了我。要是我不忍心對你下手，他也就安全了。」史貝德說。

布麗姬・歐香奈西流著眼淚，往他身邊邁了一步，挺直身體，直視著他，以一種高傲的姿態說道：「你口口聲聲說我欺騙你，你不也一樣嗎？我知道你剛才那些話都是口是心非，我也知道你心裡到底是怎麼想的。你能確定我對你的感情，而它跟我做的一切都無關。」

史貝德點了點頭，說道：「那又如何？看看你自己都幹了些什麼：為了擺脫塞斯比，你精心布置了一個死局；你還殺了邁爾斯。他跟你沒有任何過節，而你為達成目的，對他痛下殺手，就如同打死一隻蒼蠅一樣；除了塞斯比，你背叛了古特曼和開羅。自從我們第一次見面開始，你就沒跟我說過幾句實話。對於你這樣的人，我怎麼敢相信呢？」

她的目光依然很平靜。

史貝德的眼珠紅了。

她一隻手搭在他肩膀上，小聲說：「你怎麼敢相信我？是啊！如果你心裡根本沒我，我無話可說。如果你心裡有我，我也無須解釋。」

「事情到如今，再說這些毫無意義。」他把手搭在她的肩膀上，那隻手一直在顫抖。他接著說：「不管怎麼樣，我是不會被你騙的。塞斯比他們信你，結果落得那種下場，我可不想像他們那樣。你必須為殺死邁爾斯的事付出代價。我當初答應的，只是幫你避開警方視線，不把他們送進警局。事情發展到現在這個局面，我已經無能為力了。就算有辦法，我也不願意再幫你了。」

「你不想幫忙，我不勉強，但請你放我走吧！」

他說：「不行。要是警察上門來，我一定得把你交出去，不然我就得跟那群人一起倒楣。」

「你就不能通融一下嗎？」

「我可不想受你的騙。」

她把他的手拉過來放在自己臉上，說道：「山姆，別用那種語氣說我好嗎？我不明白你為什麼會對我這樣。在我看來，你根本不會在乎亞傑的死。」

史貝德用沙啞的聲音說道：「我跟邁爾斯一起工作的頭一個禮拜就開始合不來了，而且準備忍到年底就跟他拆夥。你殺了他，這對我來說沒什麼影響。」

「什麼意思？」

史貝德縮回手，收起笑容，不再扮鬼臉了。他說：「我把話說開了吧，至於你能不能明白，我可不管。首先，如果一個人的同伴被殺死了，不管他們關係如何，他怎麼也得有點反應，對吧？何況我們還都是偵探。第二，要是我放過了殺人凶手，那麻煩可就大了。發生這種事情，無論是對工作圈子還是對偵探本人來說，都不是件好事。第三，做為一名偵探，我怎麼能在抓了凶手以後又放掉呢？那不相當於讓一條狗去逮兔子，逮到以後又放走一樣嗎？雖然這種情況偶爾發生過，但那畢竟是極少數。你想讓我通融一下，我只能把古特曼、開羅和威爾默都放了。」

布麗姬說：「你覺得自己這番話很有道理是嗎？你以為這樣就有足夠的理由把我交給警察，讓我坐牢是嗎？別說笑了。」

「別急，聽我說完。第四點，如果我現在放你走了，那麼日後他們那群人被判絞刑，我也免不了一起受刑。第五，即便我放你走，你也可能因此抓住我的小辮子，說不定哪天就回頭來找我的麻煩。第六，我手上是有你的罪證，但即便如此，我也不敢保證你哪天會不會冷不防給我一槍。第七，我很清楚，要是放了你，早晚有一天我會掉進你設的陷阱。第八……其實上面列出的那些已經夠了。也許你認為那沒什麼，不過算了，爭論是沒有意義的。至於最後一個理由，就是你我之間可能存在的愛情。」

她小聲說：「你對我有沒有感情，你心裡應該清楚。」

史貝德貪婪地盯著她，說道：「我也不知道。我承認，你很吸引人，可那又怎樣？難道以前沒有人被你吸引過嗎？現在多我一個又如何？我現在被

你吸引，但這能持續多久呢？說不定一個月以後，我就沒感覺了，也許連一個月都用不上。到那時候，我肯定會為放走你而懊悔不已，而且還要為之付出坐牢的代價，那不是太蠢了嗎？反之，如果我把你交給警方，我只會難受幾天而已。」

他把手搭在她的肩膀上，讓她抬起頭來看著自己，繼續說道：「要是這些你都不在意的話，那就別再說了。坦白說，要是不計後果，我或許會放你走，但是我不能。另外，你對我心存希望的事，肯定也對別的人抱有同樣希望。」說完，他拿開手，放在身旁。

她上去捧著他的臉，讓他靠得近些，說道：「請你對著我的眼睛回答我一個問題。如果黑鷹不是假的，而你也得到了應有酬勞，你還會這樣對我嗎？」

「事到如今，這種假設還有意義嗎？在你看來，我就是那種為達目的無所不用其極的人。要是別人都這麼看我的話，那也沒什麼壞處，至少他們在託我辦事的時候能開出很高的價碼，而且那些想算計我的人也會有所顧忌。」

她看了看他，沒說話。

他聳了聳肩膀，說：「其實在我心裡，情感的天平已經傾斜了，要是再加上一筆巨額酬勞，那更別說了。」

她把臉湊過去，小聲說：「如果你對我的感情足夠深的話，還需要再加別的砝碼嗎？」

史貝德從牙縫裡擠出幾個字：「我可不能被你給騙了。」

她的唇覆在他的唇上，伸手摟著他，也讓他摟著自己。就在這時，門鈴聲響了起來。

史貝德去開了走廊門，左手臂仍摟著布麗姬。門口站著四個人：丹第警長、湯姆·波浩斯探長，還有兩名偵探。

史貝德問：「嗨，湯姆。逮住那群人了嗎？」

「嗯。」波浩斯回道。

「太好了，快請進。我這兒還有個人要送給你。」史貝德把布麗姬往前推了推，說，「她就是殺死邁爾斯的凶手。證據呢，我手裡有很多。比如威爾默的兩把手槍，開羅的手槍，以及所有案件的核心——黑鷹雕像。另外，他們還給了我一千美金，想收買我。」他的身體往前傾了傾，皺起眉頭盯著丹第看了一會兒，笑著說，：「湯姆，你的夥伴看起來挺難過的樣子。哦，老天，我敢打包票，要是他聽說了古特曼的事，一定會以為抓到我的把柄。」

湯姆抱怨道：「好啦，山姆，不要說了。我們從來都沒那麼想……」

史貝德愉快地說：「要說他沒那麼想過，我才不信！他往這裡來的時候，肯定急死了吧？當然，你不是糊塗人，應該明白我跟古特曼之間的那些來往，都是為了騙他而已。」

湯姆有些緊張地看了看丹第，又對史貝德抱怨道：「好了，別再說了。我們趕過去的時候，古特曼已經死了，據開羅說，是威爾默那小子朝他開的槍。」

史貝德點了點頭，說：「這個結果他早該想到的。」

星期一早上，史貝德剛過九點就來到辦公室。依菲・普蘭正在他的座位上看報紙，見他來了，趕緊放下報紙，從座位上跳了起來。

「早安，親愛的。」史貝德問候道。

依菲問：「我看報紙了，事情真像上面說的那樣嗎？」

「千真萬確。」他把帽子丟在桌上，坐到椅子上。他臉色發白，但輪廓分明。雖然眼睛有些發紅，但目光如炬，看起來很高興的樣子。

女孩站在他身邊，低頭注視著他。她那雙棕色的眼睛瞪得老大，撇著嘴，一臉怪相。

史貝德抬起頭，咧開嘴巴笑笑，譏諷道：「女人的直覺真是不得了。」

「山姆，你竟然那麼對她？」她的聲音也怪怪的。

他點了點頭，說：「要知道，你的山姆是個職業偵探。」他的眼神透著警惕，一手把她摟在懷中，摸摸她的屁股，溫柔地說，「親愛的，邁爾斯就

是她殺的，這件事對她來說簡直輕而易舉。」

　　她掙扎著躲開，斷斷續續地說：「不要碰我！我……我知道你說的都是真的，可是……總之，你不要碰我。」

　　史貝德的臉刷地一下就白了，跟他筆挺的衣領一樣白。

　　走廊的門把傳來一陣聲響。依菲趕緊出去，並隨手把門關上。

　　回來時，她聲音模糊地說：「是伊娃，她來了。」

　　史貝德微微點點頭，打了個冷顫，說：「嗯，請她進來吧！」

玻璃鑰匙

玻璃鑰匙

一、街道上的屍體

1

　　在綠色的桌面上，兩顆綠色的骰子快速滾動著。它們撞上突出的桌沿，又反彈了回去。很快，一顆停了下來，露出上面平行排列的六個小白點。另外一顆還在滾動，直到桌子中央才停下，露出的點數是一。

　　「哎……」奈德・波蒙特小聲嘆道，聲音含糊，而桌上的錢已經被贏家們掃進了自己的口袋。

　　一隻汗毛很多的手拿起了骰子，原來是哈瑞‧史洛斯。他一邊用蒼白的手把玩著骰子，一邊說道：「來兩注」然後往賭桌上扔下兩張鈔票，一張二十元，一張五元。

　　「該到他了，夥計們，我得弄點錢去。」奈德‧波蒙特脫身離開。他從撞球間穿過，往門那邊走時，正好遇上要進門的沃特‧伊凡斯。「嘿，沃特。」奈德打完招呼就要繼續前行，在經過伊凡斯時卻被阻止了。

　　伊凡斯抓住他的手臂轉頭看向他問道：「你……你……和保……保……保羅說了嗎？」他在說到「保……保……保羅」時嘴裡噴濺出很多唾沫。

　　「哦，我正要上樓去看看他。」

　　聽到這話，伊凡斯那雙藍眼睛立刻亮了起來，那張圓臉也更漂亮了。不過緊接著就受到了奈德‧波蒙特的打擊，他瞇著眼睛說道：「看來你沒什麼耐心，我勸你還是別太期待了。」

　　伊凡斯的下頷不由自主地抽動了一下，「可……可……可是她馬上就要生小……小孩了……就……就在下個月。」

　　伊凡斯的話讓奈德嚇了一跳，不過他很快就將這種驚訝之色掩藏了起來，從他那雙暗色的眼睛裡也察覺不到分毫。他將手臂從伊凡斯的手裡抽出來，向後退了幾步，和這個比自己矮的男人拉開距離，他撇了撇嘴說道：「現在不是個好時機，沃特，而且……不管怎麼說，想要在十一月前解決幾乎是不可能的，我勸你最好別這麼想，否則註定失望。」說完，留著深色小鬍子的奈德再次瞇起了眼睛，仔細地打量著對方。

　　「可……可……可是你要是告……告訴他……」

　　「我一定盡力催他。不過他現在的日子也不好過，否則他會盡力的，你必須明白這一點。」他說到這晃了晃肩膀，臉上也失去了光彩，不過眼中的戒備倒是絲毫未減。

　　舔著嘴唇的伊凡斯拼命眨著眼睛深吸了一口氣，然後伸出雙手在奈德‧波蒙特的胸口拍了拍。「你上……上去吧……快……快走。」他催促道，「我……我……我就在這……等……等你。」聲音裡帶著懇求。

2

　　上樓的時候，奈德‧波蒙特點了一根菸，是一根有綠斑點的細雪茄。二樓的樓梯口那兒掛著一幅州長的畫像，他從那兒拐了個彎，往建築靠近街道的那面走去。他一直走到走廊的盡頭，在一扇緊閉的厚橡木門前站定並敲了敲門。

　　「進來。」保羅‧麥維格的聲音從門內傳來。奈德開門進去後就看見雙手插口袋的保羅站在窗前，正背對著門透過窗簾俯視樓下昏暗的唐人街，屋裡沒有其他人。

　　「哦，是你來了。」他慢吞吞地轉身說道。四十五歲的保羅‧麥維格身形看起來和奈德‧波蒙特差不多，不過要更重一些。他比奈德重了足足四十磅，而且這四十磅都是結實的肌肉。他梳著中分頭，淺亮的髮絲柔順地貼在頭上。紅潤的臉龐、堅毅的輪廓讓他看起來頗為俊朗。他穿著質地優良的衣服，儀容整潔，給人一種樸實的感覺。

　　「有錢嗎？借我一點。」關門後的奈德‧波蒙特說道。

　　「借多少？」麥維格從上衣內袋裡掏出一個錢包，是棕色的。

　　「兩百吧！」

　　麥維格給了他一張支票和五張紙鈔，支票是一百美元的，紙鈔則都是二十的。「都輸光了？」

　　「可不是嘛，」收好錢的奈德說，「謝了。」

　　「如果我沒記錯，你有段時間沒贏錢了吧？」麥維格說，把手再次插進褲子口袋裡。

　　「差不多一個月吧，其實也沒多久，最多不超過六個星期。」

　　「單從輸錢上來說，可不算短了。」麥維格笑著說。

　　「在我看來，這可沒什麼。」奈德‧波蒙特回道，聽起來似乎生氣了。

　　「今晚賭得如何？大不大？」麥維格隨意地倚在桌角上，一邊翻弄著口袋裡的硬幣，一邊低頭看著腳上的鞋。那是雙棕色的皮鞋，擦得很乾淨，油

亮亮的。

　　聽見這話，奈德‧波蒙特有些摸不著頭腦。他看著眼前的金髮男子搖頭說道：「小意思。」然後往窗邊走去。外面天色昏暗，映照著對面的樓群。在經過麥維格身邊時，奈德順手拿起桌上的電話打了起來。「伯尼嗎？我是奈德。現在佩姬‧歐圖的賠率是多少？就這麼多……哦，幫我押五百吧，每個都押……嗯，就這樣……肯定會下雨，我敢保證，到時候『焚化爐』就沒戲了……好啊，到時候給我個電話，我得知道賠率是多少……嗯。」打完電話的奈德再次回到麥維格跟前。

　　「還賭？運氣不好怎麼不休息一陣呢？」麥維格問道。

　　「就算休息，霉運也不會走遠，反而可能一路衰到底。嘿，我就不應該把一千五百元分開押，應該都押在一匹馬上。只要挺過這次，說不定就時來運轉了。」奈德‧波蒙特皺眉說道。

　　「挺過去？說得容易，你真能挺過去嗎？」麥維格發出低沉的笑聲，看著他說。

　　聽見這話，奈德垂下嘴角，鼻子卜的鬍子也垂了下來，「我相信不管什麼，只要事到臨頭，我都挺得住。」奈德一邊說，一邊往門口走去。

　　「我也相信你可以，奈德。」麥維格語氣誠懇地說道，此時奈德的手已經握住了門把。

　　「可以什麼？」他轉身問道，語氣有些不耐煩。

　　麥維格不再看他，轉而看向窗外，「可以挺住任何事。」

　　說這話時，麥維格的神色有些閃躲，奈德‧波蒙特仔細打量著他。金髮男子有些拘謹，再次翻弄起口袋裡的硬幣來。奈德裝出一副茫然無知的樣子，故意用十分疑惑的語氣問道：「你指的是誰？」

　　麥維格因為奈德的調侃紅了臉，他離開桌子向奈德邁了一步。「去死吧你。」他說。

　　奈德‧波蒙特大笑起來。

　　麥維格也笑，看起來有點羞澀。他掏出一條鑲著綠邊的手帕，在臉上擦了兩把。「最近怎麼不去我家了？」他問，「昨天晚上媽媽還提起你，說你

差不多有一個月沒露面了。」

「這星期吧，我會找個空閒的晚上過去。」

麥維格把手帕收了起來，「你應該去的，媽媽那麼喜歡你，你又不是不知道，過去吃個晚飯也好啊！」

奈德‧波蒙特再次緩步向門口走去，同時用餘光看著金髮男子。他已經握住了門把，「這就是你要見我的原因嗎？還有其他事沒？」

麥維格皺起眉頭，「呃，還有⋯⋯」他清了清喉嚨繼續說道，「嗯⋯⋯嗯，確實還有別的事。」他忽然換了副表情，剛才的羞澀已經不見了，他看起來平靜而沉穩，「我想在星期四那天送亨利小姐一件禮物，那天是她的生日。你有什麼建議嗎？畢竟你比我更擅長這種事。」

奈德‧波蒙特握在門把上的手已經鬆開，等他轉身再次面對麥維格時，眼中的震驚已經掩藏起來。他吐著雪茄煙霧問道：「他們是不是要辦個生日慶典什麼的？」

「沒錯。」

「你受到邀請了？」

麥維格搖了搖頭，「不過我會去吃晚飯，明晚就去。」

奈德‧波蒙特視線下垂，看了看手中的雪茄，然後又抬起頭來，盯著麥維格的臉問道：「保羅，你有什麼打算？是要支持參議員嗎？」

「嗯，應該會如此。」

「為什麼？」在說這話時，奈德‧波蒙特的語氣和臉上的笑意都十分溫柔。

「很簡單，互惠互利。我們幫他打垮羅恩，他幫我們戰勝其他候選人。到時候就沒人能和我們對抗了。」麥維格笑著回答。

再次叼起雪茄的奈德‧波蒙特輕聲問：「如果少了你⋯⋯」在說到「你」字時，他特意加重了語氣，「⋯⋯的支持，那位參議員有可能獲選嗎？」

「根本不可能。」麥維格態度冷靜，語氣十分肯定。

奈德‧波蒙特沉思了一會兒後再次問道：「他瞭解這一點嗎？」

「當然，沒有比他更明白的了。而且要是他不……這和你有什麼關係？」

奈德・波蒙特笑得有些嘲諷，「要是他不明白，」他話裡有話地問道，「明天晚上，你還會過去吃晚飯嗎？」

緊鎖雙眉的麥維格再次問道：「這他媽到底和你有什麼關係？」

奈德・波蒙特將被自己咬爛了雪茄頭的雪茄從嘴裡拿出來，「和我一點關係都沒有。」說著他沉思起來，「其他候選人呢？他們也需要他的支持吧，難道你不這樣認為？」

「只支持一個人是不可能的，」麥維格回道，語氣很慎重，「不過就算他不幫我們，我們這邊也沒什麼問題。」

「你向他保證了什麼嗎？」

「差不多已經說好了。」麥維格撇了撇嘴。

奈德・波蒙特低下頭，臉色變得蒼白。「別管他了，保羅，」他抬起頭看著眼前的金髮男子低聲啞著喉嚨說道，「讓他輸吧！」

「啊，根本不可能，除非我瘋了。」雙手握拳放在臀上的麥維格輕聲嚷道，有些疑惑。

奈德・波蒙特從麥維格身邊走過，來到擺放在桌子上的銅鑄菸灰缸前，伸出纖細瘦長的手指把雪茄在裡面按滅，動作有些顫抖。

麥維格一直盯著奈德，直到這位比他年輕的先生轉過頭來。然後金髮男子對他笑了笑，充滿感情又帶著惱怒地說道，「你到底是怎麼回事，奈德？有毛病嗎？」他抱怨著，「之前你一直沒什麼意見，都這麼長時間了，突然莫名其妙地扔下一個炸彈來。我要是能弄明白才見鬼了呢！」

奈德・波蒙特對他做了個討人嫌的鬼臉，「算了，你就當我沒說過。」接著立即提出下一個問題，「如果他成功連任了，你覺得他還會支持你嗎？」

「他逃不出我的手掌心。」麥維格篤定地答道，一點也不擔心。

「但願吧！不過他這輩子可沒吃過什麼虧，你最好記住這一點。」

麥維格點了點頭，十分贊同，「沒錯，我為什麼願意和他合作，這就是

其中一個最好的理由。」

「不，保羅，不是這麼回事，」奈德·波蒙特嚴肅地說道，「這可不是什麼好事。就算想破了頭，你也必須好好想想，他那個沒腦的金髮女兒會對你造成怎樣大的影響。」

「我會和亨利小姐結婚。」麥維格說。

奈德噘起嘴唇，好像要吹口哨，「你們的協議中還包括這一點？」他瞇眼問道。

「除了我們兩個，別人還不知道。」麥維格笑了，像個孩子似的。

奈德·波蒙特消瘦的臉上似乎有些怒氣，但他極力表現得溫柔友善，「你當然可以相信我，我肯定不會去外面瞎嚷嚷。不過我還是得給你個建議，如果這就是你想要的，最好讓他們白紙黑字地寫下來，既要有押金，還要有公證人的宣誓。要嘛就把婚禮定在選舉前，這樣最好不過了。起碼你不會有太大損失，至少還能賺到她這個一百一十磅的大活人，是吧？」

麥維格沒有回應奈德的目光，他撇過臉去說道：「我真是搞不明白，你為什麼那麼不相信參議員，把他當成是騙子一樣防備。我覺得他是一位紳士，而且……」

「我知道，《郵報》上介紹過他，我看過……美國政治界剩下的為數不多的貴族之一。他女兒也是貴族。和他們合作時千萬要小心，我之所以這樣警告你正是這個原因，我可不希望你到頭來什麼都沒得到。你得記住，你在他們眼中不過是個低等生物，他們才不會跟你講什麼遊戲規則。」

「天，奈德，你真是太討厭了……」麥維格嘆息道。

奈德·波蒙特好像又想到了什麼，他的眼睛都亮了起來，閃著一種惡意。「你為什麼不讓歐珀和小泰勒·亨利約會了？或許就是因為這位小亨利也是個貴族，我們可不能忘了這一點。如果你娶了他姐姐，他不就變成歐珀的舅舅了嗎，這可如何是好？這樣一來，他不就更有機會接近歐珀了嗎？」

「奈德，你沒明白我的意思，」麥維格打了個哈欠說道，「我只是問你該給亨利小姐選什麼樣的生日禮物，沒問其他事。」

奈德·波蒙特臉上的光彩已經消失，取而代之的是一種沉重煩悶。「你

和她發展到哪兒了？」他的聲音毫無起伏。

「沒什麼發展。我們一共沒見過幾次，都是去找參議員時恰巧碰到的。我去過參議員家五六次，但不是每次都能見到她。就算見面，也不過是簡單地打聲招呼，並沒有機會好好聊聊。」

奈德・波蒙特的眼中露出一絲喜色，不過很快就消散了。他伸出大拇指，用指甲撥了撥一側的鬍子，然後問道：「之前你從沒去那兒吃過晚飯嗎？明晚是第一次？」

「沒錯，而且我希望這不會是最後一次。」

「可是生日宴會並沒邀請你，對嗎？」

「對，」麥維格有些猶豫，「可能是還沒收到。」

「這樣啊，我猜你不會喜歡我的建議。」

「什麼建議？」麥維格面無表情地問。

「什麼禮物都不準備。」

「哦，奈德，算了吧！」

「誰讓你非得問我，要不你就自己看著辦吧！」奈德聳了聳肩膀。

「可是你為什麼這麼說？」

「你能確定人家想要什麼嗎？不能確定就什麼都不要送。」

「但是沒有人不喜歡……」

「大概吧，不過實際情況可沒那麼簡單。你將東西送出去的那一刻就等於在大聲宣布：你知道他們很高興你送……」

「我明白你的意思了。」麥維格說。他伸出右手拇指在下巴上摩挲起來，眉頭緊鎖，「你說得對。」緊接著他就想開了，臉色也明亮起來，「不過還是有點可惜，畢竟這是個好機會。」

奈德・波蒙特迅速接話：「那就送花好了，或者其他差不多的，這樣就行了。」

「花？老天啊！我原本要……」

「當然，你以後總有機會送她點好的，例如一部跑車，或者幾碼長的珍珠項鍊什麼的。不過現在畢竟是剛開始，還是慢慢來比較好。」

「在這種事情上，你比我擅長得多。我覺得你說得對，奈德，還是送花比較合適。」麥維格的臉都皺了起來。

「送得太多也不行。」奈德繼續說道，「沃特‧伊凡斯認為你應該把他哥哥救出來。他到處嚷嚷這件事，大概全世界都知道了。」

麥維格抓住背心的邊緣，使勁往下拽了拽。「那這個世界應該告訴他，提姆會一直待在牢裡，直到選舉結束。」

「你有什麼打算？讓他接受審判嗎？」

「沒錯，」麥維格更加鄭重地說道，「在這件事上我根本做不了什麼，你應該很清楚這一點，奈德。現在選舉才是焦點，所有人都在盯著，更何況婦女團體也還在鬧。如果現在解決提姆的案子，那無異於自掘墳墓。」

奈德朝著金髮男子一笑，看起來很狡猾，他慢吞吞地說道：「現在就開始為婦女團體操心了，是不是太早了點？我們離貴族圈子還有段距離。」

「現在就該操心。」麥維格的眼中，有一種深不可測的東西。

「可是提姆的妻子馬上就要生小孩了，就在下個月。」奈德說。

「真是越來越麻煩了，」麥維格呼了一口氣，有些不耐煩，他抱怨道，「這些人根本沒有大腦，所有人都一樣。如果他們肯在事前好好想一想，也不會闖出禍來。」

「可是他們握著選票。」

「媽的，就是因為這樣才麻煩！」麥維格罵道。之後好一會兒，他就一直盯著地板，接著抬起頭說道：「我們會照顧他的，不過要等到投票結束後。在那之前，我們不會做任何事。」

「這樣就想安撫那些人？你知道根本不可能。」奈德‧波蒙特斜眼看著麥維格，「就算沒有腦袋又如何，他們已經習慣依賴我們了。」

麥維格微微揚起下巴，用他那幽深的藍色眼睛緊緊盯著奈德的雙眼。「所以呢？」他問，語氣溫柔。

「你知道這很容易讓他們產生誤解，認為你跟著參議員後變了，他們會說之前你可不是這麼辦事的。」奈德笑著以一種就事論事的語氣說道。

「就算這樣又如何？」

「你應該瞭解，這些已經足夠他們議論紛紛，說沙德‧歐羅瑞可不這樣，他對自己的兄弟可照顧得很。」奈德帶著微笑繼續以那種語氣說道。

之前麥維格聽得很認真，此時他換了種語氣，慎重而平靜地說：「他們不會這樣亂說的，奈德，我知道你肯定不會在一旁看著。就算偶爾有一些這樣的閒話，你也肯定會竭力阻止，我相信你。」

接下來的一段時間裡，他們就這樣面無表情地對視，誰也沒說一句話。率先打破平靜的是奈德‧波蒙特，「也許我們應該關照一下提姆的妻兒，說不定會有些幫助。」

「嗯，沒錯。」麥維格低下頭，剛才那種晦暗的神色已經從眼中消失，「這件事就拜託你了。不管他們有什麼要求，盡量滿足吧！」

3

樓梯口的沃特‧伊凡斯正瞪著雙眼，滿懷希望地等待著奈德‧波蒙特。「他……他……他是什麼意思？」

「和我之前的推斷差不多，他無能為力。提姆要想出來只能等到選舉後，到時候再想辦法吧！在這之前，什麼事都不能做。」

沃特‧伊凡斯低頭發出一聲吼叫，聲音低沉，自胸腔深處傳來。

「保羅知道你們這段日子不好過，他也很艱難，」奈德伸手搭著對方的肩膀說道，「保羅讓你轉告提姆太太，像房租、伙食費、醫療費、住院費這些帳單就交給他來付吧！」

激動的伊凡斯抬起頭緊緊抓住奈德的手，「老……老天有眼……他真是個大好人！」淚水濕潤了他那雙藍眼睛，「但……但是不管怎麼說，我還是希望他能有辦法讓提姆出……出來。」

「嗯，總還是有點希望的。」奈德把手抽了回來，「以後再聯絡。」說完就繞過伊凡斯往撞球間的門口走去。

撞球間裡一個人都沒有。奈德拿著帽子和大衣走向前門。外面下著雨，閃著銀色光澤的雨線斜斜地落在唐人街上。奈德笑著看向雨幕，輕聲說道：「下吧，親愛的小雨，你可值不少錢，我那三千二百五十元就靠你了。」接著他轉身回去用電話叫了一輛計程車。

4

奈德‧波蒙特從屍體上抽回雙手站起身來。屍體的頭部向左側稍稍偏了一下，所以離路邊還有段距離。在街角路燈的照耀下，他的整張臉都清晰可見。他看起來歲數不大，一頭金色的捲髮，從髮際線到一側眉際那兒有道深色的傷痕，臉上憤怒的表情也因此加深了幾分。

奈德‧波蒙特看了看唐人街的兩側。往前，在他的視線範圍內沒有一個人。往後，隔了兩個街區的小木屋俱樂部門口停了一輛汽車，車上下來兩個男人進了俱樂部。他們的車就停在俱樂部門前，正好與奈德相對。

有那麼幾秒鐘，奈德的視線一直停留在汽車上。接著他猛地轉過頭去，快速地將街頭方向打量了一遍，然後馬不停蹄地掠過人行道竄進了最近的樹蔭裡。他喘著粗氣，手裡出的汗水在燈光的照耀下閃閃發亮。他渾身顫抖，趕緊將外套的衣領豎了起來。

他用一隻手撐住樹幹，在樹蔭裡站了好一會兒。半分鐘後，他突然站起身朝小木屋俱樂部走去。他身子前傾，越走速度越快，最後幾乎小跑起來。此時正好有人從街對面走過來，於是他趕緊直起身子放慢腳步。很快，那個人就拐進了街旁的一棟房子裡，此時離奈德‧波蒙特還有段距離。

當奈德‧波蒙特走進俱樂部時呼吸已經平復下來，只是不知什麼原因，他的嘴唇依舊毫無血色。在路過那輛空車時，奈德打量了一下，隨後邁上兩端豎著燈籠的台階進了俱樂部。

剛從衣帽間出來的哈瑞‧史洛斯和另一個男人正要穿過門廳，看見奈德

後不禁停下腳步。兩人異口同聲地招呼道：「嘿，奈德。」史洛斯追問道，「聽說你今天在佩姬・歐圖身上押了不少錢。」

「是的。」

「有多少？」

「三千兩百元。」

「厲害，你今晚可得好好玩玩。」史洛斯舐著嘴唇說道。

「晚一點再說吧，看見保羅了嗎？」

「沒看見，我們也剛到。我今天得早點回去，跟家裡的女人保證過的，所以你可別拖得太晚了。」

「沒問題。」奈德說完就向衣帽間走去。「看見保羅了嗎？」他向服務生問道。

「看見了，他十分鐘前到的。」

奈德掃了眼手錶，還有半個小時就要十一點了。他在二樓前廳的桌邊找到了麥維格，他進去時穿著宴會服裝的保羅正要伸手拿電話。

「你怎麼樣，奈德？還好嗎？」麥維格收回了手，神色溫和地問道，看起來氣色不錯。

「我遇到過更糟糕的。」奈德邊說邊關上了身後的門。他坐在麥維格旁邊的椅子上，張口問道：「亨利家的晚餐怎麼樣？」

「我也遇到過更糟糕的。」麥維格回道，眼角的皺紋清晰可見。

奈德・波蒙特將白斑雪茄的一頭剪掉，他顫抖的手指和異常平靜的聲音形成鮮明的對比，他抬頭看著麥維格問道：「你看見泰勒了嗎？」

「沒有，他沒一起吃晚餐，有事嗎？」

奈德・波蒙特把交疊的雙腿伸開來，往後靠在椅子上，然後揮了揮握著雪茄的手，漫不經心地說道：「他死了，屍體就在街頭的排水溝那兒。」

「這樣啊！」麥維格答道，沒有流露出任何異常的神色。

奈德探身向前，臉上的肌肉繃得緊緊的，指間的雪茄發出清脆的破碎聲，「你到底聽沒聽懂我在說什麼？」他問，看起來很煩躁。

麥維格慢慢點了點頭。

「然後呢？」奈德問。

「然後什麼？」

「他是被謀殺的。」

「哦，」麥維格說，「你是想看到我震驚地大叫嗎？」

奈德‧波蒙特坐直身體問道：「我應該報警嗎？」

「你還沒告訴警察？」麥維格微微抬了抬眉毛。

看著眼前的金髮男子，奈德說：「我發現他時周圍沒有人，我覺得在報警前最好先問問你。我跟警方說我發現了屍體，沒問題吧？」

「有什麼問題？」麥維格沉下眉毛面無表情地反問道。

奈德‧波蒙特起身向電話走去，剛走了兩步又停了下來。他再次面向金髮男子緩緩說道：「他的帽子不見了。」語氣格外鄭重。

「難道他現在還需要帽子嗎？」麥維格生氣地瞪著他，「該死的，你真是個蠢貨，奈德。」

「沒錯，我們兩個之中，的確有個蠢貨。」奈德說完就去打電話了。

5

參議員之子泰勒‧亨利被殺，屍體驚現唐人街

　　泰勒‧亨利為參議員羅夫‧班克勞福‧亨利的兒子，今年二十六歲。昨晚十點左右，有人在唐人街潘美拉大道一角發現了他的屍體。警方初步判斷，他因為遭遇搶劫而遇害。

　　經法醫威廉‧胡普斯檢測，被害人身上有多處傷痕。前額曾遭棍棒等長條鈍器重擊，後腦撞擊人行道路石導致顱骨破裂及腦震盪而致死。

　　據悉，最先發現屍體的為奈德‧波蒙特，他居住在蘭德爾大道914號。在發現屍體後，他迅速前往小木屋俱樂部打電話報警。該俱樂部距離案發地

點有兩個街區。在他報警前，巡警麥可・史密特已經發現了屍體，並及時做出回報。

警察局長佛萊德瑞克・倫尼承諾會盡快緝拿凶手，並立即下令，對全市可疑份子進行徹底清查，不放過任何可疑線索。

據泰勒・亨利的家人所說，他離開查爾斯街的住所時大概為九點三十分……

把報紙放到一邊的奈德・波蒙特將杯中剩餘的咖啡一飲而盡，將杯碟放好後再次躺回枕頭上。他的臉色很不好，蠟黃蠟黃的，整個人看起來十分疲憊。他把被單往上拽了拽，蓋住脖子，兩手在腦後交握。臥室的兩扇窗戶間掛著一幅蝕刻版畫，奈德不滿的視線正落在上面。

他就這樣一動不動地躺了足有半個小時，期間只有眼皮偶爾眨動一下，然後拿起報紙把那篇報導又看了一遍。在看的過程中，他眼中的不滿越來越多，最後整張臉的神色都十分不快。他放下報紙，動作緩慢地從床上起身，似乎很不情願。他將一件交織著棕黑兩色條紋的便服套在寬鬆的睡衣外面，腳後跟拖拉著一雙棕色拖鞋走進了客廳裡，期間還咳嗽了兩聲。

客廳很大，是那種老派的樣式，高高的天花板，寬敞的窗戶，上方鑲嵌著巨大鏡子的壁爐，還有覆蓋著很多紅色絨布的家具。奈德打開桌子上的盒子，從裡面取出一根雪茄後坐進了椅子裡。椅子也是紅色的，是那種寬椅。快要到中午了，陽光透過窗戶照進來，在地上投下一個個明亮的菱形影子。奈德把腳擱在影子上，嘴裡不時地吐出煙霧。在遇到陽光後，這些煙霧忽然變得濃郁起來。奈德放下雪茄，咬著指甲緊皺著眉頭。

突然響起的敲門聲讓他直起身來，眼神銳利，神色戒備地開口道：「請進。」

一位穿著白上衣的僕人走了進來。

「嗯，好吧！」奈德・波蒙特自語道，有些失望。鬆懈下來的他再次陷入紅色寬椅中。

僕人從他身邊走過，去臥室收完盤子後就離開了。奈德手上的雪茄還剩下半根，被他隨手扔進了壁爐裡。他去浴室洗了個澡，順便刮了刮臉，換了

身衣服。整個人的氣色好了許多，但舉止中依然難掩疲憊。

6

　　奈德・波蒙特離開家後走過八個街區，在林克街一棟灰白色公寓大樓前停下腳步。此時離中午還有段時間。大樓的門廊上有個按鈕，按下後門鎖會自動打開。奈德進去後，搭乘狹小的自動電梯直接上了六樓。

　　他在一扇標著6B的房門前站定，隨後按響了門鈴。門很快就開了，門內站著一個似乎還不滿二十歲的小個子女人。她幽深的眼睛裡閃動著怒火，除了眼眶，整張臉都因為憤怒而發白。「嗯，你好。」她笑了一下，並做了手勢，有一種模糊的安撫意味，似乎在為自己的憤怒而抱歉。她說話的聲音清脆響亮，就好像金屬敲擊聲。她穿著一件毛皮外衣，是棕色的。頭上沒有帽子，可以清楚地看到那一頭近乎純黑的短髮。她的頭髮很順滑，閃著瓷釉般的光澤，柔順地貼在她圓圓的頭上。她的耳朵上掛著飾品，是一對鑲金的瑪瑙墜子。她一邊後退一邊打開了門。

　　「伯尼呢？還沒起床嗎？」進入門廳的奈德問道。

　　「那個不要臉的王八蛋！」她尖聲嚷道，臉上再次露出憤怒的表情。

　　奈德沒有回頭，直接伸手關上了身後的門。

　　女孩走過來抓住他的手臂，試著搖了搖他。「為了這個王八蛋，你知道我都做了什麼嗎？」她說，「我離開了一個所有女孩夢寐以求的家庭，離開了一對永遠把我捧在手心裡的父母。所有人都說他不是個好人，每個人都這樣說，但我偏偏不信，我真是個大笨蛋。啊，我要告訴你，現在我終於知道了，那個……」接著是一串難聽的髒話。

　　奈德・波蒙特一動不動地聽著，態度嚴肅。從他的眼神中能夠看出，現在他可沒什麼好心去充當平日裡的那種和事佬。「他到底做了什麼？」他趁著她喘氣的間隙問道。

「做了什麼？他扔下我自己跑了，這個……」又是一串刺耳的髒話。

奈德・波蒙特在顫抖了一下後，露出一個蒼白的笑容，看起來很生硬：「我想，他什麼都沒給我留下吧？」

女孩閉上嘴巴，把臉湊到奈德跟前睜大雙眼問道：「怎麼？他欠了你東西嗎？」

「嗯，我贏了……」奈德咳嗽一聲後繼續說道，「我贏了三千兩百五十元，就在昨天的第四場賽馬裡。」

她把雙手從他的手臂上收回來，帶著一種嘲諷的笑容說道：「你可以去試一試，看看能不能要回來。你看。」她攤開手讓奈德看她左手小拇指上的瑪瑙戒指，接著又舉手碰了下耳朵上的瑪瑙墜子。「他給我剩下的所有東西都在這兒了。如果我沒戴在身上，大概這些也留不下。」

「什麼時候的事？」奈德・波蒙特努力裝出一副不在意的口氣，好像這件事和他一點關係都沒有一樣。

「昨天晚上。不過我發現時已經是今天早上了。如果再讓我遇到那個王八蛋，我絕對饒不了他。」女孩把手伸進衣服裡又拿出來，此時已經握成了拳頭。她把拳頭伸到奈德的臉前攤開，手心裡躺著三張皺巴巴的小紙片。奈德正要伸手拿，她立刻握成拳向後一躲。

奈德放下手撇了撇嘴，有些不耐煩。

「你看今早的報紙了嗎？上面報導了泰勒・亨利的事。」女孩問道，聲音有些激動。

「看過了。」奈德・波蒙特答。他看起來十分鎮靜，但呼吸卻十分急促，胸口也隨之起伏著。

「你知道這是什麼嗎？」她再次將手心裡那三張皺巴巴的紙片亮了出來。

奈德搖搖頭，瞇起的雙眼裡閃著亮光。

「是借據，泰勒・亨利的借據。」女孩說，有些得意，「數目還不小，有一千兩百元。」

奈德剛要說什麼，又閉了嘴，沉思了一下後隨意地說道：「那又如何，

達許・漢密特

他已經死了，這東西半毛錢都換不到。」

把借據再次放回口袋裡的女孩湊近奈德說道：「它們本來就換不到任何東西，要不然他怎麼會死呢？」

「這就是你的猜測？」

「你愛信不信，」她說，「不過我告訴你，上星期五，伯尼和泰勒通過電話，說只給他最後三天。」

奈德‧波蒙特伸出大拇指，用指甲抹了抹臉旁的鬍子。「你說的不會是氣話吧？」他慎重地問道。

她的眼中再次噴出怒火。「我當然生氣，就快氣瘋了，」她說，「我氣得想要去報警，把這些借據全交給警察。實際上，我也正打算這麼做。如果你覺得我沒那個膽量，那就大錯特錯了，只能說明你是個不折不扣的大傻瓜。」

奈德似乎並沒有被她說服。「你是從哪兒找到這些東西的？」

「保險箱裡。」她朝著公寓的方向揚了揚那顆光潔的頭。

「他昨晚什麼時候離開的？」奈德再次問。

「不知道。我回來時已經九點半了，一直等到快天亮還沒見著他。那時候我才覺得有點不對勁，連忙把家裡檢查了一遍，這才發現所有現金都不見了，包括我沒戴的那些首飾。」

他再次伸出拇指抹了抹鬍子，「他有什麼地方可去嗎？」

她氣得跺腳，雙手握拳激烈地上下揮舞，再次用尖銳憤怒的聲音大罵起消失的伯尼來。

「夠了。」奈德牢牢控制住她舞動的雙手，「除了大聲叫罵，你還會做什麼？如果你什麼都不想做，就把借據給我，我好歹能夠做些事。」

她抽回自己的手，哭著嚷道：「我才不會給你，我要交給警察，其他人誰都別想。」

「好，就按照你說的辦，給警察吧！他究竟會去哪兒，你知道嗎，麗？」

麗恨恨地表示，她對伯尼會去哪兒毫無頭緒，有些地方她反倒希望他

去。

「真是夠了，」奈德‧波蒙特的耐心快要耗盡了，「現在說這些亂七八糟的一點用都沒有。他會回紐約嗎？你覺得有沒有這種可能？」

「我怎麼知道？」她的眼中瞬間充滿戒備。

奈德‧波蒙特的臉都給氣紅了。他用一種懷疑的語氣試探著問道：「你接下來打算怎麼做？」

「什麼怎麼做，你是什麼意思？」她裝出一副清白無辜的樣子。

奈德湊到她跟前，慢慢地搖了搖頭，「我覺得你一定會把這些借據交給警察的，對吧，麗？」他的態度非常嚴肅認真。

「當然，我一定會。」她答道。

7

奈德‧波蒙特在公寓一樓的藥房裡給警察局打了個電話。他對杜倫隊長說：「杜倫隊長嗎？你好……我剛剛見過林克街1666號的麗‧威爾謝爾小姐。她說這間公寓的主人伯尼‧德斯班似乎在昨晚突然失蹤了，但她發現了幾張借據，借款人是泰勒‧亨利……對，她還說伯尼曾恐嚇過泰勒，就在幾天前……不，你最好盡快來一趟，或者派個人來也行……對……都是一樣的。你不認識我，我只是剛好見到她，她不想從伯尼的公寓聯繫你……」對方又說了什麼，奈德默默地聽了一會兒後就掛上電話，離開了藥房。

8

在泰晤士街的前端有一排整齊的紅磚樓房，奈德‧波蒙特來到其中一戶的門前按響了門鈴。開門的是一個歲數不大的黑人女子，她笑容滿面地說

道：「您好嗎，波蒙特先生？」然後打開大門熱情地將他迎進屋裡。

「你好，瓊。家裡有人嗎？」奈德・波蒙特問。

「有人，先生。他們正在餐桌那兒吃飯。」

在後面的餐廳裡，奈德見到了保羅・麥維格和他的母親。兩個人在鋪著紅白兩色桌布的餐桌上面對面坐著，旁邊還有一把空椅子。空椅子的桌前也擺著銀製的餐具和盤子，但沒有人動過。

保羅・麥維格七十多歲的母親高大清瘦，原本是一頭金髮，隨著年齡的增長，現在已經變成了銀白色。她那雙和保羅一模一樣的藍眼睛十分清澈，閃著靈動的光澤。當看到奈德走進來時，她的眼神比自己的兒子還要有生氣。不過她很快就皺起了眉頭，抱怨道：「你可真是個沒良心的傢伙，現在才露面，也不知道來看看我。」

奈德・波蒙特對她直率地一笑：「我已經不是小孩子了，媽媽，我得忙自己的工作啊！」他朝麥維格晃了一下手，「嘿，保羅。」

「坐下吧，瓊會幫你準備一些吃的。」麥維格說。

麥維格太太將自己消瘦的手伸向奈德，在他彎腰去親吻時又猛地收了回來，嗔怒道：「什麼時候會的這些花招？從哪兒學的？」

「我剛才說過，我已經不是小孩子了。」他對麥維格說道，「我吃過早餐，不用麻煩了。」接著他的視線落在那把空椅子上，「歐珀呢？」

「她不太舒服，正躺著休息。」麥維格太太答道。

奈德點了點頭，過了一會兒又轉向麥維格禮貌地問：「嚴重嗎？」

麥維格搖了搖頭，「好像是頭痛，我猜是跳舞跳得太凶了。」

「連女兒哪裡不舒服都弄不清楚，你這個父親還真是稱職。」麥維格太太說。

「媽媽，現在可不是發脾氣的好時候。」麥維格瞇了瞇眼角，然後轉向奈德問：「帶來了什麼好消息嗎？」

奈德・波蒙特從麥維格太太身邊繞到那把空椅子前，坐下後說：「昨天晚上，伯尼・德斯班跑了。我從佩姬・歐圖身上贏的那些錢，也被他帶走了。」

麥維格一下子睜大了雙眼。

「他留下了幾張借據，借款人是泰勒‧亨利，金額是一千兩百元。」

金髮男子的眼睛又瞇小了。

「據麗所說，上星期五，他打過電話給泰勒，讓他三天內把錢還清。」奈德繼續說道。

「麗是誰？」麥維格伸出手，用手背在下巴上來回碰了兩下。

「伯尼的女人。」

「哦。」見奈德‧波蒙特沒了下文，麥維格接著問道：「他有沒有說，如果泰勒還不出錢，他會怎麼辦？」

「沒聽說。」手臂倚在餐桌上的奈德‧波蒙特轉過身子對麥維格說道：「保羅，你得幫幫我，我想當個副警長什麼的。」

「我的老天爺！」麥維格叫嚷起來，眨了兩下眼睛，「當個副警長？你要做什麼？」

「我要把那個傢伙找出來，副警長的身分能讓我做事更方便。至少在塞車的時候，能用警笛脫身。」

看著面前的年輕人，麥維格有點擔心：「你怎麼了？為什麼這麼沒耐心？」

「當然是為了那三千兩百五十元。」

「好吧，」麥維格被說服了，不過他還是慢吞吞地說道：「你昨天才知道他偷走你贏的錢，但我覺得在這之前，你就已經心氣不順了。」

奈德‧波蒙特揮了揮手，有些不耐煩。「走路遇到個死人，你難道還指望我無動於衷嗎？不過現在根本不用在意那件事了，重要的是這個——我得把那傢伙逮回來，必須逮回來。」他鄭重其事地說道，臉色蒼白而嚴肅。「我告訴你，保羅，這不止是錢的事。就算不是三千兩百元，只是五元，我也會這麼做。我已經連著輸了兩個月了，你都不知道我有多麼灰心喪氣。如果一直這麼倒楣，我的日子還怎麼過？還好我挺過來了，或者說我以為自己挺過來了，那麼以後所有事就都能回到正軌上了。我找回了面子，再不是所有人都能踢上一腳的畜生了。沒錯，那筆錢很重要，但更重要的是一直輸錢

對我產生的影響，這幾乎要了我的命。你明白嗎？我就快挺不住了。如果不去追究這件事，我就真的完了。我不能算了，我一定得抓住他。我必須這麼做，任何人都無法阻止。當然，如果你肯幫忙，事情就簡單多了。」

麥維格伸出手，在奈德・波蒙特憔悴的臉上胡亂地抹了一把，「真是要命，奈德！」他說，「我當然會幫你，只不過我不希望你惹上什麼麻煩，可是……老天爺！如果你真這麼想，我就幫你弄個地檢署的特別警探當當。這樣一來，你的上司就是法爾，他會對你睜一隻眼閉一隻眼的。」

麥維格太太兩手各端著一個盤子站起身來，「我給自己定下過規矩，不能插手男人的事，否則我一定會說說你們，」她的語氣十分嚴肅，「天知道你們整天在瞎忙什麼，也只有天知道你們會因為這種瞎忙而惹上什麼麻煩。」

奈德・波蒙特笑著目送她端著盤子離開，然後才收起笑容問道：「現在就可以安排嗎？我希望下午時所有事都能搞定。」

「沒問題，」站起身來的麥維格說道，「我會跟法爾聯絡，如果還需要我做什麼，你可以……」

「我知道。」奈德說。然後麥維格就離開了餐廳。

瓊進來清理餐桌，奈德對她問道：「歐珀小姐睡了嗎？」

「沒有，先生。我正打算給她送點吃的，有茶和麵包。」

「上樓後幫我問問她，我可以去看看她嗎？」

「好的，先生，我會問的。」

奈德・波蒙特在黑人女子離開後站起身來，開始在房間裡來回踱步。慢慢地，他憔悴的臉龐變得又紅又熱，尤其是顴骨下方。直到麥維格回來，他才停下。

「好了。」麥維格說，「法爾不在的話，你找巴布羅也行，他也能幫上忙。你什麼都不用跟他說。」

奈德・波蒙特說：「謝了。」然後目光落在了門口的黑人女子身上。

「她同意了，您可以去看看她。」她說。

9

歐珀‧麥維格小姐的房間以藍色為主。她穿著銀藍條紋的睡袍靠著枕頭半坐在床上，這就是奈德進去時看到的景象。歐珀也有一雙藍眼睛，和她的父親、祖母一個樣。她的骨架也同樣纖細修長，而且身材緊實。她粉白色的皮膚光滑細嫩，猶如嬰兒。此刻，她眼睛泛紅。

她的膝蓋上放著餐盤。奈德進來後，她將手裡的麵包往盤裡一扔，伸出手招呼道：「嘿，奈德。」她笑得連健康的白色牙齒都露了出來，說話的語調卻有些顫抖。

「嘿，小丫頭。」奈德在她的手背上輕拍了一下，並沒有握住。他在床尾坐下後兩腿交叉，從口袋裡掏出了一根雪茄，「煙霧會對你的頭痛有影響嗎？」

「哦，最好不要。」她說。

奈德裝模作樣地點了點頭，把雪茄放回口袋裡後隨意地嘆了一口氣。為了看清她的眼睛，他挪動著換了個姿勢。大概是出於一種同情，他的眼睛有些濕潤，嗓音沙啞。「我知道這不好過，小丫頭。」

她睜大雙眼，如嬰兒般地看著他。「沒什麼，真的，也沒那麼難受，我的頭已經好多了。」她的聲音終於平穩下來。

他抿起雙唇，笑著說道：「看來你已經不把我當自己人了。」

「為什麼這麼說，奈德？我不明白。」歐珀皺著眉頭問。

奈德神色一凜，嘴角和眼神裡的柔和已經不見，他說：「我說的是泰勒。」

歐珀的臉色沒變，但膝蓋上的盤子卻微微顫抖了一下。「嗯，可是……我有段時間沒和他見面了，你應該知道，差不多有好幾個月。自從爸爸……」

奈德‧波蒙特突然起身向門口走去，中途回頭說了一句：「就這樣吧！」

床上的女孩什麼都沒說。奈德離開房間，直接回到了樓下。

一樓客廳裡，保羅‧麥維格正要穿外套。「我得去趟辦公室，那邊有些水溝合約的事要處理。你要去法爾的辦公室嗎？我可以順路載你一段。」

「好啊！」奈德‧波蒙特剛說完，樓上就傳來了歐珀的聲音。「奈德，嘿，奈德！」

「馬上過去。」他回應著，然後告訴麥維格，「如果你著急的話，就不用等我了。」

「我確實得走了，」麥維格看著錶說道，「晚上再見吧，去俱樂部？」

「好。」奈德說完就上了樓。

餐盤已經被歐珀放到了床尾。「關上門。」她說。奈德照做後，她從床上挪出一個位置給他。

「你為什麼要這樣？」她問。

「你沒有和我說實話。」奈德坐下後認真地說道。

「可是，奈德！」她試著與他對視。

「你們上次見面是什麼時候？」他問。

她口氣自然地回答道：「你是指聊天嗎？」臉上的表情也毫無異樣，「有段時間了，大概是在幾個星期前，而且……」

「算了吧！」奈德突然起身就走，在門口回頭說道。

他剛邁了一步，歐珀就大叫起來：「天，奈德，你不能這樣對我，這太為難我了。」

奈德慢吞吞地回身，臉上一點表情都沒有。

「我以為我們是朋友。」她說。

「當然，」他答，態度從容，「可是你不和我說實話，我可能就無法把你當朋友了。」

床上的歐珀動了動，趴在最高的枕頭上哭起來。淚水無聲地落下，打濕了枕頭，留下一個灰印子。

奈德再次坐回她身邊，扶著她靠在自己的肩膀上。接下來的幾分鐘，歐珀一直在默默地哭泣。「我們還是經常見面，你……你知道？」她沒有抬

頭，嘴巴被他的外套擋著，所以聲音聽起來悶悶的。

「嗯。」

「我爸爸呢？他也知道？」歐珀瞬間緊張起來，坐直了身體。

「應該不知道，我不確定。」

她重新靠回他的肩膀，聲音又不清楚起來。「哦，奈德，我們只有昨天下午見過面，在一起待了一下午。」

奈德一言不發，只是緊緊抱了抱她。

歐珀沉默了一會兒又問道：「你覺得是誰殺了他？」

奈德‧波蒙特顫抖了一下。

歐珀猛地抬起頭來，身上的脆弱已經消失。「是誰，奈德？你知道嗎？」

他猶豫不決地舔了舔唇，含糊不清地說道：「我可能知道。」

「是誰？」她問，聲音充滿恨意。

再次猶豫起來的奈德不敢與她對視，他緩慢地問道：「現在還不是說這件事的最好時機，如果我告訴你，你確定能保密嗎？」

「能。」她回答，毫不猶豫。可是在奈德就要開口時，她卻抓住他的手臂阻止道：「等一下，我不能確定。除非你承諾，一定會將凶手繩之以法，而且他會受到應有的處罰。」

「我無法承諾，誰都不能。」

她咬著嘴唇瞪視著他，「好吧，不管怎樣，我都答應你不告訴別人，你說吧！」

「他欠了一個賭徒的錢，而且還不出來，這人叫伯尼‧德斯班。他和你說過這件事嗎？」

「德斯班？他是……是……」

「我覺得是。他和你說過借錢的事嗎？」

「他和我說過，他有麻煩了，不過具體是怎麼回事，他沒說。只告訴我，因為錢的事，他和他爸爸吵起來了，說他非常……他說的是『絕望』。」

「德斯班呢？他從來沒提過嗎？」

「沒，怎麼了？你為什麼覺得他是凶手？」

「泰勒從他那兒借了一千多塊沒還，有借據。昨天晚上，他匆忙地出了城，警察正到處搜捕他。」奈德的聲音壓得低低的。他稍稍轉了轉身，看著歐珀說道：「為了盡快抓住他，我想讓你做些事，你願意嗎？」

「當然。你想讓我做什麼？」

「這件事有點不光彩。想給德斯班定罪可不是容易的事，你明白嗎？如果他真的是凶手，為了讓他的罪名成立，你願意做些卑鄙的事嗎？」

「當然，我什麼都願意做。」她說。

他嘆息一聲，抿了抿唇。

「告訴我，我需要做什麼？」她問，態度急切。

「我要一頂帽子。」

「什麼東西？」

「帽子，我要一頂泰勒的帽子。」奈德・波蒙特紅著臉說，有些不好意思。「你能做到嗎？幫我弄到一頂他的帽子。」

「可是，這有什麼用，奈德？」她問，滿臉疑惑。

「我現在還不能說太多，只能告訴你，這樣才能給德斯班定罪。你能弄到嗎？」

「我……我應該能，不過我想你……」

「需要多長時間？」

「今天下午就差不多，」她說，「可是我想……」

他還是沒讓她說完。「不管是什麼事，你都不會想知道的。對你來說，什麼都不知道才好，包括弄帽子的事。」他伸出手臂抱著她，讓她靠著自己，「小丫頭，你對他的愛是發自真心嗎？有沒有可能是因為你爸爸……」

「我愛他，真的愛他，」她哭泣著說，「我確定，我真的愛他。」

二、帽子戲法

1

　　奈德‧波蒙特跟在搬運工身後穿過大中央車站，在四十二街的出口那兒招了輛栗色的計程車。他戴著一頂帽子，但尺寸有些不合適。所有行李都交給搬運工提著，在上車前，奈德大方地付了小費。上車後，他告訴司機一個飯店名字，然後靠著座位坐好，拿出一根雪茄點上。飯店位於百老匯大道旁的第四十幾街上，那條大道周邊的劇場區非常擁塞。在穿過那些車陣時，計程車上的奈德與其說在抽雪茄，不如說在嚼雪茄。

　　奈德‧波蒙特乘坐的栗色計程車在麥迪遜大道上發生了事故。當時有一輛綠色計程車違規轉彎，逼著奈德坐的計程車撞向了街邊的另一輛車。在巨大的衝撞力下，奈德整個人摔進了後座角落。車窗玻璃也全碎了，落了奈德一身。

　　他掙扎著從車廂裡爬了出來，和圍觀者們站在一起，並向來問詢的警察表示自己沒受傷。他也沒忘了那頂尺寸不對的帽子，找回來重新戴在頭上。他叫來另一輛計程車，把行李搬上去，將飯店名告訴司機後再次靠坐在角落裡。在整個行車途中，臉色蒼白的奈德一直在顫抖。

　　奈德‧波蒙特在飯店完成登記，在櫃檯詢問後拿到一些東西，兩張電話留言卡和兩個信封。信封封了口，但沒有貼郵票。

行李員幫他把行李送到房間裡，並在他的吩咐下，準備送一品脫的黑麥威士忌上來。他在行李員離開後鎖上房門，先拿起留言卡看起來。兩張卡片上的日期相同，都是當天的。不過時間不一樣，分別是下午四點五十和晚上八點過五分。奈德看了看錶，差十五分鐘就晚上九點了。兩張卡片都是一個叫傑克的人留下的，內容分別是「在加格利店」和「在湯姆和傑瑞店。稍後聯繫」。

　　接著，他將兩個信封拆開。第一個信封裡有兩張信紙，上面寫道：

　　她住在馬丁大廈1211房，登記的名字是艾琳・戴爾，來自芝加哥。她曾經在車站打過幾次電話聯繫一對家住東三十街姓布魯克的夫婦，他們似乎也在找他，很多地方都留下了他們的足跡，其中以地下酒吧最多，不過好像並沒有什麼收穫。我住在734號房。

　　信紙上的字跡很豪放，底下的簽名是「傑克」，日期是昨天。
　　另一個信封裡的信紙上寫道：

　　今天早上，我見到了德瓦特，不過他對伯尼是否在城裡一無所知。稍後給你電話。

　　相同的字跡和署名，不過日期是當天。
　　洗漱乾淨的奈德・波蒙特從袋子中拿出乾淨的亞麻衣服換上，服務生在他點燃雪茄時正好把黑麥威士忌送來。在付過小費後，奈德將浴室裡的平底玻璃杯拿出來，搬了把椅子坐在臥室窗前，一邊抽菸、喝酒，一邊盯著對面的街道，直到電話聲傳來。
　　「喂，」他接起電話說道，「嗯，傑克……到……哪兒了……好……沒問題，我馬上到。」
　　他拿起威士忌喝了一口，然後戴上那頂不合適的帽子，穿上掛在椅背上的外套，還特意拍了上面的口袋兩下，然後就出了門。臨走前，他還沒忘了

關燈。

此時剛過九點，確切的時間是九點十分。

2

離百老匯大道不遠的地方有個亮著燈的牌子，上面寫著「湯姆和傑瑞」。牌子下方是兩扇玻璃門，奈德·波蒙特進去後，直接到了一條狹小的門廊。左邊牆上有一扇通往小餐廳的門，奈德推門而入。

餐廳角落的桌邊站起一個長相俊美的男人，中等身材，歲數不大，臉部輪廓深邃，衣著整潔。他豎起食指示意奈德，奈德·波蒙特走過去和他握了握手，「你好，傑克。」他說。

「女孩和布魯克夫婦都在樓上。」傑克說，「這個位置正背對著樓梯，你坐在這兒應該沒什麼問題。不管是他們出去，還是伯尼進來，都逃不過我的眼睛。而且這裡這麼多人，他想要看到你也不容易。」

「你能確定他們在等他？」奈德在傑克旁邊坐下。

「不確定，」傑克聳了聳肩，「他們看起來好像沒有其他事。要吃點東西嗎？這是樓下，不能喝酒。」

「可是我想喝酒，」奈德·波蒙特說，「要不我們去樓上看看，那裡有隱蔽的位置嗎？」

「這只是個小酒館，」傑克並不贊同，「我們也可以躲在樓上的那兩個雅座裡，不過很容易暴露。一旦伯尼現身，很容易發現我們。」

「我想喝酒，冒點險也沒什麼。如果伯尼真的現身，在這兒直接和他碰面也可以。」

傑克看著奈德·波蒙特，目露好奇。然後移開視線說：「你是老闆。可能還有空位，我先去看看。」他有些拿不定主意，再次聳了聳肩後，離開了座位。

坐在椅子上的奈德轉頭看著他，這個機靈的小夥子往後走了幾步直接上了樓梯。奈德的視線一直沒離開樓梯角，直到小夥子從樓上下來。他站在第二級樓梯上對奈德招了招手，對走過去的奈德說：「有個位置沒有人，而且正好是樓上最好的位置，就在她背後。你坐下以後，正好和布魯克夫婦斜對著。」

他們上樓來到樓梯口右邊的雅座上。這是一個用木板隔開的雙人座位，有桌子和木質的長椅。那些木板的高度差不多和成年人的胸口齊平，要想看到二樓的餐廳，他們得轉身向下看，而且視線還得越過中間寬大的拱門和吧台。

奈德‧波蒙特的視線鎖定在戴著一頂棕色帽子的麗‧威爾謝爾的背部。她穿著一件淡褐色的禮服，無袖的款式，棕色的毛皮大衣掛在椅背上。接著他又把視線轉向她旁邊的人。她的左手邊坐著一個四十多歲的男人，臉色蒼白，細長的下巴和鷹鉤鼻讓他看起來很凶狠。她的對面坐著一位滿臉笑容的女人，一頭紅色的頭髮，身材豐腴，但兩隻眼睛的間距有些大。

奈德‧波蒙特跟著傑克來到座位上面對面的坐下。為了掩藏身形，背對餐廳的奈德緊緊靠著長椅的盡頭。這樣一來，木質隔板就能幫他擋住其他人的視線了。他把帽子摘下來，但沒脫外套。

「黑麥威士忌。」奈德‧波蒙特對一位走過來的服務生說道。「利克酒。」傑克說。然後他從剛拆包的香菸盒裡拿出一根，盯著它對奈德說道，「我只是給你打工的，這是你自己的事。如果這地方有伯尼的朋友，你在這兒堵他真的不會有問題嗎？我可不認為這是個好時機。」

「真的嗎？」

傑克叼在嘴裡的香菸隨著他的講話大幅度地晃動著。「也許他們正等著你上門，如果真是這樣，這裡大概就是他的地盤。」

他們的酒被服務生端了上來，奈德一口喝乾以後抱怨道：「一點滋味都沒有。」

「沒錯，猜得到。」傑克附和道，他喝了一口後點上菸，然後又喝了一口。

「我想，」奈德說，「只要他一現身，我立即上前。」

「主意不錯。」傑克俊朗的深邃臉龐上有一種莫測的深意，「需要我做什麼？」

「我自己就行。」奈德・波蒙特說，然後把服務生叫來，點了雙份的蘇格蘭威士忌，傑克點的還是利克酒。奈德將剛端上來的酒一口氣喝乾，傑克則慢條斯理地喝著第二杯。其實，他的第一杯也沒喝完，但已經被端下去了。奈德・波蒙特之後又叫了兩次酒，都是雙份的蘇格蘭威士忌，傑克的飲料倒是沒怎麼動過。

然後，伯尼・德斯班現身了。

傑克一直關注著樓梯口的動靜，當這個賭徒現身後，他立即在桌子底下踢了奈德・波蒙特一腳。奈德將視線從空杯子上移開，抬起頭來，目光一下子變得又冷又硬。他雙手撐住桌子，起身離開雅座來到伯尼面前，開口說道：「伯尼，把我的錢給我。」

跟著德斯班一起上樓的還有一個男人，走在他後頭。此刻男人從他旁邊繞過，對著奈德・波蒙特就是一記左勾拳。這個男人雖然個子不高，但有著寬厚的肩膀、有力的大拳頭。

挨了一拳的奈德・波蒙特向後捧去，直接靠在了雅座的隔板上。他彎著腰，向前傾斜著，膝蓋也直不起來，但是沒有倒地。好一會兒，他就這樣硬挺著，眼睛裡全沒了神采，臉色也變得很難看，又青又黑。他小聲咕噥了幾句，沒人聽懂他在說什麼，然後向著樓梯口走去。

從樓梯上下來的奈德看起來手腳無力，頭上的帽子也不見了蹤影。他穿過樓下的餐廳來到街上，剛走過人行道就吐了出來。離他十多英尺遠的地方停著一輛計程車，他吐完後爬上去給了司機一個地址，是格林威治村的某個地方。

3

　　在一座房子前，奈德・波蒙特下車了。褐石階梯下有間大敞著門的地下室，就算站在昏暗的街道上，也能聽見裡面的聲音，看到裡面流瀉出的燈光。他穿過地下室的門廊來到一個房間。房間並不大，裡面有個二十英尺長的吧台。吧台前坐著十來位客人，有男有女，兩個穿著白色外套的服務生正在為他們服務。吧台外面的地方擺著一些桌子，另外兩個服務生穿梭其中招呼客人。

　　「天，奈德！」一位酒保嚷道，他頭上的頭髮十分稀疏。他之前正用高腳杯調製一種粉紅色的飲料，此時放下杯子將濕漉漉的手伸到吧台外面來。

　　「嘿，梅克。」奈德回應道，握了握他的手。

　　另一位服務生也走了過來，同樣和奈德握了握手，接著是一位叫東尼——奈德是這麼稱呼他的——的義大利人。打過招呼以後，奈德說他要一杯酒。

　　「當然，你肯定需要。」身材肥碩，臉色紅潤的東尼說。他回到吧台那兒用一個空酒杯敲了敲檯面，「不管他喝什麼，今晚都記在我的帳上。不過要記住，只能是酒不能是水。」他對被聲音吸引來的酒保們吩咐道。

　　「沒問題，正合我意，先給我雙份的蘇格蘭威士忌。」奈德・波蒙特說。

　　「嗨，奈德！」房間另一邊站起來的兩個女人一起招呼。

　　「去去就來。」他對東尼說完就走了過去。擁抱過後，女人們問了他些問題，將他的名字告訴給同桌的人，並為他騰出一個座位。坐下後的奈德給出回答，他說自己不打算在紐約待太長時間，剛才已經點過酒了，是雙份蘇格蘭威士忌。

　　他們從東尼的酒吧離開時已經凌晨三點了，不過他們並沒有回家，而是去了另一家幾乎沒什麼差別的店，離這裡只有三個街口。他們在和之前幾乎一模一樣的位置坐下，點的酒也沒有差別。

三點半時，一個男人起身離開，既沒有道別也沒有挽留。奈德・波蒙特和那兩個女人以及另一個男人也在十分鐘後離開了。在街角，他們叫了一輛計程車。其中一個女人和那個男人在華盛頓廣場附近的一家飯店下了車，另一個女人則帶著奈德去了七十三街上的一間公寓。被奈德稱為費汀克的女人打開公寓的門，一股熱氣迎面撲來。她往臥室走去，可是沒走幾步就嘆了一口氣倒在了地板上。

　　關好門的奈德想把她叫醒，但沒成功，只得將她半拖半抱地弄到了隔壁房間。對奈德來說，這個過程可不輕鬆。他在一張罩著印花布料的長沙發上將她安頓好，替她脫掉一些礙事的衣服，用毯子蓋好她後打開了窗戶。接著他去浴室吐了一陣，然後回到客廳躺在沙發上，沒脫衣服就睡著了。

4

　　奈德・波蒙特是被頭旁邊的電話聲吵醒的。睜開雙眼的奈德雙腳觸地，翻了個身將房間環顧一圈，直到確定是電話的聲音才閉上眼睛鬆懈下來。

　　電話依舊響個不停，他低哼了兩聲，再次睜開雙眼。他的左臂壓在身體下面，費了點勁才抽出來，他瞇著眼睛看著腕上的手錶。錶上的玻璃面早就沒了影，指針停在接近十二點的地方。嗯，十一點四十八分。

　　沙發上的奈德・波蒙特再次動彈起來，以左手肘為支撐，身體斜到一側，然後用左手撐著頭。電話鈴還在響，他的雙眼又乾又澀，將房間再次環顧了一遍。燈沒有關，他透過那扇開著的門看見了費汀克的腳和長沙發的一端。

　　奈德低哼著坐起身來，用手順了順凌亂的深色頭髮後，使勁按壓著自己的太陽穴。他伸出舌頭舔了舔乾得脫皮的嘴唇，露出一個想要嘔吐的表情。接著，他起身脫掉手套和外衣，期間還輕微地咳嗽了兩聲，然後將它們隨手扔在沙發上後就進了浴室。

從浴室出來後，他走到長沙發那兒居高臨下地打量起費汀克來。她正臉朝下熟睡著，頭枕著一隻彎曲的手臂，手臂上的藍色袖子清晰可見。電話鈴已經不響了，奈德將領帶整理好，回到了臥室裡。

兩個椅子間的小桌上有個打開的菸盒，裡面還有三根菸。他拿起其中一根，悶聲咕噥道：「管他的」，然後找出火柴點上菸走進了廚房。他找出四個柳橙榨好汁，把它們裝在一個高腳玻璃杯裡大口喝掉，接著又喝了兩杯咖啡。

他從廚房出來時，費汀克已經醒了，她問：「泰德呢？」聲音聽起來十分模糊，露在外面的眼睛沒有完全睜開。

「泰德？誰呀？」來到她跟前的奈德‧波蒙特問。

「就是昨天的那個傢伙，之前跟我在一起來著。」

「我怎麼會知道你昨天跟誰在一起了？」

她從嘴巴裡發出一陣咯咯聲，聽起來有些刺耳，「現在什麼時間？」她不再糾纏剛才的話題。

「不知道，反正天是亮著的。」

她把臉埋進下方印花棉布的靠墊裡，蹭了蹭後說道：「我昨天剛答應了一個帥氣男子的求婚，結果剛轉身就把別人帶回了家，而且還是個陌生人。」她放在頭上的手抬起又落下，「這是我家，對吧？」

「誰知道，反正鑰匙在你手裡。」奈德‧波蒙特說，「你要喝點東西嗎？柳橙汁？咖啡？」

「哦，我什麼都不想喝，真是該死。奈德，你快點離開行嗎？千萬別再回來了。」

「這可不容易做到，」奈德惡狠狠地說，「不過我會盡力一試。」說完他穿戴好大衣和手套，從衣服口袋裡掏出一頂深色起皺的帽子，戴好後就離開了。

5

　　當奈德・波蒙特回到自己居住的那家旅館時，已經是半個小時後了，此時他正站在734號房的門前。在他敲完門後，裡面傳來傑克模糊的聲音：「是誰？」聽起來似乎剛被吵醒。

　　「波蒙特。」

　　「哦，就來。」沒什麼精神的聲音答道。

　　傑克打開門按亮燈，身上穿著一件寬鬆的睡衣，上面還有綠色的圓點圖案。他的臉睡得通紅，眼睛沒什麼精神，腳上也沒穿鞋。他打著哈欠點了點頭後就重新躺回了床上，四肢攤開，視線落在天花板上。

　　「你今早沒事吧？」他沒什麼興趣地問道。

　　關好門的奈德・波蒙特在門和床之間站定，他向床上的男人問道：「我走了以後有什麼事嗎？」看起來似乎不太高興。

　　「沒有，什麼事都沒有。」傑克再次打了個哈欠，「也許你是想問問我之後都做了什麼吧？」沒等奈德回應，他就自顧自地說道：「我離開那兒去了街對面，在那盯著他們。他們出來後，德斯班和那個女人，還有打你的那傢伙一起去了巴克曼大廈，就位於四十八街那兒。德斯班在那兒以巴頓・杜威的名字登記，入住938號公寓。我在那兒一直待到三點多，他們肯定還在那兒，除非是在耍我。」說完，他微微轉一下頭，示意奈德注意房間裡的一個角落，「我幫你把帽子收起來了，就在那邊的椅子上。」

　　奈德・波蒙特走到椅子邊拿起帽子，將頭上深色起皺的那頂塞回外衣口袋裡，把這頂尺寸不對的帽子戴在了頭上。

　　「桌子上有琴酒，不過不多了。如果你想喝的話，可以來點。」傑克說。

　　「不用了，謝謝。你有槍嗎？」奈德問。

　　傑克從天花板上收回視線坐起身來，伸了個懶腰後又打了個哈欠，然後開口問道：「你要做什麼？」聽他的語氣，並不是真的好奇。

「我要去找他，去找伯尼‧德斯班。」

傑克曲起雙膝兩手環抱住，腰部微微向前彎曲，看著床腳慢吞吞地說道：「現在去？我可不認為這是個好時機。」

「沒錯，現在就去，沒什麼能阻攔我。」奈德‧波蒙特說，他的語氣吸引了傑克的注意。傑克發現他的臉色非常差，有一種泛黃的灰敗之氣。他渾濁的雙眼微瞇著，看不見一點眼白，眼眶也紅得厲害。不知什麼原因，他乾巴巴的嘴唇看起來也比平時腫一些。

「一晚上沒睡？」傑克問。

「睡了，不過只有一會兒。」

「喝酒了？」

「嗯。你到底有沒有槍？」

傑克抽出床單下面的雙腿站到床邊的地上。「你看起來很不好，為什麼不先休息一下呢？然後我們再談這些事。」

「我一定要去，就是現在。」奈德堅持道。

「好吧，雖然我不覺得這是個好主意。你知道這些傢伙都是來真的，並不是那些可以隨手打發的小孩子。」傑克說。

「你把槍放哪兒了？」奈德‧波蒙特問。

站起身的傑克開始解睡衣釦子。

「我拿到槍立刻就走，你就能接著睡了。」奈德說。

傑克將剛解開的釦子扣好後又爬回床上。「衣櫃最上面有個抽屜，槍就放在那兒。裡面還有幾個彈匣，你需要的話一起拿走吧！」說完，他就轉身閉上了眼睛。

奈德‧波蒙特將找到的手槍塞進褲子後面的口袋裡，對傑克說了一句「稍後再見」，然後就關上燈離開了房間。

6

巴克曼大廈是一棟佔據了大半個街區的正方形黃色公寓式建築。奈德·波蒙特進去後報了杜威先生的名字，並在對方詢問他的姓名時據實以告。

五分鐘後，他走出電梯進入一條長廊。長廊盡頭有一扇敞開的門，德斯班就在那兒站著。這個男人又矮又瘦，有一個和自己身架不相稱的頭。他留著一頭蓬鬆的長髮，看起來很厚實。在這樣的襯托下，他的頭更是大得出奇。除了眼睛，五官同樣很大。黑黝黝的臉色有幾道十分深刻的皺紋，一道橫過腦門，還有兩道從鼻孔那兒筆直地伸向嘴巴。一側的臉頰上還有一道紅色的傷疤，不過看起來沒那麼顯眼。他穿著一套熨燙得十分整齊的藍色西裝，身上沒有其他裝飾。

「早啊，奈德。」他站在門口招呼道，笑容裡有些譏諷的味道。

「伯尼，我想我們應該談談。」奈德·波蒙特說。

「沒錯，我也是這麼想的。當他們告訴我是你來了，我就對自己說『我打賭他是想跟我談談』。」

臉色蠟黃的奈德·波蒙特沉默著抿緊了嘴唇。

德斯班收斂了笑容。「好了，兄弟，進來吧，別在那兒傻站著了。」說著把門口讓了出來。

門內的小玄關正對著一扇敞開的房門，房裡麗·威爾謝爾和那個揍過奈德的男人正在收拾兩個旅行袋，此刻兩人已經停下了動作望向奈德·波蒙特。

奈德進入玄關後，德斯班緊隨其後，他關上門後說：「『夥計』本來就是個急性子，那天他以為你要找我麻煩。其實也怪不得他那麼想，誰讓你那天衝我來的架勢那樣足。你能理解吧？我已經說過他了，說不定他還願意跟你說『對不起』，如果你想聽的話。」

「夥計」對正瞪視著奈德·波蒙特的威爾謝爾低語了幾句。她的臉上露出一絲惡毒的笑容，回答說：「是啊，運動家精神嘛，就得堅持到最後一

刻。」

「波蒙特先生，快請進吧！大家都不是第一次見面了，沒錯吧？」伯尼・德斯班說。

奈德・波蒙特進入了麗和「夥計」待的那個房間。

「你的肚子沒事了吧？」「夥計」問。

奈德・波蒙特無視了他的問題。

「老天啊！你真的是要和我談談嗎？看起來可不像。」伯尼・德斯班嚷道。

「我當然要和你談，不過……」奈德說，「非要在這些人面前嗎？」

「當然，我就是要當著他們的面談，」德斯班說，「如果你不願意見到他們，乾脆就離開吧，我相信你肯定有自己的事要辦。」

「來這裡就是我要辦的事。」

「是的，和錢有關的事。」德斯班朝著「夥計」一笑，「對吧，『夥計』？這件事和錢可脫不了關係。」

「沒錯，」剛走到奈德進來的那扇門邊站定的「夥計」說，「但到底是什麼事，我不記得了。」

奈德・波蒙特將脫下來的大衣掛在一張棕色安樂椅的椅背上，坐下後把帽子放到身後，開口說：「這次不是我個人的事。我是……哦，我得看一下。」他從大衣內袋裡掏出一張紙，看了一眼後繼續說道，「我現在的身分是地方檢察署的特派探員。」

德斯班閃躲的目光有那麼一瞬間沉寂了一下，不過他很快就反駁道：「快別胡說了，上次見你時，你還只會跟在保羅的身後搖尾乞憐。」

奈德・波蒙特把紙疊好重新放回口袋裡。

「既然這樣，你大可來查查我們，隨便怎麼查，正好讓我們開開眼界。」說著德斯班坐到奈德・波蒙特的對面，晃了晃他那顆大得出奇的頭，「你從那麼遠的地方跑到紐約來，總不會是為了問我泰勒・亨利被謀殺的事吧？」

「你說對了。」

「真可憐，你這趟大概是白跑了。」他伸出一隻手，朝著地板上的旅行袋揮動了一下，「我從麗那兒得到消息後就開始收拾行李。你的陷害計畫太愚蠢了，我正打算回去笑話笑話你。」

奈德・波蒙特一臉輕鬆地將自己塞回安樂椅中，「就算是陷害，主謀也是麗。如果不是她，那些警察上哪兒弄證據去。」他把一隻手伸到背後說道。

「說得沒錯，你這個王八蛋，但別忘了，是你讓他們過去的。」麗憤怒地指責道。

「嗯哼，麗就是個笨蛋。」德斯班說，「不過那些借據也證明不了什麼吧？」

「我是笨蛋，啊？」麗的怒火更大了，「你帶著所有東西失蹤後，是誰大老遠的給你送來消息，難道不是我嗎？」

「確實如此，」德斯班應和道，聲音愉悅，「不過，這不恰好證明了你的愚蠢嗎？如果不是你暴露了我的行蹤，這個傢伙怎麼會找到這兒來。」

「你就是這麼想的？媽的，真是笑死我了。沒錯，就是我把那些借據交給警察的，你準備怎麼辦？」

「你別著急，等這些事辦完，你就知道我打算怎麼辦。」德斯班轉向奈德・波蒙特問，「你為什麼要陷害我？是那位誠實的保羅・麥維格的主意？」

「伯尼，你心裡很清楚我並沒有冤枉你，」奈德・波蒙特笑著說，「除了麗提供的線索，我們的調查並非一無所獲。」

「你們還查到了其他東西？」

「當然，很多。」

「都有什麼？」

奈德・波蒙特再次笑了起來。「伯尼，我能告訴你的東西太多了，不過當著這些人的面，我什麼都不想說。」

「神經病！」德斯班罵。

「跟這種傻瓜有什麼好客氣的，我們打他一頓就閃人吧！」站在門廊裡

的「夥計」開口說道，聲音刺耳。

「等等。」德斯班說，他緊鎖雙眉，目光再次轉向奈德・波蒙特：「你是來抓我的？有逮捕令嗎？」

「這個嘛，我不……」

「到底有沒有？」德斯班問，再不是之前那種譏諷打趣的態度。

「據我所知，沒有。」奈德・波蒙特慢吞吞地答道。

站起身的德斯班向後推了把椅子。「那就給我滾，快滾，除非你還想嘗嘗『夥計』的拳頭。」

奈德・波蒙特起身拿起大衣，從口袋裡掏出一頂便帽拿在手裡，然後把大衣掛在手臂上，鄭重其事地說道：「你肯定會後悔。」接著以一種莊重而嚴肅的姿態離開了那間公寓。即便走出去很遠，依然能聽見身後傳來「夥計」刺耳的嘲笑聲和麗尖銳的叫嚷。

7

離開巴克曼大廈的奈德・波蒙特快速穿過街道，雖然神情倦怠，但雙眼熠熠生輝。他的嘴角偶爾露出一絲模糊的笑意，深色的小鬍子也隨之顫抖。

他在第一個拐彎處撞上了迎面而來的傑克。「你怎麼在這裡？」他問。

「我可沒忘了，你是我的上司。所以我跟過來看看，萬一能幫點小忙。」

「來得正好，幫我叫輛計程車，動作快點，他們馬上要閃人了。」

「好，沒問題。」傑克回答完就順著街道離開了，奈德・波蒙特則留守在能看見巴克曼大廈正門和側門的街角。

傑克很快就找來了一輛計程車，奈德・波蒙特上車後讓司機將車停在了一個指定的位置。

「你沒對他們怎麼樣吧？」兩人靜靜坐著時，傑克問道。

「沒有。」

「哦。」

兩人說完就沒再對話，直到十分鐘後，傑克伸出食指指向一輛駛往巴克曼大廈側門的計程車說：「看那兒。」

先走出大廈的是「夥計」，他拎著兩個旅行袋。德斯班和麗在他上車後才走出來，接著三人就乘坐計程車離開了。

傑克身子前傾對司機吩咐了兩句。就這樣，他們跟著前面的計程車，在早晨慢慢亮起來的天光中穿過條條街道，繞來繞去，最後來到西四十九街，在一棟老舊的褐石房子前停了車。

最先從計程車上下來的依舊是「夥計」。他穿過人行道時，還不忘查看一下街道兩旁的情況，然後走到房前打開門鎖後，又返回了車裡。接著德斯班和麗下車，腳步匆匆地進入房子。「夥計」緊隨其後，手裡還拎著旅行袋。

「你在車裡待著。」奈德·波蒙特對傑克說。

「你要做什麼？」

「我打算去碰碰運氣。」

「這一帶可不是你找碴的地方。」傑克搖了搖頭反對道。

「如果待會兒是我和德斯班兩個人出來，你就離開，然後再叫輛計程車，去巴克曼大廈那兒守著。如果我沒出來，你就看情況而定吧！」奈德·波蒙特囑咐道，然後就離開了計程車。他的身體有些顫抖，但雙眼卻熠熠生輝。他沒有理會湊過來說了什麼的傑克，行色匆匆地穿過街道來到剛才德斯班他們進去的那棟房子前。

房子前頭有些台階，他腳步不停地直接來到門口握住了門把。他擰了擰，發現門沒鎖。門開後是一條昏暗的門廊，他看了一眼後走了進去。身後的房門轟然關閉，他的頭部挨了「夥計」凶狠的一拳，頭上的帽子也掉了。奈德·波蒙特的整個身體撞向牆壁後往下滑去，頭昏眼花的他差點跪下，而頭頂的牆壁則替他承受了「夥計」的第二拳。

雙唇緊抿的奈德掄起拳頭打向「夥計」的鼠蹊部[①]。這一拳不但快，而

達許·漢密特

且勁頭十足，「夥計」嚎叫一聲向後倒去。奈德‧波蒙特因此得到喘息，在「夥計」遞出下一拳之前，勉強站直了身子。

伯尼‧德斯班在不遠處的門廊裡靠牆站著，他那寬大刻薄的嘴唇撇向一邊，兩隻眼睛瞇成一條線，嘴裡不斷低聲重複道：「揍他，『夥計』，使勁揍他……」沒有看見麗‧威爾謝爾的身影。

接著，奈德‧波蒙特的胸口又被「夥計」揍了兩拳，不得不靠著牆壁咳嗽起來。他的臉也差點受到攻擊，還好躲得快。不過奈德也不是沒有反擊，他用前臂死死卡住「夥計」的脖子，然後對著腹部一頓猛踢。「夥計」大聲叫嚷著，聲音充滿憤怒。他揮舞著雙拳，卻始終無法靠近手腳並用的奈德‧波蒙特。趁著這個空檔，奈德把手伸向褲子後面的口袋裡，掏出從傑克那裡得來的那把左輪手槍。他毫不猶豫地對著「夥計」開了一槍，甚至沒來得及瞄準。子彈射中了「夥計」的右大腿，他嚎叫一聲，摔倒在門廊的地板上。躺在那兒的「夥計」雙眼布滿血絲，仰視著奈德‧波蒙特的眼睛裡都是恐懼。

奈德‧波蒙特往後退了幾步，和「夥計」拉開距離。他把左手插進褲子的口袋裡，看向伯尼‧德斯班說道：「來，我們得談談。」神色陰沉，態度堅定。

一陣腳步聲從他們的頭頂上傳來，還有來自建築後面某個地方的開門聲。走廊後方傳來激烈的叫嚷聲，但是沒看見其他人的影子。好半天，德斯班就那麼瞪視著奈德‧波蒙特，似乎被嚇壞了。接著他跨過躺在地板上的「夥計」，領著奈德離開了那棟建築，期間一句話都沒有說。下台階之前，奈德‧波蒙特將手槍塞回上衣口袋裡，但握著的手卻沒有鬆開。

「看到那輛計程車了嗎？上去。」奈德‧波蒙特指著傑克叫來的計程車對德斯班說道。「隨便繞兩圈，待會兒再告訴你去哪兒。」上車後他對司機這樣吩咐道。

1. 指腹部和腿部的連接處。——譯注

243

玻璃鑰匙

「你這是搶劫。你想要什麼，我都可以給你，只要你別殺我。不過你這根本就是搶劫。」德斯班說，此時車子已經上路了。

奈德‧波蒙特笑著搖搖頭，反駁道：「最開始我就告訴過你了，我是地方檢察署辦公室的人，你忘了嗎？」

「那又怎麼樣，我既沒被起訴也沒被通緝。你之前說……」

「你被騙了，伯尼。我有自己的理由。事實上，你已經是個通緝犯。」

「什麼罪名？」

「謀殺泰勒‧亨利。」

「就是這件事？媽的，我會回去解決的。你們有什麼理由通緝我？我確實握著他的幾張借據，我離開和他遇害確實是在同一天，我也確實因為他還不出錢而教訓了他一頓。但是那又怎麼樣呢？無論是哪個一流律師，都能輕而易舉地打贏這場官司。老天啊，如果像麗說的，在九點半之前，我就已經把那些借據放進了保險櫃裡，這不恰好證明，那天晚上我並沒打算去找他要債嗎？」

「當然不行，事實上，我們還有其他證據。」

「不可能還有其他的。」德斯班說，神情嚴肅。

「你錯了，伯尼。」奈德‧波蒙特冷笑道，「早上去找你時，我戴了一頂帽子，你沒忘吧？」

「大概是吧，我想你是戴著帽子的。」

「可是我離開時戴的卻是另一頂，是從大衣口袋裡掏出來的，記得嗎？」

黑臉男子的小眼睛裡出現了幾分狼狽和恐懼。「老天啊，這和我有什麼關係？你到底想做什麼？」

「我有證據。如果你還記著，就會發現那頂帽子的尺寸和我並不合適。」

「我不明白，奈德，你到底想說什麼，看在老天的面子上，告訴我。」伯尼‧德斯班的聲音嘶啞起來。

「我的意思是那頂不合適的帽子根本不是我的。泰勒遇害後，他的帽子

不見了，你記得這件事嗎？」

「不知道，我對他根本一點都不瞭解。」

「嗯，我只是想告訴你，我早上戴的那頂帽子現在正留在你的公寓裡，就是巴克曼大廈裡的那間。還記得那張棕色的安樂椅嗎？那帽子就在椅子的坐墊和靠背間塞著。你想想這個，再想想其他的，這些加在一起夠不夠讓你寢食難安的？」

德斯班顯然受到了極大的驚嚇，差點嚎叫起來。「把嘴閉上。」奈德‧波蒙特摀著他的嘴在他耳邊吼道。

德斯班黑黝黝的臉上流下一行冷汗，他撲到奈德身上，雙手緊抓著他的衣服領子，語無倫次道：「你怎麼能這樣對我，奈德。我發誓只要你放手，我馬上還你錢，一分都不會少，還有利息。真的，奈德，看在老天的面子上，我真的沒想騙你。我就是一時周轉不靈，當作是貸款似的先欠著。老天啊，你一定得相信我，奈德。我現在手裡沒有多少錢，不過你別擔心，我馬上把麗的首飾賣掉，然後把欠你的錢一分不少的還給你。我欠你多少錢，奈德？最晚到今天上午，我一定還給你。」

奈德‧波蒙特將這個黑黝黝的男人推到一邊：「一共是三千兩百五十元。」

「三千兩百五十元。好，我肯定一分不少的還給你。最晚不超過今天上午，一定給你。」德斯班看著手錶說，「到了那兒，我們立刻就能拿到錢，我保證，先生，老史坦應該已經在店裡等著了。奈德，看在過去的交情上，放我一馬吧！」

沉思中的奈德‧波蒙特搓了搓手掌。「放你一馬？我做不到，至少現在不行。我可是地檢署的人，有自己的職責，他們正想找你談談。不過那頂帽子我倒是能通融一下，但也只能做這麼多。這樣吧，你把錢還給我後，我會悄悄地把那頂帽子拿回來。除了你我，這件事不能讓第三個人知道，否則半個紐約的警察都不會放過你。怎麼樣？你考慮一下，是接受還是拒絕？」

「哦，老天啊！」伯尼‧德斯班哼叫道，「去史坦那兒吧，告訴司機地址是……」

三、旋風破

1

　　一輛從紐約開回來的返程列車到站了，眼神清明的奈德·波蒙特從車上下來。這個高個子男人的氣色不錯，雖然平塌的胸部讓他看起來似乎沒那麼健康。水泥樓梯連接著月台和走廊，大步前進的奈德輕快地抬腿上去，經過候車室時還沒忘了揮揮手，和服務台後面的熟人打招呼。然後他從一扇門中穿過，離開了車站。

　　他在等搬運工來搬行李的空檔買了份報紙，不過沒有立即打開。直到上了計程車，往蘭德爾大道行駛時才閱讀起來。報紙的頭版上有則新聞，足足佔了半欄高的地方。

第二個兄弟遇難

法蘭西斯·威斯特在其兄遇難不遠處被害

　　北艾克蘭街1342號的威斯特家族在不足兩個星期的時間裡再次迎來悲劇，31歲的法蘭西斯·威斯特於昨天夜裡被射殺。上個月其兄諾曼被一輛非法贓車追趕並射殺，法蘭西斯正是此事的目擊者，而且兩兄弟遇害的地點相隔不到一條街。

法蘭西斯·威斯特在洛克維咖啡廳工作，是一名服務生。案發時間為午夜時分，據當時下班回家的目擊者稱，他受到一輛黑色旅行車的突然襲擊。那輛車沿著艾克蘭街高速行駛，並在離威斯特不遠的地方轉向人行道，然後向車外開槍射擊。車裡的人向外射擊了二十多槍，其中有八槍打在威斯特身上，他當場死亡，甚至沒等到救援。之後，這輛帶來死亡的汽車迅速逃逸，在鮑曼街角那兒沒了蹤影。目擊者不止一人，提供的說辭頗多矛盾之處，再加上沒有人看清車裡的人，所以直到今天，警方依然沒有找到那輛車。

　　伯伊德·威斯特是威斯特三兄弟中唯一的倖存者，上個月諾曼死亡案他也是目擊者。對於法蘭西斯的死因，伯伊德一無所知。他表示，他的兄弟並沒有什麼仇人。家住貝克街1917號的瑪麗·薛培德小姐是法蘭西斯·威斯特的未婚妻，按照原本的計畫，兩人將於下個星期舉行婚禮。對於殺害未婚夫的凶手，她同樣毫無頭緒。

　　提姆·伊凡斯是上個月的諾曼·威斯特案中駕駛那輛車的司機，現在正被關押在市立監獄中，沒有獲得保釋權。他並不願意接受記者的採訪，等待他的是過失殺人的指控。

　　奈德·波蒙特將報紙疊起來，動作頗為小心。慢慢地將報紙塞進口袋後，他的嘴角微微下沉，因為沉思，眼睛亮了起來。除了這些，他一臉鎮靜。他把自己塞在計程車後座的角落裡，手裡握著一根沒點燃的雪茄把玩著。

　　到了住處，他直奔電話連打了四個電話，連帽子和大衣都來不及脫。每個電話，他都在詢問一個問題，「保羅·麥維格在你那兒嗎？」或者「你知道在哪兒能找到他嗎？」奈德在打完第四個電話後放棄了尋找麥維格，他拿起之前放在桌子上的雪茄點燃，然後又放了回去。接著他重新打起電話撥通了市政廳的號碼，並要求與地方檢察署辦公室通話。他在等待的過程中伸腳拖過來一把椅子坐下，把雪茄塞進嘴裡後對著話筒說道：「喂，是法爾先生嗎……我是奈德·波蒙特……沒錯，謝謝你。」他抽著菸，慢吞吞地吐出煙霧，「喂，法爾……我剛知道，也就幾分鐘之前……沒錯，你現在方便和我見面嗎……是的。威斯特命案的事，保羅和你說過嗎……你知道哪裡能找

到他嗎？嗯，我有個主意，想聽聽你的建議……哦，沒問題，半個小時後見……好。」

他放下電話進入房間，翻了翻門旁桌子上的東西。除了幾本雜誌，還有一些信，一共九封。他快速地將信上的字瀏覽了一遍，然後又原封不動地扔回桌上。接著，他進入臥室脫掉衣服後，直接去了浴室洗漱沐浴。

2

檢察官麥可・喬瑟夫・法爾是個四十多歲的男人，身體強壯。他一頭短髮，顯得很精幹，臉色紅潤，充滿了鬥志。他那張胡桃木辦公桌上的東西不多，只有一部電話和一個綠色玉石的筆插。筆插的個頭不小，上面有個單腳站立舉著飛機的金屬裸體人像，上面隨意地斜插著一黑一白兩支鋼筆，就在人像兩隻腳的側邊。

他伸出兩手和奈德・波蒙特握了握，先把奈德按坐到一把皮椅上後才回了自己的座位。「旅途如何？愉快嗎？」靠著椅背晃動的法爾問道，態度友善，還帶著幾分好奇。

「還不錯。」奈德・波蒙特答，「有件事，那個法蘭西斯・威斯特出了事，會不會對提姆・伊凡斯的案子有影響？」

法爾嚇了一跳，不過很快就掩飾過去了。他在椅子上扭動一下身體，讓人以為他只是想坐得舒服點。

「這個嘛，不會有太大影響，」他說，「換句話說就是不會翻案，因為還有另一個兄弟可以作證，同樣對伊凡斯不利。」他的視線落在胡桃木桌子的一角，故意不與奈德・波蒙特對視。「怎麼？你有其他意見嗎？」

看著眼前這個不敢與他對視的男人，奈德・波蒙特神情嚴肅。「就是好奇而已。如果另一個兄弟可以作證，我想應該就沒什麼問題了。」

「沒錯。」依舊沒抬頭的法爾把椅子前後搖晃了五六次，幅度不大，只

有一兩英寸。他頰邊有不少肥肉，此刻正輕微顫抖著。然後，他清了清喉嚨站起身來，目光友善地直視著奈德・波蒙特說：「等我一下，我有點事要處理。沒有我，他們根本做不成什麼事。我一會兒想和你聊聊德斯班，你再坐一會兒。」

「好，我不著急。」奈德・波蒙特低聲說道，此時檢察官已經離開了辦公室。十五分鐘後法爾才回來，這期間奈德一直在辦公室裡抽雪茄，神態平靜。「真是不好意思，讓你一個人待在這兒。」眉頭緊鎖的法爾說，「我們就快被這些工作壓垮了，如果再這麼下去……」他伸手比劃了一下，以絕望的手勢結束了這個話題。

「沒關係。泰勒・亨利的案子如何了？有什麼新進展嗎？」

「沒有，所以我才想和你聊聊德斯班。」法爾這次依舊不願直視奈德・波蒙特。

奈德的嘴角閃過一絲嘲笑，但沒讓對方察覺。「其實並沒有太多證據證明他跟這個案子有關係，你仔細查查就能知道。」

盯著桌角的法爾慢慢點了點頭，「可能吧，不過有一點很可疑，他正好是案子發生的那天匆忙出城的。」

「他有其他理由。」奈德・波蒙特說，「一個非常不錯的理由。」嘴角再次閃過微弱的笑意。

法爾再次點了點頭，似乎很願意相信奈德的話。「你能肯定他不是凶手？」

「不，我不能肯定，但至少我認為可能性不大。當然，如果你想抓他的話，有的是證據。」奈德・波蒙特答道，故意裝出一副不放在心上的樣子。

檢察官抬起頭，臉上掛著謙虛友善的微笑，他看著奈德・波蒙特說：「如果你嫌我管得太多，可以叫我滾蛋，不用客氣。不過保羅為什麼會派你去追蹤伯尼・德斯班呢？甚至一路跟到紐約。老天在上，我真是想不通。」

回答之前，奈德・波蒙特先沉思了一會兒，然後聳了聳肩膀說：「確切地說，是他『讓』我去，而不是『派』我去。」

法爾保持沉默。

奈德・波蒙特狠抽了一口雪茄後吐出煙霧，再次開口道：「伯尼之所以逃跑和我有很大關係，他欠了我一筆賭債沒還。那天晚上——就是泰勒・亨利遇害的那天——我在佩姬・歐圖身上押了一千五百元，最後牠跑贏了。」

「不用在意，奈德。實際上，不管你和保羅做了什麼，都和我沒什麼關係。」檢察官連忙說道，「我只是……你應該明白，我只是不太確定，德斯班會不會在路上恰好碰到了亨利，敲他一筆？我覺得最好還是先把他抓回來關一段時間，這樣保險一點。」他厚實突出的下唇彎曲，露出一個討好的笑容，「你別誤會，我並不想打探保羅和你的事，只是……」法爾紅潤的臉龐腫脹發亮，他突然彎下腰去，將抽屜猛地拉開，把手伸進去在一疊紙中翻找著什麼。接著，他從抽屜裡拿出一個白色信封遞給桌子對面的奈德・波蒙特，信封的一端已經被拆開了。「看看這個，」他低聲說道，「然後告訴我你的看法……或者說是我想得太多了。」

接過信封的奈德・波蒙特並沒有立即查看。他只是緊緊盯著檢察官紅潤的臉龐，眼裡閃著又冷又亮的光。

在他的注視下，法爾的臉龐變成了暗紅色。他舉起一隻胖手比了個手勢，似乎在告訴奈德不用太過緊張，「奈德，這封信沒什麼重要的，至少我是這麼認為。不過……我是說無論哪個案子，都有一堆像這樣的垃圾，而且……哎，不管怎麼說，你還是先看看吧！」

奈德・波蒙特又盯著法爾看了好半天，然後才把視線移到信封上。信封上是用打字機列印出來的地址：

本市市政廳

檢察官

M. J. 法爾親啟

郵戳上有日期，是上星期六。裡面的白紙上只有三句話，開頭沒有稱謂，結尾也沒有署名。

達許・漢密特

為什麼保羅‧麥維格在泰勒‧亨利遇害後偷了他一頂帽子？

遇害時，泰勒‧亨利頭上的帽子去哪兒了？

為什麼自稱第一個發現泰勒‧亨利屍體的人成了你的手下？

奈德‧波蒙特把信摺起來塞回信封裡，然後把信封扔回桌子上。他伸出一根食指，用指甲順了順自己的鬍子。先從中間往左，再從中間往右。他看著檢察官，目光毫無波瀾，「怎麼了？」他問，語調平靜。

兩頰上的肥肉再次顫抖起來的法爾緊皺眉頭，眼中神色誠懇。他認真地說道：「老天在上，奈德，這些東西在我眼裡一文不值。每次發生點什麼事，我們就能收到一大堆這種垃圾。我就是想讓你看看，僅此而已。」

「如果你一直這麼想，那就沒事了。」奈德‧波蒙特說，聲音和眼神依舊毫無波瀾，「這件事你告訴保羅了嗎？」

「你是說這些信嗎？沒有。我是今天早上收到信的，直到現在，還沒有和保羅碰過面。」

奈德‧波蒙特當著檢查官的面將桌上的信塞進了外衣口袋裡，這讓法爾有些尷尬，但他並沒有說什麼。

收好信的奈德‧波蒙特從另一個口袋裡掏出一根細長的帶斑點的雪茄，他張嘴說：「他已經夠忙了，如果我是你，就不會讓他知道這封信的存在。」

沒等他說完，法爾就連忙附和道：「沒錯，奈德，你說得一點沒錯。」

之後好半天，兩人都沒有說話。奈德目不轉睛地看著法爾，似乎在思考什麼，而法爾則一直盯著桌子的一角。直到響起一陣柔和的鈴聲，這段沉默終於被打破。

法爾接起電話。「哦……是的。」他突出的下唇緩緩向上抵住上唇邊緣，紅潤的臉龐被陰影覆蓋，「該死，他才不會！」他嘶吼道。「那個王八蛋，帶他過來，讓兩人當面對質。如果他不願意，那就不用客氣了……沒錯……這麼做吧！」他動作粗魯地放下話筒，看向奈德‧波蒙特的雙眼中帶著怒火。

正要點燃雪茄的奈德‧波蒙特停止了動作。他一手雪茄一手打火機，打火機上的火尚未熄滅。他把臉湊到兩手間，雙眼閃閃發亮。他伸出舌頭，在嘴唇上舔了舔，嘴角彎出一個弧度，但似乎並不怎麼高興。「出什麼事了？」他壓低聲音以一種誘導的語氣問道。

「指認伊凡斯的那個兄弟——就是伯伊德‧威斯特——剛才談話時，我正好想到這件事，就派人去問問他，看他是否還能指認提姆，結果這個王八蛋居然說他不確定。」怒氣未消的檢察官說。

奈德‧波蒙特點了點頭，好像也嚇了一跳。「你打算怎麼辦？」

「他想就此脫身？辦不到。」法爾叫嚷道，「之前，他指認過他，就算到了陪審團面前，他也非堅持到底不可。我現在已經派人帶他過來，等得到些教訓，他就會乖乖聽話了。」

「真的嗎？如果他不肯聽話呢？」奈德問。

「他會的。」檢察官握緊拳頭，捶了桌子一拳，力道大得讓桌子顫抖了一下。

顯而易見，他的話並不能說服奈德‧波蒙特。點燃雪茄的奈德將熄滅的打火機塞回口袋裡，吐出一口煙霧後，用一種揶揄的口氣問：「他現在當然會，但如果他不是心甘情願的呢？萬一到了提姆面前，他說『我不確定是不是他』呢？」

法爾再次使勁捶了桌子一下。「他不會那麼做的⋯⋯等我給他一點顏色看看。之後，除了站在陪審團面前說『就是他』，他什麼都不會做。」

奈德‧波蒙特臉上調侃的神色消失了，取而代之的是一種不耐，他開口說道：「你心裡應該明白，他不會再堅持之前的指認了。你還有什麼辦法？一點辦法都沒有，對吧？這代表什麼？代表你根本無法起訴提姆‧伊凡斯。雖然他留下的那一整車私酒還在你手裡，但真正能證明他當時開著那部車的證據只有一個，就是作為目擊者的死者的兩個兄弟的證詞。現在法蘭西斯已經遇害，伯伊德又因為懼怕不願意繼續指認，那這個案子要怎麼成立呢？你心裡應該清楚，根本成立不了。」

因為太過憤怒，法爾扯著嗓門大喊：「怎麼？你以為我會乾坐著⋯⋯」

奈德‧波蒙特似乎沒了耐心，他拿著雪茄的手比了個手勢，將法爾的話打斷。「不管你是坐著、站著，哪怕去騎腳踏車，」他說，「反正都改變不了你輸了的事實，你心裡清楚得很。」

「是嗎？我是檢察官，這個市和這個郡都在我管轄範圍，而且我……」法爾的聲音戛然而止，他清了清喉嚨，將下面的話嚥了回去。他眼中的神色不斷變換，從鬥志昂揚到疑惑再到恐懼。他傾身向前，紅潤的臉上帶著一種無法掩飾的擔憂。他說：「你應該知道，如果你——或者保羅——我的意思是說，如果有任何理由讓我放棄這件事，你應該明白——這件事就到此為止了。」

奈德‧波蒙特的嘴角再次露出那種不甚愉快的笑容，在雪茄的煙霧中，他的雙眼閃爍著精明的光。緩緩搖頭的奈德用一種讓人無法忍受的甜蜜語氣慢吞吞地說道：「不，法爾，沒什麼理由。我知道你在想什麼，但根本不是那麼回事。保羅是承諾過會把伊凡斯弄出來，不過那是選舉後的事。可是，你愛信不信，保羅從沒下令殺過任何人。就算有，伊凡斯也沒那麼重要。不惜為他殺人？根本不可能。不，法爾，什麼理由都沒有，我希望你也這麼認為。」

「老天在上，奈德，你千萬別誤會，」法爾反對道，「你應該明白，在這個城裡，我是保羅和你最堅定的支持者。你心裡應該清楚。我剛才那番話的意思很簡單，只是希望你明白……嗯，無論什麼時候，你都可以給我最大的信任。」

「那就好。」奈德‧波蒙特不甚熱情地說道，然後站了起來。

法爾也起身繞過桌子，伸出一隻紅潤的手。「這麼著急做什麼？一會兒他們會把威斯特帶過來，你為什麼不留下來看看他的反應呢？或者……」他低頭看了看錶，「我們晚上可以一起用餐？你有時間嗎？」

「真是抱歉，我沒辦法，」奈德‧波蒙特答道，「我得走了，還有許多事要忙。」

法爾搖晃著奈德的手，讓他常來坐坐，或者哪天有時間，一起吃個晚飯什麼的。奈德任憑他動作，只低聲說了一句「好，一定。」然後就離開了。

3

　　沃特‧伊凡斯是木箱工廠的一位工頭，他正在一排操作敲釘機的工人旁邊站著時，奈德‧波蒙特走了進去，他的出現立即引起了沃特的注意。沃特舉起一隻手跟奈德打了個招呼，然後沿著中央通道朝他走了過去。從沃特那雙蔚藍的眼睛和圓圓的臉上就能發現，那種喜悅之情只是流於表面。

　　「嗨，沃特。」奈德‧波蒙特招呼道。為了避免去握這個矮個子男人伸出的手，奈德稍微往門的方向轉了轉。「我們換個地方吧，這裡太吵了。」

　　伊凡斯的話，湮沒在金屬機械將釘子釘進木頭裡的噪音中。兩個人一起走向一扇敞開的門，奈德‧波蒙特剛剛正是從那兒進來的。門外面有個寬闊的高台，是用堅固的原木搭建的。高台和地面之間有一條木梯，大概二十英尺長。

　　兩人在木頭高台上站定，奈德‧波蒙特問道：「昨天晚上有人被殺了，就是之前指認你哥哥的人之中的一個，你知道嗎？」

　　「知……知道，報……報……報紙上有新聞。」

　　奈德又問：「現在，另一個證人也動搖了，他可能也無法指認你哥哥了，你知道嗎？」

　　「不……不知道，奈……奈德。」

　　「如果他不願意指認，你哥哥就能出來了，你明白吧？」奈德‧波蒙特說。

　　「明……明白。」

　　「你似乎沒那麼高興。」奈德說。

　　「不……不……奈德，我很高興。」伊凡斯抬起衣袖擦了擦額頭，「看……看……看在老天的面子上，我真的很高興！」

　　「被殺害的那個人叫威斯特，你認識他嗎？」

　　「不……不認識，但是我見……見過他，就……就一次，我希望他能放……放過提姆。」

「他怎麼說？」

「他……他不願意。」

「什麼時候的事？」

伊凡斯挪動腳步再次用袖子擦了擦臉，「兩……兩三天……之前。」

「誰殺了他？你知道嗎，沃特？」奈德‧波蒙特問，聲音溫柔。

伊凡斯使勁搖了搖頭。

「你有懷疑的對象嗎，沃特？」

伊凡斯再次搖頭。

奈德‧波蒙特目不轉睛地看著伊凡斯的身後，不知在想什麼，好半天沒回過神來。工廠裡敲釘機鏗鏘的聲音從十英尺外的那扇門裡傳出來，其中還夾雜著另一層樓裡鋸木頭的呼呼聲。伊凡斯使勁吸了一口氣後又吐了出來。

奈德‧波蒙特的目光再次回到面前的矮個子男人身上，他看著那雙蔚藍的眼睛，微微俯身，憐憫地問道：「你沒事吧，沃特？我是說，可能會有很多人懷疑你是殺害威斯特的凶手，以便讓你哥哥脫罪。你有沒有──」

「我……我昨天一─一整夜都在俱樂部，從八點一……一直……待到凌晨兩……兩點，」在口吃能允許的語速裡，沃特‧伊凡斯快速地辯解道，「有很……很多證人，哈瑞‧史洛斯、班……班恩‧佛瑞斯、伯瑞格……」

「真是好運，沃特。」奈德‧波蒙特笑著說道。

他轉身下了木頭樓梯來到街上，因為是背對著沃特‧伊凡斯，所以並沒有聽見他在後面友善的道別，「再見，奈德。」

4

奈德‧波蒙特從木箱工廠裡出來後，穿過四個街區來到一家餐廳，再次撥出這天稍早撥過的那四通電話。他還是詢問保羅‧麥維格在哪兒，依舊一無所獲。不過每通電話他都有留言，讓麥維格回個電話給他。接著，他叫了

一輛計程車，回到家裡。

門旁邊的桌子上堆著許多信件，此時又添了幾封。奈德將大衣、帽子掛好後點了根雪茄，拿起信件，在最大的那把紅絨布的寬椅中坐好。裡面的第四封信和他之前在檢察官那兒看到的那封很像。他打開來看，裡面是一張列印著三句話的信紙，既沒有開頭的稱謂，也沒有結尾的署名。

泰勒‧亨利死後，你才發現他的屍體？真的如此嗎？還是你本來就在他被害的現場？

你為什麼沒有立即報案，而是先讓警察發現他的屍體？

為了拯救有罪的人，你就要陷害無辜者嗎？

看著這封信，奈德‧波蒙特瞇起雙眼，前額上出現了皺紋。他使勁吸著雪茄，將這封信和檢察官收到的那封做了個比較。兩封信無論是信紙、打字方式，還是郵戳上的日期，都是一樣的，而且內容也都是三句話。

奈德‧波蒙特緊鎖雙眉，將信塞回各自的信封後裝進口袋裡。不過很快，他又將信拿出來重讀了一遍。因為吸得太猛，雪茄燃燒得很不均勻，有一邊燒偏了。他身旁有個小桌子，將雪茄放到桌上的同時，他做了個厭惡的表情，手指神經質地在小鬍子上摸著。接著他再次收起信，身體向後，靠著椅子凝視著天花板，把指尖塞進嘴裡啃咬著。他伸出手指梳理了兩下頭髮，一根指尖塞在脖子和領子的空隙裡。接著他直起身將兩個信封從口袋裡再次掏了出來，然後又放回去，一眼都沒看。他咬著下唇搖了搖頭，終於耗光了耐心，開始拆閱其他信件，電話在他看到一半時響了起來。

他接起來，「喂……保羅。你在哪兒……你還要在那兒待多久……哦，好，你順便來我這兒一趟……好，我等你。」說完，就回去接著看信了。

5

奈德·波蒙特家的對面有座灰色的教堂，保羅·麥維格抵達時，教堂恰好響起了鐘聲。

「嗨，奈德。你什麼時候回來的？」穿著一身灰色斜紋軟呢大衣的保羅一進門就中氣十足地問道。

「差不多中午那時候。」和他握手時，奈德回答。

「都解決了？」

「該給我的，一分不少都拿到了。」奈德·波蒙特滿意地笑起來，微微露出牙齒。

「真不錯。」把帽子扔到椅子上的麥維格坐到火爐邊的另一把椅子上。

「有什麼事嗎？我不在的這段時間。」奈德·波蒙特坐回自己的椅子上，從手臂旁邊的桌子上拿起一個酒杯。酒杯之前就放在銀色的調酒杯旁，裡面裝著一半的雞尾酒。

「還好已經解決了排汙工程的那些爛事。」

「要縮減預算嗎？」輕啜著雞尾酒的奈德·波蒙特問。

「沒錯，需要縮減不少。和之前相比，利潤少了一大截。但不管怎麼說，總比在離投票日這麼近的時候捅婁子強。明年我們會找機會彌補回來的，賽倫街和栗樹街的拓寬工程就是個好機會。」

奈德·波蒙特點了點頭。眼前的金髮男子伸出雙腿交疊在一起，奈德看著他的腳踝說：「絲質的襪子和毛呢料可不太配。」

麥維格直直地抬起腿看了腳踝一眼。「是這樣嗎？可是我喜歡絲綢的質感。」

「那就放棄毛呢料。泰勒·亨利安葬了嗎？」

「星期五。」

「會去葬禮嗎？」

「當然，」麥維格說完又特意提了一句，「參議員邀請我去的。」

把酒杯放回桌子上的奈德・波蒙特從外衣胸袋裡掏出一條白色手帕，在嘴邊擦了擦。「參議員怎麼樣了？還好嗎？」他瞥了金髮男子一眼，眼中都是調侃的意味。

「還不錯。整個下午我沒做別的，一直在陪他。」麥維格答道，有些刻意。

「在他家裡？」

「沒錯。」

「還有那位金髮禍水？」

麥維格的眉頭微微皺了起來。「珍妮特也在。」

拿開手帕的奈德・波蒙特喉嚨裡發出一陣咯咯聲，就像在咳嗽一樣，「嗯，現在都能直呼其名了，和她發展到哪兒了？」

「我還是想和她結婚。」重新鎮定下來的麥維格平靜地答道。

「這麼……這麼崇高的想法，你告訴她了嗎？」

「天啊，奈德！」麥維格抗拒道，「你要審問我到什麼時候？」

奈德・波蒙特笑著拿起銀色調酒朴搖了搖，然後又給自己倒了一杯，「法蘭西斯・威斯特被殺的事你有什麼想法？」手拿酒杯坐回椅子上的奈德問道。

麥維格似乎不能理解奈德的話，好在只是一瞬間就反應了過來，「你是說昨晚在艾克蘭街被射殺的那個傢伙？」

「沒錯，就是他。」

麥維格的藍眼睛裡再次出現一絲困惑。「怎麼了？我和他可不熟。」

「之前一共有兩個人指認沃特・伊凡斯的哥哥，他就是其中之一，另一個是伯伊德・威斯特。現在他死了，伯伊德也不敢去作證了，所以對提姆殺人的控告就無效了。」奈德・波蒙特說。

「那很好呀。」麥維格立刻接話，不過剛說完他就反應了過來，眼中露出疑惑。他把腿收回來往前探身問道：「不敢？」

「對，或者你更喜歡另一個詞，『害怕』。」

麥維格的臉色凝重起來，瞪著沒有一點溫度的藍眼睛認真地問道：「奈

德，你究竟想說什麼？」

奈德・波蒙特將喝光的杯子放回桌子上。「你告訴沃特・伊凡斯選舉前根本沒辦法把提姆弄出來，於是他去找了別人幫忙，應該是沙德・歐羅瑞。」他故意用一種背課文似的刻板語氣說道，「為了不讓威斯特兄弟指認提姆，沙德派遣自己的手下去恐嚇他們。結果有一個不受威脅，他們乾脆一不做二不休，把他給殺了。」

「這是提姆・伊凡斯的事，沙德為什麼要插上一腳？」麥維格皺著眉頭反駁道。

「好吧，這只是我的猜測。就這樣吧！」奈德・波蒙特一邊伸手去拿雞尾酒的搖杯，一邊粗魯地說道。

「別這樣啊，奈德。你心裡是怎麼想的，告訴我。你知道，在這方面，你總是能給我幫助。」

奈德・波蒙特將酒杯重新放回桌子上，沒有倒酒。「這都是我猜的，保羅。不過在我眼裡，離事實也不遠了。第三守衛廠裡的沃特・伊凡斯是替你做事的，而且他也加入了俱樂部，像這些東西基本上每個人都知道。如果他請你幫忙，你肯定會把他哥哥弄出來，哪怕要付出很大的代價。目擊者的指控對提姆非常不利，為了讓他們閉嘴，大家——或者說大多數人——難免懷疑，是不是你射殺了他。這麼想的人肯定不少，例如那些圈外人、最近讓你害怕的婦女團體，還有那些可敬的市民。那些圈內人對事情的真相多少會有些瞭解，事實上，他們並不怎麼在乎凶手是誰。他們能瞭解到的就是，你的手下去找沙德幫忙，而沙德也確實幫他解決了這件事。這就是沙德的陷阱，為了對付你……或者你認為他不會做到這種地步，只為了讓你丟臉？」

麥維格咬牙低吼道：「他會的，我很清楚這一點，那個該死的癟三。」他惡狠狠地低下頭去，盯著腳邊地毯上的一片樹葉出神。

奈德・波蒙特盯著眼前的金髮男子，繼續說道：「當然，還有另一個看法，或許我說的這些根本不會發生。但不管怎麼說，你還是提前做些準備比較好，萬一沙德真的這麼做呢？」

麥維格抬頭看著他說：「什麼？」

「昨天晚上，沃特・伊凡斯在俱樂部待到凌晨兩點。他之前從沒待到過這麼晚，除了選舉夜或宴會的時候。事實上，他之前待得最晚的一次也不過才晚上十一點。你明白了嗎？他在我們的俱樂部裡為自己製造一個不在場證明。如果……」奈德・波蒙特的語氣一沉，深色的眼睛看起來很嚴肅，「沙德要利用射殺威斯特的事陷害沃特呢？沃特的不在場證明就會變成『假的』，至少那些婦女團體和所有喜歡八卦的人都會這麼認為。既然是『假的』，為什麼還會有呢？自然是我們替他偽造的。」

「那個該死的癟三。」麥維格站起身，將雙手插進了褲子口袋裡。「老天，怎麼偏偏在這個時候？真希望已經選舉完了，或者還有很長時間才開始。」

「如果是那樣，就不會發生這種事了。」

麥維格一邊往房子中間走了兩步，一邊抱怨道：「他真該死。」然後停下腳步的他朝著臥室門邊架上的電話皺起眉頭。隨著呼吸，他的胸腔不斷起伏著。他從嘴邊擠出話來：「找個方法，我不希望這種事發生。」看也沒看奈德。接著他朝著電話邁了一步又停下，「還是算了，」他轉身看向奈德・波蒙特，「我會逼沙德不再插手這個小城的事。我不希望再看見他，我已經受夠了。我會逼他立即放手，今晚就是個開始。」

「比方說？」奈德・波蒙特問。

麥維格笑著說：「比方說狗屋、天堂樂園，以及其他沙德和他朋友感興趣的地下酒吧，我會讓倫尼好好找一找，然後全部轟掉，就在今天晚上，一個都別想剩。」

奈德・波蒙特有些拿不定主意，他開口說道：「這樣是給倫尼找麻煩吧！要知道，在我們的警方眼中，禁酒令沒有多大效用。他們恐怕不願意做這種事。」

「他們會做的，哪怕是為了我，畢竟他們欠我的東西太多了。」麥維格說。

「或許吧！」奈德・波蒙特神色猶豫，躊躇不定地說道，「可是這樣的行動規模太大了，就好像要打開一個保險櫃的門，明明有更簡便的方法，卻

非要用旋風破^①來弄出那麼大的動靜。」

「你有什麼好主意，奈德？」

「沒什麼把握，」奈德・波蒙特搖了搖頭，「再多等兩天也沒什麼問題……」

「不，奈德。」麥維格搖頭否決道，「我得採取行動。對於怎麼開保險櫃，我一竅不通，但我知道怎麼打仗。像我這種仗，得用雙手去打。我試著開過幾次保險櫃，但都沒成功，看來是學不會了。不過沒關係，就讓我們在歐羅瑞先生的身上先來個旋風破吧！」

6

戴著角框眼鏡的男人說道：「所以你就不用再為那個擔心了。」他往後靠坐在椅子上，看起來頗為得意。

他左邊有兩個人，其中一個十分消瘦，嘴唇上方留著濃密的小鬍子，但頭上只有幾根稀疏的頭髮。他對另一個人說：「該死的，這聽起來好像有些問題。」

「是嗎？」精瘦的男人轉過頭來，透過眼鏡瞪視著說話的瘦弱男子，「保羅根本沒必要親自來我這兒辦……」

「啊，胡說八道。」瘦弱的男子說。

「你看見派克了嗎，布林？」麥維格向他問道。

「見到了。他說要五個，但我覺得說少了，他身上至少還能弄兩個出來。」

「天啊，我早就料到了。」戴眼鏡的男人說道，語氣輕蔑。

---

1. 指在保險櫃上鑽許多小孔，在其中放入炸藥一起引爆，以炸開櫃門。——譯注

布林瞥著他冷笑道：「是嗎？你是怎麼料到的？」

寬大的橡木門上響起了敲門聲，咚咚咚，三下。

奈德・波蒙特原本反向跨坐在椅子上，此時起身走到門邊拉開一個不到一英尺的縫隙。

門外站著一個身穿藍衣服的黑人，他的額頭很窄，衣服也不甚整齊。他沒有進門的意思，想要壓低聲音說話，卻因為太過激動，聲音大得傳遍了整個房間。「沙德・歐羅瑞想見保羅，正在樓下等著。」

關上門的奈德・波蒙特轉身看向保羅・麥維格。因為窄額頭男人的話，房裡的其他人陷入了震驚中，似乎只有他們兩個沒受到影響。當然，其他人的震驚也沒有表現在明面上，有些人甚至故意用冷漠來遮掩，但只要傾聽他們的呼吸聲就會發現，所有人的呼吸都亂了。

奈德・波蒙特故意複述了一遍，即便他知道根本沒必要那樣做，他用一種表達適當好奇的語氣說：「歐羅瑞在樓下，想見見你。」

麥維格看著錶說：「給他帶句話，我現在有事走不開，如果他願意等的話，我會見他。」

奈德・波蒙特點了點頭，打開門對之前敲門的人說：「告訴他，保羅現在有事走不開。如果他願意等一等的話，保羅會和他見面。」說完就關上了門。

麥維格正在和一個皮膚蠟黃的方臉男人說話，他在詢問他栗樹街的另一頭有沒有機會貢獻出更多的選票。方臉男人回答說，和上次相比，他覺得會「多很多」，不過要想對競爭對手造成影響，可能還不夠。他說話的時候眼睛也沒閒著，總是向房門瞥上一眼。

奈德・波蒙特跨坐在窗邊的椅子上抽著雪茄。

麥維格又問另一個人競選經費的事，問他能從哈維克那兒募到多少。這人雖然沒盯著房門看，但心思顯然也沒在回答保羅的問題上。

房間裡瀰漫著一股緊張的氛圍，而且越來越強烈。即便是麥維格和奈德態度鎮靜，在談論競選問題時嚴肅認真，依舊無法將這種氛圍壓制下去。

麥維格在十五分鐘後站起身來，「好吧，雖然還不能輕鬆獲勝，但總算

有進展了。只要再接再厲，我們一定能勝利。」他走到門口和每個要出去的人握手。不知什麼原因，所有離開的人腳步都十分匆忙。

奈德・波蒙特還在椅子上坐著，直到屋裡只剩下他們倆了，他才開口問道：「需要我離開嗎？」

「不用。」麥維格走到窗前俯視著日光中的唐人街。

「雙手去打？」沉默了一會兒後，奈德・波蒙特問。

麥維格從窗邊轉過身來，他點了點頭，「我也不瞭解其他的，」——他朝著跨坐在椅子上的男人笑了一下，像個孩子似的，「只知道或許還得加上雙腳。」

一陣扭動門把的聲音傳來，打斷了正要開口的奈德・波蒙特。

開門進來的是一位個子中等偏高的男人，他儀容整潔身材合宜，看起來有些虛弱，但那只是一種錯覺。他似乎還不到三十五歲，但頭髮全白了，柔順地貼在頭皮上。他臉型偏長，但輪廓深邃，有一雙灰藍色的眼睛，十分清澈。他穿著一身深藍色的西裝，外面罩著一件暗藍色的大衣，戴著一雙黑色手套，手裡拿著一頂圓頂窄邊黑帽。

他後面還有一個跟班，是個O型腿的惡漢，個頭和他差不多。黑黝黝的皮膚、平坦的臉龐、傾斜的肩膀和又粗又長的手臂讓他看起來和猿猴有幾分相似。他頭上戴著一頂灰色的軟呢帽，並沒有要摘下來的意思。關上門後，他雙手插進格子呢大衣的口袋裡，直接靠在了上頭。

領頭進來的男人已經邁了四五步，將帽子放在椅子上後開始脫手套。

依舊雙手插口袋的麥維格招呼道：「最近還好嗎，沙德？」臉上掛著友善的微笑。

「還不錯，你呢，保羅？」白髮男人一口男中音，聽起來頗為悅耳。說話時還帶著輕微的口音，讓他的言語更具特色。

麥維格抬頭朝著一邊點了點，示意他注意跨坐在椅子上的男人，「這是波蒙特，你認識吧？」

「認識。」歐羅瑞答。

「沒錯。」奈德・波蒙特回應，但沒有其他動作，既沒起身，也沒向對

方點頭問好。

　　沙德‧歐羅瑞將脫下來的手套塞進大衣口袋裡，開口說道：「政治和生意，一碼歸一碼。一直以來，我都願意花錢消災，以後依然願意，不過我希望這些錢不是白花的。」他的聲音認真調節過，聽起來既愉悅又誠懇。

　　「你什麼意思？」麥維格問，一副毫不在意的口氣。

　　「我的意思是，我和我的朋友們給過這城裡的警察許多好處，從我們這兒拿過錢的警察至少佔總數的一半。」

　　「所以呢？」在桌旁坐下的麥維格問，依舊是毫不在意的語氣。

　　「我希望這錢不是白花的。為了圖個清靜，我願意花錢，這沒什麼，但這錢必須花得值得。」

　　麥維格低笑道：「沙德，你來這兒抱怨一番，就是因為那些警察不願意再接受你的賄賂了？」

　　「我想說的是，昨天晚上杜倫告訴我，是你下的命令，關掉了我的那些店。」

　　再次低笑起來的麥維格轉頭看向奈德‧波蒙特：「你覺得呢，奈德？」

　　奈德‧波蒙特沒有回答，只是漫不經心地笑了一下。

　　「你想知道我的想法嗎？我覺得該給杜倫隊長放個長假，畢竟他操心的事太多了。這件事可別忘了，記得提醒我。」麥維格說。

　　「保羅，交了保護費的我有權得到保護。生意和政治是兩碼事，一碼歸一碼。」歐羅瑞說道。

　　「不。」麥維格說。

　　沙德‧歐羅瑞的藍眼睛一片朦朧，他看著遠處的某個地方微笑起來，有一點遺憾的意味。他那令人愉悅的口音稍微帶著愛爾蘭腔，再開口時卻染上了一抹愁緒。

　　「那就表示會有傷亡出現了。」

　　麥維格眼中的顏色加深，看起來深不可測，聲音同樣如此。「如果這就是你的解釋，那好。」

　　「一定會有人喪命的。」點了點頭的白髮男子語帶哀愁地說，「看來是

我弄得太大，礙著你的眼了。」

靠坐在椅子上的麥維格雙腿交疊，加重了語氣說：「也許你說的沒錯，弄得太大讓你進退兩難，但你會讓步的。」他動了動嘴唇，好像突然想起了什麼，又加了一句：「事實上，你正在這麼做。」

沙德·歐羅瑞的眼神清明，剛才的哀愁迅速消失了。他把帽子戴在頭上，把大衣領口整理好，將一隻蒼白修長的手伸向麥維格。「『狗屋』今晚會重新開張，我不希望有人來搗亂，就算是你也不行，我會讓搗亂的人付出代價。」

麥維格將交疊的雙腿放下，拿起桌上的電話撥通警局的號碼，對警察局長說：「喂，倫尼嗎……哦，好。你的家人還好嗎……哦，好。倫尼，今天晚上，沙德要重新開張……是我聽說的……是的，一定要狠狠地教訓他們，讓他們關門大吉……對……好的。再見。」掛掉電話的麥維格對歐羅瑞鄭重地說道：「現在，你對自己的立場有個清楚的認識了嗎？你完了，沙德。對這個地方來說，你完蛋是件大好事。」

「明白了。」歐羅瑞回道，聲音溫柔。然後轉身開門離開了這個房間。

走之前，那個O型腿的惡漢故意往地毯上吐了一口唾沫，並以挑釁的目光瞪了麥維格和奈德·波蒙特一眼。

麥維格看著奈德·波蒙特，目光裡都是詢問的意味。奈德用手帕擦了擦手，眼神黯淡，一言不發。

過了一會兒，麥維格問：「如何？」

「不太好，保羅。」奈德·波蒙特答。

「老天啊！」走到窗邊的麥維格回頭抱怨道，「怎麼每件事都不合你心意呢？」

奈德·波蒙特從椅子上起身，向著房門走去。

「媽的，你又要做什麼蠢事？」從窗邊轉過身的麥維格問，聽起來很生氣。

「沒錯。」說完，奈德·波蒙特就離開了房間。他從樓下取回帽子後就離開了小木屋俱樂部，然後步行走過七個街區，在火車站買了張車票，目的

地是紐約。預定好午夜班車的座位後就乘車回了家。

7

　　一位身材壯碩的灰衣婦人和一個胖嘟嘟的半大男孩正在整理行李，奈德‧波蒙特在旁邊監督，看著他們將一個旅行箱和三個皮製袋子整理好。這時，門鈴響了起來。

　　胖婦人原本跪在地上，聽到門鈴後起身，嘟嘟囔囔地去開門。她毫無防備地將門打開，「哎呀，麥維格先生。」她說，「快請進。」

　　「你好嗎，杜溫太太？你看起來越來越年輕了。」進門後的麥維格視線從旅行箱和袋子上掃過，轉頭對男孩招呼道，「你好呀，查理。準備好去當水泥攪拌車的司機了嗎？」

　　「你好，麥維格先生。」男孩笑著說道，看起來有些不好意思。

　　「要出去？」麥維格笑著將目光移向奈德‧波蒙特。

　　「嗯。」奈德‧波蒙特笑著答道，看起來很有禮貌。

　　金髮男子在房間裡環視一圈，視線從旅行箱、袋子、堆放在椅子上的衣物和打開的抽屜上掃過。胖婦人和男孩重新低下頭去，繼續整理起來。堆放在椅子上的那堆衣物裡有兩件襯衫已經褪色，引起了奈德‧波蒙特的注意，被挑出來扔到了一旁。

　　「有時間嗎，奈德？半個小時就行。」麥維格問。

　　「當然，我的時間很寬裕。」

　　「去拿帽子吧！」麥維格說。

　　拿著帽子和大衣的奈德‧波蒙特一邊跟著麥維格往門口走，一邊對婦人交代道：「盡可能多裝一些，越多越好。裝不下的可以和其他雜物放在一起，回頭一起送去。」

　　從樓上下來的奈德和麥維格來到街上往南走，步行過一個街區後，麥維

格問道：「你要上哪兒去，奈德？」

「去紐約。」

兩人拐了個彎，進入一條小巷子。

「去那兒有什麼好？」

奈德‧波蒙特聳了聳肩膀。「我就是想離開這兒，這就是好處。」

紅磚後牆上有個綠色的木門，推門進去後是條迴廊。他們沿著迴廊穿過另一扇門，來到一個酒吧。酒吧裡大概有十多個人，正在暢飲。他們跟酒保打了聲招呼，又和三個擦肩而過的客人互相致意，然後進入了一個小房間。房間裡一個人都沒有，只有四張空蕩蕩的桌子，他們在其中一張桌子前坐下。

「兩位，還是老樣子？啤酒？」探頭進來的酒保問道。

「沒錯。」麥維格說。酒保離開後，他轉向奈德問道：「為什麼？」

「這座鄉下小城裡的煩心事讓我厭倦。」奈德‧波蒙特答。

「你是在說我嗎？」

奈德‧波蒙特沒有反駁。麥維格也沉默下來，過了好半天，他嘆了一口氣，開口說道：「你在這種時候跑掉，剩下我自己，真是悲慘。」

酒保端了兩杯淡啤酒進來，除此之外，還有一盤椒鹽餅乾。麥維格在酒保關門離開後立即叫嚷起來：「天啊，奈德，想要合你心意怎麼就那麼難？」

「我從沒否認過這一點。」奈德‧波蒙特聳了聳肩膀，端起酒杯喝了口啤酒。

「你真的要走嗎，奈德？」麥維格問，手裡的椒鹽餅乾被他掰成無數碎片。

「我已經這麼做了。」

椒鹽餅乾的碎片被麥維格隨意地扔在桌子上，他將口袋裡的支票簿掏了出來。他撕下一張支票，用另一個口袋裡的鋼筆填寫好，揩乾以後丟在奈德‧波蒙特面前的桌子上。

奈德‧波蒙特的視線下移，看清支票後搖了搖頭：「你不欠我什麼，保

羅。我也不缺錢。」

「不，奈德，你得收下。我欠你太多東西了，這些還差得遠。」

「那好吧，謝謝。」奈德・波蒙特說完就將支票塞進了口袋裡。

麥維格一邊喝酒，一邊吃了椒鹽餅乾。「拋開今天下午俱樂部的事，你心裡還有什麼想法——或者不滿嗎？」又喝了一口酒的麥維格放下酒杯問道。

奈德・波蒙特搖了搖頭：「不要這樣和我說話，從沒有人這樣做。」

「該死，奈德，我說什麼了？」

奈德・波蒙特再次沉默起來。

「為什麼你覺得我不該那樣對待歐羅瑞，如果方便的話，跟我說說。」又喝了一口酒的麥維格問道。

「就算和你說了，也沒什麼作用。」

「講講看。」

「好吧，不過講了也是浪費口水。」奈德・波蒙特說。他身體往後靠，讓椅子的前腿翹了起來，兩手各拿著啤酒杯和椒鹽餅乾。「你對沙德逼迫得太過了，沒有退路，他只能跟我們拼死一搏。你讓他把這裡全部讓出來，他根本沒有其他選擇，只能孤注一擲。在這次選舉中，如果他有機會贏，肯定會無所不用其極。因為他知道，一旦你贏了，他除了離別無選擇。你動用警方的力量收拾他，他肯定也會用同樣的力量反擊，非這樣不可。這就表示你們會引發一大波犯罪，這個小城原有的政治格局也會被打破。光是馬上到來的選舉就已經讓警察們手忙腳亂了，再加上你們引發的這一波犯罪，你覺得他們能應付得來嗎？絕對不可能，我敢保證。他們……」

「你是什麼意思？難道要我先讓步嗎？」緊皺眉頭的麥維格生氣地質問道。

「不，我沒那個意思。但至少你不應該把他逼到絕境，好歹給他留條退路。」

麥維格眉間的皺紋更重了。「你說的那種打法，我不明白。不管怎麼說，是他先挑起來的。一直以來我都堅信，當你把敵人逼到絕境時，就應該

乘勝追擊，徹底消滅他們。對我來說，起碼到目前為止，這種打法無往不利。」他有些不好意思地辯解道，「這並非是我自以為是，我當然明白，自己並不能和拿破崙什麼的媲美。但不管怎麼說，我能從以前替佩奇‧佛拉德在第五街的跑腿小弟混到如今的位置，靠的就是這一套。」

奈德‧波蒙特將杯裡的啤酒一飲而盡，將翹起的椅子放平。「我早說了，根本是浪費口水。」他說，「你就繼續用你那一套吧，繼續認為第五街的好辦法無往不利吧！」

「在你眼裡，我根本不可能成為一個一流的政治家，對吧，奈德？」麥維格問，聲音裡有一些謙卑、一些憤恨。

「我從沒說過這樣的話，保羅。」這會兒輪到奈德不好意思了。

「但你就是這樣想的，不是嗎？」麥維格堅持道。

「不是，不過我確實認為你這次很可能是自作聰明。從一開始，你就落入了亨利家的陷阱裡，他們哄騙你去支持參議員。其實，那時候你是有機會的，將一個被逼到絕境的敵人解決掉。不過可惜的是，這個敵人偏偏有個女兒，而且還附帶著社會地位什麼的，所以你……」

「閉嘴吧，奈德。」麥維格不滿地喝道。

「好，我要走了。」變得面無表情的奈德‧波蒙特站起身轉向門口。

「等等，奈德。」急忙跟著他起身的麥維格阻止道，同時伸出一隻手按住了他的肩膀。

「放手。」奈德‧波蒙特說，甚至不願意回頭看一眼。

「看看我，奈德。」麥維格伸出另一隻手，抓著奈德‧波蒙特的手臂把他轉過來。

「放開。」奈德‧波蒙特嘴唇僵硬，上面的血色褪得乾淨。

麥維格搖晃著他，「真是要命，別耍笨了，我們兩個……」

奈德‧波蒙特朝著麥維格來了一記左勾拳，恰好打在他的嘴上。

麥維格放開奈德向後退了兩步，接下來的一瞬——脈搏差不多剛好跳動三下——他張大嘴巴一臉驚愕。然後，他的臉色因為憤怒而變黑，下巴因為緊閉的嘴巴而繃得緊緊的。他握緊拳頭，弓身往前撲去。

奈德‧波蒙特揮向旁邊的手抓住了桌子上分量不輕的玻璃酒杯，不過沒拿起來。為了抓住酒杯，他的身體往那邊傾斜了一點，除此之外，他整個人正好與金髮男子相對。他緊繃的臉龐十分僵硬，唇邊露出淺紋，深色的眼睛裡滿是怒火，凶狠地瞪視著麥維格的藍眼睛。

兩人隔著不到一碼的距離就這樣僵持著——一邊是高大壯實的金髮男子。他弓著肩膀，身體使勁向前探著，緊握著大拳頭。另一邊是深色頭髮和眼眸的高瘦男子。他的身體略微往一側傾斜，伸出去的一隻手裡抓著一個分量不輕的玻璃杯——房間裡只剩下他們的喘息聲。一扇薄薄的木板門將這個房間與酒吧隔絕開來，外面的聲音根本傳不過來，無論是推杯換盞的喧鬧，還是嘈嘈切切的人聲，又或者是濺起來的水聲。

兩人就這樣僵持了足足兩分鐘，率先打破僵局的是奈德‧波蒙特。他將酒杯放下，轉過身去，只留給麥維格一個背影。他臉上的表情沒什麼變化，但眼睛裡的憤怒在背對麥維格後變成了冷漠。他向門口走去，神色從容。

「奈德。」麥維格啞著喉嚨，從心底深處喊了出來。

停下腳步的奈德‧波蒙特臉色蒼白，但依然沒有轉身。

「你這個瘋子，狗娘養的。」麥維格罵道。

奈德‧波蒙特慢慢地轉過身來。

麥維格朝著奈德揮出一拳，將他的臉打歪向一邊。為了保持平衡，奈德不得不伸出一條腿支撐身體，並在旁邊的椅子上扶了一把。

「我真該打死你。」麥維格說。

奈德‧波蒙特笑了起來，溫和而順從。他掙扎著在剛才扶了一把的椅子上坐下，對面的椅子則歸了麥維格。坐下後的麥維格用玻璃杯在桌面上敲了敲。

門開了，酒保探進頭來。

「再來一點啤酒。」麥維格吩咐道。

外面酒吧裡的聲音透過開著的門湧入房間，有嘈雜的人語聲，有碰杯的聲音，還有杯底碰到木頭桌面的敲擊聲。

四、被囚

1

正在床上吃早餐的奈德・波蒙特叫道：「進來」。過了一會兒，外面房間傳來開門聲，接著是關門聲。「是誰？」他問。

「在哪兒，奈德？」客廳裡有個低沉的聲音問道，聽起來很刺耳。聲音的主人在奈德還沒來得及回答時就已經到了臥室門口，「你這日子過得真不錯。」來者是個年輕男子，身材壯實，蠟黃的方臉上有張又寬又厚的嘴唇，嘴裡叼著根香菸。他有一雙暗色的眼睛，此刻正瞇瞇地斜視著，看起來心情不錯。

「嗨，『威士忌』，」奈德・波蒙特招呼道，「自己去找把椅子來坐。」

「這地方不錯。」打量著房間的「威士忌」說道，將嘴裡叼著的香菸拿在手裡，越過肩膀朝外面的客廳點了點，頭也不回地問道：「外面怎麼有那麼多行李？你要搬走嗎？」

奈德・波蒙特慢條斯理地將炒蛋全部吃完後才回答：「沒錯。」

「真的嗎？」「威士忌」說著走到床的對面，在一張椅子上坐了下來，「搬哪兒去？」

「可能是紐約吧！」

「『可能是』？什麼意思？」

「哦，反正我有一張車票，目的地正好是那兒。」奈德・波蒙特說。

「你要去多久時間？」將菸灰彈到地上的「威士忌」把香菸重新塞回嘴中，抽著鼻子問道。

奈德・波蒙特將餐盤裡的咖啡端起來，想要喝又停下。隔著咖啡杯，他看著臉色蠟黃的年輕人沉思著。終於，他開口說道：「我根本沒買回程票。」說完喝了口咖啡。

「威士忌」瞥了奈德・波蒙特一眼，直到對方兩隻暗色的眼睛一隻閉上，一隻瞇成一條細長的縫。他拿起嘴邊的香菸將菸灰彈掉，更多的灰塵落在地板上，他啞著喉嚨說：「走之前，為何不和沙德見一面呢？」聲音裡帶點規勸的意味。

奈德把杯子放下，笑著回答：「我們倆的交情可沒那麼好，他根本不會在意我離開前是否會跟他告別。」

「重點不是這個。」「威士忌」說。

奈德・波蒙特將膝上的餐盤移開，放到了床頭的櫃子上。他轉過身，用手撐著枕頭側躺下來。還拽了拽床單，直接蓋到胸口上，然後才開口問道：「重點是什麼？」

「重點是你和沙德能夠成為合作夥伴。」

「不需要。」奈德・波蒙特搖頭否決道。

「一直以來，你都沒犯過錯嗎？」威士忌問。

「當然犯過。我記得1912年就有一次，不過具體是什麼事，我忘了。」躺在床上的男人大方交代道。

站起身來的「威士忌」將香菸在餐盤裡的一個碟子上按滅，接著走到床邊湊近床頭櫃低聲道：「試試看吧，奈德，為什麼不呢？」

奈德・波蒙特的眉頭皺了起來，「我從不認為我和沙德能成為合作夥伴，『威士忌』，這不過是白費時間。」

「威士忌」咂了兩下嘴唇，發出很大的聲響。他厚實的嘴唇向下撇著，使得聲音裡多了一絲輕蔑的意味。「至少在沙德看來，這沒什麼不可以。」

他說。

「真的？」奈德・波蒙特睜大雙眼，「你是他派來的？」

「這不是顯而易見嗎？」「威士忌」說，「否則我幹嘛要跑來和你說這些。」

「原因呢？」再次瞇起雙眼的奈德・波蒙特問。

「他覺得你們能夠合作。」

「我的意思是，」奈德・波蒙特解釋道，「為什麼他會有這種感覺？」

「你在跟我裝傻嗎，奈德？你該不會是故意的吧？」「威士忌」故意露出嫌惡的神色。

「當然不是。」

「好，看在慈愛的老天份上。昨天在派普・卡森的酒館裡，你和保羅不是已經翻臉了嗎？現在大概全城的人都知道這件事了。」

「原來如此。」奈德・波蒙特點了點頭，低聲說道，聽起來像在自言自語。

「就是這麼回事。」「威士忌」說，聲音肯定，「至於你們翻臉的原因，沙德恰好知道一些。你認為保羅對沙德逼迫得太過了，不應該查封他的店，所以只要你肯好好想一想，就會發現自己和沙德是同一陣線的。」

「我不確定，」奈德・波蒙特沉思著，「我想回到大城市，離開這兒。」

「好好想想嘛，」「威士忌」說，聲音尖銳，「大城市又不會在選舉過後跑掉。現在，沙德正為了對付保羅四處撒錢，你如果肯留下來，剛好撈一筆。」

「好，」奈德・波蒙特慢吞吞地說，「反正和他談談又不會有什麼損失。」

「對極了，當然不會。」「威士忌」說，態度熱忱，「快穿上你的尿布，我們要出發了。」

「好。」說著，奈德・波蒙特就下了床。

2

　　沙德・歐羅瑞站起身來，對著奈德・波蒙特點頭致意。「很榮幸見到你，奈德。」他說，「帽子和大衣放哪兒都行，不用在意。」他沒有要握手的意思。

　　「早安。」奈德・波蒙特打完招呼後，開始脫大衣。

　　「好了，兩位，回頭見。」站在門口的「威士忌」說。

　　「嗯，你去吧！」歐羅瑞說。離開時，「威士忌」順手關上了門。此時，屋裡除了他們沒有別人。

　　奈德・波蒙特在沙發上坐下，旁邊扶手上扔著他的大衣和帽子，他望向歐羅瑞的眼中毫無好奇之色。

　　在自己那張暗紅色雜著金色的厚重大椅子上坐好後，歐羅瑞將雙腿交疊，兩手十指交叉放在膝蓋上。他微低著頭，視線卻向上看，灰藍色的眼睛注視著奈德・波蒙特。他的聲音中有　絲愛爾蘭腔調，聽起來很悅耳：「你在保羅面前幫我說話，我欠你……」

　　「不，你沒欠我什麼。」奈德・波蒙特說。

　　「不欠？」歐羅瑞問。

　　「沒錯。我是為他考慮才會說那些話，畢竟當時我在幫他做事。我確實認為，在那件事上，他做錯了。」

　　「是的，他很快就會意識到這一點。」歐羅瑞笑著說，看起來溫和而善良。

　　之後，兩個人不約而同地沉默下來。半靠在椅子裡的歐羅瑞笑看著奈德・波蒙特，沙發上的奈德坦然回視，沒人知道他在想什麼。

　　「『威士忌』和你說了多少？」率先打破沉默的歐羅瑞問。

　　「他只說了你要和我見面，其他什麼都沒說。」

　　「他沒做錯。」歐羅瑞說。他雙手分開交疊在一起，「你和保羅是怎麼回事，真的鬧翻了嗎？」

「我以為你早就知道了，你不是因為這個才找我來的嗎？」奈德・波蒙特反問道。

「傳言是這麼回事，」歐羅瑞說，「不過畢竟不是親眼所見。你現在有什麼計畫？」

「我打算去紐約，行李都收拾好啦，車票就在口袋裡裝著。」

「紐約是你的出身地，對吧？」歐羅瑞伸出一隻手梳理著柔順的白髮。

「你怎麼知道我出身在哪兒？我從沒和其他人提過。」

「你出身在哪兒和我有什麼關係，你該不會以為我在意這個吧？」歐羅瑞從頭髮上收回手比了個小手勢，表示抗議。

奈德・波蒙特什麼也沒說。

「不過我比較在意你要去哪兒。」白髮男子說，「恕我直言，你最好先留下來。在這裡，你依然有機會大撈一筆，難道你從沒這樣想過嗎？」

「不，」奈德・波蒙特說，「至少在『威士忌』找我之前，我從沒這樣想過。」

「現在呢，你覺得如何？」

「我還沒什麼想法，正等著你說服我。」

歐羅瑞再次伸出手來，在柔順的頭髮上梳理著。他灰藍色的眼睛看向奈德，目光友善而尖銳。「你在這兒待了多久？」

「一年零三個月。」

「你和保羅是從什麼時候開始變成兄弟的？」

「一年以前。」

「你肯定知道他很多事。」歐羅瑞點著頭說。

「確實如此。」

「或許裡面有很多事都能對我有所幫助。」歐羅瑞說。

「你開個價吧！」奈德・波蒙特說，神色平靜。

除了奈德進來時走的那扇門，對面還有另一扇門。歐羅瑞從厚實的大椅子上起身把它打開，從裡面走出一隻大型的英國鬥牛犬。牠跟著回到座位上坐好的歐羅瑞來到椅子前，在地毯上躺好，雙眼向上，悶悶不樂地看著自己

的主人。

「你想報復保羅嗎？我能為你提供機會。這就是我給你的第一個好處。」歐羅瑞說。

「對我來說，這根本沒什麼。」奈德‧波蒙特說。

「真的嗎？」

「沒錯，我們都鬧翻了。」

「而你還是不想傷害他？」抬起頭來的歐羅瑞問，聲音溫柔。

「沒有，我沒那麼說。」奈德‧波蒙特答，看起來有些煩躁。「他會不會受傷，根本不關我的事。只要我願意，任何時候都可以這麼做，而且我自己就能辦到。所以對我來說，給我個報復的機會根本算不上什麼好處。」

歐羅瑞點點頭，看起來心情不錯。「和我想的一樣，」他說，「不管怎麼說，我肯定要給他一點顏色瞧瞧。他為什麼要殺害亨利？」

「別著急，」奈德‧波蒙特笑著說道，「你還沒開價。這隻狗多大了？看起來不錯。」

「七歲，快到極限了。」歐羅瑞伸出腳尖，在狗鼻子上碰了碰。牠懶洋洋地搖晃了兩下尾巴，算作回應。「你看這個條件如何。我會在選舉之後開一家賭場，保證是全州最好的，是所有人從沒見過的。到時候就交給你管理，而且我會全力支持你。」

「這不過是個假設，」奈德‧波蒙特的語氣不太好，有些厭煩，「這件事要想成真，還要等你贏得選舉。說不定那時候我早都離開了，甚至等不到選舉，我就走了。」

歐羅瑞用腳尖摩擦狗鼻子的動作停了下來，他抬起頭，看著奈德‧波蒙特露出一種模糊的笑意，「你覺得我們贏不了？」

「勝算不大，多半會輸。」奈德‧波蒙特笑著說。

「你並不想跟著我做事，對吧，奈德？」保持著模糊笑意的歐羅瑞換了個話題。

「沒錯。」奈德‧波蒙特站起身來，手裡拿著帽子，「我確實不想。」他毫不在意地說道，臉上沒有多餘的表情，僅僅是維持著最基本的禮貌。

「我之前就和『威士忌』說過，這不過是浪費時間。」他伸出一隻手將大衣拿了起來。

「坐下，我們還有得聊，不是嗎？也許在其他方面，我們依舊能合作。」白髮男子說道。

猶豫不決的奈德‧波蒙特聳了聳肩，把大衣和帽子再次放回沙發上，人也坐了回去。

「只要你加入，我就給你一萬美金，當場兌現。如果能打敗保羅贏得選舉，當晚我再給你一萬。當然，還有賭場的事，同樣有效。至於你接不接受，隨便。」歐羅瑞說。

「顯而易見，你想讓我背叛他。」緊抿雙唇、雙眉下垂的奈德‧波蒙特看著歐羅瑞說道，面色陰沉。

「你肯定知道許多保羅的秘密，例如他在事情背後是如何搞鬼的。我希望你把這些內幕全部爆料給《觀察家報》——比方說水溝合約的事、他為什麼要謀害泰勒‧亨利？用什麼手段？還有去年冬天那個鞋匠的命案，以及在統治本市時，他使用了哪些卑鄙的手段。」

「水溝合約的事沒什麼可說的了。」奈德‧波蒙特漫不經心地答道，注意力似乎在別的事情上，「為了避免將自己拖下水，他已經放棄裡面的利潤了。」

「好，」歐羅瑞十分輕易地讓步，「還有泰勒‧亨利的事，這件事肯定有鬼。」他頗為自信地說。

「沒錯，這倒能搞點事出來。」奈德‧波蒙特皺著眉頭說，「至於鞋匠的事，我不確定能不能利用……」他有些拿不定主意，「會把我牽扯進去。」

「該死，那可不行，」歐羅瑞連忙說道，「這件事算了，還有別的嗎？」

「還有公車獨家經營權延期的事，這個或許可以拿來做文章。還有些別的，例如去年郡政府辦公室的糾紛。不過在這之前，還是得去好好調查一番。」

「沒問題，對我們來說，這絕對是物有所值。」歐羅瑞說，「你只要把資料交給《觀察家報》的辛克爾就行了，他會把事情弄得具體一點。我們先從哪件事開始？泰勒・亨利的謀殺案怎麼樣？最容易搞出事情來的就是這件了。」

奈德・波蒙特伸出大拇指，用指甲順了順鬍子，低聲說道：「可能吧！」

沙德・歐羅瑞笑著問：「也許你認為，我們應該先把那一萬塊錢搞定？這件事可不難辦。」他說著站起身穿過房間，朝著剛才帶狗出來的那扇門走去。他開門進去後又把門關上，躺在酒紅色椅子前的那隻狗沒有動彈。之後牠轉過頭來，一動也不動地看著點上一根雪茄的奈德・波蒙特。

歐羅瑞回來時手裡拿著錢，都是百元大鈔，厚厚的一疊，用棕色的紙帶捆著，上面用藍色墨水寫著$10000。他拿著那捆鈔票在手上使勁地拍了兩下，開口說道：「我已經讓辛克爾過來了，他剛好在這兒。」

「我得先把事情理順，需要點時間。」奈德・波蒙特皺著眉頭說。

「這件事交給辛克爾就行，你想到什麼就說什麼。」

「那好。」奈德・波蒙特點了點頭，吐出一口雪茄煙霧。

歐羅瑞將那捆鈔票遞了過去。

「謝謝。」奈德・波蒙特接過錢塞進外衣的內袋裡。隔著外衣，原本平坦的胸膛立即鼓起一個包。

「我也要謝謝你。」歐羅瑞說著，回到原來的椅子旁坐下。

「我還有件事要和你說，之前忘了。」奈德・波蒙特將嘴裡的雪茄拿出來，「你給沃特・伊凡斯設了個陷阱，將威斯特的死栽到他頭上。對保羅來說，這件事反倒容易解決。」

歐羅瑞看著奈德・波蒙特，似乎對他的話很感興趣，好半天才開口道：「怎麼說？」

「你想讓俱樂部的人幫他做不在場證明，保羅不會允許這種事發生。」

「你的意思是，他會給俱樂部的人下令，讓他們忘記伊凡斯在那兒待過？」

「對。」

歐羅瑞咂了咂舌，咳嗽了兩聲，「我確實在伊凡斯身上下了功夫，他怎麼會知道？」

「嗯，我們猜測的。」

「是你猜到的吧？」歐羅瑞笑著說，「保羅的腦子可沒那麼好。」

奈德‧波蒙特換了副謙虛的面容，開口問道：「你在他身上下了什麼功夫？」

歐羅瑞笑了，聲音低沉。「我們把那個傻子送到布瑞伍德，並幫他買了把舊手槍。」忽然，他那雙灰藍色的眼睛變得嚴肅而銳利，但很快又被歡快所取代，「嗯，現在根本不用管這些事了，反正保羅會跟我作對到底。不過他之所以覺得我礙眼就是從這件事開始的，對嗎？」

「沒錯，」奈德‧波蒙特說，「不管怎麼說，總會有這一天，不過早晚的事。在保羅眼裡，你之所以能在這兒發跡多虧了他，所以理所當然的，你應該躲在他的羽翼下，而不是越來越強大，以至於可以和他抗衡。」

歐羅瑞的嘴角扯過一絲笑容，他說：「我會讓他後悔曾經讓我發跡。他可以……」

歐羅瑞的話被打斷了，一個歲數不大的年輕人開門走了進來。他穿著一身灰色衣褲，鬆垮垮地套在身上。他的臉有點髒，長著一個大鼻子，耳朵也不小。除此之外，還有許多皺紋，很深刻，看起來和他的年齡不太相符。他的頭髮是棕色的，亂蓬蓬的一團，一看就很少梳理。

「過來，辛克爾，」歐羅瑞招呼道，「這是波蒙特，他會為你提供材料。寫好後別忘了拿給我看看，我們要在明天的報紙上打響第一槍。」

微笑起來的辛克爾露出一口難看的牙齒，他對奈德‧波蒙特說了幾句客套話，聲音含混，聽不清楚。

「好，一起去我那兒吧！」站起身的奈德‧波蒙特說。

「還是在這兒吧！」歐羅瑞搖頭阻止道。

奈德‧波蒙特拿起大衣，也沒忘了帽子，他笑著說道：「不好意思，我還有些事要辦，還有幾個電話要聽。帶著帽子，我們走吧，辛克爾。」

辛克爾似乎被嚇到了，愣愣地在那兒站著。

「你哪兒也不能去，波蒙特。在這裡，你能得到我們的保護。如果出去，一旦你發生意外，我們承擔不起那個風險。」歐羅瑞說。

奈德・波蒙特露出一個極為甜蜜的笑容。「如果是錢的問題，你可以……」他將外衣內袋裡的錢拿出來，「你可以先拿回去，等我爆料完了再給。」

「不，我沒什麼可擔心的，」歐羅瑞說，語氣平靜，「但你現在的處境可不妙，一旦你來我這兒的事被保羅知道，你就會面臨被他滅口的危險，我可不想這麼冒險。」

「你不冒險也不行，」奈德・波蒙特說，「我得走了。」

「不可以。」歐羅瑞斷然拒絕道。

「可以。」奈德・波蒙特說。

辛克爾迅速轉過身去，離開了房間。

奈德・波蒙特轉身朝著之前進來的那扇門走去，腳步沒有絲毫遲疑。

鬥牛犬原本蹲在歐羅瑞的腳邊，在聽他說了幾句話後匆忙起身，動作笨拙地從奈德・波蒙特身邊繞過，來到門前四腳大張地站定。牠瞪著奈德・波蒙特，模樣凶狠。

奈德・波蒙特抿了抿唇，嘴邊露出一絲笑容。他再次轉過頭來，看著歐羅瑞，舉起手裡那捆百元大鈔。「留著自己花吧！」說完，就將鈔票扔向了歐羅瑞。

他的手剛放下，就被動作笨拙的鬥牛犬咬住了。他的手腕被牠叼在嘴裡，不得不順著牠拉扯的力道往左傾身。單膝跪地的奈德，手臂幾乎碰到了地面，但依然無法將鬥牛犬沉重的身體甩開。

從椅子上起身的沙德・歐羅瑞向著辛克爾離開的那扇門走去。打開門後，他朝著裡面說：「進來。」然後走到奈德・波蒙特跟前。為了讓鬥牛犬鬆開他的手腕，奈德依舊保持著單膝跪地的姿勢。那隻狗咬著他的手腕，毫不鬆口。牠的四肢繃緊，身體幾乎整個趴伏在地面上。

一共進來三個男人，除了「威士忌」以外，還有那個長得像猿猴的O型

腿惡漢，上次就是他陪同沙德・歐羅瑞去小木屋俱樂部的。另一位是個有褐色頭髮的年輕小夥子，看起來還不到二十歲。他個頭不高，身體壯碩，紅潤的面容上表情陰鬱。這個陰沉的小夥子從奈德・波蒙特的身邊繞過去，在門前站定，擋住他的退路。O型腿的惡漢來到奈德・波蒙特跟前，把右手搭在他被狗咬住的左臂上，「威士忌」則走到奈德和另一扇門間站定。

「佩蒂。」歐羅瑞朝著鬥牛犬叫道。

聽到聲音的鬥牛犬終於鬆了口，動作笨拙地回到了主人跟前。

站起身來的奈德・波蒙特渾身冒汗，臉色極度蒼白。他的外衣袖子已經被撕破了，手腕上鮮血淋漓，一直流到手上。他看著這情形，雙手顫抖。

「走著瞧。」歐羅瑞用動聽的愛爾蘭腔說道。

「沒錯，」奈德・波蒙特的目光從手腕上收回，抬頭看著白髮男子說，「你得再來點更厲害的，才能阻止我離開。」

3

奈德・波蒙特悶哼著，慢慢睜開了雙眼。

「把嘴閉上，王八蛋。」那個有著褐色頭髮臉頰紅潤的年輕小夥子轉頭叫嚷道。

「別理他，拉斯蒂。」長相和猿猴類似的黑臉惡漢說，「我巴不得他再逃一回，這樣我們又能找點有趣的事做了。」他看著自己腫脹的手指關節笑了，露出牙齒，「來，出牌。」

奈德・波蒙特低聲說著什麼，好像和費汀克有關，然後坐起身來。他正在一張狹小的床上待著，床墊上除了斑斑血跡什麼都沒有。他腫脹的臉頰上不但有瘀青，還沾了血汗。他的袖子和被狗咬傷的手腕處已經黏連在一起，傷口和袖子間的血塊已經變硬。除此之外，他的手上也有許多血跡，此時正在慢慢變乾。

他所處的地方是一間小臥室，裝修的顏色以黃白為主。房間裡的東西不少，有一張桌子、兩把椅子、一個有抽屜的櫃子、一面大鏡子。除此之外，還有三張法國版畫，就在臥床旁邊，鑲著白色的畫框。正對著床尾的地方有一扇門，此時正敞開著，從貼著白瓷磚的一角能夠看出，那是浴室。這間沒有窗戶的臥室裡還有第二扇門，不過是關著的。

長得像猿猴的黑臉惡漢正在和有著褐色頭髮臉頰紅潤的年輕小夥子玩牌，他們在桌子邊的椅子上坐著，旁邊放著一些銀幣和二十元左右的紙幣。

奈德・波蒙特棕色的雙眼中蘊藏著強烈的恨意，從最深處迸發出一股陰狠的光芒。那兩個人還在玩牌，奈德一邊盯著他們一邊試著爬下床。對他來說，從床上下去並不是件容易的事。他的右臂一點力氣都用不上，只能在身側垂著。他努力地用左手搬動雙腿，把它們挪到床邊。就是這樣簡單的動作他依然失敗了兩次，迫不得已之下，只能再次用左手撐起身來。

這期間，那個正在玩牌的猿猴般的惡漢曾經斜睨了他一眼，嘲弄道：「老弟，你忙得如何了？」除此之外，兩個人都對他的動作視而不見。

儘管渾身顫抖，他最後還是從床邊站了起來。為了穩住身形，他用左手扶住床緣。然後努力直起身，目光鎖定那扇關著的房門，搖搖晃晃地向它走去。他在快要走到門邊時絆倒了，雙膝跪地時還不忘使出全力抓住了門把，然後又努力站了起來，只是身形已經搖搖欲墜。

「是時候了。」猿猴般的惡漢動作小心地把牌放到桌上，咧嘴大笑，露出白色牙齒，嘴巴張得可以看清裡面的假牙。他走到正使勁拽著門把的奈德・波蒙特跟前站定。「當心，胡迪尼[1]。」他說，然後朝著奈德・波蒙特的臉頰使勁來了一記右勾拳。

挨了一拳的奈德・波蒙特向後摔倒，頭部和身體先後撞向牆壁，最後整個人順著牆壁滑下來，直接跌坐在地板上。

---

1. 哈里・胡迪尼（1874～1926），猶太人，世界著名魔術師，享譽國際的脫逃藝術家，擅長從繩索、腳鐐、手銬中脫困。——譯注

紅臉頰的拉斯蒂手握紙牌坐在桌邊沒起來，面色陰沉地說：「天啊，他會死在你手上的，傑夫。」聲音裡不帶一絲感情。

　　「他嗎？」傑夫說著，踢了一下奈德的大腿，「這個傢伙硬得很，死不了。這個小子說不定喜歡這一套。」他彎腰抓住波蒙特的上衣領子，將已經昏迷的奈德拖起來，變成一個跪地的姿勢。「難道不是嗎，小老弟？」他空出一隻手，對著被他提在手裡的奈德又是一拳。

　　外面有人轉動了一下門把。

　　「誰呀？」傑夫問。

　　「是我。」門外響起了沙德·歐羅瑞動聽的聲音。

　　傑夫將擋在門口的奈德·波蒙特拖著扔到了一邊，然後從口袋裡掏出鑰匙，將門打開。

　　歐羅瑞和「威士忌」一起走了進來。他的視線在地板上的奈德和傑夫間來回變換，最後停留在拉斯蒂身上。「傑夫又拿他找樂子了？」說這話時他的灰藍色眼眸陰沉起來。

　　紅臉頰的年輕小夥子搖頭。「這個波蒙特就是個狗娘生的，」他說，模樣陰鬱，「只要一醒過來，就要惹點事。」

　　「別把他弄死了，至少現在不行，他還有用。」歐羅瑞看著波蒙特，一副高高在上的姿態，「我想和他說話，能把他弄醒嗎？」

　　「誰知道，」從桌邊起身的拉斯蒂說，「他昏得厲害。」

　　「這件事好辦，」樂觀的傑夫說，「你等著看吧！把他的腿抬起來，拉斯蒂。」說著他伸出雙手，從奈德·波蒙特的腋下穿過。

　　他們抬著昏迷的波蒙特，將他放進了浴室的浴缸裡。堵上塞子後，傑夫將上面的蓮蓬頭和下面的水龍頭全部打開，源源不斷的冷水流瀉出來。「他馬上就會醒過來，說不定還能唱首歌。」傑夫預言道。

　　他們把他從浴缸裡拖出來已經是五分鐘後的事了。雙腳觸地時，渾身濕漉漉的奈德·波蒙特站住了。他們帶他回到臥室裡。歐羅瑞正在一張椅子上坐著，抽著雪茄，而「威士忌」已經沒了蹤影。

　　「放到床上去。」歐羅瑞命令道。

傑夫和拉斯蒂扶著奈德・波蒙特，將他帶到床邊轉過身來，然後推著他坐下。他們剛把手撤開，波蒙特就向後直直倒下。他們不得不再次把他拉起來，擺出一個坐姿。他的臉上本就傷痕累累，傑夫又毫不猶豫地加了一巴掌：「快醒醒，你這廢物。」

「是啊，這麼做就能把他弄醒。」陰鬱的拉斯蒂低聲說道。

「你不相信嗎？他肯定會醒。」傑夫說，似乎心情不錯。然後朝著奈德・波蒙特又甩了一巴掌。

奈德・波蒙特雙眼腫脹，只有一隻還能勉強睜開。此時，那隻眼睛已經睜開。

「波蒙特。」歐羅瑞說。

抬起頭的奈德・波蒙特費力地在屋內環顧一圈，似乎完全沒注意到沙德・歐羅瑞的存在。

歐羅瑞從椅子上起身來到波蒙特跟前，他彎下腰去，將臉湊到波蒙特跟前，在離他只有幾英寸的地方問道：「聽見我說話了嗎，波蒙特？」

奈德・波蒙特睜著一隻眼睛與歐羅瑞對視，眼中有些茫然，但更多的是恨意。

「你聽見我說話了嗎，波蒙特？是我，歐羅瑞。」歐羅瑞再次重複道。

奈德・波蒙特的雙唇同樣腫脹得厲害，他費力地動了動，模糊地說了聲「聽見了。」

「好。現在你聽好了。你早晚會告訴我保羅的那些祕密。」他說得字字清晰，聲音裡有一種律動感，即便沒有故意抬高，依然能聽得出來，「也許現在你覺得自己不會，但那只是早晚的事。在你說之前，我會好好地款待款待你，就從現在開始。你聽懂了嗎？」

奈德・波蒙特微笑起來，但因為臉上的傷，看起來有些嚇人。「我什麼都不會說。」他回應道。

「開始吧！」歐羅瑞往後退去。

奈德・波蒙特舉起的手被猿猴般的傑夫打到一邊，然後又被推倒在床上，而猶豫不決的拉斯蒂沒有動作。接著，傑夫抓起奈德・波蒙特的雙腿，

「讓我試試。」說著，把他摔到床上，然後整個人壓在波蒙特身上折磨著他，雙手一刻也不得閒。

奈德‧波蒙特四肢抽搐，身體痙攣，在悶哼了三聲後就不動了。

傑夫放開床上的人直起身來，那張和猿猴差不多的嘴裡發出粗重的喘息聲。「他又暈過去了，真是耽誤時間。」他抱怨道，語氣中還帶著些歉意。

4

奈德‧波蒙特在空無一人的房間裡醒了過來，他重複之前的動作，費力地從床上爬下來。然後穿過開著燈的房間，來到了房門前。他在門上胡亂地摸索著，想要找到門把。這時，門突然被推開，巨大的力道將他撞向牆壁。

穿著內衣的傑夫光著腳走了進來。「你是神經病嗎？」他問，「沒完沒了的，不累嗎？你就那麼喜歡撞牆？」他伸出左手掐住奈德‧波蒙特的脖子，右手緊握成拳，在他的臉上揍了兩下。和之前相比，他這次下手算是輕的了。接著他推著奈德後退，一直到床邊，把人扔了上去。「這次你給我聽話點。」他低聲叫道。

躺在床上的奈德‧波蒙特雙眼緊閉，沒有動作。

傑夫離開房間，並將身後的房門鎖好。

奈德‧波蒙特費力地從床上下來，再次來到門邊轉了轉門把。然後他後退兩步，企圖把門撞開，只是他受傷頗重，與其說是「撞」還不如說是「撲」。不過他依舊沒有放棄，一次一次地嘗試著，直到房門再次被傑夫猛地一下推開。

「你就這麼願意挨打嗎？我還真是沒見過，不過我也是第一次遇見這麼欠打的人。」傑夫說。然後他身體側歪，拳頭從膝蓋下方往上揮去。

奈德‧波蒙特一臉茫然地站在那兒，對於揮上來的拳頭沒有躲避。他的胸膛被擊中了，力道大得讓他飛了出去，落在房間的另一頭。他躺在那兒沒

了動靜，直到兩個小時後「威士忌」進來，他都沒有再動過。

「威士忌」從浴室裡舀了瓢水出來，將他潑醒後幫他躺到床上。「你好好想想吧，」「威士忌」說，聲音裡帶著懇求的意味，「這些人都是流氓，真的會殺了你的。」

奈德・波蒙特目光呆滯，他用那隻滿是血絲的眼睛瞪著「威士忌」，看起來有些遲鈍。他費力地說道：「隨便吧！」然後就睡了過去。他一直睡到被歐羅瑞、傑夫以及紅頭髮的小夥子叫醒。他依然拒絕將把保羅・麥維格的事告訴歐羅瑞，於是又被拖下床打了一頓，暈過去後再次被扔回床上。

在接下來的幾個小時裡，這個過程被不斷地重複。這期間，他沒有得到過任何食物。

他從最後一次毆打中醒過來後，艱難地爬進了浴室。在洗手台支架後面的地板上，他發現一個窄小的刀片。刀片上布滿紅色鏽跡，大概有好幾個月沒有清理過了。他嘗試著把支架後的刀片拿出來，但因為手指沒什麼力氣，他足足花費了十分鐘，嘗試了十多次後才成功。他費力地將瓷磚地面上的刀片撿起來，想用它割開自己的喉嚨。試了二次後，刀片掉落在地上。除了在他下巴上留下三道清淺的傷痕以外，並沒有給他造成其他傷害。他躺在浴室的地板上流下了眼淚，然後哭著睡著了。

再次醒過來時，他已經有了起身的力氣。他站起來把頭放在冷水裡浸濕，又接了四杯水喝掉。那水讓他想吐，使他渾身沒有一絲熱氣，冷得顫抖起來。他走進臥室躺回那張血跡斑斑的床墊上，不過很快的，他又腳步踉蹌地匆匆回到浴室。這期間，還差點絆倒。他跪在浴室的地板上摸索著，將那枚生鏽的刀片找了回來。坐在地板上的奈德・波蒙特將刀片塞進背心口袋裡，過程中正好碰到了口袋裡的打火機。他把打火機掏出來，盯著它看了好一會兒，那隻睜開的眼睛中閃過一絲帶著瘋狂光芒的狡黠。

他從浴室地板上起身回到臥室裡，渾身顫抖得厲害，牙關都在咯咯作響。他在一張桌子底下——就是之前猿猴般惡漢和紅臉龐小夥子打牌的那張——發現一些報紙，不禁大笑起來，聲音刺耳。他將撕開後的報紙弄皺揉成一團，然後拿到門邊的地板上堆成一堆。他將櫃子的抽屜翻了一遍，找到

一張用來墊底的紙。他把這些紙揉搓成一團同樣放到門邊上，和那些報紙一起。然後他用刀片將床墊劃開，透過那道又深又長的大口子掏出裡面的灰色粗棉。此刻，他的身體已經停止了顫抖，腳步堅定，雙手敏捷。他拼盡全力地掏著床墊裡的棉絮，再把它們堆放到門邊。

然後他笑了起來，發出咯咯的聲音。嘗試了兩次後，他終於點著了火。他將火苗湊近門邊的那堆紙，想將它們從底部點燃。剛開始時，他站立的地方離紙堆不遠，接著又蹲下來。後來，煙霧越來越濃，迫不得已之下，他只能後退，同時被嗆得咳嗽起來。不久後，他走進浴室浸濕一條毛巾，用它將眼睛、鼻子、嘴蒙起來。接著他再次回到臥室裡，腳步踉蹌。整個房間裡到處都是煙霧，只有床邊的地板上跌坐著一個模糊的人影。

他一直坐在那兒，直到傑夫發現了他。傑夫咳嗽著，嘴裡不停地咒罵，用手帕捂住口鼻走了進來。在他開門的時候，大部分的火堆被推得向後了一點，但是路上還是有許多燃燒物。他不得不一邊走一邊清理，將它們踢到一邊，或者乾脆邁過去。最後他抓住奈德·波蒙特的衣領將他拖了出去。

傑夫抓著奈德衣領的手到了外面也沒鬆開，他踢著他的腳跟，把他趕到走廊的另一頭。然後推著他向前，走進一個敞開的門廊裡。

「你這個王八蛋，等我回來非咬掉你一隻耳朵不可。」傑夫對他大聲叫嚷道。然後踢了他一腳回到走廊上，使勁把門關上，鎖好。

被踢進房間的奈德·波蒙特差點跌倒，幸虧扶住了一張桌子。他稍微直起身子，打量一下周圍環境。那條毛巾被他繞在脖子和肩膀上，看起來像條圍巾。這個房間有兩扇窗，他走向最近的那扇。一推之下，他發現窗戶是鎖住的，於是鬆開鎖把窗戶往上推。外面的天已經黑了。他將兩條腿跨過窗台後翻了個身，變成腹部向下的姿勢。他慢慢地將身體放低，直到大半個身體都懸在半空中，只有雙手緊緊抓著窗台。他想要找個支撐，用腳向下探尋著，可惜一無所獲。最後，他俐落地鬆了手，整個人掉落下去。

五、醫院

1

　　一名護士正在處理奈德・波蒙特臉上的傷。

　　「這是哪兒？」他問。

　　「這是聖路兒醫院。」個子嬌小的護士答道。她有一雙榛果色的眼睛，又大又亮，嗓音中帶著喘息般的沙啞。她的身上還有一股香味，是含羞草的味道。

　　「今天是星期幾？」

　　「星期一。」

　　「日期？」他問。在看到她皺起眉頭後改口道，「哦，或者你可以告訴我，我在這兒待了多久了？」

　　「已經三天了。」

　　「電話在哪兒？」他試圖坐起身。

　　「你不能動，」她阻止道，「也不能打電話，更不能太激動。」

　　「你幫幫我，打電話給哈特福6161找麥維格先生，就說我要立刻和他見面。」

　　「每天下午，麥維格先生都會過來，」她說，「不過現在這種情況，你不適合與其他人見面，誰都不行，泰特醫生不會允許的。其實，你現在就已

經說了太多話了。」

「現在是早上還是下午？」

「早上。」

「不行，你現在就打給他，我等不到下午了。」

「一會兒泰特醫生會過來的。」

「什麼泰特醫生，我根本不需要，」他說，有些暴躁，「我要的是保羅·麥維格。」

「你必須聽話，保持安靜，乖乖地等泰特醫生過來。」她回應道。

他瞪著她，生氣地說：「你真的是護士嗎？這麼厲害。難道你不知道應該順從病人的意願嗎？」

她根本沒搭理他。

他接著說道：「而且，你弄得我下巴很疼。」

「如果不想它疼，你就別動。」她說。

他沉默了一會兒後又問：「我是怎麼回事？或者你還沒厲害到能弄明白我的狀況？」

「大概是喝多了打架。」她說，看都沒看他。接著她微笑起來，繼續說道：「不過你確實不該說這麼多話，而且不管你想見誰，必須得到醫生允許。」

2

下午剛過沒多久，保羅·麥維格就到了。

「上帝啊，你終於活過來了，真是太好了！」他伸出兩手，抓住奈德·波蒙特那隻沒有受傷的左手。

「不用擔心我。」奈德·波蒙特說，「不過我們得先解決一件事：把沃特·伊凡斯帶到布瑞伍德，讓他指認那個賣槍的，他……」

「你說過了，」麥維格說，「已經解決了。」

「我說過了？」奈德‧波蒙特的眉頭皺了起來。

「沒錯，就在你剛被發現的那天早上。當時他們要把你送進急診室，但你卻堅持要見我，否則就不接受治療。把伊凡斯和布瑞伍德的事告訴我後，你就陷入了昏迷。」

「我居然一點都不記得了。」奈德‧波蒙特說，「抓到他們了嗎？」

「不用擔心，我們抓到了伊凡斯。在布瑞伍德被指認後，他很快就招了。大陪審團起訴了傑夫‧加德納，除了他以外，還有另外兩個小人物。不過我們沒把這件事扯到沙德身上。加德納是和伊凡斯接頭的人，不管他做了什麼，一定是沙德的吩咐，這一點大家心知肚明，所以……不過要證明這一點，那就是另外一回事了。」

「傑夫？就是那個長得和猿猴差不多的傢伙吧？抓到他了嗎？」

「沒有。我猜沙德在你離開後就把他藏了起來。你是不是被他們抓住了？」

「沒錯，就在狗屋的樓上。原本我去那兒是要給歐羅瑞設個陷阱，沒想到最後反而被他抓了。」他的眉頭皺了起來，「我記得當時跟我一起去的還有『威士忌』‧瓦索斯。後來一隻狗襲擊了我，然後傑夫和一個金髮小子捧了我幾頓，最後好像還發生了火災什麼的……大概是這樣。我是被誰發現的？當時在哪兒？」

「是個警察發現了你。當時是凌晨三點多，你正在科曼街的中央爬行，後面拖出一道長長的血跡。」

「我想做些有意思的事。」奈德‧波蒙特說。

3

那位大眼睛的小護士輕手輕腳地打開門，小心翼翼地把頭伸了進來。

「哦……躲貓貓！」奈德・波蒙特說，聲音裡有一種倦怠，「不過你這個年紀還玩這一手，是不是不太合適？」

護士把門的縫隙拉大了一些，手扶著門邊站在門框下。「怪不得你會挨揍，」她說，「我以為你還在睡，麥維格先生和……」說到這兒，她的聲音沙啞，眼睛裡的神采飛揚，「一位小姐來了。」

「哪位小姐？」奈德・波蒙特看著她，面帶好奇，但語氣卻帶著嘲弄。

「是珍妮特・亨利小姐。」她說，語氣聽起來就像在對人揭開意外驚喜一般。

奈德・波蒙特把身體轉過去，背對護士側躺著。緊閉雙眼的他嘴角抽搐，「告訴他們我還沒醒。」聲音裡不帶絲毫感情。

「你怎麼能這樣？」她說，「他們知道你醒了，要不然我為什麼要在這兒待這麼久？就算他們沒聽到你的說話聲，猜也能猜到。」

他呻吟一聲，語調略顯浮誇，然後支起手肘，身體起來一些。他略帶抱怨的說道：「不管怎麼說，早晚要過這一關。就算這次沒見著，還有下次。」

「看來我們得在醫院門口安排警察站崗，好讓那些想見你的女人一步都別想進來。」那位護士目光輕蔑地譏諷道。

「你只是動動嘴皮子，當然輕鬆。」他說，「也許對你來說，這些在報紙上頻繁亮相的參議員女兒沒什麼不好的。但是你又不是我，否則你就能瞭解那種被緊追不放的感覺了。你要知道，我簡直被她們——還有她們經常亮相的那些報紙——給害慘了。不管什麼時候，都是參議員的女兒，永遠不會是眾議員的女兒或部長的女兒或市議員的女兒，永遠也出不了什麼新花樣。難道在你眼裡，參議員就比其他人會生孩子——」

「沒什麼可笑的，你不過是在自我吹噓罷了。」她說，「我去請他們進來。」說完就走了出去。

奈德・波蒙特來了個深呼吸，眼睛熠熠生輝。他用舌頭將嘴唇濡濕，然後抿起，露出一絲隱晦的笑意。不過他在珍妮特・亨利進來時已經換上了另一副面具，顯得彬彬有禮。

「嗨，波蒙特先生，」她直接走到他床邊招呼道，「聽他們說，你恢復得不錯，我太高興了，一定要來探望你。」她低下頭，朝著他微笑道，一隻手放在他的手上。她有一頭亮麗的金髮，那雙並不是深棕色的眼眸因此被襯托得格外暗淡。「你可千萬別怪保羅，如果你不想見我的話，他也是被我逼迫的。」

「對於你的到來，我高興還來不及。你可真是個大好人。」奈德・波蒙特對她笑著回應。

跟在珍妮特・亨利身後進入房間的保羅・麥維格，來到床的另一邊。他看了看她，又把視線移到奈德身上。「我早就和她說過，你會很高興見到她的。今天如何？」

「還是那樣。找椅子坐吧！」

「我們很快就走，」金髮男子說，「我得去一趟格朗庫爾，和麥羅林先生見一面。」

「我又不用去，」珍妮特・亨利說完轉頭對奈德・波蒙特笑了起來，「或許，我能多待一會兒？」

「這是我的榮幸。」奈德・波蒙特回應道。同時，麥維格繞過來幫她搬了把椅子，然後輪流對著兩人露出一個愉悅的笑容來。「真是太好了。」他說。女子把黑色大衣掛在椅背上，然後在床邊坐下。麥維格看著錶低聲道：「我得走了。」他握住奈德・波蒙特的手，「需要我做什麼嗎？有沒有什麼東西要帶過來？」

「沒有，保羅。謝謝你。」

「嗯，你好好休息吧！」說完視線轉向珍妮特・亨利，看了一眼後又轉回奈德身上，「這是我和麥羅林先生第一次見面，你覺得我們應該談到什麼地步？」

「你自己拿主意吧，」奈德・波蒙特聳了聳肩，「不過為了避免嚇到他，你說話時最好含蓄點。但可以拐彎抹角讓他幫你殺人，比如你可以這樣說『如果有個叫史密斯的住在某某地方，他病了，或者得了某些不治之症。然後某一天，恰巧有個信封在你來看我時被郵寄過來，麻煩我轉交。裡面有

五百美元嗎？我怎麼會知道？』」

麥維格點了點頭。「我不想要任何人的命，」他說，「不過鐵路工人的選票倒是我們需要的。」他皺起眉頭，「你得快點好起來，奈德。我需要你。」

「再過個一兩天就沒什麼問題了。對了，今天早上你有沒有看《觀察家報》？」

「還沒。」

奈德‧波蒙特在房間裡掃視了一圈，「看來是被人收走了。那篇卑鄙的社論就在頭版上印著，佔據了最中央的版面。『本市的警察將如何作為？』一個清單，羅列著六個星期以來所有的犯罪事件，顯示最近這段時間，犯罪量突然大幅增長。除此之外，還有一個小清單，羅列著被逮捕歸案的犯人。用這種強烈的對比，突顯警方的能力不足。而其中大部分的抱怨都是朝著一件事去的，就是泰勒‧亨利的謀殺案。」

珍妮特‧亨利在聽到弟弟的名字時顫抖了一下，她微微張開嘴唇無聲地做了個深呼吸。麥維格的視線掃過她，又快速地回到了奈德‧波蒙特身上，然後搖了搖頭，帶點警告的意味。

奈德‧波蒙特毫不在意地繼續說道：「那樁謀殺案在一個星期裡毫無動靜，他們認為警方是故意的，就是為了讓上流政治圈裡的一個賭徒在上面搞點事，利用它從另一個賭徒那兒爭口氣——就是指我向德斯班追討賭債的事。你聽聽這些說法，簡直不可理喻。作為新的政治盟友，卻利用他兒子的命案牟利，真想知道亨利參議員對此有什麼看法。」

臉色漲紅的麥維格手忙腳亂地掏出手錶，急切地開口說道：「我會去找一份看看的，不過現在我要……」

「還有，」奈德‧波蒙特接著說，語氣平靜，「他們還指責警方突然關閉了一些酒吧，而這些酒吧的老闆在之前的很多年裡，明明受到了警方的保護。可是現在這些警察為什麼翻臉了呢？就是因為他們不願意捐出大筆的政治獻金嗎？聽聽這話，已經將你和歐羅瑞的衝突挑明講了。他們還說會列出另一份清單，將那些沒被取締的酒吧列出來，以此來證明這些酒吧的主人之

所以沒受影響，就是因為給了政治獻金。」

「好了，好了，」麥維格有些慌亂地阻止道，然後對珍妮特‧亨利說，「我得走了，祝你們聊得愉快，再見。」接著，又對奈德‧波蒙特說了一句「回頭見」，然後就離開了。

「你為什麼不喜歡我？」坐在椅子上的珍妮特‧亨利向前探著身子問道。

「也許你錯了，說不定我是喜歡你的。」他說。

「你不喜歡我，」她搖了搖頭，「我很清楚。」

「是因為我的態度嗎？你受不了？」他說，「確實，我的態度一直挺惡劣的。」

「你不喜歡我，」她堅持道，對於他的笑容沒有給予回應，「可是我希望能得到你的認可。」

「為什麼？」他問，態度謙遜起來。

「因為你和保羅是最親密的朋友。」她說。

「保羅嗎？」他斜睨著她，「作為政客，他的朋友可不少。」

她搖了搖頭，有些不耐煩。「但你和他的關係最親密。」她停頓了一下，接著又加了一句：「至少在他看來，確實如此。」

「你呢？你也是這麼覺得的？」他問，語氣裡有些玩笑的意味。

「沒錯，我也是這麼覺得的，」她說，態度認真，「看你為他承受了那麼多，現在還躺在這裡就知道了。」

他嘴角動了動，露出一絲冷漠的笑容，沒有回應她的話。

看樣子他是不打算再說話了，明白了這一點後，她語氣誠懇地說道：「我希望你喜歡我，如果可能的話。」

「說不定我是喜歡你的。」他重複道。

「不，」她搖了搖頭，「你不喜歡我。」

奈德‧波蒙特對她露出一種年輕而迷人的笑容來。他眼神羞怯，開口時的聲音如孩子般謙卑，但又滿含信任：「我想我知道你為什麼會這麼想，亨利小姐。因為一年多以前，我還是個在貧民窟裡待著的窮小子，幸虧保羅把

我弄了出來。你們都是交際圈裡的名人，又經常在名人版上亮相，所以在和你們打交道時，我難免自慚形穢……如果你把這種尷尬而笨拙的表現當成了敵意，那完全是誤解，實際上根本不是那麼回事。」

「你在挖苦我。」她起身語氣平靜的說道。

奈德‧波蒙特在她離開後重新躺回枕頭上，盯著天花板的眼睛閃閃發亮。

「你剛才做了什麼？」護士進來打斷了他的凝視。

奈德‧波蒙特抬起頭看著她，有些悶悶不樂，什麼都沒說。

「她走的時候都快哭了，但還是忍住了。」護士說。

「我肯定是沒救了，」奈德‧波蒙特重新躺回枕頭上，「老是把參議員的女兒們弄哭。」

一個中等身材的男人走了進來，看起來歲數不大，身形俐落。他有一張深色的臉孔，輪廓精緻，長得十分俊朗。

「嗨，傑克。」從床上坐起來的奈德‧波蒙特招呼道。

「你看起來比我想像的好一點。」傑克說，同時走到了床邊。

「還沒斷手斷腳，你自己找椅子坐。」

坐下後的傑克掏出一包香菸來。

「再幫我做件事。」奈德‧波蒙特說，然後從枕頭下面拿出一個信封。

傑克點上菸，將奈德‧波蒙特手中的信封接過來。純白的信封上面寫著「聖路克醫院，奈德‧波蒙特親啟」，郵戳上的日期顯示的是兩天前。傑克拿起裡面的信紙，將上面列印的字讀了出來：

你知道保羅‧麥維格的什麼事？

有哪些是沙德‧歐羅瑞迫切想要知道的？

與泰勒‧亨利遇害的案子有關係嗎？

如果沒有關係，你為何不願說出來？為此甚至不惜遭受重創。

傑克將信紙疊好塞回信封裡，然後抬頭問道：「這上面寫的都是真

的？」

「據我所知，不是。我希望你能調查清楚，這些信出自誰手。」

傑克點了點頭，「這些信讓我留著？」

「嗯。」

傑克把信封放進口袋裡，「你有什麼線索嗎？覺得誰會幹這種事？」

「一點線索也沒有。」

「我是就事論事，你應該明白，」傑克盯著燃燒到末端的香菸快速地說道。

「我明白，」奈德・波蒙特贊同道，「我能告訴你的是，這種信在過去的一個星期裡出現了好幾封。這已經是第三封了，是寄給我的，之前至少還有一封是寄給法爾的。至於其他人有沒有收到過，我就不知道了。」

「還有其他幾封？我能看看嗎？」

「現在我手裡只有這一封。」奈德・波蒙特說，「不過每封信都差不多，紙張、列印的方式都是一樣的。而且內容也差不多，都是圍繞著同一個主題提三個問題。」

「但問題是不一樣的，對吧？」傑克看著奈德・波蒙特問道，帶著探究的意味。

「確實，有些差別，不過談論的重點是一樣的。」

抽著菸的傑克點了點頭。

「這件事絕不能告訴任何人，你要明白。」奈德說。

「當然。」傑克把嘴裡的菸拿開，「你剛才說的『重點』是指什麼？麥維格和那樁謀殺案的關聯嗎？」

「沒錯。」奈德・波蒙特眼神平靜地看著面前這個暗色皮膚的俊朗年輕人，「實際上，什麼關聯都沒有。」

「我也沒看出有什麼關聯。」傑克黝黑的臉孔深不可測，說完就站起了身。

4

護士走了進來，手裡提著一大籃子水果。「這可真棒，對不對？」她放下水果問道。

奈德·波蒙特點了點頭，看起來很慎重。

籃子裡有個硬殼小信封，護士拿出來遞給奈德，同時說道：「一定是她送的，我敢打賭。」

「賭注是什麼？」

「什麼都行。」

奈德·波蒙特點著頭，心裡有一種模糊的猜測，此時似乎確定了。「你看過了。」他說。

「啊？你怎麼……」她看著他的笑容住了嘴，但臉上帶著憤慨。

他把珍妮特·亨利的卡片從信封裡抽出來，上面只有兩個字「求你！」面對這張卡片，他皺起了眉頭，「你贏了。」他說，然後用大拇指的指甲在卡片上彈了兩下，「你把那些東西拿走吧，盡量多拿一點，別讓人看出來我動都沒動過。」

他在下午稍晚的時候寫了一封信：

親愛的亨利小姐：

感謝你的慷慨——先是來探望我，然後又送了水果過來。我該如何感謝你呢？希望將來有一天，我能更明白地表達自己的謝意。

真誠的
奈德·波蒙特

完成後，他看了一遍又撕掉，在另一張信紙上重新抄寫了一遍。前面的內容沒有變，只是重新排列了一下順序，然後把最後一句改成：「希望將來有一天，我能將自己的謝意表達得更明白。」

5

　　歐珀・麥維格在這天早上到訪，當時穿著睡衣和拖鞋的奈德・波蒙特正在病房窗邊的桌子前吃早餐，同時閱讀著《觀察家報》。在她進來後，他將報紙疊起來正面朝下地放在餐盤邊的桌子上，然後站起身來。「嗨，小丫頭。」臉色蒼白的奈德友善地招呼道。

　　「你從紐約回來怎麼不打電話給我？」同樣臉色蒼白的她質問道。她的臉龐因為沒有血色而顯得有些蒼老，但宛如嬰兒般的皮膚反而更凸顯出來。因為激烈的情緒，她眼睛的顏色變深了。想要從那雙睜得大大的藍眼睛裡看出她的想法，幾乎不可能。她直直地站在那兒，身體僵硬，對奈德從牆邊移過來的椅子視而不見。她身形蹌踉，似乎勉強維持著平衡才能站穩。

　　「為什麼不打？」她再次質問道。

　　「你穿這種棕色的衣服很好看，我喜歡。」他對著她露出溫柔而寵溺的笑容。

　　「天吶，奈德，求求你……」

　　「這樣才對嘛！」他說，「按照原計劃，我是要去你家的，不過……嗯，我回來後發生了許多事，之前離開時又堆積了一些，等我把這些事都解決完又遇見了沙德・歐羅瑞，最後就躺到這兒了。」他對病房一揮手。

　　雖然他說得輕鬆，但她嚴肅的面容沒有絲毫動搖。

　　「德斯班呢？他會被處死嗎？」她問，沒有絲毫遮掩。

　　奈德・波蒙特再次笑了起來，「如果你這麼說話，我們就沒什麼好談的了。」

　　她的眉頭皺了起來，稍稍放下身段再次問道：「會嗎，奈德？」

　　他的頭小幅度地擺動了一下，「應該不會，至少我是這麼覺得的，泰勒畢竟不是死在他手上。」

　　他的回答似乎早在她的意料之中。「你早就知道他不是凶手，對不對？早在你讓我幫你弄證據……或者說……陷害人之前？」

「怎麼會，小丫頭，你把我當成什麼人了？」他笑起來，有些責備地說道。

「不，你早就知道。」她的聲音和她的藍眼睛一樣，又冷又硬，還帶著一絲嘲弄，「你不過是利用泰勒的謀殺案要回自己的錢罷了，而且你也利用了我。」

「如果你非要這麼想，我也沒辦法。」他說，一副毫不在意的語氣。

她朝著他邁出一步，逼視著他。她的下巴有一瞬間的顫抖，但很快就鎮定下來，年輕的面容上再次浮現出堅定果敢的神色。「凶手是誰？你知道嗎？」她看著他的眼睛裡滿是探尋之色。

他動作緩慢地搖了搖頭。

「爸爸，對嗎？」

他眨了兩下眼睛，「你的意思是說，保羅知道凶手是誰？」

她使勁跺了一下腳，「我的意思是，凶手就是爸爸。」她叫嚷道。

「閉嘴。」一把捂住她嘴巴的奈德低喝道，同時掃了一眼緊閉的房門。

她往後退了幾步，躲開他的手，同時伸出手將他的手從自己的臉上推開。「是他嗎？」她依舊不肯放棄。

「如果你非要當個傻子，至少別叫嚷得全世界都知道。」奈德‧波蒙特說，聲音低沉，充滿怒氣，「你腦袋裡究竟裝了什麼傻念頭根本沒人在乎，但你不能到處去宣揚。」

她睜得大大的眼睛沉寂下來，「看樣子，確實是他。」她低沉刻板的聲音十分肯定。

「不是，親愛的，」奈德湊到他跟前，用一種殘忍又甜膩的聲音說道，「凶手不是他。」湊到她跟前的臉上揚起一抹邪惡的笑容，使他的面容都微微扭曲起來。

她的表情和聲音沒有絲毫動搖，也沒有逃避他湊過來的臉。「我真是不明白，如果他不是凶手，就算我說了什麼又有什麼關係呢？就算我說得很大聲，又能有什麼問題？」

他撇著一側嘴角冷笑道：「你不明白的事情太多了，可能你自己都不

知道。」聲音裡都是怒氣，「如果你一直這樣，那就永遠都不會明白了。」他往後退了一大步，拉開了和她的距離。同時雙手握成拳，塞進了睡衣口袋裡。此刻，他的嘴角下沉，額頭上現出橫紋。他瞇起雙眼，看著她腳前的地板出神。「你怎麼會有這麼瘋狂的念頭？從哪兒來的？」他低聲嚷道。

「你很清楚，這個念頭很正常。」

他聳了聳肩膀，似乎耗光了所有耐心：「從哪兒來的？」

她的肩膀也聳動了一下，「沒有哪兒，是……是我自己想的。」

「胡說八道！」他說，語氣嚴厲。他的頭依然低垂著，但是視線卻上移，帶著嚴肅多疑的目光注視著她。「今天早上，你看過《觀察家報》了？」

「沒有，」她的臉龐因為煩躁而變紅了，「你是什麼意思？」

「真的沒有嗎？」顯而易見，他並不相信她，眼中的疑惑被深思取代。不過很快，他的眼睛又閃亮起來。他伸出插進睡衣口袋裡的右手，掌心向上地伸到她面前，「信呢？給我看看。」

「你說什麼？」她的眼睛睜得大大的。

「我說信，」他說，「就是用打字機列印著三句話的那封信，上面沒有署名。」

她視線下移不敢與他對視，臉上的表情因為尷尬而微微扭曲。她猶豫了一會兒後才開口問道：「你怎麼知道？」說完打開了手裡的棕色提包。

「我猜城裡的每個人都收到了，」他說，一副毫不在意的口氣，「你收到的這是第一封？」

「嗯。」她遞給他一張紙，已經被揉皺了。

他將信紙鋪平，讀起上面的內容：

你的父親殺了你的愛人，你不會真的傻到一無所知吧？

如果你真的不知道，為何會幫奈德·波蒙特把罪名強加到一個無辜者頭上呢？

你知道自己成為他的幫凶嗎？還是你為了幫自己父親脫罪甘願如此？

奈德‧波蒙特點了點頭，露出一絲笑意。「所有信都差不多。」然後把揉成一團的信紙扔進了桌邊的垃圾桶裡。「既然已經寄到你這兒了，以後大概會收到更多。」

咬住下唇的歐珀‧麥維格盯著奈德‧波蒙特平靜的面容，藍色的眼睛裡閃動著冷光。

「歐羅瑞正想從這件事中挖點東西出來，好幫助他贏得選舉。他以為我和你父親鬧翻了，所以想收買我，好把謀殺案栽贓給你父親，因此我才會和他結仇。他想拿這件事大做文章，至少也要你父親輸掉選舉。當然，我是不會幫他的。」他說。

「你為什麼會和我父親鬧翻？」她的眼神依舊冷冷的。

「那是我們倆的事，小丫頭，別人管不著。」他說，語氣溫和，「如果我們真的鬧翻了的話。」

「你們確實吵架了，」她說，「就在卡森酒館裡。」她突然使勁一咬牙，鼓足勇氣說，「你發現他就是殺害泰勒的凶手，所以才會跟他鬧翻的，對不對？」

「我怎麼不知道？」他笑著嘲諷道。

他的玩笑並沒有感染到她，「你剛才問我是否看過《觀察家報》，為什麼這麼問？那上面有什麼？」她依舊是那副冷冷的表情。

「更多的胡說八道，都是同一個主題，」他說，語氣平靜，「桌子上就有一份，如果你想看的話。這樣的報導在選舉結束前還會有很多……都是那一套。你可以幫幫你父親，假如……」他注意到她根本沒在聽，就停下來不耐煩地比劃了一下。她已經來到桌邊拿起了上面的報紙。

他看著她的背影，愉悅地笑著說道：「第一版上，『致市長的一封信』。」

看著看著，她的身體開始顫抖起來，膝蓋、雙手、嘴唇都在抖動。奈德‧波蒙特有些不安地看著她，皺起了眉頭。當她將看完的報紙放回桌子上，轉身面對著他時，已經停止了顫抖，修長的身體和美麗的面容猶如雕

像般平靜。她從嘴角擠出一句話來：「他們既然有膽量這樣寫，肯定是真的。」

奈德似乎被她逗笑了，他懶散地說道：「他們會寫什麼，你根本就不瞭解。」眼底閃爍著難以抑制的怒火。

接下來的一段時間裡，她只是目不轉睛地看著他，一言不發，然後轉身朝著門口走去。

「等等。」他說。

她停下腳步轉身看著他，光滑的臉龐猶如雕像。他露出溫和又諂媚的笑容：「小丫頭，不管什麼時候，政治都是一場殘酷的遊戲，這次也不例外。《觀察家報》站在我們的對立面上，只要能給保羅造成傷害，他們根本不在乎真相如何，他們……」

「你以為我會相信你？」她說，「我和馬修斯先生的太太在同一所學校，只比她小幾屆，我們以前是朋友。所以，我也認識馬修斯先生。我相信如果這不是事實的話，他絕不會這麼說爸爸。或者說，他有足夠的理由去相信，這就是真相。」

奈德‧波蒙特發出低沉的笑聲。「你知道的還不少。馬修斯現在債台高築，不得不將工廠和房子抵押出去。他抵押的對象是比爾‧羅恩的州中央信託公司，而比爾‧羅恩恰好是亨利競選參議員的對手。馬修斯根本是聽命行事，他報導的內容都是人家安排的。」

顯而易見，一言不發的歐珀‧麥維格並不相信他的那套說辭。

「這個……」他用手指彈了下桌上的報紙，然後用一種親熱的語氣，帶著一絲誘導的意味繼續說道，「根本不算什麼，以後還會有更厲害的。他們不會放棄泰勒‧亨利的事，直到能夠搞出更大的事。當然，這根本就是他們編造出來的，而且這種事在選舉結束前不會只發生一次。說實話，對現在的我們來說，基本上已經習慣了。不過在所有人之中，最不該被這種東西左右的就是你。保羅身為政客根本不會在乎這些，而且……」

「他是殺人犯。」她的聲音低沉，卻字字清晰。

「他的女兒就是個大傻瓜！」奈德‧波蒙特叫嚷道，滿是怒氣，「你怎

麼能這麼傻？」

「我爸爸是個殺人犯。」她說。

「你病得不輕。聽我說，小丫頭，泰勒的死和你爸爸一毛錢關係都沒有，他⋯⋯」

「我已經不信任你了，」她說，模樣陰沉，「以後也不會再信了。」

他瞪著她，眼裡都是怒火。

她轉過身去，再次向門口走去。

「等等，」他說，「我⋯⋯」

她離開房間，將身後的門關緊。

6

奈德・波蒙特生氣地朝著關上的房門做了個鬼臉，然後沉思起來。他深色的眼眸瞇了起來，鬍子下的雙唇噘著，額頭上再次出現了橫紋。過了一會兒，他把一根手指塞進嘴裡，啃咬起指甲來。和平時相比，他那依舊保持規律的呼吸聲更加粗重。

他臉上沉思的表情在聽到屋外的腳步聲時一掃而光，閒來無事地一邊哼著《迷失女郎》，一邊走到窗戶旁。腳步聲毫不遲疑地從門口經過，他停止哼唱彎下腰去，將寫著三個問題質問歐珀・麥維格的那張信紙撿了起來。他將揉成一團的信紙緊緊握在手裡，然後直接塞進了睡衣口袋裡。

接著，他點燃一根雪茄叼在嘴裡，在桌邊站定，透過煙霧低頭往下看，再次閱讀起那份《觀察家報》。

致市長的一封信

市長先生：

針對近日疑點重重的泰勒・亨利謀殺案，《觀察家報》已經掌握了一些

至關重要的資料。

目前，這份資料正鎖在《觀察家報》的保險櫃裡，其中包括多份證詞，要點如下：

一、泰勒‧亨利曾經追求保羅‧麥維格的女兒，並且因此在數月之前與麥維格發生衝突，之後麥維格禁止二人見面。

二、即便如此，泰勒‧亨利依然與麥維格之女約會，並為此特意租了一間套房。

三、亨利被謀殺的那天下午，兩人一直在套房內約會。

四、當天晚上，保羅‧麥維格拜訪泰勒‧亨利家，目的應該是再次勸阻泰勒或其父。

五、怒火中燒的保羅‧麥維格離開亨利家的幾分鐘後，泰勒‧亨利遇害身亡。

六、有目擊者稱，保羅‧麥維格曾出現在離泰勒‧亨利陳屍地點不到一個街口的地方，當時兩人相距不到半個街區。15分鐘後，有人發現了泰勒‧亨利的屍體。

七、泰勒‧亨利謀殺案發生後，到目前為止，警方毫無作為。

《觀察家報》堅信，不管是選民還是納稅人，都有權知道這些事情。《觀察家報》唯一的目的就是伸張正義。如果有機會將這些證詞或掌握的其他資料交給您，或者其他任何有權的市立或州立法庭，《觀察家報》將非常樂意。除此之外，只要能有助於執法，我們願意做任何事，包括避免這些證詞中的細節曝光。

但如果有人對這些證詞和資料視而不見，《觀察家報》絕不容許。透過選舉產生的官員理應是法律的代言人，是市政府或州政府的管理者。如果他將如此重要的證詞完全忽視，《觀察家報》將會公開刊登所有證詞，以求將其訴諸於更高層次的法庭，也就是本市的全體公民。

發行人

H. K. 馬修斯

奈德‧波蒙特低聲嘟嚷了一句，表情諷刺。他對著這份宣言噴出一口雪茄煙霧，眼中的神色依然陰沉。

7

那天的訪客還有保羅‧麥維格的母親。她在下午剛過了一點的時候到來，得到了奈德‧波蒙特熱情的擁抱。他抱著她，在她的臉頰上不停親吻著，直到被她推開。她故意擺出一副嚴厲的面容，嚷道：「快給我停下，保羅以前養的那隻艾爾谷小獵犬就夠討厭了，你比牠還厲害。」

「我從父親那邊確實繼承了點小獵犬的血統。」他說。然後走到她身後幫她把海豹皮的大衣脫下來。

她將黑色的裙子整理好，然後走到床邊坐下來。

他將她的大衣在一把椅背上掛好，然後來到她面前分開雙腿站定，雙手插進睡衣口袋裡。

「你看起來沒那麼糟。」她看著他，以一種挑剔的眼光。過了一會兒後又接著說道：「不過也沒那麼好。感覺如何？」

「非常好。如果不是為了那些護士，我早就離開這兒了。」

「意料之中。」她說，然後在身邊的床上拍了兩下，「快坐下吧，別站在那兒瞇著眼睛看我，像一隻柴郡貓似的，弄得我心裡不安定。」

他照著她的意思坐到她身邊。

「雖然我對你做的事一無所知，不過在保羅眼裡，你非常了不起。」她說，「既然你被人弄成這副德行，想來做的也不會是什麼好事。」

「哦，媽媽。」他叫道。

「看著我，奈德。」她那雙藍眼睛和她兒子一樣有生氣，此刻正凝視著奈德‧波蒙特的棕色眼珠，「那個年輕人不是死在保羅手上，對吧？」

奈德‧波蒙特嚇了一跳，他驚訝地張大嘴巴，「沒錯。」

「我就知道，」老婦人說，「一直以來，他都是個好孩子，可即便如此，我依舊聽到了一些難聽的謠言。我對政治一竅不通，只有上帝才能弄明白那是怎麼回事。」

奈德‧波蒙特目不轉睛地看著她，停留在她清瘦臉龐上的目光閃動著光芒，有些玩味，有些詫異。

「好，你就盯著我瞧吧！不管是以前，還是現在，我從來就沒弄明白過你們男人的想法。當然，我也懶得去弄明白。早在你們還沒出生之前，我就已經放棄了。」

奈德在她的肩膀上拍了兩下，讚嘆道：「你真是了不起，媽媽。」

她躲開他的手，嚴厲的目光中帶著洞悉一切的光澤。她再次瞪視著奈德問：「如果他真成了殺人凶手，你會告訴我嗎？」

他搖了搖頭，表示否定。

「我怎麼知道他不是呢？」

「因為，」他笑著解釋道，「不管他是不是，我都會說『不是』。但如果你換個問題，問我他要是殺了人，我會不會據實以告，我的回答是『會』。」他眼神和聲音裡的愉悅一掃而空，「他不是凶手，媽媽。」他朝著她微微動了動嘴唇，笑著說，「我希望除了我之外，這個城市裡還能有人相信他，認為他不是凶手，那樣就太好了。如果這個人還是他的媽媽，那就更好了。」

8

奈德‧波蒙特在麥維格太太離開一個小時後收到一個包裹，裡面除了四本書，還有一張珍妮特‧亨利寫的卡片。傑克來時，他正在寫致謝的短信。

「你讓我調查的東西有點進展，不過你可能不會太喜歡。」傑克說，香菸的煙霧隨著話語吐出。

奈德‧波蒙特望著眼前這個俊朗的年輕人，目光中有一種探尋的意味。他伸出食指，在左側的小鬍子上順了順。「這任務是我交給你的，不管什麼結果，我都會喜歡。」他也就事論事地說道，語氣和傑克一樣，「坐下吧，跟我說說。」

傑克坐下，動作頗為小心。雙腿交疊的他把帽子放在地板上，原本停留在香菸上的目光轉向奈德‧波蒙特。「那些信好像是來自麥維格的女兒。」他說。

奈德‧波蒙特微微睜大雙眼，臉上的血色漸漸褪去，呼吸也失了規律。不過他的聲音沒有變化，「你憑什麼這樣說？」

傑克從內側口袋裡掏出兩張紙。它們看起來差別不大，無論是大小、質感還是折疊的方式，都差不多。奈德‧波蒙特接過它們打開來看，上面的內容是一模一樣的，都是三個列印出來的問句。

「你能認出來哪張是你昨天交給我的嗎？」傑克問。

奈德‧波蒙特動作緩慢地搖了搖頭。

「看起來是一樣的，」傑克說，「另一張是我打的，用的是泰勒‧亨利租的那套房裡的柯洛納牌打字機和紙。據我所知，麥維格的女兒之前常去那兒。我調查到，那地方的鑰匙好像只有他們兩個有，一人一把。她在泰勒遇害後至少回去過兩次。」

看著手上的兩張紙，奈德‧波蒙特皺起了眉頭，然後頭也不抬的點了點頭。

傑克拿出一根新香菸，用舊的那根點燃，然後起身走到桌邊的菸灰缸前，將舊的那根在裡面按滅，接著又回去坐下。至於奈德‧波蒙特此時有什麼反應，他毫不關心，至少從他的表情和態度上看不出來。

奈德‧波蒙特一直沒說話，過了一會兒後，他微微抬頭問道：「你怎麼查到的？」

「我是從今早《觀察家報》的報導上得到的線索。」傑克嘴裡的菸正隨著他說話而晃動，「不過同樣得到線索的警察們比我去得早，幸虧我剛好認識負責那裡的一個警察。他叫佛瑞德‧赫利，是我的好朋友。他收了我十塊

錢後就放我進去了。」

「警察已經知道了？」奈德‧波蒙特在手裡的兩張紙上彈了兩下。

「我沒說，」傑克聳了聳肩膀，「我問過赫利，不過他一無所知。在警方確定行動之前，他只是那兒的看守。所以，我並不能確定他們到底知不知道。」他抖掉的菸灰落在地板上，「不過我可以去調查。」

「不用了。除了這些，還查到別的了嗎？」

「我只負責這件事。」年輕人暗色的面容看起來深不可測。奈德‧波蒙特快速地瞥了他一眼，然後低下頭去，目光落在那兩張紙上問道：「那地方是什麼樣的？」

「大概二十四英尺長，十三英尺寬，一房一衛。登記的名字是法蘭奇。女管理員一直不知道他們的真實身分——她是這麼說的——直到今天警察找上門來。也許她確實沒撒謊，一般情況下，那種地方都不會過問太多。她說之前他們兩個去得很頻繁，大多是在下午的時候。她還說，女方在過去差不多一個星期的時間裡回去過幾次。當然，具體次數她也不確定，因為如果她不想讓人看到，也不是什麼困難的事。」

「真的是她嗎？你確定？」

傑克比劃了個手勢，表明自己不贊同也不否定的態度。「反正根據描述來看，是她。」頓了一下以後，他又吐出煙霧，不甚在意地加了一句，「女管理員在泰勒遇害後只見過她一個女人。」

再次抬起頭來的奈德‧波蒙特眼神冷酷，「除了她，泰勒還帶其他人去過？」

傑克再次比了個不置可否的手勢。「那個女的只說她不知道，但她的態度卻不是那麼回事，我敢肯定，她沒說實話。」

「從屋裡的東西上發現不了端倪嗎？」

傑克搖了搖頭，「發現不了。屋裡只有為數不多的女性用品，一件和服式睡袍、一些盥洗用品，還有睡衣褲什麼的。」

「他自己的東西呢？多嗎？」

「嗯，除了一套西裝和一雙鞋，還有不少的睡衣、內衣、襪子什麼

的。」

「有沒有帽子？」

「帽子？沒有。」傑克笑著回答道。

奈德‧波蒙特站起身來，走到窗戶邊。外面黑沉沉的一片，窗戶玻璃上沾了一點雨水。在奈德‧波蒙特站過來後，越來越多的雨點打在窗戶上。他轉過身去，對傑克慢吞吞地開口道：「傑克，謝了。」他愣愣地看著傑克的臉，好像心思根本不在上面，「用不了多久，我會再給你個任務——說不定就是今天晚上，你等我電話吧！」

「好。」傑克說完就起身離開了。

奈德‧波蒙特從衣櫃裡拿出衣服去浴室裡換上。等他回來時，病房裡來了一個身材高大的女護士。她面容白淨，精神飽滿。

「發生什麼事了？你穿得這麼整齊做什麼？」她問道。

「嗯，我要出去一趟。」

她表情驚訝，同時帶著防備。「那可不行，波蒙特先生，」她阻止道，「現在外面天已經黑了，而且還下著雨，泰特醫生會……」

「知道，知道。」他沒什麼耐心地打斷她，然後從她身邊繞過，往門口走去。

六、《觀察家報》

1

打開門的麥維格太太叫嚷起來：「天，奈德，你瘋了嗎？你剛離開醫院就在這種天氣裡亂跑？」

「沒關係，我坐了計程車，不會淋濕。」他笑了笑，顯得沒精打采的。「保羅呢？在家嗎？」

「半個小時前，他出去了。我估計是去俱樂部了。你快進來。」

「歐珀呢？她在嗎？」奈德朝著正關門的麥維格太太問，然後跟著她的腳步來到門廳裡。

「不在，她很早就出去了，大概是上午。」

正要往客廳走的奈德・波蒙特停下腳步。「我就不進去了，」他說，「我得去找保羅。」他的聲音微微顫抖。

老婦人快速轉過身來，盯著他訓斥道，「你什麼也不能做，你看你，都要著涼了。快坐到壁爐邊去，我弄點熱的東西給你喝。」

「不行，媽媽，」他回應道，「我還有好幾個地方要去。」

她依舊靈動的藍眼睛閃過尖銳的光芒，「你是什麼時候出院的？」她問，語氣質疑。

「就在剛才。」

緊抿雙唇的麥維格太太咬牙切齒地責備道：「這麼說，你根本沒出院，是自己偷跑出來的。」她清澈的藍眼睛裡蒙上了一層陰影。她湊近奈德・波蒙特跟前，保持著和他差不多的高度，用一種只有喉嚨發乾才能發出的尖銳語調問：「是保羅的事？」接著她眼中的陰影褪去，被恐懼取代，「還有歐珀？」

　　「我得先和他們見一面。」他的聲音低沉，幾乎聽不見。

　　「你是個好孩子，奈德。」她伸出消瘦的手指，在他的臉頰上輕輕碰了兩下。

　　「沒什麼可擔心的，媽媽，」他伸出一隻手，將她攬住，「事情還沒糟糕到那種程度，只不過⋯⋯等歐珀回來，如果你能做到，最好不要再讓她出去了。」

　　「能跟我說說嗎，奈德？」她問。

　　「至少現在不行。還有，我知道你在擔心，但最好別在他們面前表現出來。」

2

　　奈德・波蒙特冒雨來到五個街區外的一家藥店。在那兒，他先是打電話叫了一輛計程車，然後又撥了兩個號碼，想和馬修斯先生談談，但沒能找到他。

　　他又打了個電話找朗森先生，等了一會兒後，他對電話裡說道：「傑克嗎？我是奈德・波蒙特。你有時間嗎⋯⋯好。我想讓你繼續去查一些東西，比如我們之前提到的那個女孩今天有沒有和《觀察家報》的馬修斯先生見過面、她到了那兒後又做了什麼。對，就是哈爾・馬修斯。我打過電話去報社找他，但沒找到人，而且他也沒在家裡⋯⋯嗯，要低調行事，不過要盡快⋯⋯沒有，我已經出院了，你可以到家裡找我。你記得我的電話號碼⋯⋯

好，傑克。好，麻煩了，我們保持聯絡……再見。」

他走出去時計程車已經來了，上車後，他告訴司機一個地址，但在車子行駛過六個街區後又改變了主意，讓司機去了另一個地方。

不久之後，車子在一棟低矮的灰色建築前停下。它所處的位置是一個斜坡的中央，周圍都是平整的草地。

「等著我。」下車的時候，他對司機這樣吩咐道。

他按響了門鈴。很快，灰房子的前門就被打開了，裡面站著一個紅頭髮的女僕。

「法爾先生在家嗎？」他問。

「我去看看。請教大名？」

「波蒙特。」

走進客廳的檢察官連忙伸出雙手，紅潤的面容上帶著諂媚的笑容。「呦，波蒙特，我真是榮幸之至，」他說著迎向來客，「來，大衣和帽子給我。」

「我不能待人久，」奈德·波蒙特笑著搖了搖頭，「我剛出院，正要回家，到你這兒來只是順路。」

「你沒什麼事了嗎？真讓人高興！」

「感覺還不錯，」奈德·波蒙特說，「有什麼新鮮事嗎？」

「沒有，都是一些不重要的小事。打你的那群流氓躲起來了，還沒有抓到。不過你要相信，他們早晚會落到我們手裡。」

奈德·波蒙特撇了撇嘴，有些輕蔑地說：「他們又沒把我弄死，也根本沒有殺我的意思，就算被抓住，最多也就是個故意傷害的罪名。」他看著法爾，目光懶散，「你又收到信了嗎？就是三個問句的那種。」

檢察官清了清喉嚨，「嗯，沒錯，又收到一封，剛才忘了說。」

「收到幾封？」奈德·波蒙特問，語氣隨意，但不失禮貌。他微微翹起的嘴角露出一個懶洋洋的笑容，盯著法爾的眼中滿是嘲弄之色。

檢察官再次清了清喉嚨，「呃，三封。」他有些不情願地承認道，然後眼中突然多了一絲光彩，「你已經聽說了？我們開了個會，棒極了……」

「還是那套說辭？」奈德・波蒙特插嘴道。

「嗯，沒有太大差別。」檢察官舔了舔唇，眼中神色懇求。

「就是說還有差別？」

法爾與奈德・波蒙特對視的視線下移，從他的領帶移動到他的左肩上。他的嘴唇微微動了兩下，但什麼都沒說。

此刻，奈德・波蒙特的笑容裡多了一絲顯而易見的惡意，他用一種極為甜蜜的語氣問道：「都在說保羅才是殺害泰勒・亨利的凶手？」

「天啊，奈德！」嚇了一大跳的法爾整張臉都變成了顯眼的橘黃色。他神情激動，看著波蒙特的眼中滿含恐懼，說話的聲音也粗重起來。

「你繃得太緊了，法爾，」笑起來的奈德・波蒙特依舊用那種甜蜜的口氣說道，「你要當心，小心哪天就繃斷了。」接著他換了一副表情，神色鄭重地問：「保羅跟你談論過這方面的事嗎？就是你繃得太緊這件事。」

「沒……沒談過。」

奈德・波蒙特的臉上再次出現笑容，「可能到目前為止，他還沒有注意到吧！」他抬起手，掃了腕上的錶一眼，然後看著法爾突然發問，「查出來是誰了嗎？」

「聽我說，奈德。我不能……你應該明白……這不是……」他結巴地說著，聲音越來越含混，最後停了下來。

「你要說什麼？」奈德・波蒙特問。

檢察官使勁嚥了一口唾沫，似乎被逼到了絕路，「我們確實查到一些東西，奈德，不過現在還不適合說出來，太早了。也可能，這根本什麼用都沒有。你應該瞭解這種事。」

奈德・波蒙特點了點頭，臉上掛著友善的表情，聲音溫和而平靜地說道：「你已經知道了寫信的地方和使用的打字機，但到目前為止，也只有這些，所以還不能憑此判斷出寫信的人是誰。」

「說得對，奈德。」法爾連忙肯定道，好像放下了某種負擔似的鬆了一口氣。

奈德・波蒙特握住法爾的手搖了搖，態度誠懇。「事情就是這樣的，」

他說，「好了，我要走了。慢慢來就能少犯錯，考慮好了再行動。按照我說的做，一定沒錯。」

檢察官的臉上帶著暖意，聲音也恢復了熱情。「多謝你，奈德，多謝！」

3

客廳裡的電話響起來時是晚上九點十分，奈德・波蒙特快速走到電話邊接了起來。「喂？傑克……哦，好……好……在哪兒……嗯，很好……今晚就到此為止吧！謝謝。」

放下電話後，他站起身來，沒什麼血色的唇角上揚，露出一個微笑來。他的雙手微微顫抖，眼中閃過瘋狂的光芒。

剛邁了兩步，電話鈴又響了起來。他遲疑了一下，還是走過去接了起來。「喂……哦，是保羅呀，你好嗎……嗯，我可不想再當個病人……我就是想去看看你，沒什麼大事……不了，可能不行。我可能高估自己了，我的身體有點糟，最好先去休息……好，沒問題，那就明天吧……再見。」

他套上雨衣，往樓下去的時候順便戴好帽子。外面的風雨在打開門的一瞬間吹了他一身。他步行走過半個街區，來到街角的一家修車廠前。此時，他的臉上都是雨水。

一個乾瘦的褐髮男子正在修車廠中的辦公室裡坐著。透過玻璃牆能夠看到，他正穿著一身工作服——應該是白色的，至少曾經是——斜靠在一把椅子上看報紙，雙腳伸出，搭在電暖氣上方的架子上。走進去的奈德・波蒙特招呼道：「嗨，湯米。」

對方將報紙放低看向波蒙特，大笑起來。他的臉不太乾淨，對比之下，露出的牙齒顯得格外亮白。「今晚可不是什麼好天氣。」

「沒錯。我需要一輛車，能在鄉下路上開的那種。你能幫我嗎？」

「上帝，你可真會挑時候。」湯米說，「要是你之前來，我大概只能給你一輛壞車。不過現在不一樣了，剛好有一輛別克，你隨便用。」

「它能把我順利帶到目的地吧？」

「至少今晚沒什麼問題，就和別的車一樣。」湯米說。

「好，幫我把油加滿。我要去懶人谷，今晚這種天氣哪條路最好走？」

「大概進去多遠？」

奈德・波蒙特看著修車工，若有所思，說：「快到河邊了。」

「是去馬修斯那兒？」湯米點了點頭後問。

奈德・波蒙特沒有回應。

「你得告訴我去哪兒，我才能告訴你應該走哪條路。」

「沒錯，是去馬修斯那兒。」奈德・波蒙特皺起了眉頭，「不過我不希望別人知道，湯米。」

「你既然來找我，難道不是因為相信我嗎？」湯米反問道，態度堅定。

「最好能快點。」奈德・波蒙特說。

「那就走新河路到巴頓家，然後在橋邊拐個彎，沿著那條泥土路——估計這段不會好走——繼續走，在第一個十字路口往東拐。一直開到山丘頂端，馬修斯家大概就在前面了。如果那段泥土路過不去，你就沿著新河路直走，在交叉路口那兒向東拐，再接著剛才說的路線走就行了。」

「謝謝你。」

湯米在他鑽進別克車裡時，還故意漫不經心地提醒道：「還有另一把槍，就在側邊的口袋裡。」

奈德・波蒙特盯著高瘦男子問道：「另一把？」臉上沒什麼表情。

「祝你旅途愉快。」湯米說。

奈德・波蒙特關上門，開車走了。

4

奈德‧波蒙特停車時，儀表板上的時間是10:32。他關掉車燈從那輛別克車上下來，動作有些僵硬。外面的風雨又大又急，狂亂地抽打著周圍的一切，樹、矮樹叢、土地、人和車，無一倖免。透過雨幕以及樹葉的間隙，能夠模糊地看到山下閃爍著一片黃色的光芒。渾身顫抖的奈德‧波蒙特試著拉緊身上的雨衣，然後從濕漉漉的矮樹叢中穿過，搖搖晃晃地走向那一片亮光。

風雨追趕著他的腳步，他僵硬的身體走到山下時已經緩解一些，但步伐依舊搖晃得厲害，偶爾還會被腳下的東西絆一下。即便如此，他依然努力地穩住身形，朝著目的地盡可能俐落地走過去。

沒過多久，一條小路出現在他腳下。他轉了個方向，這會兒他根本看不清什麼，只能依靠腳下泥濘的土地和偶爾刮過臉龐的矮樹枝來保持方向。他沿著小道一路往左，走了一小段後拐了個大彎，來到一個水流湍急的峽谷邊，然後繞到那棟門口閃爍著黃色燈光的建築前。

奈德‧波蒙特毫不猶豫地上前敲了敲門。

門開了，裡面站著一個戴眼鏡的灰髮男子。他灰暗的臉龐很和善，玳瑁框眼鏡後的灰色眼眸正盯著奈德，神色緊張。他穿著一身褐色西裝，品質不錯，衣著整潔。不過樣式有些保守，硬挺的白色領子一側，有四處被水滴浸出來的浮泡。他扶著門退讓到一邊，「請進，先生，外面還下著雨。」他聲音溫和，但稱不上熱情，「這種夜裡出門真是不容易。」

奈德‧波蒙特微微低頭，一躬身踏進門去。進去後是一個大房間，足足佔了一層樓。屋裡的家具不多，裝潢簡單，營造出一種質樸而令人愉悅的原始氛圍。裡面有三個空間，一間廚房、一個餐廳和一間客廳。壁爐一角有個腳凳，坐在上面的歐珀‧麥維格已經起身，挺立著修長的身形瞪著奈德‧波蒙特，陰鬱的雙眼中滿含敵意。

其他人在他摘下帽子解雨衣鈕子時才認出他。

達許‧漢密特

「怎麼是波蒙特！」開門的人叫嚷道，顯然嚇了一跳。然後他睜大雙眼，向著沙德‧歐羅瑞望過去。

坐在房間中央木椅子上的沙德‧歐羅瑞朝著奈德‧波蒙特笑了起來，面對壁爐的他神色有些恍惚。「還真是。」他說，聲音依舊帶著愛爾蘭腔，十分動聽，「最近還好嗎，奈德？」

傑夫‧加德納也笑了起來，嘴巴一咧，露出一口好看的假牙。因為這個笑容，他那和猿猴差不多的臉顯得更寬了，紅色的小眼睛幾乎擠沒了。「老天在上，拉斯蒂！」他對在他身邊凳子上坐著的模樣陰鬱的紅臉頰小夥子說道，「看，小皮球又回來了。我早就告訴過你，他喜歡我們把他拍來拍去，就像之前那樣。」

朝著奈德‧波蒙特皺起眉頭的拉斯蒂低聲說了些什麼，傳到房間這一頭時，已經聽不清了。

在歐珀‧麥維格不遠的地方，坐著一位身材苗條的紅衣女子。她暗色的眼睛在看著奈德‧波蒙特時熠熠生輝，似乎對他很感興趣。

奈德‧波蒙特將大衣脫掉，憔悴的臉頰上還留著舊傷，是之前被傑夫和拉斯蒂用拳頭打出來的瘀痕。他面容平靜，但眼裡的神色卻不是那麼回事，反而閃爍著一種肆無忌憚的光芒。他將大衣和帽子放在門邊靠牆立著的無漆長櫃上，彬彬有禮地對認出他的男人笑著說：「經過這裡時，車子恰巧拋錨了。謝謝你收留我，馬修斯先生，你真是個大好人。」

「不用在意，我的榮幸。」馬修斯聲音含混地答道，目露恐慌。同時再次把視線移向歐羅瑞，目光中有一種懇求的意味。

歐羅瑞伸出修長蒼白的手，在柔順的白髮上撫過。然後對奈德‧波蒙特微笑起來，似乎很高興，但什麼話都沒說。

「嗨，小丫頭。」奈德‧波蒙特走到壁爐前對歐珀‧麥維格招呼道。

站在那兒的歐珀根本沒搭理他，看著他的眼睛裡依舊滿含敵意。

「這是馬修斯太太吧？」他對著紅衣女郎笑著問。

「沒錯。」她聲音溫柔地小聲答道，然後對他伸出手。

奈德‧波蒙特握住她的手，「歐珀說你們以前是同學。」說完又轉向

拉斯蒂和傑夫漫不經心地招呼道，「嗨，小夥子們，真高興這麼快又見面了。」

拉斯蒂沒回應。

傑夫高興地咧開嘴，笑得彷彿在臉上帶了一層面具。「我也很高興啊，」他說，態度熱情，「我的手指現在也全好了。你想想，我的手指尚且如此，你當時又得是個什麼德行。」

「傑夫，你說得太多了，快閉上你那張大嘴巴！如果你不是這麼能說，也不會丟了自己的牙。」沙德‧歐羅瑞輕聲地對猿猴般的男人說，完全沒看他。

馬修斯先生正在對歐珀說什麼，聲音不大。之後，她搖搖頭回到壁爐邊的凳子上坐下。

「請坐，波蒙特先生，」馬修斯指著壁爐另一側的椅子說，看起來有些緊張，「烤烤腳，再……再取取暖。」

「多謝。」奈德‧波蒙特拖動著椅子，在離壁爐裡的火焰更近的地方坐下。

沙德‧歐羅瑞正在點菸。「你的身體沒事了吧，奈德？」把點燃的香菸從嘴裡拿出來的歐羅瑞問道。

「沒事了，沙德。」

「這我就放心了。」歐羅瑞的頭稍稍轉動了一下，對坐在凳子上的兩個男人說道，「明天，你們兩個就回城裡去吧！」說完又把視線移回奈德‧波蒙特身上，溫和地解釋道，「在不確定你會不會死的情況下，我們還是小心行事比較好。不過我們倒不怎麼在乎故意傷害這種小罪。」

奈德‧波蒙特點了點頭，「我不會去起訴你們，那太浪費力氣了，你們憑藉的也不過是這一點。可是你們別忘了，因為威斯特的命案，我們的好朋友傑夫可成了通緝犯。」他輕聲說道，視線始終沒離開壁爐裡的火焰，一絲惡意從眼中一閃而過。他轉頭看向左側，停留在馬修斯上的視線只剩下諷刺。「當然，我也可以去起訴，然後把馬修斯也拖下水，誰讓他窩藏逃犯呢？」

「不，波蒙特先生，我沒有。」馬修斯急忙辯解道，「我之前並不知道他們在這兒，我也是今天剛過來。我的驚訝不比你少……」他突然住了口，轉向沙德・歐羅瑞，聲音哀切地說，「你能來這兒，我非常高興，但是你知道，我的意思是……」他突然笑起來，似乎很開心，「我是在不知情的情況下幫了你，那就不算違法了。」

「沒錯，在幫我的時候，你確實不知情。」歐羅瑞說，聲音和善，但看著這位報紙發行人的灰藍色眼睛裡卻閃著冷光。

馬修斯的笑容逐漸暗淡，失去了原有的開心。他不敢面對歐羅瑞的目光，用手指撥弄著領帶，看起來很煩躁。

「今晚實在太沒意思了，每個人都很悶。你來之前，我們都快無聊死了。」馬修斯夫人對奈德・波蒙特說，聲音甜美。

他看著她，目露好奇。她有一雙明亮又溫柔的暗色眼眸，十分迷人。她在他的凝視下微微低下了頭，輕輕噘著嘴唇，好像在故意炫耀自己的魅力。她雙唇的形狀優美，薄薄的唇瓣上抹著濃濃的口紅。他微笑著起身，對她走了過去。

除了盯著眼前地板的歐珀・麥維格，其他人的視線都轉移到了奈德・波蒙特和馬修斯夫人身上。

「他們為什麼這麼悶？」他問，然後在她面前的地板上盤腿坐下。他沒有直接與她對視，而是背對爐火一手撐地，只留給她一個側臉。

「我怎麼會知道，」她噘著嘴唇說，「哈爾說他要和歐珀到這兒來，問我要不要一起，我原本以為會是一趟有意思的旅程，誰能想到，剛一來就碰到這些……」她閉上嘴，過了一會兒後才繼續說道，「哈爾的朋友，」她的聲音裡有一種顯而易見的迷惑，「大家就坐在這兒，拿一些心知肚明而我卻一無所知的秘密，話裡有話的談論來談論去，簡直蠢死了。就連歐珀都不例外，她……」

「你說得太多了，艾洛絲。」她的丈夫說，似乎在命令她。她抬起眼睛，與丈夫對視，發現他眼中更多的是羞愧，並沒有多少嚴厲的意味。

「我才不管，」她說，有些急躁，「我又沒撒謊，歐珀就是和你們一

樣，非常糟糕。怎麼了？為什麼剛開始的時候，你們兩個不說要來這兒商量什麼呢？要不是外面在下大雨，我早離開這兒了，根本不會待這麼久。」

歐珀‧麥維格並沒看過來，但臉頰紅了。

艾洛絲‧馬修斯低下頭去，目光再次鎖定奈德‧波蒙特，臉上的暴躁消失，取而代之的是一種俏皮的神色。「你得把這兒的氛圍弄得好一點，」她還特意強調了一句，「我才不是因為你長得帥才這麼高興見到你的。」

他故意扮成一種憤慨的樣子，皺眉看著她。

她也皺起了眉頭，卻不是假扮的，盯著他問道：「你真的是因為車拋錨才來到這兒的嗎？還是你和他們的目的一樣，都是為了那件把所有人都搞得神經兮兮的事？哦，沒錯，你和他們是一個陣營的。」

「可是如果見到你之後，我已經改變了心意，那就不用在意原來的目的了吧？」他笑著回應。

「那倒是……」她顯然不太相信他，「不過我必須非常確定，你是真的改變心意了。」

「總之，我會坦白一切，」他保證道，語氣輕快，「難道你真的猜不出來嗎？他們為什麼會這麼不知所措嗎？」

「我確實猜不出來，」她說，模樣有些凶狠，「不過我敢肯定，一定是件蠢事，而且多半和政治有關。」

他用沒撐著地板的那隻手在她手上拍了兩下。「你可真聰明，夫人，都猜對了。」他轉過頭去，視線在歐羅瑞和馬修斯身上一掃而過，然後再次看著她說，「想聽我說說嗎？」說這話時，他的眼中有一種痛快之色。

「不想。」

「第一點，」他說，「歐珀認為她父親是殺害泰勒‧亨利的凶手。」

歐珀的喉嚨裡發出一聲嗚咽，聽起來有些嚇人。然後她離開腳凳，站起身來。她用手背死死抵著雙唇，兩眼睜大大的，甚至能看見虹膜外面的那一圈眼白。她的目光呆滯，又充滿絕望。

氣得臉色通紅的拉斯蒂猛地站起身來，但馬上就被傑夫抓住了手臂。傑夫對他使了個眼色，好聲好氣地勸道：「別管他，反正也沒什麼關係。」拉

斯蒂終究沒有甩開男子抓著他手臂的手，只是輕微地動了動。

艾洛絲·馬修斯坐在椅子上有些回不過神來，她看著歐珀的目光中都是迷惑。

臉色灰暗的馬修斯渾身顫抖，眼皮下沉，唇角也垂下來。

坐在椅子上的沙德·歐羅瑞身子前傾，俊朗的面容蒼白而嚴肅，灰藍色的眼眸裡彷彿結了冰。他兩手抓著椅子的扶手，雙腳平放在地板上。

「第二點，」奈德·波蒙特說，神色鎮定，彷彿其他人的動靜並不能給他造成任何影響，「他……」

「不，奈德！」歐珀·麥維格叫嚷道。

他從地板上扭身仰視著她。

她抵著雙唇的手已經放到胸前，正扭絞在一起。痛苦的雙眼，憔悴的面容，無一不在哀求著他的悲憫。

他凝視著她，態度嚴肅。外面的狂風暴雨猛烈地擊打著房子，那聲音伴著附近河流的喧鬧，透過窗戶和牆壁傳了進來。他冷酷而平靜地仔細打量著她。過了一會兒，他用一種足夠仁慈卻毫無溫度的聲音對她說：「你之所以在這裡，不就是因為這個嗎？」

「求你，不要。」她說，聲音沙啞。

他微微一笑，笑意卻不達眼角。「怎麼？只有你和你父親的敵人們可以談論，其他人都不行嗎？」

她身側的雙手緊握成拳，抬起的臉上滿是怒火，大聲叫嚷道：「就是他殺了泰勒！」

奈德·波蒙特再次用手撐住地板，向後仰視著艾洛絲·馬修斯。「這就是我要說的，」他緩緩道，「你可以想像，你丈夫在今早的報紙上登了一些垃圾，她看過後就跑去找他。在他眼裡，保羅當然不是凶手，只是他沒有別的路可選，幫他辦理貸款抵押的州中央公司的老闆正是沙德支持的參議員候選人，所以他們說什麼，他就得做什麼。第二，她……」

馬修斯尖聲打斷了他，似乎被逼到了絕路，「住嘴，波蒙特，別說了。你……」

「讓他接著說，馬修斯，」聲音悅耳的歐羅瑞插嘴說道，「讓他說完。」

「謝謝，沙德。」奈德‧波蒙特語氣隨意，看都沒看他，「為了證實自己的猜測，她去找你丈夫。可是除了拿謊言哄騙她，他根本給不出什麼證據。實際上，他不過是聽從沙德的命令傳些謠言，根本不知道事情的真相。不過他可以做一件事，而且已經做完了，那就是把她的懷疑刊登在明天的報紙上。自己的父親殺了自己的情人，看看，這迴響會有多大啊！你能想像得到嗎？明天《觀察家報》的頭版上，白紙黑字的印著『歐珀‧麥維格指認自己的父親是凶手：大老闆之女控告他殺了參議員之子！』」

艾洛絲屏住呼吸地聽著，眼睛睜得大大的，臉上的血色褪得乾乾淨淨。她往前探著身子，把頭伸到他的上方。狂風暴雨猛烈地敲擊著窗戶和牆壁。拉斯蒂深吸一口氣，又緩緩吐出來，仿若一聲長長的嘆息。

奈德‧波蒙特微笑著，伸出舌頭又縮回去，繼續說道：「所以，他要把她帶到這兒藏起來，直到消息見報。至於他知不知道沙德和他的跟班在這裡，那就無所謂了。總之，直到報紙出來前，他得讓她消失，免得被人發現她做的那些好事。而且她跟著他來這兒，應該沒有受到威逼或挾持，畢竟從目前的情況來看，這可不是什麼好辦法。所以她應該是心甘情願的，畢竟為了毀掉自己的父親，她願意付出任何代價。」

歐珀‧麥維格重複道：「就是他殺了泰勒。」雖然聲音低沉，卻字字清晰。

坐直身子的奈德‧波蒙特認真地凝視著她，片刻之後露出了微笑。他搖了搖頭，似乎徹底放棄了說服她，然後又重新用手肘支撐在地板上。

再次雙腿交疊起來的沙德‧歐羅瑞掏出一根香菸。「說完了？」他問，聲音溫和。

「你不會明白我說得有多徹底。」背對歐羅瑞的奈德‧波蒙特頭也不回地答道。他的聲音依舊平靜，但臉上的表情卻像是一下子失去了所有力氣，筋疲力盡。

「好。」點燃香菸的歐羅瑞說，「不過，你說這麼一大堆又有什麼用

呢？看來，我們應該提醒你一下，現在的重點是，那個小女孩跑到這兒來，還帶著自己編造的故事。她來這兒完全是出於自己的意願，就跟你一樣。不管是她，還是你，或者是其他的什麼人，隨便去哪兒，什麼時候都行。」他站起來，「反正我要去睡覺了。馬修斯，我的房間在哪兒？」

「哈爾，這不是真的。」艾洛絲・馬修斯以一個肯定句對著丈夫說道。

他慢慢放下捂著臉的手，努力裝出一副穩重的樣子，「親愛的，對麥維格不利的證據很多，至少出現了十多次。這些足夠證明，我們的推測是對的。我們只是堅信，不管真相如何，至少警方應該去問問他。」

「我說的不是這個。」馬修斯夫人說。

「好吧，親愛的，麥維格小姐過來時……」他語意含混地停了下來。整個人在他太太的目光中顫抖起來，再次抬起手捂住了臉。

5

一樓的大房間裡只剩下艾洛絲・馬修斯和奈德・波蒙特兩個人。坐在椅子上的艾洛絲看著眼前即將燃盡的爐火，目露悲傷。和她相隔數尺的奈德坐在椅子上，一邊抽雪茄一邊偷偷打量她。

馬修斯衣著整齊地從樓梯上下來，「親愛的，已經過了十二點了，你還不去睡嗎？」

馬修斯太太沒有理會。

「你呢，波蒙特先生？」他又問。

奈德・波蒙特轉頭一臉漠然地看著他，等他說完後，視線又回到了雪茄和馬修斯太太身上。

馬修斯等了一會兒後又回了樓上。

接著，奈德應馬修斯太太的請求，從櫃子裡找來一瓶威士忌和幾個玻璃杯，然後給兩人各倒了一杯。

「向我丈夫致敬！」她溫柔地說。

「不。」奈德・波蒙特將杯中的酒隨手潑到了壁爐裡，火焰猛地一竄。

她笑了起來，讓他重新倒了一杯，然後說：「那就敬你！」

她在一飲而盡後顫抖起來，他建議她應該摻點東西再喝，但她拒絕了。她伸手放在他的手臂上，轉身背對爐火緊靠在他身邊。「把那張長凳搬過來吧！」他照辦。那是張很矮的寬凳子，沒有靠背。

「把燈也關了吧！」她說。

他關好燈回來時，她已經在凳子上坐好，並倒了兩杯威士忌。

「這次敬你。」他說。兩人一飲而盡，她再次顫抖起來。

樓梯響起一陣嘎吱聲，馬修斯先生走到最後一階樓梯那兒站定：「親愛的，求你！」

「拿個東西扔他。」她湊到奈德・波蒙特耳邊帶著惡意說道。

奈德低聲笑起來。她又倒了兩杯酒。馬修斯先生回了樓上。

「敬我們！」她的眼神在火光的映照下滿是野氣，一絡暗色頭髮鬆了，垂落在眉前。

喝完了酒，她任由杯子落地，發出響亮的破碎聲。她投入奈德的懷抱，顫抖著緊閉雙眼吻向他。奈德・波蒙特的眼睛瞇了起來，露出一抹狡黠的光。

即使樓梯上再次響起吱嘎聲，他們也沒有分開。奈德・波蒙特始終沒什麼動作，但艾洛絲抱著他的手臂卻再次收緊了。樓梯又響了一聲，他們的頭過了一會兒才分開，但手臂還糾纏在一起。奈德・波蒙特注意到樓梯上已經沒有了人。

艾洛絲・馬修斯的手緊摟著他的頭，眼睛半瞇成兩條暗色的縫隙。「生活就是這樣。」她說，聲音苦澀，有些嘲諷的意味。然後拉著奈德仰面躺倒在長凳上，再次吻向他。

他們保持著這樣的姿勢，直到聽到一聲槍響。

「他在哪個房間？」奈德・波蒙特掙脫她的懷抱，站起身嚴厲地問道。

嚇呆的她，眨了眨眼睛。

「他在哪個房間？」他再次問。

「在前面。」她虛弱地抬起手，聲音粗重。

他快步上樓，在樓梯口正好遇見衣著整潔但光著腳的傑夫。腫著一雙睡眼的傑夫攔住奈德，低聲嚷道：「發生什麼事？」

奈德避開他的手，朝著他的嘴就是一記左勾拳。傑夫慘叫一聲，踉蹌後退。奈德繞過他向前面跑去，從另一個房間出來的歐羅瑞緊隨其後。

樓下的馬修斯太太尖聲大叫起來。

奈德‧波蒙特打開門停住了腳步。馬修斯張著嘴巴仰面躺在臥室地板上，嘴角有一些血跡。他一隻手攤開，另一隻手放在胸口。攤開在地板上的手臂似乎指著牆邊，一把黑色的左輪手槍安靜地躺在那裡。窗邊的桌子上有一瓶開蓋的墨水，旁邊還有一支鋼筆和一張紙，桌子邊還有一把椅子。

沙德‧歐羅瑞從奈德‧波蒙特身邊繞過，來到地板上的男人身邊跪下。趁此機會，波蒙特快速地在桌面的紙上掃了一眼，然後塞進了自己口袋裡。

傑克和拉斯蒂進來了。

站起身的歐羅瑞比了個手勢，表示此事已無可挽回。「自殺，」他說，「已經死了。」

轉身離開的奈德‧波蒙特在走廊裡遇見了歐珀‧麥維格。

「發生什麼事了，奈德？」她問，有些害怕。

「馬修斯自殺了。我下去陪她，你穿好衣服後再下來。裡面沒什麼，還是不要進去了。」他下了樓。

躺在凳子旁的艾洛絲‧馬修斯彷彿一抹微弱的影子。

他快走了兩步又停下，環視四周的眼神敏銳而冷靜。然後他走到馬修斯夫人跟前單膝跪地，探了探她的脈搏。他仔細打量著她，確定她真的昏過去了。他把從她丈夫桌子上拿來的那張紙掏出來，藉著壁爐裡尚未燃盡的餘輝看了起來。

這是我——霍華‧凱斯‧馬修斯最後的意願：
我將名下所有財產全部贈與我的妻子艾洛絲‧布瑞登‧馬修斯，以及她

的繼承人與委託者，其中包括任何形式的不動產和私人財產。

在此，我指定本遺囑的唯一執行者為州中央信託公司。

現在我簽名於此，以資證明。

奈德・波蒙特微笑起來，帶著些冷酷的意味。他將手裡的紙對折撕了三次，把它們扔進了壁爐的餘灰裡。他看著它們燃燒、熄滅，然後拿起壁爐邊的鏟子將紙灰混合進了煤灰裡。

接著，他給馬修斯太太灌了一點威士忌。她嗆咳起來，清醒了一些。此時，歐珀・麥維格走下樓來。

6

當歐羅瑞、傑夫和拉斯蒂穿戴整齊地走下樓來時，奈德・波蒙特已經穿好雨衣、戴好帽子站在門邊上。

「你要到哪兒去，奈德？」歐羅瑞問。

「到有電話的地方去。」

「這是個好主意，」歐羅瑞點了點頭，「不過你得先回答我一個問題。」

「什麼問題？」奈德・波蒙特從口袋裡抽出手，手裡握著一把槍。因為角度問題，只有歐羅瑞三人能看見槍的存在，抱著艾洛絲坐在凳子上的歐珀看不見。「我可不希望你們添亂，我得快點走了。」

歐羅瑞停下腳步，似乎並不在意那把槍。「我只是有些奇怪。房間的桌子上有瓶開蓋的墨水和一隻鋼筆，桌邊還有一把椅子，為什麼卻沒發現寫了字的紙呢？一張都沒有。」

「哦，是這樣嗎？」奈德・波蒙特笑著問，故意露出驚訝的表情。他後退一步，縮短了與房門的距離，「是挺奇怪的。不過我還是要先去打個電

話，等我回來，我們再討論這個問題。」

「最好現在就談。」歐羅瑞說。

「那就不好意思了。」奈德‧波蒙特快速退到門邊打開門，「我不會走遠的。」說完就衝了出去，並摔上了門。

外面的雨停了。他沒有選擇小路，而是選擇在房子另一旁的高草叢裡穿行。另一聲摔門聲從房子那兒傳來。奈德‧波蒙特穿過草叢，向著左側河流的方向奮力前行。

他的後方傳來一聲呼嘯，高亢刺耳。他腳步踉蹌地從軟泥地來到樹叢旁，轉了個方向，往河流的另一方走去。身後再次響起呼哨聲。他躬身行走在漆黑的夜色中，小心地隱藏著蹤跡。

他一直往高處走，忍受著灌木叢的劃傷和拉扯。期間，他摔倒了三次，還有幾次只差一點。他失去了那輛別克車的蹤影，也沒找到來時的路。

伴隨著無數的跟頭，他來到了山頂，然後從另一頭下山。他在山腳下找到一條路，向右拐了個彎，沿著這條路走。他的腳下沾了大量泥土，迫不得已之下，只能一次次地用手槍把它們刮掉。

他搖搖晃晃地走著，直到身後傳來狗叫聲才停下。他向後看去，發現身後五十英尺外的地方有個模糊的影子，應該是一座房子。他退回到房子前頭，門那頭的狗叫得更凶了。

「老天，你把那隻狗怎麼了？」推開的窗戶裡有個大嗓門嚷道。

奈德‧波蒙特的臉上掛著虛弱的笑意。他招了招手，用盡可能大的聲音答道：「下面有人死了，我想用用你的電話。我是地檢署的波蒙特。」

「你說什麼？聽不清。傑妮，別叫了。」大嗓門再次嚷道。那隻狗又惡狠狠地叫了三聲後終於停下。「你再說一遍。」

「下面有人死了，我想借用你的電話。我是地檢署的波蒙特。」

「不知道你在說什麼。」大嗓門嚷完關上了窗戶。

狗再次叫了起來，不停地兜圈子想要發起攻擊。手槍上沾滿了泥巴，奈德把它扔了過去，終於把狗嚇跑了。

「老天，你看起來真是太糟了。」門後穿著一身藍色睡衣的紅臉胖男人

說道。

「電話在哪兒？」走進門廊裡的奈德問，身體不禁搖晃了一下。紅臉男人扶住他，嗓音沙啞地說道，「別著急，你現在可做不了什麼。你要打給誰？有什麼事？告訴我。」

「電話在哪兒？」奈德重複道。

紅臉男子扶著他走進走廊打開一扇門：「在那兒。看看你這一身泥巴，如果是老太太在家，你根本進不了門。」

跌坐在電話旁椅子上的奈德‧波蒙特沒有立刻打電話，而是轉頭讓紅臉男人先出去，並關上門。等他照辦後，他才拿起電話撥通了保羅‧麥維格的號碼。在等待的過程中，有好幾次他都閉上了眼，但是每次都強迫自己再睜開。他對著電話開口時，眼神清醒。

「喂，保羅嗎？我是波蒙特……你先聽我說，不要管其他事。馬修斯在河邊有間房子，他剛剛在這裡自殺了，什麼遺囑都沒留下……聽好了，這件事絕不能忽視。他身後還有一大串債務，但因為沒有繼承人，所以他的遺產會交由法院指定的人來分配。你明白了嗎……對，沒錯，找個像菲爾普斯那樣的法官，我們在選舉結束前就可以讓《觀察家報》退出戰局，至少不會站在我們的對立面上。明白了嗎……好，沒錯，你聽我說，這還不是全部。你現在當務之急是去阻止《觀察家報》明早要登出來的新聞，必須阻止，那會引起轟動的。我建議你趕快聯繫菲爾普斯發出禁止令，只要能阻止報紙出版，怎麼樣都行。這家報紙一個月後就會握在我們的朋友手裡，你得讓《觀察家報》的員工們意識到這一點……保羅，我現在無法說太多，你只要記住那新聞的轟動絕不會小，無論如何，你一定得阻止報紙出版。你得親自去辦這件事，趕緊聯繫菲爾普斯。距離報紙出版你大概還有三個小時……對……什麼……歐珀？哦，她很好，正和我在一起……沒錯，我會把她帶回去……你會把馬修斯的事告訴警方吧？好，我還要回到那兒去。沒錯。」

他放下電話跟蹌著來到門邊，試了兩次才打開門。然後跌進走廊，扶住了牆壁才沒倒地。

紅臉男子連忙走上前來：「靠在我身上，兄弟，那樣你會好一點。我在

沙發上鋪了張毯子，那樣就不用擔心泥巴——」

「我得趕回馬修斯家，能借我一輛車嗎？」奈德・波蒙特說。

「是他死了嗎？」

「沒錯。」

紅臉男子抬起眉吹了聲口哨，聲音刺耳。

「能借我一輛車嗎？」奈德再次問。

「老天，你現在這個樣子能開車嗎？」

「我就自己走回去。」奈德・波蒙特搖晃著避開他的攙扶，向後退去。

「你這樣子也沒有辦法走。如果你願意等幾分鐘，我穿好衣服後開車送你回去。不過我覺得，很可能才開到一半，你就掛掉了。」紅臉男人瞪視著他。

奈德・波蒙特被紅臉男子送回來時，一樓的大房間裡只剩下歐珀・麥維格和艾洛絲・馬修斯。她們緊靠在一起，滿臉驚慌地瞪著沒敲門就進來的兩人。

「沙德去哪兒了？」奈德問。

「離開了，他們都離開了。」歐珀答。

「好，」奈德艱難地說道，「現在我們能單獨談一談了。」

「你害死了他！」艾洛絲朝著他跑過來。

他憨笑起來，想要擁抱她。她叫嚷著想打他一巴掌，可還沒等碰到他，他就已經往後倒去，最後躺在地板上不動了。

七、親信

1

　　亨利參議員把餐巾放到桌子上後站起身來，和過往相比，他似乎更加高大而有活力。他的頭不大，頭上有一層稀疏的灰髮，從中間精準地分開梳向兩邊。雖然臉色有明顯衰老的痕跡，但那雙綠灰色的眼睛卻十分明亮。「我能和保羅去樓上待一會兒嗎？希望你們不要介意。」他謙遜地問道，語氣顯得很刻意。

　　「當然可以，不過你得讓波蒙特先生留下，而且還要答應我，不能在樓上待一晚上。」他女兒答道。

　　彬彬有禮的奈德・波蒙特微笑著點頭，然後和珍妮特・亨利一起走進一個白色的房間。鋼琴邊有一盞燈，她打開後背對琴鍵坐下，燈光在她腦後映出一輪光暈。她穿著不會反光的黑色長上衣，似乎是某種類似小山羊皮的材質，身上一件首飾都沒有。

　　「你要彈點兒什麼？」站起身的奈德・波蒙特問。

　　「如果你想聽，我可以試試，雖然我並不太擅長。不過還是先等一會兒吧，趁著這會兒，我想和你聊聊。」她說。

　　一言不發的奈德・波蒙特彬彬有禮地點了點頭，然後離開壁爐邊在距她不遠的沙發上坐好。他看起來很認真，但似乎對她即將說的話沒什麼興趣。

「歐珀還好嗎？」她轉身面對著他問。

「應該還不錯，不過我也有陣子沒見過她了，上次見面還是在上星期。」他舉起雪茄又放下，似乎突然意識到了什麼，「你問這個做什麼？」

「她不是精神崩潰需要臥床嗎？」她棕色的眼睛睜得大大的。

「哦，這個嘛，保羅沒跟你說嗎？」他漫不經心地笑著問。

「就是他告訴我她精神崩潰，需要臥床休息的。」她看著他，目露疑惑。

「大概他是不想提及這件事吧！」他溫柔地笑著說道，然後朝著她聳了聳肩。「其實她沒什麼事，只不過她認定了是自己的爸爸殺了你弟弟。這已經夠蠢的了，更蠢的是她還到處宣揚。所以在她認清事實之前，保羅只好讓她待在家裡，總不能讓她到處去指控自己的父親謀殺吧？」

「你的意思是……」她猶豫地問道，「她被軟禁了？」眼睛閃閃發亮。

「聽聽你這話，跟唱戲似的，」他反駁道，語氣毫不在意，「她還未成年，對一個孩子來說，還有比讓她待在家裡更正常的管教方式嗎？」

「哦，沒錯。」珍妮特・亨利說，語氣有些慌亂，「但是她為什麼會有那樣的念頭呢？」她抬頭問道。

「豈止是她這麼想。」奈德・波蒙特的聲音和笑容都冷冰冰的。

「我正想問你，波蒙特先生。是不是所有人都這麼想？」她的身體向前探出，一臉認真地問。

他平靜地點了點頭。

「為什麼？」她抓著琴凳邊緣的指節都變白了。

「因為在對手眼裡，如果大家都這麼想，會有利於政治上的競爭。」他從沙發上起身，將抽剩的雪茄扔到壁爐裡，然後又回到位置上坐好，雙腿交疊地靠向椅背。

「可是大家為什麼會這麼想，除非有某些證據，或者其他能證明此事的東西出現。難道不是這樣嗎，波蒙特先生？」她皺著眉頭問。

「當然有，」他有些好笑地看著她，「我以為你已經收到了，就是那些到處郵寄的匿名信。」

她激動地迅速起身，臉都微微扭曲起來，「啊，有啊，今天就收到了。」她嚷道，「我還想拿給你看……」

　　「不用了，」他笑著舉起手比劃了個手勢，制止了她，「我已經看過不少了，沒什麼太大的區別。」

　　她有些不甘願地緩緩坐了下去。

　　「除了那些信，還有《觀察家報》之前報導的那些東西，再加上各種流言……」他聳了聳肩，「他們用這些東西給保羅編織了一個罪名，對他十分不利。」

　　「這……這些真的會危害到他嗎？」她問。

　　「如果他在選舉中無法獲勝，就沒辦法再控制市政府和州政府，就會被他們送上電椅。」奈德‧波蒙特肯定地說道，聲音平靜。

　　「如果他贏了呢？就不會有危險了？」她問，聲音顫抖。

　　「沒錯。」奈德點了點頭。

　　「你怎麼看？他會贏嗎？」她的嘴唇顫抖得厲害。

　　「我認為他會贏。」

　　「就是說，不管有多少證據，就算對他再不利，他……」她變了聲音，「他也會平安無事嗎？」

　　「他不會被審問的，」奈德‧波蒙特突然直起身子，兩眼閉上又睜開。他望著她不知所措的蒼白面容，突然開心地笑了起來。「原來是猶迪①做的！」他說，聲音愉悅。

　　屏住呼吸的珍妮特‧亨利一動不動地坐在那兒，滿臉茫然地看著他。

　　他一邊在房間裡亂走，一邊高興地說個不停。偶爾會轉過頭來，對她笑一下，但說話的狀態卻更像自言自語。「原來如此！當然，」他說，「她

達許‧漢密特

---

1. 《猶迪傳》為猶太《次經》中的一卷，原文為希伯來文，「猶迪」為「猶太女子」之意。《猶迪傳》主要描述的是，亞述軍隊圍困猶太某城，在面臨滅頂之災時，城中美婦猶迪挺身而出，拯救民族危機的故事。——譯注

父親還需要保羅的支持，所以她不得不忍受保羅。更何況這種忍耐也不是那麼難以忍受，畢竟保羅愛她。但這忍耐終究是有限度的，如果她認定保羅是殺她弟弟的凶手，而且很可能不會受到懲罰，她一定……對，沒錯！不管是他的女兒，還是他的女朋友，都想看著他死。保羅這個傢伙，女人緣可真不錯。」他拿著雪茄走到珍妮特・亨利面前，說話的語氣完全沒有指責的意味，彷彿只是在和她分享自己的新發現，「那些匿名信就是你寄的，除了你還能有誰呢？那些信是用你弟弟租的那個房子裡的打字機打出來的。之前他和歐珀常去那兒約會，他們各有一把鑰匙。歐珀也受了那些信的影響，所以不是她寫的，是你做的。警察把你弟弟留下的東西還了回來，其中就包括那把鑰匙。你拿著鑰匙偷溜進那個房間寫了這些信，沒錯，肯定是這樣。」他再次走動起來，「我們應該讓參議員找來一隊強壯的護士把你關在房間裡，理由嘛，還是精神崩潰好了。大概每個政治家的女兒都會得這種病。不過為了贏得選舉，就算每戶人家都關著個病人也沒什麼關係。」他轉頭對她笑了起來，神態親密。

她什麼也沒說，只是伸出一隻手放在脖子上。

「參議員倒是不會添亂，這可是大好事。在他眼裡，不管是你，還是他死去的兒子，都沒有競選連任重要。他要想連任成功，沒有保羅可不行。」他笑著說道，「你就是因為這個原因才去做了猶迪，對嗎？你很清楚，在選舉勝利前，你父親是不會和保羅翻臉的，哪怕他也覺得保羅是凶手。哦，不管怎麼說，能夠明白這一點，對我們來說，太值得欣慰了。」

她在他停下來抽雪茄時終於開了口：「那些信確實是我寫的。我不擅長說謊，我知道保羅就是凶手。」聲音鎮定而平靜。

「你恨保羅，對嗎？」奈德・波蒙特坐回沙發上面對著她問，神情嚴肅，但沒有敵意，「你恨他，就算我能證明他不是凶手，你還是恨他，對嗎？」

「沒錯，」她凝視著他的雙眼，「就是這樣。」

「那就是了，」他說，「你不是因為認定了你弟弟死在他手上才恨他。相反，你是因為恨他才認定他是凶手。」

「不是這樣的。」她慢慢搖了搖頭。

他笑了，顯然不相信她的話，「你跟你父親說過嗎？」

她咬住唇微微紅了臉。

「他是不是不相信？還說這根本不可能？」他再次笑起來。

她的臉更紅了，想說什麼又沒說。

「如果保羅是凶手，你父親怎麼可能不知道？」

「他就算知道，也不會相信的。」她看著自己的手，目光慘澹。

「他沒有理由不知道。」奈德眯著眼睛問道，「那天晚上保羅和他說了什麼？沒有提過泰勒和歐珀的事嗎？」

「你不知道那晚發生了什麼？」她抬起頭，滿臉驚訝。

「嗯，不知道。」

「和他們倆一點關係都沒有，」她說，有些急切，「是……」她轉頭看著房門突然住了口。門外傳來說笑聲和越來越近的腳步聲。「我得跟你說說，」她看著奈德哀求道，「明天能和你見一面嗎？」

「好。」

「在哪兒？」

「我家怎麼樣？」他提議道。

奈德‧波蒙特在她點頭後告訴了她地址，她小聲問：「十點後？」趕在參議員和保羅進門前，他點了點頭。

2

保羅‧麥維格和奈德‧波蒙特離開亨利家時，已經是晚上十點半了。他們坐上棕色轎車駛過半個街區後，保羅才開口：「天啊，奈德，你竟然能和珍妮特相處得那麼好，你都不知道我有多高興。」

「不管和誰，我都能相處得很好。」

「才怪。」麥維格低聲笑起來。

「明天我要跟你說些事，下午你會在哪兒？」波蒙特的唇邊帶著一絲神秘的笑意。

「辦公室，明天是一號。」保羅開車拐進唐人街，「現在說不行嗎？時間還早著。」

「到目前為止，我還沒有徹底弄明白。歐珀如何了？」

「她沒什麼事，」麥維格的臉色陰沉下來，「天啊，我真希望能大罵她一頓，這樣就沒這麼複雜了。」路過一盞街燈時他突然再次開口：「她沒懷孕。」

面無表情的奈德・波蒙特什麼也沒說。

麥維格在靠近小木屋俱樂部時減慢車速，漲紅著臉問：「你怎麼看，奈德？她是……」他清了清喉嚨，「是他的情婦嗎？或者只是小男孩小女孩的那一套？」

「不知道，這和我一點關係也沒有。保羅，面對她時，你最好什麼都別問。」奈德說。

麥維格停車後沒有立即下去，他看著前方呆坐了一會兒，然後清了清喉嚨，用沙啞的嗓音說道：「奈德，你並非全世界最壞的人。」

「沒錯。」下車時，奈德附和道。

兩人進入俱樂部後就分開了，奈德和其他人在一個小房間裡玩牌，到三點牌局結束時，贏了四百多元。

3

將近中午，珍妮特・亨利才趕到奈德・波蒙特家。

「早安。」奈德帶著微微的喜悅和訝異招呼道。

「抱歉，我來晚了，」她說，「不過……」

「不過你沒遲到，」他說，「反正都是十點以後，什麼時間都行。」

「這裡不錯，我喜歡。」被奈德帶到客廳裡的珍妮特打量著整個房間，「真不錯。」她看向一扇半開的門，「那是你的臥室？」

「沒錯，要看看嗎？」接下來奈德‧波蒙特帶著她參觀了整個屋子，臥室、廚房、浴室。她一邊參觀一邊讚嘆：「真不錯，我都不知道在這個物欲橫流的城市裡還有這樣的地方。」

「我也覺得不錯，你看，除非有人藏到櫃子裡，否則沒人能偷聽我們說話。」

「我可沒那麼想，雖然我們意見不同，甚至立場敵對，可能現在就已經敵對了，不過既然我肯來，就說明我知道你是個紳士。」她直視著他說。

「你是指，我不會再用褐色鞋子配藍色西裝什麼的？」他揶揄道。

「我可不是指那些。」

「你就說錯了，」他笑著說，「我就是個賭徒，不僅如此，還是政客的爪牙。」

「我才沒錯。」她辯解道，「我可不想和你吵架，至少現在不想。」

「抱歉。」他笑著說，「坐下吧！」

「現在可以跟我說了吧，那天晚上——就是你弟弟遇害的那晚，都發生了什麼？」他坐在一把紅色寬椅上面對著她。

「沒錯。」她說，聲音低不可聞。她看著地板，臉上的神色覥腆起來：「我希望你瞭解。這件事……這件事可能會讓身為保羅朋友的你站到我對立面去，不過……等你明白發生了什麼……等你知道了真相……至少你不會……不會成為我的敵人。我不確定，也許你會……但至少你要明白。等你瞭解了一切，你再做決定。不管怎麼說，他沒對你提過這件事。」她看著他的目光頗為認真，剛才的羞澀一掃而空，「對嗎？」

「沒錯，他沒提過。」他說。

「這不正好表示他企圖隱瞞什麼嗎？」她湊到奈德跟前快速地問道。

「是又怎樣？」他平靜地反問。

「可是你得明白……先不說這個。等我說完那晚發生的事，你再自己判

斷吧！」她湊到前面凝視著他。「那是他第一次受邀來我家吃晚餐。」

「我知道，你弟弟沒在家。」奈德說。

「他只是沒出現在餐桌上，」她說，「事實上，他在家，就在樓上自己的房間裡。他不願意和保羅一起吃飯，你知道，為了歐珀的事，他們有些衝突。當時餐桌上只有我父親、保羅和我，而泰勒打算出去吃。」

奈德點了點頭，似乎沒大多興趣。

「我和保羅在晚餐後獨處了一會兒，就在……在昨晚我們說話的那個房間，他忽然抱住我，還……還吻了我。」

奈德・波蒙特低聲笑起來，似乎很高興。

珍妮特・亨利看著他，神色驚訝。

「抱歉，你繼續說。至於我發笑的原因，一會兒再告訴你。」正當她要繼續的時候，卻被他打斷了，「等等，他吻你的時候有說什麼嗎？」

「應該沒有。也可能有，只是我沒聽懂。」她的臉上都是疑惑，「怎麼了？」

「這可能要怪我，」再次笑起來的奈德・波蒙特說，「他應該是說了些什麼，例如『那一磅肉』這類的話。之前我曾勸阻過他，希望他放棄在選舉中支持你父親。還說過為了得到他的支持，你父親故意用你來做誘餌。還有，如果他喜歡這種收買的方式，我勸他先來點實惠的，而且要趕在選舉之前，否則可能再沒有得到之日。」

她睜大雙眼，似乎明白了什麼。

「這件事就發生在那天下午，」他說，「不過他好像並沒有明白我的意思。你當時什麼反應？他對你可是真心的，他很喜歡你。他竟然會做出這種事，你一定是做了什麼讓他誤會了。」

「我沒對他怎麼樣，」她慢吞吞地說道，「不過那真是糟糕的一晚，所有人都很尷尬。我覺得……我……我很討厭他的來訪。當然，這種情緒並不能表現出來。我知道他很緊張，也體會到他的尷尬……可能有點懷疑你讓他……」她攤開兩手結束了這個話題。

「之後呢？」奈德問。

「我自然很生氣，然後就離開他了。」

「你有跟他說什麼嗎？」奈德‧波蒙特的眼中有抑制不住的興奮。

「沒有。至於他有說沒說，我沒注意。上樓的時候，我遇到了爸爸。我正預備把剛才的事告訴他，就聽見保羅離開的關門聲。說實話，我對爸爸的怒氣並不比保羅少，如果不是他，保羅也不會在那兒。緊接著，泰勒從房間裡出來了。我和爸爸說的話引起了他的注意，他詢問我發生了什麼事。不過我什麼都沒說，就撇下他和爸爸回自己房間去了。我太生氣了，一句話都不想說。然後，我們就再沒見過面，直到爸爸過來告訴我，泰勒已經……已經遇害了。」說完後，她望著奈德‧波蒙特，臉上的血色褪得乾淨。然後絞著手指等待他的反應。

「好吧，這說明什麼？」他理智地問道。

「說明什麼？」她有些訝異，「不是很明顯嗎？肯定是泰勒從後面追趕上了保羅，然後就被他殺害了。他那麼生氣，而且……」她的臉上有壓抑不住的興奮，「你知道為什麼沒找到他的帽子嗎？肯定是因為他走得太急，又那麼生氣，所以根本沒來得及戴帽子。他……」

「不，不是。」奈德‧波蒙特搖頭打斷她，「保羅為什麼要殺害泰勒？他根本沒必要那麼做。如果他想搞定他，一隻手就夠了。而且據我瞭解，吵架時，他根本不會喪失理智。不管是和別人吵架，還是和我，這種事從來沒發生過。我對這一點很清楚。」他瞇起的雙眼變得冷漠，「不過如果是他做的，那肯定是意外……雖然我不相信會有這種意外。但是如果你想了所有假設，最有可能的就是自衛了。」

「自衛？他為什麼不自首？」她嘲諷道。

「因為他想和你結婚啊！如果承認殺了你弟弟，對他一點好處都沒有，即便……」他低聲笑起來，「哦，亨利小姐，我怎麼變得和你一樣不清醒了。保羅不是凶手。」

她沉默地看著他，眼神像之前的他一樣冷漠。

他似乎在思考著什麼，「你不過是把……」他動了動手指，「兩件事結合起來，然後就理所當然地認為，那天晚上，你弟弟是追趕著保羅跑出去

的。」

「這還不夠嗎？」她堅信，「他肯定是去追他了，沒有別的可能。要不然，他為什麼連帽子都沒來得及戴，就跑到唐人街去了？」

「他出去時你父親知道嗎？」

「不知道，他也是後來聽說⋯⋯」

「你的這些想法他知道嗎？支持嗎？」他插嘴道。

「他肯定會支持我的，」她嚷道，「就是這樣的，他一定會支持。不管他有什麼想法，都會支持我的，就像你一樣。」她的眼裡蓄滿淚水，「難道你不贊同嗎，波蒙特先生？這讓我怎麼相信？也許你之前已經瞭解了一些東西，雖然我不知道。是你發現了泰勒的屍體，也許還發現了其他東西，但不管怎麼說，這就是真相，你一定要相信我。」

奈德・波蒙特將顫抖的雙手塞進口袋裡，他努力鎮靜地說道：「除了他的屍體，我什麼都沒發現，周圍當時也沒有其他人。」

「現在你知道了。」她說。

「我只知道，不管你弟弟是死在誰的手上，對這世界來說，都是一件大好事。」他嗓音低沉地挖苦道，因為憤怒，眼神熱烈。

她摀著喉嚨在椅子上顫抖了一下，但很快，她臉上的恐懼就被憐憫取代。她聲音溫柔地說道：「我知道你只是太難過了，畢竟你和保羅的關係那麼好。」

「說這些簡直讓人笑掉大牙。」他低頭笑著嘲弄道，「現在你知道了吧，我根本不是什麼紳士。」他斂起笑容，眼中的羞愧被堅定取代。他平靜地說道：「你說得沒錯，我和保羅是朋友。不管他做了什麼，殺了誰，這一點都不會改變。」

好一會兒，她就那樣凝視著他，態度認真。她輕聲道：「所以我是白說了這麼多？我原本以為，如果你知道了真相⋯⋯」她閉上嘴，擺出一個絕望的姿態。

他慢慢搖了搖頭。

「抱歉，打擾你了。真是讓人失望，但不管怎麼說，我們都不應該成為

敵人，對嗎？」她站起身對他伸出手去。

他沒有握她的手，「那個欺騙保羅並且現在還在欺騙他的你，是我的敵人。」

她依然沒有收回手，「那麼，如果是和這件事沒有關係的另一部分的我呢？」

他握住她的手，低下頭去。

4

奈德・波蒙特在珍妮特・亨利離開後打了個電話，讓人轉告麥維格，他稍後會去拜訪。然後他坐在窗邊抽雪茄，直到十分鐘後電話響起。

「喂……對，哈瑞……好。你在哪兒……市中心那邊，好，我馬上去，你等著……半個小時……沒問題。」他接完電話穿好衣物就出門了。在一家餐廳吃了點東西後，他來到一家叫「莊嚴」的旅社，在那裡見到了哈瑞・史洛斯。

「你怎麼了？」奈德・波蒙特向這個三十五歲的矮胖男人問道。

「奈德，對我來說，情況有點糟。」臉色蒼白的寬臉男人答。

「有多糟？」

「班恩把事情透露給了警方。」

「哦，好吧，等你想說了再找我吧！」奈德有些暴躁地說。

「等等，奈德，我當然會跟你說，」他掏出菸來說道，「你還記得亨利遇害的那個晚上嗎？那晚你進俱樂部時，我和班恩也剛到，記得嗎？」

「沒錯。」

「好吧，我想說的是，我和班恩看到，保羅和那小子在樹下發生了爭吵。」

「可是如果我沒記錯，」奈德・波蒙特有些疑惑，「當時我剛發現屍

體，你們是從另一邊過來在俱樂部門口下的車。而且……」他動動手指，「在你進入俱樂部之前，保羅就已經進去了。」

「沒錯，」史洛斯點頭，「不過，我們是先開車去唐人街尾平基·克萊恩那兒，發現他不在後又掉頭回的俱樂部。」

「哦，」奈德點了點頭，「你們看見了什麼？」

「我們看見了樹下的保羅和亨利，他們在吵架。」

「你們不是開車經過嗎？看得清楚？」

史洛斯再次點頭。

「那兒可不是什麼明亮的地方，」奈德提醒道，「除非減速或停車，否則你們開車經過時，應該根本認不出他們。」

「不是，當然不是。不管什麼時候，我都能認出保羅。」史洛斯堅稱。

「可能吧！但你怎麼知道另一方是那小子？」

「就是他，肯定沒錯，我們看得很清楚。」

「他們在吵架？你們親眼所見？動手了嗎？」

「沒有，他們就是站在那兒，看起來像吵架似的。有時候光看站著的姿勢，你就能知道他們在做什麼，對吧？」

「沒錯，面對面站著就是吵架。」奈德扯出一張虛偽的笑臉，但很快就收斂起來，「就是因為這件事，班恩聯繫了警方？」

「是的。不過我不確定，他是自願去的，還是被發現這件事的法爾派人抓去的。反正法爾肯定知道這件事了。這些事就發生在昨天。」

「你怎麼知道，哈瑞？」

「我是聽說的，」史洛斯說，「法爾正找我。他從班恩那兒知道，當時我們倆是在一起的，所以放出話來，讓我趕快聯繫他。可是你知道我，不想把自己攪和進去。」

「但願如此，哈瑞。」奈德·波蒙特說，「萬一你被法爾抓住，你要如何說呢？」

「我會竭盡所能不讓他抓住我。我為什麼找你來？就是為了這件事。」他清了清喉嚨，舔了舔嘴唇，「我想出城去避避風頭，大概要一兩個星期，

可是我手裡沒什麼錢。」

「你這件事辦得可不對，」奈德笑著搖了搖頭，「如果你想幫保羅，那得這麼做。你去見法爾，然後告訴他，你根本沒看清樹下那兩人是誰，而且你不認為車上的任何人能看清。」

「哦，你說的沒錯，就該這麼做。」史洛斯迅速接話，「不過，奈德，你應該明白，得給我一點甜頭嚐嚐，畢竟這件事是有風險的，而且……嗯，你明白嗎？」

奈德點了點頭，「我明白，選舉過後，我們會給你換個工作，很輕鬆的那種，一天露面一小時就行了。」

「那就……」站起身的史洛斯眼裡閃著綠光，「奈德，我就直說吧，我現在太缺錢了，能立刻幫我弄點嗎？」

「也許吧，我去問問保羅。」

「好，奈德，快去吧，記得跟我聯繫。」

「當然，再見。」

5

奈德・波蒙特從「莊嚴」旅社離開後直接到市政廳檢察官辦公室要求見法爾先生。不過他在接待處遭到了阻攔，對方告訴他法爾先生不在，並且不知道什麼時候回來。

「我就去他辦公室等他好了。」奈德・波蒙特說。

「哦，不行……」圓臉的年輕接待員阻攔道。

「小夥子，你不想幹了嗎？」奈德帶著極為甜蜜的笑容柔聲問道。

年輕人遲疑了一會兒，終究讓開了路。

奈德・波蒙特來到檢察官辦公室的門前打開了門。

「是你？」書桌後的法爾嚇了一跳，立即嚷道，「哦，那小子真該死！

什麼事都做不對。他說是什麼博曼先生，沒錯，他就是這麼說的。」

「無所謂，反正我已經進來了。」奈德說，聲音和善。

檢察官熱情地將他迎到椅子上坐下，並在他詢問「最近有什麼新消息？」後答道：「老樣子，真是讓人受夠了。」

「競選如何了？」

「比預料中的差一點，」檢察官紅潤的臉色掠過一抹陰影，「不過我們能搞定。」

「發生什麼了？」奈德・波蒙特懶散地問道。

「政治嘛，還不是那麼回事。事情一直沒完沒了，這邊一點那邊一點的。」

「有什麼需要幫忙的嗎？我，或者說保羅，很樂意效勞。」他看著搖了搖頭的法爾又問，「也就是說，你現在最麻煩的事就是在亨利遇害案上，發現有關保羅的嫌疑了？」

一抹驚懼的光芒在法爾眼中轉瞬即逝，「關於這個，」他說，模樣謹慎，「這確實是正等著我們處理的事情之一，而且很可能是最嚴重的一件。不過我們得先弄清許多事，才能解決它。」

「上回見面之後又有什麼新線索嗎？」

法爾眼神戒備地搖了搖頭。

「某些方面還是進展緩慢？」奈德冷冰冰地笑道。

「嗯，沒錯，就是這樣，奈德。」椅子上的檢察官不安地移動了一下。

奈德・波蒙特點了點頭，似乎相信了他的說辭。不過，他很快就語帶嘲諷地繼續說道：「你進展緩慢的方面，也包括班恩・佛瑞斯的事？」

法爾的短下巴都要驚掉了，他的眼睛因為驚訝一瞬間睜大，然後又立刻收斂了表情。「佛瑞斯的那套說辭有沒有用還不確定，奈德，但我覺得應該沒什麼用，所以根本沒打算麻煩你。」

奈德・波蒙特笑出了聲，輕蔑極了。

「你知道，不管發生什麼，我都會告訴你和保羅的，只要是重要的。」法爾說。

「相較於你自己，其實我們更瞭解你。」奈德・波蒙特說，「不過無所謂了。你知道當時佛瑞斯的車上還坐著另一個傢伙，如果你想找他，就去『莊嚴』旅社417號房吧！」

法爾的視線停在辦公桌的綠色筆插上，臉上的肌肉不停地抖動著。他什麼也沒說。

「如果他的朋友陷入困境，保羅向來不吝幫忙。你覺得他會讓別人指認自己是凶手，並被逮捕嗎？」從椅子上起身的奈德笑著問道。

「保羅會怎麼做，可輪不到我來插嘴。」法爾依舊看著綠色的筆插堅持道。

「這是個不錯的想法，」奈德・波蒙特彎腰向前，湊到檢察官耳朵旁低聲說道，「我還有個更不錯的想法：你最好別總是自作主張，做些保羅沒交代的事。」說完微笑起來。

然後，他就離開了那間屋子，不過在踏出門後，臉上的笑容一掃而空。

八、解雇

1

奈德・波蒙特在一扇標示著「東州營運與承包公司」的門後見到了保羅・麥維格。

兩人打過招呼後，金髮男子說：「我希望你能和麥羅林見一面，恐怕只有你能說動他了。」

「沒問題。他怎麼了？」

「天曉得，」麥維格苦著臉說，「原本我以為他是支持我的，但現在來看，好像不是那麼回事。」

奈德・波蒙特的深色眼眸裡閃過一絲陰鬱，「他也是這樣，嗯？」

「你是什麼意思，奈德？」麥維格沉吟片刻後問道。

「一切還順利嗎？」奈德換了個問題。

「也沒那麼糟。」他說，「就算沒有麥羅林的票源，我們也沒太大問題。」

「可能吧，」奈德抿緊了雙唇，「但如果票源再這麼流失下去，結果就不一定了。畢竟和兩星期前相比，我們的優勢已經沒有那麼明顯了，你應該知道。」

「上帝啊，奈德！你又來，難道就沒有什麼事合你心意嗎？」麥維格看

著對面的男人笑著說道，語氣寵溺。在對方回答前，他接著說：「這也不是我第一次參加競選了，不管哪次，都像是隨時要搞砸一樣，但最後都平安無事。」

「這不代表以後也不會。」奈德點上雪茄抽了一口，「如果不趕快解決泰勒‧亨利遇害的案子，你就不用再為競選的事操心了。因為不管最後的贏家是誰，你都死定了。」

「你是什麼意思，奈德？」麥維格的眼睛渾濁起來。

「現在所有人都認為你是凶手。」

「這樣嗎？」麥維格抬起手摩挲著下巴沉吟道，「這也不是我第一次被議論了，你根本不用在意。」

「沒錯，你經歷的事情多了，電擊療法呢，你試過了嗎？」奈德‧波蒙特帶著虛假的笑容讚嘆道。

「我可不想去試。」金髮男子笑了起來。

「保羅，你以為你離那把電椅還有多遠？沒多遠了。」奈德溫柔地說道。

「上帝啊！」麥維格再次露出嘲諷的笑意。

「你忙不忙？有時間聽我在這兒胡說八道嗎？」聳了聳肩膀的奈德問。

「我不是正在聽嗎，」麥維格說，「更何況，對我來說，聽你說話向來有好處。」

「多謝了，長官。麥羅林之所以會動搖，你認為是受了誰的影響？」

麥維格搖了搖頭。

「在他眼裡，你已經死定了。」奈德說，「警方沒有認真去逮捕殺害泰勒的凶手，所有人都知道這件事。並且大家認為之所以會這樣是因為，那凶手是你。在麥羅林眼裡，這件事足以讓你在選舉中一敗塗地。」

「這樣嗎？難道他寧願將這個城市的控制權交到沙德手上，也不給我？還是他認為和沙德比起來，涉嫌一件謀殺案的我名聲更糟？」

奈德皺起眉頭，「你是在耍我嗎？還是在自欺欺人？沙德的名聲如何，和這件事一點關係都沒有。雖然他有支持的候選人，但他從來沒站在明處。

可是你不同，你是明目張膽的。而且如果這件謀殺案沒解決，最後還是要你的候選人來承擔責任。」

靠在桌子上的麥維格神情一片坦然，「這都是別人的想法，奈德，我們已經說得太多了。現在說說你的想法吧，你也認為我死定了嗎？」

「可能吧，」奈德篤定地說道，「如果你還是無動於衷，就肯定會這樣。」他笑了起來，「不過，你的那位候選人可不一定，他說不定會贏。」

「這個，你最好解釋清楚。」麥維格問，神色淡然。

「他們打算出賣你。」奈德說，一副毫不在意的樣子。

「是嗎？」

「你以為不可能嗎？那些底層選民原本是你的支持者，但你卻讓給了沙德，一心一意地想借助那些更有身分、素質更高的人來贏得選舉。現在，這群人可不一定還願意站在你這邊。於是，你的候選人出了個好主意，把你抓起來不就得了，就用謀殺的罪名。這下子可敬的市民們就高興了，看看，他們選舉出的官員是多麼大公無私，哪怕是自己幕後真正的支持者，在觸犯法律時，一樣會被他逮捕歸案。他成為市民們心目中的英雄，還用為選票犯愁嗎？再掌管四年市政是輕而易舉的事。你不能責怪你的那些親信，他們不過是為了保住自己的飯碗。」

「你不相信他們的忠誠，是嗎，奈德？」

「彼此彼此。」奈德露出笑容又斂去，「你以為我是隨口說的？不是。今天下午，我去拜訪了法爾。為了見他，我只能硬闖進去，他故意不想見我。他說沒有追查謀殺案，但根本是假話。查到的線索也不願意告訴我，最後被我問得啞口無言。」他撇了撇嘴，一臉輕蔑，「這可是法爾啊，以前我可是隨便使喚他的。」

「只有他一個人罷了。」麥維格說。

「法爾就是個信號。」奈德打斷他說，「為了自保，每個人都可能出賣你。拉特利奇、布洛迪，甚至是倫尼，都有可能。如果不是確定其他人和自己同一立場，法爾怎麼敢有所動作。」看著眼前無動於衷的金髮男人，奈德皺起了眉頭，「如果你不相信，保羅，那就隨便吧！」

麥維格比劃了個手勢，看起來並不在意，「如果我不相信，肯定會跟你說。你去找法爾做什麼？太巧了吧？」

「我是因為哈瑞‧史洛斯才過去的。在泰勒遇害的那天晚上，他和班恩‧佛瑞斯路過唐人街，看到你們在吵架。他們是這麼說的，不知真假。」奈德一副我只是說事實的姿態，平靜地看著金髮男子。「班恩已經去找法爾了，哈瑞要嘗到甜頭才肯閉嘴。風向已經變了，至少你手下有兩個人看出來了。法爾害怕的德行我可不陌生，所以去探探他的底。」

「他在算計我？你確定？」麥維格點著頭問。

「沒錯。」

「你怎麼應付哈瑞的？」麥維格走到窗邊站定，頭也不回地問道。

「隨便敷衍了兩句。」

「你覺得我們該怎麼做？」麥維格回到座位上坐下，臉色更紅了，但沒有其他表情。

「對史洛斯嗎？什麼都不用做。他沒什麼價值，因為已經有一個兔崽子去找法爾了。」

「不，不是這個，我是說整件事。」

奈德扔掉雪茄，「我剛才已經說過了，如果不立即處理泰勒‧亨利遇害的案子，你就死定了。這就是事實，也是唯一值得你努力的地方。」

「不行，還有沒有別的辦法？」麥維格盯著空白的牆面抿起了雙唇，頭上出了一層汗。

「別的辦法？沒有了，保羅。不管是什麼辦法，都是沙德或法爾那幫人的圈套。你會被他們毀掉。」奈德呼吸粗重，瞳孔的顏色加深。

「肯定有別的辦法，奈德，好好想想。」麥維格嘶吼道。

「沒有。這是唯一的選擇，就算你不喜歡也一樣。如果你不願解決，我就幫你解決。」奈德來到金髮男子跟前站定。

「不，你別插手。」麥維格使勁搖了搖頭。

「保羅，我不能聽你的，至少在這件事上不行。」

「奈德，」麥維格看著奈德的眼睛用刺耳的聲音低聲說道：「是我殺了

他。」

奈德‧波蒙特深吸一口氣又吐了出來，彷彿一聲長嘆。

「那是意外，奈德。」麥維格兩手抓著奈德的肩膀含混地說道，「我離開時，他追了出來，手裡還拿著根手杖。我們……我們在街上發生了衝突，他用手杖打我。我把手杖搶了過來，也不知道是怎麼回事，打了他的腦袋一下，我真的沒用力，然後他就向後倒在人行道上。」

奈德極為認真地聽著他的話，然後面無表情地點了點頭，語氣乾脆地問道：「手杖呢？」

「我把它藏在大衣下面帶走燒掉了。確定他死了之後，我就往俱樂部走。發現手裡還握著手杖時，已經是在路上了。所以我就把它藏在大衣底下帶回來燒掉了。」

「什麼樣的手杖？」

「棕色的，很沉，很粗糙。」

「他的帽子呢？」

「我不知道，奈德。可能是被我打掉了吧，讓其他人撿去了。」

「他是戴著帽子出來的？」

「嗯，沒錯。」

「史洛斯和佛瑞斯開車經過那兒，你有印象嗎？」

「沒有，不過是有這個可能。」

「你把手杖帶走還燒了，又始終不願意說真話，事情真是糟透了。」奈德皺著眉頭抱怨道，「原本你是可以為自己辯解的，只是自衛殺人而已。」

「我知道，奈德，但我不想那樣。」麥維格啞聲說，「我想得到珍妮特‧亨利，我這輩子第一次那麼想得到什麼。就算這是個意外，我去自首，你覺得我還會有機會得到她嗎？」

「至少比你現在的機會大。」奈德看著麥維格苦笑起來，聲音沙啞。

麥維格沉默地瞪視著他。

「在她眼裡，你就是殺害她弟弟的凶手。她對你充滿恨意，巴不得你趕緊坐上電椅。你以為是誰第一個往你身上潑髒水的，就是她。還有那些匿名

信，也是她寄的。甚至是歐珀，也是受了她的蠱惑才會背叛你。這些事都是她親口告訴我的，就在今天早上，她來到我家想以此拉攏我。她……」

「夠了。」麥維格看著他，眼神冷冰冰的，「你是怎麼了，奈德？難道你也想得到她，還是……」他住了口，神情傲慢，「不管是什麼，都沒有區別。」他伸手指向門口，粗魯地嚷道，「快滾，你被解僱了，立刻滾蛋。」

「我自然會走，但得先把話說完。」

「你趕緊走。不管你說什麼，我都不會再相信了。你根本就是在騙我，一直都是，我再也不會相信你了。」

「那好。」奈德‧波蒙特拿起衣帽離開了。

2

奈德‧波蒙特神情陰鬱地回到家中，呆呆地坐到夕陽西下，期間電話響起也沒接。當屋裡一片昏暗時，他終於起身來到電話旁撥通了一個號碼。

「你好，亨利小姐在嗎？」等了一會兒，他繼續說道，「喂，亨利小姐嗎……沒錯……我之前去了保羅那兒，把你的那些事都告訴他了……對，你說對了。你判定的那件事確實是他所為……」他笑起來，「沒錯。他認為我在騙他，根本不給我再說話的機會，還讓我立刻滾蛋。你都猜對了，他確實這麼做了……不，不用在意。我知道會這樣，早晚的事……不，真的……嗯，大概就這樣了。話已出口，再想收回去就難了……沒錯，一晚上，我想……這樣不錯……好，再見。」

他講完電話喝了點酒，將鬧鐘定到八點，然後就躺在床上睡著了。被鬧鐘吵醒後，他盥洗了一番，然後坐在點燃的壁爐前看報。接著珍妮特‧亨利小姐到訪。

她看起來高興極了，即便嘴裡說著抱歉的話，也壓抑不住那股興奮之情。奈德將她的事對保羅坦然相告，卻得到了那樣的結局，她很驚訝，也很

抱歉。

「不用在意，」奈德說，「不管結果如何，我都會跟他說的。其實事情發生前，我心裡可能就猜到了。不過就算你警告我，我還是會迎難而上的。」

「我很高興，而且我也不想隱瞞。」她朝著他伸出手。

「對不起，」他握住她的手說，「我不應該違背自己的原則，即便是為了避免這樣的結果。」

「現在你相信我了吧？他就是殺害泰勒的凶手。」

「沒錯，他是這麼說的。」他點了點頭。

「現在你能幫助我了嗎？」她湊上前去問道，握著他的手加大了力度。

「但那是意外，只是自衛，」他有些拿不定主意，「我不能……」

「當然是謀殺！」她嚷道，「自衛只是藉口。」她搖了搖頭，似乎有些不耐煩，「如果真是意外或自衛，他為何不像其他人那樣去法庭上證明呢？」

「這件事拖得太久了，已經一個月了，這對他沒什麼好處。」

「怨誰呢？如果真是自衛，他為什麼拖了這麼久？」

「當然是因為你，」他強調道，「他愛你，不希望你知道他是殺害你弟弟的凶手。」

「可是我已經知道了，」她憤怒地大叫道，「而且所有人都會知道，不過是早晚的事。」

他微微聳了聳肩膀，臉色陰沉。

「你還是不幫我？」

「嗯。」

「為什麼？你們已經鬧翻了。」

「無論如何，我都相信他，不過是個意外。當然，去法庭上說這些已經太晚了，我知道。但即使我們鬧翻了，我也不會害他。你放棄吧，早晚有人收拾他，根本用不著我們動手。」

「不，我不要，」她說，「我不會放棄的，他必須得到懲罰。」她屏住

呼吸一臉陰鬱，「既然你那麼相信他，敢不敢去證明他在撒謊？」

「什麼意思？」他問，語氣謹慎。

「不管他是不是說謊，都會有證據證明真相。只要我們肯找，總能找到一些。你敢幫我找出來嗎？如果你那麼相信他的話。」

他沉吟片刻後問：「如果我找出證據證明確實如此，你敢保證，無論如何都會接受嗎？」

「當然，」她快速地答道，「只要你也願意接受。」

「你能保證，在我們找到重大證據之前守口如瓶嗎？並且在找到所有證據前，不能用已有的那些去對付他？」

「我可以保證。」

「好，協定達成。」

她的眼裡湧出喜悅的淚水。

「我們坐下說吧，先好好計畫一下。你在我們爭吵後和他見過面嗎？」

「還沒。」

「既然這樣，我們就無法確定他對你的態度了。也許他會慢慢相信我呢？當然，就算這樣，我和他之間的關係也不會改善了。我們已經鬧翻了。但不管怎麼說，我們最好盡快弄清這一點。」他伸出手，在鬍子上順了順。「你不能採取主動，以免打草驚蛇，證實了他對你的懷疑。所以還是等著他上門吧！面對他時，你有多大把握？」

「女人能把握男人到何種地步，我就能把握他到何種地步。」她微笑起來，有些不好意思，「這聽起來有點……我知道，但你相信我，波蒙特先生，我可以。」

「那應該就沒問題了。不過要想確定，恐怕得等到明天了。你探過他的口風嗎？」

「沒有，我還在等……」

「現在已經晚了，就算你對他很有把握，也得小心行事。你知道的事都告訴我了？還有什麼隱瞞嗎？」

「沒有了，」她搖頭否定道，「其實，到底該這麼做，我根本不知道，

所以才希望得到你⋯⋯」

「可以僱個私家偵探，你沒想過這個辦法嗎？」奈德插嘴問道。

「想過，不過我擔心會遇到一個向保羅告密的。該找誰？該相信誰？我根本不知道。」

「我倒是認識一個，他應該能幫得上忙。」他伸出手指，在頭髮上梳理著，「現在有兩件事——你可能還不知道——需要你調查一下。第一件事是關於你弟弟的帽子。據保羅所說，他當時是戴著帽子的，可是我發現屍體時，帽子不見了，難道是丟失了嗎？你去查查看，他所有的帽子都在嗎？」他撇嘴笑道，「別忘了，我之前還借過一頂。」

「我做不到，」她有些喪氣地搖了搖頭，「不久前，我們已經把他的東西清理掉了。而且我原本也不知道他究竟有多少東西，大概沒人能知道。」

「那就沒辦法了。」奈德聳了聳肩，「另一件事是關於手杖。他或者你父親，有沒有手杖不見了，特別是一根很粗很沉的棕色手杖。」

「那是我父親的，」她說，神情熱切，「它應該還在。」

「查清楚。這件事就夠你忙兩天了，順便再探探保羅的口風，看看他對你是什麼態度。」

「手杖的事，要怎麼做？」她十分興奮地問。

「據保羅所說，你弟弟就是用那根手杖打他，後來他搶過手杖擊倒了他。他還說他把手杖帶走燒掉了。」

「哦，我父親的手杖都在那兒，我確定。」她臉色蒼白地嚷道，眼睛睜得大大的。

「泰勒的手杖呢？」

「他只有一根，是個銀頭的黑色手杖。」她伸手搭在他的手腕上，「如果沒有手杖丟失，就說明他⋯⋯」

「可能說明了什麼，」他把手放在她手上，「不管怎麼樣，你什麼都別做。」他說，聲音裡有一種警告的意味。

「我知道，」她說，「你不會瞭解，對於你的幫助我有多開心。我是如此地滿懷希望，你絕對可以信任我。」

「但願如此。」他收回了搭在她手背上的手。

3

奈德‧波蒙特在九點四十分的時候離開家，他去「莊嚴」旅社找哈瑞‧史洛斯，結果撲了個空，然後他乘坐計程車前往西路旅社。

他在西路旅社的酒吧裡碰到個熟人，當時他剛跟酒保吉米要了一杯曼哈頓。

一曲終了，突然響起一個女人尖銳的叫嚷聲：「我才不要和那個波蒙特待在一個地方，他就是混蛋。」站在舞池中央的麗‧威爾謝爾對他怒目而視，身邊還跟著一個壯實的年輕人。她接著說道，「你快點把那個混蛋趕出去，否則休想我留下。」

臉色發紅的年輕人努力裝出憤怒的樣子，但臉上的困窘更明顯。

「嗨，麗，最近怎麼樣？見過伯尼嗎？」

年輕人攔住邁步向前的麗，「我來收拾他，」他說，「這個混蛋，」他離開舞池來到奈德‧波蒙特跟前，質問道，「你怎麼有膽和她這麼說話？」

目光冷靜的奈德伸出右手掌心向上地放在吧台上：「吉米，給我個什麼東西，我得把這個傢伙敲醒。我可不想和他比拳頭。」他從酒保手裡接過一根短棒，繼續說道，「她的外號可不少，我記得上回見面時，和她在一起的那個人是這麼叫她的，『愚蠢的女人』。」

「等哪天你落單了，千萬別碰上我。」眼神閃爍的年輕人說完轉過了頭，「我們走吧，離這個破地方遠一點。」

「真是夠了，我才不會和你走。」麗拒絕道。

這時，出現一個壯碩的男人，鑲著一口金牙。他說，「你們兩個都得走，快滾。」

「嗨，科奇，那位……呃……小姐是和我一起的。」奈德笑著說。

「好，」科奇轉頭對年輕人說，「你自己走，孬種。」

年輕人出去了。

奈德‧波蒙特跟著麗‧威爾謝爾回到她的桌邊坐下，向服務生點了些吃的。

「男人都不是好東西，那個大傻蛋。」麗在服務生離開後咒罵道，然後就哭了起來。

「大概是你眼光的問題。」

「你憑什麼這麼說？都怪你，把我害得這麼慘。」她生氣地說道。

「你有什麼可怪我的？」他反駁道，「就算為了還我錢，伯尼賣掉了你的珠寶，那也賴不到我頭上啊！」

音樂響起，她一邊抱怨男人都不是東西，一邊邀請奈德跳了一支舞。兩人回到桌邊時點的東西已經上來了，他一邊喝一邊問道：「最近伯尼怎麼樣了？」

「我怎麼知道。自從他離開這兒，我們就再沒見過，我也根本不想再見他。又是一個好男人！我今年真是好運連連！先後遇上三個混蛋，他，泰勒，還有剛才那個蠢貨。」

「泰勒？泰勒‧亨利？」

「對，不過我們倆沒什麼，畢竟那時候我和伯尼正同居。」她快速地解釋道。

「哦，他在查特街那兒租了間套房，看來你之前也是那裡的常客。」他將手裡的酒喝光。

「嗯。」她看著他，神情戒備。

「我們得再來一杯。」他說。

她趁著他點酒的時候補了補妝。

4

奈德‧波蒙特是被門鈴聲吵醒的。他穿著睡衣開了門，珍妮特‧亨利走了進來。

「抱歉，我也知道不是時候，但我實在等不了了。」她一邊進來一邊道歉，「我昨天就打過電話給你，試了好幾次。我幾乎一整夜沒睡，根本睡不著。我父親根本沒丟手杖，一根都沒少。所以很明顯，他在騙人。」

「包括那根很粗很沉的棕色手杖？」

「沒錯，那是索布里吉少校送給我父親的，是他從蘇格蘭帶回來的。那根手杖一直擺在那兒，我父親從沒用過。」她朝著奈德露出笑容，彷彿取得了勝利。

「他就沒說實話。沒錯，他在騙人。」沒睡醒的奈德眨了眨眼。

「而且，」她高興地說，「昨天他就在我家，我回去時正好遇上。」

「保羅？」

「沒錯，他請求我嫁給他。」

「他說我們吵架的事了嗎？」奈德眼中的睡意一掃而空。

「沒有，什麼都沒說。」

「你是怎麼答覆他的？」

「我說泰勒剛剛過世，我還不想那麼快結婚。就算是訂婚，都嫌太快了。不過我沒有把話說死，沒有否定以後的可能性，所以我認為，我們彼此都明白這層意思。」

他看著她，充滿好奇。

「我不是那麼冷漠無情，你別這麼想，」她臉上的快樂消失了，「可是……哦，不管怎麼說，我只想盡快完成我們的計畫，其他事就不……用在意了。」

「如果你對他的愛能和對他的恨一樣多，那該有多好啊！」

「別說這種話，」她跺著腳嚷道，「我不想聽，再也別說了。求你，我

受不了。」

「抱歉。」道過歉後，他邀請她一起吃早餐。之後，他去浴室盥洗了一番，回來時，脫掉大衣的她正站在壁爐邊抽菸。她還想說什麼，但電話鈴響了起來。

「喂，」他接起電話，「哦，哈瑞，我去找過你，可惜撲了個空……我想問你一件事……你應該知道……那天晚上，就是你看見保羅和那小子在一起的那晚，那小子有戴帽子嗎？不……戴了？你肯定嗎……他手裡有手杖嗎……哦……好……不，哈瑞，你最好自己去找保羅，他才不會聽我的話呢……好……再見。」

放下電話，他對目露詢問的珍妮特解釋道：「剛才打電話來的那傢伙之前聲稱，你弟弟遇害的那晚，他和另一個人看到過他和保羅在說話。他說你弟弟戴了帽子，至於拿沒拿手杖，他沒看清。當時天色已暗，他們又是開車經過，看不清也正常。」

「那頂帽子很重要嗎？你好像特別關注它。」

「誰知道呢？」他聳了聳肩，「我又不是專業偵探。不過一件事總不會是平白無故地存在，多少會有點用吧！」

「昨天我們分開後，你又查到了什麼嗎？」

「沒有，只是在一個和泰勒廝混過的女孩身上浪費了些時間，什麼都沒查到。」

「是我認識的人？」

「不是歐珀，」他看著她，目光銳利，「如果你是這麼想的話。」

「也許，我們可以從她那兒查到些什麼？你不這樣認為嗎？」

「你是說歐珀嗎？她確實認定了自己的父親就是凶手，但根本沒什麼證據。她的憑據只有兩樣，你的信和《觀察家報》那類的東西。除此之外，她一點內部消息都沒有。」

珍妮特雖然點了頭，但似乎並不太相信他的話。

他們一起用餐時，電話響了起來。奈德接起來說道：「喂……沒錯，媽媽……什麼？」他皺起眉頭聽了一會兒，「他們願意做什麼就做什麼吧，

你也沒有辦法，我覺得不會有什麼事……不，我對他的去處一無所知……我覺得我不會……好，放心吧，媽媽，沒有事的……當然，確實如此……再見。」他面帶微笑坐回桌邊，「看來法爾和你想的一樣，」他說，「是保羅的母親打來的。她說有個地檢署的警官去了她家，正在審問歐珀。」一抹精光從他的眼中一閃而逝，「指望著她能幫上什麼忙，根本不可能。不過這倒是說明，他們已經在步步緊逼了。」

「她為什麼要打給你？」珍妮特問。

「因為她找不到保羅了。」

「你和保羅已經鬧翻了，她不知道嗎？」

「顯而易見，她還不知道。」他放下餐具，「話說回來，你真的打算對這件事追查到底嗎？」

「當然，我一定追查到底，我這輩子第一次這麼想做一件事。」她堅定地說。

「聽聽，這話保羅也說過，不過他想表達的是，自己有多麼想娶到你。」奈德苦笑道。

她顫抖著望向他，眼神冰冷。

「我不知道你是怎麼想的，老實說，我對你幾乎一無所知。可是我做過一個夢，和你有關，讓我不太高興。」

「你相信解夢？不可能吧？」她笑著問。

「確實，我什麼都不信。」奈德認真地答道，「我基本上不受什麼事情的影響，這可能和我的性格有關，我就是個名副其實的賭徒。」

「是什麼樣的夢？竟然讓我喪失了你的信任。」她斂去嘲弄的笑容舉起一根手指，故意裝出一副鄭重的樣子說，「我也做過一個和你有關的夢，等你說完再告訴你。」

「我夢見自己在釣魚，」他說，「釣到一條虹鱒魚，很大很大。然後你說你想看看，抓著牠直接扔回了水裡，我甚至來不及阻止。」

「你是什麼反應？」她笑起來，似乎很高興。

「夢到這裡就結束了。」

「胡說八道，」她說，「我怎麼可能把你的魚扔回水裡。現在，我和你說說我的夢吧！我是在……」她突然睜大了眼睛，「你是什麼時候做的這個夢？是來我家吃晚餐的那晚嗎？」

「不是，是昨晚。」

「哦，可惜了。如果我們是在同一時間做的夢，那多有意思啊！」她說，「我是在你來我家吃飯的那晚做的夢。夢裡我們迷路了，在一片森林裡，又累又餓。我們走了很久才找到一個小木屋，敲門後卻沒人回應。門是鎖住的，打不開。我們從窗戶那兒往裡看，屋裡有一張堆滿了豐盛食物的桌子，應有盡有。可是窗戶外面有鐵欄杆，我們還是無法進去。我們回到門口繼續敲門，依舊沒有回應。後來我們突然想到，很多人都有個習慣，在門墊下面留把備用鑰匙。於是翻開門墊，果然找到一把鑰匙。門開後，我們發現地板上有很多蛇，大概是幾百條。之前我們在窗戶那兒根本看不見。那些蛇一起湧向我們，我們嚇得趕緊關門上鎖，站在門外聽著裡面的聲音，蛇發出的嘶嘶聲，還有撞門聲。我們嚇壞了。然後你出了個主意，只要爬上屋頂，再把門打開，把蛇先放出來就行了。在你的幫助下，我爬上了屋頂——說起來，我還是第一次見到那麼低的屋頂——你緊隨其後，然後彎下腰打開門，把那些蛇放了出來。我們屏住呼吸待在屋頂上，直到那些蛇爬進了森林裡。然後我們跳下來跑進屋裡，還特意鎖上了門。我們在屋裡吃個不停，然後我就醒了，坐在床上高興地直拍手。」

過了一會兒，奈德才開口：「我覺得你是在編故事。」

「為什麼這樣想？」

「剛開始明明是噩夢，後來卻成了美夢。而且根據我自己的經驗，只要是和食物有關的夢，我基本上都是在吃到嘴之前就醒了。」

「不全是編的。」她笑著說，「不過既然你認定了是假的，我也就沒必要告訴你到底哪部分是真的了。」

「哦，好吧！」他好像忽然想到了什麼似的接著問道，「你父親那兒會不會有什麼線索？他知道內情嗎？如果我們把知道的事情都告訴他，你覺得他會不會給我們提供一點線索？」

「沒問題，」她說，看起來熱情而急切，「肯定行得通。」

他皺起了眉頭，沉吟道：「不過他聽完後，很可能氣得跳起來，然後搞砸我們的整個計畫。我們可能根本來不及準備好，那樣就麻煩了。他不是個好脾氣的人，對吧？」

「沒錯，不過……」她有些不甘願，但很快就再次振作起來，「也許我們可以和他好好解釋，這樣一來，就不用非得等到……現在，我們已經準備得夠充分了，對吧？」

「還不夠。」他搖了搖頭。

她抿起雙唇。

「明天吧，明天就差不多了。」他說。

「真的嗎？」

「我是這麼覺得的，但不敢保證。」

「不，你必須保證，」她越過餐桌抓住他的手，「不管什麼時候，只要準備好了，必須立刻告訴我，行嗎？」

「當然可以，這　點我可以保證。」他斜眼看她，「獵物即將死亡，你似乎一點都不難過。」

她的臉因為他的語氣漲得通紅，但她還是沒有逃避，「也許在你眼裡，我就是個魔鬼，」她說，「也許，我真的是。」

他低下頭，視線停留在自己的餐盤上，小聲說道：「但願捕獲獵物時，你不會失望。」

九、卑鄙者

1

奈德‧波蒙特在珍妮特離開後撥通了傑克‧朗森的電話，讓他過來一趟。

傑克過來時，他已經換好了衣服，一手酒杯一手雪茄地問道：「我和保羅鬧翻了，你聽說了嗎？」

「嗯，聽說了。」傑克一副毫不在意的口氣。

「你怎麼看這件事？」

「沒什麼想法，不過我可沒忘，上次你們也鬧翻過，最後卻讓沙德‧歐羅瑞栽了個跟頭。」

「這次大家還這麼想？」

「沒錯，這樣想的人不在少數。」傑克的回答似乎在奈德意料之中。

「如果我說這次是真的呢？」

傑克什麼都沒說，他的臉上也沒洩露出任何想法。

「是真的。」奈德喝了一口酒，「我還欠你多少錢？」

「基本上都付清了，只有麥維格小姐的那件事還差三十元。」

奈德‧波蒙特給了他三張十元的鈔票，並在傑克道謝後說道，「現在兩不相欠了。」他一邊吐著雪茄煙霧一邊說，「我還要委託你一件事：幫我調

查保羅殺害泰勒・亨利的事。雖然他親口承認了，但我還需要一些證據。你能幫我嗎？」

「不，不能。」傑克說。

「為什麼？」

深色皮膚的年輕人站起身來，「到目前為止，在這裡，我和佛瑞德的私家偵探生意發展得不錯，」他說，「我相信，未來兩三年我們會發展得更好。波蒙特，我很喜歡你，但是這種喜歡依舊有限度，至少還沒強烈到能讓我為了你去招惹這個城市的掌控者。」

「他快完了，」奈德說，模樣鎮靜，「他的手下已經做好了準備，隨時都可能出賣他，法爾、倫尼以及……」

「他們願意做什麼都行，但不包括我。時機成熟了，他們自然會成功。不過也有可能，他們只能傷到他的皮毛。想要真正扳倒他，是另一回事。和我相比，你更瞭解他。所以你應該知道，就算他們全部加起來，也沒有他有種。」

「他確實有種，不過也正是因為這一點，他才會完蛋。好吧，既然你不願意，那就算了。」

「我確實不願意，」傑克拿起帽子，「如果是其他事情，不管是什麼，我都樂意效勞，但是……」他比了個手勢，結束了這個話題。

「我早預料到了，你可能不願意。」奈德毫無怨恨之意。他沉吟了一會兒，再次開口，「或許你可以幫我另一個小忙：告訴我沙德在哪兒？」

傑克搖了搖頭，「第三次清查他的地盤時死了兩個警察，從那以後，他就躲起來了。不過警方似乎沒打算找他算帳。」他將嘴裡的香菸拿下來，「『威士忌』・瓦索斯，認識嗎？」

「認識。」

「你可以去問問他，如果你們夠熟識的話。晚上去史密斯街的提姆・沃克那兒，有可能找到他。」

「我會去試試。多謝，傑克。」

「不算什麼。」傑克猶豫了一下又接著說道，「老實說，我非常不願意

看見你和麥維格鬧翻。希望你……」他閉嘴轉身，往門口走去，「明白自己在做什麼。」

2

來到地檢署辦公室的奈德・波蒙特，這次順利地見到了法爾。

「你好嗎，波蒙特？請坐。」辦公桌後的法爾聲音冷淡，目光嚴厲，既沒有起身，也沒有和他握手的打算。

「昨天我從這裡離開後和保羅見了一面，我想跟你說說當時發生的事。」坐下後的奈德悠閒地翹著腿。

「是嗎？」法爾禮貌地說道，聲音冷冰冰的。

「我向他描述了和你見面時的情形，告訴他你有多驚慌。」奈德笑起來，盡力表達自己的友善。他語氣平淡，就好像這只是件無足輕重的小事。「我跟他說，你的膽子好像大了不少，竟然想把泰勒・亨利遇害的案子算到他頭上。剛開始他毫不懷疑，可是後來我告訴他，只有把真正的凶手交出去，他才能獲救。結果，他立即否定了這種做法，並親口承認，泰勒・亨利就是他殺的。當然，他說那只是個意外，是出於自衛什麼的。」

法爾沒有說話，嘴部肌肉僵硬，臉上的血色褪得乾乾淨淨。

「我說的這些很無趣吧，對嗎？」

「你繼續說。」檢察官語氣冰冷。

「你不會以為我是在鬧著玩吧？還是你以為我們是在給你設陷阱？」奈德嘲笑道，「法爾，你可真是個膽小鬼。」

「不管你要說什麼，我都願意聽你說，但我現在實在沒時間，所以只能請你……」

「好，我還以為需要錄份口供什麼的。」

「非常好。」法爾按動桌子上的按鈕，召喚來一位穿著綠衣服的灰髮女

子。

「波蒙特先生想錄一份口供。」法爾對她說。

「是，長官。」說完，她拿著紙筆坐到了辦公桌的另一頭，面無表情地看著奈德・波蒙特。

「昨天下午，保羅・麥維格在內伯爾大樓的辦公室裡親口承認，是他誤殺了泰勒・亨利。他說那天晚上他受邀去亨利參議員家共進晚餐，在那兒和泰勒發生了一些衝突。泰勒在他離開後追了出來，並攻擊了他，用的是一根很沉很粗的棕色手杖。他想要把手杖奪過來，沒想到在過程中不小心打中了泰勒的前額，然後他就躺在地上不動了。事後，他把手杖帶走燒掉了。他還說，他之所以隱瞞這件事只是為了得到珍妮特・亨利。就這些。」

「去整理出來，馬上。」法爾對那位速記員命令道。

「我還以為你會高興得不得了，畢竟這可是個大新聞。」奈德嘆息道，「我還以為你說不定會震驚得豎起頭髮。」

檢察官看著他，目光堅定。

毫不在意的波蒙特繼續說道：「我還以為你會直接把保羅抓過來，讓他面對這個……」他揮了一下手，「『毀滅性的證據』，這個說法不錯。」

「這是我的職權，請你別干涉。」檢察官用一種克制的聲調說道。

再次笑起來的奈德沉默下來，直到灰髮速記員回來。她手裡拿著剛才口述筆錄的打字稿。「需要宣誓嗎？」他問。

「不用，簽上名字就行了。」法爾說。

「我還以為很有意思，不過如此。」奈德一邊簽名一邊抱怨，聲音愉悅。

「沒錯，是沒什麼意思。」緊繃著下巴的法爾說，聲音裡有一種陰鬱的滿足感。

「你就是個膽小鬼，法爾。」奈德又說了一遍，「過馬路的時候小心點，注意看車。」他鞠躬道別，「再見。」

他出門以後，生氣地做了個鬼臉。

3

　　那天晚上，奈德‧波蒙特在史密斯街的地下酒吧裡遇到了傑夫‧加德納。傑夫向在場的人大聲宣揚，奈德是一個喜歡挨揍的受虐狂，並邀請奈德喝完酒後去樓上的房間一對一較量一下。因為那個房間非常小，他可以把奈德打得在牆上彈來彈去，而不用浪費時間等著他從地板上爬起來。

　　進入樓上的小房間後，原本在裡面的女人已經沒了影，傑夫抱怨了一陣，然後邀請奈德‧波蒙特上座。這過程中，他始終腳步踉蹌，說話顛三倒四。

　　「我知道你在想什麼，奈德。你把我當成醉鬼了，對嗎？」傑夫說。

　　「不，我沒那麼想。」

　　「媽的，我就是醉了，沒有人比我更醉了，包括這垃圾堆裡的所有人。我就是個醉鬼，醉死了，不過……」他豎起粗壯的食指，看起來有點髒。

　　這時服務生來了，傑夫又對他發了脾氣，埋怨他來得太晚，害他最好的朋友在這兒空等了一個小時。然後詢問服務生之前房間裡的女人去哪兒了，在從服務生嘴裡確定她真的離開了後，再次狠狠地咒罵了一通。自始至終，奈德‧波蒙特都沒搭腔，只是在最後向服務生點了杯蘇格蘭威士忌，傑夫要的是黑麥威士忌。

　　服務生離開後，瞪著奈德的傑夫惱怒地說道：「你到這來有什麼目的，以為我不知道嗎？」

　　「我沒什麼目的，」奈德一副毫不在意的語氣，「我就是想看看能不能遇上『威士忌』‧瓦索斯，然後讓他帶我見見沙德。」

　　「沙德在哪兒你覺得我會不知道？」

　　「你可能知道吧！」

　　「你怎麼不問我呢？」

　　「好，沙德在哪兒？」

　　傑夫伸出手，使勁地在桌子上拍了一巴掌，大聲嚷嚷道：「你才不是來

找沙德的，你這個騙子，你是來找我的。」

奈德·波蒙特笑了起來，搖了搖頭。

「就是這樣的，」猿猴般的男子堅持道，「該死的，你知道——」

「住嘴吧，傑夫，」一個有著厚嘴唇和圓眼睛的中年男人走到門邊說道，「你的嗓門太大了，光聽你在那兒嚷嚷了。」

「都是這個混蛋害的，」他扭過身體，伸手指著奈德說，「我對他的目的一清二楚，他卻以為我不知道。他就是個貨真價實的卑鄙者，我正打算好好收拾收拾他，一點水都不放。」

「隨你的便，但你沒必要那麼大聲。」門邊的男子明理地說道，對奈德眨了眨眼後就離開了。

「提姆也成了個卑鄙的傢伙。」面色陰沉的傑夫往地板上啐了一口。

服務生把他們要的酒送了上來。奈德舉起酒杯說：「敬你。」然後喝下去。

「我才不想敬你，你就是個混蛋。」傑夫神色陰沉地看著奈德。

「你病得不輕。」

「你在胡說八道，我就是喝醉了。但如果你以為我會因此對你來這的目的一無所知，那就大錯特錯了。」他將酒一飲而盡，用手背在嘴上抹了一把，「而且在我眼裡，你就是個混蛋。」

「好吧，你願意怎麼說就怎麼說吧！」奈德溫和地笑著說。

「你以為自己很聰明嗎？」傑夫抬起他那猿猴似的鼻子。

奈德沒搭理他。

「你跑到這兒來，想把我摺倒後交出去。媽的，這可真是個好主意，對不對？」

「沒錯，」奈德一副毫不在意的語氣，「你身上不是還背著法蘭西斯·威斯特的命案嗎？」

「法蘭西斯·威斯特，見鬼去吧！」傑夫答。

「我和他可不認識。」奈德聳了聳肩。

「你就是個卑鄙的傢伙。」傑夫說。

「我幫你叫杯酒吧，酒錢我來付。」奈德說。

猿猴般的男人點了點頭，面色陰沉。他往後使勁靠著椅子，使它的前腿翹了起來，伸手去搆電鈴。「不管怎麼說，都改變不了你是混蛋的事實。」椅子差點倒下，他連忙雙腳踩地穩住身形。「混帳！」他怒吼著坐回桌邊，用拳頭撐住下巴，「我根本不在乎誰把我交出去，你不會以為他們真的打算放棄我吧？」

「為什麼不呢？」

「為什麼不？天啊！我甚至都不用承擔什麼罪名，只要撐過這段時間，選舉結束後一切就都是沙德的了。」

「或許吧！」

「或許個大頭鬼！」

他們向進來的服務生點了酒，在他離開後奈德繼續說道：「也許你會被沙德拋棄，這種事早有先例。」

「不太可能，」他嘲笑道，「他有太多把柄落在我手裡了。」

「什麼把柄？」

猿猴般的男子大笑出聲，語氣輕蔑地嚷道：「天啊，你喝醉了嗎？居然以為我會告訴你。」

門口傳來一個悅耳的聲音，帶著一點愛爾蘭腔：「說啊，傑夫，跟他說說。」站在門口的沙德‧歐羅瑞看著傑夫，目光有點哀傷。

「最近怎麼樣，沙德？快進來吧，好好喝一杯。這位是卑鄙的波蒙特先生。」傑夫斜睨著門口的男子，聲音愉悅地說道。

「我告訴過你，最好少出來走動。」歐羅瑞柔聲說。

「天啊，沙德，我都快悶死了。再說，這個非法的地下酒館十分隱蔽。」

好半天，歐羅瑞目不轉睛地看著傑夫，然後才轉頭對奈德招呼道：「晚安，波蒙特。」

「你好，沙德。」

「在他那兒收穫不少嗎？」歐羅瑞對傑夫抬頭示意，柔聲笑著問道。

「沒什麼，都是一些我已經知道的。」奈德答。

「你們倆沒什麼區別，都是卑鄙的傢伙。」傑夫說。

服務生端著酒過來，卻被歐羅瑞阻擋了腳步，「拿回去吧，他們已經喝得不少了。」服務生把酒端走後，歐羅瑞走進屋裡關上門。「我早就跟你說過，傑夫，你的話太多了。」背對門站著的歐羅瑞說。

奈德・波蒙特面對著傑夫，故意眨了兩下眼睛。

「媽的，你吃錯藥了嗎？」傑夫憤怒地質問道。

奈德笑了起來。

「我在跟你說話，傑夫。」歐羅瑞說。

「老天，你以為我不知道嗎？」

「如果你再這樣，我們就沒什麼好說的了。」歐羅瑞說。

「別跟個混蛋似的，沙德，」傑夫站起身說道，「該死，怎麼了？」他從桌邊繞到他面前，伸手去擁抱他，「我們當了那麼多年的兄弟，一直如此。沒錯，我脾氣暴躁，但是……」

歐羅瑞伸出一隻蒼白的手，推著猿猴般男人的胸膛，迫使他後退，「坐下。」他的聲音平靜。

傑夫朝著歐羅瑞的臉揮出一拳。歐羅瑞偏頭躲過，但臉頰被擦了一下。他神情鎮定而嚴肅，把右手伸向臀部後方。

原本坐在椅子上的奈德・波蒙特撲了過來，控制住了他的右手。

剛剛的一拳沒有打中，傑夫卻被衝勁帶著撞到了牆上。此時，他正伸出雙手緊緊掐著歐羅瑞的脖子。那張猿猴般的黃色臉龐面目扭曲，異常清醒。

「拿到那把左輪了嗎？」傑夫問，伴著粗重的喘息聲。

「拿到了。」奈德手裡抓著一把槍起身，槍口對著歐羅瑞往後退去。

歐羅瑞目光呆滯，眼球凸起，腫脹臉龐上的血色呈現斑點狀。他任由傑夫掐著他的脖子，已經喪失了抵抗的能力。

隔著歐羅瑞的肩膀，傑夫轉頭對奈德大笑起來。那笑容是如此真誠，還帶著一點愚笨的狠辣。他的小眼睛紅紅的，卻閃著愉快的光。他的聲音粗啞，但卻很真誠：「現在你明白我們得處理什麼了吧？沒錯，就是處理

他。」

「我一點都不想和這件事扯上關係。」奈德說，聲音毫無起伏。

「不想？」傑夫瞥了他一眼，「你該不會是忘了我們做過的那些事了吧？還是你以為沙德會忘？」他伸出舌頭，在嘴唇上舔了舔，「沒錯，他會忘的，我會解決他。」

奈德‧波蒙特露出一個大大的笑容。傑夫醜陋的深色臉孔上都是汗水，肩膀、背部和手臂處的衣服皺了起來。他的呼吸粗重而緩慢，根本不去看自己手下掐著的那張臉。

臉色蒼白的奈德喘著粗氣，頭上也出了不少汗。他的視線落在傑夫的肩膀和歐羅瑞的臉上。

歐羅瑞豬肝色的臉上眼神渙散，嘴唇發藍，露出一截青色的舌頭。他一邊扭動著身子一邊拍打著身後的牆壁，但沒什麼力氣。

看著奈德露出一個笑容的傑夫叉開雙腿，拱起後背，無視被他掐住的人。歐羅瑞拍打牆壁的手停了下來，喉嚨裡先是發出兩聲悶哼，然後又立即響起一個刺耳的聲音，最後終於在傑夫的雙手中垮了下去，停止了掙扎。

「解決了。」傑夫踢開椅子把歐羅瑞的屍體扔到了沙發上。傑夫在臀上擦了擦手後對奈德說：「我就是個笨蛋，而且脾氣不錯，所以大家都能耍著我玩，而不用擔心反擊。」

「以前你怕他。」奈德說。

「真希望告訴你那確實是真的，沒有人不怕他，只有你除外？」傑夫笑著說：「我們趕緊走，趁著還沒有人進來。左輪槍呢？給我，我去扔掉。」

「不行。」奈德拒絕道，用手槍對準傑夫的肚子，「我會幫你作證，就說是自衛殺人。審訊時，我們就用這套說辭。」

「天啊，這可真是個好主意！」傑夫嚷道，「別忘了，威斯特的命案還扣在我頭上。」傑夫的眼神在奈德和手槍間來回轉換。

「沒錯，我知道。」奈德笑著柔聲說道，「但我是為你好。」

傑夫在奈德的威脅下坐到椅子上，並按照他的要求兩手放在桌子上。奈德伸出左手按響電鈴，然後繞過桌子，坐在傑夫對面的一把椅子上，從那裡

能看清門口。他警告了傑夫兩次，讓他把手從番茄醬的瓶子上拿開，然後吩咐過來的服務生把提姆叫來。這期間傑夫警告他說，這裡是他的地盤，他絕沒機會脫身。

剛才那個厚嘴唇圓眼睛的中年人進來後，立刻把門關上。奈德對他說：「打電話報警，歐羅瑞被傑夫殺了。在警察到來之前，你還有時間清場。最好再叫個醫生來，說不定他還沒死。」

「他沒死？」傑夫嘲諷地笑道，「我就是教皇了。」他斂起笑容對厚唇男人說：「這個傢伙以為你會放過他，你怎麼看，提姆？跟他說說，他有多大機會脫身。」

「我們不能把他拖到街上去嗎？這樣對我們店裡好一些。」提姆的視線在歐羅瑞、傑夫和波蒙特身上轉了一圈，然後鎮定地開口說道。

「我會幫你，在警察來之前，你趕緊清場就行了。」奈德說。

提姆有些拿不定主意，傑夫插嘴道：「聽著，提姆，你瞭解我，知道……」

「看在老大的份上，閉上嘴吧！」提姆說，語氣冷漠。

「傑夫，你以為沙德死後還會有人把你當回事？」奈德嘲笑道。

「這樣嗎？」猿猴般的男子靠進椅子裡，臉色淡然地說，「好吧，我認栽，隨便你們怎麼處置我，交給警方就交給警方吧！你們這些狗娘養的東西，我終於看清了，媽的，再也不會求饒了。」

「非要這樣嗎？」提姆無視傑夫問道。

奈德點了點頭。

「好吧，我能接受。」提姆說完就要離開，奈德請他幫忙檢查一下傑夫身上是否有槍，但被拒絕了，他說自己不打算插手此事。

傑夫舒服地靠坐在椅子裡，滔滔不絕地辱罵著奈德・波蒙特，並列出了一大堆罪狀指控他，直到警察到來。

「嗨，布瑞特。他身上可能有槍。」奈德對領頭進來的白髮男人說。隨後兩個警探繞過他抓住了傑夫・加德納。

奈德・波蒙特將事情的經過如實相告，只除了一點，他暗示布瑞特，歐

羅瑞是在激烈打鬥中意外死亡的，而不是在被繳械之後。

之後進來一個醫生，檢查了歐羅瑞的屍體，確認了他的死亡。傑夫還在咒罵個不停，被一個警察打得假牙都掉了，一嘴的血。奈德將死者的左輪手槍交給布瑞特，並應他的要求，一起去了警察總局。

4

奈德・波蒙特從警局總部離開後直接去了保羅・麥維格家。

此時已經是午夜了，麥維格太太幫他開了門。

「哦，媽媽，你還沒睡嗎？」

「我以為是保羅回來了？」

「他沒回來？我正想見他。」他看著她，目光尖銳。「發生了什麼事？」

奈德進屋後，她關上門說，「歐珀企圖自殺。」

「啊？你說什麼？」

「趁著護士不注意，她把自己的手腕割開了。好在沒那麼嚴重，只流了一點血。只要沒有下次，就不會有事了。」她看起來有些脆弱。

「保羅呢？他幹什麼去了？」奈德・波蒙特問，聲音微微起伏。

「不知道。他早就該回來了，天知道他去哪兒了，我們找不到他。」她緊緊抓住奈德的手臂，聲音顫抖地問，「你……你和保羅是不是？」她沒有說完，抓著奈德的手卻加大了力度。

他搖了搖頭，「那樣更好一些。」

「哦，奈德，就沒有什麼方法可以彌補嗎，孩子？你們兩個……」她再次住了口。

眼睛濕潤的奈德看著她柔聲說道：「沒有，媽媽。對我們兩個來說，還是各走各路比較好。他跟你說過這件事嗎？」

「就說了一句。我告訴他，地檢署的人過來後，我曾經打電話通知你。他聽完後對我說，以後別再幹這種事了，因為你已經……已經不是他的朋友了。」

「聽著，媽媽，告訴他我來過。還有，這一整個晚上，我都會在家等著他。」

「奈德，你是個好孩子。」麥維格太太伸出瘦骨嶙峋的雙手，搭著他的肩膀，「我真不願意看到你們吵架。不管你們有什麼衝突，你都是他最親密的朋友。你們為什麼會吵架呢？是不是和那個珍妮特有關……」

「還是讓保羅來說吧，」他澀聲道，「對於你和歐珀，我有什麼能幫上忙的嗎？如果沒有，我就得走了，媽媽。」

「沒有，但你不去看看她嗎？她還沒休息。如果你願意和她聊聊，說不定會有好處，畢竟一直以來，她都很順從你。」

「不用了，」他搖了搖頭，「她不會想……」他嚥了一口唾沫，「見我的。」

十、玻璃鑰匙

1

奈德·波蒙特在第二天早上九點給珍妮特·亨利打了個電話，告訴她一切已經準備好了，並邀請她父親旁聽。

在亨利家一個陽光充足的房間裡，奈德見到了正在吃早餐的參議員和他的女兒。珍妮特和他打招呼，臉色的興奮讓參議員感到詫異。奈德謝絕了參議員讓他共進早餐的邀請。此時，仿若服用了興奮劑般的珍妮特再也忍不住了，她激動地說：「父親，我們有事要說，是關於……」她轉頭對波蒙特說，「快說！告訴他！」

奈德看了她一眼，直視著桌邊座位上的參議員說：「是這樣的，我們掌握了有力的證據——包括一份自白——可以證明保羅·麥維格就是殺害令郎的凶手。」

「有力的證據？是什麼？」瞇起眼睛的參議員問。

「嗯，先生，主要是那份自白。據他所說，那天令郎從後面追上了他，並用一根粗糙的棕色手杖攻擊他。結果他在爭奪手杖的過程中不小心擊中了令郎，致使他死亡。最後他把手杖帶走並燒掉了。可是你女兒……」他向珍妮特欠身致意，「她說那根手杖沒有丟失，一直在家裡。」

「對，就是索布里吉少校送你的那根。」她附和道。

參議員臉色蒼白，如同大理石一樣冷硬。「接著說。」

「先生，如果令郎當時根本沒拿手杖，保羅所說的意外或自衛的說法就站不住腳了。」他聳了聳肩，「昨天，我把這件事告訴了法爾，那是個小心謹慎的傢伙，根本不敢貿然行動——你應該瞭解他——不過依我看，他今天一定會將保羅逮捕歸案的。」

珍妮特皺眉看著奈德・波蒙特，似乎有什麼事想不明白，想要開口詢問又連忙閉上。

「沒有其他證據嗎？」參議員拿起餐巾擦了擦嘴。

「這還不夠嗎？」奈德漫不經心地反問道。

「我們還有不少證據，對吧？」珍妮特問。

「那些只是輔助作用。」奈德一副毫不在意的語氣。他轉頭對參議員說，「這就是主要情形，我已經告訴你了。當然，如果你想聽更多細節也不是不行，但我覺得那些已經足夠了，對嗎？」

「沒錯，夠了。」參議員用手扶著前額，「我真沒想到，真相竟會是這樣。給我一點時間吧，如果你們願意的話。」他轉頭對自己的女兒說，「我想自己待一會兒，親愛的。我得好好想想，調整調整。不，不用，你們待在這兒就行，我回房去。」他向前探出身子，「待在這兒吧，波蒙特先生，我一會兒就回來。那畢竟是和我並肩工作的夥伴，我怎麼能接受他是殺害我的兒子的凶手，我需要時間。」他鞠了一躬後就離開了。

「他會不會突然爆發？」奈德對珍妮特低聲問道。

珍妮特一臉詫異。

「他會不會去找保羅算帳？真不希望發生那樣的事，否則誰知道會有什麼後果。」他解釋道。

「我不確定。」

「我們得阻止他這樣做。有沒有什麼地方可以藏起來，最好離門口近一點。如果他要出門，我們能及時攔住他。」他皺著眉頭說。

「有。」她被他說得害怕起來。

在她的帶領下，他們來到正門旁邊的一個小房間。房間的窗子上遮著厚

實的窗簾，一片昏暗。他們將門打開一個六英寸的縫隙，顫抖著守在那裡。珍妮特靠近奈德耳邊想說什麼，卻被他阻止了。

沒過多久，亨利參議員穿戴整齊地往門口走去，步履匆匆。

「參議員，等等。」奈德站出來阻止道。

「請見諒，我得出門一趟。」參議員轉身，姿態傲慢地說道。

「這可不是個好主意，會把事情搞得更複雜。」奈德靠近他說。

「聽他的話，爸爸，你哪兒都不能去。」珍妮特走到他身邊哀求道。

「正是因為聽了他的話，我才會有現在的舉動。」參議員說，「如果他還要說些別的消息，我很願意傾聽，否則就容我暫時離開吧！」

「你要去找他嗎？我可不認為這是個好主意。」奈德直視著他問道。

參議員回視著他，神態傲慢。

「可是，爸爸……」奈德用眼神阻止了她要說的話。

奈德・波蒙特突然伸出左手快速地探向參議員外衣的右側口袋。

參議員往後退了幾步，看起來很生氣。

「這樣可不好，」奈德轉頭對珍妮特嚴肅地說，「他口袋裡有槍。」

「爸爸！」她叫了一聲後捂住了嘴。

「好吧，現在情況很明顯，你口袋裡裝著槍，我絕不能放你離開。」

「不能讓他走，奈德。」珍妮特說。

「你們都不記得自己的身分了嗎？」參議員怒視著他們，眼神輕蔑，「珍妮特，回你自己的房間去。」

「不，」她退後兩步又停住，「我不能讓你走，阻止他，奈德。」

「我一定會攔住他。」奈德舔了舔唇保證道。

參議員看著他們，眼神冷冰冰的，然後伸出右手握住了門把。

「先生，」奈德伸出一隻手搭在他的手上，「我一定會攔住你，這可不是說著玩的。」他收回手從外衣口袋裡掏出一張破舊的紙，「上個月，我被委任為地檢署的特派探員，這是委任狀。」他把紙遞給參議員，「這個委任狀的有效期應該還沒過，所以……」他聳了聳肩，「我不能讓你帶著槍出去殺人，誰都不行。」

「你和那個凶手是朋友，你想救他？」參議員傲慢地說，並沒理會那張紙。

「真的是這樣嗎？你知道不是。」

「夠了。」參議員轉動門把。

「你口袋裡裝著槍，如果敢踏上街道，我就立刻逮捕你。」奈德說。

「哦！爸爸！」珍妮特哭喊道。

參議員和奈德‧波蒙特喘著粗氣瞪視著彼此。

「我有事想和波蒙特先生談，你先離開一會兒，行嗎，親愛的？」參議員率先開口說道。

珍妮特看向奈德，面露困惑。在得到奈德的肯定後，她說：「好的，爸爸，但你不能趁我不在時離開。」

「我不會走的。」他笑著答。

珍妮特離開後，參議員率先開口：「我女兒很少會這麼……這麼固執，看來你對她起了許多壞影響。」聲音惱怒。

奈德‧波蒙特什麼也沒說，只是露出抱歉的笑容。

「這個情形持續多久了？」參議員問。

「你是指什麼？我們插手這件謀殺案嗎？我是最近一兩天才插手，而令媛卻是老早就開始調查了。一直以來，她都堅信保羅是凶手。」

「什麼？」參議員顯然嚇了一跳。

「從始至終，她都堅信保羅是凶手。你不知道嗎？一直以來，她都恨他，恨之入骨。」

「恨他？」參議員倒抽一口涼氣，「天啊，不！」

「你真的不知道？」奈德笑著問，似乎十分好奇。

「我們去那兒談。」參議員帶領奈德走進他剛才和珍妮特待的那間昏暗的房間。

他們面對面站著。「我想和你談談，波蒙特先生。這是一場男人間的談話。」參議員說，「所以，我們可以忽略你的……」他笑了起來，「官方身分，對嗎？」

「當然可以，說不定法爾也忘了。」

「沒錯，波蒙特先生。雖然我不是個嗜殺的人，但也不能允許殺害我兒子的凶手逍遙法外。如果我沒能讓他得到應有的懲罰，我就該死……」

「我已經說過了，他會被逮捕的。證據那麼有力，他們不會放過他的。」

參議員微笑起來，眼神冷淡。「你是想讓我相信，在這個城市裡，保羅·麥維格會為自己的所作所為遭受處罰？聽聽這副老練政客的語氣。」

「我確實想這麼告訴你。保羅死定了，他被他們出賣了。他們之所以還沒有行動，只是因為還差一點勇氣，畢竟之前他們已經習慣聽從他的命令了。」

參議員笑了起來，搖了搖頭。「和你相比，我躋身政界的時間顯然更長，能否允許我反駁你呢？」

「當然。」

「我可以向你保證，他們永遠都不會有足夠的勇氣，不管給他們多少時間，結果都一樣。保羅是他們的主子，即使會有反抗，那也是暫時的，依舊無法改變保羅是他們的老大這個事實。」

「看來我們是無法說服彼此了。」奈德說，「保羅死定了。」他的眉頭皺了起來，「現在說說你身上的槍，把它交給我吧！」

奈德走到他跟前把手放在他伸入大衣口袋的右手腕上。「交給我。」

參議員看著他，眼裡都是怒火。

「好吧，我只能這樣了。」最後，奈德透過武力拿走了參議員口袋中一把老式左輪連發手槍。他把槍塞進了自己褲子的後袋裡，此時珍妮特·亨利臉色蒼白地走了進來。

「發生什麼了？」她問。

「我把他的槍沒收了。他不肯聽我勸。」奈德抱怨道。

「馬上離開我家，快滾。」憤怒的參議員向奈德命令道。

「不，」奈德·波蒙特的雙眼因為憤怒而熠熠生輝，他伸手在珍妮特·亨利的手臂上碰了碰，「坐下來，我有話要說。這是你一直要求的，你馬上

就會知道了。」他又轉頭對參議員說，「還有你，最好也坐下，我有許多話要說。」

珍妮特的眼睛睜得大大的，充滿恐慌。他父親的眼神裡則滿是戒備。兩個人的臉色同樣蒼白，並沒有按照奈德的吩咐坐下。

「你才是凶手，是你殺了自己的兒子。」奈德對參議員說。

參議員的表情毫無變化，十分麻木。珍妮特像他的父親一樣，好半天都沒回過神來。然後她的面容上出現一個極度恐慌的表情，慢慢地跪倒在地板上。她看著自己的父親和波蒙特，眼神驚恐。

沒有人回視她。

「現在，你還要去殺了保羅。這樣一來，你就可以把殺害你兒子的罪名套在他身上了。你知道，只要施行老派勇敢紳士的那一套，殺了他後你根本不用擔心後果，拿騙我們的那套去騙全世界就行了。」

參議員依舊沉默。

「如果保羅被抓了，他一定不會再幫你隱瞞。你很清楚這一點。因為對他來說，只要有任何可能，他都不想成為珍妮特眼中的凶手，更何況受害人還是她的弟弟。」奈德苦笑道，「對他來說，這是一個多麼可惡的玩笑啊！整件事大概是這樣的……保羅吻了珍妮特，泰勒知道後戴上帽子追了出去，還順手拿了你的手杖。這原本沒什麼重要的，但之後發生的事很可能會對你的連任造成影響，你一想到這兒……」

「你在胡說什麼！我女兒是不會相信……」參議員嘶吼道，聲音憤怒。

「當然是胡說，」奈德微笑起來，帶著一絲殘忍的意味，「你用那根手杖殺了他，然後戴著帽子——你追出去時應該忘了戴帽子——拿著手杖回到了家裡。這些都是胡說，但如果想把你送上絞刑架，這些胡說足夠了。」

「你怎麼解釋保羅的自白？」他問，聲音輕蔑。

「很簡單，我告訴你該怎麼做。」奈德笑著說，「珍妮特，給他打個電話，讓他來一趟。別忘了告訴他，你父親剛才正要帶著槍去找他。看看他會怎麼說。」

地板上的珍妮特滿臉茫然，移動了一下卻沒站起來。

「太荒謬了，我們為什麼要這麼做。」參議員說。

「去打電話，珍妮特。」奈德粗魯地說道。

神色茫然的珍妮特站起身，沒有理會父親的阻攔走了出去。

「等等，親愛的。」參議員換了一種口氣說道，然後又轉頭對奈德說，「我們得再談談，就我們倆。」

「可以。」奈德轉頭看向站在門口猶豫不決的女孩。

「不，我也要聽，我有這個權利。」女孩在他還沒來得及開口前搶先說道，聲音倔強。

「確實，她有。」奈德點頭附和道。

「親愛的，你聽我說，」參議員說，「我不想讓你摻和進這些事裡，我……」

「不用管我，我只想知道真相。」她說，聲音平靜。

「我就不說了。」參議員說。

「去打電話，珍妮特。」

參議員在她還沒行動之前開口阻攔道：「別去，那只會讓我更為難，可是……」他掏出一條手帕，在手上擦了擦，「我會說出真相，但你們得幫我一個忙，你們應該會答應。無論如何……」他凝望著自己的女兒，「親愛的，如果你非聽不可，就進來吧！把門關上。」

她關上門，一臉嚴肅地坐在門邊的椅子上。

「那天晚上，因為擔心兒子的壞脾氣會惹惱保羅。我還不想失去他這個朋友，我跟在泰勒後面追了出去。都到唐人街了，我才追上他們。當時他們吵得很凶，或者說只有泰勒吵得厲害，而手杖已經被保羅搶在了手裡。在我的要求下，保羅離開了，臨走前還把手杖還給了我。我想自己和泰勒談，但他的態度糟糕極了，根本不像一個兒子該有的樣子。甚至他還想推開我，繼續找保羅的麻煩。我不確定到底發生了什麼事……我就是敲了他一下……但確實發生了。他直接倒下了，頭部磕到了人行道上。那時保羅還沒走遠，他返回後，我們發現泰勒已經斷氣了。為了不讓這件事影響選舉，保羅堅持把他的屍體留在那兒，撇清這件事和我們的聯繫。他說一旦這件事曝光，必然

會成為一個大醜聞，就算再怎麼情有可原也沒用。後來，我……我同意了他的提議。我出門時沒戴帽子，是他拿起泰勒的帽子讓我戴著回家了。他還向我保證，不會讓警方查到我們身上。再之後，也就是上星期，我開始聽到一些謠言，說他是殺害泰勒的凶手。我跑去問他，是不是應該自首。結果他跟我保證，這件事他完全可以處理好，甚至還嘲笑我膽小。」他用手帕擦著臉說，「整件事大概就是這樣。」

「你就任由他躺在馬路上！」他的女兒哭喊道。

他顫抖了一下，但一個字也沒說。

「就跟一場競選演講似的，不過多了一點真話。」奈德‧波蒙特說，「你剛才說要我們幫個忙。」

「這件事我只想告訴你一個人。」參議員抬頭看著他說。

「恐怕不行。」

「不要怪我，親愛的，」參議員對女兒說完轉向奈德，「我已經把真相說出來了，我也知道自己會陷入什麼樣的處境。我只希望你能把槍還給我，然後再給我一點時間，五分鐘、一分鐘，都行。讓我在這個房間裡一個人待會兒。」

「不行。」奈德‧波蒙特說，「你必須面對該來的一切。」

2

奈德‧波蒙特將法爾、灰髮速記員、兩個警探和參議員送到門口。

「一起過去？」法爾問。

「不，但我會再去找你。」

法爾用力點了點頭，「早點來，經常來，奈德。雖然被你耍了，但我原諒你，畢竟是這樣的結果。」

奈德‧波蒙特送走他們後，回到樓上那個擺著鋼琴的白色房間。珍妮

特‧亨利從椅子上站起來迎接進門的他。

「他們走了。」他語氣平淡地說，故意不帶絲毫感情。

「他……他們……」

「他對他們交代得很詳細，比告訴我們的還詳細。」

「你會如實地告訴我嗎？」

「嗯。」

「他……」她停頓了一下，「他會怎樣？他們會怎麼對付他，奈德？」

「應該不會太嚴重，畢竟他的年齡和地位對他有利。大概會以過失殺人定罪吧，然後判處緩刑。」

「這真的是意外嗎？你怎麼看？」

奈德搖了搖頭，他直白地說道：「可能在他眼裡，兒子會成為他連任的阻礙，所以才會氣得打他。」

她沒有反駁，而是繼續問道：「他之前是要……是要去殺了保羅嗎？」

「沒錯。保羅被逮捕後，肯定不會再幫他隱瞞。他很清楚這一點，所以要趕在前面殺了他。只要說是替自己兒子報仇就行了，有這一套說辭，他基本上不會承擔什麼後果。之前，保羅願意為他隱瞞，不過是因為他愛你，就像他願意支持你父親連任一樣。如果他成了殺害你弟弟的凶手，就不可能再得到你了。當然，其他人怎麼看，他根本不在乎。可是如果他知道你也認得他是凶手的話，肯定會立刻證明自己的清白。」

她點了點頭，看起來很傷心。「我恨他，就算是錯怪他了，我也還是恨他。」她哭著問奈德：「為什麼會這樣？」

「我猜不到。」奈德揮了揮手，有些不耐煩。

「你也是。你把我當成傻瓜耍了，讓我承受這麼多，」她說，「可是我……可是我對你卻恨不起來。」

「這就更奇妙了。」他說。

「奈德，你是從什麼時候開始懷疑我父親的？」她問。

「我也不確定。從很久之前，我腦袋裡就有這個念頭了。保羅為什麼會有那麼愚蠢的舉動，這大概就是唯一的解釋了。如果他真的是凶手，早就告

訴我了。他為什麼要瞞著我？根本說不通，唯一的解釋就是人是令尊殺的。因為我對你父親一直沒什麼好感，他很清楚這一點。他認為如果我知道凶手是你父親，肯定不會放過他，但如果凶手是他自己，那就另當別論了。所以，當我告訴他我一定要把凶手揪出來時，為了阻止我繼續調查，他才會騙我說，他就是凶手。」

「你為什麼對我父親沒好感？」她問。

「因為，」他憤怒地嚷道，「我對拉皮條的都沒好感。」

她的臉一下子漲紅了，尷尬地澀聲問道：「你對我沒好感是因為……」

他沉默不語。

「告訴我！」她咬著唇喊道。

「你還可以，」他說，「只是和保羅不合適。不管是你，還是你父親，對保羅來說，都是毒藥。我早就跟他說過，在你和你父親眼裡，他就是個低等生物，可以隨意愚弄。我還說過，你父親一輩子都沒輸過，一旦遭遇挫折，很可能會失去理智，甚至變成暴徒。可是他那麼想得到你，所以……」他停了下來。

「你看不起我，」她低聲說道，聲音又冷又硬，「在你眼裡，我就是個妓女。」

「我怎麼可能看不起你。」他連忙解釋道，但沒有轉頭看她，「你已經為自己所做的事付出代價了，也承擔了報應。我們每個人都一樣。」

兩個人沉默了下來，直到她再次開口：「現在，你和保羅又能和好如初了。」

「我得走了。」他動了一下，想要看看腕上的錶。

「你要去哪兒？」她有些驚訝。

「去趕車，四點半的車。」

「你離開是為了避風頭？」

「我可不想被抓回來參加那些審判，如果能逃開，當然最好了。」

「我跟你一起走。」她衝動地說道。

「你是說真的，還是一時衝動？」他朝著她眨了兩下眼睛。

她的臉紅了。

「其實也沒什麼區別。如果你想跟著我，那就跟著好了。」他在她開口前搶先說道，「不過這裡的東西怎麼辦？」他指了指房子。

「跟我沒關係，還有債權人。」她澀聲道。

「還有一件事，你也得考慮清楚。」他慢吞吞地說道，「如果你現在走了，大家都會說你在自己父親有麻煩的時候拋棄了他。」

「沒錯，我就是拋棄了他。」她說，「他們就這麼想好了，我巴不得。只要你肯帶我走，誰在乎他們說什麼。」她流下了眼淚，「誰讓……誰讓他當初把泰勒留在了馬路上，一個人孤零零的。」

「好了，別想這些了。你快去收拾行李吧！」

之後，她就提著兩個收拾好的行李袋和奈德一起離開了。

3

他們乘坐計程車去奈德家的路上，她突然開口說道：「其實有件事我沒告訴過你，在那個夢裡，我們找到的鑰匙是玻璃的。那把鎖鎖得太緊了，剛一打開，我們手裡的玻璃鑰匙就碎了。」

「然後呢？」

「然後那些蛇跑出來纏住了我們，我嚇得大聲尖叫，然後就醒了。」她顫抖著說。

「忘了吧，只是個夢。」他微笑起來，卻沒多少喜悅之情，「不過我還記得，你把我的鱒魚扔回水裡了。」

回到住所後，奈德忙著收拾行李，珍妮特坐在一邊休息。

「我們要去哪兒？」她問，聲音怯懦。

「先去紐約，之後再說。」

收拾好一個行李袋後，門鈴響了。奈德讓珍妮特先去臥室待著。

他打開門，外面站著保羅‧麥維格。

「我現在明白了，你是對的。」保羅說。

「你昨晚怎麼沒來？」

「我到家時，你剛離開，不過那時候我還沒弄懂。」

「哦。」奈德點了點頭，讓他進屋來。

「你要走？」進屋後的麥維格看著行李袋問。

「沒錯。」

麥維格坐在剛才珍妮特坐過的那把椅子上，臉上的神情滄桑而疲憊。

「歐珀如何了？」奈德問。

「已經沒有大礙了，真是可憐的孩子。現在應該不會再有什麼事了。」

「都是你害的。」

「我知道，奈德。天啊，我真的知道。難道你以為我會以此為榮嗎？」他看著腳上的鞋，等了一會兒後繼續說道，「我覺得在你離開之前，最好去見見她。我知道她很想見你。」

「我的車是四點半的，只能拜託你幫我跟她道別了，還有媽媽。」

麥維格抬起來的藍眼睛裡蒙上了一層痛苦的陰影。「你是對的，奈德，當然是對的。」他的聲音沙啞，「可是……唉……天曉得你是對的。」他的視線又回到了鞋子上。

「對於那些忠誠度有限的親信，你打算怎麼處理？」奈德問，「甩了他們？還是讓他們自己走？」

「你是說法爾和那些無名鼠輩？」

「沒錯。」

「我要給他們一個教訓。」麥維格說，聲音果斷，「我要用四年時間再培養一批人，把他們都清理乾淨。」

「等到選舉時，你打算弄死他們？」

「沒錯，媽的，炸死他們！沙德一死，他手下的那幫人沒有能成大事的，所以就算這四年他們掌權，我也沒什麼可擔心的。在下次選舉前，我的主要任務就是清理門戶，然後再把這個城市搶回來就是了。」

「這次你也能贏。」奈德說。

「確實，不過我可不想讓這些混蛋得意。」

「在我看來，這確實是最好的方式，」奈德點了點頭，「雖然它需要很大的耐心，還有勇氣。」

「可惜，這些蠢貨是我僅有的，」麥維格說，有些傷感，「那些有腦子的人都不願跟著我。」他的視線移到壁爐上，「奈德，你不能不走嗎？」他的聲音小得幾乎聽不見。

「不能。」

麥維格清了清喉嚨，「雖然這有點像該死的蠢貨，但我還是喜歡這麼想：不管你是離開，還是留下，都不會成為我的敵人，奈德。」

「沒錯，保羅，我不會是你的敵人。」

「我們握握手？」麥維格快速地抬起頭來。

「好。」

麥維格跳起來抓住了奈德的手握緊，「留下來吧，奈德。上帝知道，我有多需要你。就算你不幫我，我也想盡力彌補這一切。」

「你不需要彌補什麼。」奈德搖頭說道。

「你願意……」

「不行，」奈德再次搖了搖頭，「我必須離開。」

「好吧，怪我自己。」麥維格鬆開他的手，坐回椅子上一臉陰鬱地說。

「別說這種話。」奈德比劃了個手勢，有些不耐煩。然後他咬住嘴唇有些不自然地說，「珍妮特在這兒。」

麥維格驚訝地看著他。

珍妮特打開臥室的門，臉色蒼白地走了出來。她腳步不停地來到麥維格面前，說：「保羅，我之前做了很多錯事，傷害了你，我……」

他臉上的血色一下子褪得乾乾淨淨，然後又瞬間漲紅。「不要這麼說，珍妮特，」他啞聲道，「我知道，你也沒有辦法……」接著是一串喃喃自語，聽不清說了什麼。

她有些畏懼，向後退去。

「珍妮特和我一起離開。」奈德‧波蒙特說。

麥維格看著他，目光呆滯，臉上的紅色再次褪了個乾淨。面無血色的他嘟囔了幾句，只聽見「好運」這個字眼。然後，他轉身來到門前，打開門走了出去，腳步踉蹌地甚至忘了關門。

珍妮特‧亨利凝望著奈德‧波蒙特。他則看著那扇門，目光發楞。

瘦子

瘦子

1.

　　諾拉去買過耶誕節的物品，我在五十二街一家酒吧吧台旁等她回來。剛剛還與三個男人同桌的一位女士，此刻起身向我走來。她一頭金髮，嬌小的身上套著一件淺灰藍色運動服，臉蛋和身材一樣完美得無可挑剔。

　　「你是尼克・查爾斯吧？」她問。

　　「沒錯，正是在下。」我答道。

　　她伸出手。「我是桃樂希・維南特。你可能對我沒什麼印象，但應該記得我父親克萊德・維南特。你……」

　　「確實，」我回應說，「我想起來了。不過當時你還是個小孩子吧？大概只有十一二歲。」

「是的，都過去八年了。給我講的那些故事，你還有印象嗎？那都可信嗎？」

「也許是真的吧！你父親最近怎麼樣？」

她笑著說：「我還打算問你，他跟我母親離婚後就再無音信。我們最多在報紙上瞭解一些他的情況，你們沒再見過嗎？」

我喝光了杯中的飲料。問過她後，我要了兩杯用蘇打水調製的蘇格蘭威士忌，然後說道：「是的。我一直都沒離開舊金山。」

她慢慢地說：「我想跟他見面。母親知道後一定會氣炸的，可是我真的很想見他。」

「嗯？」

「我去過我們河濱道的老房子，他並沒在那裡，市內電話簿上也找不到他的登記資訊。」

「可以去找一下他的律師。」我建議。

她露出興奮的神情。「誰？」

「那個人好像叫……麥考利，對，赫伯特・麥考利，就是這個名字，他之前住在歌手大樓。」

「請借我五美分。」她說，然後去了電話機那裡。返回時她帶著笑意。「我知道他住哪裡了，就在第五十街的拐角處。」

「你父親？」

「不，那個律師。他說我父親不在城中，我準備去找他談一談。」她向我舉杯說道，「家人團聚。來，你不妨……」

艾絲塔撲向我，把爪子放在我的肚子上。諾拉牽著狗鍊說道：「牠今天下午可出盡了風頭，在羅德與泰勒百貨公司把玩具架撞翻，又在薩克斯第五大道精品百貨店裡嚇到一個胖女人，因為牠舔了人家的腿。還有三個警察撫摸了牠。」

我介紹二人認識。「這是我的妻子，這位是桃樂希・維南特。她父親是我之前的一個客戶，記得當時她只有這麼高。她父親人品不錯，不過性格有些怪異。」

「我以前非常迷戀他，」桃樂希指著我說，「一個近在咫尺、有血有肉的偵探。那時我總跟在他身後，求他講述自己的見聞。他很會編故事，我竟沒有絲毫懷疑。」

我說：「諾拉，你應該很累吧！」

「的確。我們坐下來聊吧！」

桃樂希‧維南特表示自己該回去找朋友了。她跟諾拉握了手，並邀請我們有時間去她家品嘗雞尾酒。她與母親喬根森太太住在科特蘭大廈，我們愉快地接受了她的邀請，也請她抽空來我家做客。我們住在諾曼第旅館，過一兩個禮拜之後，才會離開紐約。桃樂希輕撫了一下狗頭，轉身離開。

我們坐到一張桌子邊。諾拉說：「她很美。」

「是你中意的類型吧！」

「你喜歡什麼樣的？」她笑著對我說。

「親愛的，我只中意你這種類型——身材瘦長、頭髮濃密，還有尖尖的下巴。」

「那麼，昨晚在昆恩家將你迷得神魂顛倒的那個紅髮女郎該如何解釋呢？」

「不要開玩笑了，」我說，「她不過是想讓我欣賞一下幾幅法國蝕刻版畫。」

2.

赫伯特‧麥考利的電話第二天就打了過來：「你好，我從桃樂希那裡知道你回來了，方便一起吃個午飯嗎？」

「現在是幾點鐘？」

「十一點三十分。我打擾你的美夢了嗎？」

「是的，」我說，「不過沒什麼大不了的。你可以來我這裡，我還有些醉，不想奔波⋯⋯好，一點見。」我和洗頭歸來的諾拉喝了一杯，洗完澡又喝了第二杯。此時電話又響了，我感覺清醒了許多。電話那頭是一個女人：「麥考利先生在那裡嗎？」

「他還沒到。」

「不好意思，打擾您了。您可以請他到那裡以後先打電話回辦公室嗎？麻煩您了，事情非常重要。」

我答應了對方的請求。

過了十分鐘左右，麥考利到了。他身材魁梧，頭髮微捲，紅光滿面，稱得上是個帥哥。他與我同齡，都是四十一歲，不過和我比起來會更顯年輕。作為一個律師，他的業務能力出眾，我之前在紐約時與他愉快地合作過幾個案子。我們握完手，又互相拍了拍對方的後背，他問我這些年境況如何，我回答「非常不錯」，又問他同樣的問題。他也說「非常不錯」，然後我告訴他打電話回辦公室。

通完電話後，他愁眉苦臉。「維南特回城了，」他說，「讓我去找他。」

我把飲料拿過來。「那樣的話，午飯也能⋯⋯」

「先不管他。」他一邊說，一邊將一個玻璃杯從我手中拿走。

「他還是老樣子？為人古怪？」

「那可不是說改就改的。」麥考利神情十分嚴肅，說道，「你知道嗎，1929年他幾乎整年都住在療養院裡？」

「不知道。」

他點點頭，坐在椅子上，把杯子放在一旁的茶几上，向我靠近些，說道：「查爾斯，咪咪究竟有何目的？」

「咪咪是誰？喔，他太太——確切的說是前妻。我不知道她有什麼目的？」

「她一直都這樣。」他慢條斯理地說，「我以為你很清楚。」

原來是這樣。我說：「麥考利，1927年之後，我就放棄了偵探事業，現在已有六年。」他睜大眼睛看著我。「當時，」我鄭重其事地說道，「我新婚一年，岳父就去世了，將一個木材廠、一條窄軌鐵路，還有些其他東西留給了我太太，於是我不再當偵探，改去打理這些事務。反正我不會和咪咪‧維南特、咪咪‧喬根森或那個不管她此刻姓什麼的女人有業務上的往來。因為她看不上我，我對她也沒什麼好感。」

「我並不是認為你……」麥考利停下來，打了一個令人難以琢磨的手勢，喝了一小口杯中的酒，說道，「我現在很困惑。三天前，也就是星期二，咪咪打電話給我，打聽維南特的下落。昨天桃樂希也打電話給我，說是你讓她打的，然後跑來見我。我以為你依然從事偵探的工作，所以對此感到迷茫。」

「她們沒說為什麼嗎？」

「說是說了……念及往日的感情，非常想和他見面，說她們很看重這些。」

「律師的確多疑。」我說，「說不定人家是真的很想他，以及他的財產。你在糾結什麼？維南特藏起來了嗎？」

麥考利聳了一下肩，說道：「我倆所瞭解的情況一樣多。10月之後，我就再沒見過他。」他再次端起了酒杯，「你計畫在城裡待多久？」

「過完年就會離開。」說完，我便去打客房服務電話，準備訂餐。

3.

當晚，我與諾拉去「小小劇院」看了《蜜月》的首演，然後參加了一個由不知叫費里曼還是費爾丁或者其他什麼的傢伙舉辦的宴會。第二天，諾拉把我叫醒時，我筋疲力竭。

「你看。」她把一份報紙遞給我，同時還倒好了一杯咖啡。

我勉強看了一兩段，隨後將報紙放下，喝了口咖啡。「看起來的確有意思，」我說，「可是我覺得，與民選市長歐布萊恩相關的訪問以及所有的印第安照片比起來，一場好覺更具吸引力。」

「傻瓜，你都看了什麼，」她指著報紙，「在這裡。」

發明家的秘書慘死於公寓內

茱莉亞‧沃爾夫布滿槍傷的屍體被發現
警方正尋找她的老闆克萊德‧維南特

三十二歲的茱莉亞‧沃爾夫是著名發明家克萊德‧維南特的重要秘書，她於昨日被發現死在東五十四街的411號公寓內。發明家的前妻克莉斯汀‧喬根森夫人是第一個到達現場的人，她當時是去那裡打聽前夫的下落。

喬根森夫人在歐洲待了六年後，於星期一歸國。她給警方的證詞中提到，在按門鈴時，有一陣微弱的呻吟聲傳來，於是她叫來電梯服務生馬文‧赫利，赫利又打電話給公寓管理員沃特‧明尼。眾人進入公寓時，沃爾夫小姐正躺在寢室的地板上，陷入重度昏迷。可以清晰地看到，她的胸部有四個3.2口徑的彈孔，還未等到警方和急救人員趕來，這位女士就一命嗚呼了。

維南特的律師赫伯特‧麥考利對警方說，自己最後一次見維南特是在今

年十月份。維南特昨天曾經打電話約他見面，但並沒有現身。律師並不想多談關於其當事人的行蹤問題。他表示，沃爾夫小姐已為發明家工作了八年，不過他一點也不熟悉死者的家庭及私生活狀況，無法提供任何案件線索。

死者絕不是開槍自殺的，依據是……

剩下的跟警方平日發布的新聞通稿沒什麼兩樣。

「你覺得凶手會是他嗎？」諾拉問我。此時我再次將報紙放下。

「維南特？這沒什麼好意外的。他精神有問題。」

「你認識這位女士嗎？」

「認識。我得先潤潤喉嚨，能否給我一杯飲料？」

「你瞭解她的為人嗎？」

「還好，」我說，「長相也說得過去，是個很有膽識的人，不然怎麼能和維南特這種傢伙住在一起？」

「他倆住在一起？」

「是的。我認識他們時，二人是同居的。求你了，讓我喝一杯吧！」

「你要吃早飯嗎？她對他動了真情，還是單純為了工作？」

「我不清楚。這個時間吃早餐，會不會早了點？」

諾拉剛一開門，狗就趁機鑽進屋，把前爪放在床沿上，與我臉貼臉。我撫摸著牠的頭，努力回想維南特跟我的一次關於女人和狗的談話。並非什麼女人、小狗、胡桃樹①之類的東西，我實在記不起來，但那個念頭總是縈繞在我大腦裡。諾拉端進來兩杯酒，又問：「他是什麼樣的人？」

「長得非常高，在六英尺以上，而且特別瘦，我沒見過幾個比他更瘦的傢伙。現在他大概有五十歲，我們剛認識時，他就差不多滿頭白髮了，而且看起來太久沒修剪。他的小鬍子也已花白，異常雜亂。這個傢伙還非常喜歡咬指甲。」我把狗推到一邊，接過酒杯。

---

1. 一句英文諺語：女人、小狗、胡桃樹，越打就長得越漂亮。——譯注

「聽起來很有趣，你們是如何認識的？」

「維南特的一個前僱員告他抄襲他的點子還是發明。為了嚇住維南特，這個叫凱爾曼的傢伙威脅說，倘若維南特不肯破財，就等著被槍殺、房子被炸毀、孩子被綁架、妻子被割喉……具體還有什麼，我也記不清了。自始至終，我們都沒逮到那個傢伙……他很可能受到驚嚇後逃跑了。總之，威脅終止，平安無事了。」

「維南特真的竊取了他的點子嗎？」諾拉喝了一口酒後問道。

「好了好了，」我說，「在這聖誕之夜，還是多想想一些好事吧！」

4.

當天下午，我帶著艾絲塔出門閒逛，在路上碰見了兩個人，並向他們解釋這隻狗不是蘇格蘭牧羊犬和愛爾蘭㹴的混種，而是雪納瑞。經過吉姆店門口時，我忍不住進去喝了兩杯。後來，我與賴瑞‧克羅利偶遇，便和他一起返回諾曼第旅館。諾拉正在為眾人調酒，一旁的有昆恩夫婦、瑪歌‧伊內斯、一個我不知道叫什麼的男人，以及桃樂希‧維南特。桃樂希說她有話對我講，於是我們拿著雞尾酒走進臥室。

「你認為我父親是凶手嗎，尼克？」她直截了當地說。

「不，」我說，「我沒理由這樣想啊！」

「警察已經……你告訴我，他們是不是有私情？」

「我認識他們時，的確是這樣。」我點頭說。

她注視著手裡的杯子，說道：「我從未對他這樣的父親有過好感，對母親也一樣。」她抬眼看我，「我對吉伯特也沒什麼好感。」吉伯特是她弟

弟。

「不用為這些事煩惱。很多人都對自己的親戚沒好感。」

「你對他們有好感嗎？」

「我的親戚嗎？」

「我的。」她不開心地瞪了我一下，「還有，我已經不是十二歲的小孩子了，不要用那種方式跟我講話。」

「你誤會了。」我向她解釋，「我只是喝多了。」

「是嗎？」

我搖搖頭。「你不過是個被慣壞的小孩。至於你其他的親戚，我可應付不了。」

「我們的問題出在哪裡？」她問，看來她真想知道，並不打算辯駁。

「每個人都不一樣。你……」

哈里森‧昆恩推開門，說：「尼克，過來玩乒乓球吧！」

「稍等。」

「別忘了把美女帶過來。」他瞥了一下桃樂希，然後離開了。

「你應該不認識喬根森。」她說。

「我認識一個叫尼爾斯‧喬根森的人。」

「有些人有花不完的運氣。這位喬根森名叫克里斯，非常會說話。我母親先是嫁給一個瘋子，然後又和這個小白臉在一起。」她眼含淚水，抽泣著問：「我該怎麼辦，尼克？」聽起來像個驚慌失措的孩子。

我摟住她，用極為輕柔的聲音安慰著。她趴在我脖子上哭起來。床邊的電話響了，隔壁房間的收音機放著《起床啦》的音樂。我的酒喝完了，說道：「到外面看看吧！」

「你不可以丟下我。」她再次哭起來。

「我不太理解你所說的。」

「不要笑我。」她用乞求的口吻說。

諾拉進屋接電話，看到眼前這一幕，非常吃驚。隔著桃樂希的頭，我對她做鬼臉。諾拉開口說話時，桃樂希猛地從我懷中掙脫，紅著臉說：「對不

起，」她變得結巴，「我不是……」

諾拉對她溫柔地笑了笑。我說：「不要這麼傻。」桃樂希拿出手帕擦了擦眼淚。

諾拉對著話筒說：「好，我看看他是否在家。你方便告訴我你是誰嗎？」她蓋住電話對我說：「他姓諾曼，你要接嗎？」

我並不認識此人，順手接過話筒，「喂」了一聲。

「是查爾斯先生嗎？查爾斯先生，你曾經在全美偵探社任職，我沒說錯吧！」對方用沙啞的聲音說。

「請問你是？」我說。

「亞伯特・諾曼。查爾斯先生，這個名字無關緊要，可是我想委託你辦一件事，我認為你會……」

「什麼委託？」

「此事不方便在電話上說，查爾斯先生，不過假如你能給我三十分鐘，我保證……」

「不好意思，」我說，「我有很多事，況且……」

「可是，查爾斯先生，這是……」突然對面傳來巨大的響聲，不知是槍聲，還是什麼能引起巨響的東西掉落了。我喊了幾聲，電話那頭沒有回應，便把電話掛了。

諾拉帶著桃樂希在鏡子前補妝，使她鎮定下來。「一個賣保險的。」我說，然後提議一同去客廳喝酒。人都聚集過來，我和他們聊天。原本和瑪歌・伊內斯一起坐在沙發上的哈里森・昆恩起身說道：「一起玩乒乓球吧！」艾絲塔蹦蹦跳，用前爪碰我的肚子。我把收音機關了，倒上一杯雞尾酒。那個我不知道叫什麼的男人正大喊：「革命開始後的第一件事是什麼？就是我們會靠著牆站成一排……」他對這個想法十分得意。

昆恩過來倒滿了酒。他望著寢室的門問：「這個金髮女郎是從哪裡弄來的？」

「從我膝蓋中跑出來的。」

「哪個膝蓋？能否讓我摸一摸？」他問。

諾拉和桃樂希走出寢室，我拿起收音機上面的晚報。標題是這樣寫的：

茉莉亞・沃爾夫曾經遭人勒索

亞瑟・紐納姆已經認屍
維南特依然沒有被找到

　　諾拉靠著我的手臂輕聲說：「我邀請這孩子與我們共進晚餐。對她溫柔一點。」諾拉實際上也不過二十六歲，「她心情很差。」

　　「一切聽你安排。」我轉過身，客廳另一頭的桃樂希和昆恩有說有笑。「倘若你因管閒事而惹上麻煩，到時候我可不會出來安慰你。」

　　「才不會，親愛的老糊塗。不要看這個了。」她拿開報紙，將它丟到收音機後面。

5.

　　那晚，諾拉久久不能入睡，於是讀起夏里亞賓[1]的回憶錄來。我朦朦朧朧地將要進入夢鄉時，她問了一句：「睡著了嗎？」結果我再次被吵醒。

　　「睡著了。」我說。

---

1. 費奧多爾・伊萬諾維奇・夏里亞賓（1873～1938），俄國男低音歌唱家，享有世界低音之王的美譽，主演過電影《可怕的沙皇伊凡》和《唐吉訶德》，錄有近200張唱片，著有《我生活的一頁》和《面具和人》等書。——譯注

她替我點了一支菸，也不忘幫自己點上一支。「你難道沒有重操舊業，透過偵破案件找點樂趣的想法嗎？有時會有一些特殊情況發生，比如林白案②……」

　　「親愛的，」我說，「我覺得維南特就是凶手，不用我出手，他也難以逃脫警方的追捕。總而言之，此事對我來說是無關緊要的。」

　　「我並不只是那個意思，況且……」

　　「況且我沒那麼多空閒，忙著保住你的嫁妝，已經讓我焦頭爛額了。」我吻了她，「你不覺得酒精可以使人更好入睡嗎？」

　　「不，不用了。」

　　「說不定喝杯酒，我就能入眠了。」我端著用蘇打水調製過的蘇格蘭威士忌回到床邊時，她愁眉不展，向前凝視著。我說：「她十分惹人喜愛，可惜太傻。誰叫她是那個傢伙的女兒。你無法確定她所說的話有多少是真的，也不知道她想著那些事是否真實存在。我喜歡她，不過我覺得你……」

　　「我不知道自己是否對她有好感。」諾拉低聲說，「或許她是個壞蛋，但假如她的話不完全是假的，她此刻的處境就非常不妙了。」

　　「我也沒什麼辦法！」

　　「她覺得你能幫上忙。」

　　「你也是這樣想的。這說明不管你的想法多奇怪，總會有人接受。」

　　「等你清醒了，再來跟我說吧！」諾拉嘆氣說道，接著走過來用我的杯子喝了一口酒，「假如你現在就把聖誕禮物拿給我，我就把你的禮物也拿出來。」

　　我搖搖頭。「早飯時間再給。」

　　「可是耶誕節已經到了。」

　　「吃早飯時再說。」

2. 美國史上最著名的綁架案，1932年美國著名飛行員查爾斯・奧古斯都・林白之子在二十個月大時被綁架殺害。——譯注

「不管禮物是什麼，但願都不合我心意。」她說。

「最終你還是得收下，只要商品出了店門，水族館的老闆就不會答應退換的。他說尾巴已經沒了。」

「幫她一下，你又不會有什麼損失。尼克，她非常看好你。」

「人人都相信希臘人。」

「發發慈悲吧！」

「你總喜歡給自己找事……」

「他太太知道沃爾夫小姐與他的私情嗎？請認真回答。」

「我不清楚，她不喜歡這位小姐。」

「他太太是怎樣的人？」

「不太清楚……女人吧！」

「長得漂亮嗎？」

「以前非常好看。」

「年齡大了？」

「四十一二歲吧！諾拉，不要提這些了，你會後悔惹上這些事的。作為查爾斯家的人，管好查爾斯家的事就夠了，至於維南特家裡的事，就讓維南特家的人去操心吧！」

她撇起嘴。「或許我需要來杯酒。」

我下床為她調了一杯酒。端著酒杯回寢室時，有人打電話過來，桌上的錶顯示將近五點了。

諾拉拿起電話說道：「喂……對，我就是。」他看了我一眼，我拼命搖頭，示意她不可以。「沒錯……為什麼，當然了……對，好的。」她放下電話，對我笑起來。

「你真厲害，」我說，「怎麼了？」

「桃樂希一會兒會來。我看她醉得不輕。」

「很好。」我拿起浴袍，「看來我要睡了。」

她彎腰找拖鞋。「別像個老年人似的。白天那麼多時間，夠你睡的。」她穿好拖鞋，站起身來，「真的像她說的那樣嗎，她對母親充滿恐懼？」

「就是她稍微聰明一點就會這樣，咪咪可不是什麼好人。」

諾拉睜著黑眼睛看我，慢吞吞地說道：「你不會有什麼秘密吧？」

「親愛的，」我說，「實在不想讓你知道。我其實是桃樂希的親生父親，當年我不知道自己究竟做了什麼。那是在威尼斯，一個春天的夜晚，我不夠成熟，再加上月色撩人……」

「接著編吧！你不想吃點什麼嗎？」

「看你了。你有什麼想吃的？」

「加洋蔥的醃牛肉片三明治，還有咖啡。」

桃樂希到來時，我正在給二十四小時營業的熟食店打電話。她站在客廳裡神情緊張地說：「非常抱歉，尼克，總是麻煩你和諾拉，可是今晚我不能回家，真的不能。我不知道會遇到什麼，也不知道該如何是好。我害怕極了。求你不要趕我走。」她醉得相當嚴重，艾絲塔聞著她的腳踝。

「在這裡你絕對安全，先坐下吧！等等咖啡就會上來。你去哪裡了，怎麼醉成這樣？」我說。

她坐在椅子上搖頭，看起來很傻。「不知道。從你這裡走後，我四處亂逛，去了很多地方，就是沒回家。我不敢這樣回去。」她停頓了一下，從外套口袋裡拿出一把非常舊的自動手槍，「看。」她在我眼前晃了晃手槍，艾絲塔看到後，又蹦又跳，瘋狂的搖著尾巴。

諾拉猛吸了一口氣。我感到後背發涼。我趕忙把狗推到一邊，拿過桃樂希手裡的槍。「你在做什麼？坐下。」我把槍裝進浴袍口袋，將桃樂希推回座位上。

「不要生氣，尼克。」她哭起來，「槍可以給你，我不想惹人厭。」

「手槍從哪裡來的？」我問。

「第十大道有一家地下酒吧，我在那裡用手鐲跟一個男人換的——就是由綠寶石和鑽石裝飾的那個手鐲。」

「然後和人打賭，又將手鐲贏回來了。」我說，「你手上還戴著那個鐲子。」

「我還以為記錯了。」她看了一眼手鐲說道。

我對著那搖頭。諾拉說：「不要欺負她了，尼克。她已經……」

「諾拉，他沒欺負我，」桃樂希趕忙解釋，「在這個世界上，他是唯一能幫助我的人。」

我想到諾拉還有一杯用蘇打水調製的蘇格蘭威士忌沒喝完，於是走進臥室把酒喝光。回來時，諾拉正坐在椅子扶手上，摟著不停哭泣的桃樂希。諾拉安慰道：「親愛的，尼克沒生氣，他喜歡你都來不及了。」她抬頭望著我：「尼克，你沒有生氣，是不是？」

「我沒生氣，只不過有點傷心。」我坐在沙發上，「桃樂希，槍到底是從哪兒來的？」

「我已經說過了，是一個男人給我的。」

「一個男人？」

「地下酒吧裡的一個男人，我已經告訴過你了。」

「用手鐲換的？」

「我以為已經將手鐲交給他了，可是不知為何，手鐲還在。」

「的確，我看到了。」

諾拉拍著她的肩膀說：「當然，手鐲依然在你手上。」

我說：「待會兒我得花錢讓送咖啡和食物的小夥子留下來，我可不願單獨面對兩個……」

諾拉使勁瞪了我一下，對桃樂希說：「不要管他，他一直都這個德性。」

桃樂希說：「在他眼中，我就是個醉酒的傻瓜。」諾拉又拍了拍她的肩膀。

「你拿槍做什麼？」我問。

桃樂希把身體坐直，睜大醉眼盯著我。「因為他，」她低聲說，語氣十分激動，「防止他來騷擾我。我是因為喝醉了才害怕的，事情就是這樣。後來我又為自己所做的事感到害怕，所以就來找你。」

「你說的是你的父親嗎？」諾拉極力克制內心的激動，問道。

桃樂希靠著諾拉的胸口搖頭否定道：「我父親是克萊德‧維南特。剛剛

說的是我的繼父。」

「苦命的孩子。」諾拉用一副恍然大悟的語氣說，然後滿懷期待地看望著我。

「我們來喝一杯吧！」我說。

「我不想喝。」諾拉又使勁瞪了我一眼，「我想桃樂希也沒這個意思。」

「她會喝的，這有助於她入眠。」我倒了一大杯蘇格蘭威士忌給她，看著她喝光。這個方法非常有效：她在我們的咖啡和三明治到達之前，就已進入了夢鄉。

諾拉說：「滿意了吧！」

「是的。用餐前可否將她抬進去？」

我抱她進臥室，並協助諾拉給她換衣服。她的身材嬌小，美麗動人。

我們出來享用美食。我把槍拿出來查看。它非常舊，裡面裝有兩發子彈，一發在彈匣中，另一發上了膛。

「你準備如何處理這把槍？」諾拉問。

「沒什麼好處理的，除非我發現這把槍就是殺害茱莉亞·沃爾夫的凶器。這是一把點三二。」

「可是她剛才提到⋯⋯」

「我都聽到了，槍是她用手鐲從地下酒吧的一個男人手中換來的。」

諾拉拿著三明治靠過來，眼睛黑亮有神。「這會不會是從她繼父手上弄來的？」

「對。」我鄭重其事地說道。

諾拉說：「你這個希臘混混。也許這把槍的確是她從繼父那裡弄來的。誰又知道呢？你一直懷疑她所說的。」

「親愛的，你這麼喜歡偵探小說，我明天就去買給你，但是今晚你就不必絞盡腦汁地去編偵探故事了。她的意思不過是，害怕回家時被喬根森抓住，怕自己喝多了後被他欺負。」

「她母親竟然袖手旁觀！」

「怎麼說，人家都是一家人，你不必……」

桃樂希・維南特搖晃著站在門口，穿著極不合身的睡衣，她對著燈光眨眼說道：「求求你們，我可以進來和你們待在一起嗎？我一個人害怕。」

「沒問題。」

她走進來，窩在我身邊。諾拉趕忙給她蓋好。

6.

那天下午，喬根森夫婦來訪，當時我們三人正要吃早餐——確實有些晚。諾拉接完電話，裝作十分淡定的樣子。「你母親，」她對桃樂希說，「她在樓下，我把她請上來。」

桃樂希說：「該死，真不該打電話給她。」

我說：「我們直接住在樓下大廳裡好了。」

「他開玩笑。」諾拉說，接著拍了拍桃樂希的肩膀。

門鈴響了，我去開門。八年過去了，歲月並沒有改變咪咪的面容。她只是變得更加成熟和豔麗。她長得比女兒高，態度謙和，從容淡定。她微笑著向我伸手。「聖誕快樂。好久不見，能重逢實在太美妙了。這位是我的丈夫——克里斯，這是查爾斯先生。」

我說：「咪咪，見到你，我太開心了。」然後和喬根森握手。他差不多比咪咪年輕五歲，黑黑的皮膚，高瘦的身材，衣著得體，頭髮和鬍子也都精心修剪過。

他向我鞠躬，然後用很重的德國口音說：「你好嗎，查爾斯先生？」我發現他瘦削的手指上骨骼極其明顯。我們一同走進客廳。

一番介紹之後，咪咪為突然造訪向諾拉表達了歉意。「我非常渴望與你先生再見一面，而且，要知道，只有親自前來才能把我們家的小傢伙抓住。」她面帶微笑看著桃樂希：「親愛的，趕緊把衣服穿好吧！」

她的小傢伙吃了一大口麵包，嘟囔著說雖然今天是聖誕，但她不理解為何又要去愛麗絲姑媽家消磨一個下午。「我打賭吉伯特一定不會去。」

咪咪誇讚了可愛的艾絲塔，然後向我打聽她前夫的下落。

「不知道。」

她接著逗狗。「他絕對是瘋了，怎麼能在這種時候搞失蹤呢？難怪一開始他就被警方列為嫌疑人。」

「現在怎樣了？」

「你沒看報紙嗎？」她抬眼看我。

「沒有。」

「她過去的情人莫雷利把她殺了，那傢伙是個流氓。」

「警方抓到他了嗎？」

「還沒，不過已經確定他是真凶。希望能快點找到克萊德。麥考利絲毫沒有幫我的意思，他說不知道克萊德的下落，可是這太荒謬了。他們一個是授權律師，一個是僱主，怎麼可能不保持聯絡呢？麥考利的話一點都不能信。」

「他是維南特的律師，你肯定不能相信他。」我說。

「我也這樣認為。」她坐在沙發上，向我這邊挪了一點，「先坐下吧，我還有很多問題。」

「不如先喝一杯？」

「除了蛋酒，什麼酒都行。」她說，「喝了蛋酒，我會感到噁心。」

我去放餐具的房間時，諾拉正在跟喬根森練習法語發音，桃樂希還在裝作吃東西，咪咪則繼續跟我的狗玩耍。我端著飲料坐到咪咪身旁。她說：「你太太很有魅力，讓人心生好感。」

「我非常愛她。」

「尼克，你覺得克萊德真的瘋了嗎？瘋到不得不接受治療的程度？請坦

白告訴我。」

「我怎麼知道？」

「我最擔心的是孩子們。」她說，「當初離婚時他的所作所為都不重要了，我早放下了對他的怨恨。但他總該為孩子著想吧！我們現在窮得叮噹響，我擔心他真的瘋了，這樣他可能六親不認，一個銅板都不留給孩子。你說我該如何是好？」

「送他進精神病院？」

「不，」她放慢語速說，「我想跟他談談。」她把手搭在我手臂上，「你能找到他。」

「尼克，難道你不肯幫我嗎？我們曾經是好朋友啊！」她的藍色眼珠裡帶著乞求。桃樂希在桌旁望著我們，滿臉狐疑。

「看在老天的面子上，咪咪，」我說，「紐約的偵探那麼多，你隨便找一個就好。我早就不做偵探了。」

「我瞭解，可是……桃樂希昨晚醉得嚴重嗎？」

「她還好，或許我更嚴重。」

「你不覺得她是個美麗的小姑娘嗎？」

「她非常好看，我一直都這樣認為。」

她思索片刻，然後說：「尼克，她只是個小孩。」

「怎麼了？」我問。

她露出微笑。「桃樂希，把衣服換了吧？」

桃樂希不高興地再次說，她不理解為何又要在愛麗絲姑媽家消磨一個下午。

喬根森轉身對咪咪說道：「查爾斯夫人非常善良，她建議我們不必……」

「是啊，」諾拉說，「等會兒有朋友要來，你們不妨留下。雖然沒什麼特別好玩的，但是……」她輕搖了一下杯子，欲言又止。

「我很高興多待一會兒。」咪咪慢慢地回答，「但是愛麗絲那邊怎麼辦？」

「打個電話跟她解釋一下，並表達歉意。」喬根森說。

「我去打。」桃樂希說。

咪咪點頭同意。「多說點好話。」

桃樂希走進臥室。所有人都振奮起來。諾拉開心地向我眨眼，由於咪咪一直盯著我，我不得不裝作十分愉快。

「實際上你並不想讓我們留下，是不是？」咪咪問。

「怎麼會，我當然希望你們多待一會。」

「你八成沒說實話，難道你對可憐的茱莉亞沒有好感嗎？」

「『可憐的茱莉亞』，想不到竟能從你口中說出。我很喜歡她。」

咪咪再次將手搭在我手臂上。「我和克萊德的生活就是被她毀掉的，我怎能不恨她？不過那都是很久以前的事了，一切都過去了。我星期五去拜訪她時並無惡意。還有，尼克，我親眼目睹了她的死亡。她不該就這樣走的。太恐怖了。不管我之前有怎樣的想法，此刻我說『可憐的茱莉亞』，完全是發自內心的憐憫。」

「我清楚你的想法，」我說，「我不知道你們有什麼計畫。」

「我們？」她重複道，「桃樂希也……」

桃樂希走出寢室。「解決了。」她吻過母親，坐在她身旁。

咪咪一邊用鏡子檢查自己的唇膏，一邊問：「她沒發牢騷嗎？」

「沒，一切都處理了。我打算喝一杯，該怎麼弄？」

「只要走到放有冰塊和酒瓶的桌子前倒一杯就好。」我說。

「你喝太多了。」咪咪說。

「沒有尼克多。」說完，桃樂希便走向桌子那邊。

咪咪搖了搖頭。「孩子！你說自己非常喜歡茱莉亞·沃爾夫，是不是？」

「尼克，你要一杯嗎？」桃樂希對我喊。

「好，謝謝。」我說，然後轉向咪咪，「算是挺有好感的。」

「在閃爍其詞方面，你還真是在行。」她抱怨，「你是像之前喜歡我一樣喜歡她嗎？」

達許·漢密特

「你是說我們一起度過的那些午後時光嗎？」

她真誠地笑了。「這個答案也還行。」她對著手拿酒杯走來的桃樂希說：「親愛的，你適合穿一件藍色袍子。」

我接過桃樂希手中的酒杯，說自己要去換身行頭了。

7.

從浴室出來後，我看到諾拉和桃樂希都在寢室裡。桃樂希在床邊打理長筒襪，諾拉在梳妝檯前梳頭，對著鏡子給了我一個飛吻，看起來心情不錯。

「諾拉，你很愛尼克，對嗎？」桃樂希問。

「對於這個希臘老糊塗，我早就習慣了。」

「查爾斯是希臘姓氏嗎？」

「查拉蘭彼得斯是我的本姓。」我解釋道，「我父親來美國時，移民局的工作人員說查拉蘭彼得斯太長了，不方便書寫，就簡化成查爾斯。我父親不在乎這些，只要讓他來美國，隨便姓什麼都行。」

桃樂希瞪著我說：「我永遠無法確定你是否在說假話。」她開始穿襪子，接著停下來，「我母親找你做什麼？」

「不過是問我一些事情罷了，她想知道你昨晚的一言一行。」

「我早就猜到了，你是如何回答的？」

「沒什麼可說的，你的言行再正常不過。」

她額頭微皺，轉移了話題：「你跟我母親之間有怎樣的交情，我並不瞭解。當然那時我還小，好多事都不懂，可是我怎麼都沒想到你們竟熟悉到這種地步，可以互相直呼對方的名字。」

諾拉從鏡前轉過身，臉上帶著微笑。「這個新聞還真是有趣。」她向桃樂希晃了幾下梳子，「親愛的，繼續說。」

「嗯，我之前毫不知情。」桃樂希態度誠懇。

我拆下乾淨襯衫上的洗衣標籤。「你現在有什麼新發現嗎？」我問。

「沒有。」她紅著臉慢吞吞地說道，「不過我可以發揮想像。」她彎腰整理襪子。

「你可以發揮想像，而且已經這麼做了。」我吼道，「你太傻了，不用裝作不好意思，內心不純潔，是掩蓋不住的。」

她抬頭微笑，卻嚴肅地問道：「你看我和母親長得像不像？」

「那有什麼好奇怪的。」

「可是你認為呢？」

「你想要的答案是不像。好，我說不像。」

「這就是我朝夕相處的人。」諾拉開心地說，「你也不能拿他怎麼樣。」

我穿戴整齊，走出客廳。坐在喬根森腿上的咪咪起身問：「你的聖誕禮物是什麼？」

「一個手錶，諾拉送的。」我給她看。

她誇讚錶非常漂亮。我覺得她說得很對。「你送給她的禮物是……」

「項鍊。」

「失陪一下。」喬根森說完便去調酒。

有人按門鈴，是昆恩夫婦和瑪歌·伊內斯。我將他們領進屋，然後介紹給喬根森夫婦。不一會兒，諾拉和桃樂希整理好頭髮和妝容後走出寢室。昆恩一見到桃樂希就湊過去了。之後，賴瑞·克羅利和一個叫丹妮絲的女孩一同到來，艾吉斯夫婦很快也到了。玩雙陸棋時，瑪歌輸給我三十二美元，不過她暫時沒給。丹妮絲到寢室裡躺了一會兒。剛過六點，在瑪歌的幫助下，愛麗絲·昆恩才把丈夫從桃樂希身邊拉開，趕去下一個約會。沒多久，艾吉斯夫婦也走了。咪咪穿好外套，催她丈夫和女兒也把衣服穿好。

「我知道這個邀請有些倉促，」她說道，「可是你們明晚能否來我家一

起吃晚飯呢？」

諾拉回答：「非常樂意。」簡單地握手、寒暄之後，他們便離開了。諾拉見他們走遠後，便關上門，靠在上面，發出感嘆：「天吶，他簡直太帥了！」

8.

到目前為止，我已明白自己在沃爾夫—維南特—喬根森這件麻煩事裡沒扮任何角色也沒做任何事。不過，第二天凌晨四點回家途中，我們在魯本餐廳停下來喝咖啡，諾拉在報紙的花絮欄中看到一則消息：「現居西海岸的前全美偵探社王牌偵探尼克‧查爾斯已來到本市，負責偵辦茱莉亞‧沃爾夫謀殺案。」六個小時後，躺在床上的我被諾拉搖醒。我睜眼坐起來，看到一個男子站在寢室門口，手裡還拿著槍。

他很年輕，皮膚黝黑，身材中等但有些偏胖，下巴特別寬，眼睛間距相當窄。他戴著黑色圓頂禮帽，穿著緊身黑色風衣、黑西裝、黑皮鞋，全身裝備看起來就像剛買回來不久。那把黑色的點三八口徑的自動式手槍十分笨重，被他穩穩抓在手中，槍口沒有指向任何人。諾拉說：「尼克，我被他騙了才開門。他說要……」

「我需要和你談談。」拿著手槍的男人用低沉沙啞的嗓音說道，「僅此而已，不得不談。」

這時，我才稍微清醒一點，眨了眨眼向諾拉望去。她很激動，明顯不是因為恐懼，那表情與她看著自己下注的賽馬以一鼻之差輸掉比賽時的表情沒什麼不同。

我說：「好，那就談吧，可是你能否先把槍收好？我太太不在乎這些，可是我有孕在身，不想日後孩子出生……」

他動了動嘴唇笑道：「不用費力證明你是個男的。我對你早有耳聞。」他將手槍裝入口袋，「我叫夏普‧莫雷利。」

「沒聽過。」我說。

他向房內邁了一步，不停搖頭。「我沒有殺茱莉亞。」

「或許，不過你不該來這裡的。我與此事沒有任何關係。」

「我跟她三個月沒見了，」他說，「我們徹底分手了。」

「去跟警察講吧！」

「我並無傷害她的理由，我們的關係一直很好。」

「好極了。」我說，「只不過你找錯人了。」

「先聽我講完。」他又向床這邊挪了一步，「我聽史杜西‧伯克說你之前很好，所以才來找你。」

「史杜西近況如何？」我問，「從他1923年還是1924年入獄後，我就沒再見過他。」

「他還好，希望和你見一面。他在四十九街經營一家叫做生鐵俱樂部的酒吧！不過先不說題外話，警方會怎麼處理我？他們真的認定我是凶手？或者只不過想讓我當替死鬼？」

我搖搖頭。「倘若我知道，肯定會告訴你的。不要輕信報紙，我並未插手此案。還有什麼問題，就去找警察問清楚吧！」

「非常好。」他又動了動嘴唇微笑了一下，「那會是我此生做過最風光的事。我曾經與一個警長爭吵，把他弄得住院三個星期。條子們正布好羅網，等著我往裡面鑽，他們全都手拿警棍躍躍欲試了。」他伸出一隻手，掌心朝上，「我只是來找你談話。史杜西說你非常老實，所以你不要耍什麼花招了。」

「我已相當老實了，」我保證道，「如果我知道什麼，我會……」

走廊的門被人敲了三下，傳來尖銳的響聲。敲擊聲不斷，莫雷利已握緊手槍。他迅速掃視了每個方位，胸中發出金屬般冷酷的吼叫：「這是怎麼

了？」

「我不清楚。」我坐高了些，用頭指了指他手裡的槍，「是這個東西引來的。」槍直指我的胸口。我的血液在耳中翻滾，嘴唇也脹得厲害。我對他說：「這裡沒有火災逃生口。」我左手伸向遠處床邊的諾拉。

敲門聲又一次響起來。「把門打開，警察！」一個低沉的聲音喊道。

莫雷利緊咬嘴唇，眼眶發白。「你這個雜碎。」他慢慢地說，彷彿在向我抱歉。然後，他稍稍動了雙腳，輕踩地板。

門外有人在拿鑰匙開鎖。我用左手猛地將諾拉推到房間另一邊，右手抓起一個枕頭拋向莫雷利的手槍。枕頭像一張衛生紙一樣沒有任何重量，輕輕地飄起。那一刻，整個世界就只剩下莫雷利的手槍走火的聲音。我一把抓住他的腳踝，翻滾過去，用身體壓住他。他拿槍砸我的背部，直到我騰出一隻手來痛扁他。

一群人衝進屋，將我們分開。

過了五分鐘，諾拉才回過神來。

她摀著臉坐起來，打量整個房間，最終盯住了莫雷利。他身旁有兩名警察，手腕被銬上了。可能是由於警察為了痛快，將他結結實實地打了一頓，莫雷利的臉變得慘不忍睹。諾拉怒視著我。「你這個蠢貨。」她說，「你用得著將我打量嗎？我知道他不是你的對手，就想親眼看看。」

「老天啊，」一個警察笑著讚嘆道，「她可真是強悍。」

諾拉對他示以微笑，站起身，再看我時便收回了笑容，「尼克，你……」

「這沒什麼。」我邊說邊把身上僅有的睡衣拉開。莫雷利的子彈在我左乳下方劃開了一條傷口，大概有四英寸長，血流不止，不過傷口不是很深。

莫雷利說：「算你走運。再偏上一兩英寸就大不一樣了。」十分欣賞諾拉的那位警察一巴掌打在莫雷利嘴上。他看起來差不多五十歲，身材魁梧，有著淺褐色的皮膚，穿了一套不太合身的灰西裝。

諾曼第旅館的經理凱瑟去打電話叫醫生。諾拉衝進浴室拿來一條毛巾。

我躺在床上，拿毛巾蓋住傷口。「沒事的，不要太擔心，等醫生過來就

行。你們這群傢伙為什麼要搞突襲？」

打了莫雷利一巴掌的那個警察說：「我們得到情報說維南特一家，還有他的律師與各類人士經常在這裡碰頭，覺得有必要盯緊此處，萬一維南特現身了呢？今天早上，在附近監視的兄弟發現這個傢伙偷偷溜進來，就打個電話給我們，我們立刻找了凱瑟先生來開門。你幸運至極。」

「沒錯，的確走運，倘若運氣再好點，就不用受槍傷了。」

他看著我，水汪汪的灰色眼睛裡滿是疑惑：「這個人是你的朋友？」

「我並不認識他。」

「他來做什麼？」

「跟我說他不是傷害沃爾夫小姐的凶手。」

「這跟你有關係嗎？」

「一點關係都沒有。」

「他覺得你與此事有關係？」

「我不知道，你問他吧！」

「可是我問的是你。」

「你繼續。」

「我還有一個問題：你是否願意告他開槍打你？」

「我一時無法回答，說不定那只是個意外。」

「好吧，我們有的是時間。看來，我們要問你的問題比原定計畫多很多。」他轉向另一位同事——同行的還有另外三個警察：「認真搜查一遍。」

「你們必須出示搜查令。」我告訴他。

「不管你怎麼說。動起來吧，安迪。」他們開始搜查。

醫生進來了，他身材瘦小、臉色慘白，還患有鼻炎，在幫我處理傷口時，咳嗽聲和吸鼻子的聲音不斷，不過總算將血止住，包紮好繃帶，告訴我只需安心躺幾天就好了。沒人與醫生交流，警察也不許他接近莫雷利。他走時，臉色更加蒼白，整個人更沒精神了。

那位淺褐色皮膚的壯漢從客廳回來，一隻手背在身後，等醫生離開後才

問我：「你有持槍證嗎？」

「沒有。」

「你拿這個傢伙做什麼？」他從身後掏出一把手槍——我從桃樂希那裡拿來的。

我無話可說。

「你知道《蘇利文法案》①嗎？」他問。

「知道。」

「你該明白自己所面臨的情況了。槍是你的？」

「不是。」

「誰的？」

「我得想一下。」

他把槍裝好，坐在床邊的椅子上。「聽清楚了，查爾斯先生，」他說，「看來我們兩個的方法都存在問題。我不願為難你，相信你也不想讓我難堪。你傷得不輕，需要休息，所以我不打算再打擾你。等你休養好了，或許我們可以聯手做些有意義的事。」

「非常感謝，」我誠懇地說，「大家來一起喝一杯吧！」

「沒問題。」諾拉說著從床邊站起身。

淺褐色壯漢望著她離開房間，一本正經地搖搖頭，然後又一本正經地對我說：「老天啊，先生，你真是太幸運了。」他突然把手伸出來，「我叫約翰·吉爾特。」

「我的名字就不用贅述了。」我們握了手。

諾拉端進來一個托盤，上面放著一個虹吸蘇打水瓶、一瓶蘇格蘭威士忌和幾個酒杯。她試圖為莫雷利倒一杯酒，可是被吉爾特攔住了。「查爾斯夫人，你太善良了，不過除非得到醫生的處方允許，在任何情況下都不能給犯

---

1. 《蘇利文法案》是紐約的槍枝管理法律，該法案規定居民必須在獲得持槍證後才能擁有槍枝。——譯注

人酒精或藥物，那些都是違法行為。」他看著我，「我說得沒錯吧？」我表示肯定。其他人都喝了起來。

不一會，吉爾特就把酒喝光了，他放下杯子站起身。「我得將這把槍帶走。不過不用擔心，等你身體恢復了，我們有很多時間來詳談。」他握住諾拉的手，彎腰鞠躬，樣子十分笨拙：「但願您不要介意我之前說的話，那是因為——」

諾拉可以根據自己的意願，笑出不同的樣子，此時她露出一個最燦爛的笑容。「介意？這個說法很有趣。」

她送走了幾位警察和莫雷利。凱瑟幾分鐘前就離開了。

「他人很不錯。」她從門口回來時說，「是不是非常痛？」

「不會。」

「都是我造成的，是不是？」

「你又在瞎說了。再給我一杯吧！」

她為我倒了一杯。「今天你得少喝點。」

「不會喝太多的。」我保證，「我早餐想吃煙燻鮭魚。我們的麻煩似乎暫時告一段落，你去讓旅館加強警衛工作。告訴接線生所有電話都不要接進來，很有可能有記者打來。」

「關於桃樂希那把槍，你想怎樣跟警方解釋？總要有話說吧？」

「我一時還想不到該怎樣回答。」

「尼克，我是不是太傻了？你跟我說實話。」

我搖搖頭。「傻得恰到好處。」

她稍帶惱怒地笑道：「你這個希臘壞蛋。」然後打電話了。

9.

「你太會逞強了，這是徹頭徹尾的逞強。你要證明什麼？我知道你刀槍不入，可是你沒必要向我證明這一點。」諾拉責備道。

「只是起個床，又怎能傷到我？」

「整天躺在床上也不會使你受傷。醫生說……」

「如果他醫術足夠高超，就該先把自己的鼻炎治好。」我坐起來，腳放在地板上。艾絲塔跑過來對我的腳一陣狂舔。

諾拉為我拿來拖鞋和睡袍。「好吧，壯士，起來把你的血灑到地毯上吧！」我慢慢地站起來，十分小心，只要左側手臂不使力，並且不讓艾絲塔的前爪碰到，一切似乎都還可以。

「你能講點理嗎？」我說，「不管是原先，還是現在，我都不願與那些人產生任何瓜葛，可是一大堆麻煩自己找上門來了，我不能就這樣置身事外，我要去調查清楚。」

「遠離此地吧，」她建議，「去百慕達或哈瓦那住上一兩個星期，不然就回西岸。」

「關於那把槍的事，我還要跟警方解釋。萬一那就是殺害茱莉亞的凶器呢？就算他們此時被蒙在鼓裡，遲早也會水落石出的。」

「你認為就是那把槍？」

「我猜的。今晚我們去咪咪家吃晚餐，然後……」

「你打消這個念頭吧！你真的瘋了嗎？想跟誰見面，把他叫過來就行了。」

「那不一樣。」我摟住她，「這點小傷，不必擔心，我沒問題的。」

「你這是在逞強。」她說，「你想讓人們知道，你是個鐵打的漢子，刀槍不入。」

「不要這麼刻薄。」

「我偏要這樣。我不能讓你……」

我用手摀住她的嘴。「我想看看喬根森一家在家中是什麼樣；我想見麥考利，還有史杜西‧伯克。我一直被人玩弄，需要掌握一些情況。」

「你真是夠固執的。」她抱怨，「好吧，現在剛五點，再躺下來休息一會兒，晚一點起來換衣服。」

我悠閒地躺在客廳的沙發上，拿起送來的晚報。上面的報導大概是這樣：我因為偵辦茱莉亞‧沃爾夫死亡案，在逮捕莫雷利時被對方開槍打傷——一份晚報說我身中兩槍，另一份說是三槍。我傷勢嚴重，奄奄一息，沒辦法見客也沒辦法送到醫院治療。報上印著莫雷利的照片，還有一張我的照片。我記得，那是十三年前我負責華爾街爆炸案時拍的，當時我還戴著一頂滑稽的帽子。其他有關茱莉亞‧沃爾夫謀殺案這個消息都寫得十分含糊。我們的常客桃樂希‧維南特進來時，我還沒放下手中的報紙。

諾拉前去開門，桃樂希的聲音傳來：「櫃檯不肯幫我傳話，所以我就自己跑上來了。求你不要讓我走，我可以替你分擔照顧尼克的工作。只要你一句話，我做什麼都行。求求你，諾拉。」

諾拉稍有遲疑，然後說：「進來吧！」

桃樂希見到我之後，眼睛瞪得巨大。「但是……報紙上說你……」

「我看起來像生命垂危的人嗎？你怎麼了？」她的下唇紅腫，嘴角有一道傷口，一側臉頰有瘀青，另一側掛著指甲的抓痕，眼睛也腫了起來。

「母親打我。」她說，「你看。」她將大衣脫下，扔在地板上，解開裙子的一顆鈕扣，從袖子裡抽出一條手臂，又將裙子往下褪了一點，把她的背展示給我們看。她手臂上的瘀痕非常深，背上也滿是血紅的被鞭子抽打的痕跡。她哭起來。「看到了嗎？」

諾拉抱著她。「苦命的孩子。」

「她為何下此毒手？」我問。

她離開諾拉的懷抱，在我沙發旁邊的地板上跪下來。艾絲塔跑過來磨蹭她。「她懷疑我之前來找你……是來問我父親與茱莉亞的事情。」她哭得

達許‧漢密特

不成樣子。「所以她昨天才會跑來……來一探究竟。你讓她相信你並未插手此案……我也信了。本來什麼事都沒有，直到下午看了報紙。然後她知道了……她知道了你之前沒有說實話，已經盯上了這個案子。她打我是為了逼我說出我跟你的談話內容。」

「你是如何回答她的？」

「我什麼都沒說。我不能把克里斯的事告訴她。」

「克里斯在旁邊？」

「是的。」

「他看著她毒打你？」

「可是他……他也沒阻止。」

「看在老天的面子上，我們來喝一杯吧！」我對諾拉說道。

「沒問題。」諾拉一邊說，一邊撿起桃樂希的大衣，掛在椅背上，然後去了餐具室。

桃樂希說：「求你不要趕我走，尼克。我絕對不會惹事的。你一定記得，你曾經叫我遠離他們，可是我現在無處可去，求你了。」

「不要緊張，關於此事，我們需要再商量一下。你應該知道，我和你一樣，也很怕咪咪。她認為你跟我說了什麼？」

「她肯定知道一些關於謀殺案的事。她以為我也知道，可是我並不知道，尼克。我對天發誓，我真的毫不知情。」

「你可真是提供了個好線索。」我抱怨道，「不過聽清楚了，小姐，你的確知道某些情況，我們就以此為出發點。你要從頭詳細地說出來，否則我們就玩不下去了。」

她在胸前做了一個畫十字的動作。「我對天發誓。」她說。

「非常好。先喝口酒吧！」我們接過諾拉手上的酒，「你對咪咪說，你要徹底遠離他們？」

「不，我什麼都沒說。說不定她還不知道我已跑出來了。」

「這下好了。」

「你不會要把我送回家吧？」她喊著。

「不能把小孩送回去讓那些傢伙毒打，尼克。」諾拉端著酒杯說。

我說：「噓。我還沒想好，我只是在考慮，倘若我們準備去咪咪那裡吃晚餐，最好不要讓她知道……」

諾拉說：「我是不會跟你一起去的。」桃樂希瞪大眼睛吃驚地望著我，急忙說道：「可是我母親沒打算等你啊！甚至到時候她在不在家都不一定。報上說你生命垂危，她不會想到你要去找她的。」

「那更妙了，」我說，「我們來給她一個驚喜。」

她非常激動，將慘白的臉湊近我，杯裡的酒都灑了出來，弄濕了我的袖子。「不要去，你千萬不能去。聽我的話，聽諾拉的話。你現在不能去。」她轉過去看諾拉，「勸勸他，不要讓他去？」

諾拉深色的眼睛一動不動地盯著我的臉，說道，「等一等，桃樂希。他有自己的打算。你說呢，尼克？」

我對著她做了一個鬼臉。「我現在有點迷茫。既然你讓桃樂希留下，那就讓她留下。她可以跟艾絲塔睡在一起。其他的事你就不用管了。我還沒有下一步計畫，因為接下來事還是未知。我得用自己的方式去調查一下。」

「我不會給你惹麻煩的。」桃樂希說，「諾拉，你說是不是？」

諾拉依然盯著我，一句話也不說。

我問桃樂希：「你那把槍是從哪兒來的？這次你必須說實話。」

她臉色泛紅，舔了舔嘴唇，然後清了清喉嚨。「注意一點。」我對她說，「假如再說謊，我就打電話給咪咪，讓她把你帶走。」

「給她個機會吧！」諾拉說。

桃樂希再次清了一下喉嚨。「我……我可不可以告訴你一些小時候的事？」

「與那把槍有關？」

「並不完全相關，可是會幫助你們瞭解我為何……」

「現在就不要說了，等空閒時再講。那把槍是從哪裡弄來的？」

「我希望你允許我說出來。」她將臉轉開。

「那把槍是從哪裡弄來的？」

達許·漢密特

「地下酒吧裡的一個人給我的。」她的聲音相當小，一般人都無法聽見。

我說：「真相終於顯現出來了。」諾拉眉頭緊皺，對著我搖頭，「好吧，就算你說的是真的，又是哪家酒吧呢？」

桃樂希把頭抬起來。「我不清楚，大概是在第十大道上。你們的朋友昆恩先生帶我去的，他應該知道。」

「那晚你從這裡走後遇見了他？」

「是的。」

「是偶遇吧？」

她用幽怨的眼神看著我說道：「我正打算將實話告訴你，尼克。我和他約定在帕瑪俱樂部碰面，他給了我地址。所以我離開這裡後，就去那裡找他了。我們去了許多地方，最後在這家可怕的酒吧裡我得到了那把槍。不信你可以去問他，看我有沒有說謊。」

「槍是昆恩幫你弄到的？」

「不，當時他喝多了，醉倒在桌上睡覺。我將他留在那裡，酒吧的人表示會把他送回住處。」

「槍呢？」

「我正準備說。」她的臉開始泛紅，「他對我說，那個酒吧經常有槍手出沒，於是我提議去瞧瞧。他醉倒後，我跟那裡的一個人閒聊。那個人看起來十分粗魯，深深地吸引了我。而且我不願回家，想到你們這裡來，但不確定你們是否願意收留我。」此時，她的臉漲得通紅，尷尬得話都說不清楚，「所以我想，假如我……假如讓你們以為我身陷危險之中……而且我覺得這個方法並不會顯得特別蠢。總之，我就問這個身分不明且長得相當粗獷的傢伙，能否賣一把槍給我，或者有哪些管道可以買到。一開始他以為我在說笑，沒把這當回事，可是我說自己是認真的，他笑了笑便離開了，過了一會兒他回來表示可以幫我弄到槍，問我肯出多少錢。我身上的錢不多，想要用手鐲跟他換。或許他認為手鐲不值錢，所以不同意，說只要現金，最後我只留下一元的車錢，其餘的十二元都給了他，換來了那把槍。然後我來到這

裡，撒謊說自己害怕克里斯，所以不敢回家。」她語速很快，整段話講下來沒有絲毫停頓，然後嘆了一口氣，看樣子十分開心。

「這麼說，克里斯騷擾你的事是假的？」

她咬住嘴唇：「不，他的確騷擾過我，只是沒……沒那麼嚴重。」她抓著我的肩膀，使勁將臉貼過來，差不多和我的臉碰到一起，「你一定要相信我。昨天我不得不撒謊，我不願讓人覺得我是個很傻的小騙子，我討厭變成那樣。」

「不信你就對了。」我說道，「十二塊錢買一把槍？是在開玩笑嗎？不過這一點先放一邊。你知道咪咪那天下午是去找茱莉亞·沃爾夫嗎？」

「不知道。關於她想聯繫我父親的事，我當時毫不知情。那天下午他們出門前，並未透露行程。」

「他們？」

「是的，克里斯和她一起。」

「他們出門時是幾點？」

她前額微皺：「將近三點……總之是兩點三十分以後，因為我與艾西·漢密爾頓相約逛街，當時我已比約定時間晚了，正在忙著換衣服。」

「他們是一起回家的嗎？」

「我不清楚，他倆在我回去時都在家中。」

「你幾點到家？」

「六點多。尼克，你不會認為他倆——哦，我還記得她換衣服時說了幾句話。我沒聽到克里斯說了什麼，反正她說：『等我問她，她就會回答我的。』是那種法國皇后般的口吻，你應該知道。剩下的我就沒聽清了，這有什麼含義嗎？」

「你回去後，她是否提過有關謀殺案的事？」

「她只提到是如何發現屍體，她多麼傷心，以及警方辦案之類的。」

「她看起來十分震驚嗎？」

桃樂希搖了搖頭。「看不出來，不過非常興奮。你知道我母親的性格。」她盯了我一會兒，慢吞吞地說：「你不會懷疑她與此案有關吧？」

「你覺得呢？」

「我從未想過。我只關心我父親。」片刻之後，她鄭重其事地說，「倘若他殺了人，那是因為他精神出問題了。可是她不一樣，她會因為自身意願去殺人。」

「到底是不是他們做的，還不確定。」我提醒她，「警方似乎就認定了莫雷利。她為什麼找你父親？」

「還不是為了錢。我們的錢被克里斯揮霍一空。」她嘴角下垂，「說起來我們每個人都該對此負責，但錢大多是被他花掉的。母親擔心自己沒錢後會被克里斯拋棄。」

「你從哪裡知道的？」

「我聽他倆談過。」

「你覺得他真會拋棄她？」

她點點頭：「除非她還有很多財產。」

我看了一下錶，說：「我們得出門了，剩下的事，回來再談。總之，你今晚可以住在這裡。別客氣，晚飯從餐廳叫就行。最好不要出門。」她露出可憐的眼神，一句話也沒說。

諾拉拍拍她的肩膀：「我不清楚他的計畫是什麼，桃樂希，不過假如他說我們應該過去吃晚餐，就說明他自有打算。他不會——」

桃樂希笑著跳起來：「我相信你，我不會再耍笨了。」

我打電話叫櫃檯把信送上來。有幾封是諾拉的信，一封是我的，還有一些晚到的聖誕賀卡（包括一封賴瑞・克羅利寄來的，附有一本郝德曼・朱利斯[1]出版的編號為I的藍色小書，名叫《如何在家中獨自驗尿》，書名下面用紅色字體寫著「聖誕快樂」和賴瑞的名字，名字周圍是一個由槲寄生圍成的花環），以及一堆電話留言條，外加一封來自費城的電報：

---

1. 郝德曼・朱利斯（1889～1951），美國作家、出版商，曾經成功發行數百萬冊「藍色小書」系列的實用小冊子。

尼克‧查爾斯

紐約諾曼第旅館

請與赫伯特‧麥考利聯繫，商談調查沃爾夫凶殺案並給他指示

克萊德‧維南特

　　我將電報裝進信封，在外面寫上註釋，說明是我剛收到的，然後讓郵差送到警局重案組。

10.

　　諾拉在計程車裡問：「你確定沒事？」

　　「沒事。」

　　「奔波這一趟會不會很累？」

　　「沒問題。你怎麼看小女孩的說法？」

　　「你不相信她？」她猶豫道。

　　「老天不讓我信她，至少要先查證才行。」

　　「在這類問題上，你比我懂得多。」她說，「不過，她應該在試著講實話。」

　　「在許多試著講實話的人口中，會有更詭異的故事冒出來。編多了故事，就很難再講真話了。」

她說：「查爾斯先生，我相信你深諳人性。不過那些關於做偵探的經驗，你偶爾也要講給我聽聽吧？」

我說：「在地下酒吧裡花十二塊錢買把槍。這或許是真的，但是……」

在一陣沉默中，幾個街區過去了。諾拉問：「她究竟怎麼了？」

「她父親瘋了……她認為自己的精神也出了問題。」

「你是如何知道的？」

「你這樣問，我只能這樣回答。」

「所以一切都是你猜的？」

「我是說，問題在她身上。我不知道維南特是否真的瘋了，也不清楚她是否遺傳了什麼基因，但她深信以上兩個問題的答案是肯定的，於是就四處發瘋。」

來到科特蘭大廈門前時，諾拉說：「這太嚇人了，尼克。應該有人……」

我說我也不敢肯定，或許桃樂希說得沒錯。「她此刻應該不會在給艾絲塔做嬰兒服吧！」

我們報上姓名，門房前去通知喬根森夫婦。過了一會兒，我們被允許上樓。走出電梯，一眼就看到站在門口迎接我們的咪咪。「那些整日胡說八道的爛報紙，把我弄得緊張死了，我還以為你快要喝孟婆湯了。我兩次打電話過去，他們都不肯幫我接，對你的狀況也隻字不提。」她握著我的手，「太好了，尼克，幸好報導不是真的，你是走了大運，才能在今晚與我們相聚，我為此感到高興。當然你還能來，是我始料未及的。不過你臉色很不好，肯定傷得不輕。」

「不嚴重。」我說，「只是身體被子彈擦了一下，並無大礙。」

「拖著病體前來赴宴！實在是受寵若驚，不過這樣做也太傻了。」她轉向諾拉，「你覺得讓他跑這一趟是很明智的嗎？」

「我不知道，」諾拉說，「可是他要來。」

「男人就是這麼傻。」咪咪摟住我說，「他們可不管不顧，有時為了毫不相干的事都能上刀山下油鍋……不過進來吧！來，我幫你。」

「沒那麼嚴重。」我說，但她堅持讓我坐在放了一堆墊子的椅子上。

喬根森走進房間，與我握了手，說看到我的狀況比報導的好很多，他無比欣慰，接著向諾拉鞠躬致意。「失陪一下，我去調酒。」說完他又出去了。

咪咪說：「不知道桃樂希去了什麼地方，說不定是賭氣跑了。你們沒有孩子吧？」

「沒有。」諾拉說。

「雖然有時小孩子會帶來很多麻煩，但其中的諸多樂趣，你們是無法體會到的。」咪咪嘆了一口氣，「我可能還不夠嚴厲。每次我罵桃樂希，她就會把我當成大壞蛋。」她的臉上閃現出亮光，「這是我另一個小孩。吉伯特，你對查爾斯先生還有印象吧？這位是查爾斯夫人。」

吉伯特・維南特今年十八，比他姐姐小兩歲。他身材瘦小、一頭金髮，蒼白的臉上長著鬆弛的嘴巴和短短的下巴。藍色的大眼珠清澈明亮，睫毛很長，帶著幾分女孩的陰柔。但願他已不是那個惹人厭的愛哭鬼了。

喬根森端著調好的酒回來，咪咪一定要聽槍擊的經過。我只得漫不經心地描述一番。「可是他為何去找你？」她問。

「誰知道呢！我很想知道為什麼，警方也一樣。」

吉伯特說：「我在什麼地方看到過，當慣犯被無端指控時，不管事情大小，他們都會變得更加敏感易怒。查爾斯先生，你覺得呢？」

「或許吧！」

「除非，」吉伯特補充，「令他們生氣的是一件大事——他們寧願自己去做的大事。」我再次肯定了他這種猜測的可能性。

咪咪說：「尼克，你不要跟吉伯特客氣，他總是胡言亂語。他的腦子已經被那些讀物給弄壞了。再給我們弄些喝的吧，親愛的。」吉伯特去調酒，諾拉和喬根森在一邊翻找唱片。

「我今天收到了一封電報，是維南特發過來的。」我說。

咪咪用警惕的眼神環顧四周，然後湊過來，盡量壓低聲音說：「什麼內容？」

「他讓我去追查凶手，電報是今天下午從費城發出的。」

她深吸一口氣。「你準備接手？」

我聳聳肩。「我將電報送去了警局。」吉伯特端著飲料回來，喬根森和諾拉正在放巴哈的《小賦格曲》。咪咪將杯裡的酒一飲而盡，接著又讓吉伯特為她倒滿。

他坐下來說：「我有一個問題：你可以一眼看出一個人是否在吸毒嗎？」他渾身顫抖。

「不太可能，怎麼了？」

「只是出於好奇。即使對方是真的毒蟲也判斷不出來嗎？」

「毒癮越深，就越容易表現出異樣。可是一般來說，很難確定那些表徵就是毒品造成的。」

「還有件事，」他又說，「聽說被刀刺中的一瞬間，只會感到有一股壓力，片刻之後才開始感到疼。這是真的嗎？」

「是的，如果刀足夠鋒利，刺的深度也夠深的話，就會是這種情況。被子彈擊中時也是這樣：起初你只感到一陣風，小口徑鉛彈連這種感覺都沒，等風過去之後，其他感覺才會出現。」

咪咪喝完第三杯酒後說道：「你們的談話內容太嚇人了，尤其是尼克今天還遭遇了這樣的事。吉伯特，去找桃樂希。打電話給她的那些朋友，你應該都認識的。我想她此刻肯定是孤身一人，實在叫人不放心。」

「她去了我那裡。」我說。」

「在你那裡？」她十分驚訝——看得出不是裝的。

「她今天下午來的，要在我那裡住一段時間。」

她露出寬容的微笑，搖著頭說：「這些年輕人！」接著收起了笑容，「住一段時間？」

我點點頭。

吉伯特對我和他母親的談話一點都不感興趣，只想著讓我為他解答問題。

咪咪再次笑了，說，「實在不好意思，給你們添這麼大麻煩。知道她在

你那裡而不是什麼無人知曉的鬼地方，我就放心了。等你們回去時，她也就不生氣了。你們會把她送回來吧？」她又為我倒酒，「你們把她當親生孩子一樣。」

我無話可說。

吉伯特又開始問：「查爾斯先生，職業罪犯通常……」

「不要插嘴，吉伯特。」咪咪說，「你會把她送回來，是不是？」她愉快地說，不過還是稍帶桃樂希提到過的法國皇后般的口吻。

「她想住多長時間就住多長時間。諾拉非常喜歡她。」

她搖了搖手指。「我可不希望她被你們寵壞了，她一定跟你講了許多我的事情吧！」

「她提到被打的事。」

「那就對了。」咪咪似乎證明了自己的猜測，得意地說道，「不行，尼克，你們必須把她送回來。」

我喝完了酒。

「怎麼樣？」她問。

「她願意住多長時間就住多長時間，咪咪，我們非常喜歡跟她在一起。」

「荒謬至極！她的家在這兒，我要她回來。」她聲音尖銳，「她還只是個小孩，不該助長她這種念頭。」

「我不會做任何事。留不留，完全看她的意願。」

咪咪的藍眼睛裡有怒火噴出。「她是我的女兒，年齡還小。你們對她的好，很可能會害了她，當然對我也不利，我不會坐視不管的。倘若你們不把她送回來，我就親自去接她。我絕不允許這種事情發生，但是……」她湊近我，一字一字地說，「她會回來的。」

「不要因為這個吵架，好不好，咪咪。」我說。

她柔情地望著我，但眼神背後卻隱含著敵意。

「好吧，」我說，「就告我綁架，以這個罪名將我逮進警局吧！」

她突然發出刺耳又憤怒的喊叫：「不要讓你太太抓著我丈夫。」

諾拉在和喬根森找唱片時，把一隻手搭在他的袖子上。他們十分吃驚，回過頭來瞪著咪咪。

我說：「諾拉，喬根森夫人不想要你的手碰到喬根森先生。」

「非常抱歉。」諾拉對咪咪笑了笑，然後看看我，裝作十分憂慮的樣子，又學著兒童朗讀的聲音驚呼：「啊，尼克，你的臉怎麼如此蒼白，一定是過度勞累，傷情嚴重了。真不好意思，喬根森夫人，我需要馬上送他回家休息。你會原諒我嗎？」

咪咪回答她會，大家都彬彬有禮地客套一番。我們下樓，上了計程車。

諾拉說：「說是出來吃晚餐，這下好了，晚餐沒了。怎麼辦？要回家和桃樂希一起吃嗎？」

我搖搖頭。「我想暫時離開那裡。我們去麥克斯的店裡吃些點心吧！」

「好吧！你有什麼收穫？」

「沒有。」

「那傢伙真是帥呆了，不過太可惜了。」她若有所思地說。

「他怎麼樣？」

「和玩具差不多，太可惜了。」

吃完飯後，我們回到諾曼第旅館。果然沒猜錯，桃樂希不在。諾拉查看了所有房間，打電話問櫃檯，也沒有任何留言。

「怎麼辦？」她問。

現在還不到十點。「說不定沒事，」我說，「也說不定有事。或許凌晨三點，你會看到她突然出現，爛醉如泥，手裡拿著玩具槍。」

諾拉說：「先不管了，換好睡衣上床吧！」

11.

　　第二天中午被諾拉叫醒時，我感覺槍傷好了很多。「那位十分欣賞我的警察來找你。」她說，「你感覺怎麼樣？」

　　「很不好。我睡前肯定忘了喝酒。」我把床邊的艾絲塔推開，然後起床。我來到客廳，吉爾特端著酒站起身，他淺褐色的寬臉上滿是笑容。「厲害啊，查爾斯先生，你今天早上很有精神。」我和他握手，說我感覺非常不錯，然後我們坐了下來。他眉頭微皺，看起來很厚道。「還是那句話，你不該跟我耍花樣的。」

　　「耍花樣？」

　　「是的，昨天為了不打擾你休息，我沒有找你談話，可是你卻跑出去和別人見面。你不覺得應該先通知我一下嗎？」

　　「我沒考慮那麼多。」我說，「實在抱歉，維南特發給我的那封電報你應該看到了吧？」

　　「嗯，我們已經派人在費城追查。」

　　「有關那把槍。」我開始說，「我……」

　　「什麼槍？」他打斷我，「那把槍早廢了——撞針斷掉，槍膛生鏽卡住了。我敢肯定，最近半年都沒人開過，不要再在那塊廢鐵上浪費時間了。」

　　我露出微笑。「許多事就說得通了。這把槍是一個醉鬼在某個地下酒吧花了十二塊錢買來的，後來又到了我手中。現在我明白了。」

　　「連市政廳都有人賣。查爾斯先生，我很想知道，你是否接手了沃爾夫這個案子？」

　　「你看過維南特的電報了？」

　　「是的。所以這說明你之前沒有與他合作？我需要把這一點問清楚。」

　　「我早就不做私家偵探了，任何形式的偵探都不是。」

「我明白，可還是要問清楚。」

「好吧，我沒插手。」

他思索片刻，說道：「我換個說法：你對偵辦此案有興趣嗎？」

「我與那些人很熟，自然會感興趣。」

「僅僅是這樣？」

「沒錯。」

「可是你並沒有接手的打算？」

電話響了，諾拉去接。

「說實話，我不知道。倘若大家一直強迫我插手此事，我不知道自己還能抗拒多長時間。」

吉爾特不停點頭。「我理解。說心裡話，我希望你能站出來偵辦此案——站在正義的一方。」

「你是說不要與維南特為伍。他是凶手嗎？」

「我不敢妄下結論，查爾斯先生。但非常明顯，在追查真凶的過程中，他沒有產生任何積極作用。」

諾拉站在門口。「尼克，你的電話。」

赫伯特‧麥考利在電話那頭。「你好，查爾斯。傷勢好點沒？」

「好多了，謝謝關心。」

「你有維南特的消息嗎？」

「有。」

「他給我寄了一封信，信上提到他發了一封電報給你。你會不會傷得太重，沒有辦法……」

「不，我現在都可以四處活動了。不知道你今天下午晚一點的時候在不在辦公室，如果在的話，我就過去找你。」

「太棒了。」他說，「六點之前我都在這裡。」

我回到客廳。諾拉正邀請吉爾特和我們共進午餐，對我們而言還是早餐。吉爾特百般殷勤，不停地誇讚諾拉。我說我想在吃飯前喝一杯。諾拉去點菜時，順便幫我倒了酒。

吉爾特搖頭感嘆：「她實在太好了，查爾斯先生。」

我鄭重其事地點點頭。

他說：「假如像你說的那樣，你會被迫接手此案，我當然希望你是我們的合夥人，而不是對手。」

「我也這樣認為。」

「我們就這樣說好了。」他一邊說一邊往椅子裡靠，「你大概不記得我了。以前你在本市工作時，我在四十三街做巡警。」

「怎麼會不記得呢？」出於禮貌，我撒了一個小謊，「我看你很眼熟，只是你脫了制服，就不好認了。」

「也許吧！我想對於我們已經知曉的事，你應該沒有隱瞞吧？」

「不會的，只是我並不清楚你們都知曉些什麼。案發後，我還沒和麥考利見面，也很少看報。」

電話又響了。諾拉把酒端過來後去接電話。

「我們知道的那些事，也說不上是什麼秘密。」吉爾特說，「如果你想聽的話，可以告訴你。」他喝了一口酒，讚許地點點頭，「不過我還有件事想問你：你昨晚去喬根森家時，把電報的事透露給喬根森夫人了嗎？」

「是的，而且我還告訴她，我將電報交給了警方。」

「她有什麼反應？」

「什麼也沒說，只是問了幾個問題。她希望找到他。」

他把頭側過來，微微瞇著眼。「你是不是不相信他們會勾結在一起？」他舉起一隻手，「我不知道他們勾結在一起的原因是什麼，或者他們是如何勾結在一起的，只是問一下。」

「沒有什麼事是不可能的。」我說，「但在我看來，他們合作的話會比較危險。他們有什麼理由合作呢？」

「你說得沒錯，」然後他含糊不清地補充，「可是有幾個讓人懷疑的地方。」他嘆了一口氣，「辦案時這種情況也很正常。好吧，查爾斯先生，我們瞭解的情況就這麼多，倘若日後你在獲得了新情報後能及時提供給警方，我們將感激不盡。」

我表示會盡最大努力。

「回到正題。10月13日前後，維南特對麥考利說，他要出城一段時間。他沒有說目的地或行程安排，麥考利認為他是去忙秘密發明了——後來，他從茱莉亞·沃爾夫那裡證實了自己的猜測。他覺得維南特就藏在艾德隆達克山的某個地方，可是後來去問茱莉亞，她說她和麥考利一樣，都知之甚少。」

「她瞭解發明的具體內容嗎？」

吉爾特搖搖頭。「麥考利說她並不瞭解，只知道那個東西需要空間和設備，或者需要大量資金支援——因為他曾經讓麥考利幫他把股票、債券和其他財產變現，同時維南特把銀行業務一類的事全部交由麥考利處理。」

「授權給律師處理所有事嗎？」

「的確是這樣。而且有一點需要特別注意：當時他急需大量現金。」

「他的精神一直都不正常。」我說。

「人們都這樣講。看來他不想讓任何人透過支票查到他，或是讓那上頭的任何人發現他就是維南特。這就解釋了他為何不把那位小姐帶在身邊。如果她說的是實話，維南特甚至對她都隱瞞行蹤。為了隱藏身分，他還蓄了落腮鬍。」吉爾特伸出左手，在臉上比劃了一個鬍子的形狀。

「那上頭？」我引用他的話，「所以你的意思是他在艾德隆達克山？」

他聳聳肩。「我這樣說的原因是，我們手頭的線索就只有費城和這些東西。我們正在那個山區進行搜查，可是不確定他是否在那裡，說不定他在澳洲。」

「維南特要的現金有多少？」

「我這裡有準確數字。」他從口袋裡掏出一堆邊緣捲起的又髒又皺的紙，從中找出一個更不堪的信封，又將其他紙塞回口袋，「他與麥考利談話那天，從銀行帳戶上取走了五千美金。10月28日，他又從麥考利那裡要了五千美金。然後11月6日是兩千五，15日是一千，30日是七千五，12月6日拿走一千五，當月的18日是一千，22日也就是沃爾夫小姐被害的前一天，他拿走了五千。」

「差不多三萬。」我說，「他銀行裡還真的存了許多錢。」

「更準確的數字是兩萬八千五百美金。」吉爾特把信放回口袋，「要知道，這只是一部分。從他第一次和麥考利通話開始，麥考利就去賣東西變現了。」他又摸了摸口袋，「我這裡還有一份他所賣物品的清單，你要不要看？」

「不用了。他是如何將錢交到維南特手裡的？」

「維南特需要錢時，會寫信給沃爾夫小姐，她會去麥考利那裡取，之後維南特再去她那裡拿錢。」

「也許她被殺時，最後那五千美金還在她手上。」

「那就屬於搶劫了，除非⋯⋯」吉爾特的眼睛瞇得更小，幾乎看不見他淺灰色的眼珠了，「他去取錢時把她殺了。」

「或者，」我提出另一種假設，「有別的人因為其他原因取了她的性命，發現了那筆錢，並順勢帶走。」

「當然。」他表示同意，「這不是沒可能。甚至第一個到達案發現場的人通常也會在通知警方前順手牽羊。」他舉起一隻手，「當然，喬根森夫人如此淑女，希望你不要認為我⋯⋯」

「除此之外，」我說，「她當時並不是一個人在現場，對不對？」

「她單獨在裡面待了段時間。公寓內的電話壞了，電梯服務生帶著公寓管理員去樓下辦公室打電話。不過我並不是說喬根森夫人會做那種傻事。她那麼淑女的女人不太會⋯⋯」

「電話怎麼了？」我問。

有人按門鈴。吉爾特說：「我也不知道是怎麼回事，那部電話⋯⋯」

一個服務生進來布置桌子，吉爾特停了下來。我們在一旁坐好後，他繼續說：「正如剛才所說，我的確不知道是怎麼了，話筒那裡有一個貫通的彈孔。」

「是意外嗎？還是⋯⋯」

「我也想聽聽你的意見。當然，射穿電話的子彈和她身上的子彈是同一個型號，但我不清楚罪犯是打她打偏了，還是故意擊中電話。用這種方式擊

碎電話是不是太吵了？」

「這倒值得注意，」我說，「當時槍響了就沒人聽到嗎？點三二口徑的手槍雖然聲音不是特別大，但總該有人聽到的。」

「的確，」他有些不耐煩，「附近有許多人都感覺聽到了，但當時沒有一個人出來查看。他們對所聽到聲音的解釋也是五花八門。」

「通常都這樣。」我同情地說。

「完全贊同。」他往嘴裡送了一塊食物，「我講到哪裡了？哦，對，關於維南特。他走時就把公寓廢棄了，裡面的東西都搬到了倉庫。我們的調查工作已進行多時，但還沒找到任何能指向他的行蹤或工作內容的線索。我們覺得或許瞭解他所從事的工作後，案情就會明朗些。他在第一大道的店，我們也搜查過了，然而並沒有什麼發現。他走後那家店也關了，只有沃爾夫小姐每週去一兩次，每次停留一兩個鐘頭，處理一些信件和雜務。案發後，我們對店裡的信件進行了清查，也沒有找到任何線索。在被害人的住處也一無所獲。」他對諾拉笑了笑，「對於我們談論的東西，你一定會感到非常無聊吧，查爾斯夫人。」

「怎麼會？」她驚訝地說，「我正聽得入神。」

「女人一般比較喜歡聽浮華的……」他說，然後咳了兩聲，「比較有吸引力的東西。總之，關於他的行蹤，我們一無所知，只知道上星期五他打電話約麥考利在廣場飯店的大廳見面。麥考利當時出門了，所以維南特留言給他。」

「當時麥考利和我在一起，」我說，「共進午餐。」

「他跟我說了。後來，麥考利將近三點才趕到約定地點，沒有見到維南特，去登記處查，也未發現他的姓名。麥考利向飯店的人描述維南特的樣子——長鬍子和沒長鬍子的，可是他們都表示沒有任何印象。他打電話到辦公室，得知維南特沒再打過去。接著又打電話給茉莉亞·沃爾夫，她說她並不知道維南特回城了。麥考利覺得她沒有說實話，因為他昨天才將五千美金給了她，維南特肯定會去那裡取的。他沒再多問，就掛掉電話，繼續去做自己的事了。」

「自己的事？什麼自己的事？」我問。

吉爾特停止咀嚼。「查清楚這一點也沒壞處，我會去做的。不過他作案的可能性極小，所以我就沒去調查，但看一看誰當時在不在場，也不是什麼壞事。」

「我沒說他有嫌疑，只不過他是維南特的律師，很可能隱藏了什麼秘密。」我搖頭否認他的觀點。

「當然，我知道。我猜這就是許多人都要僱律師的原因吧！現在來說說那位小姐，她的本名或許根本就不是茱莉亞・沃爾夫。我們還未調查清楚，不過已經發現她一點都不老實。倘若維南特足夠瞭解她的話，絕不敢讓其打理財務。」

「她有前科？」

他點點頭，動作有些誇張。「這女子可是個人物。在替維南特工作前幾年，她曾經在克里夫蘭因為桃色詐騙案蹲了半年監獄。當時，她稱自己是蘿達・史都華。」

「你覺得維南特知道此事嗎？」

「我還真不確定。應該不瞭解，不然他怎麼放心讓她打理財務，但也很難說，傳言他對這位小姐頗有好感，你知道一個意亂情迷的男人可是什麼蠢事都做得出來。她把夏普・莫雷利，還有一群男人都迷得神魂顛倒。」

「你真的有可以將莫雷利抓起來的證據嗎？」我問。

「有，但不是關於此案的。」他嘆息道：「我們抓他，是為了其他案件。」他的眉頭微微皺起，「要是能知道他來找你的原因就好了。當然，沒有這些毒蟲不做的事，不過我真希望自己知道。」

「我把所知的一切都說出來了。」

「我並未懷疑你。」他向我保證，又轉向諾拉，「但願你不要認為我們是在為難他，你也知道，我們要……」諾拉露出微笑，說她完全理解，又為他倒了一杯咖啡。

「非常感謝，夫人。」

「毒蟲是什麼？」她問。

「吸毒的人。」

她望著我問：「莫雷利是⋯⋯」

「先去接電話吧！」我說。

「你竟然沒告訴我，」她抱怨，「害我沒看到精彩劇情。」她離開餐桌，走向電話。

吉爾特問：「你會告他謀殺嗎？」

「除非你讓我這樣做。」

他搖搖頭。「我們手頭的證據夠讓他在牢裡待一陣子了。」他語氣輕鬆，眼神中藏著好奇。

「剛才你說到那位小姐。」

「哦，是，」他繼續說，「我們發現她經常不在公寓住，有時連著兩三天都不回去。可能就是去跟維南特約會了。莫雷利說最近一次見她還是三個月前，我們也證明不了他說的不是實話。你有什麼看法？」

「和你一樣。」我回答，「到今天為止，維南特剛好走了三個月，或許這有什麼深意，或許什麼意義都沒有。」

諾拉進來，說是哈里森·昆恩打來的。他說替我處理了一些垃圾債券，還說了價格。

「見到桃樂希·維南特沒有？」我問。

「從你那裡出來後就沒見過，不過我們約好今天下午在帕瑪俱樂部喝幾杯。讓人不解的是，他叫我不要對你講這件事。黃金行不行，尼克？你要相信，一旦國會開議，那些西部的野人就會替我們製造通貨膨脹。就算沒有，人們也會做出這樣的預測。就像我上星期跟你說的，已經有人在討論石油礦脈⋯⋯」

「好吧！」我說，請他用十二塊五替我買進一些穹頂礦業的股票。

隨後，他又想起關於我被槍擊的報導。他記得不是很清楚，我跟他解釋自己並無大礙後，他也就不太擔心了。「看來我們最近幾天就無法一起玩乒乓球了。」他略顯遺憾地說，「對了，今晚開幕式的票，你那裡有吧！如果你們來不了的話，我可以⋯⋯」

「我們會去的。不過還是得感謝你。」

說完再見，我們掛了電話。

我回到客廳時，一個服務生正在清理桌子。吉爾特悠閒地坐在沙發上，諾拉正對他說：「……每年聖誕都不在家，因為我娘家人總喜歡在假期串門子，要是我們待在家裡，就免不了應付他們的拜訪，或者我們要跑去那邊應酬，尼克對這一套深惡痛絕。」艾絲塔在一邊舔爪子。

吉爾特看了一下錶。「耽誤你們太多時間了。我不是故意打擾……」

我坐下說：「我們不是才剛剛談到凶殺案嗎？」

「剛談到。」他再次放鬆地靠在沙發上，「二十三號星期五，下午三點整到三點二十分之間，喬根森夫人到那裡發現了屍體。無法確定具體的死亡時間。我們唯一知道的是，喬根森夫人兩點三十分左右打電話過去，以及大約三點麥考利打過去時，她都沒事，還接了電話——當時電話也能正常使用。」

「喬根森夫人曾經打過電話的事，我並不知道。」

「她確實打過。」吉爾特清了清喉嚨，「要知道，我們只是按流程辦事，沒有懷疑什麼。透過調查，我們找到了科特蘭大廈的一名女接線員，她曾經在兩點半左右幫喬根森夫人將電話接出去。」

「喬根森夫人是如何解釋的？」

「她說打那通電話是為了問出維南特的下落，可是茱莉亞‧沃爾夫說她毫不知情，喬根森夫人認為她肯定有所隱瞞，覺得說不定可以當面讓她吐露實情，就問可不可以過去談一下，她說沒問題。」他盯著我的右膝，眉毛糾結在一起，「結果她一進門就撞見了屍體。那座大樓裡沒人記得發現有人進出沃爾夫小姐的寓所，不過這樣做並不難，很多人都能在不被察覺的情況下混進去。現場沒有留下槍枝，也看不出強行破門的痕跡，除了我對你講過的，其他物品都完好無損，整整齊齊。我是指，那地方沒有任何被搜過的跡象。她手上戴著價值幾百塊的鑽戒，皮包裡還放著三十幾塊。由於維南特和莫雷利經常出入她的寓所，所以那裡的人認識他倆，但都說好長時間沒見到他們了。火災逃生口的窗子鎖著，很久都沒被人動過。」他伸出手來，掌心

向上，「大概就這些吧！」

「沒留下指紋？」

「有死者本人的，還有一些清潔工的，剩下的就跟預想的一樣，對案件沒有任何幫助。」

「沒有她朋友的？」

「她大概沒有任何親近的朋友。」

「那……指認她是莫雷利朋友的那個叫紐納姆的傢伙呢？」

「他只是看到過她和莫雷利同行，看完報導後，透過照片指認了她。」

「此人是什麼身分？」

「我們仔細查過了，這個人沒問題。」

「既然要我對你不做任何隱瞞，你也不會對我遮遮掩掩吧？」我說。

吉爾特說：「是的，簡單來說，他有時會接警局的差事。」

「嗯。」

他站起來。「雖然不想承認，但我們查到的確實就這麼多。你有哪些有價值的情報嗎？」

「沒有。」

他凝神望了我一會兒。「你有何想法？」

「她手上的戒指，是訂婚戒指嗎？」

「戴在左手無名指上。」他稍微停了一下問，「為什麼問這個？」

「查出買戒指的人，說不定有用。我下午會和麥考利見面，有什麼消息我會打電話給你。看樣子維南特有很大的嫌疑，不過……」

他溫和地說：「嗯哼，不過……」然後握了握我們夫婦倆的手，感謝我和諾拉的熱情款待後便走了。

我對諾拉說：「你的魅力足以讓每個男人都敞開心扉，但這個傢伙也有可能在騙我們。」

「原來如此，」她說，「你是在嫉妒。」

12.

　　克萊德・維南特寄給麥考利的那封信打在一張白紙上，看起來像一份文件，字跡相當難辨認，日期是1932年12月26日，從賓州的費城寄出。內容如下：

　　親愛的赫伯特：

　　我已經發過電報給尼克・查爾斯。你或許還有印象，幾年前他曾經跟我有過合作。他此時人在紐約，會針對可憐的茉莉亞被害一事與你聯繫。願你盡最大努力來（X和M把其中一行蓋住了，沒辦法辨認）說服他查出真兇。錢不是問題——他要多少就給多少！

　　我這裡有幾件事需要你轉達給他，這些事你之前並未聽過。我覺得他知道自己該怎樣做，不會將此透露給警方，而且我對他充滿信心，相信他是一個獨立自由的人。你最好讓他讀一下這封信，之後一定要將此銷毀。

　　事實如下。

　　星期四晚上我和茉莉亞見了一面，從她那裡取走了一千美金。她說她身體出了問題，醫生建議她長時間靜養，所以她想要辭職。現在她叔叔有一些財產，可以保證她辭職後經濟無憂。我從未聽她提到過自身的健康狀況，所以我覺得她沒有說實話，希望她能坦白，可是她仍堅稱是因為身體的緣故才想到離開的。我也不知道任何她叔叔即將離世的消息。她曾說過她的那位約翰叔叔在芝加哥定居。我想這條線索不難查證。我再三挽留都無濟於事，所以她月底就要離職。她看起來憂心忡忡，但她並不承認。起初我對她辭職的事很是擔心，後來想到她一直都是我非常信賴的人，所以就不再擔心了，但是倘若她騙我，我對她的信任也就徹底瓦解了。

　　我希望查爾斯知道的第二件事情是：無論其他人有怎樣的想法，或不管

有怎樣的謠傳，在茉莉亞遇害時（可以看出，此處的「現在」一詞被打上了X），以及最近一年多來，我與她從未超越工作上的關係。這種關係建立在雙方共同意願的基礎上。

第三，我覺得有必要去查一下幾年前與我產生過糾紛的西德尼·凱爾曼，因為他認為我現在做的實驗所用的理論是從他那裡偷來的，而且如果他從茉莉亞那裡打聽不到我的下落，很可能會氣急敗壞地將她殺害。

第四，也是最關鍵的一點，我的前妻是否聯繫過凱爾曼？我現在所做的實驗曾經與他合作過，她是如何知道的？

第五，過不了多久，警方就會發現無法從我這裡獲得任何與凶殺案有關的情報，進而放棄對我的搜索——他們的行動很可能會影響我的實驗進度，我覺得以目前情況來看還是不容樂觀。為了防止意外發生，最好能立刻解開案件的疑點，這也是我的心願。

我會經常聯繫你，如果有急事，請在《紐約時報》刊登下面的廣告：

「艾伯納。好的。邦尼。」

看到後，我會立即想辦法聯繫你。

望你務必重視此事，因為查爾斯已熟知凱爾曼一事的來龍去脈，也認識大部分與此有關係的人，所以說服他為我工作十分必要。

誠摯的

克萊德·維南特

我將信放在桌上，對麥考利說：「許多事都解釋通了。他與凱爾曼之間的糾紛是怎樣一回事，你還記得嗎？」

「涉及到晶體結構的變化。我可以查一下。」麥考利拿起那封信的第一頁，緊鎖著眉頭：「他在信中提到那晚他從沃爾夫那裡拿了一千塊，但我給了她五千美金讓她轉交給維南特。她告訴我是他要求拿這麼多的。」

「剩下的四千美金是因為約翰叔叔的房地產？」我暗示。

「看來是這樣。我從未想過她會對他不誠實，這太可笑了。我得好好查一下我交給她的其他錢。」

「你知道她曾經是個愛情騙子，並因此在克里夫蘭坐過牢嗎？」

「不知道。她真的進過監獄？」

「警方提供的資料顯示，她當時名叫蘿達·史都華。維南特怎麼找上她的？」

「我不太瞭解。」他搖搖頭。

「你知道她來自哪裡，或有什麼親戚嗎？」

他再次搖頭。

「你是否知道他的訂婚對象？」

「她訂婚了嗎？」

「她手上有訂婚戒指。」

「我剛剛才知道。」他說完，閉目思索，「不，我沒注意過她手上有沒有訂婚戒指。」他手臂放在桌上，對我笑著，「好吧，讓你答應為他工作的機率有多大？」

「非常小。」

「我也這樣想。」他　手摸著那封信，「我們都瞭解他是什麼樣的人。要怎樣你才會改變主意？」

「我不……」

「假如我能勸他跟你見面，會有用嗎？也許我對他說，讓你合作的唯一……」

「我希望和他談一談，」我說，「可是他說的話肯定不比他的信更好懂。」

麥考利用舒緩的語氣問：「你的意思是，他可能是凶手？」

「我不知道，」我說，「我和警方一樣沒有頭緒。但即便警方找到了他，也會因為證據不足無法拘捕他，這一點是十分肯定的。」

麥考利嘆氣道：「當一個蠢人的律師真的很麻煩。我會試著說服他，可是我很清楚自己說了也白說。」

「他最近的財務狀況如何，跟之前一樣穩定嗎？」

「還好。整體的經濟形勢不好對包括他和我在內的許多人都有影響，

他那些金屬冶煉工藝的專利大部分都到期了，不過每年還可以從玻璃紙和隔音專利賺到五六千美金，還有一些零星收入，來自……」他突然停下來問，「你不會怕他付不起你的工資吧？」

「不，我只是有些好奇。」我大腦中又有其他事閃現出來，「除了前妻和孩子，他是否還有其他親人？」

「他還有個姐姐，名叫愛麗絲・維南特。他們已有四五年不來往了。」

我想，那就是喬根森母女耶誕節晚上沒去拜訪的那位愛麗絲姑媽。「他們的關係是怎樣鬧翻的？」我問。

「在一次報社的訪問中，他說他並不認為蘇聯的五年計劃肯定會失敗。其實，他對自己的觀點也沒那麼堅定。」

我笑著說：「他們倆真夠……」

「比較起來，姐姐的情況更嚴重，她還有健忘症。維南特做盲腸手術那次，住院第一天下午，她和咪咪在乘車去探望他的路上，看到一輛靈車從醫院方向開來。愛麗絲臉色慘白，抓住咪咪的手臂驚呼：『哎呀！上帝！那上面寫的應該是他的名字吧！』」

「她住在什麼地方？」

「麥迪遜大道，你可以透過電話簿查找。」他遲疑了一下，「我不認為……」

「我不會去打擾她的。」話還沒講完，電話響起來了。

他把話筒貼在耳朵上。「喂……是的，我就是……你說誰……哦，是的……」他嘴邊的肌肉緊繃，眼睛瞪大，「什麼地方？」他聽了一會兒，「是的！當然，我能過去嗎？」他望了手錶一眼，「好的，火車上見。」他把電話放下，「是吉爾特隊長，」他告訴我，「維南特在賓州的艾倫城試圖自殺，但沒有成功。」

13.

　　當我進入帕瑪俱樂部時，桃樂希和昆恩正坐在吧台那裡。他們不知道我來了，直到我站在桃樂希身旁說：「二位好啊！」他們才看到我。桃樂希的衣服沒換，還是我上次見她時穿的那件。

　　她看著我，又看了看昆恩，臉上開始泛紅。「你去跟他說。」

　　「大小姐生氣了。」昆恩愉快地說，「我幫你買了那些股票，你買的還是有些少了。要喝點什麼？」

　　「跟原先一樣。你一句話沒說就走了，可真是個好客人啊！」

　　桃樂希又望著我，她臉上的傷痕已不太明顯，瘀青變得很淡，嘴巴也消腫了。「我本來十分信任你。」她擺出一副幾乎要哭出來的樣子說道。

　　「什麼意思，為什麼要說這樣的話？」

　　「是什麼意思，你心裡比誰都清楚。就連你去母親那裡吃晚飯，我還是信任的。」

　　「現在為何又變了呢？」

　　昆恩說：「她整個下午都在發脾氣，你最好不要招惹她。」說著抓住她的手，「親愛的，來，來，你不……」

　　「麻煩你把嘴閉上。」她將手抽走，「你明白我是什麼意思，」她對我說，「你和諾拉在母親面前笑我……」

　　我逐漸清楚是怎麼回事了。「她說什麼你都信？」我笑了笑，「二十年了，你還是會被她的謊言欺騙？我猜她是在我們走後打電話給你。當時，我們與她發生了爭吵，只待了一會兒。」

　　她把頭抬起來，說：「啊，我好傻。」聲調非常輕，顯得楚楚可憐，隨後又抓住我的手臂說：「聽好了，我們馬上去找諾拉，我必須給她一個合理的解釋。我簡直就是頭蠢驢。如果她生我的氣，我也認了。」

「沒問題，我們時間充裕。先乾了這杯吧！」

昆恩說：「查爾斯兄弟，你驅走了我們小朋友生命中的陰霾和不快，我要跟你握握手。」他一飲而盡，「我們去找諾拉吧，你那裡的酒同樣甘甜，還比這裡便宜。」

「你怎麼不留在這裡呢？」她問。

他笑著搖搖頭。「我可不願意，或許你可以讓尼克留下來，但我一定要跟著你。你一下午都在發脾氣，我在一旁伺候了半天，現在終於等到陽光了，可得好好把握這個機會。」

我們回到諾曼第旅館時，吉伯特·維南特和諾拉一起在門口迎接。他吻了他姐姐，分別與我和哈里森·昆恩握了手。

桃樂希立刻向諾拉道歉，她的感言真誠、冗長、顛顛倒倒。

諾拉說：「不用再講了，你並不需要向我道歉。尼克就是個騙子，他對你說的那些我不開心或委屈之類的話都是假的。我來幫你把大衣掛好吧！」

昆恩打開收音機，透過上面的數字鐘可以看出，現在是東區標準時間五點三十一分十五秒。諾拉對昆恩說：「你來調酒吧，東西都放在哪裡你是知道的。」然後她隨我到了浴室。「你在哪裡發現她的？」

「一家地下酒吧！吉伯特怎麼來了？」

「他姐姐昨晚沒回家，他覺得她還在這裡，就找過來。」她笑了，「不過就算沒在這裡找到她，他也不會有什麼事。他說姐姐有流浪癖，喜歡四處遊蕩，這跟她的戀母情結有很大關係。真有意思。他說史德喀爾[1]宣稱有這種基因的人一般也會對盜竊上癮，他還會設計一些情境觀察她是否有偷盜行為，可是他從未看到她偷東西。」

「實在幼稚。他沒有提起他父親？」

「沒有。」

「他或許還不知道，維南特在艾倫城自殺未遂。吉爾特和麥考利已趕過

1. 威廉·史德喀爾（1868～1940），生於奧地利，在精神分析領域卓有建樹。——譯注

去了。我還不確定要不要讓孩子們知道。我懷疑是咪咪派他來的。」

「我不這樣認為，不過假如你覺得……」

「我僅僅是懷疑。」我說，「他來多久了？」

「一個小時左右。這孩子非常有趣，正在學習中文，還在創作一本討論知識與信仰的書——並非用中文所寫。另外，他很喜歡傑克・奧克[2]。」

「我也很欣賞他。你喝多了嗎？」

「有一點。」

我們回去時，客廳裡正放著《昔日的淑女艾蒂》，桃樂希和昆恩伴著曲子跳舞。吉伯特放下手中的雜誌，彬彬有禮地對我致以祝福，希望我快點好起來。

我說自己已經恢復了很多。

「我印象中自己從未受過傷，」他接著說，「從未。我試著將自己弄傷，不過那與真的受傷還是不同。我只不過感到疼痛和難受，還流了很多汗。」

「說實話，真正受傷也不過如此。」我對他說。

「是嗎？我還以為會比較嚴重。」他靠近我，「我不太清楚這類事。我太年輕，還沒機會去體驗。查爾斯先生，假如你沒時間或不願意，可以直接拒絕我，不過如果你偶爾能在閒暇時與我進行一些討論，我會非常感激。我有許多問題，除了你沒人能替我解答，而且……」

「我不確定。」我說，「不過只要時間允許，我很願意嘗試一下。」

「你確定不是出於禮貌，而是真的不介意我的請求？」

「不，我說的是真心話，不過能否達到你的預期，我還不敢保證。關鍵是看你想知道哪些東西？」

「比如食人族之類的事。」他說，「我指的不是非洲或新幾內亞那些地

2. 傑克・奧克（1903～1978），美國著名演員，代表作有《大獨裁者》、《奪命樂器》。——譯注

方，而是想知道這類事在美國發生得多不多？」

「據我所知，現在這種事已很少見了。」

「以前會非常多嗎？」

「我不太清楚是否會頻繁發生，不過在國家動亂時期，這種事是無法避免的。等一下……我可以給你找個案例。」我來到書架前，很快就找到了一本諾拉從舊書店買來的杜克所寫的《美國著名刑事案件》，然後遞給他，「只有三四頁」。

「食人者」艾佛瑞・C・佩克在科羅拉多山區殺害五名同伴、食用屍體並偷走其財物。

1873年秋，二十個勇敢的男人聽說聖胡安山區藏有珍貴寶藏，於是從猶他州鹽湖城出發，前去探險。一開始他們輕鬆愉悅且滿懷期待，可是幾個星期過去了，他們一無所獲，到處都是荒涼的土地和綿延的冰川。他們的食物越來越少，情緒也越來越低落，每前進一步，就增加一分對荒野的厭倦，這似乎就是一條通向死亡的不歸路。他們終於開始崩潰了。

正當這群冒險者看不到一點希望想要放棄時，他們發現遠方有個印第安人的據點。雖然落入這群土著手裡的後果難以預料，但他們一致認為不管怎麼死也比餓死強，於是決定去試一下運氣。

在接近那個據點時，他們碰到了一個印第安人，看起來十分友善，並帶他們去見奧瑞酋長。想不到那些印第安人熱情地招待了他們，並堅持讓他們留下來休養生息。

最終那群人決定繼續上路，目標是洛斯皮斯營區。奧瑞酋長再三勸阻，說服其中十個人放棄計畫，回到鹽湖城。另外十個人則繼續旅程，奧瑞酋長為他們準備了充足的食物，並叮囑他們一定要沿著甘尼森河前進。這條河之所以如此命名是為了紀念1852年遇害的甘尼森上尉。（請參考摩門教徒③喬・史密斯生平。）

艾佛瑞・佩克總是擺出一副隊伍老大的模樣，不停誇耀自己的地理知識是如何豐富，並對自己的探路技能沾沾自喜。隊伍走了一小段路後，佩克告

訴他們，最近格蘭河上游地區發現了大量礦藏，提議帶大家前去尋寶。其中四人堅守奧瑞酋長的告誡，但佩克說服其餘五人跟他一起前往礦區。這五人分別叫史旺、米勒、努恩、貝爾和杭福瑞，另外四人則沿著甘尼森河繼續前進。

四個人的那一隊，有兩個中途餓死並拋屍荒野，剩下的兩個歷經艱辛，終於在1874年2月到達由亞當斯將軍指揮的洛斯皮斯營區。人們悉心照顧這兩個可憐的男人，等他們恢復體力後，便再次投入到文明社會的懷抱。

1874年3月，亞當斯將軍接到命令後去丹佛開會。一個暴風雪的早晨，天氣異常寒冷，將軍尚未歸來，士兵們正在吃早飯，門口突然出現一個野人，眾人被嚇了一跳。這個傢伙乞求人們為他提供食宿，他的臉腫得厲害，聲音淒慘，除了不能消化他們給他的食物，其他情況還不錯。他說自己是佩克，由於生病被五個同伴拋棄了，他們走時扔給他一把來福槍，他一直帶在身上。

經過營區工作人員十天的照料後，佩克動身去了一個叫薩瓦奇的地方。他說自己要直接去賓州找他的弟弟。在薩瓦奇，佩克花錢揮霍無度，到處痛飲狂歡。喝醉之後，他講了許多有關探險同伴死去的故事，與他之前的說法完全不一樣，他似乎涉嫌謀殺自己往日的同伴。

此時亞當斯將軍正從丹佛趕回營地，途經薩瓦奇。在歐圖·米爾斯家過夜時，米爾斯建議他將佩克逮捕並進行徹查。將軍決定把佩克押回營地，路上他在道尼少校的小屋停留，碰到了那十個聽從印第安酋長勸告而放棄探險的人。這便說明佩克之前所說的大多是瞎編的，於是將軍認為有仔細調查的必要，佩克被綁回營地關了起來。

1874年4月2日，兩個印第安人跑到營區，情緒十分激動，他們拎著幾條

---

3. 摩門教徒是指稱信仰摩門經的信徒。在摩門教徒中，最主要的宗派是耶穌基督後期聖徒教會，由於其他宗派比較起來相對地小，所以摩門教徒通常即指耶穌基督後期聖徒教會的會友。——譯注

「白人肉條」，說是在營地外面找到的。由於地上有積雪，氣溫極低，肉並沒有變質。

在鐵證面前，佩克臉色驟變，低吟一聲，便倒在地上。經過照料與請求饒恕後，他供述了自己的罪行：

「我和其他五人離開奧瑞營地時，對糧食儲備十分樂觀，認為完全可以撐過這艱險的旅程。但我們的食物很快就吃光了，到了瀕臨餓死的境地。有幾日我們從地裡刨出草根來充饑，但草根一點營養都沒有，天寒地凍，也看不到任何飛禽走獸的蹤影，隊員們越來越感到絕望。每個人都變得神情詭異，而且疑心重重。有一天我撿柴歸來，發現隊中年齡最大的史旺先生被擊中頭部而死，其餘幾個人正在切割他的屍體準備吃掉，他身上的兩千塊錢也被搶光了。」

「這些食物只夠吃幾天。我提議米勒先生身上的肉多就先把他吃了吧！在他撿柴時，我們用斧頭將他劈死。接下來被吃的是杭福瑞和努恩，最後只剩貝爾和我，我們互相約定：作為僅有的兩名倖存者，不管發生怎樣的情況，我們都要休戚與共，即使餓死也不能做出傷害對方的行為。可是有一天，貝爾突然控制不住自己，像一隻餓狼一樣撲向我，同時想要開槍殺我。我躲避了槍擊，用斧頭殺了他。他嚥氣後，我把他的肉分割成條狀，然後開始趕路。在山頂看到營地後，我把剩下的肉條丟掉了。我必須承認自己對吃人肉有些上癮，尤其喜歡吃胸部的肉。」

講完這個恐怖故事後，佩克同意帶領羅特先生他們一行人前去尋找被害者的屍骨。他們到了一座陡峭的山上，佩克表示找不到路，這群人便決定停止前進，第二天返回營地。

當晚，佩克睡在羅特身邊。夜裡，佩克企圖殺死羅特後逃跑，最後被制伏綁了起來。一行人回到營地後，將佩克交到警長手中。

六月初，一個來自伊利諾州皮奧里亞市，名叫雷諾的藝術家在克里斯多佛湖邊寫生，在鐵杉叢中發現了五個人的骸骨。其中四具屍體放在一起，又在附近找到了第五具無頭屍。貝爾、史旺、杭福瑞和努恩的屍體腦後都有來福槍子彈的傷口，後來米勒碎裂的頭骨也被尋獲了，旁邊那把槍柄爛掉的來

福槍就是殺害他的凶器。

　　找到這些屍體後，佩克的食人和謀殺罪被坐實。因為每具屍體的胸部都從肋骨開始被整塊切下，所以他說自己喜歡食用胸部的肉很可能是真的。

　　屍體旁有一條小路，沿此路可以到達不遠處的一個木頭房子，人們在裡面找到了遇害者的各種生活用品。這些證據顯示佩克殺人後在這裡住了一段時間，期間多次去放屍體的地方割肉食用。

　　根據證據，警長對他下達了拘捕令，以五項謀殺罪起訴佩克，但這個傢伙趁人不備越獄了。從此杳無音信。直到1883年1月29日，亞當斯將軍收到一封來自懷俄明首府夏安的信，信中提到一名鹽湖城的探礦員在當地發現了佩克的行蹤。寄信人說，佩克現在更名為約翰·史瓦茲，與犯罪幫派混在一起。

　　警方展開偵查。1883年3月12日，拉勒米郡的夏普萊斯警長抓住了佩克，隨後於17日由亨斯戴爾郡的史密斯警長押送罪犯返回科羅拉多州的鹽湖城。

　　之前，他在1874年3月1日於亨斯戴爾郡因為謀殺伊瑟瑞爾·史旺的罪名遭到起訴，直到1883年4月3日庭審工作才開始。審判中，證明隊伍裡除了佩克之外，每個人都帶著大量錢財。被告跟之前一樣，辯解自己只殺了貝爾，而且稱當時是出於自我保護的目的。

　　4月13日，陪審團判處被告死刑。死刑暫緩執行，隨後上訴到最高法院。同時為了避免他被暴徒攻擊，將其轉入甘尼森監獄。

　　1885年10月，最高法院判決佩克五項過失殺人罪成立，各處八年徒刑，累計四十年徒刑。

　　他於1901年元旦出獄，並於1907年4月24日逝世於丹佛附近的一個農場。

　　吉伯特在讀這個故事時，我端著一杯酒。桃樂希不再跳舞，走過來和我閒談。「你覺得他怎麼樣？」她用頭指了指昆恩問道。

　　「還不錯。」

「也許吧，但是有時候笨得讓人無法忍受。你難道不關心我昨晚住在哪兒嗎？」

「跟我無關。」

「可是我弄到了一些情報，你會需要的。」

「什麼？」

「我到愛麗絲姑媽家去了一趟。她的精神有點問題，不過人很不錯。她說自己昨天收到了一封我父親的信，警告她要防著我母親。」

「信上怎麼說的？警告？」

「姑媽這些年一直對父親不滿，讀完就把信撕碎了，所以我沒看到信。她說他加入了共產黨，而且她十分肯定是共產黨害死了茉莉亞・沃爾夫，他最後也難逃被追殺。至於他們為什麼遭遇這些，姑媽說是因為兩人洩露了機密。」

「老天啊！」我說。

「不要怪我，我只是轉述她的話而已。我說過她精神有問題。」

「她是否提到這些鬼話是從信上讀來的？」

桃樂希搖搖頭。「沒有。她只說信裡警告她千萬不要相信我母親，也要警惕母親身邊的每個人——我想，我們所有人都包括在內。」

「再仔細回想一下，看有什麼疏漏。」

「沒了。她跟我講的就這些。」

「那信是從哪裡寄出的？」

「是航空信，她不知道，也不想知道。」

「她如何看待這警告？」

「她說他是個狂熱份子，非常危險。她絲毫不關心我父親說了什麼。」

「你怎麼看他的警告，你會在意嗎？」

她盯了我許久，舔了舔嘴唇說道：「我覺得他……」

吉伯特拿著書走過來，好像對我提供的故事有些失望。「很有意思，」他說，「但是你大概沒明白我的意思，這個例子與病理學無關。」他摟住姐姐的腰，「我更願意相信這是個饑餓引發的問題。」

「除非你認為凶手說的是真的，否則這個故事絕對不是在討論饑餓問題。」我說。

「你們在說什麼？」桃樂希問。

「一個故事，書上講的。」吉伯特答道。

「將你姑媽收到信件的事告訴他。」我對桃樂希說。

於是，她跟吉伯特講了一遍。

聽完後，吉伯特不耐煩地做了一個鬼臉。「太笨了，母親一點也不危險，她只不過是心智發育遲緩。大多數人在成年後會變得成熟而建立倫理道德觀念，母親只是在這方面還不夠成熟而已。」他皺了皺眉，又思索著解釋說：「或許她具有一定的危險性，但和小孩子玩火柴沒什麼兩樣。」

諾拉和昆恩邁著舞步。「你父親呢？」

吉伯特聳聳肩。「他給我留下的唯一印象還是在我很小的時候。我有個關於他的理論，不過裡面的猜測成分很大。我很想知道，他是不是性功能障礙。」

我說：「他今天在艾倫城自殺未遂。」

桃樂希尖叫一聲：「不會吧！」昆恩和諾拉的舞步被這個聲音打斷。然後桃樂希轉過頭問弟弟：「克里斯在哪裡？」

吉伯特看看我，又很快盯著她。「不要耍笨了。」他冷冷地說，「他和他那個姓芬頓的女人出城了。」

桃樂希把目光從吉伯特身上移開，似乎相信了。

「她心生嫉妒。」吉伯特對我說，「一切源於其戀母情結。」

我問：「你們兩個見過西德尼·凱爾曼嗎？就是我與你們初識時，跟你父親產生一點衝突的那個人。」

桃樂希搖搖頭。吉伯特問：「不曾見過，怎麼了？」

「只是想問一下。我也從未見過此人，不過據說他稍微化妝，就變成克里斯·喬根森先生的模樣了。」

14.

　　當晚，諾拉與我去看無線電城音樂廳的開幕式典禮，表演進行了一個多小時後，我們決定先行離開。「去哪裡？」諾拉問。

　　「隨便。你有興趣去瞧瞧莫雷利說的那個生鐵俱樂部嗎？史杜西・伯克是個很有意思的傢伙。他以前專對保險箱下手，聲稱自己在黑格斯敦監獄服刑期間，曾經成功打開了監獄的保險箱。」

　　「就去那裡吧！」她說。

　　我們沿著四十九街一路向下，問過兩個計程車司機、兩個賣報的小孩，以及一個巡警之後，終於找到了俱樂部的大門。警衛說不知道有伯克這個人，不過可以到裡面問一下。然後史杜西就來到門口。「最近怎麼樣，尼克？」他說，「進去說吧！」

　　他身材中等，略微發福，肌肉倒還結實。雖然實際年齡在五十歲以上，但他看起來也就四十來歲。他臉上長滿了麻子，有些醜但不失可愛，頭頂只剩幾根白髮，不過他的前額看起來並不寬，沒有受到禿頭的影響，他的聲音渾厚低沉。

　　我們握了手，同時我向他介紹了諾拉。

　　「哎呀，你都結婚了。」他說，「老天，今天你來喝酒的還是來鬧事的？」

　　我說我們不是來鬧事的，然後一起進入店裡。裡面的整體感覺有些破舊，但十分舒服，現在剛好是最清靜的時段——只有三位客人。我們在角落的一張桌子旁坐下，史杜西叫來服務生，要了一種特定的香檳。當酒上來後，他認真地打量我，點點頭。

　　「結婚對你來說非常不錯。」他摸著下巴，「好久不見。」

　　「好久不見。」我說。

453

瘦子

「就是他送我進監獄的。」他對諾拉說。

她同情地小聲說道：「他以前是個優秀的偵探嗎？」

史杜西額頭微皺：「人們都這樣說，可是我不清楚。他那次抓到我，完全是個意外。我記得當時先讓他吃了一記右勾拳。」

「你為何教唆那個粗野的莫雷利來騷擾我？」我問。

「那群外國佬是什麼樣子，你是知道的，」他說，「他們總是十分狂躁。我不知道事情會鬧成這樣。他害怕警察會栽贓他就是殺害沃爾夫的凶手，我們又從報上得知你接手了此案，所以我告訴他：『如果你想找人幫你洗脫罪名，尼克是個不錯的選擇，他值得信任，不會把你賣了。』所以他決定去找你。你們交流得怎樣？你有沒有朝他做鬼臉？」

「他獨自潛入我的住處，被警方發現了，然後又怪我。他透過什麼方式找到我的？」

「他有那麼多朋友，再說你也沒藏起來。」

「我剛進城一個星期，報上也沒提到我的住址。」

「是嗎？」史杜西興致勃勃地問，「這些年你都在什麼地方？」

「一直住在舊金山。他是透過什麼方式找到我的？」

「舊金山是個好地方，我好多年都沒去了。尼克，這不是我的事，所以我無法告訴你，你還是去問他吧！」

「只不過是有你的介紹，他才找上我的。」

「是的，」他說，「不過如此而已。可是你要知道，我也說了一堆讚美你的話。」他鄭重其事地說。

「你還真是老朋友啊！」我說。

「我也沒想到他會去找麻煩。總之，你沒有受重傷吧？」

「或許吧，不過我也沒有從中得到任何好處，而且……」服務生拿來香檳，我停下來。我們品了一下香檳，雖然味道很差，但我還是違心地讚美了兩句。「你覺得是他殺了那個女人嗎？」我問他。

「不可能。」史杜西堅定地搖搖頭。

「他容易衝動，而且會開槍殺人。」我說。

「我知道，這群外國佬都十分狂躁。可是案發當天的整個下午，他都從未從這裡離開。」

「整個下午？」

「對，是一整個下午。我對天發誓，當時一群男女在樓上玩，他一直沒有下樓，更別說離開這個店了。我可以很嚴肅的告訴你，他當時絕不在案發現場。」

「他為什麼要擔心呢？」

「我怎麼知道？我又沒問過他。可是你也瞭解那群外國佬的脾性。」

我說：「沒錯，十分狂躁。他會不會找一個朋友去殺了那個女人？」

「我覺得你的想法不對。」史杜西說，「我認識那個女人，她是我這裡的常客。他們兩個只是逢場作戲。坦白說，他對她的感情還沒有深到要將她殺死的地步。」

「她也吸毒嗎？」

「我不清楚。我見她吸過幾次，不過可能只是在朋友間意思一下。」

「她還與哪些人混在一起？」

「我並不認識。」史杜西平淡地回答，「之前有個叫紐納姆的機靈鬼對她非常迷戀，不過他最終沒能勾搭上她。」

「所以莫雷利是透過他找到我的？」

「你想多了。莫雷利只會在想要吸兩口時才去找他，他怎麼會把莫雷利與那個女人認識的事報告給警方呢？你和他是朋友嗎？」

我思考片刻後說：「我不認識那個傢伙。聽說他是警方的眼線，偶爾為警方提供一些情報。」

「好的。非常感謝。」

「有什麼好謝的？我又沒說什麼。」

「你說的夠多了。我很想知道，我們為什麼要說這麼多廢話呢？那個維南特不就是凶手嗎？」

「好多人都這樣認為。」我說，「但我敢跟你打賭，他並不是凶手。」

他搖搖頭：「你可是個偵探，在這種事上我還是不要跟你賭了。」他

雙眼一亮，「不過倘若你想賭，我們可以拿出錢來賭些其他的。你抓住我那次，如我剛才所講，我的確先出了右勾拳，我一直非常好奇，如果再來一次的話，你是否還有辦法制伏我。有時看你沾沾自喜的樣子，我就想……」

我笑著說：「不了，我早就沒有當年的身手了。」

「我也胖得要死。」他堅持。

「何況，那次你失去了重心，我站得很穩，僥倖將你抓住。」

「你只是在安慰我。」他說，然後用更加飽含深意的口吻說，「不過你的確對我的弱點拿捏得準確。好吧，假如你不想……來，我替你們倒滿。」

諾拉想要早點回家，而且不想喝得爛醉。於是剛過十一點，我們就離開了史杜西的生鐵俱樂部。他送我們上車，緊緊地握住我的手。「今天晚上真的很高興。」他對我們說。

互相客套了幾句後，車子便開走了。

諾拉覺得史杜西人很不錯。「他說的話，有一半我都完全不懂。」

「他很好。」

「你沒有把自己已不當偵探的事告訴他。」

「他會以為我對他有所隱瞞。」我解釋，「這種江湖中人，會覺得偵探的身分永遠都不會變。與其讓他覺得我沒有說實話，我寧可真的對他講一些謊話。你是否感覺到，他對我十分信任？」

「你說維南特不是凶手，是真的嗎？」

「不知道，我個人感覺是這樣的。」

回到諾曼第旅館，我們看到一封麥考利從艾倫城發來的電報：

　　　　此人並非維南特，也沒有想要自殺。

15.

　　第二天上午，我請來一位速記員，處理了大半近幾日積壓的信件。然後，為了保護我們工廠一位客戶的財產，我與舊金山的律師通了電話，又用了一個小時對一個降低州稅的計畫認真進行核實。看起來我就是一個忙碌的生意人，這讓我非常有成就感。直到兩點，我才把一天的交易處理完畢，出去與諾拉共進午餐。

　　飯後，諾拉去找朋友打牌，我下樓拜訪吉爾特。稍早的時候，我們通過電話。

　　「原來消息有誤？」我們握過手，安然地坐在椅子上後，我說。

　　「的確如此。那個人並非維南特。之前，我們通知了費城警方，維南特身在費城，又將維南特的長相告訴了他們。接下來的一個星期，大半個賓州的身材枯瘦的、留著鬍子的男人都被當成了維南特。他們找到的那個傢伙叫巴羅，是個丟了工作的木匠，被一個黑鬼持槍搶劫，還挨了槍。他現在說話都很困難。」

　　「開槍打他的人，是否和艾倫城警方犯了同樣的錯誤？」我問。

　　「你是說那個持槍者把他當成了維南特？我覺得這種可能性是存在的——如果他有利於我們破案。會是這樣嗎？」

　　我表示自己並不知道。「麥考利提到維南特寄來的那封信了嗎？」

　　「他沒有告訴我信上的內容。」

　　我跟他講了一遍，同時把有關凱爾曼的事說了出來。

　　他說：「這就有意思了。」

　　然後，我將維南特寄給他姐姐的那封信也告訴了吉爾特。

　　他說：「他給很多人寫了信，對不對？」

　　「是的。」我向他描述西德尼・凱爾曼的長相，告訴他只要稍微裝扮一

下，就會和克里斯・喬根森非常像。

他說：「你所說的話可信度很高。不要讓我打斷你，請繼續講。」

我說自己要說的就是這些。

他仰靠在椅子上，眼睛盯著天花板。「這幾件事需要查證一番。」片刻之後他又說。

「那個在艾倫城的人是被點三二口徑的子彈打傷的嗎？」我問。

吉爾特感到非常奇怪，看了我一會兒後搖搖頭。「點四四。你想到了什麼？」

「沒什麼。只是隨便說一下自己的想法。」

他說了一句「不明白」，又仰靠著望向天花板。再次開口時，他已經把話題轉到別的事情上。「你問過我麥考利的不在場證明是否有問題。那天他沒有按時赴約，從三點零五分到二十分，我們確定他在五十七街的赫爾曼先生的辦公室裡，這些都仔細查過了，時間完全對得上。」

「那三點之後的五分鐘呢？」

「這個問題很關鍵。我們不清楚。不過我們找到了一個第五大道洗衣店的職員，名叫凱利斯，他三點零五分給沃爾夫小姐打電話，問她是否有衣服要洗，她說沒有，還跟凱利斯提到自己要出門了。所以案發時間可以縮短到三點零五分至三點二十分之間。你不會真的覺得麥考利是凶手吧？」

「在我眼中，每個人都有嫌疑。」我說，「你三點零五分到三點二十分之間在什麼地方？」

他露出微笑。「實際上，」他說，「在所有人裡面我應該是唯一沒有不在場證明的。案發時，我正在看電影。」

「其他人都能拿出不在場證明？」

他點點頭。「喬根森夫婦一同離開公寓，大概在兩點五十五分，喬根森先生跑到西七十三街與一個歐嘉・芬頓的女孩約會，直到五點才離開——我答應不將此事告訴他太太。喬根森夫人去了什麼地方，我們已經知道了。兩人離開公寓時，她女兒正在換衣服，並於十五分鐘後乘車去了博道夫・古德曼時尚精品店。她兒子整個下午都泡在圖書館——老天，他總是看一些奇

奇奇怪怪的書。莫雷利在四十幾街的一家酒吧裡。」他笑了，「你又在哪裡呢？」

「必要時我再說吧！這幾人的不在場證明並不十分可靠，不過就算是合法的不在場證明也難說完美。紐納姆呢？」

「你怎麼會想到他？」吉爾特大吃一驚。

「我聽說他對那個女人非常癡迷。」

「你從哪裡知道的？」

「聽人說起的。」

他皺著眉頭問：「這個說法可信嗎？」

「可信。」

「嗯，」他慢吞吞地說，「我們也可以對這個傢伙展開調查。不過說實話，你為什麼要盯著這些人呢？你不覺得維南特就是凶手嗎？」

我向他開出跟史杜西一樣賠率的賭注：「二十五塊賭你五十塊，凶手不是他。」

他眉頭緊緊糾結在一起，目不轉睛地盯了我很久，然後說道：「總之，也可以把這當成一個想法。你認為誰的嫌疑最大？」

「我的推理還沒有那麼深入。要知道，目前我掌握的資訊有限。我不是說維南特不是凶手，只是說找不到指向他的線索。」

「而且還如此有信心。為什麼沒有指向他？」

「大概是直覺吧！」我說，「可是……」

「我不想去定義它。」他說，「我覺得你是個不錯的偵探，我很想知道你有怎樣的想法。」

「我的想法都是一些存疑的問題。比如，從電梯服務生送喬根森夫人到沃爾夫小姐那一層樓，到她按鈴把他叫上來，說她聽到了呻吟聲，這中間隔了多久？」

吉爾特噘起嘴唇說：「你認為她可能……」話音突然止住。

「她不是沒有可能。我想知道的東西有很多，比如紐納姆當時在什麼地方；解開維南特信中問題的答案；麥考利給沃爾夫小姐的錢和她轉交給維南

特的錢之間，四千美金的差額去了哪裡；她那枚訂婚戒指是誰送的。」

「我會盡力去查清楚的。」吉爾特說，「我現在只想知道，倘若維南特不是凶手，他為何不肯出面回答這些問題呢？」

「或許有一個原因是喬根森夫人企圖再次將他關進精神病院。」我思考著說道，「赫伯特・麥考利是維南特的手下。你不會僅憑麥考利的說辭，就認為艾倫城那個傢伙不是維南特吧？」

「不。他與我們手上照片中的人一點都不像，他看起來比維南特年輕許多，頭髮自然泛灰。」他態度肯定，「接下來的一個小時你有空嗎？」

「有。」

「好。」他站起來，「我去找幾個人調查我們剛才談過的事，然後我們去拜訪一些人。」

我說：「沒問題。」他離開了辦公室。

我發現字紙簍裡面放著一份《紐約時報》。我拿起報紙，翻到廣告欄，看到了麥考利刊登的廣告：

艾伯納。好的。邦尼。

吉爾特回來時，我問：「你查過維南特的助理了嗎？他們怎麼樣？」

「是的，查過了，不過他們毫不知情。維南特離開的那個週末，兩人就被辭退了，在那之後再沒見過他。」

「店鋪關閉後，他們又找了什麼工作？」

「大概是油漆工之類的吧，可以拿到綠卡的那些工作。我也不是十分暸解。如果你想知道的話，我可以去查一下。」

「我覺得應該關係不大。那家店怎麼樣？」

「我覺得設計得非常好看。你認為那個店可能有問題？」

「所有事都有可能。」

「嗯哼。好了，我們出發吧！」

16.

　　「我們要做的第一件事，」離開辦公室後，吉爾特說道，「就是去紐納姆先生家。我曾經通知他老實在家等我電話，所以他應該沒有出門。」

　　紐納姆先生的住處位於第六大道高架旁邊一座大樓的四樓，那裡陰暗潮濕，臭氣沖天，而且還十分吵鬧。吉爾特敲了門，有一陣急促的腳步聲傳來，然後一個男人問道：「誰？」說話時鼻音很重，顯得有些急躁。

　　「約翰。」吉爾特答道。

　　門很快打開，站在我們面前的是一個三十五六歲、面色發黃、身材矮小的男人。他只穿著黑色絲質長襪、藍褲子以及背心。「真沒想到你現在就來了，隊長。」他用受到驚嚇的語氣抱怨道，「你不是說會先打電話通知我的嗎？」他那對黑色眼珠很小，嘴巴寬而且鬆弛，嘴唇偏薄，鼻子又細又長，軟塌塌的，一看就是鼻樑斷掉了。

　　吉爾特碰了碰我的手臂，我們一同走進門。左邊房間的門沒有關，裡面的床還沒有收拾。我們待在客廳裡，周圍髒亂得不堪入目，到處堆滿了衣服、報紙、髒盤子，右邊牆壁凹陷處有一個水槽和爐子。一名女子站在水槽和爐子中間，拿著一個嘶嘶作響的長柄平底鍋。她大概二十八歲，骨骼粗壯，身形豐滿，看起來十分邋遢和狂野，但也有幾分率真之美。她身穿一件皺巴巴的粉紅色和服式睡衣，腳踩粉紅色破爛拖鞋，鞋面上的蝴蝶結也不成樣子，她板著臉盯著我們。

　　吉爾特沒有說明我的身分，也沒去理那個女人。「先坐下吧！」他一邊說，一邊將沙發一角的衣服移開。

　　我清理了一下搖椅上的報紙，也坐了下來。看到吉爾特沒有脫下帽子，我也沒脫。

　　紐納姆走到餐桌旁，桌上有一個一品脫裝威士忌的瓶子，裡面的酒還有

瘦子

兩英寸高，旁邊放著幾個平底玻璃杯。他問道：「你們要不要喝點？」

吉爾特做了個鬼臉：「我對這種酒沒興趣。你為何說你與那位沃爾夫小姐只是見過而已？」

「事實就是這樣啊，隊長，我對天發誓，我沒有說謊。」他瞥了我兩眼，然後又望向吉爾特，「也許我還跟她打過招呼，說了一些『你好』或『你好嗎』之類的話，可是我與她的來往只到這個層面。蒼天在上，我絕沒半點假話。」

站在小凹室的女人面無表情地笑了一聲，盡顯嘲弄。

紐納姆轉頭去看她。「給我聽清楚了，」他憤怒地對她吼道，「再囉嗦我就拿拳頭伺候你。」

女人一用力，把手上的長柄鍋甩向紐納姆的頭部，可惜沒有砸中，撞到了牆上。骯髒的牆面上又增加了油和蛋黃的痕跡。

他跳起來衝向那個女人。我並未起身，只是伸腳去絆倒他。他趴在地上，女人拿起一把水果刀。

「不要再鬧了。」吉爾特咆哮。他也沒站起來。「我們是來找你談事情的，不是看你們打架的。站起來，正經一點。」

紐納姆緩緩爬起來。「她一喝酒就會惹我生氣，整天跟我吵個不停。」他擺動著右手，「我的手腕受傷了。」

女人走向臥室，從我們身邊經過時也懶得看一眼，猛地將門捧上。

吉爾特說：「要是以後不再勾搭其他女人，或許眼前這位小姐就不會跟和你鬧得這麼嚴重了。」

「你在說什麼，隊長？」紐納姆問，語氣中含著驚訝和無辜，還有些許傷痛。

「茱莉亞・沃爾夫。」

這個面色發黃、身材矮小的男人頓時怒火中燒。「那簡直是胡說八道，隊長，倘若有任何人說我……」

吉爾特打斷他，對我說道：「假如你想打他，我不會因為他有傷而阻攔你，他可能還欠揍。」

紐納姆轉過身，雙手護住身體。「我並沒有抨擊你在說謊，我的意思是，或許有人誤會……」

吉爾特再次打斷他：「即使你可以勾搭上她，你也不會和她長久的。」

紐納姆舔了舔嘴唇，十分警惕地望了一眼臥室的門。「這件事嘛，」他盡量壓低聲音，放慢語速說，「當然，我很難拒絕如此漂亮的女人。」

「你約過她吧？」

紐納姆有些遲疑，聳了聳肩說：「你很清楚，男人遇到這種情況，一般都不想錯過，當然會去嘗試一下。」

吉爾特怒氣沖沖地看著他：「你一開始就該跟我說。案發當天，你在什麼地方？」

這個矮小的男人猛地跳起來，像是被針扎到似的。「老天啊，隊長，你不會認為我是凶手吧？我為什麼要殺她呢？」

「你當時在什麼地方？」

紐納姆鬆弛的嘴唇緊張地顫抖著。「她在什麼時候……」他剛說到一半，臥室的門開了，女人拖著行李箱走出來，看她身上的衣服，應該是要出門。

「米莉安。」紐納姆說。

她瞪著他，眼神陰鬱。「我不喜歡騙人的傢伙，就算我喜歡，也不會喜歡守不住秘密的騙子，即使我喜歡守不住秘密的騙子，也不會喜歡你。」她轉身走向門口。

吉爾特抓住紐納姆的手將他攔住，再次發問：「當時你在什麼地方？」

紐納姆大喊：「米莉安，不要走！我會老實的，我一切都聽你的。不要離開，米莉安。」

她甩門而去。

「放開我。」他乞求吉爾特，「讓我去找她，沒有她我的生活就徹底毀了。我馬上將她找回來，然後我會告訴你所有事。放開我，我要去找她。」

吉爾特說：「別裝了，給我坐下。」他把這個矮小的男人按在椅子上，「我們又不是來欣賞你們的表演的。那個女人被殺的下午，你在什麼地

方？」

紐納姆掩面而泣。

「你繼續拖吧，」吉爾特說，「看來不給你幾個耳光是不行了。」

我在杯中倒了點威士忌，遞給紐納姆。

「謝謝你，先生，謝謝。」他喝下酒，咳了兩聲，拿出一塊髒手帕擦臉，「隊長，我暫時回憶不起來。」他悲傷地說，「說不定我當時在查理的店裡打撞球，或者就在家中。我想米莉安會記得十分清楚的，你可以讓我去把她找回來。」

吉爾特說：「別再想什麼米莉安了。你是不是想因為記性差而坐牢呢？」

「容我想一分鐘。我並沒有故意拖延，隊長。你知道我一直對你非常誠實，我現在只是傷心過度。瞧瞧我的手腕。」他舉起右手，向我們展示腫起來的部分。「一分鐘就夠了。」他又雙手掩面。

吉爾特用眼神給了我一個暗示，等那個傢伙回想。

忽然，他放下雙了，露出微笑。「老天啊！經你剛才那麼一嚇，我真的記起來了。那天下午，我……等等，我這裡有東西給你看。」他進了臥室。

過了幾分鐘，吉爾特大喊：「喂，我們可沒那麼多時間，你動作快一點。」

沒有任何回應。

我們走進臥室，裡面空空如也。檢查浴室，也沒有人。火災逃生口的窗子敞開著。

我沉默不語，也盡量不表露出任何情緒。

吉爾特向後推了一下帽子，說道：「他要為自己的行為付出代價。」他回到客廳，撥通電話。

在他通話時，我翻箱倒櫃，可是一點收穫都沒有。我搜查得不是很徹底，等他對警方交代完各項指示後，我就停止了行動。

「我們會逮到這個傢伙的。」他說，「我得到最新消息，我們已查出喬根森就是凱爾曼。」

「誰去查的？」

「我派人去跟那個叫歐嘉・芬頓的女孩談話——她為喬根森提供了不在場證明，最終問了出來。不過我的手下表示，那個喬根森的不在場證明倒是無懈可擊。我想過去再跟那個女孩談談。你要一起去嗎？」

我看了一下錶說：「我很想去，可是現在不早了。你們還沒抓到他？」

「命令已傳達下去了。」他望著我，彷彿在思考什麼，「我得和那個女人好好談談！」

我笑了笑。「現在你覺得誰是凶手？」

「這沒什麼好擔心的，」他說，「只要情報充足，再多找幾個人問問，我們很快就能抓住真凶。」

上了街，吉爾特保證會及時通知我案件進展，然後我們握手告別。幾秒鐘後，他又追上來，讓我幫他轉達對諾拉誠摯的問候。

17.

回到家，我將吉爾特的問候轉達給了諾拉，又把白天的事講給她聽。

「也有人讓我帶話給你。」她說，「吉伯特・維南特曾經來找你，你不在，他非常失落。他要我轉告，有『特別重要』的事要對你講。」

「說不定，他發現喬根森有戀母情結。」

「你覺得喬根森是凶手？」她問。

「我認為我找到了真凶，」我說，「但還沒有理順，只是猜測而已。」

「你猜凶手是誰？」

「咪咪・喬根森，維南特，紐納姆，吉伯特，桃樂希，愛麗絲姑媽，莫

雷利，你，我，吉爾特。搞不好史杜西是凶手。去調杯酒怎麼樣？」

諾拉調了些雞尾酒。我在喝第二杯或第三杯時，她去接了電話，然後對我說：「你的朋友咪咪想找你聊聊。」

我走到電話機旁。「喂，咪咪。」

「尼克，實在對不起，前兩天晚上我那麼粗魯。我當時心煩意亂，一時情緒失控，在你面前醜態百出。希望你能原諒我。」她以最快的速度把話講完。

我說：「沒關係。」

這三個字剛從我口中蹦出來，她就又開口了，聲音壓得很低，語氣也更加誠懇：「我們能見一面嗎，尼克？發生了一些恐怖的事，我不知道該怎樣處理，也不知道接下來該怎麼辦。」

「什麼事？」

「我不能在電話裡講，可是我需要你的意見和忠告。你能到我這兒來嗎？」

「現在？」

「沒錯，求求你。」

我答應了她，然後回到客廳。「我要去咪咪那裡一趟。她遇到了麻煩，急需幫助。」

諾拉笑了：「哼，管好你自己。她向你道歉了嗎？她跟我說了對不起。」

「嗯，說得乾脆俐落。桃樂希在自己家還是在姑媽家？」

「我聽吉伯特說她還在姑媽那裡。你會去多久？」

「沒事的話很快就回來。可能因為喬根森已被警方控制，她想瞭解警方是否能定他的罪。」

「警方有指控他的證據嗎？我的意思是假如他不是殺害沃爾夫小姐的凶手的話。」

「警方應該掌握了他以前犯過的事，比如寫恐嚇信、敲詐勒索。」

我喝了一口酒，問諾拉同時也問自己：「不知道他是否與紐納姆相

識。」我考慮了一下，目前能得出的定論只有一個──這種可能性或許是存在的，「好了，我該出發了。」

18.

咪咪抓住我的手：「你能原諒我，真是太好了。尼克，你一直都對我那麼好。我實在無法理解自己星期一晚上的所作所為。」

「都過去了。」我說。

她的臉比平時更加紅潤，肌肉緊繃，看起來年輕了許多。她的藍眼睛閃著光，雙手冰涼，由於激動整個人看起來十分緊張，可是我不清楚她激動的原因。

她說：「你妻子也實在很體貼……」

「不要說這些了。」

「尼克，倘若你包庇殺人犯，警方會做何處理？」

「他們會認定你是共犯──這屬於技術類名詞。」

「即使你改變想法，主動交出證據？」

「這樣做也可以，不過他們一般不會。」

她環顧四周，看樣子是檢查屋內有沒有其他人，接著說：「茱莉亞是被克萊德殺死的。我發現了證據，並將其藏匿。警方會如何處理我？」

「交出證據的話，可能遭受一頓訓斥就沒事了。他是你前夫，你們有一定的感情基礎，陪審團會理解你試圖包庇他的行為。當然，除非他們發現你有其他動機。」

她謹慎地問道：「你是這樣認為的嗎？」

「我不清楚。」我說，「我猜你本想拿他行凶的證據作為敲詐他的籌碼，可是現在有意外發生，你不得不改變主意。」

她瞬間張牙舞爪，試圖用鋒利的指甲抓我的臉，甚至還要咬我。

我扼住她的手腕。「女人們真是越來越厲害了。」我誇張地慨嘆道，「我剛剛才目睹了一個女人用平底鍋砸男人。」

她笑了一下，眼神依舊。「你簡直太混蛋了，總是把我當成壞人，是不是？」

我將她放開，她揉了揉手腕上的指印。

「誰扔平底鍋了？」她問，「我認識嗎？」

「你不用多想，肯定不是諾拉。他們將西德尼‧克里斯‧凱爾曼‧喬根森抓起來了嗎？」

「你說什麼？」

她的惶恐和困惑不是裝出來的，不過我對此還是稍感意外。「喬根森就是凱爾曼。」我說，「你們以前認識，你應該沒忘。」

「你是說那個可怕的傢伙⋯⋯」

「是的。」

「我不相信。」她起身雙手交叉在一起，「我不相信。我不相信。」她表現得又驚又怕，聲音走調，像是在進行口技表演，「我不相信。」

「這的確有用。」我說。

她沒理睬我的話，只是轉身走到窗前，背對著我。

我說：「外面有幾個疑似警察的男人，等著他在這裡現身時將其擒獲⋯⋯」

她轉過身來大聲問我：「你敢肯定他就是凱爾曼？」她驚駭的表情已消失得差不多，語音恢復了正常，聽起來像個人類。

「警方十分肯定。」

我們互相瞪著對方，大腦都在不停地運轉。我猜，她不害怕喬根森是殺害茉莉亞的真凶，甚至因為這個而入獄。她最擔心的是，喬根森跟她在一起的唯一目的是為了對付維南特。

我笑了，並非因為這個想法好笑，而是這個想法產生得如此突然。她瞪著我，也遲疑地笑了。「我不相信。」她用極其柔和的語氣說，「除非他親口對我講。」

　　「就算他親口告訴你，又能怎樣？」

　　她肩膀一顫，嘴唇抖動。「他是我丈夫。」

　　我被這句可笑的話激怒了，於是對她說：「咪咪，我是尼克。你沒忘記過我的，尼——克。」

　　「我知道你從未喜歡過我。」她沉重地說，「你覺得我……」

　　「行了，行了，不要再說這些了。還是來談一談你發現維南特行凶證據的事情吧！」

　　「對。」她說，背對著我走了幾步，再次轉身時，嘴唇又開始抖動，「剛才我沒有說實話，尼克。我沒有任何發現。」她靠近我，「克萊德不該寫那些信給愛麗絲和麥考利，讓所有人都對我產生懷疑。我以為說一些誹謗他的話是他罪有應得，我原先真的認為——我的意思是我現在也這樣認為——他是殺害她的凶手，那是唯一——」

　　「你為我準備了哪些謊話？」我問。

　　「我……我還沒想好。我想先瞭解一下警方會有怎樣的處置——我一開始就問你的。或許，我會撒謊說其他人去報警時，我跟茱莉亞獨處了一會兒，她稍微恢復了一點意識後，指出維南特就是凶手。」

　　「你剛才提到的是你發現了什麼東西並藏了起來，而不是你聽到什麼卻緘口不言。」

　　「可是我剛剛還沒想好說哪些謊話……」

　　「你什麼時候聽說維南特給麥考利寄信了？」

　　「今天下午。」他說，「來了一個警察。」

　　「他問你有關凱爾曼的事了嗎？」

　　「他問我是否認識凱爾曼，有沒有聽說過此人。我說不認識，當時我認為自己沒有說謊。」

　　「或許吧，」我說，「你剛剛說你發現了維南特的罪證時，是我第一次

相信你沒在撒謊。」

她眼睛瞪得巨大。「我不明白。」

「我也不明白，但事情也許是這樣：你發現了某些東西，但決定先藏起來，等有機會狠狠敲維南特一筆。可是他寫信提醒大家對你多加防範，你決定不要錢了而將證物交給警方，這樣既能報仇又能使自己全身而退。最後，當你發現喬根森就是凱爾曼時，又產生了新的想法，決定隱藏證據。這次你不是為了錢財，而是想報復喬根森，因為他與你結婚不是出於愛，而是為了對抗維南特。」

她表情平靜，笑著問道：「在你眼中，我什麼事都做得出來，是不是？」

「那都無關緊要。」我說，「對你來說，重要的是，你或許逃不掉牢獄之災。」

她小聲尖叫，聽起來十分可怕，之前那種恐懼的神情又顯現出來。她死死抓住我的領子，口齒不清地喃喃道：「不要這樣講，求求你。告訴我那不是真的。」她抖得非常厲害，為了避免她摔倒，我伸手摟住她。

吉伯特咳了一聲，我們才發現他來了。他問道：「母親，你身體不適嗎？」

她慢慢地鬆開我的衣領，向後退了一步，「你母親太蠢了。」她依舊抖個不停，可是勉強擠出微笑調侃道：「你太殘忍了，嚇得我不成樣子。」

我向她道歉。

吉伯特將外套和帽子放在椅子上，看看我，又看看他母親，眼神中充滿著好奇，卻又不失禮貌。顯然，我們並不打算跟他說什麼，於是他又咳了一聲，說：「見到你非常愉快。」然後過來跟我握手。

我表示也很高興見到他。

咪咪說：「你的眼睛看起來很累，我敢說，你又不戴眼鏡讀了一下午的書。」她搖搖頭告訴我，「就跟他父親一樣喜歡胡來。」

「有父親的消息嗎？」他問。

「自從那個他自殺的消息被證實是假的後，就再沒聽過其他消息。」我

說，「你應該也知道那是個假消息了吧？」

「是的。」他有些遲疑，「你離開之前我想和你聊幾分鐘。」

「好的。」

「親愛的，現在聊也可以啊！」咪咪說，「還是說，你們之間有些事不方便讓我知道？」她已經停止顫抖，聲調十分輕快。

「你會覺得乏味的。」他拿起大衣和帽子，對我點點頭，走出了房間。

咪咪又搖搖頭說：「我對那孩子知之甚少。不清楚他看到剛才那一幕會不會誤會？」她並沒有特別擔心的樣子。然後，她又嚴肅地說：「你為何那樣說，尼克？」

「關於你的歸宿？」

「不，還是不要說了。」她顫抖了一下，「我不想聽。能留下來吃晚飯嗎？或許只有我們兩個人。」

「不好意思，不能。你所說的那些證據是怎麼回事？」

「我剛剛在說謊，並不存在什麼證據。」她眉頭緊鎖，態度誠懇，「不要用那種眼神看我，真的是在說謊。」

「所以你把我叫來的目的只是為了和我扯幾句謊話？」我問，「之後又為何改變了主意呢？」

她微微一笑：「尼克，你一定非常愛我，不然就不會老跟我唱反調。」

我沒辦法接她的話，便說：「好了，我先去瞧瞧吉伯特有什麼事，然後就要離開了。」

「我不想讓你走。」

「不好意思，不能。」我又說了一遍，「他在哪裡？」

「二樓……他們真的會把克里斯抓起來嗎？」

「要看情況。」我說，「得看他如何向警方交代。不坦白一切，是無法脫身的。」

「哦，他……」她停下來用犀利的眼神望著我，問道：「你不會在耍我吧？他真的是凱爾曼嗎？」

「警方十分肯定。」

「可是下午來的那位警官對有關克里斯的事隻字未提，」她反駁道，「他只問我是否認識……」

「當時他還沒把握，」我解釋說，「只是有所懷疑。」

「現在他們確定了？」

我點頭肯定。

「他們是如何查出來的？」

「一個與他相識的女孩告訴了他們。」我說。

「誰？」她眼神黯淡，聲音堅定。

「我忘了她叫什麼了。」轉而又說了實話，「就是為他提供案發時不在場證明的女孩。」

「不在場證明？」她憤怒地問，「你是說，警方竟信了那種女人的話？」

「哪種？」

「你知道我在說什麼。」

「我不知道。你認識那個女孩嗎？」

「不認識。」她用似乎受到侮辱的口吻說。她眼睛瞇成線，聲音壓得極低：「尼克，你覺得他是殺害茱莉亞的凶手嗎？」

「他有何動機？」

「假設他跟我結婚是為了對抗維南特，」她說，「而且……他曾經極力勸我回美國，試圖從克萊德那裡弄出些錢來。或許是我出的主意，我也記不清了。可是他的確苦勸過我。假設他與茱莉亞偶遇——當然，他們一起共事過，相互認識。他知道那天下午我會與她見面，擔心一旦我把她惹惱了，她可能會揭露他的真實身分，於是就……會不會是這樣呢？」

「完全說不過去。況且，當天下午你們是一起走的，他怎麼會有時間去……」

「可是我乘坐的那輛計程車速度特別慢。」她說，「而且，我還可能在中途停留……應該沒記錯，我曾經停在一家藥店去買阿斯匹靈。」她使勁點頭，「我印象中是這樣。」

「他必須預估到你會在中途停留。難道你跟他說了？」我說，「咪咪，你不可以這樣推脫。謀殺是重罪，不能因為人家玩弄過你就去栽贓陷害。」

「玩弄？」她瞪大眼睛問我，「為什麼這樣講？那個……」她用一連串不堪入耳的侮辱性字眼對喬根森進行咒罵，聲音逐漸拉高，最後幾乎是朝著我的臉在吼叫。

她停下來喘氣時，我說：「罵爽了，可是……」

「他竟無恥地暗示我是凶手。」她對我說，「他沒敢直接問我，卻不斷引誘我往那個方向說，直到最後我確切地告訴他，人不是我殺的。」

「這和你一開始說的可不一樣。你一定對他說過什麼？」

她一跺腳。「不要為難我。」

「好，你就好自為之吧！」我說，「又不是我主動要來的。」我起身去拿帽子和外套。

她衝過來，抓住我的手。「拜託你了，尼克，我向你道歉還不行嗎。我脾氣一直都這樣差，我不知道……」

吉伯特走進客廳說：「我陪你散個步。」

咪咪瞪著他。「你在偷聽。」

「你聲音那麼大，我想不聽都難。」他問，「能給我一些錢嗎？」

「我們還有話要談。」她說。

我看了一下錶。「已經很晚了，我必須要走了，咪咪。」

「等你約完會，能否再過來？」

「如果不太晚的話就過來。不要等我。」

「不管多晚，我都會等你。」她說。

我表示會盡快。吉伯特從她那裡拿了一些錢，我們倆一同走下樓。

19.

「我剛才在偷聽你們說話。」離開公寓後，吉伯特對我說，「我想倘若你研究過人性的話，就會知道偷聽是多麼有趣。他們人前人後各有一副面孔。當然，每個人都不喜歡被偷聽，不過……」他露出微笑，「我猜鳥類和動物也會對自然科學家的偷窺行為非常反感。」

「你都聽到了什麼？」我問。

「嗯，所有關鍵部分。」

「你有何想法？」

他抿著嘴，皺著眉頭認真地說：「很難說。有時候母親非常善於欺瞞，不過她從來都不是一個說謊高手。真可笑，最喜歡說謊的人其實最不擅長說謊，而且他們受騙的機率比一般人都大。你會覺得他們警惕性很高，能輕易看穿別人的謊言，叼是他們總是盲目相信任何東西。我想你也發現了這一點，是不是？」

「沒錯。」

他說：「我想告訴你的是：克里斯昨晚沒有回來。這也是母親比平日更加惶恐的原因。今天早上我去拿信時，看到一封寄給他的，覺得裡面可能會藏著什麼有價值的資訊，就用蒸汽把封口弄開了。」他從口袋裡掏出一封信遞給我，「你可以先讀一下信的內容，然後我把口封好混入明天的信件裡，以防他回來。不過我覺得他很難再回來了。」

「你為何有這種想法？」我接過信問道。

「這個嘛，他真的與凱爾曼是同一個人？」

「你問過他嗎？」

「還沒機會。我知道這之後，就再沒看到過他。」

我盯著手上那封信。信封上的郵戳是1932年12月27日，麻州波士頓，上

達許・漢密特

面寫著「紐約州紐約市科特蘭大廈克里斯‧喬根森先生收」——看起來是一種十分幼稚的女性筆跡。「你為何偏偏選中這封信？」我邊問邊從信封裡抽出信紙。

「我覺得直覺並不可靠。」他說，「不過也許是某種氣味、聲音，或者是那筆跡吧——我說不清楚，甚至無法意識到，但有時就會對你產生影響。我不知道那是什麼，只覺得裡面也許藏著有價值的東西。」

「你對家中的信件經常會有這種感覺嗎？」

他快速掃視了我一下，似乎想確認我是否在開玩笑，然後說：「不是很多，不過之前我也拆過他們的信件。我說過，我很喜歡研究人性。」

我讀了那封信：

親愛的維多：

歐嘉的信中提到你已返回美國，又結婚了，而且現在把名字改成克里斯‧喬根森。你知道這樣很不好，維多，你也十分清楚，你走後這些年來一直都杳無音信，也沒給我留下半毛錢。

我知道由於跟維南特先生之間存在衝突，你不得不離開，可是我相信他早就將那些事拋到腦後了。我認為你應該給我寫信的，我永遠都把你當朋友，不論何時我都會盡全力幫你。維多，我不想責備你，可是我一定要和你見一面。

星期日和星期一店裡會放年假，我不用去上班。星期六晚上我會去紐約找你談談。寫信把見面的時間和地點確定一下，我不想給你惹事。看完後請立刻回信，以便我及時趕過去。

你真正的妻子
喬琪雅

我說：「好啊，真不得了。」將信裝好，「你竟沒將此事告訴你母親？」

「嗯，我清楚她會做出怎樣的反應。你也看到了，單單那幾句話，就把她刺激成那樣。你覺得我該怎麼做？」

「你應該讓我向警方報告。」

他立即點頭。「倘若你覺得這樣最好的話。必要時，你可以讓他們看信的內容。」

「謝謝。」我說，然後將信裝入口袋。

他說：「還有一件事：我有大概二十顆嗎啡被偷了，那是我用來做實驗的。」

「做什麼實驗？」

「我想看看吃下去會有哪些反應。」

「味道如何？」我問。

「哦，我並不喜歡，只想瞭解一下吃下去後的感覺。我討厭讓大腦變遲緩的東西，因此我也很少接觸菸酒。不過我非常想嘗試一下古柯鹼，聽說那會使大腦轉得更快，是不是？」

「應該是。你覺得是誰偷了你的嗎啡？」

「我認為，桃樂希有很大嫌疑。所以，我準備去愛麗絲姑媽家吃晚飯，桃樂希還沒離開那裡。我想去一探究竟，我有辦法讓她老實地開口。」

「可是，假如她一直在那兒，又怎麼可以——」

「昨晚她回了一趟家。」他又說，「此外，我無法確定嗎啡失竊的時間。我之前三四天都沒打開過裝嗎啡的盒子。」

「她清楚你有那些嗎啡嗎？」

「清楚。這也是她令我懷疑的一點，我想不出還有誰會拿我的嗎啡。她也是我的實驗對象。」

「她喜歡嗎？」

「嗯，她感覺不怎麼好，不過還是吃下去了。我想問你，如此短的時間內，她會不會上癮呢？」

「多久？」

「一個星期，哦，不，是十天。」

「可能性很小，除非她主動上癮。你給她的量很大嗎？」

「沒有。」

「如果找到了，就告訴我一聲。」我說，「我得在這裡叫一輛計程車。再見。」

「晚一點你不是還要過來嗎？」

「時間允許的話我就過來，說不定我們還能遇上。」

「嗯，」他說，「十分感謝。」

我們分手後，我在碰到的第一個藥房前停下來，打電話給吉爾特。我本以為他不在辦公室，只想能找到他家裡的電話，不過他當時還沒離開。

「在加班？」我問。

「你說對了。」他愉快地答道。

我把喬琪雅的信念給他聽，同時也說出了她的地址。

「很好。」他說。

我告訴他，喬根森從昨天到現在一直沒回過家。

「你認為我們會不會在波士頓找到他？」他問。

「不在那裡的話，他很有可能會再往南走，」我猜，「用盡一切辦法躲過這次劫難。」

「兩個方向我們都會去找，」他語氣依舊非常愉快，「我有一則新聞：我們的朋友紐納姆在甩掉我們大概一小時後，身中數槍，命喪黃泉了。子彈是點三二口徑的，看起來與殺死沃爾夫小姐的那把槍的子彈一樣。專家正在進行比對。我猜他一定非常後悔——倘若當時留下來跟我們聊聊，就不會是這樣的結局了。」

20.

　　我回到家時，諾拉正一邊啃冷鴨肉，一邊玩拼圖。

　　「我還以為你不回來睡了。」她說，「你做過偵探，快幫我找塊長脖子蝸牛形狀的，棕色的。」

　　「鴨肉還是拼圖？我們今晚不要去艾吉斯店裡了，他們太沒勁了。」

　　「可以啊，可是他們會不高興的。」

　　「不會的，」我抱怨，「只有昆恩夫婦才能將他們惹惱，然後——」

　　「哈里森打電話過來，讓我告訴你，現在正是買入麥戈特豪豬的股票——我記得是這樣——的好時候。他說此時的股價差不多是二十塊一毛五。」她指了指她的拼圖，「我在找這塊空缺。」

　　我幫她找到那塊，然後將咪咪的言行一五一十地講了一遍。

　　「你胡謅的吧！」她說，「我不信，怎麼會有這樣的人。他們是怎麼了？新出現的奇特物種嗎？」

　　「我只負責轉述事實，不負責解釋。」

　　「你會做出怎樣的解釋？這一家的怪人太多了——咪咪現在又反過來攻擊她的丈夫克里斯，他是唯一一個還存留善念的人，不過不是一家人，不進一家門。」

　　「也許這就把所有事都說明白了。」我猜。

　　「我想和愛麗絲姑媽見一面。」她說，「你準備讓警方看那封信嗎？」

　　「我已經和吉爾特通過話了。」我回答，又把紐納姆的事告訴了她。

　　「這能說明什麼？」

　　「至少證明了一件事：倘若我沒猜錯，喬根森不在城中，而打死紐納姆的子彈很可能與殺害茉莉亞・沃爾夫的子彈出處相同，那麼警方要給他定罪的話，就必須找出他的同夥。」

「你以前大概是個很差勁的偵探，不然就不會解釋半天還讓我如此不明不白。」她又拿起拼圖，「你打算去找咪咪嗎？」

「不。讓那傢伙安靜一會兒吧！我們是不是該吃晚餐了？」

電話響了，我去接。是桃樂希·維南特打來的。「喂，是尼克嗎？」

「是的，你還好嗎，桃樂希？」

「吉伯特剛才來過，問了那件你應該很清楚的事。我承認我拿了東西，可是我只是為了阻止他沉迷於毒品。」

「你準備如何處理那些東西？」我問。

「他不相信我，把東西拿走了，可是我真的沒有其他目的。」

「我相信你。」

「你能勸一下吉伯特嗎？他十分信任你，假如你相信我，他也會相信的。」

「下次見面時我一定會跟他講。」我答應。

「諾拉好嗎？」她停了一下問道。

「我覺得還好，你想和她聊幾句嗎？」

「嗯，好的。還有件事：今天你和媽媽談話時，她有沒有說我什麼？」

「應該沒有。怎麼了？」

「那吉伯特說什麼了嗎？」

「只提到嗎啡的事。」

「你確定？」

「千真萬確。」我說，「怎麼了？」

「真的沒事，既然你如此肯定，那就沒事了。都怪我太蠢。」

「好，我叫諾拉過來。」我走進客廳，「桃樂希想和你聊聊，不要把她叫來吃晚餐。」

諾拉放下電話回來，露出詭異的眼神。

「又怎麼了？」我問。

「沒事，只是寒暄了幾句。」

我說：「上帝會懲罰說謊的人。」

我們在五十八街的一家日本餐廳吃完晚飯後，諾拉開始苦勸我去艾吉斯的店，最終我還是屈從了。

　　哈爾西・艾吉斯五十歲左右，又高又瘦，病態的黃臉上滿是皺紋，頭上的頭髮一根不剩。他總是對人說自己是個「職業和愛好上的盜墓者」——這不過是他唯一能稱得上是笑話的笑話，意思是他是個考古學家，陶醉於自己的戰斧收藏。他人還不錯，只要你不反感他偶爾用軍械分類收藏癖來影響你——石斧、銅斧、青銅斧、雙鋒斧、多面斧、多邊斧、扇形斧、錘形斧、扁頭斧、美索不達米亞斧、匈牙利斧、北歐斧，每一把斧頭看起來都又破又舊。我們最煩的是他那位名叫蕾塔的夫人，他管她叫「小不點」。她身材矮小，儘管頭髮、眼睛和皮膚的色調自然，卻總給人一種很髒的感覺。她通常不坐——總是蹲著，將頭稍微側向一邊。諾拉認為，小不點一定是從艾吉斯挖過的某個古墓中跑出來的，瑪歌・伊內斯總是一本正經地說她是一個小樹精。有一次，小不點對我說，所有二十年前的文學作品由於沒涉及到精神病學，所以都不能流傳下來。這對夫婦在格林威治村邊緣有一棟三層小樓，裡面十分舒適，兩人長居於此。他們的酒也非常不錯。

　　我們進店時，裡面有十來個人。小不點為我們介紹了幾位不曾相識的人，然後將我拉到角落裡問道：「耶誕節我們在你家碰到的傢伙竟是凶殺案的嫌疑人，這麼重要的事你為什麼沒告訴我？」她發問時，頭使勁往左歪，耳朵差不多要貼到肩膀上了。

　　「我不知道他們是嫌疑人。何況如今這世道，凶殺案又算得了什麼？」

　　她的頭又偏向右邊。「你都沒跟我說你接手了此案。」

　　「接什麼？哦，我明白你的意思。那時我沒接手，現在也沒。我受了槍傷，應該能證明我與此事無關了吧！」

　　「很嚴重嗎？」

　　「非常癢。今天下午忘記換繃帶了。」

　　「諾拉嚇得不輕吧？」

　　「我也嚇壞了，槍手也嚇得不輕。哈爾西來了，我過去跟他打聲招呼。」

我離開時，聽到她說：「哈里森答應今晚要把那家的女兒帶來。」

我和艾吉斯聊了一會兒，話題一直圍繞著他在賓州購得的那塊地。然後我倒了杯酒，在賴瑞・克羅利和菲爾・泰姆士旁邊聽他們講一些低俗故事。後來有幾位女士過來找菲爾——他在哥倫比亞大學授課——討論最近很熱門的關於技術統治的問題。

賴瑞和我去找諾拉。「謹慎一點。」她對我說，「那個小矮精費盡心思地試圖從你那裡獲得茱莉亞・沃爾夫凶殺案的內情。」

「讓她去問桃樂希吧！」我說，「過不了多久，她就會和昆恩一起來。」

「我知道。」

賴瑞說：「他徹底迷上那個女人了。他還準備和愛麗絲離婚，把她娶進門。」

諾拉用同情的語氣說道：「愛麗絲太可憐了。」她對愛麗絲並無好感。

賴瑞說：「那要看你站在什麼角度看了。」他曾對愛麗絲有過愛慕之情，「我昨天看到了與桃樂希母親結婚的那個傢伙。就是那個高個子，我在你家見過他的。」

「喬根森？」

「對。當時我看到他從一家當鋪走出來，就在四十六街靠近第六大道那裡。」

「你們說話了嗎？」

「我當時在計程車上。而且，進當鋪本來就是件讓人難堪的事，我覺得假裝沒看見會好一些。」

小不點要求大家安靜。李維・歐斯坎特開始演奏鋼琴。昆恩和桃樂希在音樂聲中到來。昆恩喝多了，桃樂希臉色發紅。

她走過來對我耳語：「待會兒我想跟你和諾拉回去。」

「你不會想在這裡吃早飯的。」我說。

小不點又示意我們保持安靜。

我們欣賞了一會兒音樂。

桃樂希又忍不住湊到我耳邊小聲說：「我從吉伯特那裡得知，你晚一點會去見母親，是不是？」

「我還不確定。」

昆恩跌跌撞撞地走過來。「你好嗎，小子？你好嗎，諾拉？我的話，你傳到了吧？」小不點要他小聲一點，他沒有理睬。其他人看起來放鬆了許多，也開始談話。「小子，你的銀行是在舊金山的金門信託吧？」

「我在那裡有些存款。」

「趕緊領出來，小子。我今晚得到消息，他們馬上要破產了。」

「好吧！不過錢並不多。」

「錢不多，你的錢都跑哪兒去了？」

「個人消費，其他的都換成了法國金條。」

他鄭重其事地搖搖頭：「我們國家就是被你這種人弄得一團糟。」

「就是我這種人才不會把自己弄得和國家一樣糟。」我說，「你去哪裡喝成這樣？」

「都因為愛麗絲。她這一個星期都在鬧情緒，沒有酒精我真會瘋掉。」

「她為什麼鬧？」

「看不慣我喝酒，她認為……」他身體前傾，把聲音壓得很低，「我把你們當朋友，才告訴你們我的打算。我要離婚，然後和……」

他試圖摟住桃樂希，她將他推開，又罵道：「你這傻瓜，討厭死了，離我遠一點，不要煩我。」

「她覺得我又傻又討厭，」他告訴我，「你們絕對想不到她為何不肯與我結婚，因為她……」

「閉上你的嘴！醉鬼！」桃樂希伸手朝著他的臉打去，她滿臉通紅，聲音又尖又細，「再多嘴我就把你殺了！」

我拉開桃樂希，賴瑞則扶著昆恩，免得他倒下去。他抽泣著說：「尼克，她打我。」眼淚順著臉頰淌下來。

桃樂希把臉埋在我的大衣裡，似乎在哭。

店裡的人都望向我們。小不點滿臉好奇地跑過來：「怎麼了，尼克？」

「喝多了胡鬧，沒事。我會把他們安全送到家的。」我說。

小不點說不行，她希望他們多待一會兒——這樣她才有機會弄清楚到底發生了什麼。她強行讓桃樂希躺下，又說替昆恩找個什麼東西。搞不懂她在說什麼，不過沒關係，因為他站起來都十分困難。

我與諾拉將他們扶到外面，賴瑞要跟來，不過我們認為沒必要。計程車抵達昆恩家時，他蜷在角落裡進入了夢鄉，桃樂希在另一邊安靜地呆坐著，諾拉夾在兩人中間。我下了車，慶幸早點離開了艾吉斯的店。

諾拉和桃樂希沒有下車，我扶昆恩上樓，他整個人搖搖晃晃。

我按過門鈴，愛麗絲來開門。她套著綠色睡衣，手裡拿著梳子。她不耐煩地看了昆恩一眼，然後說：「把他弄進來吧！」

我扶他進門，讓他平躺在床上，他嘟囔了幾句，我沒聽清楚。他閉著雙眼，伸出一隻手，無力地晃動著。

「我來幫他弄吧！」我邊說邊鬆開他的領帶。

愛麗絲在床尾靠著：「那就麻煩你了。我早就不管他了。」

我脫掉他的外套、襯衫、背心。

「他這次在哪兒喝成這樣？」她站在床尾冷漠地問道，同時還梳理著頭髮。

「在艾吉斯的店裡。」我將他褲子的鈕扣解開。

「和維南特那個小婊子一起？」她漫不經心地問。

「那裡人很多。」

「對啊！」她說，「他還真不怕讓人知道。」她又梳了幾下頭髮，「你不打算對我說什麼，對不對？」

她的丈夫動了動，喃喃道：「桃樂希。」

我幫他把鞋子脫下來。

愛麗絲嘆氣說：「我對他身上的肌肉還有印象。」她看著我把她丈夫脫乾淨塞到被子裡，又嘆了一口氣：「我給你倒杯酒吧！」

「時間有限，諾拉還在車上等著。」

她欲言又止，片刻之後又開口說：「好的。」

我隨她來到廚房。

她又說：「雖然這與我無關，尼克，可是別人會怎麼看我？」

「這很正常；有人對你有好感，有人沒好感，還有人對你沒任何感覺。」

她眉頭緊鎖。「我不光是這個意思。我與哈里森是夫妻，卻縱容他去追求淺薄的漂亮女生，不知道別人會怎麼看我。」

「我不清楚，愛麗絲。」

「你怎麼看？」

「我想你或許明白自己的所作所為；而不管你做什麼，都與他人無關。」

她陰鬱地望著我。「你說話一直都很小心。」她苦笑著，「你知道我是衝著他的錢來的，或許那點錢對你來說算不上什麼，可是以我的出身，那絕不是一筆小數目。」

「離婚後，贍養費也少不了。你應該……」

『喝完了就給我滾得遠遠的。』她露出倦容。

21.

上了計程車，諾拉把我安排在她和桃樂希中間。「我要喝咖啡，」她說，「不如去魯本餐廳吧？」

我回了一句「好吧」，然後跟司機說了地址。

桃樂希小心翼翼地問：「他妻子說了什麼？」

「她向你表達了愛意。」

諾拉說：「不要鬧了。」

桃樂希說：「我對他沒什麼好感，尼克，我發誓不會再見他了。」她現在看起來十分清醒，「我只是——哦，只是太孤單了，而他正好能帶我四處晃晃。」

我剛要開口，諾拉的手肘就頂過來，我只得把話吞回去。

諾拉說：「不用擔心。哈里森一直都這麼傻。」

「我不是開玩笑，」我說，「我覺得他已經愛上你了。」

諾拉再次用手肘頂我。

在一片昏暗中，桃樂希看著我的臉。「你……你不會是在開我玩笑吧，尼克？」

「我可以這麼做。」

「我聽到了一個關於小不點的故事，」諾拉表現得漫不經心，彷彿並不是有意打斷我們，然後又向桃樂希解釋，「就是艾吉斯夫人。李維說……」假如你認識小不點，就能體會到那個故事的笑點。直到我們到了魯本餐廳下車時，諾拉還在講小不點的事情。

赫伯特・麥考利也在這裡用餐，和一位深色頭髮、體態豐腴的紅衣女子坐在一起。我向他揮手示意，點完菜後，我走到他那裡。

「這位是尼克・查爾斯，這是露易絲・雅各布斯。」他招呼，「請坐，有什麼最新消息嗎？」

「喬根森和凱爾曼是同一個人。」我告訴他。

「老天！」

我點點頭。「而且他似乎在波士頓還有個太太。」

「我想和他見一面。」他慢吞吞地說，「我跟凱爾曼認識。我想確認一下。」

「警方已經十分肯定了。不知道他們是否抓住了他。你覺得他是殺害茱莉亞的凶手嗎？」

麥考利使勁搖頭。「儘管凱爾曼曾經多次威脅我，可是我還是不敢想像他會殺人，我覺得他不是那種人。你應該還有印象，當時我一點也不在意他

的威脅。還有哪些消息？」看我有些遲疑，他又說：「不用擔心露易絲。你放心講。」

「並不是因為這個。我的朋友還在那邊，我得回去跟他們吃飯。我是來問你，今天早上登在《紐約時報》上的廣告是否收到了回覆。」

「還沒。坐下吧，尼克。我還有很多問題。你把維南特那封信告訴了警方，他們——」

「明天一起吃午飯時，我們再仔細聊。我得回那邊了。」

「那位金髮小妹是誰？」露易絲・雅各布斯問，「我見過她與哈里森・昆恩在一起。」

「桃樂希・維南特。」

「你和昆恩認識？」麥考利問我。

「十分鐘前，我才搬他上了床。」

麥考利大笑。「希望你們僅僅保持這樣的社交友誼就好。」

「此話怎講？」

麥考利露出悔恨的苦笑。「他曾做過我的股票經紀人，他的建議差點把我搞得破了產。」

「太棒了。」我說，「他現在正為我的股票買賣出謀劃策。」

麥考利和那個女人笑了起來。我也象徵性地笑了笑，回到我那桌。

桃樂希說：「還沒到凌晨，母親說過她會等你。我們為什麼不一起去見她呢？」

諾拉正在往她杯中倒咖啡，動作十分小心。

「去做什麼？」我問，「你們兩個在耍什麼花樣？」

她們擺出了極其無辜的面孔。

「沒什麼，尼克。」桃樂希說，「我們只是認為這個主意不錯。現在還早，而且——」

「而且我們都喜歡咪咪。」

「哦——不，可是——」

「現在回家未免太早。」諾拉說。

「哈林區有各種地下酒吧和夜總會。」我提議。

「又是這一套。」諾拉做了一個鬼臉。

「去博瑞店裡玩幾把紙牌怎麼樣？」

桃樂希剛要答應，諾拉就用一個眼神讓她把嘴閉上了。

「關於再去見咪咪這件事，我現在沒有別的想法，」我說，「只覺得我今天已經見她太多次了。」

諾拉表現出十分有耐心的樣子，嘆了一口氣：「好吧，最終還是得去那些早就去膩了的酒吧！我寧願去史杜西那裡，只要他不拿那些恐怖的香檳招待我們。他還是非常不錯的。」

「我盡量。」我答應了她，然後問桃樂希，「吉伯特是否對你說了，他看到我和咪咪和好的場景？」

她試圖跟諾拉進行眼神交流，可是諾拉正凝視著盤中的一塊起司薄餅。「他……他沒特別說起。」

「他跟你說了那封信的事了嗎？」

「克里斯的太太寄來的那封信？哦，告訴我了。」她的藍眼睛閃著光，「母親差點氣死！」

「你好像很開心。」

「你這樣認為？這算什麼？她做過哪些事，讓我……」

諾拉說：「尼克，放過這孩子吧！」

我聽從了命令。

22.

生鐵俱樂部裡人非常多，煙霧朦朧，雜訊震耳欲聾，生意非常好。坐在收音機後面的史杜西走出來和我們相互問候。「我一直都盼著你們來。」他跟我和諾拉握了手，然後給了桃樂希一個燦爛的微笑。

「這裡有特別的事嗎？」我問。

他鞠躬說道：「有這樣的女士們在，哪一件事不特別？」

我向他介紹了桃樂希。

他對桃樂希鞠了一躬，說了些客套話，然後叫住一個服務生。「彼得，給查爾斯先生安排一張桌子。」

「每天晚上都這麼熱鬧嗎？」我問。

「當然。」他愉快地說，「這裡大都是回頭客。我店裡也沒有黑色大理石痰盂，可是你不必將食物吐出來。桌子收拾好前，不妨去吧台坐一下吧！」

我們接受了他的建議，又要了些喝的。

「你聽說紐納姆的事了吧？」我問。

他盯了我很長時間，才肯開口：「是，聽說了，他的女人就在這裡⋯⋯」他轉頭指了指房間的另一邊，「我猜是在舉行什麼慶祝活動。」

我順著史杜西指的方向看過去，立刻就發現身材壯碩的紅髮米莉安和五六個男女坐在一張桌子旁。「你聽說誰是凶手了嗎？」我問。

「她說是警察做的——因為很少有他不知道的。」

「簡直是笑話。」我說。

「簡直是笑話。」他附和，「你的桌子收拾乾淨了，先去坐吧，我馬上回來。」

我們拿著自己的杯子走過去，那張桌子擠在兩張桌子中間——它們早就

把大部分空間給佔了。我們坐下來，盡量調整一個舒服的姿勢。

諾拉喝了一小口飲料，打了個寒顫，說道：「這不會是縱橫字謎裡的那個怪字『苦味野豌豆』吧？」

桃樂希說：「快看。」

我們抬起頭，夏普‧莫雷利正向我們走來。桃樂希被他那張臉牢牢吸引。顯然，他掛彩了，臉腫得十分厲害，傷痕從眼睛周圍延伸到貼了藥膏貼布的下巴上。

他來到桌前，身體稍微前傾，雙拳放在桌上。「聽好了，」他說，「史杜西讓我來道歉。」

諾拉嘟囔：「老史杜西真以為自己是艾米莉‧博斯特①。」我說了一句：「然後呢？」

莫雷利搖了搖被打得不輕的頭。「不論我做過什麼事，做了就是做了，我不會因此道歉——你們接受也好，不接受也罷，那是你們自己的事——不過我還是為自己一時衝動射傷你感到抱歉。但願沒對你造成太大創傷，倘若需要我做出補償的話，我——」

「不提了，都過去了，坐下來喝一杯吧！這是莫雷利先生，這是維南特小姐。」

桃樂希眼睛瞪得很大，看起來非常有興致。

莫雷利搬了把椅子坐下來。「希望你不要恨我。」他對諾拉說。

諾拉說：「那件事很有意思啊！」

他滿臉懷疑。

「保釋出來的？」我問。

「是的，今天下午。」他輕撫了一下臉，「他們放我出來之前，又給我添了這些新傷，說是作為我拒捕的證據。」

諾拉憤憤不平地說：「太恐怖了。他們真的……」

---

1. 艾米莉‧博斯特（1872～1960），美國禮儀學家。——譯注

我拍拍她的手。

莫雷利說：「這很正常。」他動了動腫脹的下唇，試圖擠出一絲不屑的微笑，「還好，他們至少兩三個人一起才打得過我。」

諾拉轉頭問我：「你是不是也做過這種事？」

「你說誰？我？」

史杜西搬了把椅子到我們這兒來。「嗯，他們給他做了整容手術？」他對著莫雷利點頭說道。我們給他騰出空間。他望著諾拉和她的飲料得意地笑。「那些時尚的公園大道酒吧裡絕對沒有這麼好的飲品，而且我這裡才賣四塊一杯。」

諾拉勉強擠出笑容，並用桌下的腳碰了碰我。

我問莫雷利：「你與茱莉亞是在克里夫蘭相識的嗎？」

他看了看身邊的史杜西。史杜西正靠在椅子上，環顧為他帶來大把鈔票的客人們。

「那時候她叫蘿達・史都華。」我補充道。

他望著桃樂希。

我說：「不用擔心。她是克萊德・維南特的女兒。」

史杜西不再看其他客人，笑瞇瞇地對桃樂希說：「原來你父親是他？他近來可好？」

「我很小的時候就沒見過他了。」她說。

莫雷利掏出一根香菸，舐濕後叼在紅腫的嘴裡。「我來自克里夫蘭。」他點燃一根火柴，神情暗淡，「她只用過一次蘿達・史都華這個名字，他真名叫南西・凱恩。」他又望著桃樂希，「你父親清楚。」

「你和我父親認識？」

「他跟我交談過幾句。」

「說些什麼？」我問。

「有關她的。」他將快燒到手指的火柴熄滅後扔掉，又劃了一根，把菸點上。他對著我眉頭緊鎖。「這樣可以嗎？」

「沒問題，都是自己人，不用避諱。」

「好吧！他嫉妒心極強，我想狠狠揍他一頓，可是被她攔下了。誰叫他是她的金庫呢？」

「多久之前的事？」

「大概六個月，或八個月。」

「她被殺後，你見過維南特嗎？」

他搖搖頭。「我跟他只見過一兩次，我打算教訓他那回，就是最後一次見他。」

「她在騙他的錢嗎？」

「我覺得是——雖然她沒有明說。」

「為什麼？」

「她特別聰明，從來不缺弄錢的門路。有一次我要五千美金，」他彈了個響指，「她很快就把錢弄來了。」

我沒問他是否還錢給她。「也許是她從維南特那裡拿的。」

「當然……或許吧！」

「你對警方交代了這些嗎？」我問。

他輕蔑地笑了笑。「他們以為用武力就能讓我老實交代，他們想錯了。你人很好，我不會……」他停下來，把香菸從嘴上取下來，「這個該得丹毒的竊聽鬼②。」他邊說邊去抓旁邊桌上的一個男人的耳朵，那個人不停往我們這邊湊。

男人跳起來，面對莫雷利，嚇得臉色蒼白。

莫雷利說：「你的順風耳都要碰到我們的酒了，趕緊收回去。」

男人吞吞吐吐地說：「我……我不是故意的，夏普。」他努力收回肚子，試圖離我們遠一些，不過還是在可聽到的範圍內。

莫雷利說：「故不故意與聽不聽得到是兩碼事。」說完又轉向我們，

---

2. 原文是earysipelas，即耳朵（ear）與丹毒（erysipelas）兩個詞語合在一起，具有雙關的意思。——譯注

「我想從頭說起——反正那個女人死了，也對她造成不了什麼傷害了——但是警方不能讓我背鍋。」

「很好。」我說，「把她的事告訴我：你們是如何認識的、她與維南特在一起之前是做什麼的、他與她在何處相識的。」

「我應該先喝點。」他在座位上侷促不安，「喂，小子，背著小孩的那個！」

之前被史杜西稱作彼得的駝背服務生穿過人群走過來，對莫雷利露出大大的笑容。「要點什麼？」他大聲問道。

記下我們要點的飲料後，他便離開了。

莫雷利說：「南西曾經和我同住一個街區。她父親在街角經營一家糖果店，她經常幫我弄香菸。」他笑了笑，「有一次我給她示範如何用鐵絲勾出公用電話裡的硬幣，她父親為此差點將我打死。那老傢伙真是死腦筋。老天啊，那時我們才上三年級吧！」他又笑了，情緒低落，「我曾經計畫將一些街角正在施工的房子裡的建築材料偷運到老頭的地下室裡，然後跟當地的巡警舒茲告密，可是南西阻止了我。」

諾拉說：「你的小情人可真不賴。」

「當然。」他深情地說，「還有，那次我剛滿五歲，我——」

「我猜就是你。」一個女人的聲音傳來。

我抬起頭，看到紅髮女郎米莉安在跟我說話。我說：「你好。」

她雙手放在屁股後面，用陰鬱的眼神望著我。「他就是知道了太多你們在調查的事才命喪黃泉的。」

「或許吧，可是他溜得太快了，什麼都沒告訴我們。」

「去你媽的！」

「好吧！你覺得他知道了我們在調查的什麼事？」

「他知道維南特在什麼地方。」她說。

「在哪兒？」

「我不清楚，亞瑟清楚。」

「真希望他對我們說了。我們……」

「去你媽的！」她又破口大罵，「你和警方都知道。你想騙誰呀？」

「我說的是實話。我真的不知道維南特在哪兒。」

「你替維南特做事，又與警方合作，就不要再編了。亞瑟以為可以靠這些情報大賺一筆，不幸的傢伙，根本不瞭解其中的危險。」

「他把那些情報告訴你了嗎？」我問。

「你真當我傻嗎？他說他有些可以大賺一筆的情報，我已親眼目睹了他的結局。我還不知道二加二等於幾？」

「有時等於四，」我說，「有時等於二十二。我沒替維南特做事。不要再說『去你媽的』了。你願不願意幫——」

「不願意。他喜歡告密，抓住人家把柄就想敲一筆。他自食惡果，只不過你和吉爾特是親眼看著我離開他的，下一秒人就死了，不要指望我會將此事忘掉。」

「我沒想讓你忘掉任何事，倒是非常希望你記得……」

「我要去洗手間了。」說完，她便優雅地轉身離開。

「不知道是否與那位小姐有關。」史杜西思索著說道，「她絕對是毒藥。」

莫雷利對我眨眨眼。

桃樂希碰了碰我的手臂。「我不明白你們在說什麼，尼克。」

我告訴她不明白沒關係，又對莫雷利說：「你剛剛在說茱莉亞・沃爾夫的事。」

「是的。她十五六歲就被父親趕出家門，又跟一個高中老師勾搭上了，之後又和一個叫費斯・派普勒的傢伙糾纏在一起。那傢伙十分精明，不過話太多了。還記得有一次，我和費斯……」他停下來清了清喉嚨，「總之，她跟費斯差不多黏了五六年。後來他去了部隊，她就跟一個我記不清叫什麼的傢伙同居了——迪克・歐布萊恩的表哥。那個人深色頭髮，極度消瘦，還經常酗酒。費斯從部隊回來後，兩人又重新走到一起，直到他們因為試圖敲詐某個從多倫多來的傢伙而被抓。費斯擔了大部分罪，她只蹲了半年——費斯面臨的刑罰就重多了，上次聽說時他還沒出獄。她被放出來後，我們見了

面，她向我借了幾百美金，說是要走得遠遠的。後來我收到過她一封信，裡面有向我借的錢，她還提到自己已改名叫茱莉亞‧沃爾夫。她十分迷戀大都市。不過我知道她與費斯的聯繫一直沒斷。1928年我搬到紐約時，曾經試圖找她。她是——」

米莉安回來了，和剛才一樣，她依舊把雙手放在屁股上站著。「我一直在思考你說的話，你一定認為我特別傻。」

「沒有。」我有點口是心非。

「至少我沒傻到被你牽著鼻子走。明擺在眼前的事，我是不會看錯的。」

「好吧！」

「一點也不好。你害死了亞瑟和——」

「小姐，不要這麼大聲。」史杜西起身抓住她的手臂，用安慰的語氣說，「來，我和你聊聊。」他將米莉安帶向吧台。

莫雷利又對我眨眼。「又是老把戲。呃，剛才說到我搬來後找她，結果她說自己現在替維南特做事，維南特被她迷得神魂顛倒，她過得非常好。她大概是在俄亥俄州蹲監獄時學會了速記，當時覺得藝多不壓身——你明白，或許她可以在某個地方找份工作，趁老闆不在、保險櫃未鎖時撈一筆。一家派遣公司派她給維南特工作幾日，她覺得這個人是條大魚，必須放長線，所以就對他費了些心思，最後兩個人徹底黏在一起。她十分精明，聽說維南特的律師對她有所懷疑，準備調查她的背景，於是她就主動向維南特坦白了自己的過去，現在正努力重新做人，這就避免了日後被發現時陷入窘境。我不瞭解她究竟在做什麼，你知道，這遊戲是她一個人在玩，不需要我參與。即便我們是很好的朋友，她也不會把那些可能捅到她老闆那裡的事告訴我。要明白，我們並非戀人或什麼的，我們只是小時候關係很親密而已。以前我們經常會在這裡見面，後來維南特反應特別激烈，她就說以後不會再見了，她可不願因為跟我喝點酒就把那張長期飯票搞丟了。事情就是這樣。我想應該是在十月份吧！她說到做到，之後再也沒和我見過面。」

「她還和什麼人有來往？」我問。

莫雷利搖搖頭。「不太清楚，她不太提別人的事。」

「她手上有訂婚戒指。關於戒指你瞭解多少？」

「只知道不是我送的。我沒見她戴過。」

「你認為派普勒刑滿釋放後，她會回去找他嗎？」

「也許吧，她對他蹲監獄的事好像並不太在意。她喜歡跟他搭檔，我覺得他們會再次攜手。」

「迪克・歐布萊恩的表哥呢？就是那個深色頭髮、瘦得不成樣子、沉迷於酒精的傢伙，他後來怎麼樣了？」

莫雷利驚訝的望著我。「這我可沒辦法回答。」

史杜西獨自回來了。「可能我錯了。」他邊說邊坐到椅子上，「不過只要我們能找到那個蠢貨的弱點，就能從她口中挖出點話來。」

「掐喉嚨嘛！」莫雷利說。

史杜西笑了笑。「不，她目標明確，很用心地學習聲樂，而且……」

莫雷利望著空空如也的酒杯說：「你這裡出售的老虎牌牛奶肯定能讓她的歌喉更加美妙。」他轉頭去叫彼得：「喂，背背包的小子，再來一杯。明日我們去教會唱詩班唱歌。」

彼得說：「稍等，夏普。」莫雷利跟他說話時，他那皺巴巴的蒼白的臉上稍微有了點表情。

剛剛和米莉安坐在一起的一個特別胖的金髮男子走了過來，說實話，他的髮色跟白化病人沒什麼兩樣。他用十分女性化的細嗓音對我說：「你就是害死亞瑟・紐納姆的那兩個傢伙之一……」

莫雷利一拳擊中那個胖子的肚子，疼得他直不起腰來。忽然，史杜西又站起來，躬身越過莫雷利，一記重拳打在胖子臉上。駝背彼得跑過來藏在胖子身後，舉起手中的托盤奮力朝著胖子的頭砸去。胖子向後倒了，撞翻一張桌子，嚇到了坐在那裡的三個人。兩個酒保也趕過來，其中一人在胖子起身之際用酒杯敲他，將他打趴在地。另一個酒保從背後揪住胖子的衣領用力勒他的脖子。在莫雷利的協助下，他們扶起胖子，把他趕了出去。

彼得目送幾人離開。「那隻該死的『麻雀』，話太多了，」他向我解

釋，「他再多喝一點就不受控制了。」

史杜西幫著被撞翻桌子的那幾位客人收拾東西。「很不好，」他說，「很影響生意。不過我該遵守怎樣的界限呢？我不想開黑社會性質的酒吧，但也不想把這裡搞成女子神學院。」

桃樂希嚇得臉色慘白，諾拉目瞪口呆。「太亂了，」她說，「他們在做什麼？」

「我也不知道。」我告訴她。

莫雷利和那兩個酒保又進來了，看起來非常得意。莫雷利和史杜西又坐回原位。

「你們這幫傢伙可真夠莽撞的。」我說。

史杜西重複：「莽撞，」然後大笑，「哈——哈——哈！」

莫雷利板著臉。「不管在什麼時候，只要那小子挑釁，你就得先下手為強。否則等他動起手來就晚了。我們見識過他的厲害。是不是，史杜西？」

「什麼？」我問，「他什麼都沒做啊！」

「對，他是沒有，」莫雷利慢吞吞地說，「那是一種藏在他身上的東西，你偶爾會感受到。對吧，史杜西？」

史杜西說：「對，他很狂躁。」

23

大約兩點，我們與史杜西和莫雷利道完別，從生鐵俱樂部離開。

桃樂希慵懶地蜷縮在車內的一角說：「我要吐了，我真的要吐了。」看起來不像在說謊。

諾拉說：「哎，那個酒呀。」她的頭靠著我的肩膀，「你太太醉了，尼克。聽好了，你得老實告訴我發生了什麼事——不能有半點疏漏。現在先不說，等到明天。他們的言行讓人難以理解。他們棒極了。」

桃樂希說：「說實話，倘若愛麗絲姑媽看到我這副模樣，肯定會氣炸的。」

諾拉說：「他們不該那樣對待那胖子，雖然下手那麼重一定特別過癮。」

桃樂希說：「我覺得還是回母親那裡為好。」

諾拉說：「丹毒和耳朵無關。順風耳是什麼，尼克？」

「就是耳朵。」

桃樂希說：「我沒帶鑰匙，得叫愛麗絲姑媽開門，到時候躲都躲不了。」

諾拉說：「尼克，我愛你，你真好聞，而且還認識這麼多有意思的人。」

桃樂希說：「送我去母親那裡，不會很繞吧？」

我說不會，然後告訴司機咪咪的住址。

諾拉說：「和我們一起回家吧！」

桃樂希說：「不——不要。」

諾拉問：「為什麼？」

「我覺得我不該去。」桃樂希回答。

兩人不停糾纏，直到計程車停在科特蘭大廈前。

我下車，將桃樂希扶下來，她幾乎把身體的全部重量都壓到我肩上。「陪我上樓，不會太久的。」

諾拉說「只能待一會兒」，也跟下來。

我讓司機稍等。我們上了樓。桃樂希按門鈴，吉伯特穿著睡衣和睡袍來開門。他做出警告的手勢，小聲說道：「有警察。」

「誰呀，吉伯特？」咪咪的聲音從客廳傳來。

「查爾斯先生和夫人，還有桃樂希。」

咪咪過來把我們迎進門。「看到你們真是開心死了。我正不知所措。」她披著粉紅色綢緞睡袍，裡面是粉紅色絲質睡衣，她的臉也呈粉紅色，看起來很不愉快。她沒管桃樂希，抓住我和諾拉的手。「現在我不用擔心了，你來處理就好，尼克。你得為我這個腦袋不靈光的小女人出出主意。」

我身後的桃樂希口中冒出一句「去你媽的」，聲音很低，帶著情緒。

咪咪似乎並未注意到女兒的話。她依然握著我們的手，將我們拉進客廳，嘟囔個不停：「你們跟吉爾特隊長認識，他人非常不錯，可是他似乎對我失去了耐心。我已經……已經徹底沒辦法，幸好你們來了……」

我們走進客廳。

吉爾特對我說「你好」，對諾拉說「晚安，夫人」。和他一起來的還有那位叫安迪的警察，莫雷利到訪那天，他曾經幫吉爾特對我們的房間進行了搜查。他對我們點點頭，哼了兩下。

吉爾特瞄了咪咪一眼，又看看我，這才開口：「喬根森——或是羅斯華特，或不論叫什麼的那個人——躲在原配夫人家，波士頓警方已經找到了他，並對他進行了訊問。最終的結論是：他否認了所有關於他殺害茱莉亞‧沃爾夫小姐的指控，並表示喬根森太太可以作證，因為她手裡有很多維南特的把柄。」他又斜眼看咪咪，「而這位女士，既不承認，也不否認。查爾斯先生，說實話，我已經沒有任何辦法能讓她供出實情了。」

我十分理解。我說：「她或許是嚇壞了。」咪咪極力表現出被嚇壞的樣子。「他與第一任妻子離婚了嗎？」

「他原配夫人說還未離婚。」

「我敢肯定，她在說謊。」咪咪說。

我說：「他會回紐約嗎？」

「看情況，如果有必要，我們會將他引渡回來。波士頓警方說他一直嚷嚷著要找律師。」

「你很想把他弄回來？」

吉爾特聳聳肩。「那要看對破案是否有用。我才懶得理他那些舊案底。我不喜歡挖一些與我無關的舊帳。」

我問咪咪：「怎麼樣？」

「可以單獨聊嗎？」

我望著吉爾特，他說：「還是會有點幫助的。」

桃樂希碰了碰我的手臂。「尼克，先聽我說。我——」她停下來，所有人都把目光聚集到她身上。

「什麼事？」

「我……我想先和你聊。」

「有什麼話就直接說吧！」

「我是說就我們兩個人。」她說。

「等會兒再說吧！」我拍拍她的手說道。

咪咪把我帶到她的臥室，輕輕地關上門。我坐在床上，點著香菸。咪咪倚著門，露出溫情而信任的微笑。持續了三十秒後，她才開口：「尼克，你是喜歡我的。」我不知該說什麼，她又問：「難道不是嗎？」

「不是。」

她笑了笑，離開那扇門。「你不同意我這麼做。」她坐到我身旁，「可是你的確對我有感情，才會出手幫我，不是嗎？」

「要視情況而定。」

「什麼情況？」

桃樂希開門進來：「尼克，我一定要……」

咪咪跳起來，惡狠狠地罵女兒：「滾出去！」

桃樂希向後退了一下，堅持道：「我不出去，你不會……」

咪咪伸手給了桃樂希一耳光。「滾出去！」

桃樂希尖叫一聲，摀住嘴巴，用驚恐的眼神望著咪咪，然後轉身離開了臥室。咪咪再次將門關好。

「有時間一定得把你的白色小鞭子帶過去讓我們瞧瞧。」

她似乎沒聽見，眼皮下垂，表情僵硬，靜靜地思考。再度開口時，聲音更加低沉和沙啞。

「我女兒愛上你了？」

「胡說八道。」

「她對你愛得深沉，所以十分嫉妒我。看到你我走得近，她就會渾身不舒服。」她心不在焉地說。

「胡說八道。或許她僅僅是殘存著一點小時候對我產生的迷戀。」

咪咪搖搖頭。「你錯了，不過就這樣吧！」她重新坐到我身旁。「你要幫我擺脫目前的困境，我……」

「當然可以，」我說，「作為一個男人，就該保護你這樣柔弱的小花。」

「哦，那個？」她指了指桃樂希剛走出去的門，「你肯定不會……怎麼，還有你沒聽過的事情嗎？不僅聽過，還都見過、做過，自然不會擔心什麼。」她噘嘴笑了一下，神情深邃，「你想要帶桃樂希走，沒問題，不要為此鬧情緒。先不說這個。我知道自己不是什麼柔弱的小花，你也從未這樣想過。」

「對。」我說。

「呃‧所以……」她用一種異常肯定的語氣說。

「所以什麼？」

「不要再賣弄風情了，」她說，「你明白我的意思。我們太瞭解彼此了。」

「你不也在跟我賣弄風情嗎？」

「我知道。不過是遊戲，這一套早就過時了。那個賤人玩我，尼克，把我搞得暈頭轉向。現在他出了事還指望我會伸出援手。我會幫他的。」她抓著我的膝蓋，將尖銳的指尖戳進我的肉裡，「警方一直懷疑我，我怎樣才能讓他們相信我已說出了全部實情，而他在說謊？」

「或許你沒辦法取得他們的信任，」我淡定地說道，「何況喬根森只是把你幾小時前對我說的話重複了一遍而已。」

她屏住呼吸，再次將指尖扎進我的肉裡。「你跟警方說了嗎？」

「還沒。」我挪開她放在我膝蓋上的手。

她嘆了一口氣：「你現在也不會跟他們說，是不是？」

「為什麼？」

「因為這一切都是他和我編造的謊言。我沒有任何發現。」

我說：「又回到剛才談論的話題上了，而我現在對你的信任程度跟當時一樣。我們談到了哪些詞來著？我們瞭解彼此，不要賣弄風情，不要玩遊戲。」

她輕輕拍了我的手一下。「好吧，我的確發現了一些東西，可是我不想拿這個證據去幫那個賤人。你應該能體會我的心情，尼克，你不是沒嘗過那種滋味……」

「也許。」我說，「但是根據目前的情況，我找不到任何跟你合作的理由。你的克里斯和我無冤無仇，幫你陷害他，對我有什麼好處呢？」

她嘆了一口氣。「關於這一點，我也考慮了很多。你根本看不上我的錢，」她露出假惺惺的笑容，「你也看不上我漂亮的身體。難道你不想救克萊德嗎？」

「不好說。」

她聽完一笑：「我不理解這是什麼意思。」

「我是說，我不覺得他需要拯救。警方並未掌握太多他可能參與此案的證據。他精神有問題，茉莉亞被殺那天他在市區，她也一直在騙他。但這些無法證明他有罪，警方也不能抓他。」

她又笑了：「如果我拿出證據呢？」

「我不清楚。什麼證據？」我問，沒等她回答——我也不指望她會回答——又接著說：「不管是什麼，你已經被騙了。你可以告克里斯重婚。沒有……」

她露出甜蜜的微笑，開口說：「但是我可以先觀察一下形勢，萬一他過後……」

「在他逃過了謀殺罪之後，是不是？小姐，這樣是不行的。你可以讓他蹲三天監獄，但是這三天地方檢察官會對他進行審訊，最後確認他不是殺害茉莉亞的兇手，而且會知道你一直在耍檢察官。到時候你再想用重婚罪起訴克里斯，就會遭到檢察官的拒絕。」

「尼克，他不可以這樣。」

「他可以，而且他會。」我語氣堅定，「而且倘若你被他發現有隱藏證據的行為，肯定不會有好下場的。」

她咬住嘴唇問：「你說的是真的？」

「句句屬實，除非近兩年檢察官們改變了行事作風。」

她又咬住嘴唇。「我不會讓他輕易脫身的。」她停了一下，「可是我也不想給自己惹來麻煩。」她望著我，「如果你騙我，尼克——」

「你愛信不信，除此以外別無他選。」

她笑著摸了摸我的臉，吻了我一下後站起身：「你這個壞蛋。好吧，我決定相信你。」她走到臥室另一頭又走回來，眼睛發亮，興高采烈。

「我把吉爾特叫來。」我說。

「不，先等等。我想……我想先聽聽你的看法。」

「好，不過別搞鬼。」

「你真是太多疑了。」她說，「不過不用擔心，我不會對你耍任何花招的。」

她繞過床走到一個櫃子前，打開門，將一些衣服挪開，伸手去摸靠裡放的一疊衣服。「咦，有意思。」她嘟囔著。

「有意思？」我站起身，「害怕還差不多。吉爾特會被嚇趴在地的。」我向門口走去。

「不要生氣嘛！」她說，「找到了。」她拿著一個包起來的手帕轉過身。我湊上去，她打開手帕，裡面有一條三英寸的錶鏈，一端已經斷裂，另一端繫著一把純金小刀。手帕是女式的，上面有一些褐色汙漬。

「這是什麼？」我問。

「我和茱莉亞單獨待在公寓時，她手上就握著這個束西。我知道這是克萊德的，所以就拿走了。」

「你確定是克萊德的？」

「絕對錯不了。」她有些不耐煩，「你瞧瞧，這些鏈環由金、銀、銅組成，這是他發明的熔鑄工藝造出的首批產品。對於如此獨特的束西，任何一

個瞭解他的人都能認出來。」她翻過刀身，指出上面刻的字母CMW。「他的名字縮寫。這把刀我還是第一次見，可是這條錶鏈克萊德已戴了好多年，我經常見到。」

「你對這個錶鏈的印象有多深刻？能不看實物就描述出它的特點嗎？」

「當然。」

「手帕是你的？」

「沒錯。」

「上面是血漬？」

「對。我說過錶鏈在她手上沾上了血。」她對我皺眉，「你該不會不相信我吧？」

「不完全相信。」我說，「但我覺得你這次應該沒有說謊。」

她一跺腳。「你——」她笑出聲，怒氣全消，「你要把我氣死。這次我沒有半點假話，尼克，千真萬確。」

「但願是這樣。不說實話也不行了。你保證你與茱莉亞單獨待在一起時，她沒醒過來說些什麼？」

「你打算逼瘋我嗎？我當然確定。」

「好，」我說，「你先待在這裡，我去把吉爾特叫來。可是假如你對他說，你是從茱莉亞手上拿走這個錶鏈，而她當時還有呼吸，吉爾特說不定會懷疑你是用暴力手段從她那裡搶來的。」

她瞪大雙眼。「我該怎麼說？」

我走出臥室，關上門。

24.

稍有睡意的諾拉跟吉爾特和安迪在客廳裡有說有笑。維南特的兩個孩子不知跑哪兒去了。

「過去吧！」我對吉爾特說，「左邊第一個門口。我想她正在等你。」

「她鬆口了？」他問。

我點點頭。

「都問出點什麼？」

「等你跟她談完了，我們再比對一下，看是否能補充點東西。」我提議。

「好。走吧，安迪。」兩人走開了。

「桃樂希去哪兒了？」我問。

諾拉打了個哈欠。「她不是跟你還有她母親在一起嗎？吉伯特應該沒跑遠，他剛剛還在這裡。我們會在這兒待很久嗎？」

「不會。」我轉身經過走廊，走過咪咪的房門，來到另一個門口。房門開著，我往裡面看了看，沒有人。對面的門緊閉著，我敲了幾下。

「誰？」是桃樂希的聲音。

「尼克。」我說完便推門進去。

她穿著拖鞋，衣衫整齊地躺在床上。吉伯特在床邊坐著。她的嘴巴腫了起來，雙眼通紅，好像剛剛哭過。她抬頭用十分凶惡的眼神望著我。

「還打算和我談嗎？」我問。

吉伯特站起身：「母親呢？」

「在和警方談話。」

他喃喃幾句便走了。

桃樂希的身體開始抖動。「他讓我感到不適。」她說道，然後又似乎想

到了什麼，惡狠狠地盯著我。

「還打算和我談嗎？」

「為什麼拒絕我？」

「你又來了。」我坐在床邊——剛剛吉伯特坐的地方，「你知道你母親發現的錶鏈和小刀嗎？」

「不知道。在哪裡？」

「你剛才想跟我說什麼？」

「現在沒了。」她很不開心地說，「你至少該把她沾在你嘴上的唇膏擦乾淨。」

我擦乾淨了。她一把奪過我的手帕，翻身去床的另一側拿了一盒火柴，劃燃一根。

「會把人嗆死的。」我說。

「我不管。」她吹滅火柴。我拿回手帕，走到窗前打開窗戶，將手帕扔出去，又關好窗戶，回到原來的位置上。「感覺好點沒？」

「母親說了我什麼？」

「她說你愛上我了。」

她突然坐起來。「你怎麼說的？」

「我說你只不過從小就迷戀我。」

她嘴唇抽動著：「你……你是這樣認為的嗎？」

「不然呢？」

「我不知道。」她抽泣起來，「所有人都拿此事開玩笑——母親、吉伯特、哈里森、我——」

我摟住她：「去他們的。」

片刻之後，她又問：「母親愛上你了嗎？」

「老天，沒有！要知道，她像女同性戀一樣痛恨男人。」

「但她一直有一種……」

「那僅僅是肉體。不要被騙了，咪咪痛恨天底下的所有男人——恨得咬牙切齒。」

她停止哭泣，皺著眉頭說：「我不明白。你恨她嗎？」

「看時候。」

「現在呢？」

「應該不恨吧！她一向腦袋不靈光，卻喜歡自作聰明，這樣非常惹人厭，不過要說恨她，也談不上。」

「我恨。」桃樂希說。

「上星期你已經跟我說了。我問你，你之前認識或見過亞瑟·紐納姆嗎？就是我們今晚在地下酒吧談論的那個人。」

「你試圖轉移話題。」她機警地望著我。

「我真的很想知道。請回答我。」

「沒有。」

「他曾上過報紙。」我提醒她，「就是他將莫雷利認識茱莉亞·沃爾夫的事報告給警方的。」

「我不記得這個名字。」她說，「今晚我還是第一次聽說。」

我把紐納姆的長相向她描述了一遍，然後問：「見過嗎？」

「沒有。」

「有時他還被稱作亞伯特·諾曼。耳熟嗎？」

「不。」

「是否認識今晚在史杜西店裡見過的任何一個人？或者知道任何與他們有關的事？」

「沒有。說實話，尼克，我跟你說過，我不會對你隱瞞任何事，能幫你什麼，我絕不會有半點遲疑。」

「不管傷害到誰？」

「沒錯。」她斬釘截鐵地說，又問：「為什麼這麼說？」

「你知道為什麼。」

她雙手掩面，用極小的聲音說：「尼克，我好怕，我——」一陣敲門聲傳來，她猛地將手放下。

「進來吧！」我喊道。

門開了一條縫，安迪的頭露了出來，極力克制著好奇的神情：「隊長請你過去。」

「馬上來。」我說。

他又把門推開一點。「他正等著你。」他對我眨眨眼，好像在給我重要的暗示，可是他那抽動的嘴角，使整張臉看起來異常恐怖。

「我去去就回。」對桃樂希說完，我便隨安迪出去了。他在我身後關好門，對我耳語：「剛剛那小鬼透過鑰匙孔偷看你們。」

「吉伯特？」

「沒錯。他聽到我的聲音就跑開了，可是我確實發現他了。」

「他很擅長做這種事。」我說，「喬根森夫人那邊有進展了嗎？」

他大呼一口氣：「這女人可真不好對付。」

25.

我們來到咪咪的房間，她正坐在靠窗的一把椅子上，看起來十分愉快。她笑著對我說：「我的靈魂徹底乾淨了，我已經把所有事都坦白了。」

吉爾特太陽穴上掛著幾滴汗珠，立在一張桌子旁，用手帕擦著那張滄桑而疲憊的臉。桌上放著錶鏈和小刀，以及原來包著它們的手帕。

「詢問結束了？」我問。

「不清楚，真不清楚。」他說，又轉頭問咪咪，「你覺得我們還有什麼沒問的嗎？」

咪咪笑了。「我不知道還有什麼可說的。」

「好，」吉爾特慢吞吞地說，稍顯勉強，「我想出去和查爾斯先生聊一

下，請給我們幾分鐘。」他輕輕折起手帕放到口袋中。

「你們可以在這裡聊。」她站起來，「我去找查爾斯夫人說說話，等你們聊完。」她從我身邊經過時，用食指調皮地碰了碰我的臉，「不要讓他們把我描述成大魔頭，尼克。」

安迪為她開門，把門關好後，又長嘆一口氣。

我躺在床上。「好了，」我問，「結果如何？」

吉爾特清了清喉嚨。「她說她在地板上發現了這個錶鏈和刀子，很可能是沃爾夫小姐與維南特搏鬥時扒下來的；她還說了一直將其隱藏起來的原因。有句話你自己聽聽就好：她的那些理由看似合理，可是放到此案中就顯得不那麼對勁了。說實話，我還真不知道該如何處置她。」

「最關鍵的，」我勸他，「就是不要讓她把你的精力耗光。倘若你戳穿了她的謊言，她會承認，再重新編一個；再等你戳穿，她會承認，又再編另一個，如此循環。大多數人——女人最明顯——在自己的第三或第四個謊言被戳穿時就會停止編造，要嘛坦白真相，要嘛沉默不語。但是咪咪例外，她會一直撒謊。你們要當心，否則就會被她迷惑，不是信以為真，而是實在懶得一遍又一遍地拆穿她。」

吉爾特說：「嗯，可能吧！」他將手指伸進衣領，看起來很不舒服，「你說，她是殺害沃爾夫小姐的凶手嗎？」

此時安迪正瞪大眼睛注視著我。我起身踩在地板上。「我要是知道就好了。錶鏈的事確有栽贓之嫌，但我們可以調查一下維南特是否真有這樣一條錶鏈，現在是否還在他手上。如果真如她說的那樣對錶鏈記得十分清晰，她完全可以找人仿造一條，再買把小刀將名字縮寫刻上去就大功告成了。她的說法漏洞頗多。假如的確是她栽贓的，很可能錶鏈一直保存在她那裡。不過得在查證後才能做出判斷。」

「我們會盡力的。」吉爾特耐心說道，「所以你覺得是她所為？」

「你說殺人？」我搖搖頭，「我還沒想到那麼遠。紐納姆那邊如何？子彈一樣嗎？」

「是的，而且都是近距離射擊，近到他的衣服都被灼燒了。」

「今晚我在一家酒吧裡看到他的女友了，那個大塊頭的紅髮女人。」我告訴他，「她說是你和我害死了他，因為他知道太多內情。」

他說：「哦，哪家酒吧？我想找她聊聊。」

「史杜西‧伯克的生鐵俱樂部。」我說，給了他地址，「當時莫雷利也在。他告訴我茱莉亞‧沃爾夫真名叫南西‧凱恩，她的男友費斯‧派普勒正在俄亥俄州坐牢。」

「所以呢？」從吉爾特的語調中我明白了，他已掌握了派普勒和茱莉亞的過去，「你還有別的收穫嗎？」

「昨天下午，我的新聞廣告員朋友賴瑞‧克羅利在第六大道靠四十六街的一家當鋪門前，發現喬根森的蹤跡。」

「真的？」

「你似乎對我這些消息並不感興趣，我——」

咪咪打開門，端來一個托盤，上面放著威士忌和蘇打水，以及幾個玻璃杯。「我猜你們會想喝點。」她高興地說。

我們對她說了些感謝的話。

她將托盤放到桌上，微笑著以一種女性面對一群男性聚會時慣用的口吻打趣道：「我沒有打擾你們的意思。」然後轉身離開了。

「你剛才講到哪兒了？」吉爾特提醒我。

「我只是想說，如果你們認為我有所隱瞞，就直說。到現在為止我們都一起合作，我不希望——」

「不，不，」吉爾特急忙解釋，「絕對不是你想的那樣，查爾斯先生。」他的臉稍稍泛紅，「我是——其實是局長下達了命令，讓我們馬上行動，我想我確實將不滿發洩到你身上了。在這個關鍵時刻，又發生了一起命案，整個案情變得更加複雜。」他轉向桌上的托盤，「你想喝點什麼？」

「純酒，謝謝。沒找到什麼線索嗎？」

「我們只發現了那堆子彈和殺害沃爾夫小姐的子彈相同，出自同一把槍。案發地點是一棟寄宿公寓的走廊，公寓旁邊開了幾家商店。我們與那邊的人交流過，沒人認識紐納姆和維南特，或任何相關的人。公寓是開放式

的，沒有門禁，什麼人都可以出入，但是仔細考慮一下，你會覺得這很不合理。」

「沒人看到或聽到什麼嗎？」

「當然有，有人聽到了槍聲，但並未看到開槍的人。」他遞給我一杯威士忌。

「現場是否留下了空彈殼？」

他搖搖頭。「沒有。或許是左輪手槍。」

「罪犯兩次將子彈射光──包括擊中電話的那一發──與大多數人一樣，打完槍膛裡的子彈可以防止走火。」

吉爾特放下酒杯。「你不會要用什麼奇怪的理論吧，」他抱怨道，「只因他們開槍的方式嗎？」

「不是，不過只要是有用的理論，都是好理論。你查出茱莉亞遇害時，紐納姆身在何處嗎？」

「嗯，在茱莉亞居住的那座公寓大樓裡徘徊了一會兒。不管是在樓前還是樓後，都有人見過他。那些見到他的人當時沒太在意，也沒有說謊的必要。另外，一個電梯管理員稱，案發前一天，紐納姆去過茱莉亞那間公寓。管理員說他將紐納姆送到那層後，就立刻下樓了，所以不知道紐納姆是否進去了。」

我說：「所以，米莉安才說他知道得太多了。是否查到了那四千美金的去向？就是麥考利給茱莉亞的數目和克萊德・維南特從她那裡取走的數目之間差的那四千美金。」

「沒有。」

「莫雷利說她一直出手闊綽，有一次她還借給他五千塊。」

「是嗎？」吉爾特挑了挑眉毛。

「是的，他還說維南特瞭解她的過去。」

「看來，」吉爾特放慢語速，「莫雷利和你說了很多嘛！」

「他喜歡說話。你查到能說明維南特離開時正在做什麼，或者他離開是去做什麼的相關消息了嗎？」

「沒有，你似乎很關心他的店。」

「沒什麼好奇怪的。一個發明家開的店，我自然想去瞧瞧。」

「隨便。再說一下莫雷利吧，你是如何讓那個傢伙開口的？」

「他喜歡說話。你認識一個叫『麻雀』的人嗎？長得很胖，塊頭很大，皮膚蒼白，聲音有點娘。」

「不認識，怎麼了？」吉爾特眉頭緊鎖。

「他當時和米莉安混在一起。他試圖挑釁我，被他們阻止了。」

「他為何要找你？」

「不清楚，也許米莉安對他說是你我聯手害死了紐納姆。」

吉爾特說：「哦。」他搔了搔下巴，看了手錶一眼，「現在不早了，明天——哦，不，今天，你可以抽空去我那裡一趟嗎？」

我暫時停止思索別的事，回了一句「好的」，向他和安迪點點頭，然後去了客廳。

諾拉在沙發上睡覺。咪咪放下手裡的書問：「秘密會議開完了？」

「是的。」找走向沙發。

咪咪說：「讓她多睡會兒吧，尼克。等那些警察走後你才會離開，對不對？」

「好吧！我想再去瞧瞧桃樂希。」

「可是她睡了。」

「沒關係，我可以叫醒她。」

「可是——」吉爾特和安迪來了，跟我們說再見。吉爾特用遺憾的眼神望了望沉睡的諾拉，兩人便走了。

咪咪嘆了一口氣。「這些警察實在太麻煩了。」她說，「你對那個故事還有印象嗎？」

「有。」

吉伯特進來了。「他們認為克里斯是凶手？」

「不。」我說。

「他們認為是誰做的？」

「昨天我無法告訴你，今天還是不可以。」

「荒謬至極。」咪咪抗議，「每個人都知道，克萊德就是凶手。」我沒理她，她又說了一遍，這次聲音尖銳了很多：「你知道，克萊德就是凶手。」

「不是他。」我說。

咪咪一臉興奮的樣子：「你一直在為他做事，現在還不承認？」

我極力否認，可是她完全不聽。

吉伯特真誠地問我：「為何不會是他？」看起來他沒有想要爭辯的意思。

「也許是他，但他沒有殺人。他不是寫信說咪咪有作案嫌疑嗎？咪咪手裡有對他不利的證據，他寫這些信的原因又是什麼？」

「也許他不清楚這一點，也許他認為警方對記者隱瞞了一部分案件細節。這不是警方慣用的方式嗎？說不定他覺得可以對她形成誤導，讓警方對她的說辭有所懷疑——」

「對。」咪咪說，「他就是這樣做的，尼克。」

我對吉伯特說：「你不認為他是凶手。」

「是的，我不認為他殺了她，可是我想知道你的理由——你是如何推論的。」

「我也想知道你是如何推論的。」

他的臉開始泛紅，困窘地微笑著。「哦，可是我——不一樣。」

「他知道誰是凶手。」桃樂希站在門口說。她依然穿戴整齊，雙眼直勾勾地望著我，似乎害怕去看其他人。她面色蒼白，僵硬地抱緊自己瘦弱的身體。

諾拉醒了，用手肘支起身體，迷迷糊糊地問道：「什麼？」沒人理她。

咪咪說：「桃樂希，停止你浮誇且愚蠢的表演。」

桃樂希說：「他們離開後你會打我的。」說這話時，她的眼睛依然直勾勾地望著我。咪咪假裝鎮定，似乎不明白女兒的意思。

「他怎麼知道凶手是誰？」我問。

吉伯特說：「你胡說八道，桃樂希，你——」

我打斷他：「讓她說，讓她說明自己的想法。凶手是誰，桃樂希？」

她看看弟弟，垂下眼睛，鬆開雙臂，然後又盯著地板，吞吞吐吐地說：「我不知道，他知道。」她抬起眼睛看我，身體顫抖著，「你沒發現我十分害怕嗎？」她叫出聲來，「我怕他們。把我帶走我就跟你說，我好怕。」

咪咪嘲笑我。「要怪就怪你自己好了，給自己找這麼多麻煩。」

吉伯特臉紅了。「真傻。」他嘟囔。

我說：「沒問題，我會把你帶走的，可是既然大家都在這兒，你有什麼話就說出來吧！」

桃樂希搖頭。「我害怕。」

咪咪說：「尼克，你這樣會把她寵壞的——」

我問諾拉：「你說呢？」

諾拉起來伸了個懶腰。她的臉上掛著可愛的紅色，和平時睡醒時一樣。她對我溫柔的笑著，說：「我對這些人沒好感，我們還是回家吧！來吧，桃樂希，帶上你的大衣和帽子。」

咪咪對桃樂希說：「回床上去。」

桃樂希指尖放在嘴上，哭了起來：「不要讓她打我，尼克。」

我看著咪咪，她十分淡定地似笑非笑，鼻子大聲呼吸。

諾拉走到桃樂希身邊。「來，先把臉洗了——」

咪咪像野獸一般發出吼叫，頸背肌肉糾結成一團，整個人的重量都集中到腳上。

諾拉往前擋在咪咪和桃樂希之間。在咪咪向前撲時，我一把抓住她的肩膀，另一隻手從後面攬住她的腰，將她舉起來。她聲嘶力竭地叫喊，揮動著拳頭捶打我的後背，還不斷用尖銳的高跟鞋尖攻擊我的小腿。

諾拉把桃樂希推出客廳，站在門口看我們。她的臉部表情相當豐富，我可以很清晰地看到她的臉，周圍其他事物都變得模糊。後面有人捶了幾下我的背和肩膀，力度非常小，我轉身發現是吉伯特。我能看到他，可是看不太清楚，我把他撞到一旁時，絲毫感覺不到他拳頭的力量。「不要打了，吉伯

特，我不願傷害你。」我抬著咪咪走到沙發前面，將她仰天摔下去，然後壓住她的膝蓋，雙手分別扼住她兩隻手腕。

吉伯特還不停手，我踢他的膝蓋，可是踢得太靠下，踢到了他的小腿，把他掀翻在地。我又試著補上幾腳，可是搆不到，於是說：「要打等會兒再打，先去弄點水來。」

咪咪的臉變成紫色，眼珠凸起，眼神呆滯，口吐白沫，緊咬的齒縫間發出嘶嘶的呼吸聲。她喉嚨上的血管和肌肉都腫起來，並伴隨著抽搐，彷彿要炸裂開。她的手腕在我手中發燙，不停冒汗，抓起來更加費勁。

諾拉端著一杯水走過來，讓我稍微放鬆了些。「潑到她臉上。」

諾拉照做。咪咪張嘴喘氣，又閉上雙眼。她的頭劇烈地搖晃著，身體不再扭得那麼嚴重。

「再潑一次。」我說。

第二杯潑下去後，咪咪發出了喃喃的抗議聲，身體終於穩住了。她安靜地躺著，虛弱地喘氣。

我鬆開她的手腕站起身。吉伯特單腳撐地，靠在桌子上檢查被我踢傷的腿。桃樂希臉色蒼白，瞪眼立在門口，不知該進來還是跑遠一點。諾拉拿著空杯子，站在我身旁問道：「她沒事了嗎？」

「是的。」

很快，咪咪睜開眼，眼皮眨動著，試圖將潑上去的水弄乾淨。我遞給她一塊手帕。她擦擦臉，吐出一口氣，從沙發上坐起來。她環顧整個房間，偶爾眨一下眼。看到我時，她虛弱地笑了——帶著罪惡感，但毫無悔意。她微微顫抖著，順了順頭髮說：「我肯定渾身濕透了。」

「總有一天你會完全瘋掉，徹底沒命。」我說。

她看了我一眼，再去看她兒子。「吉伯特，你沒事吧？」她問。

他急忙將手從腿上移開，又把腳放下去。「我……呃，沒事，」他吞吞吐吐地說，「我很好。」然後整理了一下頭髮和領帶。

她笑出聲。「哦，吉伯特，你剛剛真的要保護我嗎？阻止尼克傷害我？」她的笑聲越來越大，「你太體貼了，也太傻了。之所以這樣說，是因

為他跟怪物沒有分別，吉伯特，沒人可以……」她拿著我的手帕捂住嘴，瘋狂大笑。

我看了看一旁的諾拉。她緊閉雙唇，眼睛裡冒著怒火。我碰碰她的手臂。「我們走吧！吉伯特，為你母親倒杯酒，過一會兒她就好了。」

桃樂希拿著大衣和帽子，小心翼翼地走向大門。諾拉和我拿著各自的衣帽跟在後面，咪咪坐在沙發上繼續沒完沒了地笑著。

回諾曼第的計程車上，我們三人都異常沉默。諾拉在思索著什麼，桃樂希還未從剛才的驚嚇中緩過神來，而我已筋疲力盡——的確是充實的一天。

到家時差不多五點了，艾絲塔興高采烈地前來迎接。我和牠在地板上玩了一會兒，諾拉去餐具室煮咖啡，桃樂希想跟我講一些她小時候的事。

我說：「不，星期一再說吧！現在也不是聊天放鬆的時間，已經不早了，你在那裡不敢對我說的事情究竟是什麼？」

「可是假如讓我說，你會更容易理解。」

「那些放到星期一再說。我不是什麼精神分析學家，一點也不瞭解幼年造成的影響之類的問題，也沒有去弄懂的打算。我已經累了一整天，快撐不住了。」

她噘著嘴。「你就是費盡心思讓我不好過。」

「聽好了，桃樂希，」我說，「你可能知道一些不願在咪咪和吉伯特面前說的事，也可能根本不知道。倘若你知道，就趕緊說出來。有不明白的地方我會問你的。」

她擺弄著裙子上的皺褶，失落地盯著那裡，抬起頭來時，眼睛裡閃著光。她把聲音壓低，但整個房間都能聽到。「吉伯特今天見到我父親了。父親告訴他誰是殺害沃爾夫小姐的真凶。」

「誰？」

她搖搖頭。「我問他，他不肯說，只告訴我這些。」

「你之所以不願在咪咪和吉伯特面前說，就是因為這個？」

「沒錯。假如你讓我解釋那些事的話，你就明白了……」

「你小時候的事。哦。我沒興趣聽，還是不要說了。他還對你說了什

麼？」

「沒了。」

「沒有提到紐納姆的事？」

「沒有。」

「你父親在什麼地方？」

「吉伯特沒說。」

「他們是何時碰面的？」

「他沒跟我說。不要怨我，尼克，我將他告訴我的全都說出來了。」

「說得夠多的。」我吼道，「他什麼時候跟你說這件事的？」

「就在今晚。你進我房間時，我們正在聊這件事。千真萬確，他只跟我講了這些。」

我說：「你們這些人什麼時候能一次把事情說清楚，那可真是燒了好香了——任何事都行。」

諾拉端著咖啡進來。「又有什麼煩心事，小子？」

「太多事，」我說，「謎語，謊言。我又老又累，無法為你們帶來樂趣了。我們還是回舊金山吧！」

「不過完新年再走嗎？」

「明天，不，今天就動身。」

「我沒意見。」她放下咖啡，「要是你想，我們可以搭飛機回去，趕在除夕夜之前到達。」

桃樂希聲音有些顫抖：「我沒說謊，尼克，我對你沒有任何隱瞞。求求你，不要生氣。我很——」她停下來抽泣。

我撫摸了一下艾絲塔的頭，嘆了一口氣。

諾拉說：「我們太累了，神經一直緊繃著。先把小狗送到樓下，讓牠在那裡過夜。大家休息一會兒再聊吧！來，桃樂希，我把咖啡端進臥室，替你拿套睡衣。」

桃樂希站起身，向我道了一聲「晚安」，又說了一句，「對不起我這麼蠢」，便隨諾拉離開了。

諾拉回到客廳後，坐在我身旁的地板上。「小桃樂希在裡面不停地哭鬧，」她說，「承認自己過得並不幸福。可是……」她打了個哈欠，「她在害怕什麼呢？」

　　我將桃樂希跟我講的事告訴了她。「簡直是胡編亂造。」

　　「為什麼？」

　　「難道不是？他們跟我們講的哪一件事不是瞎編的？」

　　諾拉又打了個哈欠。「在一個偵探眼中，這樣解釋可能是合理的，不過我不這樣看。聽著，我們不妨弄個名單，把所有嫌疑人和作案動機、線索都列出來，然後逐一查證——」

　　「你去弄吧，我得睡了。親愛的，你有什麼線索？」

　　「比如今晚我在咪咪家客廳睡覺時，吉伯特小心翼翼地靠近電話。他以為我沒醒，拿起電話讓接線員到早上之前不要接任何電話進來。」

　　「呵，呵。」

　　「還有，」她說，「好像桃樂希一直都有她姑媽家的鑰匙。」

　　「呵，呵。」

　　「今天在酒吧裡，莫雷利跟你說起茱莉亞・沃爾夫認識的那個迪克・歐布萊恩的酒鬼表哥時，史杜西在桌子底下踹了莫雷利幾下。」

　　我站起身，把咖啡放在桌上。「真不知道任何偵探要是沒娶你的話，該怎麼獨自處理案件啊！不過不得不說，你想多了。是我叫史杜西踹莫雷利的，因為沒必要在那些無關緊要的事情上浪費時間。我倒是有點懷疑他們打『麻雀』到底是為了防止我受傷，還是阻止他對我說什麼事？我想睡覺。」

　　「我也想睡覺。老實告訴我，尼克，剛剛在和咪咪搏鬥時，你是否起了生理反應？」

　　「哦，有一點。」

　　她露出微笑，從地板上站起來。「果然是個下流的老流氓，」她說，「看，天亮了。」

26.

　　十點十五分，諾拉把我叫醒。「赫伯特・麥考利的電話，」她說，「找你有重要的事。」

　　我從客廳走進臥室，接起電話。桃樂希還沉浸在夢鄉裡，我低聲對那頭說：「喂。」

　　麥考利說：「現在還沒到午飯時間，可是我必須立刻見你。我現在過去方便嗎？」

　　「沒問題，正好一起吃早飯。」

　　「我吃過了。你自己吃吧，等我十五分鐘。」

　　「好的。」

　　桃樂希睜開惺忪的睡眼，說了一句「一定很晚了」，然後翻身繼續睡。

　　我用冷水洗漱完畢後，回到客廳。「他待會兒過來，」我告訴諾拉，「他吃過早飯了，不過最好給他弄杯咖啡，我想來點雞肝。」

　　「我能參與嗎？或者——」

　　「當然，你還沒和麥考利見過面吧？他人非常不錯。我們之前常混在一起，就在中央公園一帶。大戰後重逢，他給過我幾個案子，包括維南特那個。給我倒杯酒化化痰吧！」

　　「今天不喝酒行嗎？」

　　「我們為什麼來紐約？難道是為了禁酒嗎？今晚去看曲棍球賽如何？」

　　「好啊！」她給我倒了杯酒，然後去叫早餐。

　　我翻看早上的報紙，上面刊登了喬根森在費城被捕，以及紐納姆凶殺案的消息，不過佔據更多版面的是那些被小報稱作「地獄廚房幫派火拼」、「麥克王子」格古森入獄，以及針對林白案談判採訪「傑佛西」等消息。

　　麥考利和帶著艾絲塔的門童一起上來。艾絲塔對麥考利頗有好感，當牠

撲向他時，他還拍拍牠，扶著牠搭上來的爪子。從未有人如此寵愛過我們的艾絲塔。

今早，他的嘴唇邊多了許多皺紋，臉色也不像之前那般紅潤。「警察怎麼得知了這條新線索？」他問，「你認為——」諾拉進來時他停下來。她已經穿戴好了。

「諾拉，這位是赫伯特・麥考利，」我說，「這位是我太太。」

他們握了手，諾拉說：「尼克只讓我幫你叫了咖啡，我可以——」

「不用了，謝謝，我吃過早飯了。」

我說：「好了，你剛剛說警方怎麼了？」

他猶豫不決。

「諾拉什麼都知道，」我向他保證，「除非你有什麼難言之隱——」

「不，不，不是這樣，」他說，「我只是——只是擔心查爾斯夫人聽到後會緊張。」

「那就說吧！沒有她不想知道的事。警方有什麼新線索？」

「吉爾特警官今早來找我，」他說，「他掏出了一截連著一把刀的錶鏈，問我是否見過這個東西。我知道那是維南特的。我告訴他我見過，看起來像是維南特的。然後他問我，其他人是否有機會拿到這個東西，結果繞來繞去，我發現他口中的其他人指的是你或咪咪。我十分肯定地告訴他，維南特把這東西交給你們中任何一個人的可能性都存在，你們也可能從他那裡偷來，或在路上撿到，或從某個偷來或撿來的人那裡得到；也說不定是維南特給了某人，你們又兜兜轉轉拿到的。我告訴他，你們有很多方式可以得到這東西，但他知道我是在胡扯，就制止了我。」

諾拉臉上泛紅，眼神變得暗淡。「那個蠢貨！」

「哦，」我說，「也許我早該警告你——昨晚他才轉到這個方向追查的。我想，大概是我的好友咪咪稍微地刺激到了他。他還有其他發現嗎？」

「他這樣問我：『你覺得查爾斯和沃爾夫小姐之前關係很密切嗎？或者完全沒有交集？』」

「那是咪咪在耍花樣，沒關係。」我說，「你是如何回答的？」

「我說我不知道你們是否曾關係密切，因為我不知道你們是否曾混在一起過。我還特意提到，你已經很長時間沒來紐約了。」

諾拉問我：「你們在一起過嗎？」

我說：「不要逼麥考利說假話。吉爾特怎麼說的？」

「什麼也沒說。他問我覺得喬根森是否知道你或咪咪的什麼事，我反問他你和咪咪有什麼事，他說我明知故問，所以我們就談成這樣。他很關心你我見面的次數，還問我們見面的時間地點，非常仔細。」

「非常好，」我說，「這下我的不在場證明就充足了。」

一個服務生來送早飯。我們隨便閒談，直到他弄好後離開。

麥考利接著說道：「你沒必要擔心。我準備將維南特交給警方。」他的氣息有些沉悶，聲音發抖。

「你確定他就是凶手？」我問，「我可不敢肯定。」

他只是說：「我知道。」隨即清清喉嚨，「即使我搞錯的機率是千分之一——其實沒那麼大——他精神有問題，查爾斯，他原本該在瘋人院裡關著。」

「也許沒錯，」我說，「假如你知道——」

「我知道，」他重複，「他槍殺茱莉亞的那天下午與我見過面，大概是在他行凶後的半小時內。不過當時我毫不知情，我甚至不清楚她已沒命了。我——哦，我現在明白了。」

「你們是在赫爾曼的辦公室見面的嗎？」

「什麼？」

「案發當天的下午三點到四點間，你應該在五十七街一位赫爾曼先生的辦公室內。至少警方是這樣說的。」

「對，」他說，「我的意思是，我是這樣回答他們的。而實際情況是：維南特沒有來廣場飯店赴約，我打電話回辦公室也沒他的留言，接著問茱莉亞也沒結果，於是我就不等了，打算去赫爾曼的辦公室。他是個採礦工程師，我們有業務上的往來。他準備開一家公司，需要我草擬條文並做出修改。我走到五十七街時，突然察覺到自己被跟蹤了——你知道那種感覺。我

不知道為何被人跟蹤，但是考慮到自己的律師職業，被跟蹤的可能性還是有的。即便這樣，我想確定究竟是否被跟蹤了，於是在五十七街向東拐，往麥迪遜廣場走去，但還是無法確定。好像有個在廣場飯店見過的黃臉矮個子跟在後面，可是要判斷是否被跟蹤，最有效的方法就是搭計程車，所以我攔了一輛計程車，讓司機向東行駛。路面非常塞，無法看到是否有人跟著我。於是我讓司機在第三大道向南開，又在五十六街向東開，又在第二大道向南，這時我已清晰地發現有一輛計程車跟著我。當然，由於車距太遠，我不知道那個矮個子是否在車裡。到了下一個路口，車子停在紅燈前面，我就看到了維南特。他在五十五街一輛向西行駛的計程車上。我對此並不感到意外。那裡離茱莉亞的住處只有兩個街區，我想我打電話過去時，她刻意隱瞞了他在那裡的事實，而此時維南特正要去廣場飯店找我。他總愛遲到。所以我讓司機向西走，可是上了萊辛頓大道，我們離他的車有半個街區遠時，維南特的車卻轉向了南邊。那個方向既到不了廣場飯店，也到不了我辦公室。於是我決定先不管他，又開始注意跟蹤我的那輛車，結果卻找不到了。去赫爾曼辦公室的路上我一直留心觀察，也沒發現有人跟蹤我。」

「你發現維南特的具體時間是多少？」

「三點十五或三點二十分。我到達赫爾曼先生辦公室的時間是三點四十分，大概是在我發現維南特的二十或二十五分鐘之後。赫爾曼的秘書露易絲‧雅各布斯小姐——昨天我身邊那個女孩——告訴我說赫爾曼整個下午都在開會，不過會議快結束了。後來果真這樣，我們聊了十到十五分鐘，聊完我就回辦公室了。」

「我猜你發現維南特時，離得應該不近吧！沒辦法看到他的神情是否亢奮、手裡是否拿著錶鏈、聞到他身上是否有火藥味吧？」

「是的。我只看到了維南特的側影閃過，但是不要懷疑我的眼睛。」

「我沒那個意思，繼續講吧！」我說。

「後來，他也沒來過電話。我回辦公室大概一小時後，警方通知我說茱莉亞被殺了。要知道，當時我完全不會想是維南特殺了她。這一點你應該能理解——直到現在你依然覺得他不是凶手。後來我到警局接受警方的詢問，

他們讓我回答了許多有關他的問題，我意識到他已成了警方的懷疑對象，而我做了大部分律師會為他們當事人所做的事——我隱瞞了案發時他曾經在附近的事。我對警方講的和我之前告訴你的一樣——我們約好見面，可是他爽約了——這樣，警方就以為我離開廣場飯店後直接去了赫爾曼那裡。」

「這沒什麼問題，」我說，「在他還未對此做出解釋之前，你有理由隱瞞一些資訊。」

「的確，只是他從未向我解釋過。我盼著他能現身，或打個電話給我，可是他沒有。直到星期二，我才收到他從費城寄來的那封信，信中對星期五他未能赴約的事一句話都沒提，也沒說——不過你已讀過那封信了，你有什麼看法？」

「你是說，根據那封信判斷他是否有罪惡感？」

「是的。」

「沒有。」我說，「倘若他不是凶手，看起來就該是這樣——對警方的懷疑置之不理，除非會因此影響他的工作，於是他想藉這封信做出解釋，避免不必要的麻煩。假如換成別人寫這封信，絕對是十分愚蠢的舉動，但正因為他精神不太正常，所以就相當奏效。可以看出他寄這封信時，完全沒考慮到最有效的方法其實是出面說明案發當天自己都在什麼地方。你敢肯定發現他時，他是從茱莉亞的住處出來的嗎？」

「我現在十分肯定。起初我只是覺得有這種可能，後來我一想，他或許只是去他的店裡。店位於第五大道，離我發現他的地方不遠。雖然他離開後店就不營業了，不過上個月我們才替店續了租約，就等他回來。當天下午他可能去過，警方並未發現他去過的痕跡。」

「我很想知道，傳言他現在留了落腮鬍，是這樣嗎？」

「沒有。他還是那撮幾近全白的小鬍子，臉頰消瘦，不修邊幅。」

「還有一件事：昨天有個叫紐納姆的傢伙被殺了，是個矮個子——」

「我正打算說。」他說。

「你剛才提到，那天跟蹤你的是個矮個子，我想說不定是他。」

麥考利瞪大眼睛望著我。「你的意思是，跟蹤我的可能是紐納姆？」

「我不清楚，只是猜測。」

「我也不清楚，」他說，「我並不認識紐納姆，我只知道——」

「他就是個不超過五呎三吋的矮個子，體重在一百二十磅上下。他年齡三十五歲左右，蠟黃的皮膚，深色的頭髮和眼睛。他的兩眼間距很近，嘴巴相當大，鼻子長而塌，雙耳招風，一看就很賊頭賊腦。」

「跟他很像。」他說，「雖然跟蹤我的那個人離我非常遠，無法看清。我想警方會把他的照片拿給我看，」他聳聳肩，「不過沒關係。我剛剛講到哪裡了？哦，對，我沒辦法和維南特取得聯繫。你知道我現在的處境有多尷尬嗎？顯然，警方已經懷疑我沒有說實話，還私下與維南特保持聯繫。他們也這樣懷疑你，是不是？」

「是。」我承認。

「或許你和警方一樣，認為我在案發當天可能與他見過面，不管是在廣場飯店還是後來。」

「看起來這種可能性是存在的。」

「是啊，當然你們也有對的地方。至少我看到他了，而且我看到他的時間和地點足以讓警方斷定他是凶手。雖然是出於職業本能，且是無心之舉，但在他們看來，我確實說了謊，而且是有意說謊。那天赫爾曼整個下午都陷身於會議之中，他不清楚我等了多久。露易絲‧雅各布斯是我的好朋友——這不用贅述，我告訴她只需說我的到達時間是三點零一分或零二分，就能幫我和我的當事人。她爽快地答應了。為了避免使她受到牽連，我告訴她倘若情況不妙，只要說她忘記我的到達時間了就行。但是第二天，我不小心提到我是那個時候到的，她忽然起了疑心——覺得是我做了這一切。」麥考利深吸一口氣，「現在這些都無關緊要了。重要的是，今早我得到了維南特的消息。」

「又是一封亂七八糟的信？」我問。

「不，這次他打電話過來。我約他今晚見面——帶上你。我告訴他，倘若你沒有親自見到他，就不會為他做事，所以他答應今晚與我們見面。當然，我準備讓警察也採取行動。我不能再包庇他了。我可以用精神失常的理

由替他做無罪辯護，等他被放出來後，再將他送回瘋人院。我只能這樣做，沒有別的選擇。」

「你將此事告訴警方了嗎？」

「還沒。他是在警方走後打來電話的。總之，我想先通知你一下，還想讓你知道，我並未忘記我欠你的，而且……」

「胡說。」

「不是。」他轉向諾拉，「他沒跟你說過，他曾經在一個彈坑裡救了我的命。」

「他精神錯亂了，」我告訴諾拉，「那次，他向一個傢伙射擊，沒有打中，我又向那個傢伙射擊，打中了，就這麼簡單。」我又問他，「為何不晚一點再通知警方？等一下不可以嗎？我們晚上先去見他，看看他有什麼說法。如果談話結果顯示人是他殺的，我們就當場將其制伏，再交給警方。」

麥考利無精打采地笑了笑。「你還是不相信，對嗎？好，既然你打算這麼做，我願意配合，雖然似乎並不合理──不過等你知道了我和他在電話裡談的內容後，或許你的想法就會發生改變。」

桃樂希打著哈欠走進客廳，她穿著諾拉的睡衣，外面套了一件諾拉的睡袍，兩件都不甚合適。一看到麥考利，她就「哦」地驚叫一聲，認出他後才開口道：「你好，麥考利先生，你來了啊！有我父親的消息了？」

麥考利看看我，我搖搖頭。他告訴她：「還沒有，不過很快就會有的。」

我說：「桃樂希倒是能提供一個間接的消息。我把吉伯特的事告訴了麥考利。」

「你是說──關於我父親的？」她有些遲疑，眼睛望著地板。

「哎，老天，不要這樣。」我說。

她臉色泛紅，用幽怨的眼神看著我，又急忙告訴麥考利：「昨天我父親與吉伯特見了面，他告訴吉伯特殺害沃爾夫小姐的真凶是誰。」

「什麼？」

她認真地點點頭。

麥考利十分不解地看著我。

「不一定是真的，」我提醒他，「只是吉伯特的一面之詞。」

「我知道。你覺得他可能……」

「他們夫婦離婚後，你跟這家人的聯繫不多吧？」

「是的。」

「根據經驗判斷，這家人的精神都不太正常，思維混亂。他們開始……」

桃樂希憤怒地反駁：「太可惡了。我已經盡力……」

「你沒資格抱怨。」我對她說：「我願意相信吉伯特的確是這樣對你說的，算是放了你一馬。你就不要得寸進尺了。」

麥考利問：「吉伯特說誰是真凶了嗎？」

「我不知道。吉伯特不願開口。」

「你弟弟與他見面的次數頻繁嗎？」

「我不清楚。他說剛見過他。」

「他是否提到了紐納姆？」

「沒有，尼克也問過我，他沒告訴我任何其他的事。」

我趁機對諾拉使了個眼色。她起身說：「桃樂希，我們去別的房間吧！不要打擾這兩個傢伙做他們想做的事了。」

桃樂希不是很高興，但還是隨諾拉離開了。

麥考利說：「她長大後我都快認不出來了。」又清了清喉嚨，「希望你太太不會……」

「沒事，諾拉不會介意。你剛剛說到與維南特的談話內容。」

「警方離開不久，他的電話就打來了，說看到了《紐約時報》上的廣告，問我有什麼事。我告訴他，你對接手此案頗有顧慮，而且提到倘若不先與他面談，你絕對不會捲入這件事，於是我們約好晚上碰面。然後他問我是否見過咪咪，我告訴他咪咪從歐洲回來後，我跟她見過幾次，也見過他女兒。他表示：『如果我妻子要錢，只要數目合理，照給就是了。』」

「該死。」我說。

麥考利點頭說：「我也有同樣的感覺。我問他原因，他說他看了早報的消息，相信她只是被感情沖昏了頭腦，並不與那個騙子為伍，而且他確信她『有意幫他』。我開始理解他的意思，然後我將咪咪把錶鏈和小刀交給警方的事告訴了他。你能想到他當時的反應嗎？」

「不能。」

「他停頓了一下，咳了咳，又非常流利地說：『你是說，我放在茱莉亞那裡，準備拿去修的那塊手錶上的錶鏈和小刀？』」

「你怎麼說的？」我笑道。

「我頓時不知該說什麼。還未等我開口，他又說道：『總之，晚上見面後我們可以好好聊聊。』我問他在哪裡見面，以及幾點到，他說還不確定，到時候等他電話，於是我們約好十點他打電話去我家，然後他說他有急事要處理——雖然之前他的口氣十分悠閒——來不及回答我的問題。隨後他就掛斷電話，接著我就打給你了。現在你還認為他與此案無關嗎？」

「不了。」我慢慢地說，「你確定他晚上十點會打電話給你嗎？」

麥考利聳聳肩，「在這一點上，你我想的一樣。」

「假如我是你，我不會先將此事報告給警方。除非我們可以先抓住他，有辦法把他送到警局。警方不會因為你的說辭而感激你，而且倘若維南特今晚爽約了，警方就算不立刻將你扔進監獄，也不會讓你太好過。」

「我明白，可是我實在不想擔這麼重的擔子了。」

「不怕多等幾小時。」我說，「你們倆有誰提起他沒按約定去廣場飯店的事嗎？」

「沒有。還沒來得及問。好吧，既然你說等，那就等一等，不過——」

「不管怎樣，等到晚上再說，等到他來電話為止——如果他真會打的話，到時候我們再來決定是否叫上警方一起行動。」

「你覺得他不會打來？」

「很難說。」我說，「上次他放你鴿子了，而且他得知咪咪將錶鏈和小刀交給警方的消息後，似乎有些慌亂。我不抱太大期望，不過走著瞧吧！我們最好九點就到你家。」

「過來一起吃晚餐吧！」

「脫不開身，不過我會盡早趕過去的，以防他提前打來電話。我們會當機立斷。你的住址？」

麥考利將位於史卡戴爾的住址給了我，起身說：「麻煩你替我向查爾斯夫人說再見，並感謝她——哦，順便說一下，我昨天那樣說哈里森・昆恩，並沒有別的意思，只是說我聽了他的投資建議後虧了很多，希望你不要誤會。你應該瞭解，我不是說他不好，也不是指責他業務能力不行。」

「我明白。」我說道，然後把諾拉喊來。

她跟麥考利握了手，又客套了幾句。他一邊忙著推開艾絲塔，一邊對我說「盡早來」，然後就離開了。

「曲棍球賽泡湯了，」我說，「除非你換個人陪你。」

「有什麼好戲我沒看到？」

「沒多少，」我把麥考利告訴我的事一五一十地跟她講了一遍，「不要問我怎麼看，我不知道。我很清楚，維南特精神不正常，但人並不像是他殺的，他似乎在玩某種遊戲——只有上帝才知道是什麼的遊戲。」

「我認為，」她說，「他是在掩護另一個人。」

「你認為他不是凶手，理由呢？」

她非常吃驚，「因為你不認為是他做的啊！」

「這個理由可不怎麼好。你覺得另外一個人是誰？」

「我還不清楚。不要笑我，我考慮了很多。不可能是麥考利，因為維南特在利用他掩護某個人，另外……」

「也不可能是我，」我提議，「因為維南特也想讓我當他的棋子。」

「對，」她說，「如果你繼續笑我，等我猜出了真凶，你一定會覺得自己非常笨。也不可能是咪咪或喬根森，因為維南特一直試圖抹黑他們。也不可能是紐納姆，因為他很可能是被同一個槍手所殺，況且人都沒了，也就沒必要掩護。還有，也不可能是莫雷利，因為維南特不喜歡他，兩人有過節。」她對我皺眉，「要是你能知道更多有關那個叫『麻雀』的胖子和那個大塊頭紅髮女的事就好了。」

「桃樂希和吉伯特呢？」

「關於他倆的事，你應該有所瞭解。你認為維南特很愛他們嗎？」

「不會。」

「說不定你只是想壓一壓我的士氣。」她說，「對他們有所瞭解的人，肯定不會懷疑到他們身上，不過我試著剔除個人情感，堅持用邏輯分析。昨天入睡前，我列了一張疑犯清單——」

「這種邏輯遊戲對治療失眠非常有效，就像——」

「去你的，不要自我感覺良好了，你現在的表現著實差勁。」

「我沒別的意思，」我吻了她，「這是件新衣服？」

「哈！膽小鬼，又在轉移話題了。」

27.

下午稍早時，我與吉爾特見面，簡單握手後立刻進入正題。「我沒帶律師，想和你單獨聊聊。」

他額頭微皺，搖搖頭，像是被我的話刺激到了。「事情絕非你想的那樣。」他耐心說道。

「但事實就是我想的那樣。」

他嘆了一口氣。「我本以為你和大多數人不一樣，不會犯這樣的錯誤，只是我們——你應該明白，我們的調查工作絕對會涉及到各方面，查爾斯先生。」

「我聽過太多類似的說辭。好吧，你想打聽點什麼？」

「我只想知道誰是凶手。」

「去問吉伯特吧！」我建議。

吉爾特努了一下嘴。「為何是去問他？」

「他告訴他姐姐，維南特告訴了他凶手是誰。」

「你的意思是，他與他父親見過面了？」

「桃樂希說她弟弟是這樣說的。我還沒問吉伯特。」

他用水汪汪的大眼看了我一下。「查爾斯先生，這究竟是什麼爛攤子啊？」

「你說喬根森一家？我不比你更瞭解他們。」

「你比我瞭解得多，」他說，「這是事實。我實在搞不懂他們。還有，這位喬根森夫人又是誰？」

「一位金髮女郎。」

他失望地點點頭。「嗯，我也只知道這麼多。不過老兄，你和他相識已久，而且咪咪提到，你和她——」

「我還和她女兒，」我說，「跟茉莉亞·沃爾夫，還有艾斯特夫人。我到處勾搭女人。」

吉爾特舉起一隻手。「你別生氣，我不是說她每句話都可信。希望你不要介意，我認為你的態度有問題，似乎把我們放在了對立面。這樣就完全錯了，真不是那麼回事。」

「也許吧，不過從昨晚到現在，你就沒跟我說句明白話——」

他那淡色的眼珠緊緊盯著我，鎮定地說：「我只是在做一個警察該做的事。」

「非常公道。你今天吩咐我過來，有什麼目的？」

「怎麼是吩咐？明明是請你。」

「好吧！你有什麼目的？」

「我不想和你來這套，查爾斯。」他說，「之前我們一直信任彼此，有什麼話都開誠布公地講，我希望能繼續保持下去。」

「是你變了。」

「我並不認同。聽好了，查爾斯先生，我需要你坦白告訴我：你是否對

我沒有任何隱瞞？」

說什麼都沒用——他沒有要相信我的意思。我說：「差不多吧！」

「差不多，對。」他抱怨，「每個人都將全部事實差不多地告訴我。我真希望某個差不多的混蛋能說得痛快一些。」

我非常理解他的感受，對他十分同情。我說：「或許你能找到的人裡面，並沒有一個人瞭解所有事實。」

他滿面愁容。「也許真的是這樣。查爾斯先生，我與每個我能找到的人都認真談過。如果你還能替我找出什麼人，我照談不誤。你是說維南特嗎？我們警局從上到下沒日沒夜地工作不就是為了找到這個傢伙嗎？」

「也可以找他兒子啊！」我說。

「沒錯。」他同意了。他讓安迪和另一個黑皮膚、八字腳、名叫克萊恩的手下進來。「去把那個維南特小鬼帶過來，我得和他聊聊。」他們出去了。他說：「看到了吧，我可以跟任何人談。」

我說：「今天下午你心情很差，是不是？你將喬根森從波士頓帶回來了嗎？」

他聳聳肩。「他說的倒像是真話。你願不願意給我一些意見？」

「沒問題。」

「說實話，今天下午我的心情確實不太好，」他說，「昨晚我一夜沒睡。這種日子太難熬，真不知道我堅持下去的理由是什麼。我完全可以買塊地，圈起來，養幾隻銀狐找點樂子。總之，自從1925年喬根森被你們嚇到之後，就急忙逃到了德國，丟下了妻子——這方面他沒多說——而且隱姓埋名，增加了你們找到他的難度。為了躲避追捕，他不敢從事之前的工作，於是收入大不如前。他只得四處打零工，做各種類型的工作，不過我猜他大部分時間都在當小白臉，你明白我說的吧，可是沒遇上什麼有錢女人。然後，1927年和1928年他在義大利的米蘭。他在《巴黎先鋒報》上得知，剛與克萊德·維南特離婚的咪咪到了巴黎。他與咪咪互不相識，不過他瞭解到咪咪是個金髮蠢女人，愛玩，喜歡男人，沒腦子。他猜她離婚後會分得維南特一部分財產。他告訴自己，不管他從咪咪那裡弄多少錢，都不會超過維南特當初

騙走他的數目——他只是拿回一些原本屬於自己的東西。所以他花掉所有銅板，湊錢去了巴黎。目前找不出任何破綻吧？」

「的確沒有任何破綻。」

「我也這樣認為。後來，他在巴黎輕而易舉地就結識了她——自己搭上或經人介紹。接下來就非常簡單了。她很快就被他迷得神魂顛倒，還提出要嫁給他。他自然不會拒絕。離婚時維南特給了她一大筆贍養費——老天，足足有二十萬啊！因此再婚也沒關係。對他來說，這無異於抱上一座金山，所以兩人就結婚了。據他說，結婚的過程極其怪異，是在西班牙和法國交界的某個山區，在法國領土上由一個西班牙神父作為他們的證婚人，反正是不符合法律規定的。不過我認為他只是在為自己的重婚罪開脫而已。我根本就不在乎那些。重點是他找到這個大金庫就牢牢抓住，直到搬空的那一天。他說她只知道他是克里斯‧喬根森，一個她在法國遇到的人，即使他在波士頓被抓後，她依然蒙在鼓裡。目前還是找不出任何破綻吧？」

「是的，」我說，「除了你剛才提到的結婚過程有些不太合理，不過也無關緊要。」

「嗯，那都無所謂。所以到了冬天，他們的錢差不多花光了，他正準備摸走剩下的錢跑路時，咪咪提出也許他們可以回美國，從維南特那裡再弄些錢出來。他覺得值得一試，咪咪也認為沒問題，於是他們就坐船——」

「這裡有點問題。」我說。

「為什麼？他沒有回波士頓的打算，他知道自己的原配夫人還在那裡，他也試圖躲開幾個認識的人，尤其是維南特。而且他聽人說，法律規定有效追訴期是七年，他覺得風險很低，反正他們沒打算在美國待太久。」

「我還是認為此處有問題，」我堅持，「不過你接著講吧！」

「嗯，他剛到美國沒兩天——那時他們還在找維南特——倒楣事就發生了。他在街上遇到了他原配的一個朋友——就是歐嘉‧芬頓，兩人認出了彼此。他想辦法勸她不要將此事告訴他原配，還編了一些奇怪的理由——這個傢伙的想像力著實令人驚嘆——拖延了幾日，可是也沒拖太久。她去告解時問牧師該怎麼辦，牧師說她應該把此事向他原配坦白，她就這樣做了。後來

再遇見喬根森，她把一切都告訴了他。喬根森怕妻子做什麼傻事，於是急忙趕去波士頓，我們就在那裡將他逮捕。」

「他去當鋪又是做什麼？」我問。

「與他去波士頓有關。他說有一趟去波士頓的火車很快就要開了，他錢沒帶夠，又來不及回家取——況且在沒有處理好與原配之間的事之前，他也不想與現任這位糾纏。當時銀行已停止營業，所以他就去當了手錶。這一點我們調查過，情況屬實。」

「你親眼看到錶了嗎？」

「我可以去看。有問題嗎？」

「我只是懷疑。我覺得那個手錶很可能與咪咪交給你的那根錶鏈原本是連在一起的。」

他猛地跳起來。「老天！」接著又用充滿疑慮的眼神看了我一眼，問：「你知道一些內情，還是……」

「不，只是有些懷疑。他現在對凶殺案怎麼看？他認為誰是凶手？」

「維南特。他承認自己曾懷疑過咪咪，不過咪咪最終說服了他相信人是維南特殺的。他說咪咪不肯透露她具體握有維南特什麼把柄。這一點可能只是為自己開脫。我覺得他們肯定有意利用這個把柄敲詐維南特。」

「你看不出那把刀和錶鏈是咪咪故意栽贓的嗎？」

吉爾特嘴角上揚。「或許是他故意栽贓以趁機敲詐。有什麼問題嗎？」

「在我看來，這未免太過複雜。」我說，「是否查過費斯·派普勒，他還在俄亥俄州坐牢嗎？」

「嗯。下個月刑期結束。我們也調查了鑽戒，是他監獄外的一個兄弟替他送給茱莉亞的。看來，他們打算等他恢復自由後就結婚，遠走高飛什麼的。總之，那個典獄長說檢查過他們的信件。這個派普勒沒提供任何有價值的資訊，典獄長也想不起他們的信件裡有什麼值得注意的地方。當然，不是完全沒有用，還可以幫助推測作案動機。比如說維南特發現她戴著別人送的鑽戒還打算跟人家私奔，就醋意大發，然後——」他停下來接電話，「是的，」他拿著話筒，「是的……什麼……嗯……嗯……派幾個人過去……

對。」他將電話推開，「昨天四十九街發生一起命案，死者是一名流浪漢。」

「哦，」我說，「我剛剛似乎聽到維南特的名字了。你知道，話筒裡的聲音偶爾也會傳出來。」

他臉色變紅，清了清喉嚨。「也可能是相近的音——比如說『為難他』。對，聽起來很像『為難他』。哦，我差點忘了，我們調查了那個叫『麻雀』的傢伙。」

「有什麼發現？」

「大概和此案無關。他名叫吉姆・布洛菲。我猜他正在追求紐納姆的女人，她看不慣你，布洛菲又喝多了，以為打你一頓就能贏得她的芳心。」

「主意不錯。」我說，「希望你沒在史杜西那裡惹什麼事。」

「你們是朋友？他進過監獄，犯罪記錄不比你的手臂短。這你應該知道吧！」

「當然，我曾經抓過他。」我開始去取大衣和帽子，「你忙，我就不打擾了，還有——」

「不，不，有時間就多待一會兒，我還有幾件事，也許會比較合你胃口，另外維南特的那個小鬼很不好對付，我可能需要你的幫助。」

我又坐下。

「要不要喝點？」他一邊說一邊打開抽屜，不過我一般不喝警察敬的酒，就說：「不用了，謝謝。」

電話又響了，他接起來說：「對……嗯……很好。進來吧！」這次我沒有聽到聽筒裡在說什麼。

他仰靠椅背，雙腳放在桌上。「剛剛談到的銀狐牧場的事，並不是在開玩笑。我很想知道你對加州的看法。」

我正考慮是否要跟他聊聊加州南部的獅子和鴕鳥牧場時，門開了，一個紅髮胖子把吉伯特・維南特帶進來。吉伯特的一隻眼腫得十分厲害，左側褲腿膝蓋處也撕開了。

28.

「你叫他們把他抓來，他們就把他『抓』來了，是不是？」我對吉爾特說。

「等一下，」他對我說，「這絕對是誤會。」他問那個紅髮胖子，「趕緊說，弗林特，發生了什麼？」

弗林特用手背抹了抹嘴。「這個小鬼看起來挺老實，其實跟野貓差不多。不過，兄弟，說實話，他不願意來。而且他跑得太快。」

吉爾特小聲罵道：「我相信局長很快就會表彰你的英雄事蹟，不過現在先給我把重點講清楚，不要說廢話了。」

「我並沒有誇耀自己做了什麼大事的意思，」弗林特抗議，「只是——」

「你做了什麼都跟我無關。」吉爾特說，「我只關心他做了什麼。」

「是，長官，我正準備說。今早八點，我和往常一樣去接摩根的班，之前沒有任何異樣。直到大概兩點十分，突然有開鎖的聲音傳來。」他停頓了一下，似乎在等我露出驚訝的神情。

「沃爾夫小姐的公寓，」吉爾特向我解釋，「出於直覺，我派人在那裡盯著。」

「很厲害的直覺！」弗林特稱讚道，「老兄，你的直覺真厲害！」吉爾特瞪了他一眼，他慌張地繼續講，「是的，長官。門開了，這個小鬼出現了。」他得意又熱情地朝著吉伯特笑了一下，「他被嚇到了，我剛要靠近，他便飛快的跑開了，我追到一樓才把他抓住。然後，老天，他極力掙脫，我不得不對他的一隻眼睛下手，好讓他老實點。他看起來不凶，可是……」

「他在那裡做了什麼？」吉爾特問。

「他還沒機會做什麼，我……」

「你的意思是，你還沒等到看他下一步行動，就跳出來了？」吉爾特的臉像弗林特的頭髮一樣紅，脖子也變得很粗。

「我當時覺得最好先下手為強。」

吉爾特又氣又惱地盯著我，我盡量不露任何聲色。他氣得話都說不清楚，最後一句是：「好吧，弗林特，你先出去吧！」

那位紅髮男子似乎已非常不解。「是，長官。」他慢慢地說道，「他的鑰匙在這裡。」他將鑰匙放在桌上，走向門口。正要出門時又回頭說：「他聲稱自己是克萊德·維南特的兒子。」他愉快地笑著。

吉爾特激動地喊道：「哦，對啊，難道不是嗎？」

「沒錯，我看他很眼熟。我印象中他之前跟大矮子多倫幫混。當時他在……」

「趕緊滾！」吉爾特大吼，弗林特就出去了。同時，吉爾特的身體裡傳出一聲沉悶的哼聲。「那個蠢貨快把我氣死了。什麼大矮子多倫幫，老天！」他絕望地搖搖頭，問吉伯特，「小子，你有什麼要說的？」

吉伯特說：「我不該去的。」

「很棒的開場白，」吉爾特和善地說，他的表情變得正常了許多，「每個人都會犯錯。自己找把椅子坐好，我們看看能否幫你處理眼前的困難。需要敷眼睛的東西嗎？」

「不，謝了，沒什麼大不了的。」吉伯特將一把椅子向吉爾特那邊拉近了一點，坐下來。

「那個混蛋是無緣無故對你下手的嗎？」

「不，不，都怪我。我當時反應比較激烈。」

「哦，好吧，」吉爾特說，「誰都不喜歡被抓。這究竟是怎麼回事？」

吉伯特用那隻沒受傷的眼睛看我。

「你現在的處境很危險，你的命運完全掌握在吉爾特隊長手中，」我告訴他，「只有幫了他才能救你自己。」

吉爾特鄭重其事地點點頭。「說得很對。」他悠閒地坐在椅子上，溫柔地問道，「鑰匙是從哪兒來的？」

「夾在父親的信裡。」他從口袋中掏出一個信封交給吉爾特。

我來到吉爾特身後，探著身體看那個信封。地址是用打字機打的：科特蘭大廈，吉伯特・維南特先生收。上面沒有郵票。

「你是如何拿到這封信的？」我問。

「昨晚十點左右在樓下櫃檯取的。我沒問管理員信送來的具體時間。我想我和你們一起出門時信還未送達，不過也說不定只是當時管理員沒有交給我而已。」

信封裡面裝著兩張紙，字體相當笨拙，也很眼熟。吉爾特和我一同看信的內容：

親愛的吉伯特：

近年來沒與你聯繫，都是因為你母親不希望我們見面。現在我之所以要發聲，是因為我急需你的幫助，你只能違抗你母親的意志。你現在不小了，我覺得你在是否與我重續血緣關係或者繼續對我視而不見的問題上有自己的判斷力。你應該也瞭解到，我現在處境非常不妙，被捲進了茱莉亞・沃爾夫的謀殺案裡。我相信你還認我這個父親，至少會希望我在此案中是無辜的，而事實也的確如此。

我需要借助你向警方和全世界證明我是無罪的。我堅信即使你對我的感情不深，但你的天性使你不允許自己的、你姐姐的以及你父親的名譽受到玷汙。

雖然我有一個優秀的、信任我的，又很能鑽研的律師，而且尼克・查爾斯先生也可能會協助我，但我無法讓他們去做違法的事，所以除了你我無法去相信任何人。下面是我要你幫我做的事：明天去茱莉亞・沃爾夫位於東五十四街四一一號的公寓，信裡的鑰匙可以幫你開門。在一本叫《禮儀大全》的書裡，有一張紙或單據，你看過後立即將其銷毀——不要留一點灰燼。看過那張紙後，你就會明白做此事的必要性，也會知道我為什麼讓你執行這個任務。倘若計畫有變，今晚稍晚時我會打電話給你。

假如沒接到我的電話，我會明晚打過去，確認你的執行情況，同時安排

我們見面。我相信你一定能承擔這份重任，不會辜負我的期望。

愛你的，父親

　　下面是維南特潦草的簽名。

　　吉爾特等我發表意見。我也在等他。沉默了一會兒後，他問吉伯特：「最終他有沒有打電話過來？」

　　「沒有，先生。」

　　「你是如何知道的？」我問，「你不是吩咐過接線生不要接任何電話上來嗎？」

　　「我……沒錯。我擔心他打過來時，你們正好在，就發現了這件事。可是我覺得他會給接線生留言，結果也沒有。」

　　「這麼說你還沒跟他見面？」

　　「是的。」

　　「他也沒告訴你殺害茉莉亞·沃爾夫的真凶是誰。」

　　「沒有。」

　　「你騙了桃樂希？」

　　他望著地板，點點頭。「我……我想，那大概是出於嫉妒吧！」他抬頭看我，臉色發紅，「你知道，在桃樂希眼中，我一直都是無所不知，無所不曉的。你也知道，不管她碰到什麼問題，都會尋求我的幫助，而且完全採納我的建議。可是，自從你出現之後，她就變了。她對你的崇拜和尊敬更深——這很正常，我是說，如果她不這樣才傻，這不應該拿來比較，可是我……我想我嫉妒心太強了，而且非常生氣。呃，也不完全是生氣，因為我也非常崇拜你，於是我打算做點能夠吸引她的事——或者說是炫耀——所以收到信後，我就謊稱自己跟父親見過面了，還從他那裡得知凶手是誰，這樣她就會覺得我比你還厲害。」他停下來，邊喘著氣邊用手帕擦臉。

　　我又靜靜地等吉爾特先開口，很快他說道：「嗯，我覺得這算不了什麼，小子，只要你確定沒有對我們有任何隱瞞。」

　　吉伯特搖搖頭。「沒有，先生，我把所有事都告訴你們了。」

「有關你母親給我們的刀子和錶鏈，你也毫不知情嗎？」

「一點也不瞭解，先生，她把東西交給你們時我才知道這件事。」

「她現在怎麼樣？」我問。

「哦，應該沒什麼大礙了，不過她計畫今天一天都在床上度過。」

吉爾特瞇著眼：「她怎麼了？」

「狂躁症，」我告訴他，「昨晚她跟女兒發生爭執，然後就發瘋了。」

「爭執什麼？」

「天知道──女人們難免腦子進水。」

吉爾特搔了搔下巴說：「嗯。」

「弗林特說你還沒來得及找那張紙，對嗎？」我問吉伯特。

「是的。我門都沒關上，他就衝了上來。」

「我的手下們總喜歡幹這種蠢事，」吉爾特怒罵，「衝到你跟前時，他是否大叫一聲『不許動』？算了。小子，現在你有兩條路可以選，要嘛被關一段時間，要嘛被釋放，前提條件是你要答應我，只要你父親打電話過來，就立刻通知我，並說出你們的談話內容以及見面地點。」

我率先開口：「吉爾特，你不可以讓他這樣做，畢竟對方是他的親生父親。」

「不可以嗎？」他對我皺眉頭，「倘若他父親的確什麼都沒做，這樣不是對他更有好處嗎？」

我沉默不語。

吉爾特的眉頭逐漸舒展開：「好吧，那麼，小子，我姑且當你是假釋。如果你父親或其他人要求你做任何事，你都要拒絕，因為你以自己的名譽向我做出保證，你願意這樣嗎？」

吉伯特望著我。

我說：「聽起來很合理。」

吉伯特說：「好的，先生，我向你保證。」

吉爾特猛揮了一下手。「好吧，你可以離開了。」

吉伯特起身說道：「謝謝，先生。」又轉向我，「你是否要……」

「如果你不著急的話，」我告訴他，「就在外面等我。」

「好的。再見，吉爾特隊長，非常感謝。」他走了出去。

吉爾特拿起話筒命令手下找到那本《禮儀大全》和裡面的紙條，幫他帶回來。放下電話後，他枕著雙手，仰靠在椅子上。「怎麼樣？」

「所有人想的都一樣。」我說。

「喂，你難道還覺得維南特不是真凶嗎？」

「我的想法還重要嗎？你現在手握他大量的把柄，還有咪咪提供的證據。」

「當然重要。」他向我保證，「我很想聽聽你的觀點，還有相關的理由。」

「我妻子認為他是在掩護某人。」

「她這樣覺得嗎？嗯……嗯，女性的直覺有時的確值得重視。希望你不要介意：查爾斯夫人智慧超群。她認為維南特在掩護誰？」

「她還不確定。」

他嘆了一口氣。「唉，或許他讓兒子去拿的那張紙條上面有重要資訊。」

不過那天下午，那張紙條並沒有為我們提供有價值的線索：因為吉爾特的手下並未發現紙條。在茱莉亞的住處，也沒有那本《禮儀大全》的蹤影。

29.

吉爾特又將那個紅髮弗林特叫進辦公室，認真盤問了他一遍。紅髮壯漢十分緊張，一直冒汗，不過依然堅稱吉伯特絲毫沒有機會接觸公寓內的東

西，而且弗林特值班時，自始至終沒有任何人碰過任何東西。他對那本叫《禮儀大全》的書沒有任何印象，不過這種從來不讀書的人很難會去記什麼書名。他非常想幫忙，不停絮叨一些無腦的建議，最後吉爾特不得不將他趕了出去。

「小鬼或許在外頭等我，」我說，「再和他聊聊，看會不會有什麼幫助。」

「你認為會有用嗎？」

「不會。」

「那就不要聊了。不過，老天，那本書被人拿走了，我準備……」

「為什麼？」我問。

「什麼為什麼？」

「為什麼有人拿走了那本書？」

吉爾特摸了摸下巴。「你的意思是？」

「案發當天，他並未和麥考利在廣場飯店見面；他也沒在艾倫城自殺；他打算從茉莉亞・沃爾夫那裡拿五千美金，最終只拿了一千；我們以為茉莉亞・沃爾夫是他的情人，他卻表示他們只是朋友關係。他一直在讓我們失望，所以我並不相信他所說的話。」

「這倒不假。」吉爾特說，「倘若他來找我們解釋清楚或直接離開，我都會覺得比較正常。可是他行蹤如此不定，還將水攪渾了，我實在無法理解。」

「你們是否監視著他的店？」

「我們一直都緊盯著。怎麼了？」

「我不清楚，」我坦誠地說，「只不過他指出了許多事，我們從中沒有任何收穫。或許我們應該把注意力轉移到他沒指給我們的東西，比如他的店。」

吉爾特說：「嗯……是。」

我說：「我給你一些獨自思考的空間吧！」然後拿起我的大衣和帽子，「假如晚上我要找你，該如何與你聯繫？」

他給了我他住處的電話，握過手後，我便離開了。

吉伯特‧維南特在走廊上等我。我們兩個都沉默不語，直到上了計程車，他才問：「他覺得我沒有說謊，是吧？」

「當然，難道你沒有說實話嗎？」

「哦，不，只是有些人難免會對你有所懷疑。你不會將此事告訴我母親吧？」

「假如你不希望我告訴她，我就什麼都不說。」

「非常感謝。」他說，「在你看來，年輕人去西岸獲得的機會會比在東岸多嗎？」

我一邊想著他在吉爾特銀狐農場工作的場景，一邊回答：「現在可不一定。你打算去西岸？」

「不知道。我想找點事來做。」他整理一下領帶，「你一定會認為我這個問題很荒謬：犯亂倫罪的多嗎？」

「會有一些。」我告訴他，「不然『亂倫』這個詞從哪兒來。」

他臉頰泛紅。

我說：「我不會笑你的，這種事沒人理解，也沒辦法理解。」

我們都不說話，經過兩個街區後，他又開口：「我還想問你一個可笑的問題：你覺得我怎麼樣？」他問這個問題時，比愛麗絲‧昆恩更緊張。

「你人很好。」我告訴他，「可是你的想法存在很大問題。」

他看向窗外。「我還是不夠成熟。」

我們又沉默了一會兒。他咳了幾聲，嘴角流了一點血。

「那傢伙把你弄傷了。」我說。

他羞澀的點點頭，用手帕擦了擦嘴角：「我有些瘦弱。」

到了科特蘭大廈，他堅持不讓我扶他下車，表示自己一個人可以，可是我還是跟他一起上樓，懷疑他會隱瞞自己的傷勢。

他還沒拿出鑰匙，我就按響了門鈴。咪咪打開門，驚愕地望著吉伯特的黑眼圈。

我說：「他受傷了。先讓他上床，叫個醫生過來。」

瘦子

「這是怎麼了？」

「維南特讓他去做事。」

「什麼事？」

「先把他安頓好，等會兒再說。」

「可是克萊德來過，」她說，「所以我才打電話給你。」

「你說什麼？」

「他來過，」她認真地點點頭，「他還問吉伯特在什麼地方。大概停留了一個多小時。剛離開不到十分鐘。」

「好吧，我們先扶他上床吧！」

吉伯特堅稱他一個人沒問題，我就讓咪咪陪他進了臥室，自己去打電話。

「有人來過電話嗎？」我問電話那頭的諾拉。

「有，長官。麥考利先生和吉爾特先生要你回電話，還有喬根森太太和昆恩太太也要你回電。到現在為止，還沒有小孩打過來。」

「吉爾特什麼時候打的？」

「大概在五分鐘前。你一個人吃飯沒事吧？賴瑞約我去看奧斯古・柏金斯的新戲。」

「去吧，晚一點見。」

我打電話給赫伯特・麥考利。

「我們的朋友告訴我，他不能來了，」他對我說，「天知道他在做什麼。實話告訴你，查爾斯，我受不了了，我要去報警。」

「我現在也束手無策。」我說，「我自己也正準備通知警方。我在咪咪家，維南特在幾分鐘前離開了，我差點跟他碰上。」

「他去那裡做什麼？」

「我正準備去查。」

「你真的要打電話給警方嗎？」

「當然。」

「那就打吧，我很快過去。」

「好的，待會兒見。」

我打電話給吉爾特。「你剛走就有新聞發生，」他說，「你在什麼地方？說話方便嗎？」

「我在喬根森夫人家。我得把小鬼送回家。你那個紅髮小子將他打成了內傷，出了很多血。」

「我要殺了那個混蛋。」他大吼，「我現在還是先不要跟你說了。」

「我也有新聞。今天下午維南特來過這裡，停留了大概一個小時。據喬根森夫人說，我到這裡之前幾分鐘他才剛離開。」

電話那頭沉默了一會兒，接著他開口說：「先不要動，我馬上過去。」

咪咪回到客廳時，我正在查昆恩家的電話。「你認為他傷得重嗎？」她問。

「我不清楚，不過你應該立刻叫醫生過來。」我把電話遞給他，她撥號碼時，我說：「我已經把維南特來過的事告訴警方了。」

她點點頭：「我打電話給你也正是因為此事，我不知道該不該通知警方，想聽聽你的意見。」

「我也通知了麥考利，他一會兒就到。」

「他幫不上任何忙，」她氣憤地說，「克萊德自己要給我的——那都是我的。」

「你的？什麼？」

「那些債券和錢。」

「什麼債券和錢？」

她走到桌前，打開抽屜。「看到了嗎？」

裡面放著三包債券，用粗橡皮筋捆在了一起。最上面是一張公園大道信託公司開出的粉紅色一萬美元支票，領款人是咪咪·喬根森，簽名的是克萊德·米勒·維南特，日期是1933年1月3日。

「日期是五天之後。」我說，「這是在搞什麼？」

「他說他帳戶上現在沒那麼多錢，過幾天會再存些進去。」

「這些東西會害了你的。」我警告她，「你可要想好了。」

「我不明白為什麼。」她抗議，「我不明白我丈夫——我前夫——高興的話，為什麼不能供養我和孩子。」

「得了吧，你賣給他什麼了？」

「賣？」

「嗯，你對他做出什麼承諾，在接下來的五天內你怎樣做他才會把錢給你？這張非即期的支票就說明了一切。」

她非常無奈：「說實話，尼克，有時你那愚蠢的疑心病讓你的智商都變低了。」

「我正試圖學會拉低自己的智商，還差三門課我就修滿學分了。不過你給我聽好了，昨天我曾經告訴你，你也許到頭來會……」

「不要說了，」她喊道，用一隻手捂住我的嘴，「你就非要把那些話說出來嗎？你知道我害怕聽到那些。」她的聲音又變得溫柔，「你一定知道我這段時間過得有多艱難，尼克，你就不能可憐可憐我嗎？」

「不用擔心我，」我說，「你應該擔心警方。」我拿起電話，打給愛麗絲·昆恩。「我是尼克，諾拉說……」

「沒錯，你看到哈里森了嗎？」

「送他回家後就沒見過他了。」

「好吧，如果你見到他，不要提起我昨晚說的任何事，可以嗎？我只是隨口一說，千萬別當真。」

「我也這麼覺得。」我向她保證，「總之我會保守秘密的。他今天還好吧？」

「他離開了。」她說。

「你說什麼？」

「他離開我了。」

「之前也發生過，他會回來的。」

「我知道，但這回我非常擔心。他沒去辦公室，我希望他只是醉倒在什麼地方……這次我真的很擔心，尼克，他是否真的愛上那個女孩了？」

「他自己似乎是這樣認為的。」

「他這麼跟你說的？」

「那也不能當真。」

「你覺得去跟她談一談會有用嗎？」

「不會。」

「為什麼？她也愛上他了？」

「不。」

「你怎麼了？」她不耐煩地問。

「沒事，我現在在外面。」

「什麼？哦，你是說你現在不方便講話？」

「對。」

「你在……在那個女孩家？」

「是的。」

「她在那裡嗎？」

「不在。」

「你覺得她會跟他在一起嗎？」

「我不清楚。我想應該不會吧！」

「等你沒事了，能否打個電話給我？或者來我這裡一趟？」

「沒問題。」我答應了，然後掛掉電話。

咪咪正用她藍色的眼睛飽含深意地望著我。「有人相信了我們家小姐的戀愛遊戲？」

我沒理她，她笑著問：「桃樂希還在把自己裝扮成一個苦命少女嗎？」

「大概是吧！」

「而且還會繼續裝下去，只要能騙得到觀眾。而你，也跟其他人一樣被玩弄於股掌之間，卻不敢相信——哦，比如說，不敢相信我會說真話。」

「那是你個人的觀點。」我說，還沒等我說完，門鈴響了。

咪咪開門讓醫生進來。醫生是個矮胖而且駝背的老人，咪咪帶他去看吉伯特。

我打開抽屜，查看那些債券：郵政電信與電報公司的債券五張半、聖保

羅市債券六張半、美國瑟登帝產業五張半、美國字體鑄字公司六張半、上奧地利州六張半、聯合藥業五張、菲律賓鐵路四張、東京電力照明六張，面額大概有六千美金，估計市價是這個數目的三四倍。

門鈴再次響起時，我關好抽屜，替麥考利開門。

他看起來非常累，大衣沒脫就坐下來說：「好了，告訴我最壞的情況。他來這兒做什麼？」

「我還不知道，只知道他給了咪咪一些債券和一張支票。」

「我知道。」他從口袋中摸出一封信。

親愛的赫伯特：

我今天給了咪咪‧喬根森夫人一些債券（清單如下），以及一張公園大道信託的一萬美金支票，日期是1月3日。請在當天存入足額的錢以便兌現。我建議你拋售一些公共事業債券，不過這要看你自己的意願。

我現在不宜在紐約久留，可能幾個月之後才回來，不過我會跟你保持聯絡的。

抱歉今晚沒辦法赴約。

你誠摯的，

克萊德‧米勒‧維南特

潦草的簽名下面是債券清單。

「這封信是如何到你手中的？」我問。

「郵差送來的。你認為他給她錢的原因是什麼？」

我搖搖頭。「我問過咪咪，他說維南特是在『供養她和孩子』。」

「聽起來有些道理。」

「那些債券怎麼解釋？」我問，「我本以為他的財產都在你的控制下。」

「我一開始也這樣以為，可是我手上並沒有這些債券，我根本不清楚他有這些。」他將手肘拄在膝蓋上，雙手扶住下巴，「我不知道的事情真是太

多了。」

30.

　　咪咪和醫生一起來到客廳。「哦，你好，」她有些不自然地對麥考利說，然後兩人握了握手，「這位是格蘭特醫生，這是麥考利先生和查爾斯先生。」

　　「吉伯特怎麼樣了？」我問。

　　格蘭特清了清喉嚨說，吉伯特的情況並不嚴重。當然，被打一頓會造成內出血，多休息幾天就沒事了。他又清了清喉嚨說，認識我們很愉快，然後咪咪把他送了出去。

　　「吉伯特出什麼事了？」麥考利問我。

　　「在沒有任何理由的情況下，維南特讓他去茱莉亞的住處找一樣東西，結果跟一個硬漢警察撞個正著。」

　　咪咪走回來。「查爾斯先生把債券和支票的事告訴你了嗎？」她問。

　　「維南特先生給了我一張便條，上面交代這些情況。」麥考利說。

　　「那就沒有……」

　　「你說困難？我覺得應該沒有。」

　　她鬆了一口氣，神情也更加柔和。「我就不明白為何會有困難，只有他……」她指著我，「總喜歡嚇我。」

　　麥考利露出禮貌的微笑：「維南特先生是否提到過他的什麼計畫？」

　　「他說自己要離開什麼的，不過我沒太在意。我不記得他說要什麼時候離開、要去哪裡。」

我並不相信她的話。麥考利假裝沒有疑慮。「他是否提到茱莉亞、他的困難，或任何與凶殺案有關的事？能否給我複述一遍？」他問。

她果斷地搖頭：「不是我不想告訴你，他真的隻字未提。我問了，可是你也清楚，他十分固執。我問了好久，他一直在敷衍。」

出於禮貌，麥考利似乎不方便這樣問，可是我替他開口了：「他說了些什麼？」

「說實話，他並沒說什麼，只提到我們和孩子的事，尤其是吉伯特。他急於見吉伯特，等了差不多一個小時，等他回來。他也問了一些桃樂希的事，不過好像不太關心。」

「他提到了給吉伯特寫過信嗎？」

「隻字未提。如果你們真想知道，我可以將我們的對話完完整整地說一遍。他的出現，完全出乎我的意料。他甚至沒在樓下打電話通知一下，直接到房門口按門鈴，我一開門，他就站在那裡。與上次見面時相比，他看起來蒼老了許多，也更加消瘦。我說：『克萊德，你怎麼來了！』或者其他類似的話。他說：『家裡就你一個人？』我說是，他就進來了。然後他……」門鈴響了，她去開門。

「你怎麼看？」麥考利小聲問我。

「我可不敢相信她的話。」我說。

她把吉爾特和安迪領進門。吉爾特對我點點頭，又跟麥考利握了手，然後轉向咪咪說：「夫人，你必須告訴我們……」

麥考利插嘴：「隊長，我有一些重要的事要說，事情發生在喬根森夫人那件事之前，而且……」

吉爾特對麥考利揮了一下手。「有話請講。」然後坐在沙發上。

麥考利重複了一遍上午跟我說過的事。當他提到上午曾經告訴我時，吉爾特用尖銳的眼神瞄了我一下，之後就沒再理我。吉爾特靜靜地聽麥考利簡潔而清楚地講述他的故事，咪咪兩次想打斷他，但都放棄了，老實地繼續聽。麥考利講完後，就把提到債券和支票的便條交給了吉爾特。「今天下午郵差送來的。」

吉爾特認真地看了那張便條，然後對咪咪說：「輪到你了，喬根森夫人。」

她將剛才維南特來訪的事又描述了一遍，吉爾特耐心地提出問題，她也一一解答，但仍堅稱維南特沒有提到任何有關茱莉亞·沃爾夫或其凶殺案的事。至於她收到的債券和支票，只是他拿來照顧她和孩子的。至於維南特表示要離開，咪咪也說不清楚他什麼時候走、要去什麼地方。在場所有人的懷疑態度好像對她沒有任何影響。她微笑著總結道：「總之，他人還不錯，就是精神不太正常。」

「你是說，他的精神真有問題，」吉爾特說，「而不只是有些瘋癲而已？」

「是的。」

「為何如此肯定？」

「哦，只有和他住在一起的人，才能真正體會到他到底有多不正常。」她裝作很認真的樣子說道。

吉爾特對此並不滿意：「他剛才穿什麼衣服？」

「棕色西裝、棕色大衣和帽子，印象中鞋子也是棕色的。白襯衫，紅色或紅棕色花紋的灰色領帶。」

吉爾特轉頭對安迪說：「把這些情況告訴大家。」

安迪中午出去。

吉爾特摸著下巴，皺著眉頭思考。其他人都將目光聚集到他身上。隨後他放下手，輪流盯著咪咪和麥考利，但沒有看我，開口問道：「你們有誰知道姓名縮寫是DWQ的人嗎？」

麥考利慢慢地搖搖頭。

咪咪說：「不知道，怎麼了？」

吉爾特看看我：「你呢？」

「我沒聽過。」

「怎麼了？」咪咪又問。

吉爾特說：「仔細想想，他可能跟維南特有過交集。」

「那是多久之前的事？」麥考利問。

「一時說不清。也許是幾個月前，也許是幾年前。是個身材魁梧的傢伙，肚子大，骨架寬，說不定腿上還有毛病。」

麥考利再次搖頭：「我印象中沒那樣一個人。」

「我也沒印象，」咪咪說，「可是我十分好奇，希望你能告訴我們究竟是怎麼回事？」

「當然，我會說的。」吉爾特從口袋中掏出一支雪茄，看了一眼，又放回去，「維南特店裡的地板下面埋了一個死人，就是那副模樣。」

「啊！」我驚呼一聲。

咪咪摀住嘴，陷入了沉默，眼睛瞪得巨大。

麥考利皺著眉頭問：「你確定？」

吉爾特嘆了一口氣。「不是每個人都能猜到這種事。」他無精打采地說。

麥考利臉色泛紅，尷尬地笑了笑。「我的問題的確很蠢。你們是如何發現屍體的？」

「嗯，查爾斯先生一直提醒我們應該注意那家店，所以考慮到這位先生是個深謀遠慮的傢伙，今天上午我就派一幫人前去搜查。之前我們也大概查看了一下，沒有任何發現，但是這次我命令他們要檢查得徹底，因為查爾斯先生著重提到那個地方。查爾斯先生是對的。」他用冰冷的眼神望著我，「他們仔細檢查，發現水泥地板上有個角落看起來比其他地方新，於是就挖開來，結果發現了DWQ先生的屍體。你們怎麼看？」

麥考利說：「我覺得查爾斯先生真是料事如神。」他轉向我，「你是如何——」

吉爾特打斷他。「我認為你這樣說不是很恰當。倘若只是猜測的話，你就低估了查爾斯先生的智慧。」

麥考利被吉爾特的語氣搞得一頭霧水，非常不解地看著我。

「由於之前沒有把我們早上的談話內容告訴吉爾特先生，他現在正生我的氣。」

「那不是全部原因。」吉爾特冷酷地附和道。

咪咪笑出聲，吉爾特瞪了她一眼，她又露出歉意的微笑。

「DWQ先生是怎樣遇害的？」我問。

吉爾特有些猶豫，似乎在考慮是否要回答，隨後聳了聳肩說道：「我還不清楚，也不知道他具體的遇害時間。我還沒見到屍體的狀況，據我所知，驗屍官也還沒見到。」

「遺骸是什麼情形？」麥考利又問。

「哦——嗯。報告上說，屍體被分割成塊埋在石灰之類的東西裡，因此肉都腐爛得差不多了。不過他的衣服也被包起來埋在那兒，裡面殘餘的東西還能為我們提供一些線索。還發現了一截頂端由橡膠製成的拐杖。這也是我們推測他的腿可能有毛病的依據，而且——」安迪走進來，他停下來，「什麼事？」

安迪失望地搖搖頭。「沒一個人看到他進來或出去。簡直太可笑了，會有如此瘦的人，瘦到往返一次都沒留下半個影子？」

我笑起來——不是因為他的話好笑——然後說道：「維南特沒你說的那麼瘦，不過也的確夠瘦的，瘦得跟那張支票或那些信紙一樣。」

「怎麼回事？」吉爾特問。他滿臉通紅，神情中滿是怒火和疑慮。

「他早就死了，只活在紙上。我敢打賭——而且是拿錢跟你賭，那個與腿腳有毛病的胖子的衣服埋在一起的，就是他的屍骨。」

麥考利的身體靠向我。「你敢肯定嗎，查爾斯？」

吉爾特對我大吼：「你到底是什麼意思？」

「看你是否敢跟我賭。誰會費這麼大勁來處理一具屍體，又將最容易說明死者身分的衣服完好無損的放在那兒？除非——」

「但那些衣服並不是完好無損的，而是——」

「當然不是，看起來一定會有些破損，不過也足以傳達凶手想告訴他人的資訊。我敢肯定那個姓名縮寫絕對十分清晰。」

「我不清楚。」吉爾特的怒氣消了很多，「縮寫就刻在皮帶扣上。」

我笑起來。

咪咪憤怒地說：「簡直荒謬至極，尼克，那不可能是克萊德。你知道他下午來過這兒，你知道他⋯⋯」

「省省吧⋯⋯不要再拿他來做文章了。」我對她說，「維南特死了，你的孩子也許可以繼承他的財產，你能拿到的錢可比那個抽屜裡的多得多。倘若有機會把一切都收入囊中，又何必在乎這點小錢？」

「我不明白你的意思。」她臉色蒼白地說道。

麥考利說：「查爾斯認為今天下午維南特並沒有來，那些債券和支票是你從其他人那裡弄來的，也說不定是你偷的。是不是？」他問我。

「大概是這樣。」

「這太可笑了。」她堅持。

「老實點，咪咪。」我說，「假設維南特三個月前就遇害了，凶手將他的屍體偽裝成其他人的。維南特應該曾把自己的經濟事務全權交給律師麥考利來處理。那麼，接下來，他的全部財產會永遠落在麥考利手上，或至少等他把錢揮霍光為止，因為你沒有一點辦法⋯⋯」

麥考利起身說：「我不明白你的意思，查爾斯，可是我⋯⋯」

「不要緊張。」吉爾特告訴他，「聽他講完。」

「他害死了維南特，也殺了茱莉亞，還有紐納姆，」我認真地對咪咪說，「你有怎樣的打算？成為下一個被殺掉的人？你應該很清楚，一旦你踏上他的賊船，說你看到維南特還活著——因為這是他最擔心的一點，他聲稱自己是十月之後唯一見過維南特的人——他可不允許你有反悔的機會。只需用同一把槍將你殺死，再栽贓給維南特就行了。而你得到的東西呢？不過是幾張債券罷了。假如我們能夠證明維南特已經死亡，比起你能從子女身上獲得的錢，這些都不值一提。」

咪咪轉向麥考利大罵：「你這個混蛋。」

吉爾特滿臉驚愕地望著她，之前我所說的話都沒能讓他有如此激烈的反應。

麥考利開始行動。沒等他出手，我便一拳打在他的下巴上。這一拳十分恰當，狠狠地將他掀翻在地，可是我感到身體傳來一陣劇痛，知道我的傷口

又裂開了。

「還愣著做什麼？」我對吉爾特大吼，「難道要我替你打包好嗎？」

31.

大約凌晨三點，我走進諾曼第旅館。諾拉、桃樂希，還有賴瑞・克羅利都在客廳裡。桃樂希在看報，諾拉和賴瑞在下雙陸棋。

「麥考利真的是凶手嗎？」諾拉馬上問我。

「沒錯。早報有沒有提到維南特？」

桃樂希說：「沒有，只提到麥考利被抓起來了。怎麼了？」

「麥考利也把他殺了。」

諾拉說：「沒開玩笑吧？」賴瑞說：「該死。」桃樂希開始抽泣，諾拉吃驚地望著她。

桃樂希哭著說：「我要回家找母親。」

賴瑞冷淡地說：「我非常願意陪你回去，如果你……」

桃樂希說她打算離開，諾拉忙著安慰她，但並未勸她留下。賴瑞極力掩飾自己的不快，拿著大衣和帽子跟桃樂希一起走了。

諾拉關好門，然後靠在上面：「趕緊解答我的疑惑吧，查拉蘭彼得斯先生。」

我搖搖頭。

她坐在我身旁的沙發上：「說實話。倘若有一點疏漏，我就……」

「講之前，我得先喝一杯。」

她給我倒酒時，嘴裡還罵個不停。「他都招了嗎？」

553

瘦子

「為什麼要招？他現在已經難逃一級謀殺罪了。有許多謀殺——而且其中至少兩起是非常明顯的蓄意謀殺，地方檢察官肯定不會以二級謀殺罪起訴他的。除了矢口否認，他沒有任何辦法。」

「不過都是他做的，這應該是真的吧？」

「當然。」

她推開我拿到嘴邊的杯子：「不要拖拖拉拉了，快點講一講詳細情況。」

「嗯，實際上他和茱莉亞聯手從維南特那裡騙錢有很長時間了。他一直在玩股票，又發現了朱麗婭的過去——和莫雷利所暗示的一樣——於是就與她勾結在一起。我正在查麥考利和維南特的帳本，想追查兩個帳戶之間的交易流向並沒有太大難度。」

「所以你們還不確定他是否盜取了維南特的錢？」

「當然確定。只有這樣才說得過去。在我們看來，維南特10月3日的確要出遠門，因為他確實從帳戶上領了五千塊現金。可是他並未關掉自己的店鋪，也沒有放棄公寓，那是麥考利幾天後去處理的。維南特三號晚上在麥考利位於史卡戴爾的住處遇害。之所以做出這樣的判斷，是因為10月4日早上，麥考利家的保姆去上班——保姆晚上住自己家——麥考利將她拒於門外，隨便挑了一些毛病，給了她兩個星期的薪水當場將其辭退，免得她進屋看到屍體或血跡。」

「你們是如何發現的？不要漏掉任何細節。」

「就是按照程序來的。我們把他抓起來後，自然就去他辦公室和家中搜查——你知道，就是問一些哪一天晚上你在什麼地方之類的具體問題。他現在的保姆說，她是從10月8日才開始為麥考利工作的，於是我們就順著這條線索查了下去。另外我們還在一張桌子上發現了一處模糊的痕跡，很可能是人血。化驗人員正在進行檢測，得看最終的結果。」（結果那是牛血。）

「所以，你們還不敢肯定他……」

「不要這樣說了。我們當然肯定，只有這樣才說得過去。維南特發現茱莉亞和麥考利在騙他的錢，而且懷疑他倆勾搭在一起——我們知道他嫉妒

心很強——所以他就帶了一些證據去找他。麥考利害怕因此坐牢，就把老維南特殺了。現在不要說我們不敢肯定了。除了這，還有其他理由嗎？接下來，又有一具屍體擺在他面前，而且處理起來也比較棘手。我能喝口酒緩緩嗎？」

「只許喝一口。」諾拉說，「怎麼說這都只是推理呀。」

「無論如何，反正我覺得事實基本就是這樣。」

「可是我認為不管是誰在被證明有罪之前，都應該做無罪辯護。倘若有任何合理的懷疑，他們……」

「你說的是陪審團那一套，不是針對偵探的。你懷疑某個人就是凶殺案的真凶，立即將其投入監獄，讓眾人都知道你覺得他犯了罪，再在報紙上刊登他的照片。檢察官根據手頭的資料建立起最佳理論，同時你到處去搜集其他證據。從報紙上的照片認出他的人，還有那些直到他被抓才相信他犯了罪的人，會不斷地來找你說有關他的事，用不了多久時間就可以給他定罪了。」（兩天後，布魯克林的一位婦女認出麥考利三個月前曾經化名喬治・佛利向她租房。）

瘦子

「可能聽起來存在一些漏洞。」

「倘若凶手是數學家，」我說，「就可以應用數學方法來解決問題。但大多數凶手並非數學家，此案也不是。我不想和你爭辯，可是假如我說他也許會分屍，方便分批運進城中——這種解釋最合理——應該就發生在10月6號或之後，因為他是在那時才將維南特店裡的兩個工人普倫迪斯和麥克諾頓炒了魷魚，並且把店鋪關了。接下來他挖開地板，將維南特的屍體放進去，給他穿上胖子的衣服，放好拐杖，以及刻著DWQ字樣的皮帶，避免它們黏上太多石灰，或其他腐蝕性的東西。然後他再用水泥將地板抹平。透過警方的調查和媒體的報導，我們很快就能查出水泥、衣服、拐杖，以及石灰的來源。」（後來，我們查到他是從城外一個炭木商那裡買來的水泥，但其他東西則來路不明。）

「但願如此。」她淡淡地說道。

「處理好所有事情之後，只需繼續租用那家店面並一直不開門，裝作在

等維南特回來。他也很有把握——沒人能發現屍體，就算是發現了，也會以為殺害胖子DWQ先生的凶手是維南特。那時維南特的屍體唯一能留下的就是幾塊骨頭，單憑骨架很難判斷一個人的身材——於是，這就解釋了維南特為何一直不肯露面。這些工作做完後，麥考利偽造了授權書，並與茱莉亞合力侵吞維南特的財產。接下來這部分完全是我的推理。茱莉亞害怕殺人。麥考利擔心她會因為軟弱而出賣他，所以逼茱莉亞和莫雷利分手，讓人以為這是維南特嫉妒心太強造成的。他又害怕茱莉亞一時控制不住告訴莫雷利真相，況且茱莉亞的老情人費斯·派普勒很快就要刑滿釋放了，使得他極度不安。只要費斯不出獄，他就平安無事，因為典獄長會檢查他們的通信，她不會寫信告訴他這件事，這樣太冒險了，可是現在……所以他有了新計畫，然後許多意想不到的事發生了。咪咪帶著孩子回來找維南特，我也來到紐約，又聯繫上他們，而他認為我會插手此事。於是他一不做二不休，就把茱莉亞殺了。到現在為止，你覺得還不錯吧？」

「對。可是……」

「可是情況越來越糟，」我繼續說，「那天來這裡吃午餐時，他中途打電話到自己的辦公室，自稱是維南特，並約他在廣場飯店見面，這樣一來就製造出維南特還在城中的假象。為了更逼真，他又打電話回自己辦公室，問是否有維南特的留言，然後打電話給茱莉亞。茱莉亞告訴他咪咪要過去，又說她告訴咪咪自己並不清楚維南特在哪裡，咪咪不信。於是他決定趕在咪咪前面到茱莉亞那裡把她幹掉。他的槍法相當爛，戰爭中我見識過他的射擊技術，大概第一槍射中了電話，沒有傷到茱莉亞；另外四槍也沒當場把她打死，不過他可能以為她已經沒命了。總之，在咪咪到來之前，他就跑掉了，還故意把自己帶來的維南特的錶鏈留在案發現場——那個錶鏈在他手上已保存了三個月，也充分說明他從一開始就打算對茱莉亞下手。接著，他又趕去赫爾曼的辦公室以製造自己不在場的證明。只不過有兩件事超乎了他的預料：第一，一直在追求茱莉亞的紐納姆看到他從公寓裡出來，甚至可能聽到了槍聲；第二，咪咪試圖從前夫維南特那裡敲一筆，就把錶鏈藏了起來。這就是他跑到費城發電報給我，還寫信給自己和愛麗絲姑媽的原因——倘若咪

咪以為維南特栽贓給她，她一定非常氣憤，就會將可能證明維南特犯罪的證據交給警方。只不過後來是她對喬根森的怨恨才使得她交出了證據。另外，麥考利早發現了凱爾曼與喬根森是同一個人，在幹掉維南特之後，他立刻找偵探去歐洲調查咪咪一家的情況——他們對維南特財產的渴求對他來說也是一種潛在威脅。那些偵探提供的報告就裝在麥考利的檔案裡，喬根森的真實身分已經暴露了。當然，麥考利假裝是為維南特調查這些。接下來他就對我十分防備，因為我覺得維南特並非凶手，而且——」

「你為什麼會這樣想？」

「他沒有必要寫信來揭發幫他藏匿證據的咪咪。這就是為何咪咪拿出證據時，我認為這些證據是假的，只不過我本以為是咪咪一手策劃了這一切。莫雷利也讓麥考利十分擔心，因為他不希望任何人在證明自己無罪時，會將嫌疑推到其他人身上。咪咪那邊不用擔心，因為她肯定會把罪名推到維南特身上，其他人就不一樣了。倘若大家都懷疑是維南特做的，人們就不會想到維南特已經死了；倘若大家沒想到麥考利已經幹掉了維南特，那就更不會把其他人的死聯繫到前者身上。整個計畫最重要的一環，就是維南特早就沒命了。」

「你的意思是，從一開始你就想到了這些？」諾拉盯著我問。

「不，親愛的，儘管我一開始沒有發現這一點，但一聽到地板下面埋了屍體，不用看驗屍報告，我也敢肯定那就是維南特。絕對是他，不可能有錯。」

「講了這麼多，你一定很累。」

「另外麥考利也擔心紐納姆。他把莫雷利扯進來，只是為了向警方示威罷了。他找到麥考利。親愛的，這些又是我猜測的。我曾經接到一個自稱是亞伯特‧諾曼的人打來的電話，後來電話那頭一片嘈雜，然後就斷了。我猜當時紐納姆是去找麥考利談判，要拿封口費。麥考利威脅他時，紐納姆作為回應，打電話給我，約我見面，看我是否對他的情報感興趣。電話被麥考利一把奪過去，他口頭上答應給紐納姆錢。但後來吉爾特和我去找紐納姆談話，他偷偷跑掉，打電話給麥考利要求對方兌現承諾——可能是一大筆錢，

並保證拿到錢後就會遠走高飛，擺脫警方的糾纏。我們確定那天下午他曾經打電話過去——麥考利的接線生表示當時確有一位亞伯特‧諾曼先生打來電話，而且麥考利接完電話後就立即出門了，所以我前面那些推理還是有根據的。麥考利絕不會傻到以為用錢就可以讓紐納姆徹底閉嘴，所以就將其騙到那間公寓——或許是事先安排好的——然後就幹掉了他。」

「也許吧！」諾拉說。

「你已不止一次提到這個字眼了。給吉伯特的那封信只是為了證明維南特手裡有茱莉亞住處的鑰匙，派吉伯特去只不過是為了讓警方抓住他，然後強迫他交出信和鑰匙。後來咪咪終於交出了錶鏈，但又有了新的變數，她說服吉爾特對我產生些許懷疑。今天早上麥考利來跟我講故事時，本打算騙我去他家然後把我殺了，讓我登上維南特的獵殺名單。或許他後來改變了想法，也可能他見我並不同意讓警方一起行動，以為我心生疑慮。總之，吉伯特謊稱與維南特見過面，這又讓麥考利有了新計策：倘若他能夠讓其他人堅稱見過維南特……原因非常明顯。」

「謝天謝地。」

「今天下午他去咪咪家——乘坐電梯時故意往上多升了兩層，再走下樓梯去找咪咪，這樣電梯工作人員就不會記得他曾去過咪咪那層。他們進行談判：他對咪咪說，維南特絕對是凶手，問題是警方無法抓到他，而他麥考利掌握著維南特全部的財產，卻沒辦法使用。可是他確定咪咪有這個權利，只要她答應分給他一部分。他將身上的債權和支票給了咪咪，要她堅稱是維南特給的，而且還拿出了一張早已準備好的便條，說成是維南特送去的。他向咪咪保證，維南特有命案在身，不會站出來否認此事，而除了咪咪本人和她的孩子之外，沒人會盯著這些財產，也不會對這筆交易產生懷疑。在金錢面前，咪咪的智商通常為零，所以就答應了，而麥考利的目的就達成了——找到一個能證明維南特還活著的人。他警告咪咪，人們會懷疑維南特給她錢是有什麼特殊目的，只要她堅決不承認，別人也沒辦法。」

「所以今天早上他告訴你，維南特曾經盼咐他，不管咪咪要多少錢都照給，只不過是埋下伏筆？」

「也許吧，也說不定是在試探口風。說到這裡，我們認定他是真凶，你贊同嗎？」

「在一定程度上是贊成的。好像證據已經足夠多，不過不能說是完整。」

「完整得足夠給他判刑了。」我說，「非常全面，有理有據，我想不出還有什麼別的推論。當然找到作案槍枝也有一定幫助，還有他用來寫信的那台打字機，這些東西應該就藏在他身邊某個角落，方便隨時拿來用。」（我們在布魯克林那個他化名喬治・佛利租來的房子裡找到了這些東西。）

「你什麼時候都有理。」她說，「只不過我一直覺得偵探會等到查清楚每個細節——」

「然後發現嫌犯已經跑到了那些遙遠的、沒有引渡條約的國家。」

她笑了起來：「好好好。你還急著回舊金山嗎？」

「不了，除非你想早點回去。再多待一段時間吧，這件事情讓我少喝了許多酒。」

「我無所謂。你覺得咪咪、桃樂希還有吉伯特現在怎樣了？」

「跟原先一樣，繼續做咪咪、桃樂希和吉伯特，就像我們也繼續做自己，昆恩夫婦也還是昆恩夫婦。除了受害者——有時是罪犯本人——之外，謀殺對任何人的生活都不會產生太大影響。」

「也許吧，」諾拉說，「可是結局真的很不圓滿。」

血色的收穫

血色的收穫

一、唐納・威爾森之死

在比尤特的一艘名為「大船」的船上,我聽見一個叫希齊・杜威的紅頭髮清潔工把伯森維爾市叫成毒鎮[1],這是我第一次聽見這種叫法。不過我並沒有留心這件事,因為這名清潔工還會把襯衫叫成「受傷」。我後來發現,那些能正確發出捲舌音的人,也會把伯森維爾市叫做毒鎮,但我以為那是專門收錄竊賊黑話詞典裡一些無聊的幽默感。真正瞭解其中的原因,是在幾年

---

1. 伯森維爾市的英文為personville,通常不能正確發出r捲舌音的人,會將personville誤讀成poisonville。英文poison是毒藥的意思,這種誤讀會讓人將該詞聽成「有毒的城鎮」。——譯注

之後，我親自去了伯森維爾市。

在車站的時候，我用那裡的電話打給《先驅報》編輯部，告訴唐納‧威爾森我已經到了。

「今晚十點，可以來我家嗎？」他的聲音十分輕快好聽，「地址是山區林蔭大道2101號。從百老匯坐車，到月桂樹大街下車，往西過兩個路口就到了。」

我告訴他我會去，然後坐車去了大西部旅館。我把行李放在旅館，然後出門，想要四處逛逛，瞭解一下這座城市。

很多建築商都喜歡那種華麗但庸俗的風格，所以這座城市算不上好看。也許最開始沒這麼糟，直到磚砌的冶煉熔爐豎立在黑暗嶺旁。這條山嶺一直延伸到南邊。熔爐冒出黃色的煙，將所有東西薰得又暗又髒。

因為礦物開採，兩座山被弄得十分骯髒，而在這兩座髒兮兮的山之間的缺口處，正坐落著這座不太好看的、擁有四萬居民的城市。天空看起來像是從冶煉熔爐裡冒出來的，同樣髒兮兮。

我遇見了好幾個警察，但只注意了前面三個：第一個鬍子有些長，需要刮刮了；第二個的制服又破又舊，還少了兩顆鈕子；第三個嘴邊叼著一支雪茄，站在百老匯大道和聯合街的交叉口上指揮交通。這個地方，是城裡的主要道路口。

我在九點半的時候，從百老匯上車，然後按照唐納‧威爾森所說，到了街角。唐納‧威爾森的房子建在一片草地上，草地四周圍了籬笆。

有女僕來應門，她跟我說唐納‧威爾森出門了。我向應門女僕解釋，我已經與唐納‧威爾森約好了，這時候，一位婦人走到門邊。她應該不到三十歲，一頭金髮，穿一身綠色縐綢衫，身材很好。她的一雙藍色眼睛裡透著冷漠，即使在微笑，也不能減弱這種冷漠。對著這位婦人，我再次解釋自己的來意。

「我丈夫出門了。」她在發『s』這個音的時候，不太清晰，帶著很輕微的口音，「但是他既然跟你約好了，應該很快就會回來。」

她帶著我去了樓上的一個房間，這個房間對著月桂樹大街。房間是紅褐

色的，裡面放了許多書。煤爐燃著，半對著煤爐護欄架的地方有幾張皮椅。我跟婦人各自坐下，她開始問一些關於我和他丈夫生意上的事。

她問：「你住在伯森維爾市嗎？」

「不，在舊金山。」

「應該不是第一次來伯森維爾市吧？」

「第一次。」

「是嗎？喜歡我們這裡嗎？」

「不確定，還沒有好好看過。」我撒了謊，我已經看夠了這座城市，「今天下午我才到這裡。」

她閃爍的雙眼裡，原本有一種探究的意味，現在這種意味已經消失，她說：「你會發現的，這是一個沒意思的地方。」然後她追問，「我覺得，所有的礦業城市都是這個樣子。你從事的是採礦方面的工作嗎？」

「現在還不是。」

她看著壁爐架上的鐘，說：「真是不好意思，唐納這麼遠把你叫過來，卻讓你等了這麼久。已經很晚了，早過了辦公時間。」

我說沒關係。

她繼續探問：「大概跟生意沒關係吧？」

我沒有說話。她乾笑了一聲，笑聲很短促帶著諷刺的味道。

「其實我跟你想的不一樣，平時我並不愛管閒事。」她高興地說著，「可是你神秘兮兮的，讓我忍不住好奇。難道你是販賣私酒的？唐納時常換人。」

我隨便她怎麼猜，只是咧嘴笑笑。

電話在樓下響起。威爾森太太假裝沒聽見，她將穿著綠拖鞋的腳伸向燃著的壁爐。我不清楚她為什麼這麼做。

她說道：「我恐怕要——」她停下來，看向走廊上的女僕。

女僕說有電話找她。威爾森太太說了抱歉，然後跟女僕出了房間。旁邊就有分機，她用分機通話，所以沒下樓。

我聽見她說：「我是威爾森太太……是……對不起，能再說一次……

誰？您能大聲一點嗎……什麼？好的……好的……您是？喂！喂！」

她掛斷電話的時候，把掛鉤震動得噹噹響。然後她穿越走廊的急促腳步聲就傳了過來。

我點了一支菸，在聽見威爾森太太下樓梯的聲音之前，我一直盯著它。隨後，我走到窗戶邊，把窗簾的一角掀開，看外面的月桂樹大街，還有建在房子另一側角落的車庫——一個白色方形車庫。

沒多久，我的視野裡就出現一個身材姣好的女人，她穿著深色外套，戴著深色帽子。她從屋子裡出來，匆忙地進了車庫。這個人是威爾森太太。她開著一輛車出去了，一輛別克雙門小轎車。我重新坐回椅子上，耐心等著。

過了四十五分鐘，時間指向十一點五分，我聽見外面響起刺耳的剎車聲。威爾森太太兩分鐘後走進了房間，她把帽子和大衣脫掉了。她臉色發白，瞳孔的顏色變得非常深，近乎黑色。

「真對不起。」她說著話，雙唇抽動，「今晚我丈夫不會回來了，讓你白等一場。」

我說，明天早上我可以去《先驅報》找他。

走的時候，我覺得有些疑惑，她左腳拖鞋的腳趾部分沾了一片黑色的、濕潤的汙漬，似乎是血跡。

走到百老匯街，我上了一輛有軌電車。我在旅館北邊下車，與旅館隔了三條街。這裡是市政廳，側門邊上聚集了很多人，我想看看發生了什麼事。

標誌顯示，這裡是警察局。三四十個人站在人行道上，看著警局大門。其中大多是男人，只有幾個女人。人群裡面有礦工和冶煉廠工人，他們還穿著工作制服；還有一些粗俗的混混，從撞球間或者舞廳裡面出來的；還有伶俐的小白臉，打扮得十分花俏；還有打扮得體的丈夫和一樣得體的麻木女人，他們都顯出滿臉無趣；還有幾個上夜班的女人。

我在人群周圍站著，旁邊站了個男人，他身材方正，穿一身灰色的衣服，皺巴巴的。他最多三十出頭，厚厚的嘴唇以及臉色看起來都灰濛濛的。他的臉龐非常寬，輪廓分明，顯出聰慧。在他灰色的法蘭絨襯衫上，繫了一

個紅色的溫莎領帶，這是他渾身上下唯有的一點色彩。

我問他：「怎麼回事，為什麼這麼吵鬧？」

他大概想確認消息不會落入一個危險的人手裡，所以在回答前小心地打量了我一番。他的眼睛顏色跟他的衣服一樣，也是灰色的，只是顯得更為銳利。

「如果上帝不介意看見唐納・威爾森頭上的彈孔，他現在應該正坐在上帝的右邊。」

我問：「他被誰殺了？」

灰衣服男人在脖子後面抓了抓，回答：「一個有槍的人。」

我需要的不是幽默對話，而是真正有用的消息。那條紅色領帶引起我的注意，不然我不會過來跟他搭話。我說：「我是外地人。不要油嘴滑舌的，你們專門愛拿外地人取樂。」

「《先驅晨報》和《先驅晚報》的發行人——唐納・威爾森，一個真正的紳士。前不久在風暴街中槍身亡，沒人知道凶手是誰。」他像在誦讀饒舌歌的歌詞一樣，「這樣你就不會覺得在感情上受到傷害了，對嗎？」

「謝謝。」我伸出手指，碰了碰他領帶的一端，那端已經鬆開了，「你是隨意戴的，還是有什麼別的含義？」

「比爾・昆特。」

這個名字有點耳熟，「見鬼！」我喊了出來，希望想起這個人是誰，「天啊，碰見你真是太開心了。」

我拿出名片夾，裡面有很多身分證明，是利用各種方法從各個地方弄來的。我在名片夾裡翻找了一下，拿了一張紅色卡片出來，上面寫著我是一名海員，還是某個世界知名的產業工會會員，名字叫做亨利・尼爾。當然，上面寫的全是假的。

我拿出名片，遞給比爾・昆特。他拿著名片，前前後後十分小心地看了一下，然後又把名片放回我手裡，他將我從頭到腳地打量了一番，臉上全是懷疑的神色。

「反正他沒辦法死第二次了。」他說，「你準備去哪邊？」

「隨意。」

我們沿著街道漫無目的地走，到了路口拐彎。

他不經意地問：「你如果是水手，怎麼會到這裡來？」

「你怎麼知道我是水手？」

「你的名片！」

「我還有一張名片，寫著我是山林中的野獸。」我說，「我明天就可以弄一張我是礦工的，只要你想讓我當礦工。」

「這怎麼可能，這裡是我的地盤。」

我問：「所以季的電報你已經收到了？」

「去他的！這裡是我的地盤。」他對著一家餐廳門口點一下頭，問我，「來一杯？」

「有喝的就可以。」

我們從餐廳走過去，上了一段樓梯，進入二樓的一個房間。房間很狹小，裡面有長長的吧台和一排桌子。吧台和桌子邊上坐了幾個男女，他對他們喊了聲「嗨！」，點一下頭，然後把我帶到了吧台對面。那裡沿著牆面排列了很多小隔間，隔間都掛著綠色的簾子。

接下來，我們一直在聊天、喝威士忌，就這樣過了兩個小時。

灰衣服男人認為，包括最開始提到的那張名片在內，這些名片我都沒有權利亂用。他覺得我不算世界產業工人組織的好會員。他是伯森維爾市世界產業工人組織裡的重要一員，覺得有責任從我身上探取秘密消息，而且在談論一些激進的問題時，盡力壓制激動情緒。

我只關心伯森維爾市的事，對這些毫無興趣。在用閒談的口氣探尋我那張「紅卡」的時候，他也不介意偶爾說一點伯森維爾市的事情。

總結下來，我從他嘴裡得到的資訊有這些：

不久前剛被殺死的那個男人，他的父親是老伊利胡·威爾森。而四十年來，伯森維爾市裡裡外外，無論是靈魂還是心臟，都在老伊利胡·威爾森的掌控之下。伯森維爾礦業股份有限公司的總裁以及最大股東，第一國民銀行的總裁和最大股東都是他。這個城市僅有的兩份報紙《先驅晨報》和《先

驅晚報》也是他的。不論多少，所有重要的企業裡都有他的股份。除資產以外，一個美國參議員、幾個眾議員、州長、市長，以及大半個州議會都受他的操控。在以前，伊利胡·威爾森就是伯森維爾市，甚至是整個州。

世界產業工人組織在戰爭時期最為鼎盛，之後擴張到了西部。組織發動自己的會員，去幫助伯森維爾礦業股份有限公司的員工。工人們第一次被這麼放縱，他們靠著這一股新勢力，提出要求，希望得到所有想要的東西。老伊利胡·威爾森悉數接受，默默地等待機會。

終於，時機到了。1921年，生意特別差，老伊利胡單方面撕毀了跟工人們簽訂的合約，讓他們的狀況一夕之間回到戰前。即使這樣做，公司可能會有短暫關門的風險。

工人們自然會向工人組織求助，世界產業工人組織就把比爾·昆特從芝加哥總部派到了這裡。他建議那些老是搞破壞的工人們回去工作，這樣可以在公司內部搗亂，而不是跑出來進行罷工和遊行。不過伯森維爾市的會員們覺得這樣太過消極，並沒有採納他的建議。他們想要登上勞工歷史的舞台，留下濃墨重彩的一筆——他們罷工了。

為期八個月的罷工，導致兩敗俱傷。世產會的會員們只能自己上陣對抗，老伊利胡卻可以僱傭別人替他賣命，其中有槍手、工賊、美國國民警衛隊隊員，甚至部分正規軍。在踢斷最後一根肋骨，砸破最後一顆頭蓋骨後，伯森維爾市的勞工組織終於土崩瓦解。

但是比爾·昆特說，義大利黑手黨老伊利胡並不瞭解。他贏得了這次罷工運動，但犧牲了對這個城市和整個州的控制權。他僱來那些打手，為了打敗礦工們，他只聽打手的話。一直到罷工運動結束，他還沒能擺脫這種狀態。城市被交給了打手們，他卻沒有搶回來的能力了。他們看上了伯森維爾市，對於能掌控它感到非常開心。這個城市已然成為他們的戰利品，因為他們幫老伊利胡贏了罷工運動。而老伊利胡必須承擔打手們在罷工期間所做的一切，他們掌握了他很多秘密，他不敢跟打手們真正鬧翻。

聊到這裡的時候，我跟比爾·昆特都有些醉了。他將杯中的酒再次喝完，然後將擋住眼睛的頭髮撥開，開始講述由這段往事引發的後續。

「就現在的情況來看，芬蘭人皮特是他們之中最強的，我們正在喝的，就是皮特的。然後是陸‧亞德，城裡各種棘手事情都由他處理，另外他也做很多保釋金擔保方面的生意，派克街有家貸款公司就屬於他。他們還跟我說，陸‧亞德跟警察局局長洛南關係非常好。然後還有一個很黑的小個子，叫馬克斯‧塔雷爾，綽號私語者，他有很多朋友。馬克斯‧塔雷爾喉嚨有點問題，說話不太正常，他為人特別圓滑，做的都是投機賺取暴利的買賣。加上洛南，一共是四個人，他們一起幫著老伊利胡管理這個城市。他們所做的，已經超過伊利胡想要的，所以他必須跟他們配合，不然的話——」

我問：「今天被殺的人，也就是老伊利胡的兒子，他做了什麼？」

「他父親讓他做什麼，他就做什麼。如今他躺在那個地方，也是他父親的意思。」

「你是說他父親把他——」

「可能吧，不過我推測不會。王子殿下回來還沒有多長時間，幫他父親管理報紙的事情。這不像老魔鬼的風格，即使他半隻腳已經踏進了墳墓，他也不會眼睜睜看著別人拿走他的東西，卻無動於衷。他必須小心地防著那些人。他兒子和兒媳原本在巴黎，現在他把他們接回來，卻把他們當猴子耍。真是演了一齣父子情深的好戲。王子殿下想利用報社進行變革，把城市裡的罪惡之人和貪汙徇私的行為都清掃乾淨。這就是說，如果變革成功，皮特、陸和私語者都會受到牽連。你明白嗎？老人想用自己的兒子來整垮他們，我覺得他們已經失去耐心了。」

我說：「這樣的猜測不太對。」

「在這個亂七八糟的城市裡，不對的事情太多。聽夠故事了嗎？」

我說夠了，然後我們下樓，去了大街。我跟比爾‧昆特一起走，他跟我說他住在森林街礦工旅館，回去的話會經過我住的地方。在我住的旅館前面，路邊上有兩個人——一個肌肉特別結實，一個看著像是便衣警察。他們站在一輛史圖茲旅行車旁，正在跟裡面的人說話。

比爾‧昆特告訴我：「坐在車裡的人是私語者。」

我的目光從肌肉結實的男人身邊探過，看見了塔雷爾的側臉。他是一個

年輕的小個子，皮膚特別黑，五官像是雕刻出來的，端正好看。

　　我說：「他特別討人喜歡。」

　　「對，」灰衣人贊同我的說法，「也特別危險。」

二、伊利胡・威爾森

　　唐納・威爾森的死亡報導，佔用了《先驅晨報》兩頁篇幅。照片裡的唐納・威爾森在脖子上繫了一條條紋樣式的領帶。他有一頭捲髮，眼睛和嘴巴都帶著笑意，在下巴中間的地方有一道凹陷，這是一張聰明並且讓人喜歡的臉。

　　關於他死亡的報導非常簡潔：事件發生的時間是前天晚上十點四十分，他一共中了四槍，分別在腹部、胸部和背部，當場死亡。事件發生的地點是在風暴街1100號開頭的街區。附近有個居民聽見槍聲，往外面看，看到了躺在路上的死者，旁邊還有一男一女正在彎腰看死者。但這個居民沒能看清楚他們的樣貌，以及他們在做什麼，因為街上的光線太暗了。在這條街上出現其他人之前，這對男女就不見了。沒人知道他們長什麼樣。他們離開時，也沒被人撞見。

　　凶器是一把點三二口徑的手槍，凶手對威爾森開了六槍。有兩槍打在了一棟房子靠街的牆壁上。根據這兩發子彈的路徑，警察查出凶手的射擊點是街對面的一條狹窄小巷裡。關於這件凶殺案，目前只有這些資訊。

　　死者被稱為城市改革者。《先驅晨報》社論部分總結了他短暫的改革生涯，並且表示某些不希望城市變清明的人正是殺害他的凶手。《先驅晨報》上還說，警察局局長若想擺脫共犯的嫌疑，最好趕緊找到凶手，定他或者是他們的罪。這是一篇沉痛而直白的社論。

　　在喝第二杯咖啡的時間裡，我將這篇社論看完，隨後上了一輛百老匯街車。在月桂樹大街我下了車，轉身走向死者家。

在離他家還有半條街的時候，發生了一件改變我想法和行程的事。在我前面，有一個小個子年輕人先穿過了馬路，他穿一身深棕色三件式西裝，側臉黝黑，非常好看。他就是綽號為私語者的馬克斯・塔雷爾。我立刻拐向了山麓大道，進入大道的前一瞬，恰好看見他的棕色褲腳進入了死者唐納・威爾森的家。

　　我回到了百老匯大道，找到一家藥店，店裡有電話。我從電話本黃頁裡找到了伊利胡・威爾森家的號碼，然後打通了電話。接電話的人說自己是伊利胡的秘書。我跟他說，我是唐納・威爾森從舊金山找來的，知道一些跟唐納死亡相關的事，想要見一下他的父親。

　　他沒有答應替我預約，直到我再三強調各種利害關係。

　　老伊利胡的秘書是一個四十歲左右的男人，瘦削安靜，但眼神銳利。當他把我帶進房間時，床上的毒鎮沙皇用手撐起自己的身體。

　　他的頭非常小，像一個近乎完美的球形，白頭髮很短，緊貼著頭皮。他過小的耳朵緊貼在頭部兩邊，破壞了這個球形的完美。他的鼻子也特別小，像是從瘦削的額頭延伸出來的弧線。球形上的幾條直線，就是嘴和下巴。在肥厚的肩膀中間，掩在白色睡衣裡的脖子又粗又短。他放在被子外的一隻手臂，很短很結實，下面的手指很粗。他有一雙藍色的小圓眼，蒙著水氣，看起來像是刻意躲在了水霧和粗濃的白色眉毛下面，只有在時機對的時候，才會跳出來盯住什麼東西。你絕對不會去摸他的口袋，除非對自己的手指太過自信。

　　他的圓形腦袋突然轉動了兩英寸，示意我在床邊的椅子坐下，又用這個方式讓秘書走開，然後問：「我兒子怎麼了？」

　　他的聲音尖銳刺耳。他中氣十足，但嘴不夠大，所以發音有些模糊。

　　我告訴他：「我是個探員，任職於大陸偵探社舊金山分社。前幾天，你兒子寄來了一封信，一張支票。他想讓我們派個人幫他做一些事，所以我被派了過來。我按照他的指示，昨晚去了他家，但他不在。第二天，我回到市裡，才知道他已經被槍殺了。」

　　伊利胡・威爾森狐疑地看著我，問：「是嗎，然後呢？」

「我在他家等他，那時候他妻子接到一通電話，然後出門了。他妻子回來的時候跟我說，她先生今晚不回來了，我發現她的鞋上似乎沾了血漬。她十點二十分離開家，十一點五分回來，而你的兒子，十點四十分被殺。」

老人筆直地在床上坐著，用一堆難聽的字眼咒罵年輕的威爾森太太，直到他再找不到這種難聽字眼，才停下來。不過他覺得自己的力氣還沒有用完，吼到：「把她關起來了嗎？」

我說似乎沒有。

他十分生氣，很惡毒地喊叫起來，全是一些我不喜歡的骯髒字眼。他最後說：「你他媽還在這裡等著做什麼？」

我很想打他一耳光，但是他年紀太大，而且病得不輕。我笑笑說：「找證據。」

「證據？你想要什麼樣的證據？你已經——」

「別像個蠢貨似的。」我把他的叫嚷打斷，「她殺他的理由是什麼？」

「因為她就是個法國婊子！因為她——」

秘書恐慌的臉出現在門口。

「滾！」老人對他怒吼，那張臉不見了。

我在他繼續叫嚷之前發問：「難道她出於嫉妒？另外，你就算不這麼大喊大叫，我應該也能聽見你說話。我以前是有耳聾的毛病，但在吃酵母片之後已經好了很多。」

他的雙腿剛才將被子撐起了一塊，現在他把雙拳放在上面，朝著我揚起方下巴。

「即使我年紀大了，而且又得了重病，」他的語氣認真嚴肅，「但我還是特別想起來踹你的屁股。」

我沒管他，重複問一次，「她難道是因為嫉妒？」

「對，」他不再叫嚷，「並且飛揚跋扈，驕縱成性。她還疑心病極重，特別自私刻薄，貪婪無恥，滿嘴謊言。總之就是壞透了，無藥可救！」

「她有什麼理由嫉妒？」

「我也想知道。」他特別刻薄地說，「我真不願意看到兒子對她忠貞不

二！遺憾的是我兒子就是這麼做的，這是他為人處世的風格。」

「她為什麼要殺他？你也找不出原因吧？」

「找不到原因？」他再次怒吼起來，「我不是跟你說過——」

「是的。但那十分幼稚，沒有任何作用。」

老人猛地踢開腿上的被子，想要下床。可是他又認真思考了一下，然後抬起紅色的臉龐，開始吼叫：「史坦利！」

隨著他的叫喊，門被打開，秘書走了進來。

老人對我揮了揮拳頭，下令：「將這個混球丟出去！」

秘書扭過頭看我。我搖搖頭，向他提議：「找個人來幫忙更好。」

他的眉頭皺了起來。我們兩人年齡相仿。他比我高一個頭，我卻比他重五十磅，他太瘦弱。我的體重有一百九十磅，這可不全是脂肪。秘書有些忐忑，他微笑一下表示禮貌，然後走了。

我對老人說：「我想告訴你的是，今天早上，我原本想去找你兒媳婦談談，但是我看見了馬克斯・塔雷爾。他進了那間房子，我只能將自己的拜訪延後。」

伊利胡・威爾森輕輕地把被子拉回來，再蓋到腿上。他把頭靠在枕頭上，雙眼看著天花板，說：「哈，原來是這樣，對嗎？」

「什麼意思？」

「我的意思是她把他殺了。」他說得十分肯定。

一陣腳步聲從走廊裡傳來，這聲音比秘書的腳步聲更重。

「你利用自己的兒子經營——」

我的話說到一半，腳步聲已經到了門口。

老人對著門口的人怒吼：「滾！把門關上！」他凶狠地盯著我問，「我利用我兒子做什麼了？」

「把刀插向塔雷爾、亞德和芬蘭佬。」

「胡說八道！」

「整個伯森維爾市都這麼傳，這不是我說的。」

「瞎說。報社交給他經營，他可以做自己想做的事情。」

「你該解釋給你的同夥們聽，他們會相信的。」

「我要說的就是這樣！管他們信不信！」

「但是有什麼用呢？就算你兒子是被誤殺的，他也不會因此活過來。」

「殺他的是那個女人。」

「可能吧！」

「肯定是她！你跟你的『可能』都見鬼去吧！」

「可能吧！但是也要從其他的方面看一下，比如政治方面。你跟我說——」

「我跟你說，殺他的就是那個法國婊子。我還可以跟你說，你那些愚蠢至極的想法，全是胡思亂想。」

「但還是有研究一下的必要！」我十分堅持地說，「在我所能找到的人裡面，你最瞭解伯森維爾市內部政治狀況。你是他的父親，你應該能——」

「我應該能，」他又開始叫嚷，「告訴你，帶著你愚蠢至極的腦袋，一起滾回舊金山——」

我站了起來，生氣道：「我住在大西部旅館，如果你不改變態度，不願意好好談，就不要來招惹我。」

我從房間裡出來，走下樓梯。那個秘書在樓梯口處走來走去，他有些抱歉地向我微笑了一下。

我低聲地吼：「可真是個喜歡叫嚷的老混蛋。」

他低低地說：「他充沛的精力十分難得。」

我在先驅報社的辦公室裡，找到了死者的秘書。她姓路易斯，是一個二十歲左右的小女孩。她的眼睛特別大，是栗色的，頭髮是淺褐色，小臉蛋蒼白而漂亮。

她說，一點也不知道，老闆為什麼把我叫到伯森維爾市。

「不過，」她解釋著，「我猜威爾森先生沒辦法完全信任這裡的任何一個人，所以沒到必要的時候，他都不願意把事情說出來。」

「你也不行嗎？」

她臉上染了紅暈，說：「不行。不過他回來的時間不長，跟我們也不太熟。」

「不會這麼簡單吧！」

她咬住嘴唇，食指摳在死者擦得發亮的辦公桌上，一排指紋留在了桌子邊緣，「這個……他做的這些事情，他的父親一直……一直很反對。因為他父親才是這個報社的真正擁有者，所以我覺得唐納先生會理所當然地認為員工們對伊利胡先生更加忠心。」

「老人家一直反對變革？他既然是報社的真正擁有者，他為什麼不明著反對呢？」

「要明白這一點，你首先要清楚……伊利胡先生上次病倒的時候，就把唐納先生叫了回來。你知道的，唐納先生在歐洲度過了一生中大部分時間。伊利胡先生發電報把兒子叫回來，因為他的醫生普萊德告誡他，他必須放手事業上的事情。對於事業，伊利胡先生沒辦法完全撒手不管，這會讓他感到不安心，但他又想讓唐納先生留下，所以唐納先生回來後，他先把報社交給了他，讓他當發行人，就像如今這樣。唐納先生在巴黎的時候就很喜歡新聞業，他對這一行很有興趣。他發現市政府的工作和其他一些事情的狀況相當不好，便著手改革。但是他不知道……他離開家的時候還只是個孩子……他真的不知道……」

我幫她把話補充完整：「不知道他的父親也深陷其中，跟其他人一樣。」

她動了一下，有點不安，但沒有反駁我，而是研究著自己的指紋印，繼續往下說。

「伊利胡先生跟他吵了起來，警告他別招惹是非，不過他不肯收手。要是他能知道所有他該知道的情況，他可能會停手。但是我認為，他永遠都無法知道自己的父親深陷其中。關於這些事情，身為父親是很難向兒子開口的，所以他的父親絕不會向他說這些。伊利胡先生曾經威脅過唐納先生，說要收回報社，我不清楚這是不是他的真實想法。然後他在這個時刻病倒了，事情的發展就按照原樣進行。」

「唐納・威爾森有沒有對你說過什麼？」

「沒有。」她的聲音特別小，像是在說悄悄話。

「你是從哪兒得知這些事的？」

「我在嘗試……嘗試協助你找出殺害他的凶手，」她的語氣非常真誠，「你沒有這樣的權利——」

我毫不退讓道：「要是你能告訴我，這些事情你是從哪裡得知的，這將對我有極大的幫助。」

她咬住下唇，看著辦公桌。我靜靜等著。片刻後，她說：「威爾森先生的秘書是我父親。」

「謝謝。」

「你不要以為我們——」

我向她承諾：「我不會。威爾森昨天晚上把我約到他家，但他卻在那個時候跑去了風暴街，他去那裡做什麼？」

她說不知道。我問她，威爾森在電話裡讓我十點去他家，她聽見了嗎？她說聽見了。

「然後他做了什麼？認真回憶一下，試著想想，在你下班離開之前，他說過的話和做過的事。」

她皺著眉，閉著眼睛，靠回椅子上。

「如果真是你打來的電話，他跟你說去他家，那時候是兩點左右。然後唐納先生口述信件，我幫他寫。寫了兩封信：一封給紙廠；一封給基弗參議員，談論郵局規章的修改。然後——啊，對了！接近三點的時候，他出去了，去了大概二十分鐘的樣子，而且他開了一張支票才出門。」

「給誰？」

「不清楚，不過我看見他在寫。」

「他的支票簿是帶在身上的嗎？」

「不，在這裡。」她站起來，走到死者辦公桌前，準備把最上面的抽屜打開，「鎖住了。」

我過去幫忙。我把一枚迴紋針掰直，然後加上自己的刀片，撬開了抽

扉。女孩拿出一本支票簿，是第一國家銀行的，很薄。最後填的存根上，只寫了數額——五千美金。其他備註和名字，一概沒有。

我說：「他帶著支票，出去了二十分鐘？從銀行往返，這點時間夠嗎？」

「不用五分鐘就能到銀行。」

「你認真想想，在他開支票之前，有沒有什麼事情發生？比如留言、信件、電話等。」

她再次把眼睛閉上，「我再想想。他在口述信件，之後——天啊，我太蠢了！確實有電話，他打出去的。他說：『行，十點我能去，不過只能待一會兒。』接著他又說：『可以，十點！』然後他就沒再說什麼，就只說了幾個『好』。」

「對方的性別？」

「不清楚。」

「認真想想。在跟不同的人說話的時候，聲音肯定也是不一樣的。」

她想了一會兒，說：「可能是女人。」

「那麼那天晚上，你跟他誰先離開？」

「我先離開。他——我跟你說過的，伊利胡先生的秘書是我父親。因為要談論一下報社最近的財務情況，所以那天晚上稍早的時候，我父親跟唐納先生已經約好了要見面。五點剛過，我父親就到了。我猜晚飯他們是一起吃的。」

這些就是路易斯小姐能告訴我的所有事情。至於威爾森為什麼會在風暴街1100街區，她一無所知，也不知道威爾森太太的情況。

死者的辦公桌被我搜了一遍，但沒找到一點線索。我又去找了轉接電話的小姐，同樣沒有找到線索。然後我又找到通訊員和地方版編輯之類的人，詢問他們一些事情，花了我一個小時，結果還是一無所獲。死者確實很喜歡將事情藏在自己心裡，就像他的秘書說的那樣。

三、五千美金的去向

　　我在第一國家銀行找到了一位助理出納員。他姓歐伯利，是個二十五歲左右的金髮青年，相貌英俊。

　　我表明自己的來意：「我來是想要認證威爾森的支票。」

　　他說：「五千美金，這是給黛娜‧布萊德的。」

　　「你知道這個人嗎？」

　　「當然！我知道。」

　　「你介不介意把你知道的、跟她有關的事告訴我？」

　　「不介意，而且非常樂意。只是我還有一個會要開，已經晚了八分鐘……」

　　「晚上我們可以一起吃飯嗎？那時候你再跟我說。」

　　他說：「可以。」

　　「大西部旅館，晚上七點？」

　　「好的。」

　　「不打擾你開會了，我馬上走。但是走之前，還是想問一句，她在這個銀行有戶頭是嗎？」

　　「是的，今天早上，她就存了那張支票進來。現在警察拿到了那張支票。」

　　「是嗎？她的住址呢？」

　　「風暴街1232號。」

　　「呀，」我感嘆了一聲，留下一句「晚上見」，然後走了。

下一站，我要去警察局局長的辦公室。他的辦公室位於市政廳。

警察局長洛南長得胖嘟嘟的，一雙偏綠的、亮閃閃的眼睛嵌在帶笑的圓臉上。當知道我來伯森維爾市的原因時，他看起來非常高興。我們握了一下手，他拿了一支雪茄和一把椅子給我。

坐定後，他說：「現在告訴我，到底是誰在搞這些鬼？」

「我不會透露任何消息。」

煙霧在他面前繚繞，他高興地說著：「跟我一樣。那麼你猜呢？」

「在沒有瞭解真實情況之前，我不擅長瞎猜。」

「只需要一點時間，我就可以把所有真實情況告訴你。」他說，「昨天在銀行快要關門的時候，威爾森寫了一張支票，抬頭寫的是黛娜・布萊德，金額為五千美元。晚上他被一把點三二口徑的槍射死，遇害地點離黛娜・布萊德的家不到一條街。有人聽見槍聲，而且看見一男一女在屍體旁，正在彎腰查看。剛才說到的那張支票，在今早天剛亮的時候，就被黛娜・布萊德存進了那家銀行。你覺得如何？」

「黛娜・布萊德是什麼人？」

局長肥胖的手夾著雪茄，在桌子中間彈掉菸灰。他就那樣夾著雪茄，比劃著說：「按照我們的說法，她是不再純潔的白鴿，是用色相騙錢的高價妓女。」

「你去找她了嗎？」

「我們還有一兩件事情要先處理，所以暫時沒有去找她。不過她被我們監視了，我們在等合適的機會。我跟你說的這些，都是不能告訴外人的。」

「明白。現在聽一下這些情況。」

我把前天晚上在唐納・威爾森家等候時發生的事情都告訴了洛南。

聽完我的話，局長將肥厚的嘴唇噘起來，吹了個口哨，大喊：「兄弟，你說的那些東西真是太有意思了！你是說，她的拖鞋上沾了血漬？而且還告訴你，她的丈夫不回來了？」

對於他的第一個問題，我回答：「在我眼裡是那樣的。」關於第二個問題，我回答他「對的」。

他問我：「除了那天晚上，之後的時間，你們還有過交流嗎？」

「沒有。原本我打算今早去她家，可是在我前面，有一個姓塔雷爾的年輕人進去了，所以我只能將拜訪推延。」

「真是驚喜上的驚喜！你的意思是，私語者去了？」因為高興，他的綠色眼睛發出亮晶晶的光芒。

「是的。」

他站了起來，雪茄被扔在地上。他胖胖的雙手支撐著桌面，俯身向我靠近，他身上的每個毛孔似乎都散發著快樂的情緒。

他低聲道：「兄弟，你真行！黛娜‧布萊德是私語者的情婦。現在我們應該去找威爾森太太談一談了。」

在威爾森太太的房子前，局長的車停下，我們從車上下來。房子的門鈴上，蒙了黑紗。在踏上第一節台階的時候，局長停了一下，看著黑紗道：「呵，做戲總得做全了。」說完，我們上了台階。

只要是警察局局長堅持，普通人都必須見他，即使威爾森太太不是很情願，也必須見我們。威爾森太太在二樓書房裡坐著，我們被帶了過去。她穿了黑色衣服，一雙藍眼睛特別冷漠。

我和洛南分別輕聲說了幾句話，對她表示安慰。隨後洛南開始問話。

「我們到這裡來，只是想問一點事情。就像，昨天晚上你去了哪裡？」

她看我一眼，有些生氣，然後皺著眉看局長，態度輕慢地說：「這樣質問我，能給我一個理由嗎？」

相同的語氣和用詞，這樣的問題我已經聽過無數遍了。局長根本沒有搭理她，他和氣地問：「對了，你有一隻鞋，具體是左腳還是右腳我不清楚——總之，不是這個就是那個，它似乎沾了汙漬？」

她的上嘴唇抽動起來。

局長問我：「沒別的了吧？」可是我還沒有回答，他就用舌頭在嘴裡彈出聲音，那張圓圓的、和氣的臉再一次對向威爾森太太，「還有一點，我差點忘了，你丈夫不會回來了，你是怎麼知道的？」

她站了起來，雙腿發軟。她的一隻手扶住椅背，那隻手相當蒼白。

「我覺得你們應該不會怪罪——」

「很快就可以。」局長用一隻肥胖的手做了個手勢，以表示他的大度，「我們不願意打擾你，只是想知道一些事情。比如你去了哪裡、鞋子為什麼會髒、為什麼知道你丈夫不會回來了。對了，說起來還有一件事情，塔雷爾今天早上來這裡做什麼？」

威爾森太太重新坐在椅子上，身體僵直。局長看著她，一張肥胖的臉上堆著讓人發笑的皺褶，因為他此時正嘗試著擠出溫和的笑。片刻之後，威爾森太太的肩膀鬆弛了下來，直挺的背彎成弧形，下巴也低了幾分。

我拿了一把椅子過來，在她面前放下，然後坐好。

我盡可能讓自己的聲音聽起來更有同情心，「威爾森太太，你早晚都要向我們坦白，有些事你必須解釋清楚。」

她挑釁地問：「你們覺得，我有什麼事沒坦白？」她的身體再次變得僵直。除了發平舌音有些不清晰，她每個字都說得準確清楚，「我確實出門了。鞋子沾上的是血跡。我知道我的丈夫已經遇害。因為我丈夫死亡的事，塔雷爾才來找我。我已經回答了你們所有問題，可以了嗎？」

我說：「我們知道這些事情，想要的是你的解釋。」

她再次站了起來，十分生氣地說：「你們這樣的方式讓我非常反感，我不願意——」

洛南說：「威爾森太太，當然可以。但是如果這樣，我們就必須讓你去一趟警察局了。」

她把身體轉過去，背影留給我們。她深吸一口氣，然後對我說：「在我們等唐納的時候，我接到了一個匿名男人的電話。他跟我說唐納拿了一張支票，準備去一個叫黛娜·布萊德的女人那裡，支票的金額為五千美元。他還給了我那個女人的住址。我立刻開車去那裡，把車停在街邊，等唐納出現。

「在我等唐納的時候，我看見一個人走向黛娜·布萊德的房子，但他沒有進去，很快離開了。這個人我一眼就認出來了，是馬克斯·塔雷爾。然後唐納出來了，他沿著大街往前走。跟我所希望的一樣，他並沒有發現我。

我準備在他回到家之前，先開車回去。我發動了引擎，就在那一瞬間，我聽見了槍聲，然後看見唐納倒在了地上。我從車上跳下來，跑過去看他，他已經沒了呼吸，我幾乎要發瘋。緊接著，一個人跑了過來，是塔雷爾。他跟我說，如果被人看見我在這裡，大家就會認定是我殺了唐納。我被他弄回車上，他叫我趕緊回去。」

涙水模糊了她的雙眼，她應該特別想知道我對她說的這個故事有什麼看法，所以一雙淚眼在我臉上不停打量著。我一句話也沒說。她問：「你想知道的就是這些？」

此時洛南已經走到了房間的另外一端，說：「差不多是這些。下午的時候塔雷爾來了，他跟你說了什麼？」

「他讓我別透露出去。」她的聲音變得特別低特別虛弱，「他說唐納是先給了那個女人錢，離開了她家，然後才被殺的。我們事發當時在那裡的事，如果被其他人知道了，我們或是我們其中的一個就會成為嫌疑人。」

局長問：「槍聲傳來的方向你知道嗎？」

「不知道。我只是抬起頭的時候，看見唐納倒下，其他的我都沒有看見。」

「塔雷爾會是開槍的人嗎？」

「不。」她立刻否定，張大了嘴巴和眼。之後她把手放在了胸口處，說：「我不清楚。他說不是他，我認為也不是。他當時在什麼位置我不清楚。但我一直沒有懷疑過他，也不知道是什麼原因。」

洛南問：「現在呢，你怎麼覺得？」

「他——有嫌疑。」

局長挺用力地對著我眨了眨眼，因為太用力，所以他臉上的肌肉都參了一腳。接著，他又將前面的事情問了一遍：「打電話給你的人，你不知道是誰嗎？」

「他不願透露姓名。」

「聲音你也聽不出來？」

「聽不出。」

「能形容一下那個聲音嗎？」

「應該是怕被別人聽見，所以他說話時壓低了聲音。因為這樣，他說的話，我都聽得不太清楚。」

「壓低了聲音？」局長說完了話，嘴卻沒有閉上，嵌在兩塊肥肉間的綠眼睛，發出貪婪的光芒。

「對，輕聲低啞地說話。」

局長的嘴一下子合上了，很快又張開，「就是塔雷爾……」他說得極有說服力。

女人吃了一驚，一雙瞪大的眼，在我和局長之間來回打量。

她叫了出來：「是他，就是他！」

我回大西部旅館了，到旅館的時候，第一國家銀行的助理出納員羅伯特·歐伯利正坐在大廳裡等我。我的房間在樓上。我們一起上去，要了一些冰水，將威士忌、檸檬水和石榴汁用冰水裡的冰塊冰鎮著，然後去了樓下的餐廳。

喝湯的時候，我說：「現在把那個女人的事都告訴我吧！」

他問：「你見了她？」

「暫時沒有。」

「跟她相關的事你總該聽過一點吧？」

「我只聽說在那一行裡，她是個佼佼者。」

「的確如此。」他認同我的說法，「我猜你一定會去見她。剛開始你會覺得失望，但是在不知不覺中，你會發現失望已經完全沒有了。然後，你會告訴她你的故事、憂愁以及夢想。」他笑了，笑容裡有些男孩般的羞澀，「再之後，你就會沉迷進去，無法清醒，無法自拔。」

「感謝你的勸告。這些事情是從哪裡知道的？」

湯勺被舉在半空中，他的臉在勺子後面綻放出一個慚愧的笑容，然後坦白道：「用錢買來的。」

「我聽說她愛財如命，你花了很多錢吧！」

「對，她特別喜歡錢，但沒有原因的，你不會因為這個而感到不快。她的貪婪和愛財是毫無掩飾的，但是卻一點不讓人生厭。我話裡的意思，要等你認識她之後，才能真正明白。」

「可能吧！你願意告訴我你們分手的原因嗎？」

「當然願意。很簡單，就是我沒錢了。」

「這麼冷酷？」

他點點頭，臉上染了紅暈。

我說：「對此你好像沒有任何不滿？」

「別無他法。」紅暈在他年輕而快樂的臉上加深了一點，他吞吞吐吐道，「其實，我欠她一點東西。跟你說說她的另一面吧，我希望你能知道。以前我有點錢，那時候我很年輕，做事衝動，所以那些錢都被花光了。我花光了自己的錢，但銀行裡有錢。我當時——不管是只有這樣的想法還是做過了這樣的事，總之讓她知道了。在她面前，我什麼都藏不住。然後我們就分手了。」

「分手是她提出的？」

「是的，真是萬分感謝！如果不是這樣，現在你大概會以盜用公款的名義來追捕我了。這些是我欠了她。」他皺了眉頭，很嚴肅的樣子，「你應該知道我的意思，這件事你不會透露出去的對嗎？我是想讓你明白，除了你到處能聽到的那一面之外，她還有好的一面。」

「可能吧！也有可能她覺得，冒著被捕的風險只能拿到這麼點東西不划算。」

他在心裡把這句話重複了一遍，隨後搖頭，「這可能是一些原因，但不會是所有原因。」

「我猜『付錢進門』的原則，她肯定堅持到底。」

他問：「丹‧羅爾夫也不例外嗎？」

「這是誰？」

「她對外人說這是她同母異父的哥哥，其實不是。他有肺結核，相當落魄。她並不是因為愛才收留他，只是在某一個地方碰到了他，就帶他回去

了。」

「還有其他人嗎？」

「以前她總是跟在一個人身後四處跑，那個人是個激進派。不過看起來她從他身上拿到的錢很少。」

「什麼激進派？」

「叫做昆特，是罷工的時候到這裡來的。」

「也就是說她的名單裡有他？」

「據說就是因為這個，罷工已經結束了他還沒有走。」

「也就是說她的名單裡現在還有這個人？」

「不。她跟我說那個人曾揚言要殺了她，她有些害怕。」

我說：「似乎在每個時期，她都能掌控一個人。」

他非常認真地說：「任何她需要的人。」

我問：「最近的一個是唐納・威爾森？」

「不清楚。」他說，「他們之間的事，我沒有聽說過，也沒有見到過。警察局局長讓我們找找，在昨天之前，唐納有沒有給她開過支票，我們找不到任何東西。所有人都沒有這個印象。」

「從你知道的情況看，她的上一個顧客是誰？」

「最近這段時間，我經常看見她跟一個男人在城裡逛來逛去。這個男人叫塔雷爾，在這裡有兩家賭場。你可能知道他，大家都叫他私語者。」

八點半的時候，我跟年輕的歐伯利道別，然後去森林街的礦工旅館找比爾・昆特。還有半條街才到旅館，我提前遇見了他。

我跟他打招呼：「嗨，正打算去找你！」

他在我面前停住腳步，仔細打量了一番，然後吼著：「神秘的偵探，原來是你啊！」

我抱怨道：「別囉嗦。我那麼遠跑來抓你，你就別扮無辜了。」

他問：「現在你又想打聽什麼？」

「打聽唐納・威爾森。這個人你認識，是嗎？」

「是的。」

「特別熟悉？」

「不。」

「你認為他這個人如何？」

他灰色的嘴唇噘了起來，他用力地吹口氣出來，發出一種聲音。就像是布被撕裂的聲音。然後他說：「一個差勁的自由黨。」

「黛娜·布萊德你也認識，對嗎？」

「對。」他的脖子縮了縮，顯得比剛開始更粗短了。

「你覺得她會是殺威爾森的凶手嗎？」

「天啊，這個指控真是讓人意外！」

「你不會是凶手吧？」

他說：「哦，絕對不是。我們是一對。還有其他的要問嗎？」

「有，不過你只會對我說瞎話，我還是省點精力吧！」

我走了回去，在百老匯攔了一輛計程車，我把地址告訴了司機——風暴街1232號。

四、手握秘密的女人

　　我到達了目的地，眼前是一棟鄉村式小屋，顏色是灰的。我按了門鈴，有人來開門，是一個瘦弱的男人。他的面容相當疲倦，整張臉蒼白沒有血色，除了兩邊臉頰各有一塊五美分大小的紅斑，我猜他應該就是患有肺結核的那位丹・羅爾夫。

　　我對他說：「我想拜訪布萊德小姐。」

　　「我該說誰來拜訪她呢？」從他病弱的聲音裡能聽出來，是個受過教育的人。

　　「對她來說，我叫什麼無關緊要。我來找她，是為了威爾森被殺的事。」

　　他的眼睛跟面容一樣，滿是疲憊。他用那雙眼看著我，說：「是嗎？」

　　「對這件謀殺案，我們有些興趣，而我是從大陸偵探社舊金山分社過來的。」

　　「太棒了！」他的聲音裡帶著諷刺，「請進來。」

　　進了屋子以後，我走到地下一層。那裡有一個房間，裡面有一張堆滿了紙張的桌子，而年輕的女人就坐在桌子旁。桌上的那些紙裡，有提供金融服務的傳單、股票以及債券市場預測單、賭馬賽程圖。

　　房間裡亂七八糟，放滿家具，但沒有一件家具的位置是對的。

　　患有肺結核的先生開始向她介紹，「黛娜，這位先生是從大陸偵探社舊金山分社過來的，他代表他們偵探社，來調查唐納・威爾森先生被謀殺的事情。」

年輕的女人站了起來，她把腳下的幾張報紙踢走，來到我的面前，將一隻手伸了出來。

她大約有五呎八吋，比我還高一到兩吋。她有寬大的肩膀，豐滿的胸部以及圓潤的臀部，肌肉結實的腿。那隻伸向我的手，溫暖、柔軟但有力。她的臉看起來是個二十五歲的姑娘，但滄桑感已經露了出來。她的嘴不算小，顯出一種成熟，嘴角已經出現了皺紋。她的睫毛十分濃密，細小淺淡的皺紋也爬上了她的眼周。她有一雙帶著些血絲的藍色大眼睛。

她的褐色頭髮需要修剪一下，亂糟糟的，有些頭髮捲曲的樣子特別奇怪；她塗了口紅，上嘴唇塗得高低不齊；裙子是酒紅色的，這個顏色相當不適合她，不知道是她忘了繫釦子還是釦子被撐開了，她的裙子一邊裙擺張開了一條縫；她穿了絲襪，左腿上脫了絲。

這就是黛娜·布萊德，他們口中可以在毒鎮隨意挑選男人的女人。

椅子上放了一雙蜥蜴皮拖鞋、茶杯和茶碟，她一邊拿走這些東西為我騰地方，一邊說話：「想必是他父親把你叫來的。」

她的聲音輕輕的，非常柔和，透出一些慵懶。

我實話實說：「叫我來的是唐納·威爾森，在我等著見他的時候，他卻被殺了。」

「丹，別走開。」她把羅爾夫叫住。

丹又返身，回到了房間。她走回桌子邊坐下，丹在她對面坐下，枯瘦的手撐著枯瘦的臉，興趣缺缺地看我。

她的眉頭皺了起來，兩條皺紋出現在眉毛之間，她問：「你的意思是，他知道有人會害他？」

「我不清楚。為什麼找我來，他並沒有說，可能只是改革運動需要幫手。」

「可是你——」

我打斷她：「這可不是一件讓人開心的事——作為偵探，卻發現對方問了太多問題，搶了你的工作。」

「我只是想弄清楚情況。」她說著話還咯咯笑著。那笑聲是從喉嚨深處

發出來的。

「我也一樣。就像我想知道，你讓他開一張保付支票給你是為了什麼。」

丹・羅爾夫在椅子上很隨意地換了個姿勢，他枯瘦的雙手藏在了桌下，整個人靠向椅背。

黛娜・布萊德問：「這麼說，這件事你已經知道了？」她把左腿放在了右腿上面，低著頭，目光鎖定絲襪脫線處，「我保證，這種東西以後再也不穿了！」她開始抱怨，「我昨天花五塊錢剛買的，但是你看看這破爛東西，脫絲、脫絲、脫絲！每天都是這樣。我以後要光著腿。」

我說：「我不是說絲襪，是說那張支票，洛南發現的，大家都知道了。」

她把目光投向了羅爾夫。有個片刻，羅爾夫沒看我，那點時間夠他點頭的了。

她瞇著眼看我，悠閒地說著：「要是我們能夠用相同的語言對話，那麼我大概可以幫幫你。」

「首先，我要知道你說的語言是哪種。」

她解釋：「錢。我喜歡錢，從不嫌多。」

我用了一句俗語，套在當下的情況：「省下就等於賺到。我能替你省錢，並且幫你解決煩惱。」

她說：「雖然聽起來很像一回事，但對我來說沒有任何意義。」

「支票的事情，警察來的時候沒有問起嗎？」

她搖頭，表示沒有問到。

我說：「這件事，洛南準備讓你和私語者背黑鍋。」

「少唬我，」她咬住舌頭說，「我還沒長大。」

「洛南已經知道了，關於支票的事塔雷爾是知情的；他還知道威爾森在這裡時，塔雷爾雖然沒進來，但他來過；還有，威爾森被槍殺時，塔雷爾就在這附近，洛南也知道了；另外，洛南還知道，塔雷爾和一個女人彎腰看死者。」

女人將一枝鉛筆從桌上拿起，用這枝鉛筆搔自己的臉蛋，似乎在想什麼。腮紅上留下了一小條黑色的、彎曲的鉛筆線。

羅爾夫眼裡的疲倦一掃而空，一雙明亮的眼盯著我的眼，裡面全是狂熱。他的兩隻手還藏在桌子下面，但是身體已經前傾。

他說：「那些事情，跟塔雷爾有關，但是不關布萊德小姐的事。」

我說：「塔雷爾和布萊德小姐非常熟悉。威爾森把五千塊錢的支票拿了過來，前腳剛離開這裡，後腳就被人槍殺了。幸好威爾森心思縝密，為這張支票提前做了擔保。不過這樣一來，布萊德小姐在兌現的時候，可能就會遇到麻煩。」

「天啊！」女人喊了出來，以示抗議，「你把我看成什麼蠢貨了？假如我想殺他，我有足夠的機會在屋子裡動手，這樣就不會有目擊證人。或者我會等他離開這座房子，走得更遠一點再動手。」

我說：「沒說你是凶手。但是有一點我可以肯定，那就是肥胖的警察局局長想讓你背這個黑鍋。」

她問：「你的目的到底是什麼？」

「查出凶手。不是模稜兩可地說誰有嫌疑，而是確切的凶手。」

她說：「要是給我一點好處，我可以幫你一些小忙。」

「安全？」我暗示她，但她搖頭。

「我指的好處，是金錢方面的。就算不花很多錢，但你總得付出點金錢，畢竟你想得到對你很有用的東西。」

「不。」我對著她笑，露出牙齒，「做點好事吧，把銀行裡的那些鈔票忘了！把我當成比爾‧昆特。」

丹‧羅爾夫從椅子上站了起來，他臉色蒼白，嘴唇也同樣蒼白。當女人笑了的時候，他又坐回了椅子裡。女人的笑特別溫和，透著一股慵懶。

「丹，他覺得我從比爾身上沒有得到好處。」她向我靠近，在我膝蓋上搭上一隻手，「一個公司的員工打算罷工，某一個罷工計畫會取消。像這樣的消息，如果你提前知道，並且連具體的時間都知道，我打賭，你肯定會利用這些消息，拿錢去股票市場炒這家公司的股票，然後給自己撈油水。」她

得勝般地總結，「因此，別覺得我從比爾身上沒得到好處。」

我說：「你已經被寵壞了。」

「看在老天的面子上，何必那麼小氣呢？」她問，「你可以報銷的對不對？又不是拿你口袋裡的錢。」

她對著我皺了皺眉，我保持沉默。她看一眼絲襪脫線的地方，最後看著羅爾夫，對他說：「可能喝一杯，會讓他放鬆一點。」

瘦子站了起來，出了房間。

她用腳尖頂我的小腿，對著我噘嘴，說：「這是原則問題，無關金錢的多少。一個女人，只要她不是笨蛋，當她手裡握著對別人有用的東西時，總要收點費用。」

我笑了起來。她哀求著：「你就不能做個好人嗎？」

丹・羅爾夫走了進來，他拿著一個蘇打水瓶、一瓶琴酒、幾片檸檬、一碗碎冰。我們三人都來了一杯。然後肺結核患者就走了。為了金錢的事，我跟這個女人爭執了很久，期間又喝了幾杯。我盡可能在塔雷爾和威爾森身上找話題，但她卻想盡辦法把話題帶到她該得的錢上。我看了手錶，一直到一點十五分，我們把琴酒喝完，這樣的爭執情況還在持續。

她咬著一片檸檬皮，說：「為什麼那麼在意？又不是掏你的錢。」這是她第十三次或者十四次重複這個問題。

我說：「這是原則問題，跟金錢無關。」

她對著我扮了個鬼臉，然後把杯子放下。她以為自己放杯子的地方是桌子，其實差了八英寸，杯子掉在了地上。我忘了杯子有沒有摔破，也忘了發生些什麼。唯一記得的是，我能鼓起勇氣，是因為看見了她的這個失誤。

我找了另外一個點，展開談話，「還有一件事情，對於你告訴我的東西，我沒辦法確認是否有用。就算沒有這些消息，我還是有能力展開調查。」

「這樣最好不過。但是有一件事你該記得，除了凶手以外，我是最後一個見到他的人。」

我說：「不對。他妻子也看見他了，她看著他從這裡出來，在街上走，

然後倒在地上。」

「他妻子！」

「是的，她的車停在街邊了，她本人就坐在裡面。」

「她怎麼知道他在這裡？」

「她說她丈夫拿著支票過來的事，是塔雷爾打電話告訴她的。」

「你在誆我，」女人說，「這件事，馬克斯不會知道。」

「這是威爾森太太告訴我和洛南的，原話就是這樣。」

檸檬皮的渣被女人吐在地上，她的手指從頭髮穿過。原本就亂糟糟的頭髮，被她弄得更加凌亂。她用手背抹了一下嘴巴，然後在桌子上啪的拍了一下。

她說：「既然是這樣，什麼都知道先生，我打算陪你玩了！一分錢你都可以不出，但是，我肯定能拿到我該得的東西，在這整件事了結之前。你覺得我沒這個能力嗎？」她盯著我，眼神挑釁，就好像我離她有一條街那麼遠。

跟金錢有關的事，我沒有時間再跟她爭執，所以我說：「我希望你能。」這句話，我用特別真誠的語氣說了三到四次。

「我當然能。現在聽我的，我們都有點醉了，這個醉的程度剛剛好，夠我願意說出那些你希望知道的事情。要是我對一個人有好感，那麼他想知道的一切，我都會說出來。我就是這樣的一個女人。問，快問吧！隨意地問！」

我開始問她：「威爾森出於什麼原因，要給你五千塊錢？」

「因為有趣。」她向後一靠，大笑著，繼續說，「聽好了，他在查醜聞，而那些東西我恰好有。一些書面記載，還有一些好東西。我覺得這些東西在某一天可能會引起一些風波，我就把這些東西收集了起來。因為我是這樣的一個女人，有賺錢的機會，就不會錯過。在唐納・威爾森著手改革的時候，我就放出消息，讓他知道我可以賣這些東西。我手頭上的都是好東西，我先給他看了一眼，讓他知道。然後我們就開始談論價格。沒有人會比你小氣，威爾森比你大方，但也好不到哪裡去。所以，我們的交易到了昨天，都

還沒有談攏。」

「後來，我就激他一下，打電話告訴他，這些東西還有別的客戶想要。如果他想要的話，當天晚上必須帶著五千塊現金或保證支票來。這些都是瞎說的，但他很容易騙，他來這裡的時間太短了。」

我問：「約在十點是為什麼呢？」

「難道不行嗎？這個時間有什麼問題？對於這種交易來說，給對方一個準確的時間是很重要的。現在你肯定又想問，要現金或保證支票是出於什麼原因呢？好吧，我來說給你聽。我就是這樣的一個女人，一直都是這樣，你想知道的，都可以說給你聽。」

她又仔細地跟我說，她一直以來是個什麼樣的女人，以及為什麼是那樣的女人，足足說了五分鐘。我只能附和說「是的」，一直到我能插上話：「好的，必須要保證支票是出於什麼原因呢？」

她的一隻眼睛閉上，食指晃動著，對我說：「要保證支票他就沒辦法反悔了。我給他的東西確實特別好，非常的好，會把很多人送進牢裡，包括他家老爺子。伊利胡老爹會被牢牢關住。所以這些東西威爾森不能用。」

我們兩人一同笑了，我一邊笑一邊想辦法控制大腦，不讓它沉在滿肚的琴酒裡面。

我問：「會受到牽連的還有誰？」

她搖了搖手，說：「所有該死的人：馬克斯、陸・亞德、皮特、洛南、伊利胡・威爾森。」

「你做的這些事，馬克斯・塔雷爾知道嗎？」

「當然不知道。只有唐納・威爾森知道。」

「確定？」

「當然，百分之百確定。難道你覺得我會整天把它掛在嘴上，四處炫耀？」

「你覺得現在有其他人知道了嗎？」

「我無所謂，」她說，「那些東西他不可能用，我只是搞了個惡作劇。」

「你覺得這個秘密所牽連的禽獸們，會覺得這個惡作劇好笑？而這個秘密正是你賣出去的。洛南肯定是在唐納・威爾森的口袋裡發現了那些東西，所以想將這件槍殺案的黑鍋扔給你和塔雷爾。他們都覺得，老伊利胡想利用自己的兒子整垮他們，是嗎？」

　　她說：「對的，先生，我也這麼覺得。」

　　「你想的大概不對，但是沒關係。要是洛南在唐納・威爾森的口袋裡發現了那些東西，而且知道那些東西是你賣出的，他肯定會據此推斷，你跟塔雷爾已經站在了老伊利胡那邊，對嗎？」

　　「不，因為他會看出來，那份東西，帶給老伊利胡的傷害，可不比別人少。」

　　「你賣給他的，到底是什麼垃圾玩意兒？」

　　她說：「三年前，有些人一分錢都沒花，就蓋了一個新的市政廳。要是這些文件被洛南找到，他就會發現，老伊利胡跟這些人的關係可不淺，至少比別人跟這些人的關係要深得多。」

　　「事情並不會因此有改變。他只會把這個當成一份禮物，一份老伊利胡送給他的禮物。在洛南和他的朋友眼中，你跟塔雷爾已經站在了伊利胡那邊，聯手出賣他們。好女孩，請不要懷疑我的話。」

　　她粗暴地說：「他們是怎麼看的，我他媽才不在乎！這就是一個玩笑，我只是很單純的把它當成了玩笑！」

　　我生氣地吼著：「真是太棒了，你就懷著無愧的良心接受絞刑吧！在槍殺案還沒有發生時，你有沒有看見塔雷爾？」

　　「沒有。如果你心裡在想塔雷爾可能殺了他，我可以告訴你，即使塔雷爾那時候就在附近，他也沒殺威爾森。」

　　「原因呢？」

　　「很多。第一，馬克斯要殺人，可以讓其他人動手，不必親自動手，這樣他就可以有完美的不在場證明了；第二，哪有槍手用點三二口徑的槍？馬克斯的是點三八口徑，而他的那些手下用的槍口徑也差不多，甚至更大。」

　　「那凶手會是誰呢？」

她說：「我知道的一切，都跟你說了，已經說得太多了。」

我起身，說道：「不，說得恰到好處。」

「你的意思是，已經知道誰是凶手了？」

「對，不過我還要先處理一兩件事，才能下結論。」

她好像突然清醒了過來，站起身，扭住我的衣領，「是誰？跟我說說凶手是誰！」

「暫時不可以。」

「拜託了。」

「暫時不可以。」

我的衣領被鬆開，她將雙手背在後背，對著我大笑。

「可以，那就爛在你的肚子裡吧！然後努力判斷我說的每句話的真偽。」

我說：「不管怎麼樣，謝謝你說過的每句真話，也謝謝你的琴酒。要是你跟馬克斯・塔雷爾有些來往的話，那麼捎句話給他，跟他說洛南想和他玩玩。」

五、伊利胡的邀請

　　快兩點半，我才回到旅館。櫃檯的服務生把鑰匙還有一張便條一起交給了我，然後跟我說，楊樹街605號希望我回一個電話。這個號碼我知道，屬於伊利胡·威爾森。

　　我問服務生：「幾點打過來的？」

　　「剛過一點。」

　　我回電話亭，撥通了電話，情況看起來似乎有些緊急。接電話的是伊利胡的秘書，他請我馬上過去一趟，我承諾他會盡快過去。請櫃檯服務生幫我叫一輛計程車之後，我就上了樓，在房間裡喝了一大口蘇格蘭威士忌。

　　我沒有辦法讓自己的頭腦保持冷靜，雖然很希望這樣。身體裡的酒精已經散發出去，我不願用這樣的身體去做今晚要做的事情。因為那一口威士忌，我清醒了很多。我將更多的酒倒進可攜式酒瓶裡，把酒瓶放進口袋，這才下樓去坐計程車。

　　伊利胡·威爾森房子裡的燈都亮著。我的手還沒有碰到門鈴，秘書就將門打開了。他穿了一身淺藍色的睡衣和深藍色的浴袍，瘦削的身體在衣物下顫抖，激動的神情浮現在瘦削的臉上。

　　他說：「快點！威爾森先生正在等著！另外，他不讓我們把屍體弄走，拜託你勸勸他。」

　　我答應盡我所能，隨後跟著秘書，到了老人位於二樓的房間。

　　跟上次一樣，老伊利胡還是躺在床上。不過這次不同的是，緊貼著他粉

達許·漢密特

色的手的地方，放了一把黑色自動手槍在床單上。

他的頭枕在枕頭上。我出現的時候，他立刻抬起頭，坐了起來，對我嚷嚷：「你不僅脾氣很大，膽子也一樣大嗎？」

他的臉龐呈現出一種不正常的深紅色，一雙眼冷酷又瘋狂，但已經沒有了光澤。

他的問題我根本不回答，我只看著地上的那具屍體，他躺在了門和床之間。

躺在地上的，是一個身材矮小壯實、穿一身褐色衣服的男人。他戴一頂灰色帽子，帽簷下的雙眼盯著天花板，那雙眼已經失去了生命力。他的下巴揚著，下頜的地方有一塊被打掉了，子彈在他脖子上留下的洞露了出來。這顆子彈穿透了他的領帶以及後衣領。他的一隻手彎曲著，被壓在了身體下面，另外一隻手裡握著一根短棒。短棒包著皮革，粗細跟奶瓶相仿。血流了滿地。

我把頭抬起來，目光離開了地上的髒亂，在老人臉上定住。他殘忍又愚笨地笑了一下。

他說：「你真能吹牛。我明白的。你這個傢伙，除了動粗和油嘴滑舌，還會點什麼？你那跟脾氣一樣大的膽子？還是說，你除了吹牛，什麼也不會？」

拍這個老傢伙的馬屁，根本毫無益處。我生氣地提醒他：「不是說過了嗎，別來煩我，除非你換個態度，談論另一個話題。」

「是的，年輕人。」他用一種得意又蠢的聲音說，「我會換個態度跟你好好談，就像你要求的那樣。毒鎮這個豬圈要收拾收拾了，還要放一把火，把那些大大小小的老鼠們都薰出來，我需要人幫我做這些。這些事情都應該男人來做，你是男人嗎？」

我低聲吼著：「說這些難懂的順口溜沒有任何用處！只要在業務範圍內，而且你出的價格也合適的話，我應該可以幫你處理你說的那些事。不過我聽不懂薰老鼠、收拾豬圈這種蠢話。」

「行！我想清理伯森維爾市的罪犯和貪汙犯。這樣說夠簡潔明瞭了

吧？」

我說：「可是你今天早上還拒絕做這種事，現在怎麼改變主意了？」

他解釋起來又臭又長，而且聲音還刺耳難聽。概括來說，就是如果無法擁有他一磚一瓦親手打造出來的伯森維爾市，他就要徹底毀了它。不管來人是誰，都不可以在他自己的城市裡對他進行脅迫。他可以隨他們去，不管他們，可是一旦他能否去做什麼都要受到他們的限制的時候，他就要把自己真實的樣子露出來給他們瞧瞧了。說到最後，他指著地上的屍體吹牛：「現在可以讓他們好好看看，我這個老頭子可不是個不中用的！」

我非常希望自己頭腦清醒，沒有喝酒。我不太理解他這種跳樑小丑式的胡鬧，這件事背後的可疑之處，還沒辦法看清。

我對著死者點了點頭，問：「他是你的那些遊戲同伴們派來的？」

他拍了一下床上的自動手槍，說：「我只是拿這個跟他打了個招呼。不過我很清楚，就是他們。」

「這件事是怎麼發生的？」

「特別簡單。我聽見了開門聲，所以把燈打開了，就看見了他站在那個地方。我對著他開了一槍，然後就是這樣了。」

「什麼時候？」

「大約一點。」

「接下來你就讓他在這裡一直躺著？」

「是的。」老人粗獷地笑起來，然後開始胡言亂語，「屍體的模樣讓你胃裡難受？還是說他的鬼魂讓你害怕？」

現在我算是看清楚了，這個老傢伙藏在跳樑小丑式的胡鬧背後的是恐懼，他被嚇壞了。所以他才吵吵嚷嚷，執意讓屍體躺在地上。為了不讓自己恐慌，他必須看著這具屍體，這樣才能證明他還有自衛的能力。我的立場已經很清楚，我對著他笑了笑。

我問：「確定要對這座城市進行清理？」

「我說是，那就是。」

「那要完全按照我的方法來行事，也就是說誰也不可以插手。另外，酬

勞要一萬美金。」

「一萬！這麼多錢，我為什麼要給一個來歷不明的傢伙？而且這個傢伙只會吹牛，什麼也沒有做！」

「嚴肅一點！你應該知道大陸偵探社，我代表的是他們。」

「是的，他們也知道我。所以，他們一定明白我能夠——」

「不是你想的那樣。那些人昨天還是你的夥伴，今天你就要清理他們，所以很有可能下星期你們又變成夥伴。我不是來幫你玩政治遊戲的，這些東西都與我無關。你請我做的工作不是把他們拉攏回來，而是把他們清理掉。要想辦好這件事，就必須先把錢付了，沒花完的錢我會退回來。慣例就是這樣，這種事情，要不別做，做就要做到底。做嗎？」

他大聲喊起來：「我他媽不做了！」

我開始下樓，下了一半，他又叫我回去。

他抱怨著：「我上了年紀，要是我年輕十歲——」他憤怒地看著我，用力擠出一句話，「行，該死的支票我會給你！」

「而且全權由我負責？」

「可以！」

「現在我們就可以開始了。秘書去哪兒了？」

床頭櫃上有個按鈕，威爾森按了一下，那個不愛說話的秘書立刻就出來了。也不知道從什麼地方出來的。我跟他說：「威爾森先生需要開一張支票給大陸偵探社，金額是一萬美金。然後給舊金山分社寫一封信，授予該社權利，可以用這一萬塊來調查伯森維爾市的犯罪貪汙案件。在必要的時候，偵探社可以自主行事，這一點一定要在信上寫清楚了。」

秘書看著老人，滿臉的疑惑。老人的眉頭皺起來，那顆圓潤的白色腦袋點了點。

秘書向門邊走的時候，我把他叫住了：「你最好先打個電話給警察，跟他們說有一個強盜死在了這裡。然後再打電話，把威爾森先生的醫生叫過來。」

老人表示，那些該死的醫生他一點也不需要。

「你需要在手臂上打一針，然後睡一個好覺。」我從屍體上跨過，把床上的黑色手槍拿起來，然後承諾，「毒鎮的事情明天有很多時間可以去搞清楚，所以今天晚上我會守在這裡。」

他一邊說一邊罵，絮絮叨叨地指責我沒有權利決定對他最好的是什麼，但聲音小得幾乎難以聽見。他已經累了。

我想看清楚死者的模樣，所以拿下了他的帽子。不過很快又把帽子戴了回去，這是一張完全陌生的臉。

我站直身體，這時候，老人柔和地問我：「尋找殺死唐納的凶手這件事，有眉目了嗎？」

「有一點吧！或許再等一天，所有事情就會有答案了。」

他問：「是誰？」

秘書在這時候恰好進來了，他拿著信件和支票。我把信件和支票遞給老人，以此代替他問題的答案。他分別簽上名。在簽名時他的手在顫抖。趁著警察還沒到，我把信件和支票折好，裝進口袋。

胖了局長洛南是第一個進屋的警察。他對著威爾森點點頭，非常和氣的樣子。然後跟我握手，一雙發光的綠眼睛在死者身上看來看去。

他說：「哎呀呀，不管是誰做的，做得真不錯！矮子亞克馬，瞧瞧他拿在手上的東西。」死者手中的棍子被他一腳踢開，「這麼大，能夠把一艘軍艦擊沉。你弄的？」他問我。

「威爾森先生弄的。」

「哦，做得真好。」他向老人慶賀，「很多人的麻煩都被你除去了，這些人裡也包括我。兄弟們，抬他出去。」他吩咐跟著他進來的那四個穿制服的警員。

兩個警員去抬矮子亞克馬，一個抓他的腿，一個架住他的手臂。與此同時，還有一個警員將皮棍和屍體下的手電筒撿了起來。

「對於這些潛進屋子的小偷，所有人都能這麼處置，那就太好了。」局長還在絮叨。他從口袋裡拿了三根雪茄出來，一根扔到床上，給我一根，最後一根放進了嘴裡，「我正琢磨著，要到什麼地方去找你，」他在我們點雪

茄的時候跟我說，「時間真是恰好。我要去處理一點小事，我覺得你應該有興趣跟我一起。」他的嘴湊到了我耳邊，非常小聲說，「抓私語者，有興趣嗎？」

「當然！」

「我猜你會有興趣。醫生你好。」

剛剛進來了一個人，他跟那個人握了手。來人是個小個子男人，有些胖，臉蛋橢圓，臉上現出濃濃的倦意，灰色的眼睛裡睡意也沒有完全消退。

威爾森的床邊有另一位洛南的手下，他正在詢問跟槍擊有關的事情。醫生走了過去。我跟在秘書後面，去了走廊。我問他：「這房子裡，除了你和威爾森先生，還有其他人嗎？」

「有一個專車司機，還有一個廚師。廚師是華裔。」

「今天晚上讓司機在老人的房間裡待著。我跟洛南出去一下，會盡可能早回來。我覺得，今天晚上這裡不會再有什麼讓人受刺激的事發生了。但是不管怎麼樣，一定不要讓老人自己待著，不要讓他和洛南或者洛南的人獨處。」

秘書張大了眼睛和嘴巴。

我問：「昨天晚上你跟唐納‧威爾森分開的時候是幾點？」

「你說的是他被殺那天晚上，前天對嗎？」

「是的。」

「九點整。」

「你們從五點開始，就一直在一起？」

「是五點十五分。我們在他辦公室待到八點，核算帳目，處理諸如此類的事。之後我們去比亞德餐廳吃飯，邊吃邊談。他說他還有個約會，所以九點半的時候就走了。」

「他說過什麼關於那個約會的事情嗎？」

「一點也沒有。」

「他要去哪兒，要去見誰，也沒有透露一點嗎？」

「他只說了有個約會。」

「其他的，你什麼都不清楚？」

「是的，有什麼問題？你覺得有什麼事是我該知道的？」

「我覺得他可能提起過什麼。」我換了話題，換到今晚的事上，「被殺死的那位不算，今天還有誰拜訪過威爾森先生？」

他歉疚地笑了，說道：「真的非常抱歉，希望你能體諒。我不能透露這些東西，除非得到威爾森先生的允許。」

「這裡的地頭蛇來過嗎？就像陸·亞德，或者——」

秘書搖了搖頭，再次說道：「真的非常抱歉。」

「我們別再為這個爭論不休。」我不再堅持，轉過身，向著臥室走去。

這時候，醫生一邊扣著風衣鈕扣，一邊往外走。

他急匆匆地說：「他該睡了，最好找個人在他身邊陪著。早上我還會再來。」他說完，就跑下樓梯了。

我走到臥室裡面，威爾森的床邊站著局長和問他話的那個警員。局長看到我，好像很開心，咧著嘴對我笑了笑。那個警員的臉卻緊繃著。威爾森在床上平躺著，眼睛盯著天花板。

洛南說：「這裡沒什麼問題了，我們走吧！」

我示意可以，之後向老人說了一句晚安。他沒有看我，不過也回了一句晚安。秘書和一個年輕人進來了，這個年輕人身材高大，臉上有一些痕跡，應該是曬傷後留下的。他就是威爾森的司機。

跟我們一起的還有一名警探，叫做麥葛羅。局長、麥葛羅還有我，我們三人一起下了樓，然後上了局長的車。我和局長坐在後座，麥葛羅坐在司機旁邊。

在路上，洛南開始解說：「天快亮的時候，我們就可以行動抓人。在國王大街那裡有私語者的接頭處，通常快天亮，他就會從那裡離開。為了避免動槍，我們最好不要直接把那個地方搗毀。我們還是安靜等待，他離開的時候再行動。」

他所謂的「行動」，是指逮捕私語者還是向他開槍，我還沒有搞明白。我問他：「給他這麼一擊，有充足的理由嗎？」

他高興地笑了起來：「充足？威爾森太太跟我們說的那些，足夠我把他整垮，否則我就是個小偷。」

我想到幾句可以回應他的俏皮話，不過沒有說。

六、私語者的老巢

在離市中心不遠的一條昏暗街道上，車子在一排樹下停了下來。我們下車後走到街角處。有一個男人向我們走了過來，他高大結實，穿了一件灰色外套，戴了一頂灰色帽子。帽子被壓得特別低，到了眉眼那裡。

大個子對局長說：「私語者的爪牙們全來了。他打了電話給多諾赫，他說他就待在那裡，你要是想把他拉出來，可以試試自己有沒有那個本事！」

洛南輕聲笑了一下，他抓著耳朵，高興地問：「跟他一起待在裡面的人，大概有多少？」

「五十左右！」

「哦，省省吧！大清早的，怎麼可能有那麼多人。」

大個子吼了起來：「沒有那麼多人才是不可能的！半夜裡他們就悄悄摸進去了。」

「真的？消息被洩漏了呀。他們進去的時候，你也許應該阻止。」

大個子有些不高興了：「我也許應該阻止。可是我這麼做，都是按照你的安排。你說讓他們自由進出，等到私語者現身就——」

「抓住他。」局長接過剩下的話。

「是的，是這樣。」大個子同意道。他的眼睛看著我，眼神相當不友善。

我們的討論有了更多的參與者。我有點不太明白，大家的心情都不怎麼好，但局長是個例外，他好像對此感到非常開心。

私語者的據點在街區中央，是一座磚砌的三層高房子，兩邊各有一棟兩

層高的建築。房子一樓是家雪茄店，入口設在了裡面，同時為上面的賭場做掩飾。要是大個子的消息準確，那麼私語者招來的五十多人正聚集在裡面，準備大幹一場。洛南帶來的人已經分散在街頭巷尾，以及周圍房子的屋頂上，將私語者的據點包圍了起來。

「可以了，兄弟們。」局長在確定每個人都能聽見他的聲音之後，才溫和地說，「我覺得私語者跟我們不一樣，他不喜歡招惹麻煩。一個愛招惹麻煩的人，如果真的在裡面聚集了那麼多人的話，肯定早就衝出來動槍了。我肯定他沒有⋯⋯不到那麼多。」

大個子說：「沒有才怪！」

洛南繼續往下說：「因此，他要是不願意招惹麻煩，那麼談判應該會有效果。尼克，你去試試，說服他放下武器和平解決。」

大個子說：「我去才有鬼了！」

洛南提議道：「那就打個電話給他。」

「這還稍微可行。」大個子低吼了一聲，然後走了。

他再次回來的時候，帶著一臉滿意的神情，彙報道：「他說——去死吧！」

洛南激動地吩咐：「叫其他的兄弟們都過來，天一亮就行動。」

局長去檢查他的人是不是都安排好了，我和尼克跟在他身邊。洛南的手下都是一些眼神閃爍、打扮寒酸、對目前的工作沒有半點熱情的傢伙，我不太看好他們。

天空泛出灰白。局長、尼克和我站在街對面一家水電行門外，這個位置跟私語者的據點成對角線。

私語者據點處黑漆漆的，樓下雪茄店的窗戶和門前的簾子都拉上了，樓上的窗戶處什麼也看不到。

洛南說：「不給任何機會就突然出擊，我真不想這麼對私語者。他並不算壞孩子，可是他一直看我不順眼，所以也不會聽我的勸告。」

他看著我，我一句話也沒說。

他問我：「你想要試試嗎？」

「對，想試一下。」

「你真是太好了。非常感謝你肯這麼做。你只要說服他乖乖出來，不亂來就可以了。類似為了他好這樣的話，你應該知道怎麼說。」

「好的。」說完，我越過馬路，走向雪茄店。我走過去的時候，盡可能讓身體兩邊的手臂擺動起來，這樣就可以讓他們看清楚，我沒有拿武器。

還有一段時間才天亮，街上呈現出一種灰色。我在人行道上走著，發出的聲音不小。

走到門前，我停了下來，用指關節輕輕敲擊玻璃。門裡的簾子拉了下來，玻璃變得像一面鏡子，我從裡面看到有兩個人在街對面走動。

沒有回應。我又加大力道敲玻璃，然後手往下滑，握住球形的門把轉動了一下。

裡面傳來了警告的聲音：「在我們動手前，最好趕快滾蛋。」

說話的人應該不是私語者，他的聲音低沉，但跟私語者還是有些差距。

我說：「我想跟塔雷爾談談。」

「談給讓你來的那個混蛋聽吧！」

「我來不是幫洛南傳話的。我說話的聲音塔雷爾可以聽見嗎？」

沉默了一會兒。低沉的聲音再次傳來：「可以。」

我說：「我是大陸偵探社的探員。洛南要陷害你的事，是我提醒了黛娜‧布萊德。我跟洛南沒有什麼關係，跟他一起只是為了打聽他的計畫。我自己一個人來的，希望可以跟你談五分鐘，請讓我進去。如果你覺得有需要，我隨身帶的東西都可以扔在街上。」

能不能成功的關鍵就是，黛娜‧布萊德有沒有把我去找她的事告訴私語者。我等待著，似乎過了很長的時間。

低沉的聲音再次響起：「別玩花招，門一開就馬上進來。」

「做好準備。」

喀噠一聲，門鎖響了，門被打開。我馬上跳了進去。

街對面，打空了彈匣的槍有一大堆。子彈打碎了門上的玻璃，我們身邊的窗戶玻璃四處飛濺，叮噹作響。

我被誰絆了一下，害怕讓我手忙腳亂。洛南來了一記猛的，裡面這些人一定懷疑我是他的同夥。處境相當糟糕。

我的身體往下倒，轉向了門那邊。倒在地上的瞬間，我把槍拿到了手中。

大個子尼克在街對面，從門廊裡走出來，對著我們開槍，他兩隻手各拿了一把槍。

我趴在地板上，手穩穩地握住槍。眼前就是尼克，我向著他射擊。尼克的射擊停了，他雙手握著槍，在胸前交疊，然後在人行道凸起的地方倒了下去。

我的腳踝不知道被誰的雙手抓住，這雙手抓住我向後拽，我的下巴磨在地板上，刮傷了。門猛然關上，有人開始打趣：「哎呀，他們討厭你。」

我坐了起來，在鬧哄哄的聲音裡吼了起來：「我跟他們可不是一起的！」

槍聲越來越少，最後沒有了。灰色彈孔布滿門窗的吊簾，留下很多斑點。一個低啞的聲音在黑暗中輕輕響起：「其他人都去樓上。陶德跟『排骨』在這裡守著。」

我們從店後面的一個屋子裡穿了過去，進入一條走廊，那裡有一截鋪著地毯的樓梯。我們從樓梯爬到二樓，進入一個房間。房間裡有一張專門擲骰子用的桌子，綠色的、四周有邊框的桌子。房間特別小，沒有窗戶，裡面燈光大亮。

房間裡一共只有五個人，包括我在內。塔雷爾坐下來，將一根香菸點燃。他是個身材矮小的年輕人，皮膚特別黑，嘴唇特別薄，線條冷硬。如果沒有看見這張嘴，你會認為他長著一張好看的臉，像合唱團成員那樣；還有一個金髮男孩，不超過二十歲，特別瘦，穿一件粗花呢衣服。他躺在長沙發上，四肢攤開，將嘴裡的香菸吐向天花板；還有另一個同樣年輕的金髮男孩，不過沒那麼瘦，他正忙著將鮮紅的領帶以及黃色的頭髮收拾整齊；還有一個臉特別窄的男人，三十來歲，嘴巴大而鬆弛，下巴特別短，短到了可以忽略的程度。他滿臉的無趣，嘴裡哼著《玫瑰花似的臉龐》，在屋子裡來回

踱步。

　　我坐在一張椅子上，距離塔雷爾大概兩三英尺。

　　他問：「洛南準備鬧多久？」他的聲音沙啞低沉，除了有些厭煩，沒有別的情緒了。

　　我說：「我覺得他會玩到底，他這次來，是專門針對你的。」

　　一個淺淺的、帶著輕視的微笑出現在賭徒的臉上。

　　「把這種欲加之罪往我身上推，能有多大的成功率，他應該很清楚。」

　　我說：「他並不打算在法庭上做任何證明。」

　　「是這樣嗎？」

　　「要是你拒捕或者故意逃脫，他就能因此殺了你，那麼他什麼都不用證明了。」

　　「真的是年紀越大越不好搞定了。」對於胖局長要弄死他這件事，他似乎並不在乎，他薄薄的嘴唇一勾，另一個微笑又出來了，「他只要想幹掉我，就一定能找出各種藉口。不過你哪裡招惹他了？」

　　「他可能覺得我很不討喜。」

　　「真是太遺憾了。黛娜跟我說你人很好，除了像蘇格蘭人一樣小氣。」

　　「我們談得挺開心。關於唐納‧威爾森被殺的事情，你可以告訴我一點消息嗎？」

　　「她老婆殺的。」

　　「親眼看見？」

　　「我在事發後一秒就看到她了，她手裡還有一把槍。」

　　我說：「這樣的說法對你無法產生好作用。這些話裡到底虛構了多少，我不清楚。實話實說，這些話你可以留在法庭上說，可以去那兒表演，不過你大概沒有這個機會了。要是你被洛南抓住，一定會被弄死。我只想將工作完成，別跟我兜圈子。」

　　菸被扔在了地板上，他用腳把它踩滅，問道：「你這麼心急？」

　　「只要出得去，我已經做好了抓人的準備。把你的證詞說給我聽。」

　　他將另一支菸點燃，問道：「那晚有人打電話給威爾森太太，她說是我

打的？」

「被洛南指點了一番之後，她是那麼說的。現在她自己可能也相信這個說法了。」

他說：「我就相信你一次，因為你幹掉了大個子尼克。有個男人那天晚上打電話給我。我不知道是什麼人。他跟我說威爾森去黛娜家了，還帶著五千塊的支票。誰他媽會在乎這個？不過你看，這件事情最有意思的地方是，一個陌生人打電話向我透露消息。因為這個我才過去。在門口的時候，丹把我攔下了，他不准我進去。這不是什麼大事，可是有人打電話給我，這他媽就十分奇怪了。」

「我在街上走，在一家人的門廊下面停住。我看見一輛破車子，就停在街邊，那時候我還不知道那輛車是威爾森太太的，也不知道她在車上。沒多久威爾森就出來了，他沿著大街往前走。我聽見了槍聲，但是沒看見誰開的槍。有個女人很快從車子裡跳了出來，向他跑過去。我很清楚，開槍的不是她，而且我最好立刻離開。可是這件事真的太有趣了，我非常想搞清楚這是怎麼回事。所以在我看出來那個女人是威爾森的老婆時，我就馬上跑過去了。看見了嗎？我做了一個錯誤的決定。為了不出事，我應該立刻走開，所以我把那個女人拉走了。這件該死的事，確實就是這樣的。」

我說：「謝謝。這就是我來這裡想要的結果。現在我們想要活著離開這裡，大概需要變一個魔術才行。」

塔雷爾十分確定地說：「我們想什麼時候走都可以，不需要任何魔術。」

「現在我就想離開。如果我是你，也會離開。洛南已經因為你而受到了驚嚇，你已經不需要再冒險。趁早跑出去，偷偷躲起來，等到中午就能揭穿他的陰謀。」

塔雷爾將手插進褲袋裡面，拿了一大捲鈔票出來。他抽出了一些錢，一兩張一百的，五十、二十和十塊的幾張，把錢給下巴很短的那個男人，吩咐：「傑瑞，拿這些錢替我找一條出路，跟平時給的一樣就行。」

傑瑞把錢接過去，將一頂帽子從桌上拿起來，然後很悠哉地走了。他

只用了半小時就回來了，還退了一些鈔票給塔雷爾，然後他毫不在乎地說：「去廚房等消息。」

我們下了樓，進入廚房。裡面特別黑，有更多人加入我們中間。

門被傑瑞打開，我們下了三節台階就到了後院。院子裡還有十個人站著，這個時候，天快大亮了。

我問塔雷爾：「就這些人？」

他點點頭。

「尼克告訴我們，這裡有五十個人。」

他諷刺道：「跟那些沒用的警察打架，用得著五十個人？」

後門打開著，一個穿著制服的警察扶住門，緊張地低聲喊：「老兄，求求你們，快點吧！」

我也很希望趕快出去，可是其他人根本無所謂。

我們從一條巷子走過去，然後一個穿著棕色衣服、個子很大的男人帶我們從一扇門穿過，接著再從一棟房子裡穿過。我們來到了一條街上，街邊停了一輛黑色汽車，我們爬了進去。

開車的是其中一個金髮少年，對於速度的定義，他特別清楚。

我說在大西部旅館附近我就下車。司機看著私語者，私語者點頭表示同意。我在五分鐘後，就站在了旅館前面。

賭徒將聲音壓低，說道：「下次見。」

車子開走了，我最後一眼看見的，是警用車牌消失在街角。

七、真相大白

　　我瞎逛著，走過了幾條街，五點半的時候，找到一個叫做克勞佛德的旅館。這個旅館的招牌燈有些暗。旅館辦公室在二樓，我爬樓梯上去，要了一個房間，然後拜託他們十點鐘的時候把我叫起來。他們把我帶進了一個房間，這個房間特別簡陋。我先將一些威士忌灌進胃裡，然後才上床，帶著老伊利胡給的一萬元支票和我的槍一起。

　　我在十點的時候，穿好衣服前往第一國家銀行。我找到年輕的歐伯利。威爾森的那張支票，我需要拜託他替我做擔保。他讓我稍等。我猜想他是想確認這張支票有沒有問題，所以打電話給老傢伙。最後，他將支票還回我手裡。支票上面簽了字，還挺像那麼一回事。

　　我把老傢伙寫的信以及支票放進了一個信封裡，在信封上貼了郵票，寫下舊金山分社的地址，然後走出銀行，投進街角的郵筒。

　　之後，我回銀行，問那個年輕人：「好了，說說你殺他是為了什麼？」

　　他面帶微笑，問我：「殺知更鳥[1]還是林肯總統？」

　　「你並不想立刻承認自己是殺死唐納・威爾森的凶手，是嗎？」

　　他還是保持著微笑，說道：「我不想跟你起爭執，可是我真的不是凶手。」

　　我抱怨起來：「這可不太妙。在我們爭執的時候，我們沒辦法保證不被

----

1. 出自童謠《誰殺死了知更鳥》。歐伯利以此開玩笑，假裝聽不懂。——譯注

打擾。那個戴著眼鏡的胖子是誰？他正向這邊走來。」

年輕人的臉漲紅了，他說：「出納員查頓先生。」

「替我們引薦一下。」

年輕人叫了出納員的名字，但是他的神色看起來不太自然。查頓向我們走了過來。他很高大，有一張光滑的粉色臉蛋，白色的頭髮都掉了，只剩下一圈，露出粉色的頭頂，戴了一副夾鼻眼鏡，是無框式的。

出納員助理為我們進行了介紹，他的聲音很小，有些含糊不清。我跟查頓握手，目光卻始終放在年輕人身上。

我對查頓說：「我正說著，要進行我們的談話，最好找一個比較隱蔽的地方。要是我不費點功夫，他應該不會承認的。讓銀行裡的每個人都聽見我對他叫喊，這可不是我想看見的。」

「承認？」出納員的舌尖吐了出來，夾在唇瓣之間。

我學著洛南的口氣，不動聲色道：「對的，你不知道歐伯利殺了唐納‧威爾森嗎？」

出納員微笑了起來，以此彰顯他的禮貌，不過從他藏在鏡片後面的雙眼裡可以看出來，他把我的話當成愚蠢的玩笑。可是後來他的目光轉到了助理身上，這時他的眼神裡出現了疑惑。他的助理滿臉通紅，嘴角努力擠出一點難看的笑。

查頓清了一下喉嚨，特別真誠地說：「這個清晨真是特別美好，天氣簡直太棒了。」

我堅持道：「可是卻找不到一個讓我們談談的私人房間？」

查頓有些緊張了，他跳起來問年輕人：「這……這是什麼情況？」

年輕的助理低聲說了幾句話，但是誰也沒聽懂他說了什麼。

我說：「要是這裡找不到談話的地方，我就必須把他帶到市政廳去談了。」

查頓的眼鏡從鼻樑上滑了下來，他抓住它，放了回去，說道：「跟我過來。」

他帶著我們穿過大廳和一扇門，然後走進了一間沒有人的辦公室。辦公

室門上標著「董事長」，這是老伊利胡的辦公室。

我向歐伯利建議，請他坐下，然後又拉了一把椅子自己坐。出納員面對著我們兩人，背靠著辦公桌，顯得煩躁而焦慮。

他說：「好了先生，現在請你說明一下，這到底是怎麼了？」

我對他說：「立刻。」隨後，我看向了年輕人，「黛娜的前一任男友就是你，而你專門替她放風聲。跟她有過親密交往的人很多，但是能第一時間知道有保證支票這回事，而且能夠立刻打電話給威爾森太太以及塔雷爾的人卻只有一個，那就是你。殺死威爾森的槍是點三二口徑，而銀行也特別喜歡這個口徑的槍。你用的槍有可能不是銀行的，但我覺得應該是。那把槍你可能沒有把它放回去，這樣的話銀行就少了一支。不管怎麼樣，我都打算找一個槍械專家。他們有顯微鏡和測微器，射死威爾森的子彈和所有銀行槍枝發射的子彈都可以用這些來檢查。」

年輕人顯得非常平靜，他看著我，一句話也不說。他將自己的情緒穩住了，不過這沒有什麼用，我要下狠藥了。

我說：「為了那個女人，你已經瘋狂了。你曾經告訴過我，是因為她沒辦法接受，所以你沒……」

「閉嘴！拜託你不要說了。」他喘著大氣，漲紅了臉。

在他垂下眼之前，我都故意表現出嘲諷的樣子。接下來，我對他說：「孩子，很多事情你不該說出來。你他媽的太心急了，等不及讓我看看你的一生。太過坦白、心急著攤開，這是你們業餘罪犯的通病。」

他盯著自己的手。我又對著他補了一槍。

「你是殺了他的凶手，這一點你很清楚；還有，如果用銀行的槍殺了他，然後把槍放回去，那麼不用懷疑，你肯定會被抓，這一點你很清楚。槍械專家會負責這方面的事情。現在我要逮捕你，就算你沒有把槍放回去。行了，你很清楚自己還有沒有機會，不需要我來告訴你。」

「洛南想讓塔雷爾背這個黑鍋。雖然找不到判他刑的證據，可是把繩子緊緊勒住就行。如果塔雷爾拒捕，他就會因此被殺，局長就可以高枕無憂。直接殺了塔雷爾，這就是局長的計畫。為了躲開這些警察，塔雷爾一整晚都

躲在他位於國王街的據點處。如果他們沒有抓住塔雷爾，那麼他現在還在那裡躲著。只要被警察抓住，塔雷爾就死定了。」

「要是你想讓別人當替死鬼，並且確信自己有逃脫的本事，那隨意。可是你要知道，槍一旦被找到，就沒有機會了。你逃脫不了了，看在老天的面子上，洗清塔雷爾的嫌疑吧！」

「我願意。」歐伯利的聲音變得特別蒼老。他的視線從手上離開，看向查頓，重複道：「我願意。」之後就停了下來。

我問：「槍在什麼地方？」

年輕人回答：「哈伯的櫃子裡。」

我皺著眉，看出納員，問道：「你可以幫忙拿一下嗎？」

他立刻就走了，對於能離開這裡，他顯得特別開心。

年輕人說：「我是無意的，沒打算要殺他。」

我盡可能擺出一副嚴肅並且富有同情心的模樣，對他點點頭，表示鼓勵。

他繼續說：「雖然我帶了槍，但是並沒有打算殺他。你沒說錯，為了黛娜，我確實曾經很瘋狂。經常會有那麼幾天，情況特別不好。威爾森拿著支票去的那天，情況就非常不妙。因為我沒有錢，所以失去了她，但威爾森可以去找她，就因為拿了一張五千塊的支票，我滿腦子想的都是這些事情。你能體會嗎？全都是那張支票的問題。她和塔雷爾的關係，我早就知道了，你應該明白我說的意思。我發誓，如果沒有那張支票，就算知道她跟威爾森有關係，我也做不出什麼來。全都怪我看見了那張支票。我很清楚，因為沒有錢，她才會離開。」

「那天晚上，我一直在她家附近監視，我看到威爾森進去了。那天情況特別不好，而我的口袋裡還有一把槍，我很害怕自己會做出什麼事。其實說實話，我並不打算做什麼。我感到特別害怕。腦子裡沒辦法想其他的，只能想到那張支票以及我失去她的原因。大家都知道威爾森太太特別容易吃醋，這一點我也知道。所以我就想，要是打電話給她，跟她說……我不清楚自己到底想怎樣。街角有一家商店，我在那裡打了電話給她，又打電話給塔雷

爾，我想把他們叫過來。當時，我能想到的跟黛娜或威爾森有關的人只有這兩個，不然還會打電話給其他相關的人。」

「然後我又回去，繼續在黛娜家附近監視。威爾森太太還有塔雷爾都來了，他們兩人看著房子，待在原地不動。有他們在這裡，就不用害怕自己會做出什麼了，我為此感到非常開心。沒過多久，威爾森出來了，他在街上走著。塔雷爾藏在門廊下面。我看了看門廊還有威爾森太太的車，但是他們沒有任何動靜，威爾森漸漸走遠了。在那一瞬間，我突然反應過來，把他們叫來是想要做什麼。我不願意自己動手，所以指望他們會採取一點行動。但是他們什麼都沒做，威爾森越走越遠。在那個時候，要是他們其中的一個能走出來，過去跟威爾森搭話或者偷偷跟著他，那麼後面的事我就做不出來了。

「遺憾的是他們都沒有舉動。我還記得我從口袋裡拿出了槍。我好像哭了，可能真的哭了，反正眼前的東西都模糊不清了。開槍的那一瞬間，也就是瞄準和扣動扳機的瞬間，我已經不記得了，可是子彈射出來的聲音還記得，這聲音是手上的槍發出來的，這一點我很清楚。威爾森的表情我不記得了，在我逃進巷子之前他是否已經倒下，也不記得了。一回到家裡，我就立刻對手槍進行清理，然後把槍裡裝滿子彈。第二天，我就把槍放了回去，放回出納員的櫃子裡。」

剛才我用了一些鄉下人的手段嚇唬他，所以在帶著他和那把槍去市政廳的路上，我向他道歉。我向他解釋：「把你激怒，是我能找到的最好辦法。在說起那個女人時，你的演技太精湛，你這樣的人，不可能被直接的提問難倒。」

他咧嘴，非常慢地說：「也不全是裝的。在我自己陷入危險，面臨絞刑的時候，她好像變得沒有那麼重要了。不管是現在還是當時，我都想不明白自己為什麼會那樣做。我說的意思，你能明白嗎？那件事情，把包括我在內的所有東西都變得特別低俗。我是指從最開始到現在。」

我找不到合適的話來回應他，只好敷衍著說句毫無用處的話，就好像：「事情經常會這樣。」

我在局長的辦公室裡看見了一位紅臉的警官，他姓比德爾，也參加了昨晚的突襲行動。他沒有問起國王街相關的事情，只是一雙灰色的眼睛有些遲鈍地看著我。

一個叫戴特的年輕律師被比德爾從檢察官辦公室叫了過來。對著比德爾、戴特和一名速記員，歐伯利又把故事重複了一次。警察局長來的時候，他還沒有說完。局長看起來，好像剛起床。

「啊呀，真高興能見到你！」洛南說著話，握著我的手上下搖晃。他拍著我的背，說，「我的天！昨天晚上你真是命大福大。我以為那些該死的老鼠們會吃掉你，可是當我把門踢開時，才發現賊窩裡一個人也沒有了。快說說，那些混蛋是怎麼逃走的。」

「他們從後門逃跑的，他們能逃走，全靠你兩個手下幫忙。你的手下帶著他們去後面的房子，然後帶著他們坐上警車偷跑了。我沒辦法向你報信，我一直被他們帶在身邊。」

他反問：「是我的兩個手下？」不過他的臉上看不出吃驚，「非常好！能形容一下他們的樣貌嗎？」

我描述了一下警察的樣貌。他說：「我早就該想到了，蕭爾和利歐丹。現在又是怎麼了？」他看著歐伯利，那個胖嘟嘟的頭點了一下。

年輕人的筆錄工作還在繼續。我做了一番簡單的解釋。

局長低低地笑了起來，他說：「哎呀，是我冤枉了私語者。我得找到他，跟他解釋解釋。這樣說來，這個孩子是你抓住的？真是太好了！非常感謝你，同時也祝賀你。」他又跟我握了握手，「你準備立刻離開這裡？」

「不。」

他向我承諾道：「當然可以。」

我出去吃了一頓飯，早飯和午飯一起吃了，之後把頭髮剪了，把鬍子也刮了。我發了一封電報給偵探社，讓他們派迪克・佛利還有米奇・萊恩漢來伯森維爾市，然後回屋換了一套衣服，向客戶家走去。

老伊利胡身上裹了好幾條毛毯，坐在窗邊的安樂椅上，陽光從窗戶透進來。他將粗短的手伸向我，對我抓到殺他兒子的凶手表示感謝。

我沒問他從哪裡得知這個消息，只是有模有樣地客套了一下。

　　他說：「昨天晚上我開了一張支票給你，正好可以當作你完成這項工作的酬勞。」

　　「這項工作，你兒子給的支票已經足夠了。」

　　「我給的就當紅包吧！」

　　我說：「公司規定了，紅包或是獎金都不可以收。」

　　他的臉紅了起來。

　　「哈，真該死……」

　　我問：「你讓我調查本市的犯罪和腐敗案件，所以開了那張支票當經費，這件事你不會忘了吧？」

　　「瞎說！」他用鼻子哼了一下，「昨天晚上我們都不夠冷靜，這件事就算了吧！」

　　「我不想算了。」

　　他叫罵了起來，都是些骯髒的字眼。他罵夠了，才說：「那些錢是我的，我可不願意在傻事上浪費錢。我說把那些錢當作你現在完成的工作的酬勞，你要是不願意，那就把錢退給我。」

　　我說：「少對我吼叫。我能給你的，只有好好清洗這個城市。這個是你想要買的，而且很快就能如願。現在你知道殺死你兒子的凶手不是你同夥，而是年輕的歐伯利。另一方面，你的同夥們也清楚了，塔雷爾沒有出賣他們，沒有跟你在一條船上。因為你的兒子死了，所以報社繼續挖掘醜聞的事可以停了，這一點你可以跟他們保證，所有事情又恢復了祥和美好。」

　　「不瞞你說，我早想到了這些，所以給你下了一個圈套，然後你毫不猶豫就撲進去了。你不可能停止支付，因為支票已經做了擔保。我敢保證，要是你將事情弄大，你只會有更多的麻煩。當然，如果你願意鬧大，隨你的便。」

　　「你的胖子局長，他昨天晚上跟我玩陰的。我非常不喜歡這種手段，湊巧的是我這個人氣量特別小，所以他會遭到報復。現在該是我找一些樂子的時候了，拿你的一萬塊錢尋開心。拿這筆錢，我要好好為毒鎮清洗一下。我

會盡自己能力，第一時間向你彙報情況，希望能讓你開心。」

　　說完，我就從房間走了出去，他的咒罵充斥著我的腦海。

達許‧漢密特

八、挑戰毒鎮

我用三天時間解決了唐納・威爾森案件，然後花大半個下午的時間來寫這件案子的報告。寫完報告之後，吃晚飯前這段時間，我一直抽著范迪瑪菸閒坐著，腦子裡在思考如何處理伊利胡・威爾森的案子。

晚飯時間，我來到樓下的旅館餐廳，正打算點一些牛後腿碎肉加蘑菇，卻聽見了廣播裡有人在叫我。

大廳旁邊有個小隔間，我被侍者帶到了這裡。話筒裡傳出黛娜・布萊德慵懶的聲音：「今天晚上可以來嗎？馬克斯想跟你見個面。」

「去你家？」

「是的。」

我接受了她的邀請，之後回到餐廳，進行未完的晚餐。吃完飯就回自己的房間了。房間在五樓最前面。我將房門打開，走了進去，把電燈啪嗒一聲按亮。

一顆子彈飛了過來，跟我頭旁邊的門框吻了一下，留下一個彈孔。

接著，門框和牆上被打出了更多彈孔，但是這時候我的頭已經不跟窗戶在一條直線上了，它被我帶到了一個安全的地方。

我很清楚，街對面有一棟辦公大樓，四層高，屋頂剛好比我的窗戶高一點點。我的房間亮著燈，對面屋頂一片漆黑，這個時候頭伸出去查看，是特別不明智的。

我要找一個東西把燈泡打破，我四下看了看，終於找到一本《聖經》。我把書拿起來，扔向燈泡。啪的一聲，燈泡破了，我想要的黑暗如期而來，

槍聲也隨之消失了。

我輕手輕腳地爬過去，跪在窗前，順著牆邊，用一隻眼睛往外查看。對面建築屋簷以上的部分我看不見，屋頂太黑太高。單眼查看持續了十分鐘，得到的只有脖子酸痛。

我打電話給接線生，讓他把旅館的保安叫上來。

來的是一個叫基弗的男人，他有些胖，留著白色八字鬍，後腦勺上戴了一頂帽子，帽子小了一號，將他那孩子似的還沒發育好的圓額頭露了出來。對於槍擊事件，他表現得興奮過頭。

很快一個胖胖的男人來了，他是旅館的經理。不管是神情、語氣還是舉動，都顯得十分小心沉穩。他表現得相當平靜，就像是街頭藝人的道具在表演中突然壞了，但所表現出來的態度卻是：從來沒有聽說過這樣的事情，但是並沒有什麼了不起。

我們在危險中把燈泡換了下來，把燈打開，將彈孔數了一下。有十個彈孔。

警察們忙進忙出，到最後彙報說沒有找到任何線索。被一同叫來的還有洛南，他先跟負責偵查的小隊長談話，談完了之後才來找我。

他說：「槍擊的事情我剛知道，用這種方法追殺你的人會是誰呢？」

我沒有說實話，「我不知道。」

「沒有受傷吧？」

「沒有。」

他非常高興地說：「老天，真是太棒了！我敢用性命發誓，不管那個寶貝是誰，我們都會抓住他的。為了以防萬一，需要留幾個兄弟陪你嗎？」

「謝謝，不需要。」

他不放棄道：「他們由你隨意支配。」

「謝謝，不需要。」

他跟我解釋，要是我出了意外，他這輩子也算是完蛋了，所以讓我務必答應，有事情一定第一時間打電話通知他。然後他還跟我說，伯森維爾市警察局隨時等候我的吩咐。最後我費了好大力氣，才將他擺脫。

等警察們都走了，我找了一個不容易被子彈射中的房間，把行李都搬了進去，之後換好衣服，向風暴街走去。在那裡，我跟賭徒私語者還有一個約會。

替我開門的是黛娜·布萊德。今天晚上，她褐色的頭髮還是亂糟糟的，仍舊需要修剪一下，不過略顯成熟的厚嘴唇上的口紅擦均勻了。她穿了一件橙色的絲綢長裙，裙子前面全是汙漬。

她說：「看來你還沒死。我覺得那件事情就那麼過去了吧！請進！」

我走進亂七八糟的客廳。客廳裡坐著丹·羅爾夫和馬克斯·塔雷爾，他們玩著皮納克爾紙牌。羅爾夫向著我點了一下頭，塔雷爾站起身，跟我握手。

「聽說你準備挑戰毒鎮？」他聲音壓得低低的，很粗啞。

「這不能怪我。是我的一個客戶，他想給這裡換一點新鮮空氣。」

我們都坐了下來。他糾正我的說法：「是以前想這麼做，現在並不想。你怎麼不肯走呢？」

針對這一點，我發表了自己的長篇大論。

「不。毒鎮對待我的方式讓我很不開心。可是現在我有了討回公道的機會。我敢打賭，你一定又融進了那個小圈子裡，兄弟們聚在一起，冰釋前嫌，不再計較。你希望其他人別來插手你們的事了。曾經我也是這麼希望的——別人不要來插手我的事，可惜沒能如願，不然的話，我現在應該已經上了車，準備回舊金山了。尤其是胖子洛南，在兩天之內，兩次想要我的命。有些太過火了。我現在想要做的，就是讓他抱頭鼠竄。毒鎮已經到了該收割的時候了。這樣的工作正是我熱愛的，所以絕對不會放棄。」

賭徒說：「只要你還沒死。」

我贊同道：「是的。我今天早上看報紙的時候，看到一篇報導：一個傢伙在床上吃閃電泡芙，結果被噎死了。」

黛娜·布萊德舒展開豐滿的身體，懶洋洋窩在扶手椅裡，說道：「這樣的結果，對他來說可能是好事。只是今天早上的報紙並沒有登這個新聞。」

她將一支香菸點燃，隨手把火柴丟到長沙發下面一個看不見的地方。肺結核患者將紙牌收好，毫無目的地一次又一次洗牌。

塔雷爾的眉頭皺了起來，他跟我說：「威爾森非常願意讓你把那一萬塊錢拿走。別得寸進尺了。」

「我天生就是那種小氣記仇的人，用陰招暗殺，會讓我抓狂。」

「你非要這樣做，能得到的只有一副棺木。之所以對你說這些，是因為你幫我從洛南的暗算裡逃了出來，我是真心為你好。收手吧，回舊金山去。」

我說：「我跟你說這些，也是為你好。趕緊跟他們劃清界限！他們可以出賣你第一次，就可以出賣你第二次。總而言之，他們已經替自己找好了出路，趁著現在還有機會，最好趕緊跟他們撇清關係。」

他說：「我能把自己照顧好，現在這樣就很不錯。」

「可能吧！不過你應該明白，生意這麼好，就會樹大招風。好處你已經撈夠了，是時候收手了。」

他黑色的小腦袋搖了一下，跟我說：「你確實有本事，這一點我很清楚。但是我也不傻，不會相信你有能力把整個集團扳倒，這真的不是一件容易的事。只要我能看見一點點希望，覺得你可以整垮他們，我都會站在你這邊。我對洛南有什麼看法，你是清楚的。但是你不可能扳倒他們，還是停手吧！」

「不。老伊利胡給我了一萬塊錢，我會把每一分錢都花在這上面。」

「我跟你說過了，他那個腦子就是個見鬼的豬腦子，你講的這些道理他絕對不會聽。」黛娜・布萊德打了個哈欠，說，「丹，儲物間裡還有什麼可以喝？」

桌邊的肺結核患者站了起來，從房間走出去。

塔雷爾聳了一下肩，說：「你很清楚自己要做的事，那就隨便你吧！明天晚上有拳賽，去看嗎？」

我說大概會去。丹・羅爾夫回來了，帶來了琴酒和一些下酒的小吃。我們都喝了一兩杯酒，沒有再說挑戰毒鎮的事，只討論了拳賽。很顯然，對於

我，賭徒已經不想再管了，不過對我過分固執的事，他好像也沒有記恨。而且他還讓我記住，明晚的拳賽大概在決賽第六回合的時候，艾克‧布希會被庫柏小子打量，所以隨便押，肯定能贏。這些都是拳賽的內幕消息。其他人並沒有把這件事當真，不過看樣子，塔雷爾應該知道自己說了些什麼。

十一點之後我就離開了，平安地回到旅館。

九、拳賽

第二天早上，我醒來的時候，腦子裡出現了一個想法。伯森維爾市的居民數在四萬左右，想要將一條消息散布出去還是比較容易的。十點鐘的時候，我已經在散播消息了。

那些能找到幾個小混混的地方我都去了，比如撞球間、雪茄店、地下酒吧、飲料店、街頭……

在散播消息的時候，我是有技巧的，就像：「能借個火嗎？謝謝……今天晚上的比賽去看嗎……據說在第六回合艾克·布希會倒下，假裝的……是我從私語者那裡聽到的內幕……是的，他們都去。」

沒有人不喜歡內幕，而且在伯森維爾市這個地方，這些消息一旦跟塔雷爾的大名掛鉤，那麼就會被大家看成絕對機密。消息散播得相當順利，從我這裡得到消息的人，有一半跟我一樣努力地將消息散播出去，以此顯示自己知道內幕。

在最開始散播消息的時候，艾克·布希勝的賠率是七賠四，其中直接淘汰對手勝出的賠率是二賠三。到兩點的時候，所有賭場的賠率都比同額賭注低了。到了三點半的時候，賠率變成一賠二，庫柏小子勝。

我去了一家餐廳，要了一份熱牛肉三明治，一邊吃一邊向侍者和兩位顧客傳播這個消息。這是我傳播消息的最後一個地方。

我從餐廳出來的時候，看見門口有一個長著O型腿的人，似乎在等我。這個人的下巴又尖又突出，像豬下巴。他對著我點了點頭，然後在我身邊走著。他將一支牙籤咬在嘴裡，斜眼在我臉上打量。走到拐角處，他終於說話

了。

「我知道，事情不是這樣的。」

我問：「什麼？」

「艾克・布希不會輸，我知道。」

「你就沒有什麼好糾結的了。但是明智的人都押一賠二庫柏勝。其實只有布希放水，庫柏才能勝吧！」

牙籤被咬爛了，豬下巴吐出了牙籤。他對著我，閃著泛黃的牙。

「昨天晚上，他自己跟我說的，庫柏那件事早就安排好了，不過他不會那樣對我，所以他不會那麼做。」

「你跟他是朋友？」

「算不上，不過我們認識。喂，聽好了！你說的都是真的？是私語者跟你說的？」

「是的。」

他惡毒地罵了很久。「那隻該死的老鼠，我竟然相信了他的話，把錢都押在他身上了，那可是我最後的三十五塊錢。呵，這大概會讓他——」他突然停住不說了，眼睛看著大街。

我問：「大概會讓他怎麼樣？」

他說：「很多事情。沒什麼的。」

我替他出了一個主意，說：「既然他有把柄在你手上，也許我們可以好好談一下。對我來說，布希贏還是輸，根本無關緊要。可是你手上有他的把柄，為什麼不去找他談談？」

他看了我一眼，又看向人行道。他將一支牙籤從胸前的口袋裡拿出來，然後咬在嘴裡，嘟囔著：「你是什麼人？」

亨特、漢特還是杭廷頓，反正我胡亂找了個名字給他，然後詢問他的名字。他說他叫鮑伯・麥克斯溫。我不能辨別這個名字的真假，因為找不到可以打聽的人。

我跟他說我相信，然後問他：「我們逼一下布希，你覺得可以嗎？」

一絲冷酷的光芒在他眼中閃現，轉瞬即逝。

他吞了吞口水，說：「不，我不是那種人。我不會……」

「不會做任何事情，只會等著別人來害你。麥克斯溫，你可以不用在明處跟他對抗。你可以把消息告訴我，只要那個消息有足夠分量，我就會替你行動。」

他思考了一會兒，伸出舌頭舔嘴唇。牙籤從嘴裡掉下來，落在外套前襟上，他看都沒看一眼。

他說：「這件事跟我有關，你不會透露出去吧？我是這裡的人，要是這件事被揭穿，在這裡就待不下去了。還有，你只是逼他認真打拳，不會把他的事揭發出來，對吧？」

「是的。」

他激動了起來，抓住我的手，說：「你發誓？」

「發誓。」

「艾爾·甘迺迪才是他的真名。兩年前基石信託公司在費城被搶劫，這件事他參與了。兩名通信員被當場幹掉，凶手不是艾爾，是剪刀手海格提的手下。雖然他沒殺人，但是這件事他也脫不了關係。相關的人都被抓住了，只有他逃跑了，因為他是費城的地頭蛇。他跑到這裡躲了起來，不允許別人在報紙或者宣傳單上放他的照片。他在這裡裝成一個很平庸的人，其實他是一個特別厲害的角色。你聽明白了嗎？基石案的潛逃者艾爾·甘迺迪，費城警察要抓的逃犯就是這個艾克·布希，明白了嗎？他參加——」

我將他無休止的絮叨打斷：「明白了，明白了！現在我們要做的是去找他。在哪裡能找到他？」

「他住在聯合街的馬克斯維爾那裡。為了準備拳賽，他現在應該在那裡休息。」

「做什麼準備？他晚上根本就不打算認真比賽！不過我們還是可以去瞧瞧。」

「我們！怎麼會是我們？你不是發過誓嗎？不會把我牽扯進去！」

我說：「是的，想起來了。能說一下他的樣子嗎？」

「一個偏瘦的小鬼，頭髮是黑色的，有一隻耳朵開了花，兩道眉毛連在

一起，成了一條線。我覺得你不一定能說服他。」

「交給我就行了。完事之後，在哪裡能找到你？」

「我會在穆里那裡待著。千萬要注意，你發過誓的，不能把我透露出去。」

聯合街上旅館林立，馬克斯維爾是其中的一家。旅館的前門特別窄，一邊是一家商店，一邊是一段昏暗的通向二層辦公大樓的階梯。門廳角落處是櫃檯，只佔了很小一點地方。櫃檯處放了木櫃，這張櫃子急需再次刷漆。木櫃後面是格子架，用來放郵件和鑰匙。櫃檯處沒有人，有一個銅搖鈴以及一本特別髒的登記本。

我往前翻登記本，翻過八頁才找到艾克·布希的名字。登記本上記錄著：鹽湖城，214房間。我找到了貼著這個號碼的格子，裡面什麼也沒有。我爬上幾層樓梯，到了一個房間前面，房門上貼著這個號碼。我敲了敲門，沒有人應門。我再敲了幾次，還是沒有動靜，我只能走回樓梯處。

這時候有人上來了。我在樓梯口停了下來，因為這裡的光線夠我看清楚東西，我想等著看看來的是什麼人。

來的是個年輕男人，偏瘦但是肌肉結實。他穿了一件軍用襯衫，外面外套是藍色的，戴了一頂灰色的便帽。他眼睛上面的兩條黑眉毛連在了一起，成了一條直線。

我說：「你好。」

他點了一下頭，沒有說話，腳步也沒有停下。

我問：「會贏得今晚的比賽嗎？」

「但願如此吧！」他很簡潔地回答了一句，然後從我身邊走過。

等他朝著自己房門的方向走了四步，我才說：「我也是這麼希望的。艾爾，把你遣送回費城，我也不願意。」

他往前又走了一步，然後才慢慢地回過頭。他低垂著眼皮，一個肩膀倚著牆，嘟囔道：「哦？」

「在第六或者其他回合，你要是被庫柏小子那種蠢貨打倒了，我會非常的不高興。你肯定不願意回費城，所以艾爾，不要那麼做。」

年輕人低下了頭，然後向我走了過來。他在我前面停下，站在這個地方，伸手就能碰到我。他將左偏的身體稍微轉正了一點，兩隻手很自然地垂下來。而我的兩隻手在風衣的口袋裡插著。

他重複了一遍：「哦？」

我說：「今天晚上要是艾克·布希輸了，那麼明天早上艾爾·甘迺迪就要搭上回東岸的車。這一點，你最好記住了。」

他的左肩抬起來了一點，大概有一英寸。我在口袋裡轉動了一下藏著的手槍。他生氣地問：「你從哪兒得知我今天晚上會輸？」

「就是聽別人說的。這中間，除了回費城的那張車票以外，沒有其他的圈套了。」

「你這隻胖豬，我真應該把你的下巴打碎。」

我挑釁道：「最好趁現在動手。只要你今晚贏了，應該就不會再見到我了。要是你今晚輸了，你一定還會見到我，只是那時候，你的手恐怕已經受到了限制。」

穆里是一家位於百老匯街的撞球間，我在那裡找到了麥克斯溫。

他問：「你見到他了？」

「見到了。都弄好了。只要他沒有真的被打敗，或者跟那個資助他的人提起來，或者不搭理我，或者……」

麥克斯溫開始緊張，顯得十分忐忑。

他警告我：「他們也許會找機會弄死你，你他媽最好注意點！他……我要到街上去，要找個人。」他扔下我，自己走掉了。

在市郊一個廢棄的遊樂場裡有一個挺大的舊賭場，這個舊賭場是木板建成的。毒鎮的職業拳擊賽都在這裡進行。八點半時，我到了那裡，那裡似乎聚集了全城的人。主場內的折疊椅緊靠著排列起來，上面坐了滿滿的人。還有更多的人擠在了兩邊的看台長凳上。

室內又吵又鬧，讓人燥熱難受。滿屋子煙霧，臭氣薰天。

靠近擂台第三排的地方是我的位置。我向座位走去的時候，看見了丹·羅爾夫。他離我不遠，坐在靠近走道的地方，旁邊坐的是黛娜·布萊德。她終於將那頭亂糟糟的頭髮剪了，還燙了一個大波浪。她穿了一件灰色的皮大衣，看起來似乎藏了很多錢在裡面。

相互問候之後，她問我：「你有沒有押庫柏勝？」

「沒有。你押得不少？」

「押了不少，但是比我想的還是差了一點。我們本來是打算等賠率好的時候再押一筆大的，誰知道賠率會那麼差。」

我說：「布希要假裝輸掉的事，城裡的人大概都知道了吧！我在幾分鐘前還看見有人押庫柏勝，四賠一，押了一百。」女人的耳朵掩在了灰色毛領裡，我將身體靠過去，對她耳語，「假裝輸掉的計畫已經改變了。趁現在還有時間，趕緊重新下注！」

她瞪大了雙眼，那雙眼裡除了紅血絲，還有不安、貪婪、驚訝以及疑惑。

她壓低聲音問我：「確定？」

「當然。」

她將豔紅的唇瓣咬住，皺起了眉頭，然後問：「從什麼地方得到的消息？」

我不願意透露。她將唇瓣反覆咬了幾下，問：「這件事馬克斯知道嗎？」

「他來了嗎？我沒見到他。」

「應該來了。」她說話的時候，心裡不知道在想什麼，眼睛盯著遠處，嘴唇開開合合地蠕動著，大概是在計算。

我說：「看你有沒有這個膽子信我了。」

她的身體往前傾斜，眼睛直勾勾地盯著我的眼。她咬咬牙，把手提袋打開，將一捲鈔票拿出來。那捲鈔票有咖啡罐那麼粗，她從裡面抽出一些給羅爾夫。

「不管怎麼說，都還有一個半小時來觀察賠率。丹，把這個拿去押布希

勝。」

羅爾夫接過錢，搖搖晃晃地離開了。我在他的位置上坐下。黛娜將一隻手搭在我的小臂上，她說：「要是因為你，我的錢回不來了，你就趕緊祈禱老天保佑吧！」

這個主意真是太荒唐了，我將這樣的想法表現了出來。

預賽開始了，前面四個回合都是你來我往。我一直在到處找塔雷爾，但是沒有看見他。女人擠在我身邊，根本沒管拳賽。她的精力都用來對付我了，一半用在探問我從何得知消息，一半用在威脅我。她說要是我讓她的錢打了水漂，她肯定要讓我下地獄，讓烈火燒死我。

半決賽都已經開始了，羅爾夫才回來。他拿了一疊賭票，遞給女人。黛娜忙著查看賭票，沒功夫看我。我準備回到自己的位置上，她頭也不抬地跟我說：「等比賽完了，在外面等著我們。」

庫柏小子爬到擂台上的時候，我還沒有走到自己的座位。他是一個身材健壯的年輕人，頭髮是黃色的，臉頰凹陷，穿了一件淺紫色短褲，褲腰上面有一圈贅肉。另一邊的繩圈外站著艾克・布希或者說艾爾・甘迺迪，他從那裡鑽了進去。看起來他的身材比庫柏小子的好，緊實、線條流暢、充滿力量。不過他的臉色蒼白，看起來忐忑不安。

主持人在進行介紹，介紹結束，他們兩人就走到了擂台中間聽比賽規則。聽完了規則，他們回到各自的角落，將浴袍脫下來，在繩圈邊活動筋骨。鑼聲響了起來，開始進行比賽。

庫柏塊頭很大，但是行動笨拙，身體總是大幅度地擺動，看起來好像隨時都會讓別人受傷。但是只要四肢沒有缺陷的人，都會躲著他。布希跟他不一樣，他步伐靈活，左手出拳又快又猛，右手出拳也是順暢乾淨。這個偏瘦的小夥子很輕易就可以當場把庫柏打死，前提是他想這麼做。但是他沒這麼做。是的，他所想的，不是怎麼贏，而是怎麼輸。他想輸，並且正在為此努力。

庫柏一直繞著場子大步走，一邊走一邊隨意地揮舞拳頭，動作非常誇張。他的目標，包括了從燈到角旗桿的所有物品。他的計畫就是碰運氣，放

開了亂打。布希則不斷地跳躍著前進後退，有興趣了，就給對方一下，只是他打出去的拳頭都是軟綿無力的。

第一回合還在進行，喝倒彩的聲音就爆發了出來，到了第二回合，觀眾已經開始咒罵。我感覺情況不是太好，看來我們短暫的討論，並沒有影響到布希。黛娜・布萊德一直在想辦法讓我注意到她。我用餘光看了她一下，看樣子已經氣壞了。我小心翼翼的，不敢跟她的視線接觸。

這樣的「室內友情賽」在第三回合仍在繼續。觀眾們吼罵不斷「扔他們出去吧」、「直接吻他更好」、「讓他們動手呀」。喝倒彩的聲音稍微停歇的時候，這一場類似於小狗跳舞的比賽剛好打到一個角落裡。這裡離我最近。

我把手做成喇叭狀，攏在嘴邊，大吼著：「滾到費城去吧，艾爾！」

布希這時候正跟庫柏打在一處，他背對著我，突然將庫柏往繩索上一推。這樣一來，布希轉了過來，正面對著我。

又傳來了一聲大吼：「滾回費城去吧，艾爾！」

這聲大吼是從場子後面一個挺遠的角落裡傳來的。我覺得應該是麥克斯溫。

場邊有一個喝醉了的人，他把自己胖嘟嘟的臉抬了起來，也跟著吼了一聲。他吼完之後，好像說了一個特別有意思的笑話一樣，哈哈大笑了起來。其他人也加入其中，毫無緣由地吼叫著。布希好像被惹怒了，黑線一樣的眉毛下，兩隻眼睛正轉來轉去。

庫柏隨意揮舞著拳頭，布希的一側下巴恰好吃了他一拳，在裁判員腳邊倒下了。

兩秒鐘內，裁判完成了五聲數秒。鑼聲響起，這一回合結束。

我沒有別的招了，只能回頭看黛娜・布萊德，對著她笑。她沒有笑，只是盯著我。她的臉色和丹・羅爾夫的一樣，非常不好，並且還多了一些憤怒。

布希被教練拉到了角落裡，教練敷衍地替他進行按摩放鬆。他的眼睛睜開了，盯著自己的腳。這時候，又響起了鑼聲。

庫柏小子拖著腳步進場，一邊走一邊整理自己的短褲。等這個毫無用處的大個子走到擂台中間的時候，布希突然速度極快地靠近他。

布希的左拳揮了起來，拳頭落在庫柏的肚子上，再抬起來。可以很輕易看見，他的拳頭在庫柏的肚子裡陷了下去。庫柏「啊」地叫了一聲，向後退去，身體也蜷了起來。

布希一記右拳揮了出去，直接打進他嘴裡，打直了他蜷著的身體。緊接著，一記左拳又落了下來。庫柏「啊」地又喊了一聲，這次膝蓋也彎了下去。

布希在他腦袋兩邊分別拍了一下，先揮了右拳，然後是左手來了一記謹慎的長拳，庫柏的臉被打了回來。最後布希從下巴處揮右拳，直接砸中庫柏的下巴。

這一拳帶來的力量，在場的所有人都能感受到。

庫柏與地板相撞，彈了彈，然後動不了了。裁判開始數秒，十秒倒數，他花了半分鐘時間。不過就算他用半小時來數十秒，也改變不了庫柏小子輸了的結局。

裁判慢慢吞吞的，耽誤了挺久才把分數算完，才將布希的手舉了起來。兩個人都愁眉苦臉的樣子。

我的視線裡閃過一點亮光，很快，一絲銀光從樓上的一個小包廂裡斜飛出來。

女人的尖叫聲響了起來。

隨著叮噹的一聲，斜飛出來的銀光消失了。

艾克‧布希被裁判握住的手滑了出來。他倒了下去，壓在庫柏小子身上。他的脖子後面插著一把刀，刀柄是黑色的。

十、全城緝凶

　　過了半小時，我從賽場離開。一輛淺藍色馬蒙轎車停在路邊，駕駛座上坐著黛娜·布萊德。馬克斯·塔雷爾站在路上，兩人正在說話。

　　女人抬著線條分明的下巴，豐滿豔紅的嘴唇快速地動著，嘴周出現明顯的皺紋。

　　她看起來不是很開心，賭徒跟她一樣。賭徒那張英俊的臉僵硬泛黃，就像是橡樹皮，嘴唇在說話時，薄得像紙。

　　這畫面，像是美好的家庭聚會。我絕對不願意參與其中，可惜女人看見了我，並開口叫我。

　　「我的天，我還以為你永遠都不來了。」

　　我走向車子。塔雷爾從車頂那邊看過來，他盯著我，眼神非常不友善。

　　他低啞的聲音比其他人的吼叫更刺耳，「我昨晚讓你回舊金山，是在勸你，現在讓你回舊金山是命令！」

　　「還是非常謝謝你。」我一邊說話，一邊在女人的身邊坐下。

　　塔雷爾在她發動汽車的時候，跟她說：「你再一次背叛了我，我保證這會是最後一次。」

　　車子開了起來，女人回頭，對他唱著：「親愛的，去死吧！」

　　我們向著城裡快速開去。

　　車拐進百老匯的時候，她問我：「布希已經死了？」

　　「肯定的。他們把他翻過來，那時候我看見刀尖從後面穿了出來。」

　　「這就是背叛他們的結果，他一定很清楚。我們去弄點東西吃！之後

一千年的事情，我都在今晚給做完了，要是小夥子們因此感到不高興，那也只能對此說抱歉了。你贏了多少？」

「我沒下注。這麼看來，你的馬克斯生氣了？」

她大喊了起來：「沒下注！你這樣的混蛋到底是從哪兒來的？在知道可靠的內幕之後，居然不下注，怎麼會有這樣的人？」

「這個內幕並不是百分之百可靠。這樣看來，對於後面的變化，馬克斯非常不滿意？」

「你覺得呢？他輸了特別多。而我呢，我足夠聰明，所以換了賭注，贏了不少。他因此拿臭臉對著我。」在一家中餐廳前，她十分粗魯地將車子停下，「讓這個獨斷專行的矮冬瓜下地獄！」

淚水在她眼眶裡打轉，亮晶晶的。她在下車的時候，拿出手絹將眼睛挺用力地擦了一下。

她拉著我從人行道穿過，說：「我的天，快餓扁了！能請我吃炒麵嗎？我能吃一噸。」

雖然沒有一噸，但她吃了很多。自己滿滿的一盤以及我的半盤，她都吃了。吃完之後，我們開著馬蒙去了她家。

飯廳裡面，丹·羅爾夫筆直地坐在桌前。一杯水以及一個有標籤的棕色瓶子放在了桌上。丹·羅爾夫看著那個瓶子。鴉片酊的氣味充斥著整個房間。

毛皮大衣被黛娜·布萊德脫下來，扔在了椅子上。大衣的一半在椅子上，一半掉在了地上。黛娜·布萊德毫不在意，她對著肺結核患者彈了一個響指，有些煩躁地問：「拿到錢了嗎？」

肺結核患者的目光還是盯著那個瓶子，他將一疊鈔票從外套口袋裡翻了出來，然後扔在桌上。女人將錢一把拿走，數了一遍，再數一遍，才嘖嘖幾聲，把錢放進自己的手提包裡。

她要去廚房弄碎冰塊，所以出了房間。我坐下來，將一支菸點燃。我跟羅爾夫之間似乎無話可說，他還是一直看著那個瓶子。很快女人就回來了，帶來了琴酒、檸檬汁、蘇打水和冰塊。

一邊喝酒，她一邊跟羅爾夫說：「馬克斯快被氣死了。他聽說了，你把賭注轉到布希身上，是在最後一分鐘的時候，所以那隻小猴子覺得我背叛他。我什麼也沒做！我做的只是把賭注放在會贏的那一方，有點腦子的人都會這麼做。我就像什麼都不知道的嬰兒一樣，特別冤枉，對不對？」她問我，接著繼續說，「為什麼馬克斯這麼害怕？很明顯，因為他的錢跟我的在一起，都是丹拿去押注的，所以他怕別人覺得他在背後搞小動作了。這個吵鬧不休的矮個子，我一點都不在意他，他活該氣死。我們再來一杯！」

她替我倒了一杯酒，又倒了一杯給自己。至於羅爾夫，他的第一杯酒都還沒碰一下。他的目光還在那個棕色瓶子上面，他說：「出現了這樣的事情，你居然還指望著他不生氣？」

女人生氣地辯駁：「我願意怎麼樣就怎麼樣。並且我可不是他的，他沒有資格那樣子跟我說話。也許他自以為我是他的，那麼就該讓他瞧瞧，事情可不是那樣。」她將杯裡的酒一飲而盡，然後啪一聲在桌上放下杯子。她窩在椅子裡的身體動了動，面向我，「用伊利胡·威爾森的一萬塊替這個城市清洗一下，你是來真的？」

「對。」

貪婪的光芒在她那雙滿是紅血絲的眼中閃現。

「要是我幫你，我能得到……」

「黛娜，你不可以這樣做！這樣太卑鄙了。」羅爾夫的聲音像是在哄孩子，低沉溫和，但是又不容抗拒。

女人慢慢地把頭轉到他那邊，嘴唇變了一個樣子，就像她對塔雷爾說話時那樣。

她說：「我就要這麼做，這會讓我顯得特別卑鄙對不對？」

他一言不發，還是盯著那個瓶子。她漲紅了臉，神情倔強又冷酷，但她的聲音很低很柔和，「雖然你有點肺病，但卻是一個十足的紳士。像你這樣的大紳士，卻要跟我這樣卑鄙的人牽扯到一起，真是太遺憾了。」

他慢慢地說著：「這樣還可以挽救一下。」他站了起來，大腦已經被鴉片酊控制。

坐在椅子上的黛娜・布萊德跳了起來，跑到桌子邊。他被毒品麻痺的雙眼，空洞無神地看著她。她的臉向他湊近一點，問道：「現在對你來說，我太卑鄙了對嗎？」

他非常冷靜地說：「我是指，你要是為了這個傢伙而出賣自己的朋友，那就是卑鄙。相當卑鄙。」

她將他一隻瘦削的手腕抓住，用力地扭動，一直到他跪下才罷休。她舉起另一隻手，搧他枯瘦的臉，左右各打了六次，他的頭隨著耳光左右擺動。羅爾夫完全可以用另一隻手來保護自己的臉，不過他沒那樣做。

她想要去拿琴酒和蘇打水，所以將他的手腕鬆開，背對著他。她臉上有一種讓我討厭的笑容。

他手腕被抓住的地方紅了起來，瘀青也在臉上顯現。他站起身，眼睛眨了眨。他站直了，穩住身形，然後看著我，臉上沒有一絲表情。

一把黑色自動手槍被他從外套裡拿了出來。他對著我瞄準，表情和眼神都跟剛才一樣，沒有任何變化。

可是他一個勁地抖，根本瞄不準，速度也不行。我立刻拿了一個玻璃杯扔向他，他的肩膀被砸中，子彈飛過我的頭頂。

在他還沒來得及開第二槍的時候，我就跳向他。我跳到他跟前，近得可以將他的槍打掉。他的第二槍打到了地板上。

我一拳打在他下巴上，他往一邊倒在了地上。

我轉身過去，看見黛娜・布萊德拿著一個能將我打得腦漿迸濺的玻璃虹吸壺，準備敲我的腦袋。

我大叫起來：「不！」

她吼起來：「你對他出手應該輕一點！」虹吸壺被她放下。

我幫著她一起扶羅爾夫進臥室，等到羅爾夫眼睛可以動時，剩下的事情我就留給她處理，自己回了飯廳。十五分鐘後，黛娜就走回來了。

她說：「他沒什麼問題了，可是你根本不用下那麼重的手。」

「我知道，但那麼做是為了他。他殺我的原因你知道嗎？」

「為了不讓我向你出賣馬克斯。」

「不，因為我看見他被你打，而且毫無還手之力。」

她說：「我搞不懂，動手的那個人是我。」

「他愛你。看他的反應就知道，你不是第一次打他，他知道還手沒有任何作用。不過就算這樣，你也不能指望他樂意被你甩耳光，並且是當著別的男人的面。」

她開始抱怨：「我一直覺得我很瞭解男人，但是，我的天，我完全不懂他們。他們全都是神經病！」

「為了讓他挽回一點顏面，我才出手那麼重。他希望別人看待他的時候，是在看待一個男人，而不是一個被女人打得無力反擊的窩囊廢，這一點你應該能理解。」

她嘆了一口氣，說道：「你想怎麼說就怎麼說吧，我不想堅持。不過為了這個，我們應該喝一杯。」

我們喝了一杯。之後，我跟她說：「我接受你的建議，只要把威爾森的錢分你一些，你就肯幫我。」

「分多少？」

「這在於你，看你做的事情有多少價值。」

「這根本沒有一個判斷標準。」

「你提供的幫助，對我來說也沒有判斷標準。」

「這樣嗎？老兄，別覺得我沒能力，我能給你的東西特別多。我了解毒鎮的各方面。」她低頭看膝蓋的地方，然後對著我搖搖穿著灰色絲襪的腿，特別粗魯地說：「你肯定沒見過比這還糟糕的。又脫絲了，瞧瞧！我保證，以後再也不穿絲襪！」

我說：「你的腿太胖，把襪子擠壞了。」

「這跟你沒關係。你準備怎麼替毒鎮進行清洗？」

「如果我得到的消息可靠，帶頭把這個地方搞得亂七八糟的人就是塔雷爾、皮特、陸·亞德和洛南。當然，老伊利胡也脫不了關係，但他不是全責。更重要的一點是，雖然不情願，但他還是我的客戶，所以我不準備找他的麻煩。」

「我目前的打算是，盡全力把那些醜事一件件全都挖出來，讓它們全部覆滅。我應該可以發一個尋找罪犯的廣告，不管男女，只要是罪犯就行。就像我想像的一樣，他們要是真的壞透了，那要找出來一兩件定他們罪的事應該很容易。」

　　「你破壞拳擊比賽，也是為了這個？」

　　「這件事我只是用來做試探，看看會有什麼事發生。」

　　「你們這些所謂的科學偵探，竟然是這樣辦案的。老天！你作為一個肥胖、固執、心狠的中年男人，做事的方式讓人聞所未聞。」

　　我說：「做事之前要好好籌備，在很多時候是對的，但有些時候就要臨時弄點麻煩出來才行。不過臨時製造麻煩有個前提條件，那就是你有足夠的能力確保自己不會出事，並且能睜大了雙眼仔細看。這樣當事情顯現出來的時候，你才能看見自己想看的。」

　　她說：「為了這個，我們再喝一杯。」

十一、一根攪屎棍

　　我們又喝了一杯，她將杯子放下，舔舔嘴唇，道：「要是你喜歡挑爭端、攪和是非，我可以找一根很棒的攪屎棍給你。兩年前洛南的弟弟在莫克湖自殺了，他名字叫提姆，你聽過他的事嗎？」

　　「沒有。」

　　「就算你聽到過，聽到的也應該是假的。他不是自殺，是他殺，凶手是馬克斯。」

　　「所以呢？」

　　「我的天，你還沒睡醒嗎？我沒說一句假話。洛南簡直是把提姆當兒子，把證據給他，他肯定會將馬克斯咬死。難道這不是你想要的？」

　　「證據在哪兒？」

　　「在提姆死之前，有兩個人過去了，提姆跟他們說馬克斯是凶手。雖然其中一個大概命不長了，但他們都還在城裡。如何？」

　　她看起來不像撒謊。可是對於女人，特別是藍色眼睛的女人來說，這沒有什麼意義。

　　我說：「我喜歡真實和細節。把整件事仔細地說一遍。」

　　「我會告訴你的。莫克湖你去了嗎？那是一個鳥不拉屎的地方，從峽谷路往北走三十英里就到了。那個地方夏天特別涼快，所以成為這裡的避暑勝地。我去年八月最後一個週末在那裡度過的，跟一個叫霍利的人一起。這個人現在回英國了，你對他一定不感興趣，他跟這些事毫無關係。為了不讓白色絲襪的線頭弄疼他的腳，他喜歡反著穿襪子，這一點就像個怪異的老太

太。我上星期收到了他的信，他到這邊來了，不過這些都無關緊要。

「我們在莫克湖，馬克斯和他當時的女友，叫莫特爾・詹尼森，也在那裡。這個女人現在快要死了，她得了萊特氏症候群之類的病，在市立醫院住著。這個女人有一頭金髮，身材苗條，當時打扮得也特別時髦。除了喝幾杯酒就愛發酒瘋這一點，我是很喜歡她的。提姆特別愛她，可是那個夏天，只有馬克斯入得了她的眼。」

「但是提姆不願輕易放棄。這個愛爾蘭人雖然高大帥氣，但特別愚蠢，而且壞透了。如果不是靠他在警察局當局長的哥哥，他在這裡根本混不下去。莫特爾走到哪裡，他就跟到哪裡。莫特爾不想馬克斯跟提姆的局長哥哥結仇，所以這件事她沒有跟馬克斯說。」

「因為提姆一直在跟著莫特爾，所以那個星期六，他也跑到莫克湖來了。我跟霍利在一起，莫特爾就跟馬克斯在一起。不過我還是有機會見到莫特爾，我們聊天的時候，她告訴我提姆留了張字條給她，說佔用她幾分鐘，請她當晚去旅館廣場的一個小亭子見一面。他還說，要是她不去，他就自殺。真是瞎吹牛，我笑了起來，然後勸莫特爾別理他。不過莫特爾那時候喝了些酒，心情不錯，說要去赴約，並且將他罵個狗血淋頭。」

「我們那天晚上都在旅館裡跳舞。剛開始馬克斯待了一會兒，之後就消失不見了。莫特爾在跟一個男人跳舞，是一個叫羅格斯的本地律師。沒過多久，她就跟羅格斯分開，從一個側門走掉了。我知道她是去見提姆了，她從我身邊走過的時候，對著我眨了眨眼。她剛出去沒多久，槍聲就響了起來。我聽見了，但是別人沒有。我覺得是因為我知道莫特爾和提姆的事情，才會格外留神，聽到了槍響。」

「我跟霍利說，我要去找莫特爾，然後就獨自走了。從她出去，到我去找她，中間隔了差不多五分鐘。我剛出去，就看見一個亭子亮著燈，還有人圍在那裡。我過去了，之後——真是口渴，說了這麼多話。」

我將純的琴酒倒進了兩個杯子裡。而她去廚房拿了些兌酒的東西：蘇打水、蘇打水壺、一些冰塊。這些東西被我們混合在一起，喝完之後，她才繼續把故事講下去。

「提姆・洛南已經死在那裡了。他的手槍就在身邊，他的太陽穴上有一個彈孔。有些人圍在旁邊，有旅館的工作人員、遊客、洛南的一名手下，還有一個叫麥克斯溫的警探，大約十來個人。莫特爾看見了我，立刻從人群裡把我帶走。我們在一處樹蔭下躲著。

「她說：『我該怎麼辦？殺他的是馬克斯。』」

「我問她，這件事到底是怎麼發生的。她說在離得挺遠的時候，就看見了一點火光，剛開始她以為提姆真的自殺了。但她什麼都沒看見，當時離得遠，並且光線很暗。她跑向亭子，看見他在地上滾動，一邊呻吟一邊說：『為了她來殺我，他完全沒必要這麼做，我能……』其他的話她聽不清楚。他不斷地滾動著，太陽穴上的彈孔一直往外冒血。」

「莫特爾跪下來，嘗試著將提姆的頭扶起來，她一定要知道真相，她害怕馬克斯是凶手。她問提姆：『提姆，凶手是誰？』」

「那時候他已經不行了，不過在臨死前，用最後一絲力氣說：『馬克斯！』」

「『我該怎麼辦才好？』她反覆問我。我問她，除了她以外，提姆的話還有別人聽見嗎？她說還有一個人聽見了，是那個警探。警探跑過來的時候，她正扶起提姆的頭。那名警探應該聽見了，其他的人離得太遠，應該聽不見。」

「提姆・洛南就是個蠢蛋，我可不想馬克斯因為殺了這樣的人而遇到麻煩。我跟馬克斯當時沒有什麼關係，可是我挺喜歡他，並且挺討厭洛南的弟弟。麥克斯溫警探我認識，我和他老婆是朋友，認識了很多年。以前他人很好，誠懇又耿直，像是撲克裡的順子。但是他當了警察之後就變了，跟那些人混在一起。剛開始他老婆還在忍耐，後來忍無可忍，就走掉了。」

「我對莫特爾說，我們可以下點功夫，因為我對那個警探知根知底。只需要一點錢，就能輕易將麥克斯溫的記憶清除。如果他不願意的話，馬克斯會讓他丟掉飯碗。提姆說要自殺的字條還在莫特爾手中，而提姆的頭上有彈孔，子彈是從他自己的槍裡發出來的，只要那個蠢貨警探肯配合，這件事情就能很輕易地擺平。」

「我讓莫特爾在樹蔭下等著，我去找馬克斯。這附近人很少，旅館裡的管弦樂隊還在演奏舞曲，我可以聽見。我沒有在這一片找到馬克斯，我折回去找莫特爾。她此時又生出了另外一個念頭——害怕馬克斯知道她發現他是殺死提姆的凶手。她正被這個想法折磨得神經兮兮。」

「我的意思你能明白吧？要是馬克斯知道自己有把柄在莫特爾手中，哪天他們分手了，馬克斯說不定就會殺了她。所以她感到非常害怕。她的感受我能體會，所以我跟她一樣將嘴閉緊了，我也害怕馬克斯做掉我。我們都覺得，最好在馬克斯不知情的情況下，把事情擺平。我也不願意被牽連到這裡面。」

「還有很多人圍著提姆，莫特爾自己走了回去。她將麥克斯溫叫到一邊，兩人進行交易。她帶了些錢在身上，還有一顆價值一千塊的鑽戒，是一個叫波爾的人買給她的。她把鑽戒給了麥克斯溫，又給了他兩百塊錢。我覺得他還會繼續勒索，但是他沒這麼做。他很守信用，因為有字條的幫忙，自殺的故事被他描繪得沒有一絲破綻。」

「洛南對這件事存有疑惑，但真相是他一輩子都得不到的了。我猜他肯定覺得這件事馬克斯參與了，但是馬克斯特別擅長製造不在場證明，沒有露出一點破綻，就連洛南也沒辦法再懷疑他。不過洛南還是覺得事情背後有問題，所以他拿麥克斯溫開刀，讓他從警界滾蛋。」

「馬克斯和莫特爾沒過多久就分開了。和平分手，沒有爭吵衝突什麼的。就我瞭解的情況來看，馬克斯應該沒有懷疑過她知道了真相，我覺得是經過了那樣的事，她跟他在一起的時候，應該有些不自在了。我跟你說過，她現在病倒了，命不長了。我想有人在這時候問這件事，她應該願意實話實說。還有麥克斯溫，他現在在城裡瞎混，想讓他開口，一點點好處就夠了。馬克斯的把柄在他們手上，洛南絕對不會反駁這樣的把柄！你覺得用這件事當作挑是非的開端可以嗎？」

我問：「萬一是自殺呢？提姆・洛南在臨死前突然靈光一現，想讓馬克斯背黑鍋呢？」

「根本不可能。那個拙劣的騙子，他不會對自己開槍。」

「莫特爾有開槍的可能嗎？」

「這個線索洛南可不會放過。可是她剛走到坡道三分之一的地方，槍聲就響了起來。火藥在提姆頭上留下了痕跡，並且他被射中之後，沒有往山坡下滾，所以莫特爾不可能開槍。」

「馬克斯確實有不在場證明？」

「對。什麼時候都有。大樓的另一端有一間酒吧，有四個人說他當時一直在那裡。我記得，在還沒有人詢問的時候，他們就一直四處說了。馬克斯是不是在那裡，只有那四個人記著，酒吧其他的人都記不清了。馬克斯想讓他們記住的事情，那四個人都記住了。」

她的雙眼睜大了，隨後又瞇了起來，變成兩條黑黑的縫。她向著我靠近，一個杯子被她的手肘撞翻。

「當年那四個人裡面，有一個叫皮克‧穆里的，他可能會告訴你實情，因為他現在跟馬克斯鬧翻了，百老匯大道有一家撞球間就是他的。」

我問：「麥克斯溫的名字，不會湊巧就叫鮑伯吧？這個人下巴像豬下巴，而且還是個O型腿。」

「是的，你知道這個人？」

「知道。他現在的職業是什麼？」

「拙劣的騙子。這些東西加在一起，你覺得有用嗎？」

「很好，應該有用。」

「好的，現在我們談談錢的問題。」

貪婪的光芒在她眼裡閃爍，我對著那些貪婪的目光笑了一下，說道：「好女孩，時機還沒到。我們先看看怎麼實施計畫，再談分錢的問題。」

她開始罵我，說我太小氣，應該去死，然後把琴酒拿了過來。

「謝謝，不用了。」我說完，看了時間一眼，「已經要到凌晨五點了，接下來一整天我可都沒有休息時間了。」

她說她快要餓死了。被她這麼一提醒，我也覺得餓了。我們做了蛋奶烤餅、火腿和咖啡，花了半個小時甚至更長的時間，接著我們吃東西、抽點菸、喝幾杯咖啡，花了更長的時間。六點多的時候，我才從這裡離開。

我需要清醒起來，所以回到旅館之後，我放了一浴缸的冷水，然後坐在了裡面，這可以讓我清醒起來。我現在四十歲了，所以用琴酒取代睡眠有些難受，但還是可以堅持這樣做。

我把衣服穿好，坐了下來，擬定一份聲明：

在提姆‧洛南臨死前，跟我說過是馬克斯‧塔雷爾做的，警探鮑伯‧麥克斯溫也聽見了這句話。之後，為了保守住這個秘密，我收買了麥克斯溫警探，給了他兩百美元以及一枚一千美元的鑽戒。並且我請他把這件事偽裝成自殺事件。

這份聲明被我放進了口袋裡。我下樓吃了一頓早餐，主要是喝了咖啡，然後就去市立醫院了。

下午才是醫院的探視時間，可是我邊揮動自己的大陸偵探社證件邊向他們解釋，讓他們所有人都知道，等待一個小時會造成什麼樣的影響，諸如成千上萬的人會因此死亡之類。最後，我終於可以見莫特爾‧詹尼森了。

她的病房在三樓，裡面有五張床，但是只有她一個病人。她看起來像是二十五歲的姑娘，又像是五十五歲的老太太。她的臉腫了，布滿了凹凸痕跡，像是戴了一張面具，頭髮枯黃，綁成兩條小辮子，在枕頭兩邊垂著。

等帶我上樓的護士走了，我才把聲明掏出來。我把聲明遞給她，說：「詹尼森小姐，你能在這上面簽個名嗎？」

她的眼睛很難看，眼周有一圈很難描述的黑色影子，這是眼周的贅肉造成的。她抬眼看我，然後又看聲明，最後她的一隻手從毯子裡伸出來，將聲明接過去。這隻手已經腫脹變形。

她裝模作樣地看那份聲明，九十一個字，花了五分鐘才看完。聲明掉在了床上，她也沒管，而是問我：「從哪兒來的這個東西？」她的聲音特別小，卻含著憤怒。

「讓我來的人是黛娜‧布萊德。」

她急切地問著：「她沒跟馬克斯在一起了？」

我沒有說實話，「不太清楚。我覺得她就是想做點防備，才寫這個聲明。」

「然後，等著別人割破她的蠢貨喉嚨！拿一枝筆給我。」

我給了她一枝自來水筆，並且墊了一本記事本在聲明下面，以便她簽字。她剛把名字簽完，我就一把拿過了聲明。

我在把墨水吹乾，這個時候她說：「如果她想要這個，我不介意。別人做什麼，我根本就不在乎了。我毀了，他們也都去死吧！」她冷冷地笑著。突然，她把毯子打開，將膝蓋以上露了出來。這樣她那包在粗糙白睡衣下，腫脹可怕的軀體就可以完全呈現在我眼前，「看看，我毀了。你怎麼認為？」

我替她蓋好毯子，說道：「詹尼森小姐，非常感謝你。」

「無所謂。對我來說，什麼都無所謂了，除了……」她腫大的下巴抖動著，「我死的時候，居然是這麼一副難看的樣子！」

十二、與麥克斯溫的交易

　　我打算去找麥克斯溫，但在電話簿裡面找了很久，什麼也沒找到。我又去了各種地方尋找，小心翼翼地打探消息，比如撞球間、雪茄店、地下酒吧等地方，還是沒有找到他的蹤跡。我又在大街上找O型腿，還是沒有一點收穫。最後我放棄了，打算晚上再出來找，現在先回旅館睡一覺。

　　我走到旅館時，看見一個人坐在旅館大廳的角落裡，用報紙遮住了臉。我走了進去，他把報紙放下，走了過來。這個人的下巴像豬下巴，還有一雙O型腿，是麥克斯溫。

　　我挺隨意地對著他點了點頭，之後走向電梯。他在後面跟著，低聲問：「嗨，有沒有時間？」

　　我停了下來，裝成平靜的樣子回答：「有，但是不太多。」

　　他有些緊張地說：「找個地方談談。」

　　我把他帶到了我的房間裡。他在一把椅子上跨坐著，將一根火柴放進了嘴裡。我在床邊坐下，等著看他會說什麼。他咬著那根火柴，過了一會兒，跟我說：「老兄，我是來跟你說實話的……」

　　我將他打斷：「你想告訴我的，是不是你昨天騙我的時候就知道我的身分了？還想告訴我，布希讓你在他身上下注這件事根本就是你瞎說？你並沒有下注，是在跟我談完之後才下注的。你是不是還想告訴我，因為你當過警察，所以知道他以前的事情？還有，你盤算著，要是能哄我去威脅他，你就可以趁機撈一筆？」

　　他說：「我專門跑來找你，如果是為了告訴你這些事情，那不是找死

嗎？不過，你既然都說出來了，我也沒必要抵賴了。」

「贏了嗎？」

帽子被他往後推了一下，他將咬過的火柴拿出來，在額頭上搔了搔，說：「賺了六百美元。不過我又去賭骰子了，不僅輸了這六百，還賠了兩百多進去。你覺得呢？我賺了這六百塊，就像射魚一樣輕鬆，但是最後，連吃早飯的四個硬幣都要去討。」

我說事情總是變化不斷的，我們所在的就是一個這麼現實的世界。

他發出哼的一聲，接著火柴又被他放進了嘴裡，他嚼了嚼，然後說：「這就是我來找你的原因。以前我也是幹這一行的，並且……」

「你為什麼會被洛南踢出去？」

「踢出去？有什麼理由讓我走？是我自己不願意幹了。我老婆被車撞死了，從那之後，我的生活就有了改變，我得到了我老婆的保險賠償，所以就不幹了。」

「我聽別人說，剛好是在他老弟用槍自殺之後，你才被踢走的。」

「哦，你聽到的肯定是謠傳。在那件事之後沒錯，但是是我自己不想幹了，不信你問去。」

「這跟我沒什麼關係。接著說，你為什麼來找我？」

「我全輸了，一分錢都沒有了。你是大陸偵探社的偵探，這個我已經知道了，而且幾乎能猜到你來這裡想做什麼。在這個小地方，黑白兩道我都混得開，能摸清楚兩邊打算做什麼事情。在這方面，我可以給你提供幫助。我以前可是一名警察，能玩轉黑白兩道的遊戲。」

「你打算給我當線人？」

他看著我的眼睛，慢吞吞地說：「說話總是用最難聽的詞，這可不是什麼聰明的做法。」

「我會給你一些工作，麥克斯溫。」我把莫特爾·詹尼森簽了字的聲明拿出來給他，「這件事情你可以跟我聊聊。」

他仔細地念了起來，嘴唇不斷變化著，嘴裡的火柴也隨之動來動去。然後他站了起來，在我身邊放下聲明，看著它，皺起了眉。

他非常嚴謹地說：「我自己必須先搞清楚一些事，很快會回來，然後告訴你整件事情。」

我笑了起來，跟他說：「太天真了，你覺得我會輕易讓你跑了？」

他搖著頭，依然很鄭重地說道：「這很難說。是不是要阻止我，你自己還不確定吧？」

「我很確定，要這麼做。」我一邊說著話，一邊在心裡計算，他比我年輕六七歲，輕了二三十磅，看起來挺厲害的樣子。

他站在床尾看著我，眼神相當警惕。我在床邊坐著，也看著他，用這種情形下該用的眼神。這樣的對視，持續了快三分鐘。

除了對視以外，我還要用點心思去計算一下我們之間的距離，離得太近，沒有辦法拿槍。所以我要計算，要是他突然跳過來，我該怎麼倒在床上，以屁股當作支點轉身，這樣子他的臉就會被我的鞋跟踢中。

計畫剛在我心裡成型，他突然說話了：「那個破戒指，哪裡值一千塊？我花了很大的功夫，才以兩百的價格賣了出去。」

他搖了一下頭，繼續說：「在這之前我想知道，你探聽這些消息，要做什麼？」

「對付私語者。」

「我問的不是這個，我問我自己。」

「你跟我去一趟警察局。」

「不。」

「你只是去作證，為什麼不去？」

「我只是去作證，可是洛南想要給我一個受賄或共謀的罪簡直太容易了，或者這兩個罪他都加在我身上。這麼好的一個機會放在眼前，他會開心死了。」

我等他的下巴不再動了以後，才說：「那真是非常遺憾。可是你不得不去。」

「想帶我去，你可以試試。」

我挺直了身體，右手摸到了屁股後。

他伸手抓我，我按照計畫，往床上倒，然後轉動身體，雙腳提起來去踢他。這個計畫很好，但是失敗了。他抓我的時候太著急，在床沿上撞了一下。我恰好被他一彈，摔在地上了。

我後背撞在地上，手腳朝天。我一邊拿槍，一邊想辦法滾到床底去。

我成功地躲開了。因為力道太大，他在一側床板上撞了一下。他摔了下來，在我身邊跌倒，頭靠在地上，打了個滾。

我瞄準了他的左眼，說道：「你搞的這些事，讓我們像是兩個小丑。如果不想讓我在你頭上打個洞，塞點腦子進去，就最好別動，等我先起來。」

我先站了起來，把那份聲明找到收好，才允許他也起來。

我的另一隻手在他身上找了一遍，發現沒什麼東西可以當成武器。之後，我命令他：「你這樣走在大街上太給我丟臉，快把帽子整理好了，領帶放到衣服前面來。有一點你最好牢記，那就是有一把槍在我的口袋裡，而且還被我的手握著。」

帽子和領帶都整理好了，他才說：「哎，聽好了，我想我們已經是一條船上的了，半途反悔我能得到什麼好處？我會按照你說的做，別懷疑。剛才的那些鬧劇，忘了它行不行？看看——不該讓他們認為我是被迫才來的，應該讓他們覺得我是自願來的，這樣對事情應該更有利。」

「可以！」

「謝謝老兄。」

我們到的時候，洛南出去吃飯了，我們只能在他外面的辦公室等。等了快一個半小時，他才回來。他跟我打招呼，還是跟往常一樣，問了「還好嗎」，我給的回覆當然是「很好」。之後，我們又說了一些客套話。他一直只是酸酸地看著麥克斯溫，一句話也沒跟他說。

我們進了局長的私人辦公室，他將一張椅子拉過來放在辦公桌邊上，那是給我的。之後，他在自己的位置上坐下，對那位曾經的警察不聞不問。

那個快要離世的女孩簽署的那份聲明，我交給了洛南。

他看了看，立刻從凳子上跳了起來，拳頭直接往麥克斯溫臉上招呼。那

拳頭大小跟香瓜差不多。

麥克斯被這一拳打到了房子的那一端。有塊隔板將他擋住了。被撞擊的隔板晃動了一下，上面掉下來一個相框。照片裡有洛南，還有其他幾位本地有地位的人，他們在歡迎一個穿綁腿褲的人。還有一個吃了拳頭的傢伙，跟著相框一起掉下來。

胖局長搖搖晃晃地走過去，把相框撿了起來，在麥克斯溫的頭和肩膀上用力地砸，相框被砸得稀巴爛。然後，洛南喘著粗氣回到辦公桌這裡，微笑著，挺開心地跟我說：「他肯定是這個世界上剩下的最後一隻老鼠。」

麥克斯溫的鼻子、嘴巴以及腦袋都在流血，他坐直了，四處地看。

洛南對他大吼：「你過來！」

麥克斯溫回答：「是，局長。」之後他爬了起來，在桌前站定。

洛南說：「如果不想讓我殺了你，就把事情說明白了。」

麥克斯溫說：「是的局長。除了那顆鑽石不值一千塊，其他的都跟她說的一樣。我趕到那裡時，正好聽見她問他：『提姆，凶手是誰？』他說：『馬克斯！』他快要死了，所以用盡最後一絲力氣說話，聲音又高又尖銳，甚至連話都沒有說完。因為我聽見了這些，所以她用戒指和兩百塊收買我。局長，整件事就是這樣，只是那個石頭不……」

「該死的石頭！」洛南吼了起來，「另外，血別滴到我的地毯。」

麥克斯溫從口袋裡掏出一條髒兮兮的手帕，擦了擦鼻子和嘴，接著說：「局長，事情就是這樣。我當時並沒有說謊，只是聽到他說是馬克斯做的，這一點我沒有提到。我明白這樣不……」

洛南說：「住嘴！」然後將桌上的一個按鈕按了一下。

進來了一個警員，穿著制服。局長對著麥克斯溫彈了個響指，說道：「先把這個寶貝送到地下室去。先讓卸骨隊招待一下，再把他關起來。」

「不，局長！」麥克斯溫絕望地哀求，但是話還沒說完，就被那名警員帶走了。

洛南拿出兩根雪茄，一根遞給我，另一根用來敲那份聲明，問我：「這個女人在什麼地方？」

達許・漢密特

「活不久了，在市立醫院。讓行刑隊嚇死她那可是違法的。我能弄到聲明，也是套話套來的。對了，皮克·穆里當時是私語者的目擊證人之一，聽說他現在跟私語者已經鬧翻了。」

局長回答：「是的。」然後他立刻把電話拿了起來，「麥葛羅，去把皮克·穆里找過來。再逮捕東尼·阿格斯，罪名是亂扔刀具。」

他把電話放了下來，站起身。大量的雪茄煙霧被他吐了出來，透過煙霧，他的聲音傳過來：「我對你是有所隱瞞的。」

他真是說得很好聽，我在心裡這麼想，卻沒有說話，等著聽他要說什麼。

「這是個什麼樣的地方，這是什麼樣的工作，你都很清楚，總會有各種各樣的人跑出來，要你聽話。我是警察局局長，但這不代表我說了就算。對某個人來說，你是個眼中釘，那麼對我來說，不管覺得你好還是不好，你都可能成為我的眼中釘。有些人在陪著我玩，所以我必須奉陪。我的話你明白嗎？」

我動了動頭，以示能聽懂。

他說：「從今往後會發生變化了。這件事不一樣，是全新的問題。在提姆還是個小孩的時候，那個老女人就死了。在臨死之前，她跟我說：『約翰，照顧好提姆。』我說我會的，並且發了誓。可是私語者把他殺了，只為了一個賤人！」他彎腰，將我的手抓住，「我說的意思你能理解嗎？離事發已經一年半，我終於有機會了，而這個機會是你給的。我跟你說，從今天起，整個伯森維爾市誰跟你說話時，都不能你比聲音更大！」

我跟他說我非常開心。然後我們又聊了聊，直到皮克·穆里被帶進來，才終止了談話。皮克·穆里是一個瘦高的男人，一張圓臉，上面長滿雀斑，還長了一個朝天鼻。

穆里坐了下來，洛南遞給他雪茄。在他接雪茄的時候，洛南說：「我們正猜測，提姆死的時候私語者在什麼地方。你那天晚上到湖邊去了，是不是？」

「是的。」穆里說著，朝天鼻顯得更刺眼。

「私語者跟你一起？」

「我一直都沒跟他在一起。」

「槍聲響起的時候，你們在一起嗎？」

「沒有。」

局長的綠色雙眼眯了起來，眼裡閃著光芒。他柔聲地問：「他當時在什麼地方，你知道嗎？」

「不知道。」

局長嘆了一口氣，往椅背上靠著，非常滿意的樣子。

他說：「你他媽的皮克，你以前可是跟我說，你們那時候在酒吧！」

瘦高男人坦白道：「是的，我說過。可是那不能證明什麼。他請我幫個忙，我也不介意向朋友伸出援手。」

「這麼說來，背上偽證罪你也無所謂？」

「這樣的玩笑可別開。」穆里吐了一口痰在痰盂裡，一副充滿活力的樣子，「站在法庭上，我一個字都不說。」

局長問：「傑瑞、喬治・凱利，以及歐布萊恩呢？也是因為他要求了，所以他們才說當時一直跟私語者在一起？」

「別的人我不知道，但歐布萊恩是被要求的。我碰到私語者、傑瑞和凱利的時候，正打算離開酒吧，但遇上了他們，我們又折回去喝一杯。凱利跟我說提姆被殺了，之後私語者說：『沒有人會受到牽連，只要有不在場證明。我們一直待在這裡，對嗎？』他說完，就看向了歐布萊恩。歐布萊恩那時候站在吧台後面，他說：『對的。』之後私語者就看著我，所以我也那樣說了。現在事情已經這樣了，再替他隱瞞也沒有必要。」

「凱利不是說提姆死了，而是說提姆被殺了？」

「他說的確實是『殺了』。」

局長說：「皮克，非常感謝你。你那麼做是不對的，但是已經做了，那就算了。孩子們還好嗎？」

穆里說都很好，就是小嬰兒比他預期的要瘦一些。洛南打電話給檢察官辦公室，讓戴特和一名速記員過來給皮克做筆錄，皮克做完筆錄之後才離

開。

　　然後，洛南、戴特和速記員去了市立醫院，他們要給莫特爾・詹尼森做詳細的筆錄。我準備好好睡一覺，所以沒有跟著一起去。我跟局長說，我晚一點再去找他，然後就自己回旅館了。

十三、私語者被捕

我正在解鈕扣的時候，電話響了。

電話是黛娜・布萊德打來的，她不停地抱怨，說是從十點開始，就一直打電話給我。

她問：「你行動了嗎？」

「正在進行中，看起來挺順利。今天下午還要去瞧瞧情況。」

「現在可以過來嗎？等見面了再說吧！」

白色的床鋪空空蕩蕩的，我看著它，冷冷地說：「行。」

我又用涼水泡了個澡，但是已經不起作用了，我在浴缸裡差點睡著了。

我按響女人家的門鈴，有人來開門，是丹・羅爾夫。我觀察他的神色和舉止，並不像頭一天晚上發生過奇特事情的樣子。黛娜・布萊德走到門廊處，幫我把風衣脫掉。她穿了一件毛料連衣裙，是黃褐色的，一邊肩膀的連接處破了，裂了一個兩英寸的破洞。

她帶著我去了客廳。我旁邊有一個長沙發，她在那裡坐下，對我說：「有一件事想請你幫忙。我覺得你會願意，對嗎？」

我答應了。我左手的關節被她用食指一個個掰著，她的食指特別溫暖。她向我解釋：「關於昨天晚上跟你說的事，我希望你別再深入調查了。讓我把話說完，別著急。丹說得很對，那樣背叛馬克斯確實不好，真的挺卑鄙。並且，你最想對付的人是洛南，對嗎？我可以給你一個消息，足夠打倒洛南，只要你高抬貴手，放過馬克斯。你更願意這樣做，對嗎？因為馬克斯對我說了那些話，我氣得失去了理智，才那樣瞎說，你那麼喜歡我，不會利用

這些鬼話的，對不對？」

我問：「洛南做了些什麼？」

她在我的肌肉上捏了一下，輕聲問：「你同意了？」

「不。」

她的嘴噘了起來，說道：「實話實說，我跟馬克斯已經徹底玩完了。你還想讓我成為背叛者，你沒有這個權利！」

「洛南到底幹過些什麼？」

「你先答應。」

「不。」

我的手臂被她的指尖戳了戳。她提高音量，問道：「你去找過洛南了？」

「是的。」

她放開我的手。她皺起了眉，聳聳肩，有些鬱悶地說：「老天，該怎麼辦才好。」

我站起來，一個聲音傳來：「坐下。」

聲音低啞，是塔雷爾。

我回頭，在通往餐廳的走道看見了他。他握著一把大槍，襯得他的手很小。一個紅臉男人站在他身後，臉頰上有道疤。

另外一個通向門廊的走道，在我坐下時，也被佔據了。一個握著兩把槍的傢伙上前一步，他的嘴特別大，沒有下巴，私語者叫他傑瑞。那個在國王街出現過的、特別瘦的金髮小子在他身後緊跟著。

沙發上的黛娜·布萊德站了起來，面對我，背對塔雷爾。因為非常生氣，所以她說話時聲音都有些沙啞了。

「這跟我沒關係。他自己找上門來了，向我道歉，因為他之前說了那樣的話。然後他跟我說，想要多賺點錢，可以把洛南賣給你。這完全是個圈套，我被騙了。他應該在樓上等我跟你談判，其他人我更不知情，我敢發誓。我沒有……」

傑瑞開口了，他的語氣特別平靜，語速很慢，「要是我在她下面的椅子

打一槍，她是不是就會坐下，然後安靜下來？」

因為女人擋在了中間，所以我看不見私語者，不過他的聲音我可以聽見。他說：「現在還不行。丹在哪兒？」

瘦小的金髮男孩說：「被我打暈了，在樓上浴室的地板上躺著。」

黛娜‧布萊德轉了過去，面向塔雷爾，絲襪的接縫彎曲著貼在她豐滿的小腿上。

她說：「馬克斯‧塔雷爾，你這個卑鄙的……」

他壓低了聲音，非常嚴肅道：「住嘴！走開！」

她竟然按照他說的做了——住嘴然後走開，然後聽著塔雷爾跟我說話。這讓我非常驚訝。

「洛南弟弟的死，你和洛南想賴在我身上，對嗎？」

「那是事實，不是誣賴。」

他對著我，薄薄的嘴唇彎了起來，說：「你和他一樣奸猾。」

我說：「其實你比我清楚。他想誣賴你的時候，我幫了你，站在你這邊。可是現在，他要抓你，就不是誣賴了。」

黛娜‧布萊德突然發作了起來，站在房子中間，兩隻手亂揮，大喊起來：「都給我滾！你們全部給我滾！你們的破事，我他媽為什麼管？」

將羅爾夫打暈的那個金髮男孩，從傑瑞身邊擠了過來。他走進房間，笑著將女人一隻亂揮的手抓住，然後按在了她的背後。

她轉過身，用另一隻手對著他的肚子狠狠來了一拳。這一拳跟男人的力道不相上下了，真是值得表揚。金髮男孩因此將她的手鬆開了，然後後退了兩步。

男孩深呼吸一下，將一根包著皮革的棍子從屁股後面抽了出來。他往前逼近一步，臉上已經完全沒有了笑意。

傑瑞大笑起來，那一點點下巴完全消失。

塔雷爾壓低聲音，怒喝：「住手！」

男孩正對著女人怒吼，所以沒有聽見。

她的表情像銀幣一樣僵硬。她望著他，一動不動地站著，左腳承擔了身

體大部分的重量。我猜測，金髮男孩會在靠近的時候踢倒她。

金髮男孩的左手空著，他假裝要用那隻手去抓她，其實右手揚起棍子，打向她的臉。

塔雷爾又一次沉下聲音，大吼：「住手！」然後他給了金髮男孩一槍。

金髮男孩右眼下方被子彈打中，他被帶著轉了個圈，之後向黛娜·布萊德懷裡倒去。

所有的事情在眨眼間發生。

氣氛極其緊張的時候，我已經把槍從屁股後口袋拔了出來，一槍打向塔雷爾的肩膀。

出意外了。我其實可以打中他的手臂，前提是能夠瞄準。但是一直大笑的、沒下巴的傑瑞暗中在關注著這邊，他搶在前面開槍了。我的手腕中了槍，所以沒辦法瞄準了。不過雖然沒打中塔雷爾，但是他身後的紅臉人被打中了。

手腕到底受了多重的傷，我不清楚，我馬上換左手拿槍。

傑瑞又對著我開了一槍。這一次，女人把屍體扔了過去，替我擋槍。傑瑞的膝蓋被死人的金髮腦袋撞了一下，立刻失去了平衡。我趁著現在，跳到了前面去。

我跳這一下，讓我和傑瑞一起摔倒在走廊裡，剛好躲開塔雷爾的子彈。我跟傑瑞在走廊纏打起來。

傑瑞很好解決，但是塔雷爾在後面，必須速戰速決。我狠狠給了傑瑞兩下，然後踢他，對著他的屁股用膝蓋撞了一兩次。他倒在了我的腳下，我準備去咬他。這時候，我朝他猛戳了一下，戳他應該是下巴的地方，確定他是真的沒有下巴。之後，我手腳著地，在走廊上爬著從門口離開。

我在牆邊蹲下，拿起槍對著塔雷爾，然後安靜等著。那時候，我能聽見的，只有腦袋裡鮮血沸騰的聲音。

我從那個門裡滾到了這裡。黛娜·布萊德也從那個門裡走出來了，她看了傑瑞一眼，之後看我，笑著吐出了舌頭，頭歪了歪，向我示意，然後又回客廳了，我小心翼翼地在她身後跟著。

屋子中間站著的是私語者，他臉上沒有任何表情，手上也沒拿什麼東西。他的模樣就像服裝店櫥窗裡用來展示西裝的模特兒，可惜他緊抿的薄唇破壞了這種感覺。

他身後站著丹‧羅爾夫。丹‧羅爾夫手裡握著一把槍，在賭徒的左腰斜斜地指著。金髮男孩的屍體在我和羅爾夫中間，他剛才把羅爾夫打得挺慘。羅爾夫滿臉都是血。

我對著塔雷爾笑了，說道：「啊，這樣很好。」話一說完，我才發現羅爾夫手裡還有一把槍。情況不是很好，他的槍正對著我的胖肚子。但是我也有一把槍在手裡，所以也算不分上下。

羅爾夫說：「把你的槍放下。」

我有些疑惑地看著黛娜，她聳了一下肩膀，跟我說：「現在看來，要聽丹的。」

「這樣嗎？我很討厭這種玩法，這一點應該有人告訴他。」

羅爾夫重複了一遍：「把你的槍放下。」

我生氣地說：「把槍放下，我就活不了了！我掉了二十磅才抓住這隻老鳥，而且再掉二十磅也不在乎。」

羅爾夫說：「你們兩人之間的事情，我一點都不想管，並且也不準備給們任何一方……」

黛娜晃蕩著從房間裡穿過。我等她走到羅爾夫身後，才打斷羅爾夫的話，對她說：「現在你要是不再聽他的，那麼你可以得到我和洛南兩個同盟。你幫塔雷爾已經得不到好處了，你不敢再信任他。」

她笑了起來，說道：「親愛的，還是說說價錢！」

羅爾夫抗議地大喊：「黛娜！」黛娜非常強壯，足夠搞定他。她站在他身後，把他抓住了。現在除了開槍以外，羅爾夫做什麼都沒辦法改變她決心要做的事。但是他絕不會向她開槍。

我開了價：「一百美元。」

她大叫了起來：「我的天！我居然會聽見你願意付錢。不過遺憾的是，太少了。」

達許‧漢密特

「兩百。」

「你已經慢慢放開了。但遺憾的是，我聽不清。」

我說：「適可而止吧！為了不開槍就打掉羅爾夫手上的槍，我已經出了足夠多的錢了。」

「別放棄，開頭很好。再來一點！」

「兩百美元多一角，不能再加了。」

她說：「我不願意，你這個大混球！」

「你隨意。」我對著塔雷爾做了個鬼臉，然後警告他，「不管出現什麼情況，你他媽都乖乖待好！」

黛娜說：「等一下！你確定要出手嗎？」

「無論如何，我都要帶著塔雷爾一起出去。」

「兩百美元多一角？」

「是的。」

「黛娜，」羅爾夫一直盯著我的臉，他大喊，「你不⋯⋯」

她笑了起來，然後貼近他的後背，結實的雙手將他圈住。他的手臂被她拽下來，夾在了她身體兩邊。

我用右手把塔雷爾推開，讓他離開羅爾夫的射程範圍，之後，從羅爾夫的手裡把槍拿了下來。在做這些事的時候，我的槍一直對著塔雷爾。最後，黛娜才把肺結核患者鬆開。

那邊是通往餐廳的門，他向著那裡走了兩步，疲累地說：「不必要⋯⋯」之後倒在了地上。

黛娜向他跑了過去，我推著塔雷爾去了走廊。傑瑞還躺在那裡沒有醒過來，我們從他身邊走過，下了樓梯。在樓梯下面的小玄關，才找到一部電話。

我給洛南打電話，告訴他我在那裡，並且跟他說我把塔雷爾抓住了。

「聖母瑪利亞！」他喊了起來，「等著我，先別殺他！」

十四、真正的凶手

很快，塔雷爾被抓的消息就傳了出去。洛南和他的幾名手下以及我，把賭徒和剛清醒的傑瑞帶回市政廳。回去的時候，有很多人在圍觀，至少有一百人。

那些穿著破衣服的小混混，臉色慘白，特別緊張地到處走動。這些人都是洛南的手下，他們看起來並不是很開心。但整個密西西比河以西最得意的人還是洛南。雖然在嚴刑逼供私語者時遇到了一些阻礙，但這完全沒有影響到洛南的好心情。

他們用盡了各種方法，都不能讓私語者低頭。他絲毫不肯退讓，他說他不會跟任何人說話，除了他的律師。雖然這個賭徒讓洛南恨得牙癢癢，但是他沒有把他關進監獄，也沒有讓「卸骨隊」來招呼他。局長的弟弟是私語者殺的，局長自然萬分憎恨他，但是私語者在毒鎮也算是一號人物，所以不能隨意對付他。

洛南和他的囚犯一直在玩遊戲，終於他有些不耐煩了，把塔雷爾送到了位於市政廳頂樓的牢房裡藏起來。局長的雪茄又被我點燃了一支。他從住院的那個女人那裡弄來了證詞，我認真看了看，上面寫的事情我都從黛娜和麥克斯溫那裡得知了。

局長想邀請我去他家裡吃晚飯，因為手腕上纏著繃帶，所以我撒謊說手腕的傷讓我心裡有點忐忑，推辭了這個飯局。其實，我的手腕只是燒傷了一點。

有兩個便衣警察在我們討論這件事的時候走了進來，他們還帶了另一個

人進來。這個人臉紅紅的，是那時候站在私語者後面的人，他替私語者挨了我一槍，一根肋骨被打斷了。在我們忙的時候，他趁機從後門跑掉了。他在一家診所裡被洛南的手下抓住，可是什麼也不肯對局長說，最後他被送到醫院去了。

我站起身，打算離開。

「希望你不要把布萊德和羅爾夫捲進來，這次是她給我通風報信的。」

在兩個小時內，局長第五或者第六次握住了我的左手。

他向我承諾：「要是你希望她能得到很好的照顧，那是沒問題的。但是你可以跟她說，在抓那個混蛋這方面，要是能提供一點幫助的話，她以後可以開口要任何東西。」

我答應會告訴她，然後回旅館去了。現在我心裡想的，只有那張潔白的床。可是我的胃也需要照顧一下，現在已經快八點了，我去了旅館的餐廳。

我把雪茄點燃，在大廳裡一張舒適的皮椅前停了下來。我的這些動作，引來了一個鐵路稽查員，他是從丹佛來的。我們聊了起來，發現我們認識一個共同的人。這個人住在聖路易斯。然後，一陣槍聲從街上傳了過來。

我們跑到門口，推斷是從市政廳周圍傳來的槍聲。我向著那裡跑去，把稽查員一人丟下。

這段路程我剛跑三分之二，就有一輛車速度極快地開過來，車的後座不斷地射出子彈。

我轉身，拐進一條巷子裡，然後把手槍的保險栓打開。車子從我身邊開過，經過的時候，車前排的兩張臉剛好被一盞孤燈照亮。我一點也不關心司機的臉。而另一張臉，被拉低的帽簷擋住了上半部分，下半部分露了出來，是私語者的臉。

我在巷子裡躲著，對面還有一條通向另一個街區的巷子。遠處巷子盡頭有燈亮著。有一個人處於我跟燈光之間，他在私語者的車後面緊跟著。這人為了隱藏自己，在一個個大概是垃圾桶形成的陰影裡穿梭。

這個人長著O型腿，他吸引了我的注意，讓我一時之間把私語者也忘了。

一輛車呼嘯而過，車裡坐滿了警察，他們對著第一輛車不斷開槍。

我從街道越過，跑到對面小巷，那個疑似O型腿的傢伙就藏在了裡面。

他如果真的是我要找的那個人，那麼我敢肯定，他絕對沒有武器。我心裡一邊想著，一邊在泥濘的巷子中間直走，所有的注意力都集中在了那些陰影上面。

走了街區的四分之三左右，一塊陰影裡竄出了一個黑影。我的視線裡出現一個慌張逃跑的身影。

我向著他快步走過去，大喊道：「站住！麥克斯溫，如果你不想吃子彈就站住！」

他向前又跑了幾步，然後停下回頭。

「是你啊！」他說著話。那樣子看起來無論被誰送回牢裡都沒區別似的。

我承認道：「是我。為什麼你們都逃出來了？」

「我也不太清楚怎麼回事。頂層被人炸開了一個大洞，我跟一些人從那裡掉了出來。我跟在一群犯人後面跑，躲過了警察。之後我們就分開了，我準備從城區穿過，到山上去。我只是沾了光，趁機逃跑了，這件事跟我沒有什麼關係。」

我跟他說：「今天傍晚的時候，私語者被抓了。」

「該死的！原來是這樣。洛南想整垮那個傢伙是不可能的，特別是在這個小城市裡更加不可能。洛南應該早就明白這一點。」

我們還站在這條巷子裡，就是剛才麥克斯溫停下來的巷子。

我問：「他被抓的理由你知道嗎？」

「當然，因為提姆被他殺了。」

「殺提姆的凶手是誰，你知道嗎？」

「你說什麼？是他呀！」

「你才是凶手。」

「什麼情況？你是蠢貨嗎？」

我警告他：「我的左手拿著一把槍。」

「你到底是怎麼了？你仔細想想，是提姆親口告訴那個女人，凶手是私語者。」

「『私語者』這個名字他可沒說。『塔雷爾‧馬克斯』這個名字，我從沒聽見男人這麼叫過，只聽見女人這麼叫。男人一般都叫他『私語者』。所以提姆說的並不是馬克斯，是麥克斯溫的前半部分——麥克斯，因為他沒說完就死了。我的手裡還握著槍，這一點你最好記住。」

「我沒有殺他的理由啊！而且，當時他正在追求私語者的……」

我坦白地說：「我還沒想明白。但是你老婆跟你離婚了，正好提姆是個浪蕩公子，這一點沒錯吧？我會好好查查，這裡面有沒有什麼聯繫。知道我最開始為什麼懷疑你嗎？因為你沒有繼續勒索那個女孩。」

他哀求著：「別說了，你知道，這根本毫無道理。如果真的是我，我肯定會像私語者那樣，做一個不在場證明，為什麼還要在案發現場逗留？」

「逗留原因？因為那時候你的身分是警察。出於工作要求，你必須留在那附近，然後你可以查看事情有沒有意外，以便自己處理。」

「請看在上帝的面子上，算了吧！你他媽明明知道，這些根本說不通，完全沒有任何道理。」

我說：「我不在乎這些聽起來有多麼的荒謬。但是我們回去再說，對洛南來說，這應該有些意義。因為私語者逃跑，他現在肯定有些難受，我帶去的這個消息，大概能讓他的心情平復一點。」

麥克斯溫在滿是泥水的巷子裡跪了下來，他哭喊著：「我的天，千萬別這麼做！他會活生生掐死我。」

我喝斥他：「站起來，別亂喊！現在願意老實交代了？」

他繼續哀求喊叫：「他會活活掐死我的！」

「你隨意吧！要是你不打算坦白，那麼就由我來跟洛南說。不過要是你願意坦白，那麼我會想辦法幫你。」

「什麼辦法？」他絲毫不抱希望地問我，接著又哭了起來，「我根本不信你能找到什麼方法。」

我跟他說了一些實情，為此我必須承擔不小的風險。

「以前你說過，我來毒鎮想做什麼，你大概能猜到。你一定清楚，我想讓洛南誤以為殺提姆的是私語者，以此破壞洛南和私語者的關係。不過你如果不願意配合我，也無所謂，我們可以找洛南去。」

他著急地問我：「你的意思是，不會對洛南說出實情？你發誓？」

我說：「為什麼要發誓？我不會對任何事情發誓！你已經逃不出我的掌心了。我可不願意在這裡站一晚上。你趕快決定，要跟我坦白還是跟洛南坦白。」

他決定把事情告訴我，他說：「你到底得知了多少，我不清楚。但是跟你剛才說的一樣，我老婆確實愛上了提姆。這件事讓我的家毀了。在這件事之前，我是一個好人，你可以找任何人去求證。我什麼都可以給她，只要她想要，一直以來都是這樣的。可是她想要的很多東西，對我來說都不太容易得到。要是我能得到那些，絕對不會變成這樣，但我實在無能為力。我以為提姆對她是認真的。我只能跟她簽離婚協議，讓她搬出去，這樣她就能跟提姆結婚了。」

「很快，我就聽說提姆在追求另一個女人，就是那個莫特爾・詹尼森。我給了他機會，讓他可以光明正大的和海倫在一起，可是他居然將海倫拋棄，然後去追求莫特爾，這一點讓我難以接受。那天晚上在湖邊遇到提姆，真的只是一個意外，海倫在這中間沒有耍任何花招。我看見他正在往坡下走，向他們的避暑別墅走去。我在他後面悄悄跟著。那是個很幽靜的地方，非常適合把話說清楚。」

「我覺得我們兩人都喝過酒了。總之，我們特別激烈地爭吵了起來，最後他特別激動，把槍拔了出來。可是他沒有開槍的膽量。我藉機把槍抓住，然後我們打了起來。就在打鬥中，槍走火了。事情跟你們所看見的不一樣，我不準備殺他的，我敢發誓。因為槍走火的時候，我們都同時握著那把槍，所以我被彈了出去，掉在了草叢裡。我在草叢裡，還能聽見他在呻吟和說話。就在這個時候，旅館那邊跑來了一個女人——莫特爾・詹尼森。

「我不想成為第一個到達現場的人，但是又想聽聽提姆會說什麼，這樣才能判斷自己的處境。因為離得有些遠，聽不見提姆在說什麼，我只能一邊

聽他喊叫，一邊等那個女孩過來。等那個女孩到了他身邊，我就立刻跑了過去。我過去的時候，聽見他正努力想說出我的名字。」

「後來那個女孩找到我，跟我討論自殺信、錢以及鑽石的事，這時候我才明白，原來她把我的名字聽成了私語者。在她還沒找到我的這段時間裡，我為了瞭解自己的處境，一直利用自己警察的身分在周圍打轉，假裝安排調查。後來她來找我了，我知道自己已經沒有危險。再後面的事情，你都知道了，然後就是你重新提起這件事。」

他跺了跺腳，踩著泥水，補充道：「我老婆在一個星期後，就出意外死了。哈哈，出了意外！她死在了六號公路前面從坦納下來的長坡上，開著福特，在那裡撞了車。」

我問他：「莫克湖由這個郡管轄嗎？」

「不，由巨岩郡管轄。」

「洛南沒辦法管那裡。或許我可以把你交給那裡的郡治安官？」

「千萬別這樣。我還不如留在這裡，那裡的治安官叫湯姆・庫克，參議員基弗是他的老丈人。而且透過基弗，洛南也可以把我抓回來。」

「要是你說的都是實話，你還有上法庭跟他們公平辯論的機會。」

「要是這個世界上真的有公平辯論的機會，我絕對一早就去爭取了。他們絕不會把這樣的機會留給我的，他不可能這麼做。」

我說：「管好你的嘴，我們要回警察局了。」

洛南一邊不斷罵著六名警員，一邊在房間裡搖晃著來回走。這些警員心裡肯定恨不得立刻跑到其他地方。

我把麥克斯溫往前推，說道：「我發現了這個傢伙，他在外面瞎晃。」

這名前任警察又被洛南打趴在地上。洛南給了他幾腳，讓其中一個警員帶他離開。

洛南接了個電話。我利用這個時機，連晚安都沒說就跑掉了。

我向旅館走去，有槍聲從北邊傳來，三個男人鬼鬼祟祟地從我身邊走過。

往前走了一點距離，有一個男人看到我，他立刻走到街邊，讓路給我，我們應該是互不相識的。

又一聲槍響傳來，離我很近。

我到了旅館，剛好看見一輛黑色房車順著街道離開。這輛車被打得滿是坑洞，速度不低於五十英里。車上的簾子都拉著，裡面的人擠得滿滿的。

對著車子，我笑了起來。被掩蓋著的毒鎮，終於要沸騰了。就算現在想到這場混亂裡最不好的地方，我也能安穩地睡上一個十二小時的好覺。從這一點來說，我覺得自己越來越像當地人了。

十五、某人的私酒倉庫

米奇・萊恩漢打來的電話將我吵醒，這時候剛過中午。

他說：「迎賓委員會去哪兒了？我們已經到了。」

「可能找繩子去了。我在旅館的537房間，把行李放好了就趕緊過來。過來的時候，千萬別讓別人發現。」

我穿好了衣服，他們才到。

米奇・萊恩漢是個大塊頭，有點蠢，雙肩下垂，好像身上的關節都散了一樣，身體總是軟綿綿的。他有一對招風耳，像是一對紅翅膀，臉龐也是紅紅的。他就像個喜劇演員一樣，臉上總是掛著類似白痴那種沒有任何意義的傻笑。事實上，他以前就是個喜劇演員。

迪克・佛利是個加拿大人，還沒完全發育，不是很愛說話，臉上總是顯出一些暴躁。為了增加身高，他會穿高跟鞋，而且還往手帕上噴香水。

這兩位偵探都非常出色。

我等大家坐好了之後，才問：「你們的工作，老傢伙是怎麼安排的？」

我們將大陸偵探社舊金山分社的經理稱為「老傢伙」。因為他每次都面帶愉快微笑地派我們去做危險性極高的、無異於自殺的任務，所以我們也稱他為彼拉多。他是一個溫和並且有禮數的長輩，但心腸卻跟劊子手手裡的繩子一樣狠。偵探社裡一直有傳言，就算在七月裡，他也能把冰錐從嘴裡吐出來。

米奇說：「他似乎只知道你發了電報求助，還不太清楚其中的具體情況。他說，你好幾天都沒有發報告回去了。」

「他還要再等兩天才能收到報告了。對伯森維爾市，你們瞭解多少？」

迪克搖頭。米奇說道：「我所知道的就是大家把它叫成毒鎮，並且它沒有辜負這個名字。」

我把我所瞭解到的，還有眼下我做的事情都告訴他們。說到四分之三的時候，電話鈴響了，打斷了我的話。

黛娜・布萊德慵懶的聲音從電話那頭傳來：「嗨，你的手腕情況如何？」

「不過是燒傷了一點。牢房爆炸的事，你有什麼看法？」

她說：「這跟我沒關係。我已經盡我所能了。洛南沒辦法困住他，這是他的問題。下午我要去市裡買帽子，要是你在的話，我想順路去看看你。」

「什麼時候？」

「大概三點。」

「好的，我會將欠你的兩百塊零一角準備好，然後等著你，」

她說：「我就是為了這個去找你，我們就這麼說定了。下午見。」

我再次坐到椅子上，將未說完的故事說完。

我話一說完，米奇・萊恩漢的口哨聲就響了起來。他說：「要是你想做的事情被老傢伙知道了，他肯定不會幫你，對不對？所以你才不敢把報告送回去。」

我說：「要是事情能夠按照我的想法進行，我就沒必要費盡心思去報告那些細節。偵探社有規矩和制度，這是毫無疑問的。可是你既然已經出來辦事了，就要盡全力把事情給辦漂亮了。任何人往毒鎮灌輸倫理道德，最後都只能看著它腐爛在毒鎮。這些骯髒的細節，沒有必要寫在報告上。無論如何，發給舊金山的東西，我希望你們都能讓我先看一眼。」

米奇問：「你要讓我們辦的案子是什麼？」

「我想請你幫忙將芬蘭佬皮特搞定，而迪克去將陸・亞德拿下。最好見機行事，我就是這樣做的。為了讓洛南放過私語者，這兩個人肯定會有所行動。不過，我還不清楚洛南會怎麼應對。那個人相當狡猾，並且他發過誓，一定要為他弟弟討回公道。」

米奇說：「把這個芬蘭老兄搞定之後，要怎麼處理？這件事對我來說就像天文學一樣難以理解，我一點也沒故意裝愚蠢。這件事我能想明白，但是你做了些什麼，為什麼要那麼做，以及現在想怎麼做，我完全不理解。這樣讓我如何下手？」

「最開始可以先跟蹤他們。皮特和亞德，亞德和洛南，皮特和洛南，皮特和塔雷爾，或者亞德和塔雷爾，我們必須尋找一個機會，打入這些關係中間。只要將破壞他們的關係這種搗亂活動做好，他們就會相互在背後插刀，把我們要做的事都做了。現在的開端就是塔雷爾和洛南之間關係的破裂，為了不讓這些功夫白費，我們應該順勢做點事。」

「從黛娜‧布萊德那兒我們還可以繼續買消息。無論你們得到了什麼消息，都不要用法律來解決。法院歸他們管，而且對我們來說，法院審理的進度不夠快。舊金山很遠，但還沒遠到可以瞞過老頭子鼻子的地步，我已經惹上許多麻煩了，一旦老頭子看出苗頭，他的電話就會過來，要我給他一個解釋。證據是沒有用的，我要的是炸彈，所以我必須用結果將細節蓋住。」

米奇問：「你準備怎麼對待或者說對付那位威望頗高的客戶——伊利胡‧威爾森先生？」

「要嘛做掉他，要嘛逼他站在我們這邊，這沒什麼區別。我們最好分開行動，米奇去皮森旅館住，迪克住到國家旅館去。還有，最好在老頭子察覺之前，把事情弄完了，不然就等著看老頭子把我開除吧！另外，記下我接下來要說的話。」

我將所有相關人員的名字、長相、地址都告訴了他們，這其中包括：伊利胡‧威爾森、他的秘書史坦利‧路易斯、黛娜‧布萊德、丹‧羅爾夫、洛南、私語者馬克斯‧塔雷爾、私語者的助手沒下巴的傑瑞、黛娜激進的前男友比爾‧昆特、唐納‧威爾森太太、唐納‧威爾森以前的秘書，也就是路易斯的女兒。

我說：「可以了，開始行動吧！千萬別天真地以為，在毒鎮裡有法律可以用，法律是你們自己創造出來的。」

米奇說沒有法律，他會做得特別好，好到讓我吃驚。迪克說了一聲「再

見」，之後他們就走了。

吃完早餐，我去了市政廳。

洛南似乎一晚上都沒闔眼，綠眼睛裡帶著濃濃的倦意，臉色發白。雖然他看起來有些疲倦，但握手的時候還是一如往常的熱情，說話和舉止也跟平時一樣。

客套完了，我問他：「得到私語者的消息了嗎？」

「我覺得算是有眉目了。」他看一眼牆上的鐘，又去看桌上的電話，「消息隨時都會到，我正在等。請坐。」

「逃跑的還有哪些人？」

「基本都抓回來了，只有傑瑞・胡柏和東尼・阿格斯在逃。傑瑞是私語者的爪牙。傑瑞的手下東尼，就是那次拳賽上用刀插艾克・布希的混蛋，是個義大利人。」

「還有私語者的手下被關著嗎？」

「沒有了。我們只抓到了三個。除了這兩個，還有一個被你打傷了，住在醫院裡，叫巴克・華萊士。」

剛好兩點的時候，局長又去看牆上的鐘，然後又看自己的手錶。他低著頭，盯著電話，電話響了起來。他立刻接通，說：「我是洛南……好……行……好……是的。」

電話被他推到了一邊。桌上有一排珍珠似的按鈕，他按下按鈕，片刻間警察就擠滿了這間辦公室。

他說：「香柏山小酒店。貝茲你跟著我過去，把手下的人全帶上。泰瑞從百老匯大道突襲，從後面掀了他的老巢。人越多越好，路上把交警兄弟們都帶上。達菲你從老礦路繞到聯合街，把自己的人都帶上。麥葛羅把所有能叫過來的人都叫來，你們負責總部。行動！」

警探們出去了，局長拿起自己的帽子，跟著一起出去。他將肥厚的肩膀轉過來，跟我說：「走吧，老兄！要火拼一場了！」

我跟著他，一起去了車庫，車庫裡面有五六輛車正在發動，轟隆響著。

局長在副駕駛座坐下，我跟另外四個警探坐在後座。

警探們也相繼上了車。有人發了一大堆東西給大家，包括機關槍、來福槍、短筒防暴槍以及一包包彈藥。

最前面打頭陣的是局長的車。車子劇烈抖動了一下，車上的人被震得發出了磕牙齒的聲音。我們的車從車庫門擦過，差點撞上，接著車子從人行道斜著穿出。人行道上有兩三個行人。緊接著，汽車竄上馬路，又差點跟一輛卡車撞上，就跟剛才的車庫門一樣，緊貼著擦過去。之後，警笛拉響了，車從國王街衝了出去。

路上的汽車們都嚇得慌張起來，根本不管交通規則，到處瞎闖，就為了替我們讓出一條路，真是太有趣了。

我回頭看了一下，另外一輛警車在後面跟著，而第三輛警車往百老匯大道拐去。洛南咬著一支雪茄，並沒有點燃。他跟司機說：「派特，再快點。」

派特開車繞過一輛雙門轎車，開車的女人已經嚇呆了。派特從有軌電車和洗衣店送貨車之間的空隙裡把車開出來。這個距離特別窄，如果我們車子沒有拋光打蠟，大概會卡在裡面。之後，他說道：「很不錯，可惜剎車不太好用了。」

一個留著灰色鬍子的警探坐在我的左邊，他也跟著說：「很不錯。」語氣聽起來言不由衷。

出了市中心，就沒有那麼多車給我們帶來麻煩，不過路況不太好了。接下來的車程，我們隨時都可能坐上別人的腿。這樣舒服的車程，持續了半小時。在最後的十分鐘裡，我們的車從幾乎全是小山丘的路面上開過，震盪的程度，足夠讓我們把派特說的剎車不太好的話拋在腦後。

汽車最後在一扇大門前面停了下來。霓虹招牌掛在門上，但是已經破爛不堪，在它破損之前，大概是亮著「香柏山小酒店」這個名字。這家旅館建在路邊，是一間低矮的木樓，與大門有二十英尺的距離。木樓塗著黴綠色的漆，垃圾扔滿四周。旅館關著前門和窗戶，但是簾子是拉開的。

洛南下了車，我跟在他後面。拐彎處出現了那輛跟在我們後面的車子，

車子開到了我們的車旁邊，然後停下。滿車的人都下來了，武器也帶了下來。

洛南提高音量，進行了一番指揮。

三名警察各自行動，繞到了木樓的左右兩邊，還有後面。另外三人守住大門，其中一人拿著機關槍。剩下的全部人馬，從罐頭、玻璃瓶和上輩子的舊報紙上面穿過，來到了木樓前面。

灰鬍子警探——剛才坐我旁邊那位——拿了一把紅色的斧頭。我們快速走到門廊上。

一扇窗戶的下面，發出了聲響以及火光。

隨著聲音落下，灰鬍子警探倒了下來，他的屍體壓住了那把斧頭。

其他人立刻分散跑開，我跟洛南一起躲在了一個陰溝裡面。這個陰溝在旅館靠近馬路的那一邊。我們在裡面幾乎可以站直身子，而不用擔心會成為射擊目標，因為這個溝很深，外面的土堤也很高。

局長特別亢奮，他開心地說著：「太幸運了！我的天，他就在這裡！這裡！」

我說：「槍法真不錯。那一槍是沿著窗台發射的。」

他特別興奮地說：「可是他還是會被我們抓住。這個垃圾場，必須要收拾一下了。現在達菲應該正從另一條路上趕過來，泰瑞·蕭恩隨時會跟他會合。」有一個傢伙躲在了岩石後面，正在四處觀望，他對那個傢伙喊道，「嗨，道爾！回去跟達菲和蕭恩說，到了這裡，馬上進行包圍，放心掃射。吉卜林在什麼地方？」

觀望者伸出拇指，向遠處的一棵樹那裡示意。我們站在陰溝裡，往那個方向看過去，看不到下半部分。

洛南下命令：「去跟他說，架起磨盤碾磨的時候到了。伏低身子，從前面走出去，把你該做的事做了。這件事十分容易，就像切乳酪一樣。」

觀望者得到命令，離開了。

洛南在陰溝裡爬上爬下，查看附近的情況，時常冒險把頭伸出去。他對著自己的手下，不時打個手勢或者喊一聲。之後他走了過來，在我身邊蹲

達許·漢密特

下，拿出兩支雪茄，一支給我，一支自己點著了。

他得意洋洋地說：「可以了，私語者死定了，我一丁點機會都不會留給他。」

大樹邊有我們的機關槍，這時候機關槍開火了。剛開始還在試探，開了八到十槍，感覺有些猶豫。洛南咧著嘴，笑了起來，一個煙圈被吐了出來。這個時候，機關槍已經進入了工作狀態，子彈忙碌地從槍管裡射出來。這時候的機關槍，就像是一個小小的、製造死亡的基地。

一個煙圈又被洛南吐了出來，他說：「絕對出不了意外。」

我應和了一聲。我們抽著菸，在陰溝壁上靠著。另外一架機關槍的聲音從遠一點的地方傳了過來，接著第三架槍也響了起來。很快又加入了來福槍、手槍、散彈槍。洛南非常滿意，他點頭道：「只要五分鐘，就能讓他看看什麼是地獄了。」

五分鐘之後，我提議上去，以便查看情況。洛南被我推到了地面上，緊接著我自己也手腳並用地爬了出去。

跟最開始一樣，旅館還是那麼荒涼，不過現在更破爛了。外面的槍不斷向裡面射擊，但是並沒有槍聲從裡面傳出來。

洛南問：「你覺得怎麼樣？」

「要是有地下室的話，可能會有僥倖活下來的老鼠。」

「是的，我們可以等等再處理。」

他將一個哨子從口袋裡拿了出來，用那個哨子製造很多刺耳的聲音。然後他肥胖的手臂揮動了起來。槍聲逐漸少了。我們必須等一下，以便命令傳到每個人那裡。命令傳遞完之後，我們把門撞開了。

酒箱和酒桶疊放在一起，上面布滿彈孔，彈孔處往外流著美酒。一樓地板已經被酒水淹了，高度到達腳踝處。

我們被烈酒散發的濃郁氣味薰得頭暈。我們踩著酒水，到處查看，沒有找到活口，找到了四具屍體，其中兩具被打得稀巴爛。四具屍體都穿著工作服，皮膚黝黑，是外國人。

洛南說：「我們出去，不用管他們。」

聽起來他的聲音還是那麼開心。但這時有一束手電筒的光剛好從他的眼睛閃過，那一瞬間，可以看見恐懼在他眼裡閃現。

我們很高興地出去了。我想了一會兒，才將一瓶酒放進了口袋裡。這是一瓶沒有被打爛的酒，上面還貼著「君王」的標籤。

一個穿著卡其色制服的警員騎著摩托車到了大門邊上，他從車上下來，對我們大喊：「有人搶劫了第一國家銀行！」

洛南凶狠地罵了一聲，大吼著：「該死的混蛋，他玩我們！所有人都回城！」

大家都跑回了自己的車裡，除了局長、我以及跟我們同坐一輛車的幾個人。那名犧牲了的警探被兩名警察抬著。

洛南斜斜看了我一眼，說道：「這個傢伙特別狡猾，很難搞定。」

我聳聳肩，「嗯」了一聲，然後向著他的車子慢慢走近。駕駛座上，司機已經坐好。我站著跟派特說話，背對著房子。說了些什麼，我已經忘了。很快，我們中間就加入了洛南和其他警員。

旅館的大門敞開著，就在我們拐過彎，即將消失的時候，一團小火焰從大門裡探了出來。

十六、銀行劫案

一大堆人圍在第一國家銀行附近。我把大家推開，走到了門口，看見了麥葛羅，他滿臉愁容。

麥葛羅一邊向裡面走，一邊向局長彙報：「有六個蒙面劫匪。他們衝進來的時候，大概是兩點半。我們幹掉了傑瑞·胡柏，他本來是在這裡放哨的。其他的五個劫匪拿了錢，已經逃跑了。現在傑瑞在那邊的長椅上，已經涼透了。我們把道路都封鎖了，而且也給周圍的警局打了電話，通知他們，希望還來得及。他們開著黑色林肯拐向國王街，之後我們就再也沒見過他們了。」

我們去查看傑瑞的屍體。他在大廳的一把長椅上躺著，一件褐色外套蓋在他身上。子彈從傑瑞的左肩胛骨下面穿過。

銀行的守衛過來了，模樣看起來像個單純的騙子，他挺著胸膛，把事情的經過說給我們聽：「他們毫無預兆地就衝了進來，最開始真的是無能為力。他們好像不太著急，跑到最裡面，往袋子裡瘋狂裝錢。我想做點什麼，但是根本沒有機會。不過我告訴自己：『好傢伙，現在讓你們這些年輕人隨意吧，一會兒看你們怎麼離開。』」

「之後，我實現了對自己的承諾。他們走後，我跟在後面，跑到門邊的時候，把舊槍拿了下來。在那個傢伙正鑽進車裡的時候，我一槍射中了他。要是子彈足夠的話，肯定能多射中幾個，我敢跟你們打賭。因為那樣開槍不太容易，站在……」

洛南為了打斷老頭的表演，拍了一下他的背。等到老頭將肺裡憋的氣都

吐了出來，洛南才說：「這真的是太好了，棒極了。」

麥葛羅將屍體上的外套掀開，吼道：「這具屍體，沒人會來認領。但是這件事既然傑瑞參與了，私語者就脫不了關係。」

局長開心地說：「麥克，這裡由你來解決了。」之後他問我，「跟我回市政廳，還是在這裡看熱鬧？」

「哪個都不。我要去換一雙乾鞋子，我還有一個約會。」

旅館前面停著黛娜‧布萊德的小馬蒙轎車，不過我沒看見她。我回了自己的房間，沒有鎖上門。她走進來的時候，我剛將帽子和風衣脫掉。

她說：「我的天！酒氣充滿了整個屋子。」

「洛南帶著我去跟蘭姆酒火拼了，酒氣是從鞋子裡散發出來的。」

她從屋子裡穿過，走到了窗邊，把窗戶打開，然後在窗台上坐下，問我：「什麼情況？」

「有一個名叫香柏山小酒店的垃圾堆，洛南以為自己在那裡可以將你的馬克斯抓獲。所以我們跑了過去，拿著槍四處亂掃射。幾個外國佬被打死了，幾加侖的酒也被打爛了。之後放了一把火，把那個地方燒了。」

「香柏山小酒店？那個地方我覺得一年多前就關門了。」

「看樣子也是，但是它成為了某人的倉庫。」

她問：「可是你們在那裡並沒有找到馬克斯？」

「當我們在那裡瞎忙的時候，他應該在伊利胡的第一國家銀行搶錢。」

她說：「我看到了。我那時候正好走出比格蘭商店，那個商店有兩個門。我剛進車裡，就看到一個蒙著黑手帕的大個子走出銀行。他是倒退著走的，手裡還拿著一個麻袋以及一把槍。」

「馬克斯也在其中嗎？」

「不，他不可能在。傑瑞他們是專門幹這個的，馬克斯總是派他們去。這件事傑瑞參加了，他一走出車子，我一眼就認出他了，就算他蒙了黑手帕也沒用。他們都蒙著黑手帕，有四個人先從銀行出來了，向街邊停著的車子那裡跑，車子裡坐著傑瑞和另外一個人。那四個人從人行道穿過，傑瑞就下

車接應他們。有人在這個時候開了一槍，傑瑞中槍倒下。別的人跑進車裡，馬上離開了。你欠我的錢在哪兒？」

我將十張二十元的鈔票和一個一角硬幣數了出來。她從窗邊離開，過來拿錢。

「為了讓你抓住馬克斯，我把丹拉開了，這筆錢是付這個的酬勞，」她說著話，把錢裝進手提袋裡面，「另外，還有一筆錢要算，那就是我告訴你那個蠢貨是殺害提姆・洛南的凶手這件事。」

「我暫時還不知道那個蠢貨有沒有用，你要等到他被指控以後。」

她的眉頭皺了起來，問我：「你把這些錢留著，要做什麼呢？」突然，她的臉亮了起來，「你知不知道馬克斯現在的藏身處？」

「不知道。」

「這個消息能換多少錢？」

「一分也換不到。」

「只要一百塊，我就透露給你。」

「這麼佔你便宜，我可不願意。」

「只要五十。」

我搖頭拒絕。她繼續說：「二十五。」

我說：「他在哪裡我根本無所謂，我對他沒興趣。這些消息為什麼不去賣給洛南？」

「好的，我試試吧！酒這種東西，你也會喝嗎？還是只拿來當香水用？」

「我下午在香柏山小酒店順手拿了一瓶酒，名字叫『君王』。我還有一瓶喬治王在包裡。你想喝哪個？」

她選了喬治王。我們一人喝了一杯純的。然後我說：「我去把衣服換了。你坐著再喝一些。」

我從浴室裡出來時，已經過了二十五分鐘。她在辦公桌旁邊坐著，抽著香菸研究我的記事本，這本記事本原本放在我輕便旅行箱的側面。

她沒有看我，直接說：「我覺得你辦其他案子時的開銷肯定記錄在這裡

面。我真的不明白，你他媽的對我怎麼就那麼小氣？看看，這裡記著一筆帳『買消息，六百』。你也是從某個人手裡買到的消息對不對？這下面還記錄了一個一百五的開銷：頂部。誰知道這是什麼鬼。還有這裡，你一天用了將近一千塊。」

「這些肯定是電話號碼，」我一邊說著話，一邊搶回記事本，「隨便亂翻我的行李。你到底是在哪兒長大的？」

她對我說：「一個女子修道院裡。我在那裡的時候，『舉止有禮獎』每年都是頒發給我。那個時候我以為，一個小女孩，要是在熱可可裡多放了幾勺糖，她就會下地獄。罪名是暴食。我知道髒話這個東西，還是在我十八歲的時候，第一次聽到時，差點因此暈倒。」她吐了口口水在前面的地毯上。她的雙腿交疊著放在我的床上，椅子因此傾斜起來。她問道：「你感覺如何？」

我從床上把她的腳推開，說道：「海濱酒吧是我長大的地方。如果你不想被我拎著衣服扔出去，就別在我的地板上吐口水。」

「我們再來一杯。聽好了，當年有一些人一分錢都沒花，就蓋了一個市政廳。我要是將這個內幕告訴你，值多少錢？這些消息，就是我賣給唐納‧威爾森的東西。」

「換一個，我對這個不感興趣。」

「陸‧亞德的第一任老婆被送進精神病院的原因？」

「吸引不了我。」

「四年前，我們的治安官金恩還欠著八千塊錢的債，可是現在，你也看見了，市中心一整片的商業街區都是他的。所有的內情我不可能完全透露出來，可是你該去什麼地方尋找，我可以告訴你。」

我鼓勵她：「繼續下去。」

「拉倒吧，你根本不打算買任何東西。你想要的是一分錢都不出的免費消息。從哪兒買的威士忌，很好。」

「從舊金山拿來的。」

「我提供的消息，為什麼你一點都不需要呢？你覺得用更低的價格可以

買到這些東西嗎？」

「現在我需要快速解決問題，對我來說，這樣的消息沒什麼用。我要能將他們全炸開的，爆炸性消息。」

她笑了，然後跳了起來，大眼睛裡有亮光閃爍。

「要是香柏山變成了某人的私酒倉庫，這個某人肯定是皮特。我這裡剛好有一張陸·亞德的名片，把名片和你弄來的那瓶君王一起給皮特送過去，這樣他就會以為是陸·亞德在向他宣戰，而洛南只是奉命搗毀了香柏山。」

我思考了一下，說：「這根本騙不了他，太拙劣了。而且我現在的計畫是，設法讓皮特和陸聯合起來對付局長。」

她的嘴噘了起來，說道：「你真是很不好相處，一副自以為是的樣子。晚上出去的時候帶著我吧！我買了一件新衣服，絕對會讓他們目不轉睛。」

「好。」

「你來接我，大概八點吧！」

她說完，伸出一隻手拍了拍我的臉。她的手特別溫暖。之後她說了聲「拜拜」就走了。這時，電話響了起來。

電話裡，米奇·萊恩漢向我彙報：「現在，你客戶的家裡坐著我跟迪克的調查對象。你知道我有多忙嗎？忙得超過了同時服侍兩個人的妓女。而且我還不知道自己做得行不行。有沒有新的發現？」

我跟他說沒有，之後，躺在床上，在自己腦子裡開會。我試圖找到洛南搗毀香柏山小酒店的原因，還試圖想明白私語者搶劫第一銀行的動機。要是讓我擁有一種超能力，可以知道芬蘭佬皮特和陸·亞德他們在老伊利胡家裡談些什麼，我願意為此付出代價。遺憾的是我沒有超能力，並且非常不善於猜測。在折磨了自己的腦袋半小時之後，我覺得還是停止比較好。之後我小睡了片刻。

快七點的時候，我才醒過來。我洗了澡，穿好衣服，之後把一個扁酒罐裝的威士忌和一把槍放進了口袋裡，出門找黛娜。

十七、雷諾的槍火派對

　　我被她帶到客廳，然後她退了幾步，轉個圈讓我看她的新裙子，問喜歡嗎。我說喜歡。她就開始向我解釋，這是香檳色的，旁邊掛著的小飾品是些什麼東西，最後她又問：「我這樣穿，你真的覺得好看？」

　　我說：「你一直都很好看。今天下午，陸・亞德和芬蘭佬皮特去老伊利胡那裡了。」

　　她對我做了個鬼臉，說：「你對我的新裙子根本不感興趣。他們為什麼去那裡？」

　　「我猜是去開會。」

　　她抬起眼，看著我，問：「馬克斯的藏身地，你真的不知道？」

　　這一刻我知道了，不過承認剛知道，沒有什麼必要。

　　所以我說：「大概在威爾森那裡躲著吧！我沒有時間去確認，因為我不是很感興趣。」

　　「你這個蠢貨！我們倆做的很多事情，都讓他非常討厭。要是你還不想死，也不想讓媽媽我死掉，就聽媽媽的話，盡快把他抓起來。」

　　我大笑了起來：「更糟糕的事情你還不知道。殺死洛南弟弟的不是馬克斯，提姆死之前想說的是麥克斯溫，而不是馬克斯。可惜他還沒說完，就死掉了。」

　　她一下子抓住了我的肩膀，試圖將我重達一百九十磅的身體撼動。她差點就成功了，因為她很強壯。

　　「見鬼了！」熱氣從她嘴裡呼出來，噴在我臉上。她的臉色白得像牙齒

一樣。過白的臉色讓腮紅和唇膏顯得特別刺眼，像是紅色的標籤貼在了臉頰和嘴唇上。「要是你設下圈套陷害他，而且連累我也捲進去，你就必須立刻幹掉他！」

就算這個人看起來像是神話裡的憤怒女神，我也不樂意被她這麼粗魯的對待。我從肩上把她的手拿開。

「現在不是還好好地活著嗎？別瞎擔心。」

「是的，不過只是『暫時』。你沒有我瞭解馬克斯，算計他的人長命的機率有多大，我很清楚。我們沒有將他整垮已經非常糟糕了，而且……」

「不用這麼少見多怪。被我算計過的人有好幾百萬，我現在不也好好的嗎？把你的帽子和大衣拿上，吃點東西去，吃了東西你的感覺就不會那麼糟糕了。」

「你真的瘋了，你以為我肯出去？我絕對不……」

「夠了，好女孩。要是他真像你說的那麼嚇人，不管你在哪兒都是一樣，他都能抓住你。」

「是……你明白怎麼做是對的嗎？你必須留在這裡，等馬克斯被抓了才能走。你必須保護我，因為這些事是你引起的。丹現在在醫院，還沒有回來。」

「不可能，我還要完成工作。你完全是瞎操心，馬克斯現在很可能已經把你忘在腦後了。我要餓死了，快去拿大衣和帽子。」

她的臉又湊近了，一雙眼盯著我，好像有什麼特別讓人害怕的東西在我臉上。

她說：「天啊，你太壞了，我的安全你根本就沒放在心上。我以前那麼信任你，你就像利用別人一樣在利用我，我在你眼中就是你想要的炸彈。」

「是的，你是炸彈，但是其他的都是蠢話。你高興的時候看起來更漂亮。你有深邃的輪廓，一生氣，會顯得比較蠻橫。求求你，我真的要餓死了。」

她說：「天黑以後就別想讓我出門了，就在這裡吃飯。」

她說做就做。她立刻將香檳色的連衣裙換下，換成了一件圍裙穿上，之

後去冰箱查看還有什麼食物。冰箱裡的食物還有：馬鈴薯、萵苣、罐裝湯和半個水果蛋糕。我出去買了牛排、麵包、蘆筍和番茄回來。

我回來的時候，看見她拿著一個一夸脫的調酒器，正在往裡面倒琴酒、苦艾酒和橘子苦精。調酒器被裝得過滿，沒剩多少搖勻的空間了。

她問：「你有沒有看見什麼？」

我挺溫和地將她嘲笑了一通，然後拿著雞尾酒去餐廳了。菜還沒有煮熟，我們在等待的時候，喝了幾杯。喝了酒之後，她高興了一些。我們坐下吃飯時，基本上恐懼已經被她遺忘了。雖然她的廚藝不怎麼樣，但是我們吃得挺開心。

最後，我們又將一些琴酒加薑汁汽水澆在了肚子裡的晚餐上。

她準備出門去做點事情，任何一個卑鄙的小混混都不可能把她困在家裡。以前她對他特別坦誠，超過了任何人，可是他卻毫無理由地對她擺臉色，她就收回了對他的坦誠。要是不喜歡她的做法，他完全可以去爬樹或者跳湖。雷諾在銀箭舉行了一個派對，邀請她參加。奉上帝之名，她肯定會去，只有瘋子才覺得她會像寵物杜鵑一樣，不去派對，對吧？她打算帶著我一起去，現在我們準備出發。

我問：「雷諾是什麼人？」

此時她因為拉錯了圍裙帶子的方向，把身上的圍裙裹得更緊了。

「雷諾‧史塔奇。一個不錯的人，你應該會喜歡他。他的慶祝會我答應了會去，我立刻就出發。」

「為什麼？」

「這個破圍裙怎麼回事？今天下午，他被放了出來。」

「我來幫你，轉過來。他進去的原因是什麼？站好了。」

「六七個月之前，一夥人把珠寶商圖拉克的保險箱炸了。這夥人裡面有雷諾、普特‧科林斯、黑小子惠倫、漢克‧歐馬拉，還有一個跛腿小子，綽號叫一足半。陸‧亞德是他們的後台，這個後台可是很厲害的。不過上個禮拜，珠寶商協會的偵探還是把他們查了出來。為了這個，洛南不得不裝裝樣子，不過沒有任何用。今天下午五點，他們就被保釋了出來。這件事以後

不會再被人提起，就算結案了。雷諾身上還有三項保釋罪名，對這個早就習以為常。我去把裙子穿上，你可以利用這點時間調一杯酒。」

銀箭的位置在伯森維爾市和莫克湖之間。

我們坐在小馬蒙上，往銀箭開去。這時候黛娜跟我說：「那個地方很好。波莉‧德‧奧多是個不錯的孩子，你會喜歡她。她賣給你的東西，除了嘗起來有些像泡過屍體的波本威士忌之外，其他的都是好東西。她受不了噪音。在那裡你只要不吵鬧，做什麼都可以。樹後面有些紅色和藍色的燈，你看見了嗎？就是那裡，這就到了。」

我們從樹林裡開了出來，一家靠近路邊的旅館進入了視野。這家旅館燈光大亮，像是一座人造城堡。

旅館外面，槍聲正砰砰響著，像是一個手槍合唱團。

我問：「你不是跟我說，她無法忍受噪音嗎？」

女人把車停下來，嘟囔道：「有情況。」

一個女人被兩個男人夾著，從旅館前門跑出來，在夜色中消失。側門跑出一個男人，很快不見。我沒有看見亮光，但是槍聲一直在響。

又一個男人跑了出來，在屋後不見了。

二樓窗戶裡探出了一個男人的身子，一把黑色的槍被他握在手中。

黛娜快速喘息著。

一抹橘色的光亮在路邊的圍欄處一閃而過，窗邊的男人正是這抹光亮對準的目標。一抹向下的光亮從男人手中的槍裡發出，然後男人往外探了一下身子，圍欄那裡再沒有火光出現。

窗邊的男人一條腿從窗台跨過，舉高了雙手，彎腰往下跳。

突然，我們的車往前動了一下，黛娜將下唇咬住了。

男人從窗戶上跳下來，然後用雙手和雙腳從地上爬起來。

黛娜的臉擠到了我前面，喊了一聲：「雷諾！」

那個人面對著我們跳了過來。我們把車開了過去，到他面前時，他三下就跳到了路面上。

在他還沒有碰到我這邊的車門踏板時，黛娜就打開了車門。為了把他弄上車，我雙手緊緊環住他，這讓我的手差點脫臼。不僅如此，他為了反擊射向我們的子彈，還用力把身子探出去。我的手離脫臼更進一步了。

雷諾回過身，將自己穩住。我把手收了回來，發現很幸運，所有關節都沒有損傷。黛娜一心開車。

雷諾說：「兄弟，謝謝了，我正好需要逃離。」

她對他說：「不用客氣。你開的派對，就是這樣的？」

「有些傢伙不請自來了。坦納路知道嗎？」

「知道。」

「那邊可以直接到達山麓大道，往那裡走可以回到市裡。」

女人點頭，速度稍微慢了一些，她問：「那些不請自來的傢伙是誰？」

「一些不懂分寸的混混。」

她一邊把車開上一條又窄又爛的路，一邊很自然地追問：「這些人是我認識的嗎？」

雷諾說：「孩子，抓緊時間把車從這條破路上開出去，別再問了。」

她開著馬蒙走了十五英里，花了一個小時。她必須隨時小心，以免車子從路面上衝出去。雷諾也要隨時小心，以免自己被車子甩出去。在車子開上一條較平坦的路之前，他們都沒有再說話。

車子開到平坦的路上，他問她：「私語者被你甩了？」

「對。」

「別人說你出賣了他。」

「他們肯定會這樣說我。你認為呢？」

「要是你問我有什麼看法的話，我覺得甩了他無所謂。可是壞他的事，把他交給警察，這樣做就不太厚道，是非常不厚道。」

他說話的時候，眼睛盯著我。他大概三十四五了，長得很高，是個大塊頭，不過不是胖，是壯實。他有一張微黃的長臉，一雙褐色無神的大眼睛，眼距很寬。這張臉嚴肅冷淡，但並不讓人反感。我沒出聲，看著他。

女人說：「你要是這麼想的話，你可以——」

雷諾喊了一聲：「小心！」

前面出現了路障——一輛橫著的黑色廂型車。我們的車劃出了一條大弧線，躲開路障。

子彈從旁邊飛過，我和雷諾急著向外面開槍。女人開著她的馬蒙，開車的方法就像在馴馬。

最開始，她把汽車強行開到了最左邊，車的左輪被抬起來，騎上路肩。接著，利用我跟雷諾在車子裡的重量，從馬路上再次橫穿過去，左輪騎上了右邊路肩。然後車子已經不受我們重量的影響，自己開到路中間去了。這時候，敵人就只能對著我們的車屁股了。成功逃脫時，我們的槍裡剛好也沒子彈了。

開槍的人不少，射出的子彈也不少，但是到現在為止，沒有任何一個人被子彈打傷。

車門被雷諾的手肘頂住，他將一排子彈塞進自動手槍裡，然後說：「孩子，做得真漂亮！這小車開得有模有樣。」

黛娜問：「現在去什麼地方？」

「一直開，越遠越好。真是有點糟糕。我們得考慮一下了，看樣子他們要阻止我們進城。」

我們的車離伯森維爾市越來越遠，大概相距了十英里或者十二英里。我們將幾輛車子超越，看不出有車尾隨。車子開上一座短橋，橋一直發出晃動的聲響。我們從橋上下來時，雷諾說：「到山頂了就往右邊拐。」

我們照著他說的那樣右拐，出現了一條特別髒的小路。這條小路兩旁都是長在巨大石頭上的樹木。在這樣的路上，一小時能開十英里已經挺快了。在開了五分鐘之後，雷諾讓我們把車停下。這裡特別空蕩安靜。夜色裡，我們坐了快半個小時。之後雷諾說：「看樣子，我們今天晚上想要硬闖進城是不可能的了。前面有個小屋，今晚在那裡住行嗎？再走一英里就到了。」

黛娜說讓她怎麼樣都樂意，就是別再讓她成為射擊目標。其實，我更想試試有沒有別的方法可以進城，不過我還是說了我無所謂。

我們沿著道路，繼續小心地前行。等到車燈照到了一間木板屋，車才停

下。這個房子看起來急需油漆一遍。

黛娜問雷諾：「這個地方？」

「對。在這裡待著，我先查看一下。」

他跟我們分開，沒一會兒，又出現在木屋門前。我們的車燈正照在這裡。他把鑰匙摸了出來，然後打開鎖，推開門走了進去。沒多久，門口又出現了他的身影，他大喊著：「沒問題。進來休息一下！」

黛娜熄了火，然後從車上下去。

我問：「車上有沒有手電筒？」

她說「有」，然後拿了一個給我。她一邊打哈欠一邊說：「我的天，累死了。在這個破屋子裡，真希望能找到喝的東西。」

我告訴她一個讓她非常高興的消息——我有一些威士忌。

屋子裡面只有一個房間，裡面放了一張行軍床，床上鋪著褐色毯子。屋子裡還有一張牌桌，一副撲克牌還有一些髒兮兮的籌碼放在了桌上。除此之外，還有褐色的鐵爐、一盞煤油燈、一些餐具、一堆木柴、一台獨輪車以及一個架子。架子上放滿了罐頭食品。

雷諾正在點燈的時候，我們走了進去。他跟我們說：「情況還沒那麼壞。我去藏車子，今天晚上暫時是安全的。」

黛娜走到行軍床邊，把上面的毯子掀開，說道：「可能有什麼東西藏在裡面，幸好不可能是活的。現在來一杯吧！」

雷諾要藏車，出去了。我把扁酒罐打開，遞給了黛娜。她喝了一口，然後我也喝了一口。

轟轟的引擎聲傳了過來，接著聲音越來越小。我把門打開，去外面查看情況。我看見下坡路上的樹木和草叢之間，有白色的車燈隱現，同時這車燈在逐漸遠去。等車燈完全消失，我才回到屋裡，問女人：「以前你有沒有試過徒步回家？」

「你說什麼？」

「我們的車被雷諾開走了。」

「混蛋！不過我們雖然被扔下了，但幸運的是，這裡有一張床。」

「毫無用處。」

「毫無用處？」

「對。那些追他的人，十之八九都知道他有這個地方的鑰匙。所以他為了爭取時間逃跑，故意把我們扔在這裡，好讓追他的人跟我們發生衝突。」

她煩躁地從行軍床上坐起，開始咒罵。她咒罵的對象包括從亞當以來的所有男人，自然也有我和雷諾。最後，她很不開心地問：「所有事情你都知道，我們現在要做什麼？」

「我們在附近找一個稍微舒適的地方，看看會有什麼事情發生。」

「這些毯子我要拿著。」

「拿走太多毯子，他們大概會猜出我們的想法。拿一條應該沒問題。」

「見鬼的想法！」她抱怨起來，不過還是只將一條毯子帶走。

我將煤油燈吹滅，然後出了門。我們將掛鎖扣上，之後利用手電筒，從灌木叢中爬過。

我們找到了一個小山坳，位於上面的山腰上。在這裡，能將小屋和小路都收進眼底。這地方有特別密實的樹木草叢，只要我們不打開手電筒，就不會暴露行蹤。毯子被鋪在了地上，我們就這樣在上面坐著。

女人靠在我身上，不斷地抱怨。一會兒嫌地面濕氣重；一會兒嫌太冷，即使有毛皮大衣也不管用；一會兒又說腿抽筋了；一會兒又想找一支菸抽。

為了能得到十分鐘的安靜，我又將扁酒罐裡的酒給她喝了一口。

之後她說：「我會感冒。要是有人來的話，他們過來的時候，我肯定會打一個讓城裡人都能聽見的大噴嚏。」

我說：「不想被掐死，就別這麼做。」

「有什麼東西在毯子下面爬動？老鼠？」

「也許是蛇。」

「你結婚了嗎？」

「別跟我扯這些。」

「所以是結婚了？」

「沒有。」

「我敢保證，你老婆為此會感到十分開心。」

我想換一個話題，為此我正在尋找合適的方式。這時候，馬路被遠處的一道微弱的光照亮了。我提示女人別再說話，這個時候，燈光不見了。

她問：「發生什麼了？」

「有束光一閃而過。剩下的路程，我們的客人大概準備徒步完成，所以把汽車拋下了。」

過了一段時間。女人將自己溫暖的臉貼在我臉上，她在微微地發抖。腳步聲傳了過來，我們看見路上有幾個黑影在移動，然後在小屋周圍徘徊，不知道這些人是不是我們要等的那些。

門前出現了光圈，他們打開了手電筒。我們的疑惑被打破。一個低沉的聲音說：「讓那個女人先出來。」

他們在等待裡面傳出回應，沉默了半分鐘之久。之後，低沉的聲音問：「出來沒有？」然後又是沉默，這次的沉默時間更長。

沉默終於被打破，打破它的是今晚最熟悉的聲音——槍聲。他們在砸門，不知道拿著什麼東西砸。

我靠近女人耳邊，低聲說：「我們走。他們現在在這裡弄出一番大動靜，我們正好趁機把他們的車開走。」

我正準備站起來，卻被她拉住手臂往下拽。她說：「別理他們。在這裡很好，我今天晚上已經折騰夠了。」

我毫不妥協道：「走。」

她動也不動，說道：「不走。」

我們僵持的時候，機會已經錯過。門板被下面的那些人砸開，他們已經看清，屋裡一個人也沒有。他們對著自己車子的方向喊了起來。

又有八個人被車子帶了上來，他們和山上的人一起，按著雷諾下山的線路追了過去。

我說：「今天晚上他們應該是不會再來了，我們最好去小屋待著。」

我將她扶了起來，這時候她對我說：「幸好你的酒罐裡還有一些威士忌，真是上天眷顧。」

十八、洛南動搖

面對小屋裡的罐頭食品，我們完全提不起任何做早餐的興致。一個鍍鋅桶裡有一些水，雖然這些水看起來十分不新鮮了，但我們還是用它煮了點咖啡。

然後我們開始步行，走了一英里左右，找到了一間農舍。這間農舍裡有個年輕人。我們向他提議，給他幾塊錢，讓他用自家的福特把我們送到城裡去。他非常高興地接受了。他有很多問題要問我們，我們要嘛不回答，要嘛亂回答。在國王街北側的一家小餐館前面，他將我們放了下來。我們用很多培根和蕎麥蛋糕填飽了肚子。

坐計程車到黛娜家門口的時候，已經快九點了。從屋頂到地下室，整個房間我都替她搜查了一遍，沒有發現任何有人進來過的跡象。

我走到門口的時候，她跟在我後面，問我：「什麼時候才能回來？」

「就算只能在這裡待幾分鐘，我也會盡量在午夜前過來看一下。告訴我陸・亞德的住址。」

「畫家街1622號。1622號在第四街區最前端，你要先穿過前面三個街區。你為什麼去那裡？」她還沒等我回答，就抓住了我的手臂，哀求著，「我特別害怕馬克斯，去把他抓起來，好嗎？」

「要是事情進展順利，等一下我可能會去勸勸洛南，讓他去抓馬克斯。」

她開始咒罵我，說我一心只想辦自己那些見不得光的事，對她的死活不聞不問，是一個天殺的叛徒之類。

我到了畫家街1622號，那裡建了一棟紅色磚房，門廊邊上有一個車庫。

我在這條街的另一端看見了迪克‧佛利，他租了一輛別克車，此時正在駕駛座上坐著。我爬進了車裡，問他：「有發現嗎？」

「兩點行動。三點半出發去威爾森家。米奇。五點。返回。忙碌。監視繼續。離開時三點，再次繼續時七點。到目前沒有任何情況。」

他跟我說的意思是：從昨天下午兩點開始，他就跟蹤陸‧亞德。三點半的時候，陸‧亞德去了威爾森家。他跟到那裡，遇到了米奇，米奇是跟蹤皮特到了那裡。亞德五點回家，他又跟了回來。他看見很多人忙碌進出，但他沒有對任何人進行跟蹤。在凌晨三點之前，他一直在這裡監視，然後早晨七點，又繼續監視。從早晨監視到現在，沒有發現什麼情況。

我說：「你現在去監視威爾森家，這裡就別管了。我得到消息，說私語者藏在威爾森家裡了。在我決定要不要把他交給洛南之前，希望有人替我盯緊了他。」

迪克點頭，然後發動汽車。我從車上下來，回旅館去了。

老頭發來了一份電報：

發一封快信回來，將目前的工作情況仔細進行彙報，詳細敘述每天的工作進度。

現在把工作報告交給他，就等於把辭職信交給了他。電報被我塞進了口袋裡。我期盼著事情能有更快的進展。

我找了一個乾淨的假衣領換上，然後快速往市政廳走去。

洛南對著我打招呼：「嗨！我心裡正盼望著你什麼時候能過來。為了找你，我專門去了旅館，可是他們說你出去了。」

今天早上的洛南看起來心情不是很好。不過他還是按照習慣，很熱情地跟我握手。之後，他對於見到我似乎真的感到有些開心了。

他桌上的電話，在我剛坐下時，就響了起來。他接通電話，問道：「怎麼了？」聽了片刻之後，他說，「麥克，你自己去一趟，才是最好的選

擇。」他準備掛電話，掛了兩次才成功。他的臉色變白了一些，可是說話的時候，聲音跟平時基本沒有差別。

「剛才陸‧亞德在他家門前的樓梯那裡被幹掉了。」

我問：「具體情況知道嗎？」我在心裡暗暗罵自己，這可是一個大進展，要是晚一個小時再讓迪克‧佛利從畫家街撤離就好了。

洛南看著自己的大腿，搖頭。

我站了起來，提議道：「我們去查看一下屍體嗎？」

他坐著沒動，連頭都沒有抬起來。

他盯著自己的大腿，疲憊地說：「不。實話實說，我不願意去。這些屠殺讓我覺得特別煩，感覺自己扛不住了。我的意思是，因為這些屠殺……我感到寢食難安。」

我重新坐回去，認真猜想他情緒低落的原因。我問他：「你覺得殺他的凶手是誰？」

他喃喃道：「鬼才知道。這樣的互相殘殺，什麼時候才可以停止？」

「會是雷諾嗎？」

洛南抽動了一下。他抬起頭，盯著我看，他的想法似乎有了改變。他又說了一次：「鬼才知道。」

我換了一種說法，「在銀箭那裡，昨天晚上被幹掉了幾個？」

「三個。」

「都是些什麼人？」

「一個流竄犯傑克‧瓦爾，是個荷蘭人。還有一個叫惠倫‧科林斯，綽號叫黑小子，另一個叫普特‧科林斯，這兩人是兄弟，昨天下午五點剛被保釋出來。」

「事情到底是怎麼發生的？」

「我覺得是內鬥引起的。那些一起出獄的傢伙——包括普特和黑小子——他們一起在慶祝，結果卻火拼了起來。」

「全是陸‧亞德的手下？」

「這我不清楚。」

我從椅子上站了起來，說道：「是嗎，那就這樣吧！」說完，就走向門口。

洛南叫我：「怎麼說走就走了，等等。我覺得全都是吧！」

我又在椅子上坐下。洛南盯著桌面，臉好像抹了油灰一樣，臉色發灰，神情沮喪，無精打采。

我跟他說：「私語者在威爾森那裡躲著。」

他的頭猛然抬了起來，眼神變得閃亮。之後，他動了動嘴巴，又把頭低了下來，眼裡的閃亮也消失了。

他喃喃道：「我繼續不下去了，再也無法忍受這些屠殺了，已經被它們煩透了。」

「因為太煩，所以就算可以帶來和平，你也打算放棄追究提姆被殺的事了？」

「是的。」

我提醒他：「所有的事都是因這件事而起，你會有辦法平息這些事，只要你願意。」

他抬起了臉，用那種狗看骨頭的眼神來看我。

「你對這些事情感到厭煩，別人應該也跟你一樣，」我接著說，「把你的感受跟他們說說。大家聚在一起，和和氣氣地把事情解決了。」

他可憐兮兮地反對：「他們會懷疑我在設什麼圈套。」

「私語者躲在威爾森家裡，去那裡，是你在冒險。你敢嗎？」

他的眉頭皺了起來，問我：「你願意跟我一起過去？」

「你需要的話，我願意。」

他說：「謝謝，我嘗試一下。」

十九、和平會議

我們約定好了，九點半在威爾森家開和平會議。我和洛南準時到達，其他參加會議的人早就到了。他們每個人都對著我們點了點頭，算是問候。

在場的這些人裡，我沒見過的只有芬蘭佬皮特。他是個五十歲的私酒販子，骨架很大，沒有頭髮，額頭很小，下巴又寬又厚，肌肉特別明顯。

在威爾森的書桌旁，我們圍坐在一起。

首位坐的是老伊利胡。他的短髮緊貼著粉色的圓腦袋，在燈光下泛著銀光。粗濃的白色眉毛下面，一雙圓圓的藍眼睛閃著冷血又蠻橫的光芒。兩條平行的線條是他的嘴和下巴。

芬蘭佬皮特坐在了他的右邊，一雙黑色小眼睛不動聲色地將眾人掃視一番。私酒販子邊上坐的是雷諾・史塔奇，他的眼中透著遲鈍，黃色的馬臉也一樣呆板。

威爾森左邊坐的是馬克斯・塔雷爾，他叼著一支菸，斜靠在椅子上。賭徒的雙腿很隨意地疊在一起，褲子看起來很用心熨過。

塔雷爾的旁邊就是我，我的另一邊是洛南。

伊利胡・威爾森在宣布會議開始之後，說到讓事情繼續這麼發展下去肯定是不行的。我們都是成年人了，都能明白事理了。我們能理解，這個世界上不管是誰，都不可能隨心所欲地做所有事。有些時候必須要學會妥協。必須先給別人想要的，才能拿到自己想要的。

他說這場無止境的屠殺，在場的各位應該都想立刻停止了；他還說沒有必要把伯森維爾市變成屠殺場，他堅信經過一個小時的坦誠交流就能解決這

些事情。

伊利胡的演講真是非常出色。

然後，大家沉默了一段時間。塔雷爾似乎想讓我身邊的洛南說點什麼，所以一直看著他。別人也隨著塔雷爾的舉動，都盯著洛南。

洛南漲紅了臉，喉嚨啞啞地說道：「私語者，提姆被你殺了這件事，我會忘記的。」他站起身，將一隻胖手伸了出來，「握過手，這件事就算了。」

塔雷爾薄薄的嘴唇一彎，一個不懷好意的笑容露了出來。

他的嗓門低低的，冷聲道：「雖然不是我殺了你弟弟，但是你那個混蛋弟弟本來就該死。」

局長原本漲紅的臉變成了紫色。

我大喊起來：「等一下洛南，我們這樣做不對。想要情況有所好轉，必須每個人都放下成見。你知道的，殺提姆的凶手是麥克斯溫。」

他不知道我在說什麼，張大了嘴，說不出一句話，滿臉驚訝地望著我。

我用一副特別無害的模樣看著其他人，問道：「這件事就算解決了，對不對？現在說一下其他的矛盾。」我對著芬蘭佬皮特說，「昨天在你的倉庫裡發生了一些意外，你的四個手下因此喪命。你對這個有什麼想要說的嗎？」

他低聲吼著：「狗屁的意外。」

我對他解釋：「洛南是為了城裡的一件事才過去的，他以為那裡面什麼都沒有。剛開始並不知道是你的地盤，裡面有人先開槍了，他以為自己湊巧找到了塔雷爾躲藏的地方。後來知道了這個地方是你的，他一時糊塗，為了洩憤才毀了那個地方。」

塔雷爾冷冷地看著我，一絲冷笑在他嘴邊浮現。雷諾還是一臉遲鈍的樣子。伊利胡·威爾森向我靠近了一些，他那雙老眼裡，閃著小心而犀利的光芒。我看不見洛南，所以不知道他在做什麼。現在要是我的牌打對了，那麼對我來說情況會變得特別好。當然，要是打錯了牌，我就徹底輸了。

芬蘭佬皮特說道：「那四個人的命，本來就是拿錢買下了的。至於別

的，想要解決的話，需要兩萬五千塊。」

洛南急忙開口說：「皮特，可以，我可以出這些錢。」

為了不被他聲音裡的慌亂逗得笑出聲來，我只能緊緊地抿著唇。

我現在可以去看他了。他已經被完全擊垮，現在正努力想保住自己的脖子，只要能保住肥胖的脖子，什麼事情他都肯做。我盯著他。

他的目光卻不肯停留在我身上，不肯停留在任何人身上。他坐了下來，盡力擺出一副為了不被活剝而不想挑起事端的模樣。

我還在努力著，我轉頭對伊利胡說：「銀行被搶這件事你有什麼想法？覺得滿意嗎？」

我的手臂被馬克斯・塔雷爾碰了一下，他建議道：「為什麼不先說說你知道的事情呢？這樣我們可能會更快地搞清楚這些好事是誰做的。」

我非常願意這麼做，所以對他說：「洛南想要抓你，他首先必須確認亞德或威爾森不會插手這件事。從我所知道的情況來看，在這個城市裡，想要做一些不合規矩的事情，都要先徵求亞德的同意。所以他搶了銀行，然後把這個罪名栽贓到你頭上。他這樣做，就想讓事情看起來像是你在挑戰亞德，並且搶的還是威爾森。他想以此激怒亞德和威爾森，然後他們就會幫著他一起來抓你。不過他算漏了一件事，那就是你躲在了威爾森家裡。」

「牢裡關著雷諾和他手下那些人。雖然說雷諾是亞德的手下，可是讓他背叛主人，他也毫不介意。他大概已經做好了準備，要從亞德手上搶走這座城市。」我轉過頭，盯著雷諾，問他，「對不對？」

他看著我，神情呆滯地說：「現在不是你的發言時間嗎？」

我接著說下去：「為了讓雷諾他們暢通無阻，洛南故意散播了一個塔雷爾在香柏山小酒店的假消息，這樣他就能把所有他不相信的警察以及百老匯街上的交警都帶走。然後雷諾和他的手下就被留守的麥葛羅和其他警察悄悄放出來了，事情辦完之後，再關進牢裡。幾個小時之後，他們再被保釋出來。這個不在場證明真是太完美了。

「不過真相似乎被陸・亞德察覺了。為了教訓雷諾和他的手下，讓他們別擅自行事，陸・亞德昨晚把荷蘭佬傑克・瓦爾和一些人派去了銀箭。雷諾

逃跑了，他回到了市裡。事情到了這個地步，他們兩個必須死一個。所以他今天一早就拿槍守在了陸的家門外。陸已經被做掉了，而我也注意到，雷諾現在坐的椅子以前是陸的，看來雷諾這把贏了。」

好像有人在監督他們不准說話一樣，每個人都沉默地坐著。在這些人裡面，每個人都不敢指望會有自己的朋友。在這個時候有任何輕率的舉動，都是非常愚蠢的。

對於我說的這些話，雷諾表現得好像對他毫無影響一樣。

塔雷爾的喉嚨壓低了，柔聲道：「有沒有什麼被漏掉了？」

我繼續擔當會議的領導者，說道：「你是說傑瑞？我正準備說了。當時你從拘留所跑了，他是沒有逃跑還是逃跑又被抓回來了，我不清楚。搶劫銀行的時候，他確實在現場。當然，他是否自己樂意蹚這趟渾水我也不清楚。因為他是你的得力助手，要是他在銀行被殺，那麼這件事就可以順理成章地賴在你頭上了。所以他被載到了銀行前面，扣在了車上。等他們要逃跑的時候，才把他推到車子外面，從背後給了他一槍。他中槍的時候，背對著車子，面對著銀行。」

塔雷爾看向雷諾，沉聲問他：「有什麼想法？」

雷諾看著他，雙眼無神，平靜地問道：「什麼有什麼想法？」

塔雷爾站了起來，他說了一句：「我不玩了。」之後就向門口走去。

芬蘭佬皮特骨節分明的雙手撐在桌子上，站起了身，他從胸腔發出聲音：「私語者。」塔雷爾的腳步停了下來，他轉頭看他。

「私語者，還有所有人，我跟你們說，你們都很清楚，這該死的屠殺該停下來了。要是你們沒有腦子，不知道對自己最好的是什麼，那麼就讓我來教教你們。我已經受夠了，你們這樣把城市打得亂七八糟，只會讓生意變得糟糕。要是不想讓我來教訓你們，你們就最好學聰明點。」

「我有一批什麼槍都會玩，並且完全聽我命令的小夥子。把我逼急了，我會讓他們來教教你們。你們喜歡玩子彈和炸藥對不對？那就讓你們看看，怎麼玩才是對的。你們喜歡打架是不是？我就讓你們往死裡打。把我的話記清楚了，就這些。」芬蘭佬皮特坐了下來。

塔雷爾站著思考了一會兒，然後一句話也沒說就走掉了，誰也不知道他的想法。

塔雷爾離開了，其他人也開始焦躁起來。誰都不願意看著別人準備好槍枝，而自己坐以待斃。

幾分鐘之後，只有我和伊利胡還坐在書房裡，我們相互看著對方。

片刻後，他問我：「讓你當警察局局長，感興趣嗎？」

「沒興趣。跑腿這種工作，我不太會做。」

「我的意思不是跟他們一起，而是把他們擺脫之後。」

「然後再找一夥兒相似的人。」

他說：「可惡！我老得可以當你爹了，跟我說話的時候客氣點，對你才有好處。」

「為老不尊，在背後咒罵我的人？」

因為憤怒，他前額的青筋暴了出來。然後他哈哈大笑。

他說：「伶牙俐齒的搗蛋鬼。我沒理由指責你，雖然你沒有按照我的要求辦事。」

「多虧了你的幫助。」

「錢和自主行事的權利就是你想要的，我都給你了，你還要什麼呢？難道還要一個奶媽嗎？」

「老奸巨猾的傢伙，你答應的這些要求，都是我勒索得來的。到目前為止，你一直跟我對著幹。可是現在你看見了，他們都充滿野心，想把對方吞併了，所以你又把給我的那些東西翻出來說。」

「奸猾的傢伙。」他重複了一遍，「如果我不是一個老奸巨猾的人，那麼孩子，伯森維爾礦產公司就不會出現，而我現在也還在阿納康達領工資。孩子，在我年輕的時候也曾這樣。我並不喜歡那樣，但是沒有辦法，只能等待時機。不過今天晚上我看見了比那樣更糟糕的事情。因為私語者塔雷爾到了這裡之後，我就變成了一個人質，在自己家裡被囚禁了，真可憐！」

「確實可憐。所以你現在打算跟誰一邊？」我繼續追問：「跟我嗎？」

「你能贏的話，肯定跟你一邊。」

我站起身，說道：「我向上帝祈禱，希望你和他們一起被抓起來。」

　　他說：「我不會這麼做，不過我覺得你會。」他開心地斜著眼看向我，「你要明白，我願意給錢，是在向你示好。最好別把我逼急了，孩子，我有些⋯⋯」

　　「下地獄去吧！」我扔下這句話，就走出去了。

二十、沉迷殺戮

迪克‧佛利租來的車停在了街角，他在裡面坐著。在離黛娜‧布萊德家有半條街的地方，我讓他將我放下，然後步行過去。

黛娜帶著我走進了客廳，這時候她說：「一直都在工作？你看起來很疲憊的樣子。」

「參加了一個所謂的和平會議，這個會議能引發的殺人事件超過一打。」

電話響了起來。她接通電話，然後把我叫住了。

雷諾‧史塔奇的聲音傳了過來：「洛南在自己家門口被槍殺了，就在他下車的時候。中了三十多槍，死得乾乾淨淨。我覺得你對這個會有興趣。」

「謝謝。」

黛娜看著我，那雙藍色大眼裡全是疑問。

我跟她說：「私語者打響了第一槍，交出和平會議的第一個結果。有琴酒嗎？」

「打電話的人是雷諾，對不對？」

「是的。毒鎮現在沒有警察局局長了，他認為我很樂意知道這個消息。」

「你的意思是……」

「雷諾說洛南今晚被幹掉了。琴酒到底有還是沒有？或者你要讓我開口請求？」

「放在什麼地方你都知道……這樣的結果，是你要了什麼手段造成

的？」

我去了廚房，把冰箱的最上層打開，拿了一把碎冰錐碎冰塊。這把碎冰錐的柄是圓的，上面有藍白條紋，它的錐形刀片有六英寸長。女人在走廊上站著，繼續追問。我忙著將琴酒、檸檬汁、蘇打水和冰塊倒進兩個杯子裡，沒有去回答她的問題。

我們將酒拿到餐廳，這時她繼續追問：「你看起來真嚇人，你到底做了什麼事情？」

杯子被我放在了桌上，我坐下來，盯著酒杯看，抱怨著：「我快要被這個該死的城市淹沒了。我如果不想變得跟這裡的人一樣喜歡殺戮，就必須趕緊離開。瞧瞧，從我到這裡以後，都發生了什麼事情？出了快二十件命案。還不到一個星期，就有十六個人喪命。以後喪命的人還會更多。唐納‧威爾森、艾克‧布希、四個義大利工人、香柏山小酒店的警察、傑瑞、陸‧亞德、荷蘭佬傑克‧瓦爾、銀箭的黑小子惠倫和普特‧柯林斯、被我幹掉的警察尼克、被私語者幹掉的金髮小子、老伊利胡手下的矮子亞克馬，現在又多了一個洛南。」

她皺起了眉，嚴厲道：「這樣想可不好。」

我笑了，接著說：「以前沒辦法的時候，我也籌畫過幾件殺人的事。不過愛上殺戮，這還是第一次。在這個城市，你不可能直接辦事，所以全都怪這個該死的地方。最開始我就綁手綁腳，我被老伊利胡甩掉之後，除了讓他們相互捅刀以外，已經找不到別的辦法了。我想要用最好的方法來完成工作，並為此付出努力，但是最好的方法卻會帶來殺戮，我也無能為力。這件事，只有得到老伊利胡的支持，才能解決。」

「哎，喝酒吧你！你也是別無選擇，又何必為這個感到困擾和擔心呢？」

我將半杯酒喝下，說話的衝動又出現了。

「玩殺人遊戲過了頭，會有兩個結果：一是讓你覺得噁心無比，二是讓你愛上殺戮。洛南屬於第一種，知道亞德被殺之後，他面色蒼白，不停嘔吐，為了求得和平，他可以付出任何代價。我向他提出建議，讓他跟其他還

沒死去的人開一個會，將誤會消除。」

「我們今天晚上在威爾森家舉行一次會議，這個會議很不錯。為了把所有人的誤會都解除，我假裝把所有知道的內情都說了出來。我在他們面前，把洛南還有雷諾的事全都抖了出來。然後私語者不願再參加會議，會議進行不下去了。皮特對在場所有人的立場進行了分析，並且說明他的私酒生意會因為他們的廝殺而受到影響。從現在開始，他的保鏢會去對付任何一個想挑起事端的人。對於這些話，私語者看起來並不在乎，雷諾也無所謂的樣子。」

女人說：「他們肯定不會在乎。洛南是怎麼被你整倒的？我是說，你抖出了洛南和雷諾的什麼事？」

「我只說了唯一一個謊，那就是告訴他們殺提姆的凶手是麥克斯溫，而洛南一直知道這一點。之後我就跟他們說，是洛南和雷諾策劃了銀行劫案，想要嫁禍給私語者，所以把傑瑞也帶去了，讓他死在那裡。你跟我說，傑瑞是在下車往銀行走的時候倒下的，要是你說的沒錯，我覺得事情肯定就是這樣的，因為他的彈孔是在背後。另外，麥葛羅說他最後一眼看見車子時，車子正往國王街拐過去。整件事就能說得通了，因為他們要製造身在牢房的不在場證明，所以從國王街趕回市政廳。」

「但是，我看報紙上報導，銀行的保安說是他將傑瑞打死的。」

「他確實這樣說了，但那也只是他自己說的而已。他可能看都沒看，就直接掃光了槍裡所有子彈，然後認為倒了的，都是他打中的。傑瑞倒下的時候，你不是看見了嗎？」

「我是看見了，那時候他正面對著銀行，但沒看見開槍的是誰，當時太亂了。開槍的人特別多，並且……」

「對，肯定會這樣。接著，我又說了另一件我認為是實情的事，那就是陸・亞德被雷諾殺了。雷諾是一個特別狠的人，對不對？洛南被這些事弄得心神不定，但是雷諾相當冷靜斯文，只說了一句『什麼怎麼想的』。皮特和私語者一邊，洛南和雷諾一邊，他們相互對抗。但是如果自己真的出手了，他們也從未指望過自己的夥伴會伸出援手。其實，伴隨著會議的結束，這兩

方人馬的合作也宣告結束。洛南已經出局，現在是私語者和雷諾對抗，而皮特要跟他們倆對抗。也就是說，當我在搞破壞和製造死亡的時候，這幾個人正小心翼翼地坐在一起，彼此打量著。」

「弄幾把槍放在洛南家外，等著他回來，私語者應該有足夠的時間去做這些事，因為他是最先離開的那一個。洛南被幹掉了。我覺得芬蘭佬看起來像個說話算數的人，他很有可能去教訓私語者。私語者很有可能去找雷諾的麻煩，因為傑瑞的死，雷諾和洛南一樣都脫不了關係。雷諾心裡也知道這些，他肯定想先下手為強，去幹掉私語者，但是這樣又會跟皮特衝突。雷諾那邊，除了這件事，還有一攤子的爛事。他幹掉了陸·亞德，陸·亞德以前的手下裡，肯定會有些人不服，他還需要費精力去擺平這些人。這樣一來，真的是一堆爛泥了。」

黛娜·布萊德的手伸了出來，從桌子上越過，在我手上拍了拍。她看著我，眼神有些忐忑，說：「親愛的，這跟你沒關係。你也說了，你自己也沒辦法做些什麼。把你的酒喝完，我們再喝一點。」

我反駁她：「我可以做的事情不少。老伊利胡有很多的把柄被他們握在手上，如果不能百分之百確定我可以扳倒他們，他就不願意冒風險，所以最開始他才會想要甩開我。他看不出來我有多少本事能跟他們對抗，所以選擇跟他們繼續在一起。他跟他們不一樣，他沒有那麼凶狠殘忍，並且他一直將這座城市看成自己的私有物，所以不願意別人從自己手中搶走這座城市。」

「下午的時候，我可以去拜訪他，跟他說我會將他們扳倒。他肯定會問我理由，之後他就會站在我這邊提供支援，這些事情就可以用合法的方式來擺平了。那樣做才是正確的，但是我現在卻更願意像這樣做——把他們都殺光，這樣不會費那麼多周折，並且更加保險。不過我不知道該向社裡怎麼交代。要是我做的事情被老頭察覺了，他肯定會讓我下油鍋的。毒鎮真是沒有辜負它的名字，我已經中毒了，都怪這個該死的地方。」

「看看，我今天晚上非常開心，因為我在威爾森家的書桌旁，肆意地玩弄他們，就像在玩弄鱒魚。對洛南做了那樣的事情之後，我心裡很清楚，他能看見明天太陽的機會不超過千分之一了。我看著他笑了，覺得心裡很暖很

高興。雖然我身無長物，除了靈魂就剩硬皮囊，跟罪犯們周旋了二十年；雖然在面對各種殺戮時，我都可以無動於衷，只一心想著這是我該做的工作。可是這樣精心去策劃殺戮對我來說並不是常事。我根本就不是這樣的人。我之所以變成這樣，全怪這個該死的地方。」

她特別溫柔地笑著，用極其寵溺的口氣跟我說話。

「你的反應有些過度了，親愛的。會有這樣的下場，是因為他們以前犯了錯。你現在這樣讓我覺得害怕，真希望你不要這樣子。」

我笑了，然後把玻璃杯拿起來，去廚房加一些琴酒。我回來的時候，她皺起了眉頭，憂慮的光芒在她眼中閃動。她問我：「你為什麼拿碎冰錐過來？」

「跟你說說我的想法。在幾天前，我根本不會覺得它是一件把人和衣服打在一起的凶器，只覺得它是碎冰用的工具。」我的一根手指從半英尺長的冰錐末端摸到了頂端，「可是現在我覺得它是凶器了。用來點雪茄的打火機，我看見了也會產生把硝化甘油充進去，然後送給討厭的人這樣的想法。還有，你家外面的水溝裡面有一根長度可以繞過人的脖子，兩端剛好夠握住的銅絲，它特別細軟。我十分想把它撿起來放在口袋裡，我費了很大的功夫才讓自己打掉這個念頭，為了避免……」

「你瘋了！」

「是的。變得喜歡殺戮，我一直跟你說的，就是這件事。」

「天啊，我非常討厭這樣。去廚房把那個東西放下，然後回來坐著，你需要冷靜。」

她的話，有三分之一我沒照做。

她斥罵我：「你的精神有點不對勁，這是你現在最大的問題。這些天你受到的刺激太多了。不能放任自己繼續下去，不然你會崩潰的。」

我將一隻手舉了起來，五指分開，一點也沒有發抖。

她盯著我的手，說道：「這不算什麼證明，你的問題出在內心。你已經在這裡放了一把火，這把火它自己就會燒起來。你應該離開幾天，好好休息一下。我覺得去鹽城湖對你會比較好。」

「不，乖女孩，屍體的數目總得有人數著。而且因為有了眼前這些人和事物的組合，才支撐起整個計畫，我們一出城，這些組合出了變數，事情可能會因此變成另一番模樣。」

「你偷偷離開，不要讓別人知道。這些事跟我沒有任何關係。」

「什麼時候的事？」

她向前傾了傾身子，眼睛瞇了起來，問我：「你又在玩什麼花樣？」

「並沒有。只是你怎麼一下子就變成了毫無瓜葛的旁觀者，讓我有些想不明白。這整件事是因為唐納·威爾森被殺才引起的，你難道忘了這一點？而事件的高潮，正是因為你把跟私語者相關的秘密告訴我，才引起來的，這個你也忘了？」

「這些錯不在我，我們心裡都很清楚。」她生氣地說著，「而且這些事都成為舊事了，你不過是因為心情不好想吵架，才重新提這些事。」

「昨天晚上你怕得不行，害怕會被私語者殺了。難道這也成為舊事了？」

「殺人的事能不能不要再說了？」

我說：「以前小歐伯利告訴我，說比爾·昆特曾經威脅要把你幹掉。」

「閉嘴！」

「你身上好像有一種特殊的能力，就是能將男性友人體內的殺欲喚醒。因為殺害威爾森，歐伯利正在等待審判；你因為私語者可能殺你而感到害怕；還有我，瞧瞧我現在的德性。其實我心底有一個想法，那就是丹·羅爾夫有一天也想要幹掉你。」

「你發什麼瘋！丹才不會，我……」

「是的。他窮困潦倒，而且還有結核病。你將他收留了，讓他有了家，而且他想要鴉片酊你也可以給他，你還可以像使喚下人那樣使喚他，還可以在我還有其他人面前讓他吃耳光。他愛你。不過會有那麼一天，你醒來的時候，發現他要砍你脖子。」

她渾身都在顫抖，她站起身，開始大笑。

「你真的知道自己在說什麼嗎？我們兩個人裡面，要是有一個人能明白

達許·漢密特

你說的話，那就是天大的好事了。」她說著，將兩個空杯拿起，然後從廚房門穿過。

我將一支香菸點燃，對於自己會有這樣的念頭也感到十分吃驚。難道我有了通靈的本事？是因為潛意識裡想到了什麼事，才會有這樣的念頭，還是單純只是精神狀況出了點問題？

女人將滿滿的兩杯酒拿了回來，跟我說：「要是你不願意現在滾蛋，那麼最好把自己灌醉，讓頭腦空白幾個小時。我把雙份的琴酒放在杯子裡了，你需要這個。」

「不。」我不明白自己為什麼這麼說，但卻覺得這樣說很高興，「你才是我需要的。一旦我說到跟殺人相關的事，你就會生氣。這城裡想殺你的人有多少，你覺得只要我不說出來，就連上帝都無法得知，這就是女人的邏輯思維。這種思維傻透了。即使我們都不說，對私語者也不會有影響，我只是隨便找一件事⋯⋯」

「求求你住嘴吧！我就是怕他，怕聽到那些詞，我就是傻透了。我⋯⋯天啊，在我求你幹掉他的時候，你為什麼不那麼做呢？」

我誠懇地道歉：「對不起。」

「你認為他⋯⋯」

我說：「不清楚。並且我覺得你說的話有道理，討論這些毫無用處。還是喝酒算了，不過琴酒似乎沒有酒勁。」

「這跟琴酒無關，是你自己的問題。要不要來一杯真正的酒？」

「我今天晚上能喝硝化甘油。」

她對我保證：「等一會兒要喝的那個東西，跟硝化甘油沒多大差別。」

她去了廚房，將那些瓶瓶罐罐翻得乒乓作響。最後她拿了一杯東西出來，這東西跟我們之前喝的差不多。我聞了一下，問：「你把丹的鴉片酊加在裡面了？他還沒出院？」

「是的，我猜他傷到頭部了。先生，要是你願意喝，現在就可以開始了。」

摻了東西的琴酒被我灌進喉嚨，我的感覺立刻好了許多。我們一邊喝一

邊聊天，我覺得自己活在一個和平美好、充滿善意和積極的世界裡。時間飛快地過去。

黛娜喝的酒裡沒有加東西。我也喝了一點，之後又喝了一杯加鴉片酊的琴酒。

後來我開始玩遊戲，我努力睜大眼假裝很清醒，其實我的視線早就模糊了。最後這個方法已經騙不了她，我就不再玩這個遊戲了。

她將我扶到客廳的長沙發上躺下，這是我腦子裡能記住的最後一件事。

二十一、黛娜‧布萊德之死

我做了一個夢,夢裡我身在巴爾的摩,面對著哈林公園裡忽高忽低的噴泉,坐了某張長椅上。一位蒙著面的女人坐在我旁邊。我突然間記不起她叫什麼了,但是能記得她是跟我一起來的,我們非常熟。我沒有辦法看清她的樣子,因為她蒙著黑色的長紗。

我在想,要是跟她說點什麼,透過她的聲音也許能認出她。但是我想了好久,都沒想到話題,因為我感到特別害羞。最後我問她認不認識一個人,名字叫卡羅爾‧T‧哈里斯。

她回答了,但是我沒有聽見,因為沙沙的噴泉聲把她的聲音遮住了。

一輛消防車從艾德蒙森大道開了過來,她將我丟下,自己追著車子跑,她喊著:「著火了!著火了!」這時候,我才聽出她的聲音,知道是一個對我來說特別重要的人。我站起來追她,但一切都晚了,她跟消防車一起都不見了。

為了找她,我走了很多地方:巴爾的摩的蓋街和皇室山麓大道,丹佛的科爾法大道,克里夫蘭的艾塔納路還有聖克雷爾大道,達拉斯的麥肯尼大道,波士頓的雷馬丁街、康奈爾街、阿莫里街,路易斯維爾的培里林蔭道,紐約的萊辛頓大道。美國近半的街道都被我走完。最後走到了傑克孫維的維多利亞街,還是沒有看見她,但是我再一次聽見了她的聲音。

她在喊一個我不知道的名字。我循著聲音又走了幾條街,可是不管往哪裡走,走得再快,都沒辦法向她的聲音靠近。在艾爾帕索聯邦大樓前的街道上、在底特律的馬戲團公園都是這樣,我們之間一直保持相同的距離。之後

聲音消失了。

我感到特別失望，並且很疲憊。我進了一家旅館的大廳休息，這家旅館在北卡羅來納州洛磯山市火車站對面。一輛火車在我坐著休息的時候進了站。她從火車上下來，進到了大廳裡面，走到我旁邊，開始跟我接吻。因為旁邊的人都在看我們嘲笑我們，所以我有些窘迫。

夢境至此結束。

我又做了一個夢，夢裡我在一個不認識的地方，尋找一個讓我討厭的人。一把鋒利的刀子被放在了口袋裡，我準備找到他，就用這把刀將他幹掉。當時正是週末的早上，天空中飄蕩著教堂的鐘聲。大街上，準備去教堂或者從教堂回來的人結伴走來走去。我走了很多路，差不多跟第一個夢一樣多，但跟第一個夢有所不同的是，這次是在這個陌生的城市裡一直走。

有個人對著我大喊，正是我想要找的那個人。我看到了他的模樣。一個小個子，皮膚是棕色的，戴了一頂墨西哥寬邊帽，帽子特別的大。他在嘲笑我，站在廣場另一端的一棟大廈樓梯上。一個寬闊的廣場橫在我們之間，廣場上的人摩肩接踵。

我將口袋裡的刀握緊，然後踩著廣場上那些人的頭和肩，向著棕色小個子跑過去。我跑得跌跌撞撞，因為廣場的人分布不均，並且大家的頭和肩的高度也不一樣。

站在樓梯上的那個棕色小個子男人笑個不停，在我快要碰到他的時候，他猛然就往大廈裡面跑了。我在他後面追著，上了一個螺旋狀的樓梯，始終差一寸的距離才能將他抓住。最後我們爬到了屋頂上面。他想都沒想就往邊緣處跑，然後跳了下去。那一瞬間我的手碰到他了。

他的肩膀從我的手指間滑了出去，寬邊帽被我的手打掉了。我的手直接碰到了他光滑堅硬的頭頂。他的頭不大，大概比大顆的雞蛋稍微大點，我的手完全可以握住。我的一隻手死死抓住他的頭，一隻手盡力將刀子從口袋裡拿出來。這時候我猛然發現，自己跟著他一起從屋頂的邊緣處跳了下來。我們旋轉著向下墜落，下面幾英里處的廣場上，幾百萬張臉都抬了起來。

我的眼緩緩睜開，百葉窗的間隙裡有淡淡的晨光照了進來。

我在餐廳的地板上趴著，臉對著地板。左臂枕在頭下，右臂向外直直的伸著，右手裡握著一個東西，是黛娜・布萊德那個藍白條紋圓柄的冰錐。黛娜・布萊德的左胸上，扎著六英寸長的錐形刀尖。

她死了，平躺在地上，一雙有力的長腿向著廚房門的方向伸直。她穿著絲襪，右腿處又有了一個脫絲的地方。

我把冰錐柄放開，將手收了回來，然後站起來。我的動作特別輕緩，好像怕會把她吵醒一樣。

火苗在我眼裡竄動，喉嚨和嘴又熱又乾。我去了廚房，將一瓶琴酒翻了出來。我對著瓶子就喝，一直喝到必須大口喘氣才停下來。廚房裡有一個鐘，此時是七點四十一分。

我灌了滿肚子的酒，然後走到了餐廳裡，把電燈打開，看向那個女人，她已經死了。

冰錐把她藍色絲綢的裙子弄出了一個破洞。流的血不多，只在那個破洞那裡有點血跡，一美元硬幣大小。她身上有兩處瘀青，一處在臉頰顴骨下面，一處在右腕上，都是被掐出來的。她手裡什麼東西也沒有。為了確定屍體下面有沒有東西，我將她稍微移動了一點點。

我將房間檢查了一遍，按記憶中來看，並沒有什麼地方不一樣了。我再次走到廚房去，也沒有察覺什麼異樣。

後門有一個彈簧鎖，此時正好端端鎖著，看不出一點被動過的跡象。我又向前門走去，還是跟之前一樣，沒有任何蛛絲馬跡。這間房子被我翻了一遍，還是找不到一點線索。窗戶也是好好的。除了女人手上戴著的兩枚鑽戒之外，其他的珠寶都好端端的放在梳妝檯上。臥室的椅子上放著她的手提袋，裡面有四百多零錢，一分也沒少。

我再次回到餐廳，在死了的女人身邊跪下，然後把冰錐上的所有指紋都用手帕擦乾淨。然後用相同的方法清理了我摸過或者可能摸過的東西：玻璃杯、酒瓶、房門、電燈開關等。最後我把手洗乾淨，然後檢查有沒有血跡沾在了衣服上。確認過沒有任何屬於我的東西被遺落在屋子裡，這才走去了前

門。我將門打開，把裡面的門把擦乾淨，出了門，關門，把外面的門把擦乾淨，然後才走掉。

在百老匯街口的一家藥房裡，我打電話給迪克・佛利，讓他去我的旅館一趟。我回到旅館之後，沒過幾分鐘，他就來了。

我跟他說：「昨天晚上，或者是今天早上的時候，黛娜・布萊德在自己家裡，被冰錐殺死了。警察還沒有得到消息。跟她相關的事情，我跟你們說得很多了，所以你們應該明白，很多人都有殺她的動機。我想先調查的人有三個：私語者、丹・羅爾夫和激進份子比爾・昆特。他們的樣貌你都知道。羅爾夫在住院，他的頭受傷了，不過無法確定是哪一家醫院，可以先去市立醫院看看。米奇・萊恩漢還在跟蹤芬蘭佬皮特，你去聯繫他，讓他別管皮特了，先幫著你把這件事辦了。要查出來這三個傢伙昨晚在什麼地方，並且搞清楚是什麼時間，這一點很重要。」

這個加拿大小個子偵探在我說話的時候，一直在看我，他眼裡全是好奇。他似乎想說什麼，最後什麼也沒說，只喃喃說了個「好」，就離開了。

我出門了，努力了一個小時，才找到雷諾・史塔奇。我用電話聯繫到了他，他在位於路尼街的一個公寓裡面。

我跟他說想要見一面。他問我：「你自己嗎？」

「是的。」

他同意見面，然後告訴我怎麼過去。我坐計程車到了那棟位於郊區的破爛公寓。

街口有兩個男人在食品店前面徘徊，街尾有兩個男人在屋前的低矮木樓梯上坐著。這四個人看起來都有些邋遢。

我將門鈴按響，兩個看起來不太友善的人將門打開了。

他們把我帶到了樓上，走到門廳裡。雷諾穿了件背心和一件沒帶假領子的襯衫，他雙腿在窗台上架著，身體在椅子上斜靠著。

他灰黃的馬臉點一下，說道：「拿一張椅子過來。」

那兩個把我帶上樓的男人走了，門被他們帶上了。我坐在凳子裡，說：

「昨天晚上我離開後，黛娜・布萊德就被殺了。我不會讓他們以這個為藉口來抓我，但現在洛南被幹掉了，警察局裡的人對我是什麼態度，我還摸不清。這件事可能會給他們一個誣賴我的機會，我可不樂意看到這樣的事情，因此我需要一個不在場證明。當然，實在沒有辦法的時候，我也可以將自己昨晚在哪裡說清楚。不過要是你肯提供幫助，那麼事情就會簡單得多。」

雷諾看著我，雙眼無神的樣子，問：「為什麼是我？」

「我前半夜在那裡，這件事只有你知道，因為你昨晚給我打過電話。我有不在場證明，但是也要先把你搞定了，這個不在場證明才能成立對不對？」

他問我：「幹掉她的不是你吧？」

我回答：「不是。」

他向窗外看了片刻，接著說道：「昨天晚上你在威爾森家裡那樣對我，你還覺得我對你有所虧欠？你從哪一點看出我會願意幫你？」

我說：「我對你也沒有造成傷害。那件事情基本上都是透明化的了，私語者知道的不少，憑他知道的那些，也能將所有事情猜出來。我所做的，不過是逼著你承認罷了，這值得你介意嗎？你完全可以將自己保護得很好。」

「我在為此努力。」他開始編造，「好的，往山上走二三十英里的地方是坦納鎮的坦納旅館，你昨天晚上一直在那裡。從威爾森家出來之後，你就到那裡去了，今天早上才出來。有一個叫雷克的傢伙租了一輛車，把你送到了那裡，他是穆里的手下。之後你應該清楚自己在那裡做了些什麼。把你的簽名給我，我讓人把它放進登記簿裡。」

「謝謝。」我一邊說著話，一邊將鋼筆筆蓋轉開。

「不用這麼說。我是想結交朋友，所以才這麼做。等到你、我、私語者和皮特在一起坐著的時候，我希望看到的不是一個慘澹結局。」

我向他保證：「不會有這樣的事。警察局局長的職務會由誰接任？」

「現在的代理局長是麥葛羅。他應該會來真的。」

「他準備怎麼行動？」

「先拿芬蘭佬開刀，毀掉他，就像毀掉皮特的倉庫一樣。我跟私語者，

總有一個要受傷，這一點無法避免。我現在絕對不會像一隻唯命是從的傻狗一樣坐在這裡什麼也不幹，任由私語者逍遙法外。你感覺那個女人會是他殺的嗎？」

我在紙條上簽好了名，然後遞給他，說道：「她曾經背叛他，出賣他，這樣的事很多，所以他有很明顯的殺人動機。」

他問：「你跟她不是關係很密切嗎？」

我點了一支菸，沒有說話。等了片刻之後，雷諾說：「要是被人問起，雷克沒辦法形容你的樣子，所以你最好去找他，讓他看看你長什麼樣。」

一個大約二十二歲的青年在這個時候把門打開了，然後走了進來。青年有一雙大長腿，臉頰瘦削，眼周長了很多雀斑，一雙眼裡閃著凶狠的光芒。雷諾跟我說，這個年輕人叫做漢克・歐馬拉。我起身，跟他握手，之後問雷諾：「我可以來這裡找你嗎？我是說有什麼情況的話。」

「知道皮克・穆里嗎？」

「知道，我知道他的老巢在哪兒。」

他說：「我能知道你跟他說的所有話。這個地方有些危險，所以我們正打算撤離。已經安排好坦納的事了。」

「好的，謝謝。」我從房子裡面走了出來。

二十二、消失的凶器

我回到市區後的第一件事，就是去了一趟警察局。局長的辦公室已經成為麥葛羅的。他的臉像皮革一樣，有著比平時更深更糾結的皺紋。他的睫毛是金色的，睫毛下的眼盯著我，眼裡滿是疑惑。

他連頭都沒有點一下，開門見山地問：「你跟黛娜・布萊德最後一次見面是什麼時候？」

令人討厭的刺耳聲從他那骨骼明顯的鼻子裡發了出來。

「大概是昨晚十點四十分。發生什麼事了？」

「在什麼地方？」

「她家。」

「你停留了多長時間？」

「大概十到十五分鐘。」

「原因？」

「什麼原因？」

「那麼快就離開的原因。」

我自己坐了下來，說：「怎麼了？這跟你有什麼關係？」

他盯著我，目光凶狠。然後他深呼吸了一下，好像一句「謀殺！」在他嘴裡，就要衝著我的臉大喊出來一樣。

我笑了起來，說道：「難道你覺得洛南的死跟她有關係？」

我想抽一支菸。但是我不敢承擔犯錯誤的風險，因為香菸是出了名的緩解緊張的急救品。

麥葛羅似乎想看透我的心思，一直盯著我的眼。我無所謂，隨便他。我將所有的信心都拿了出來，在撒謊的時候我看起來最坦誠。很多人都是這樣。沒多久，這種眼神戰術就被他放棄了，他問：「為什麼沒有？」

他的表現簡直太糟糕了。我冷漠地說道：「為什麼沒有？」我拿出兩支菸，一支給他，一支自己拿著，之後才說，「我覺得幹這件事的人是私語者。」

這一次，麥葛羅不再為難他的鼻子，而是從牙縫中擠出幾個字，「他在什麼地方？」

「他在什麼地方？」

「在布萊德家？」

我將眉頭皺了起來，說道：「不可能，他那時候正忙著殺洛南，不可能在那裡。」

代理局長暴跳如雷，他喊道：「你為什麼總是扯那個該死的洛南進來？」

我看著他，裝出一副看瘋子的神情。

他說：「昨天晚上，有人殺了黛娜‧布萊德。」

我說：「啊？」

「我的問題，你現在可以回答了吧？」

「是的。昨天晚上我在威爾森家，十點半左右才離開，當時在那裡的還有洛南和其他一些人。我走的時候順路去了黛娜家裡，因為我要去坦納，所以打算跟她說一聲，這應該是一個短暫的沒有邀約的約會。我在她那裡喝了一杯酒，逗留了十分鐘左右。那時候除非有人躲起來，不然我不可能沒看見。她在幾點被殺？怎麼死的？」

麥葛羅說因為他想用殺害洛南的名義將私語者抓起來，所以想要問問黛娜肯不肯提供幫助，早上的時候他派了薛普和瓦奈曼兩個警察去找那個女人。九點半，兩個警察到了她家，看見前門是虛掩著的，叫門也沒有人應，所以他們自己進去了。進去之後，發現女人左胸那裡有一個刺傷，已經死了，在餐廳裡平躺著。

屍體經過了法醫的檢查，法醫說她的死亡時間是在凌晨三點，殺死她的應該是一個約六英寸的細長圓筒形尖頭刀。很顯然，桌子、衣櫥、箱子等都被非常徹底而有技巧地翻過了。手提袋裡還有整個屋子裡，都沒有找到錢。除了她手上戴的兩枚鑽戒以外，找不到其他的珠寶首飾。

殺死她的凶器警察沒有找到，指紋專家也找不到線索，門窗都沒被撬過的痕跡。不過那個女人之前應該跟一個或者幾個客人喝過酒，廚房裡的東西可以證明這一點。

我將對凶器的形容詞複述了一遍：「六英寸、圓筒、細長、尖頭。這像是她的冰錐。」

麥葛羅把電話拿了起來，他讓人叫薛普和瓦奈曼過來。薛普個子很高，有些駝背，緊緊地抿著寬大的嘴巴，看起來非常坦誠。當然，他也可能是因為蛀牙才抿著嘴。另外一名警探個子很矮，而且很胖，鼻子上青紫色的血管特別顯眼，脖子幾乎看不見。

麥葛羅替我們相互介紹了一番，然後就開始問跟冰錐相關的事情。他們說像這樣的東西，他們一定是不會忽略的，但確實沒有看見這樣的東西，所以他們咬定那裡根本沒有所謂冰錐。

麥葛羅問我：「那個東西昨天晚上還在嗎？」

「她用冰錐削冰塊的時候，我就在她旁邊坐著。」

我把當時的情形敘述了一下。麥葛羅讓兩名警探再去搜查一次，連房子周圍都不要放過。

薛普和瓦奈曼走了之後，他跟我說：「對這件事你是怎麼看的？你跟她比較熟。」

我躲開了這個問題，說道：「這麼短的時間我沒辦法提出看法，你再給我一兩個鐘頭思考。你是怎麼看的？」

他的情緒再次變得糟糕起來，他吼著：「我他媽的還能怎麼看？」

其實，他後面沒有再多問什麼就讓我走了，而且他表示自己覺得殺了女人的是私語者。

我想搞清楚這件案子是毒鎮警察局局長用來陷害私語者的錯案，還是私

語者真的就是凶手。不過現在這些都不重要了。他想要幹這樣的事，不管是他自己動手還是讓別人動手都是非常容易的，就像幹掉洛南一樣。而且殺一個人跟殺兩個人是一樣的，他不可能被判兩次死刑。

我從麥葛羅那裡離開，發現很多特別年輕甚至未成年的人站在走廊上，其中還有許多外國人。他們看起來都十分凶狠。

在靠近街邊的那個門口，我看見了一個以前參加過香柏山小酒店槍擊事件的警察，他叫道爾。

我對著他打招呼：「嗨，怎麼有這麼多人？要給新人讓位置，所以在清理場地？」

看他的樣子，根本不把那些人放在眼裡，他說：「我們人手不夠，那些是新選的特勤人員。」

「祝賀你們。」我說完，就走了出去。

我去了皮克‧穆里的撞球間，看見他在雪茄台後面的桌子旁邊坐著，跟三個人在一起聊天。我在房子的另一端坐著，看兩個小孩打球，他們把球撞得到處亂飛。又瘦又高的老闆，沒有過幾分鐘就過來了。

我跟他說：「芬蘭佬皮特讓他手下的那些混混當特勤人員去了，要是你看見雷諾，最好把這個消息告訴他。」

穆里回答：「好的。」

我回旅館了，進去時看見大廳裡坐著米奇‧萊恩漢。我們一起回了房間，他向我彙報：「醫生對你的丹‧羅爾夫感到有些生氣，因為昨晚過了十二點之後，他偷偷地跑去了一個地方。醫生們早上準備把他頭部裡的碎骨頭弄出來，卻發現他連人帶東西都消失了。關於私語者，我們現在還沒查到他的消息。迪克出去找比爾‧昆特了。我聽迪克說，那個女人被殺的事，你比警察先到達案發現場，到底是什麼情況？」

「是……」

電話鈴聲將我的話打斷。

電話那頭的人用疑惑的口吻叫了我的名字。那是一個刻意而小心的男人聲音。

我說：「是我。」

他說：「我叫查爾斯・普洛柯特・道恩。我覺得你應該來我的辦公室一趟，你會發現越早來對你越有好處。」

「這樣嗎？你是什麼人？」

「我是一名律師，叫查爾斯・普洛柯特・道恩。先生，格林大道萊特里奇街區310號，這是我的辦公室地址，我覺得不難找⋯⋯」

「能簡短地將事情說一下嗎？」

「在電話裡，有些事最好不要提起，我覺得你⋯⋯」

我將他的話再次打斷：「可以，今天下午有時間，我去你那裡。」

他向我保證：「這是一個特別正確的決定，你會發現的。」

在他保證的聲音中，我把電話掛斷了。

米奇說：「剛才你正打算把布萊德案件的始末告訴我。」

我說：「沒有。我打算說的是，羅爾夫頭部受了傷，可能還有很多繃帶纏在頭上，所以想找到他應該很容易，你現在就可以去風暴街碰碰運氣。」

米奇咧開嘴笑了，他喜劇演員的紅臉上橫了一張大嘴。他說：「我不過是個替你賣命的，不用向我解釋事情到底是怎麼回事。」說完，拿著自己的帽子走了。

我在床上躺著，不斷地抽菸，開始仔細回想昨晚的事情：我那時候的心理狀況、喝醉後的事情、我做的夢，還有醒來之後的處境。這些事情一想起來就讓人難受，所以當有人打斷時，我感到非常開心。

指甲劃過門板的聲音傳了進來，我將門打開。有一個我完全沒見過的人站在外面，他很年輕，很瘦弱，穿著豔麗而俗氣的衣服。他的臉色蒼白，顯出一些緊張的神情，不過卻沒有絲毫的懦弱感，他有一對很濃的眉毛以及一抹黑色的鬍子。

他表現出一副我很高興認識他的樣子，將一隻手伸了出來，說道：「我叫泰德・萊特，我覺得私語者一定向你說過我。」

我將一隻手伸出來，請他進來。我將門關上，問道：「你跟私語者是朋友？」

　　他將兩根細長的手指伸了出來，使勁疊在一起，說道：「沒錯。我跟他就像這個樣子。」

　　我沒說話。他帶著一種神經質的微笑，在屋子裡開始四處查看。浴室的門打開著，他走了過去，往裡面看一眼，之後走到了我身邊來。他伸出舌頭，在嘴唇上舔了一下，說道：「我可以幫你幹掉他，只要五百塊。」

　　「私語者？」

　　「是的，超划算。」

　　我問：「我殺他做什麼？」

　　「你的女人被他殺了，對不對？」

　　「什麼意思？」

　　「難道你在假裝不知道實情？」

　　一個新的想法在我的腦海中形成，不過還需要時間來仔細琢磨。所以我對他說：「我們應該認真談一下，你坐吧！」

　　他沒有向任何一把椅子靠近，而是眼神犀利地盯著我說：「你只要說殺還是不殺，其他的都不用多說。」

　　「不殺。」

　　他低語了幾句話，不過我沒聽清楚是什麼，因為他的聲音特別含混，像是在喉嚨裡裹著。他轉過身，走向門口。我走上前，在他和門之間擋住。他的腳步停了下來，目光裡透著不耐煩。

　　我說：「這樣看來，私語者已經被幹掉了？」

　　他往後退了一步，一隻手繞到身體後面。我對著他的下巴，狠狠打了一拳，這一拳可承擔了我一百九十磅的體重。

　　他雙腿頓了一下，之後倒在了地上。

　　我把他的手腕抓住，拉他起來，然後猛地向他的臉靠近，大吼道：「到底在玩什麼把戲，說清楚！」

　　「我對你什麼也沒做。」

「誰幹掉私語者，告訴我！」

「我不清楚……」

我將他的一隻手腕鬆開，騰出手來，給了他一個耳光，然後將他的手腕再次抓住。我的力道特別大，幾乎要把他的骨頭捏碎。我將剛才的話重複了一遍：「誰幹掉私語者，告訴我！」

他哀叫了起來：「是丹·羅爾夫。他走到私語者面前，把私語者刺死了。用的凶器就是私語者刺死女人的那個凶器。事情就是這樣。」

「誰跟你說那個東西是私語者刺死女人的凶器？」

「丹是那樣說的。」

「私語者怎麼說的？」

「他沒說話，就站在那裡，讓刀子在他身側插進去，他那時候的表情特別可笑。之後他把槍拿了出來，對著丹來了兩下。然後他們一起倒了下去，頭撞在了一起，血沾滿了丹的繃帶。」

「之後呢？」

「之後就沒有了。我翻他們過來，他們已經死了。我跟你說的每個字都是真的，就像《聖經》一樣。」

「除了你，還有誰在那裡？」

「沒有了。之前私語者躲了起來，就帶著我一個人，讓我替他和兄弟們傳話。洛南是他親手幹掉的。所以在事情有頭緒之前，他誰也不相信，除了我。」

「因此你就開始耍小聰明，覺得在他死後，可以找他的對手去弄點錢？」

萊特有些幽怨地說道：「我做的事並沒有什麼錯。私語者被幹掉了，要是這個消息傳了出去，他手下的這些兄弟們在這裡就混不下去了。我要跑路，需要錢，所以才這麼做。」

「弄到多少錢了？」

「皮特給了一百，皮克·穆里替雷諾給了一百五。而且他們向我保證，可以給我更多錢，只要我能幹掉私語者。」他說著話，剛開始的幽怨變成了

得意，「對於騙到麥葛羅，我也是十分有信心的，我覺得從你這裡應該也可以得到一些。」

「他們現在肯定得意極了，拿著錢到處亂撒。」

他得意洋洋地說：「我不清楚，不過這也挺讓人高興。」然後他恢復了剛才小心的口氣，「老大，你別把我揭穿了，就算是留個機會給我。這裡有五十塊，先給你，然後我去麥葛羅那裡撈一筆，不論多少，我們平分。不過前提是你不要走漏風聲，讓我能安全逃離。」

「只有你知道私語者在什麼地方？」

「是的。丹也知道，可是他現在已經死了，跟私語者一樣。」

「他們在什麼地方？」

「在老雷德曼倉庫裡，這地方位於伯斯特街盡頭。私語者有個房間在二樓，從倉庫後面上去。屋子裡只有床和爐子，還有一點食物。你就放過我吧！這五十塊你先拿著，以後的我也會分給你。」

我將他的手放開，說道：「兩個小時已經足夠了吧？接下來兩個小時，我會裝成什麼都不知道。我不要你的錢，趕緊離開。」

「謝謝老大。謝謝，謝謝。」他趕緊從我的房間離開。

我將風衣穿上，戴上帽子，然後出門去了。我到了格林大道的萊特里奇街區，有一棟破爛的木頭樓房建在了街邊，這棟樓房曾經或許風光過。二樓處是查爾斯·普洛柯特·道恩先生的公司。這棟樓房沒有電梯，我只能爬樓梯上去。樓梯破破舊舊，看起來要散開似的。

律師有兩間又臭又髒又暗的房間。在外間，我等著這位律師。有一個職員去通知他，我來了。這位職員跟這間房子倒是十分相襯。職員在半分鐘後，就將門打開，請我進去。

查爾斯·普洛柯特·道恩先生五十出頭，身材又矮又胖。他有一雙顏色非常淺的鬼祟三角眼；短短的鼻子，很多肉，厚嘴唇在修剪不齊的灰色唇髭和尖鬍鬚中半掩藏著。他穿了一件深色的衣服，看起來有些髒，但事實上並不是這樣。

他一直都坐著，面前有一個被拉開了大概六英寸的抽屜。我在那裡的那段時間，他的右手一直放在抽屜的邊緣。

他說：「啊，親愛的先生。你已經意識到我所說的那番話的意義，並且做出了正確的決定，我對此感到非常高興。」

他的聲音特別刻意，比電話裡聽起來有過之而無不及。

我一言不發。

他好像覺得我不說話，表現出來的是另一種明智，所以他那張滿是落腮鬍的臉點了一下，接著說：「我敢說這樣的話，你會發現的，在司法這方面最明智的做法就是完全聽我的建議。親愛的先生，在你面前我不會故意謙虛，恰當的謙虛、絕對的真實以及價值的永久都是我所讚賞的。律師行業正在蓬勃發展，而我在這一行中算是比較出色的，因為我有責任感，還有一些特權。另外，還知道一些人們已經接受了的事情背後不為人知的真相，而我願意讓自己受委屈，去隱瞞這些真相。」

類似的句子他知道很多，而且非常樂意在我身上用。最後他說：「所以，一個實業家在最開始創業的時候，可能會有一些不被人接受的行為，不過只要他在這個領域做出了一定的成績，那麼下面的人就會把他推到一個高度，在這個高度上，道德觀念也變得薄弱了，他將不再受到譴責。當然，我所指的並非我這個領域。如果說你有機會利用自己的能力去幫助大家，那麼那些小細節就不必太在意。所以親愛的先生，我在叫你來的時候，半點都沒有猶豫，直接將那些約定俗成但是根本不重要的東西拋到一邊，我要真誠地告訴你：親愛的先生，想讓你的利益得到最好的保障，就僱我當你的代理律師。」

我問：「怎麼收費？」

他一臉正直道：「那些都是無關緊要的。當然，要是我們進行合作的話，這件小事也是有著自己的位置的，絕對不能將它忽視掉。現在我們可以先定一千，不用懷疑，以後……」

他話說了一半，停下來搓了搓臉上的落腮鬍。

我說我不可能把那麼多錢帶在身上。

「親愛的先生，這是肯定的，我完全能體諒。但我最關心的事情完全不是這個。只要別晚於明天早上十點，其他什麼時候給錢都可以。」

我表示同意，「好的，明天十點前。現在你能不能告訴我，我需要一名代理律師的原因？」

他的表情變得憤怒起來。

「親愛的先生，我敢跟你保證，這件事可不是說著玩的。」

我跟他說明，我是真的不知道原因，而不是說著玩。

他清了一下喉嚨，特別做作地皺起了眉，然後說：「這並不是沒有可能。親愛的先生，你對自己身邊潛在的危險還不清楚，這一點我會相信。但是如果說你一點也沒有感受到法律上的困難，我只會覺得這是可笑的無稽之談。昨天晚上發生的事，引發了你將要面對的困難。就在昨晚，親愛的先生，不會更早。現在想要詳細說，恐怕沒有那麼多時間。因為我還有一個非常要緊的約會，跟勒夫納法官約好了。我能保證，這件事有很多地方可以詳細說說。要是能在明天讓我把這件事的細節向你說清楚，我會特別樂意。明天早上十點，希望我們還能見面。」

我承諾他明天會去，然後就走了。一個晚上，我都待在房間裡，等待米奇和迪克送報告過來。我一邊喝著威士忌一邊琢磨著各種念頭，不管是酒還是念頭，都不怎麼合我心意。米奇和迪克的報告沒有送來，午夜的時候我睡著了。

二十三、查爾斯·普洛柯特·道恩

第二天早晨，我衣服剛穿了一半，迪克·佛利就來了。他彙報，頭一天中午，比爾·昆特從礦工旅館搬了出去，但接著要去哪兒，迪克沒說。迪克在彙報的時候，延續了他慣常的話少風格。

有一班火車十二點三十五分時從伯森維爾市開往奧格登。為了追蹤昆特，迪克已經發了電報去大陸偵探社鹽湖城分社，讓他們派人幫忙。

我說：「一點線索都不能漏掉，不過我覺得我們要找的人不是昆特。他早就被黛娜甩了，要是想殺她，早就動手了，不會等到現在。我覺得他之所以離開，是因為聽見了黛娜被殺，害怕受到懷疑。因為被黛娜甩了，他曾經威脅過要殺她。」

迪克點頭說道：「昨晚路上搶劫。私酒卡車四輛被燒。又發生了槍戰。」

可能是因為私酒販子讓自己的手下成為特勤人員，雷諾·史塔奇想給他一點顏色當回應。

我剛把衣服穿好，米奇·萊恩漢也來了。

他向我彙報：「丹·羅爾夫真的去過那棟房子。早上大約九點，他從那裡出來，被街角的希臘雜貨商看見了。希臘人以為他喝醉了，因為他在街上走著的時候，一邊徘徊一邊喃喃自語。」

「為什麼希臘人沒有報警？難道他報過了。」

「沒問。這個城市的警察可真是厲害。接下來怎麼做？幫警察把羅爾夫找出來，做完所有事情，再一起交給他們？」

我說：「麥葛羅已經認定了，殺她的人是私語者，所以不會再去研究其他有可能的線索，否則就是沒事找事。如果羅爾夫之後沒有再回去找那把冰錐，那麼凶手肯定不是他。黛娜的遇害時間是凌晨三點，羅爾夫到那裡的時候是八點半，當時她身上還插著那把冰錐，這是——」

迪克・佛利走到了我的面前，停下腳步，問我：「你從哪兒知道的？」

他看著我的方式，和說話的方式都讓我討厭。所以我說：「我跟你說的就是這樣。」

迪克一言不發。米奇的招牌式傻笑在臉上浮現，他問我：「還是先把這件事擺平了。我們現在該做什麼？」

我跟他們說：「十點鐘的時候，我還有一個約會。你們在旅館附近等我。不用再去找私語者和羅爾夫了，他們可能已經被幹掉了。」我很生氣地看著迪克，說道：「別人跟我說的，幹掉他們的可不是我。」

在我的目光下，加拿大的小個子偵探並沒有把視線放低，他只是點了點頭。

我獨自把早餐吃完，之後到律師的辦公室去了。

我拐過國王街時，看見了一張滿是雀斑的臉，是漢克・歐馬拉。他跟一個我不認識的人坐在車上，正往格林大道開。長腿青年對我揮了一下手，車子停了下來。我走了過去。

他說：「雷諾想跟你見一面。」

「在什麼地方可以找到他？」

「上車。」

我說：「現在恐怕不行，等到下午吧！」

「到時候去找皮克就可以了。」

我說好的。汽車啟動，歐馬拉和他的夥伴往格林大道去了。我向南邊走了半條街，到了萊特里奇街區。

我準備爬破爛樓梯去律師辦公室，一隻腳剛踩上去，就有一個東西吸引了我的注意力。

在一樓一個昏暗的角落裡，藏著一個很難看見的東西———一隻鞋。這隻

鞋躺著的地方可不太對勁。

我將踩上樓梯的腳收了回來，向著那隻鞋走去。現在，腳踝、黑色的褲腿以及連在上面的腿，都出現在我的視野裡了。

我已經做好了心理準備，迎接馬上會出現在視野裡的東西。

出現在我視野裡的是查爾斯·普洛柯特·道恩先生，他卡在了樓梯背後和牆角之間，兩把掃帚、一個拖把和一個水桶堆在了周圍。他的前額有一個傷口，貫穿了額頭，鮮血從那裡流了出來，將他的落腮鬍染紅。他的頭向後扭到一邊，只有在脖子斷了的時候才可能扭成這樣的角度。

我引用了洛南的話，套用在自己身上：「需要做的事情還是要去做的。」我將死者的外套從一邊謹慎地拉開，把內袋裡的東西弄了出來。這裡面有一個黑色本子和一些文件，我把這些東西放進了自己的口袋。我想要的東西並不在另外兩個口袋裡。別的口袋必須移動屍體才能看到，我不願意那麼做。

我在五分鐘後回到了旅館。迪克和米奇在大廳，為了躲開他們，我從一扇側門進去，走到夾層再坐電梯。

回到房間裡，我坐下來檢查拿到的那些東西。

我最先將那個黑本子拿起來。這是一本所有文具店都可以買到的、廉價的人造皮革封面的本子。裡面記錄了一些對我沒有任何用處的雞毛蒜皮的事情，除此之外，還有三十多個名字和地址，也沒有一點用處。但有一個記錄是不一樣的：

海倫·歐伯利
風暴街1229A

這就有點意思了。第一，有一個叫羅伯特·歐伯利的年輕人因為嫉妒唐納·威爾森與黛娜·布萊德交往，所以殺了威爾森，這個年輕人現在正在為此坐牢；第二，風暴街1232號是黛娜·布萊德的房子，她一直住在那裡，並

且也死在了那裡，那棟房子的對面就是1229A號。

我的名字並沒有在本子裡出現。

本子被放到了一邊，我將帶回來的文件打開，開始查看。跟剛才查看筆記本一樣，還是費了很多精力，看了一大堆沒意義的東西之後，才找到一點點有用的東西——四封信。它們被橡皮筋綁在一起了。

信都裝在了被拆過的信封裡面。這些信應該是每隔一個星期寄一次，這一點可以從郵戳上的日期看出來。最早的一封信在六個月前。這些信是給黛娜·布萊德的，信下面的署名都是伊利胡·威爾森。就情書而言，最早的這一封還行。第二封有些過了，第三封和第四封就太糟糕了，完完全全表現的就是一個充滿熱情但是屢屢失敗的求愛者的愚蠢行為，尤其是聯想到他追求了多年這一點，讓他的行為顯得更愚蠢。

查爾斯·普洛柯特·道恩先生覺得自己可以從我這裡勒索到一千塊錢，但是我查了很久，也沒查到一點點能讓他產生這種想法的資訊。不過有很多事情都值得考慮一下。為了讓腦子動起來，我抽了兩支范迪瑪香菸，然後下樓去了。

我對米奇說：「有一個叫查爾斯·普洛柯特·道恩的律師，在格林大道有間辦公室。你去查查他，看看能查出什麼。我只是想知道一個大致情況，所以不需要在他身上花太多時間，也沒必要在他的辦公室附近逗留。」

我讓迪克等著我，五分鐘之後，一起去風暴街1229A號周圍看看。

1229號是一棟兩層的房子，幾乎就在黛娜家正對面。屋子裡住了兩家人，各有各的出入口。1229A號在二樓，我將這家的門鈴按響了。

有人來開門，是一個十八九歲的女孩。她很瘦弱，臉色泛黃，但是卻有光澤。她有一雙眼距很小的黑色眼睛，一頭濕潤的褐色短髮。

她把門打開，從喉嚨裡發出了一點聲音，那聲音像是被嗆到後發出的。然後她捂住嘴，後退了幾步。

我問：「你就是海倫·歐伯利小姐？」

她的頭拼命擺動，看起來很假，瘋狂的光芒在她的眼裡閃爍。

「我需要進來，給我幾分鐘，我們談談。」我說著話，已經走了進去，

接著把身後的門也關上了。

她一言不發，自己先走到樓梯上了。她偶爾回過頭看我，一雙眼裡全是驚恐。

我們走進了一間擺設簡單的客廳，從這個客廳的窗戶裡，可以將黛娜的房子完全收進眼底。

女孩在房子的中間站著，雙手還在嘴上捂著。

為了讓她相信我沒有惡意，我費了許多時間和口舌，不過並沒有取得什麼效果。她的驚恐似乎隨著我每說一句話就加深一分。真是太他媽讓人生氣了。我乾脆放棄，開門見山問她。

我問：「羅伯特・歐伯利是你哥哥？」

除了滿臉的蠢樣和驚恐，我沒有得到任何回答。

我說：「他因為謀殺唐納・威爾森所以被抓了，從那以後你為了監視她，就搬到了這裡來。你這麼做是出於什麼原因？」

她還是不說話。我只好自己回答這個問題：「你這麼做是想報仇。因為你覺得你哥哥弄出了這些事，都是黛娜・布萊德害的。所以你一直監視她，等時機到來。機會在昨天晚上來臨。你悄悄地跑到她家裡去了，發現她已經醉了，所以你找到了那個冰錐，把她刺死。」

她還是一句話都不說。受了驚嚇的臉上，沒有一點表情。我想讓她顯出一些表情來，但沒有成功。我說：「道恩幫助你，把所有事情計畫好，你為了回報他，就把伊利胡的信給了他。他派過來拿信的是什麼人？真正的凶手就是他。」

我真的特別想打她一巴掌。她跟剛才一樣，沒說話，也沒改變表情。或者說她根本就沒有語言和表情。

我說：「我現在給你機會說話。就按照你喜歡的方式來說，我樂意聽聽你的想法。」

她喜歡的方式就是不說話。我不再堅持。我不敢逼她，怕我把她逼急了，她所做的就不僅僅是沉默，而是一些駭人的舉動。我對她說的那些話，不知道她聽懂了半分沒有。

我從公寓裡走了出來，在街角對迪克・佛利說道：「有一個叫海倫・歐伯利的十八歲女孩住在那裡，特別瘦，身高大概五呎六吋，體重卻不到一百磅，棕色皮膚，褐色短直髮，兩眼的間距很小。現在穿的衣服是個套裝，灰色的。你去跟著她。要是她想把你甩開，那麼就把她關起來。不過你要注意，她看起來很瘋狂。」

我還要去看看雷諾想做什麼，為了找他，我去了皮克・穆里的據點。在離皮克・穆里據點還有半條街的地方，我進了一棟辦公大樓的門道裡躲了起來，以便暗中觀察。

穆里的店前停了一輛警察巡邏車。一夥看起來不太正規的警察，將一群人拖拽著、拉著、扛著，從撞球間裡面押了出來，押上了警車。動手的這些人，我覺得是芬蘭佬皮特的人，現在的身分是特勤人員。皮特曾經向私語者和雷諾宣戰，很顯然，現在在麥葛羅的幫助下，他正十分痛快的兌現自己的話。

就在我偷偷觀察的時候，一輛救護車開了過來。車裡很快裝滿了人，然後離開了。因為離得遠，我看不清死了什麼人。等到最激烈的時刻過去，我故意繞過幾條街，回旅館去了。

米奇・萊恩漢在等我，他帶來了查爾斯・普洛柯特・道恩先生的消息。

「『他是刑事律師嗎？』[1]『對，惡貫滿盈。』這個笑話說的就是他。歐伯利，就是被你抓住的那個人，他的家人為他僱的辯護律師就是道恩這個爛人。歐伯利在道恩去探望他的時候，什麼也沒說。去年的時候，這個名字很長的爛人因為勒索罪差點完蛋。不過道恩最後逃掉了，這件事還牽連到一個叫希爾的人。道恩的資產在一個鬼都不知道的地方，叫做利博特街。我還要接著去查嗎？」

---

1. 此處一語雙關。英文原文為criminal lawyer，可以翻譯成「刑事律師」，也可以翻譯成「罪惡律師」。——譯注

「不用，就這樣。現在我們等迪克的消息，暫時就待在這裡。」

米奇一邊打哈欠一邊說，他這個人並不是光靠著跑腿來維持生命，所以並不在乎。之後，他說我們在全國都出名了，問我知不知道。

我問他為什麼這麼說。

他說：「剛才我遇到了湯米·羅賓斯，他說他來採訪，是聯合出版社派來的。他還跟我說，為了替我們造勢，還有其他通訊社和一兩家大城市的報社讓特派記者過來了。」

我經常會抱怨報紙根本沒有任何作用，唯一的作用就是把事情弄到最糟糕，這種糟糕的程度，任何人都無法達到。當我用這些陳腔濫調抱怨時，聽見有人叫我的名字，是一名侍者。我把一毛錢給他，他跟我說有人打電話來找我。

打電話的是迪克·佛利。

「她立刻出來。格林街310號。全是警察。有人殺了油嘴滑舌的道恩。她被警察帶去警察局。」

「她現在還在嗎？」

「是的，在局長辦公室。」

「在那裡看著，得到任何消息都立刻通知我。」

我回去找米奇·萊恩漢，把房間的鑰匙給了他，之後下命令：「我要用J.W.克拉克的名字登記入住街角的馥郁旅社，這件事只能告訴迪克一人。你在我房間裡待著。要是有電話找我，你就接一下，然後再告訴我說了什麼。」

米奇問：「玩什麼花樣？」我沒有回答。他只能晃著肥胖的、軟塌塌的身體走到電梯那邊。

二十四、成為嫌疑人

我繞路去了馥郁旅社，登記了那個假的名字，然後把當天的房租付清。有人把我帶去了321號房間。

電話在一個小時之後響了起來。

打電話的是迪克‧佛利，說要過來看我。

五分鐘不到，他就出現了。他的聲音和他瘦削擔憂的臉一樣，都非常不和善。他說：「正在通緝你。兩椿謀殺，布萊德還有道恩。我打電話給你，米奇說他守著，然後把你的地址告訴我。警察把他抓住了，他正被拷問。」

「嗯，我就猜到會這樣。」

他嚴厲地說道：「我也猜到了。」

我慢吞吞地說：「迪克，你是不是也覺得，殺他們的人是我？」

「如果不是你，立刻解釋才是最好的做法。」

「你想去揭發我？」

他的嘴緊閉著，原本深褐色的臉現在變成了淺淺的黃色。

我說：「我要做的事情太多了，沒有精力再來防著你。你還是回舊金山吧，迪克。」

帽子被他非常小心地戴在頭上，他走了出去，又將門非常小心地關上了。

四點時，我吃了些東西當午餐，然後抽了幾支菸，最後讓人把一份《先驅報》送了過來。

報紙的頭版被兩件凶殺案佔據：一件是黛娜‧布萊德凶殺案；另一件是

查爾斯·普洛柯特·道恩凶殺案。將這兩件案子聯繫在一起的關鍵人物是海倫·歐伯利。

報紙上說，羅伯特·歐伯利對自己的罪行供認不諱，但是他的妹妹海倫·歐伯利拒絕相信，她認為自己的哥哥不是凶手，是被陷害的。所以她為羅伯特·歐伯利請了辯護律師——查爾斯·普洛柯特·道恩。（我不用想都知道，不是她主動去找的查爾斯·普洛柯特·道恩，而是這個律師自己找上了她。）無論是道恩還是其他律師，他哥哥都不願聘用，可是妹妹（不用懷疑，肯定是道恩慫恿的）卻一直堅持。

海倫·歐伯利萌生了一個想法——要找到證據證明殺害唐納·威爾森的是黛娜以及她的同伴。海倫·歐伯利把黛娜·布萊德家對面的那間空的公寓租了下來，還準備了一副望遠鏡。

所謂的「同伴」裡面似乎也包括我。我被《先驅報》稱為「可能是個從舊金山來的私家偵探，來到這裡有幾天了。很明顯的，他跟馬克斯·塔雷爾（私語者）、丹·羅爾夫、雷諾·史塔奇以及黛娜·布萊德都有著很密切的交往」。陷害羅伯特·歐伯利的就是我們這一群人。

《先驅報》上報導：海倫·歐伯利在黛娜·布萊德被殺那晚，曾經透過自己的窗戶窺視對面，看見了一些特別重要的東西，這些東西跟之後發現黛娜屍體有密切的關聯。黛娜被殺的事被曝光，女孩得知了以後，立刻對查爾斯·普洛柯特·道恩說了她晚上看見的事情。警方從道恩的辦事員那裡得知，道恩立刻就聯繫了我，並且約定好下午見面詳談。後來他跟辦事員說，我第二天也就是今天早上，還會過去找他，可是我第二天早上並沒有去。藏在樓梯後的查爾斯·普洛柯特·道恩的屍體則在十點二十五分的時候，被萊特里奇街區的清潔工發現了。據悉，死者口袋裡有一些很重要的文件，已經被人拿走。

我在清潔工發現屍體的這段時間裡，似乎正闖進海倫·歐伯利的公寓，對她實施威脅。她成功地擺脫了我，之後立刻去了道恩的事務所。她到那裡的時候，剛好看見警察在那裡，所以就對警察說了這些事。警察去我的旅館搜查，但是我已經不在那裡了，有一個叫米奇·萊恩漢的人在房間裡。這個

人說自己是從舊金山來的私家偵探。現在警方還在審問米奇・萊恩漢。同時，警方以謀殺的罪名通緝我、雷諾、私語者以及羅爾夫。整個案件有希望取得重大進展。

有一個特別有意思的新聞佔據了報紙第二版的半個版面，這個新聞說，可能是因為害怕我跟那些「同伴」玩手段，所以發現黛娜・布萊德屍體的兩位警探——薛普和瓦奈曼已經消失不見。

報紙上沒有提到昨天晚上有人劫車的事，突襲皮克・穆里撞球間的事也一字未提。

我想跟雷諾取得聯繫，所以等到天黑之後，就出門了。在一家藥店裡，我打電話到皮克・穆里的撞球間。

我問：「皮克在嗎？」

一個聽起來跟穆里完全不像的聲音說：「我是。你是什麼人？」

我煩躁地說：「我是莉蓮・吉許。」我把電話掛上，然後從這個街區離開。

想要聯繫雷諾的事被暫時擱置在一邊，我打算先去我的客戶老伊利胡那裡拜訪一下。因為我從道恩屍體上偷到他寫給黛娜・布萊德的情書，我想試試用這個讓他聽我的話。

我在最昏暗的街道最昏暗的一側走著，向著目標前行。我是一個十分不喜歡運動的人，所以對我來說，這趟旅程已經特別遠了。我走到威爾森家的那個街區時，脾氣已十分糟糕了，這樣的脾氣可以讓我在跟威爾森對話時，將平時我們對話的那種狀態發揮到最佳。可是這時候，我們並沒有會面。

走到大概還有兩條街才到他家的地方，我聽見有人對著我發出一種嘶嘶聲。

我嚇了一跳，大概離地二十英尺。

一個低沉的聲音說：「沒問題的。」

四周很黑暗。我在別人家的院子裡，四肢著地，躲在灌木叢後面。我偷偷往外看，可以看見一個模糊的縮著的人影，移動著向這邊的樹籬過來了。

槍已經被我握在了手中。他說了「沒問題」，但是毫無理由的，我完全不相信他。

我站了起來，向他走過去，到了近處，才認出這個人。前一天，就是他讓我進了路尼街那間屋子。

走到他身邊，我停了下來，問道：「漢克・歐馬拉說雷諾想跟我見面，我去什麼地方找他？」

「是的。吉德・麥克勞德的地盤在哪裡，你知道嗎？」

「不知道。」

「就在馬丁街的一條巷子角落裡。馬丁街在國王街前面，從這裡往回再走三條街，進去就到，應該能找到。你就說是找吉德的。」

我說盡可能去找找。之後他就繼續在樹籬後面躲著，對我客戶的房子進行監視。我覺得他可能是在等那些跟雷諾關係不怎麼樣的人來拜訪老伊利胡，然後趁機將他們射殺。這些跟雷諾關係不怎麼樣的人應該包括芬蘭佬皮特還有私語者。

按照他說的，我找到一棟刷了紅黃兩種顏色的房子，是一家甜酒和無酒精飲料公司。我進去說是要找吉德・麥克勞德。之後有人帶著我去了裡面的房間。房間裡面有一個胖子，自稱麥克勞德。這個人只有一隻耳朵，領子特別髒，一嘴的金牙。

我說：「雷諾想跟我見面，我去什麼地方能見到他？」

他問：「你是什麼人？」

我向他介紹了自己，他一句話也沒說，就出門了。大概等了十分鐘，他再次回來。跟在他身後的是一個十五歲上下的男孩，男孩面無表情，紅色的臉蛋上長滿了青春痘。

吉德・麥克勞德說：「桑尼會帶你去。」

男孩帶著我從側門出去，穿過兩條街，從一片沙地走過，然後再從一扇破爛的門裡穿過。一棟木頭框架的房子出現了，我們在後門處停下。

男孩敲響了門，裡面有人問是誰。

「是桑尼，吉德讓我帶一個人過來。」

有人開門，是長腿歐馬拉。桑尼離開了。歐馬拉把我帶到廚房，廚房的桌上放了很多啤酒，邊上圍坐著雷諾以及另外四個男人。我注意到一件事情，在我剛進來的那扇門上有幾個釘子，兩把自動手槍掛在了上面。不論是誰去開門，要是發現門外站的是拿著槍的敵人，並且敵人讓他們舉起手來，他們都可以非常容易地把門上的槍拿下來，進行反抗。

雷諾倒了一杯啤酒給我，然後帶我從餐廳走過，進入了一個房間裡面。房間裡趴著一個男人，他透過拉著的百葉窗和窗沿之間的縫隙，用一隻眼查看街上的情形。

雷諾對他說：「倒一杯啤酒給自己。」

男人站起身，走了出去。相連的椅子放在房間裡，我們各自坐好。

雷諾說：「因為我急需朋友，所以才幫你安排人在坦納的不在場證明，那時候我已經跟你說明了這一點。」

「你交到朋友了。」

他問：「你用了那個不在場證明嗎？」

「暫時沒有。」

他向我承諾：「不會出意外的。當然，要是你他媽有太多的小辮子拽在了他們手裡，那就沒辦法了。你說有嗎？」

我感覺是有的，不過我說：「沒有。事情都會擺平的，麥葛羅不過是想玩一下。你這裡情況怎麼樣？」

他將杯子裡的酒喝光了，在嘴上用手背抹了一下，說道：「辦法我自然會去找的。我想要見你，是為別的事。黛娜所猜的事情是這樣的：私酒販子皮特和警察麥葛羅聯合起來，跟我和私語者對抗。真的要命，我跟私語者更喜歡幹掉對方，而不是聯合起來對付外人。這個交易太虧了。那些混蛋會趁著我這裡理不清的時候，將我們一網打盡。」

我跟他說，這件事也是我正在思考的事。

他接著往下說：「你去找私語者行不行？他願意聽你的。你把這些話轉告給他：因為我殺了傑瑞‧胡柏，所以他一心想要幹掉我，而我也一樣，一心想要幹掉他。這一兩天，我們不需要互相信任，只是先把這件事放一邊。

私語者辦事，向來只派手下，自己從不露面，這次我也學他。我們有什麼犯罪的事，就都派手下去。我們聯合起來調遣，將那個該死的芬蘭佬幹掉。之後，我們再想要對付對方，就有的是時間了。」

「跟他說的時候，不要帶任何情緒，免得他覺得我是想要跟他或者別的什麼人進行合作，我可不願意讓他產生這樣的誤會。跟他解釋清楚，之所以這麼做，只是覺得聯手將皮特幹掉之後，我們兩人之間的衝突就有更多的時間來解決了。威士忌鎮是皮特的據點，要是不合作，單憑我的人手或者私語者自己的人手，都沒辦法把皮特從那裡弄出來。你去跟他說吧！」

我說：「私語者已經被幹掉了。」

雷諾似乎並不相信，問：「真的？」

「就在老雷德曼的倉庫。昨天早上，丹・羅爾夫用私語者殺死那個女人的冰錐，將他幹掉了。」

雷諾問：「這件事情你知道？不會是胡說的吧？」

「知道。」

他已經開始相信我了，他說：「這真他媽有意思了，要是他被幹掉了，他的手下不應該是這樣的表現。」

「他躲了起來，只聯繫泰德・萊特，所以他被幹掉的事只有泰德知道。泰德就用這件事去騙錢。他跟我說的，從你這裡撈了一百還是一百五十塊，是皮克・穆里墊付的。」

雷諾喃喃著：「這個蠢貨要是將這件好事直接告訴我，我會付他兩倍的錢。」他在下巴上搓了搓，然後說：「這樣就算解決了私語者這邊的事情。」

我說：「並沒有。」

「並沒有？為什麼？」

我建議他：「現在他的手下都不知道他的下落，我們可以跟他們說。當初他被洛南關起來了，他的手下為了把他弄出來，就用子彈和炸藥把牢房炸開。要是這次他們得知私語者被麥葛羅關起來了，你說他們還會那麼做嗎？」

雷諾說：「接著說。」

「私語者的手下都非常忠誠，要是他們以為私語者被關在監獄裡，可能會去把監獄炸掉。這樣一來，警局還有皮特的那些特勤人員手下，就會忙得不可開交。趁著他們焦頭爛額的時候，你可以試試去威士忌鎮碰運氣了。」

他慢慢地說著：「大概，我們大概可以去碰運氣了。」

我站起身，鼓勵他：「應該不會有意外了，再見……」

「別出去。現在你被通緝了，我這裡比其他地方好。而且你這樣的好人，正是我們的派對所需要的。」

這個建議其實我並不喜歡，可是我心裡還是很清楚現在的處境，所以什麼都沒說，又坐下了。

為了編造謊言，雷諾開始忙碌起來。電話和廚房門都變得特別辛苦，一個響個不停，一個不斷開開關關。不斷地有人從廚房門出去進來，出去的人比進來的人少。人、煙以及緊張的氛圍充斥著整個房間。

二十五、皮特之死

雷諾對接電話感到了厭煩，一點半的時候，他說：「出去透透氣吧！」

他去樓上了，下來的時候帶來了一個黑色手提箱，那時絕大多數人都從廚房門走了。

他把那個箱子交給我，說：「稍微穩著點。」

箱子特別沉。

算上我和雷諾，屋子裡還有七個人，我們一起從前門離開。我們上了一輛房車，這輛車拉著簾子，是歐馬拉剛停在街邊的。雷諾在歐馬拉身邊坐下，我在後座的一堆人裡面擠著，雙腿將手提箱夾住。

開到第一個路口，出現了兩輛車，一輛開到我們前面，還有一輛在後面跟著。我們的車速維持在大概每小時四十英里，這樣的速度不會快到讓別人注意，但也夠將我們送到目的地去。

在快到達目的地時，我們遇到了一點問題。

城市南邊的一座破爛平房是這件事的起因。有個男人從那個平房的門口把頭伸出來了，他含著手指，吹了一個尖銳的口哨。

在我們後面跟的那輛車裡面，有一個人把那個男人射殺了。

我們在下一個街角，是從槍林彈雨中穿過去的。

雷諾回過頭，跟我說：「這個箱子要是被他們打中了，我們所有人都要被炸飛到月球上。到了地方打開箱子，手腳要快。」

在一棟昏暗的三層磚樓前面，車子停在了路邊。車剛停下，箱子的搭扣就被我打開了。

大家手忙腳亂地爬起來，把手提箱打開。箱子裡面裝滿了鋸木屑，鋸木屑裡裹著的都是炸彈。大家把這些由好幾根兩英寸的管子製成的炸彈拿了出來。拉著窗簾的車窗外，一陣陣槍聲響起。

雷諾繞到後面，將一枚炸彈拿了起來。他從車上下去，走到了人行道。雷諾左邊臉頰中間突然就出現了一道血痕，他根本不在意，直接把填充的炸藥扔到了磚樓門口。

巨大的爆炸聲響起，接著火苗竄了出來。很多塊狀物體飛了過來，為了避免被打中，我們急忙閃躲。那扇原本阻攔我們進入磚房的大門，眨眼間就不見了。

有個男人一邊甩著手，一邊往裡面走，他將一袋來自地獄的火扔進了門廊裡。炸彈炸碎了樓下窗戶上的百葉窗，然後火苗飛舞，玻璃碎片四濺。

為了應付旁邊亂飛的子彈，那輛在我們後面跟著的車，停在了街頭。在我們前面開著的車子，現在拐進了小巷子裡。在我們所製造出的爆炸聲中，響起了槍聲，這槍聲是從紅磚大樓後面傳來的。這意味著，我們前面那輛拐進小巷的車，此時正在後門處掃射。

歐馬拉走到了大街中間，他的身體向後面仰起，將一枚炸彈投到了紅磚大樓的屋頂上。是個啞彈。歐馬拉的腳有一隻高高抬了起來，手在喉嚨處掐住，然後整個人向後重重倒下。

倒下的還有另外一位夥伴，他被紅磚大樓旁邊的木屋裡射過來的子彈擊中。

雷諾毫無感情地咒罵：「肥仔，炸他們出來。」

對著一枚炸彈，肥仔吐了口口水，之後跑到了我們車子後面，手臂甩動。

為了躲開炸出來的東西，我們立刻從人行道跑開。磚樓的各個角落裡都竄出了火苗，整棟樓跟剛才完全不一樣了。

此時，已經沒有子彈再射過來，我們一邊享受這難得的感覺，一邊四下觀察。雷諾問：「還有沒有？」

肥仔將一枚炸彈拿出來，說：「最後一個。」

磚樓上面的窗邊，火苗飛舞。雷諾看著那團火焰，把炸彈從肥仔手中接了過來，說：「他們快出來了，往後撤！」

我們因此與房子的大門拉開了距離。

門裡面，有一個聲音大喊：「雷諾！」

雷諾先在車子的陰影裡躲好，才回應：「什麼事？」

一個又粗又厚重的聲音喊了起來：「我們放棄了！別開槍，我們出來。」

雷諾問：「『我們』指的是什麼人？」

那個又粗又厚重的聲音說：「我是皮特。我們這裡只有四個人了。」

雷諾開始命令他們：「你把雙手放在頭上，先走出來。別的人學你的樣子，跟在你後面一個個出來。每個人之間，最少要有半分鐘間隔。可以出來了！」

等了片刻之後，在被炸毀的門廊處出現了一個人，是雙手放在光頭上的芬蘭佬皮特。邊上的房子正在燃燒，利用這點火光，可以看見他被炸傷的臉，和被炸得稀爛的衣服。

這位私酒販子踩著各種物品的碎片，從樓梯上慢慢地下來，來到了人行道。

雷諾罵他是一個讓人憎恨的漁夫，之後朝著他開了四槍，都打在了臉上和身體上。

皮特倒在了地上，站在我身後的一個人哈哈大笑。

最後一枚炸彈被雷諾扔到了門廊上。

大家擁擠著上了車。雷諾想要開車，但是引擎中彈了，沒辦法發動。

喇叭被雷諾用力地按響，我們又從車上下來。

街角停著一輛車子，此時開了過來，接我們上去。我在等著上車的時候，觀察了一下這條街道。正在燃燒的兩棟房子將街道照亮，街上除了我們以外，所有人都躲了起來。窗邊有幾張臉閃現，消防車的聲音從遠處傳了過來。

另外一輛車也慢慢開了過來，讓我們上去。車裡擠得滿滿的，為了讓後

面的人能在車門踏板上站著，我們只能躺進車裡。

車子從死人漢克・歐馬拉的腿上壓過，然後開向回去的路。雖然坐在裡面有些難受，但至少不危險，我們順利的開過了一條街。接下來，我們不僅難受，還遇到了危險。

有一輛豪華的轎車從前面衝進了街道上。它向著我們開了將近半條街，之後跟我們對齊，然後停下來。開始槍戰。

又來了一輛車，從豪華轎車旁邊繞過，向著我們開來。又是槍戰。

車裡面太擠了，即使盡最大的努力，也不能正常地開槍。腿上躺著一個人，肩膀被人抓著，旁邊有人開槍，就在你耳後一英寸的地方。你在這樣的情況之下，想要瞄準射擊是不可能的。

我們還有繞到磚樓後面的那輛車，它現在趕過來幫忙。但是這個時候，對方又加入了兩輛車。很明顯，塔雷爾的手下已經完成了對牢房的進攻。而皮特手下的那些特勤人員，不知道是什麼原因，剛好及時趕來，將我們逃跑的計畫破壞了。這真的是不能再糟糕了。

我低下身子，從一把不斷開火的槍下面鑽過去，靠在雷諾耳邊，大喊：「這樣下去可不行。那些多出來的人，你命令他們下車，去街上對抗。」

他認為這個提議很好，命令道：「你們這些傢伙下車去，去街上對抗。」

第一個跑下車的人就是我。我一眼就看見了一條巷子的入口，那裡很暗，是個不錯的地方。

我跑了過去，肥仔跟著我。在找到地方躲藏之後，我對他吼道：「別在我身後跟著。找一個屬於自己的地方。那裡有一個地窖口，看起來很好。」

他聽取了我的意見，向那邊小跑著過去了，剛跑第三步，他就被射中，倒在了地上。

在小巷子裡，我開始進行冒險。巷子的長度大約二十英尺，底端是一堵很高的、緊鎖著門的木圍牆。

我利用一個垃圾桶，從門上翻了過去，來到了一個院子裡。院子裡鋪著紅色的磚，旁邊的圍牆連接著另外一個院子。之後我翻牆進入第三個院子

裡，裡面有一隻朝著我直叫喚的狐狸犬。

　　這個雜種被我一腳踢走，然後我走向對面的圍牆。晾衣服的繩子纏住了我，我把它解開，又從兩個院子裡穿過。窗邊有人對著我吼，還將一個酒瓶扔向我。這個酒瓶掉落在石頭鋪的後街上。

　　身後響起槍聲，不近，但是也不夠遠，我努力將它們遠遠甩開。在黛娜被殺那一晚，我在夢裡走過了很長很長的街道，現在走過的街道，肯定跟夢裡一樣長。

　　手錶顯示，現在是凌晨三點半，而我站在伊利胡・威爾森家門前的台階上。

二十六、清理毒鎮

我將門鈴按響，按了很久，才得到屋內的回應。

終於，門被打開了。是那個皮膚很黑的高個子司機開的門。他只穿著內衣褲，手裡緊緊握著一根撞球桿。

他問：「你想做什麼？」他又打量了我一下，說，「啊，原來是你！你想要做什麼？」

「我想跟威爾森先生見個面。」

「凌晨四點？你趕緊滾蛋。」他做出要關門的樣子。

我將一隻腳伸了出來，把門抵住。他看著我的腳，之後目光一路向上，停在我臉上。他把撞球桿舉了起來，問：「你的膝蓋想被敲碎嗎？」

我沒有放棄，繼續道：「我說真的，必須跟他見一面，你去轉告他。」

「不用轉告。今天下午他才跟我說的，要是你過來了，不會見你。」

「這樣嗎？」我把那四封情書從口袋裡拿了出來，將第一封也就是最好的那封選了出來，接著跟司機說，「把這個拿過去，然後轉告他，我手裡還有其他的。給他五分鐘時間，我會在台階上坐著等。時間過了，我就把信拿去《聯合新聞》，去找湯米·羅賓斯。」

司機很生氣地盯著信，說道：「湯米·羅賓斯和他的瞎子姑媽都去見鬼吧！」說完，接過信，把門關上了。

我等了四分鐘，門被他再次打開。他說：「你進來吧！」

他帶著我上了樓，去了老伊利胡的臥室。

我的客戶在床上坐著，揉碎的情書被他一隻圓圓的粉拳頭抓著，信封被

另一隻粉拳頭抓著。

他的樣子非常有意思：白色短髮倒立著，圓眼紅紅的泛著青，皺紋幾乎重疊在嘴和下巴上。

一見到我，他就大喊大叫起來：「你總是喜歡逞強，可是逞強之後呢？是不是還要回來找我這個老海盜救你的命？」

我說那樣的事情並不是我做的，而且還給他提了一個建議——為避免他的這些蠢話被遠在洛杉磯的人聽見，說話的時候應該將音量放小一點。

老傢伙又將聲音提高了一些，他吼著：「一兩封別人的信被你偷到手，你以為就能……」

我在耳朵裡塞了一根手指，這些聲音並不會因此被擋住。不過這樣的舉動會讓他覺得受到了侮辱，他的那些吼叫就會變得少一點。

我將手指拔了出來，說道：「我們需要好好談一下，讓這個蠢貨滾開。我不會對你做什麼，不需要讓他守在身邊。」

他對著司機說：「走開。」

司機十分不友善地看了我一眼，然後走了出去，並將門關上了。

對著我，老伊利胡開始張牙舞爪，他要我把所有的信立刻交出來。他問我這些信是從什麼地方弄到手的，利用它們做了什麼。他問的時候，用一些骯髒的字眼，並且嗓門極大。他開始對我進行各種各樣的威脅，不過詛咒我是做得最多的事。

信沒有交給他。我說：「你請了人來保管這些信，而我就是從他手裡拿到的。他必須將那個女人幹掉，對你來說，這樣的事情真不怎麼美好。」

老傢伙臉上的潮紅褪去了大半，又變成了粉紅的，就跟平常一樣。他將嘴唇咬住，一雙眼瞇了起來，看著我說：「你準備這麼做嗎？」

他的聲音從胸腔裡發了出來，並沒有激動的感覺，看來已經做好了拼一把的準備。

我將一把椅子拉到了他床邊，然後坐下。我盡自己的努力，將一個頗有深意的微笑擠了出來，說道：「這不過是很多做法中的一種。」

他一言不發地咬著嘴唇看我。

我說：「在我見過的客戶裡面，你是最奇怪的。看看你做的這些事。你為了清理這座城市，所以僱傭我，可是突然又變卦了，將我甩開；就在我快要成功的時候，你又跑出來添亂，然後就在一邊看戲，保持中立；你覺得我現在又成了輸家，所以連房子都不讓我進了。不過幸好，這些信被我撿到了。」

他說：「這是勒索。」

我笑了起來，說道：「看看是誰說的這些話。行，這麼說吧！」我的食指在床沿上敲了敲，「老朋友，我並沒有輸，我是贏家。曾經你哭著對我說，你的小破城市被一群混蛋搶了。這群混蛋就是芬蘭佬皮特、陸·亞德、私語者塔雷爾、洛南。這些混蛋現在在什麼地方？」

「星期二早上，亞德被人幹掉了，而洛南在同一天晚上也被幹掉了，星期三早上私語者死了，剛剛芬蘭佬也死了。無論你想要還是不想要，這座城市我已經還給你了。這個要是被稱為勒索，那也可以，還有這些事是你要做的：這個破地方總該有個市長吧！你把市長找出來，然後一起打電話給州長……我還沒說完，先別動。」

「將警察收了私酒販子的手下當特勤人員這類的事情告訴州長，然後跟他說城裡的這些警察已經沒辦法控制了，你們需要他的幫助，要是能動用國民警衛兵那就最好了。城裡一共發生了多少動亂，我不太清楚，不過有一點很清楚，那就是你怕的那幾位老大全都玩完了。你以前一直不敢動他們，是因為你有太多的把柄在他們手上。現在，為了盡量搶到這些死人的東西，一大批年輕人正在拼命忙碌。所有的事情都陷入混亂之中，國民警衛兵就更容易控制全場。那些能夠傷害你的把柄，也不會落入繼任者的手裡。」

「看看市長和州長誰管警察局的事，誰管事你就讓誰把伯森維爾市警察局解散了。在你能夠組建起一個新的警察局之前，這些相關的事務先讓外來的部隊暫時接手。據我所知，市長和州長都願意給你提供幫助，就這麼跟他麼說，他們會聽你的話。這一點你可以而且必須做到。」

「這樣一來，你又重新掌握這座城市，一座乾淨漂亮、可以隨心毀滅的城市。要是你不肯合作，你寫的這些情書就會被我交給那些蒼蠅似的記者。

我指的是整個新聞界，而不是屬於你的那個《先驅報》。這些信我是從道恩那裡拿過來的。你需要花很多時間和精力去證明你沒有僱他去找這些信，還得證明他並沒有為了這些信把那個女人殺掉。當然普通群眾在讀這些信時所得到的歡樂，比你自證清白時得到的歡樂更多。這些信真的是熱情洋溢。從我弟弟被豬咬了之後，我還是頭一次笑得這麼開懷。」

我停住了，不再往下說。

老傢伙被氣得不停顫抖，一張臉漲成了紫色，他吼叫道：「該死的，趕緊去登報吧！」

我拿出口袋裡面的信，扔在床上，然後從椅子上站起來，把帽子戴上，說道：「是被你派去找信的人殺了那個女人，我敢以我的右腿打賭。我的天，真想送你到絞刑台上，然後把我的工作結束掉！」

他沒有去碰那些信，問道：「塔雷爾和皮特的事情，你不是瞎說？」

「不是。不過這並沒有什麼區別。其他人還是會控制住你。」

他把被單打開，結實的大腿晃到了床邊。他腿上穿著睡褲，露出粉色的腳背。

「我曾經想把警察局局長的工作交給你，你現在有膽子接下來嗎？」他像狗一樣對我吼叫著。

「沒有。在替你賣命工作的時候，我已經丟光了所有膽量。但是那時候你卻在床上躲著，在想一些新的主意來對付我。你還是幫自己再找一個新的保姆吧！」

他生氣地瞪著我。之後，他的眼眶附近出現了幾道狡詐的皺紋。

他那一大把年紀的頭點了一下，說道：「是不是因為你把那個女人殺了，所以才不敢接這個工作？」

上次我離開之前，把他的身體提了起來，今天我又做了一次，對他說道：「你去死吧！」然後就走了。

在樓下的時候，我又碰到了那個司機。他還跟剛才一樣，將撞球桿緊握著，看著我時充滿敵意。他把我帶到了門口，看起來似乎在等我說話，不過我什麼也沒說。他在我身後，把門狠狠關上了。

街道籠罩在晨曦中，灰濛濛一片。

有一輛轎車在街頭的樹蔭下停著，我看不清裡面是否有人。我不想冒險，所以向著相反的方向走了。轎車跟了上來。

在街上跟汽車比賽，沒有任何意義。我停下來，轉身面向車子，從汽車擋風玻璃看見了一張紅紅的臉，是米奇·萊恩漢。我的雙手這才從身體兩邊挪開。

他把車門打開了，讓我上去。

我在他旁邊坐著，他說：「我就猜到你應該會到這裡來，不過我晚了一兩秒。你走進去的時候，我在遠處看見了，不過離得太遠沒辦法阻止。」

我說：「我們最好一邊開車一邊說。你用什麼方法逃出警局的？」

「我說我們是老朋友，我不過是碰巧在這裡遇到了你。其他的一概不知道，也猜不到，你做的事我也不清楚之類的。他們一直在努力拷問我，直到暴亂發生。我被他們關在了會議室對面的小辦公室裡，趁著馬戲團搗亂的時候，我爬窗戶逃了。」

「後來馬戲團怎麼樣了？」

「半小時前，警察就聽到風聲，所以在各個地方都安排了特勤人員。這次的警察可不是吃素的，他們都等不及大幹一場。那些鬧事的被警察打得抱頭鼠竄。聽說，這次的事是私語者的人做的？」

「對。有沒有聽說今天晚上雷諾和芬蘭佬皮特也打起來了。」

「只聽說了他們鬧的事已經結束了。」

「皮特被雷諾幹掉了。雷諾逃跑的時候，半路上遇到了襲擊。後面的事情我也不清楚了。你有沒有看見迪克？」

「我去他住的旅館找過他，別人說他已經退房，坐晚班火車去了。」

我向他解釋：「他似乎覺得黛娜·布萊德是我殺的，這件事讓我非常生氣，所以我讓他回去了。」

「哦？」

「你也想問是不是我殺的？米奇，我也很想知道是不是，可惜現在連我自己都不知道。是繼續跟著我做下去，還是跟著迪克回西海岸，你自己選

吧！」

米奇說：「這件命案是不是你犯下的還不一定，你就開始因為這個覺得自己與眾不同了？這到底是什麼情況？她的錢和珠寶確實不是你拿的，這一點你心裡也很清楚。」

「也不是凶手拿的。那天早上，我是八點鐘走的，當時東西都沒丟。然後丹·羅爾夫也過去了，他離開時是九點，但是那些東西他絕不會拿。所——我想明白了！是薛普和瓦奈曼，這兩個是發現屍體的警察，他們到那裡的時候是九點半。他們不僅把珠寶和錢拿走了，還把幾封老威爾森寫給那女人的信也拿走了，肯定是這樣。這些信後來被我發現了，就在道恩的口袋了。剛好在那個時候，兩個爛警察消失。明白了嗎？」

「在發現女人死了之後，薛普和瓦奈曼先把值錢的東西都拿了，之後才去報警。他們把老威爾森的信也拿走了，因為他擁有上百萬的資產，他的情書肯定也有不錯的行情。兩個警察把信給了手段下流的律師，讓他去找伊利胡賣這些信。不過道恩還沒來得及行動，就被幹掉了。信被我拿到了。不管薛普和瓦奈曼知不知道誰拿走了那些信，他們只要知道信不見了，就已經嚇傻了。他們怕這件事最後會把自己查出來，所以帶著錢和珠寶潛逃了。」

對我的說法，米奇表示認同：「這樣說起來確實是有點道理，但還是沒有辦法把真正的凶手找出來。」

「不過這件事我們算是理清了。現在還有別的一些事情需要理一下。伯斯特街和一個叫雷德曼的老倉庫你能找到嗎？從我得到的消息來看，羅爾夫就是在那個倉庫裡近距離將私語者捅死。他用的凶器是殺死女人的那個冰錐。不過要是羅爾夫真的是近距離捅死私語者的話，那麼私語者就可以排除嫌疑。如果他是凶手，肯定會有防備，那個肺結核患者不可能接近。我想去查看一下屍體。」

米奇說：「國王街的後面就是伯斯特街。南邊離這裡比較近，而且倉庫多，我們先去那邊看看。你認為羅爾夫參與了這件事嗎？」

「沒有。因為他去殺私語者是為了給女人報仇，所以他肯定不會是殺女人的凶手。並且他的力氣不大，不可能對女人施暴，女人的手腕和臉頰處都

有施暴後的瘀青。我猜是這樣的：他從醫院逃了出來，去一個上帝才知道的地方躲了一晚，然後清早我離開之後，他去了女人家裡。他自己有屋子的鑰匙。他看見了她的屍體，認為私語者是凶手，所以把冰錐拔了出來，去找私語者尋仇。」

米奇說：「所以呢？你覺得自己可以搞定所有的事？從哪兒來的自信？」

在汽車進入伯斯特街的時候，我很不友善地說：「閉嘴！找我們要找的倉庫去！」

二十七、塵埃落定

此時天已經大亮，足夠讓我們看清東西了。我們沿著街道往前開，眼睛四下查看，找那種看起來像廢舊倉庫的地方。

沒多久，我就看見了一個建築，看起來很像我們要找的地方。這裡是一處長滿荒草的空地，空地的中央建了一棟很大的四方形鏽紅色建築。空地和建築都明顯已閒置了很久。

我說：「那裡看起來就像我們要找的地方，你在下一個街角把車停下。我過去看看，你在車裡等著。」

我想要從建築物的後面進去，所以多繞了兩段路。我從空地上穿過，盡量小心謹慎，這樣做並不是鬼鬼祟祟，而是避免發出多餘的聲音。

我在後門處很小心地嘗試了一下，門當然是被鎖住了。我想看看裡面的情況，所以挪到了一扇窗戶邊，但是什麼也看不清，裡面很昏暗而且窗戶上灰塵很厚。我試著推了一下窗戶，推不動。

我走到了另外一扇窗戶邊，還是那麼倒楣。我從建築的這個角繞了過去，沿著北邊向前走，走到第一個窗戶前，依舊倒楣。但第二個窗戶卻被推動了，我一抬，它就安靜緩慢地升了上去。

可是窗子裡面，從上到下都釘了木板，被死死堵住了。就我現在的位置看那些木板，似乎釘得十分牢固。

我不斷地罵它們，不過心裡還存著希望，因為我想起來，剛才抬窗戶的時候並沒有弄出什麼動靜。所以我爬到窗台上，一隻手在木板上貼緊，稍微用力推了推。

木板動了起來。

我將力氣加大了，左邊的木板從窗框處脫開，一排閃著寒光的鐵釘尖露了出來。

我把木板繼續往裡推，從縫隙處可以看見裡面了，不過滿眼只有黑暗，而且一點聲音也聽不見。

我把槍握在右手中，之後從窗台越過，進入了建築內部。我往左挪了一步，從窗戶反射的灰色光線裡走出來。

我用左手拿槍，右手則將木板推回原位。

我屏息靜氣認真地聽著，但過了整整一分鐘，什麼聲音也沒有。我的右臂緊緊挨著身體，將槍舉了起來。我在這個地方開始摸索，一吋一吋地向前挪動，可是腳下只有地板。我的左手在黑暗中白白摸索了半天，最後摸到了一面粗糙的牆，似乎是從一個空蕩蕩的房間穿了過去。

我順著牆邊走動，去找門，走了六小步之後，找到了一扇門。我趴在門上，將一隻耳朵貼上去，但沒有聽見任何動靜。

我摸到了門把，小心轉動，然後將門緩慢推開。

不知道是什麼東西發出了一種嗖嗖的聲音。

我立刻將門把鬆開，跳了起來，將扳機扣動，左手將一個又沉又堅硬的東西猛擊了一下。這四個動作，幾乎是在同一瞬間完成。

你可能很容易想像自己看見了什麼東西，實際上手槍噴出的火光什麼也照不亮。我還不清楚下一步該怎麼做，所以我又開了一槍，接著又是一槍。

一個老人的聲音響了起來，他哀求道：「別這樣，兄弟！你不必這樣。」

我說：「把這裡弄亮。」

嚓嚓的聲音從地板那裡傳了過來，老人點亮了一根火柴。火光搖曳中，出現了一張慘兮兮的臉。這是一張蒼老的、毫無用處、毫無表情的臉。在公園長椅上經常能見到這樣的臉。老人在地板上坐著，瘦弱的雙腿大大地打開，看起來沒有受傷，他將一根桌腳放在了身邊。

我命令他：「別讓火柴滅了。你站起來，把這裡弄亮了。」

他將另一根火柴點燃，一邊站起來一邊用手將火苗護住，然後從房間裡穿了過去，將三條腿桌子上立著的蠟燭點燃了。

我在他後面緊跟著。為了安全起見，應該抓著他，但是我的左手在發麻。

蠟燭被點亮了。我問他：「你為什麼在這裡？」

事實上，他即使不回答，我也知道了——堆積了六呎高的箱子佔據了房子的另一端。這些箱子上貼著標籤，上面寫著「完美楓糖漿」。

老人解釋了起來。他說他能對天發誓，他什麼都不知道，只是在這裡看管而已。兩天前，有一個叫葉慈的請他來守夜。要是發生什麼事，跟他沒有任何關係。他知道的只有這些。我把一個箱子的蓋子拉開了。

箱子裡的瓶子被橡皮章蓋了標籤——加拿大俱樂部。

我把木箱扔到一邊，讓老人把蠟燭拿起來，在前面給我帶路。我開始在這座建築裡查看。沒有任何跡象可以證明，私語者曾躲在這裡，這一點跟我預料的一樣。

我們又回到了那個放酒的屋子裡，這個時候我的左臂已經恢復了一點，可以將一瓶酒拿走了。我將酒放到口袋裡面，之後給老人一點建議：「你最好立刻就走。僱你來這裡守夜的人是芬蘭佬皮特的手下，這會兒他們成為了特勤人員。不過皮特已經被幹掉了，所以他的手下也快完了。」

我從窗戶爬出去的時候，看見老人在木箱前站著用手指計算著。他盯著那些箱子，目光裡閃著貪婪的光芒。

我回到車裡，在米奇身邊坐下。他問我：「如何？」

我沒有說話，把那瓶「加拿大俱樂部」拿了出來，將軟木塞打開，然後遞給他。接著，我又灌了一口進自己的喉嚨。

他再次問：「如何？」

我說：「我們試試去找老雷德曼倉庫。」

他說：「總有一天，你會死在話多上面。」說完，開動了車子。

向前開了三條街之後，我們看見一塊寫著「雷德曼公司」的招牌。招牌的顏色已經褪掉了，一座又矮又窄長的倉庫立在了招牌下面。倉庫上只有很

少幾扇窗戶，屋頂是彎曲的鋼板搭成的。

我說：「在角落裡把車停下。這次我們一起進去。剛才我一人進去，很沒有意思。」

我們從車子裡下來，看見前面有一條小巷子跟倉庫的背面相通，我們走向那條小巷。

有零星的幾個人在街上散步，這裡的工廠都還沒有開工，所以對這片區域來說，時間還很早。

在建築物的後面，我們發現了一些很有意思的東西。倉庫的後門緊閉著，但是能看出來曾經有人用鐵橇撬門，因為門框邊上和靠近鎖的地方都有刮痕。

門沒有上鎖，米奇準備把門打開。每次他將門推開六英寸就停一下，然後繼續。就這樣，將門推開一個夠我們擠進去的縫。

剛從縫裡擠進去，我們就聽見了一個聲音，但是內容是什麼聽不清。我們只能聽出來這是一個很低很含混的男人的聲音，離我們不近，似乎是爭吵的語氣。

米奇的大拇指在門上的劃痕上摸了摸，壓低聲音說：「不是警察。」

我將身體的所有重量都平穩地放在橡膠鞋跟上，然後向屋裡邁了兩步。米奇緊緊地跟在我後面。我能感覺到他呼出的氣噴在我脖子上。

那時候泰德・萊特跟我說，私語者在樓上最裡面的房間躲著。那個很遠很含混的聲音大概就是從那裡傳出的。

我將臉轉了過去，問米奇：「手電筒？」

他在我的左手塞了一個手電筒。我將一把槍拿在右手上。我們一起小心謹慎地往前走。

門只被推開了一英尺，從縫隙裡透進來的光，只能將從這個房間到一個無門走廊之間的路照亮，走廊那邊黑漆漆一片。

我把手電筒打開，讓光線投向那片黑暗。我們看見了一扇門。之後我把手電筒關上，向前面走去。然後我又把手電筒打開，將我們上樓的階梯照亮。

我們小心翼翼地上樓，就好像腳下的樓梯會碎掉似的。

嘟囔聲已經消失。有一些我不知道的、異樣的東西出現在空氣裡。如果這個東西有什麼意義的話，我可以猜猜，可能是那個小得幾乎聽不見的聲音。

我又爬了九階樓梯。就在這個時候，一個特別清晰的聲音從頭頂上傳了出來，「是的，那個賤人是我殺的。」

接著有人連開了四槍，那在鐵皮屋頂下吼叫的聲音，聽起來應該是一把十六英寸長的來福槍發出的。

第一個聲音說：「就這樣吧！」

我跟米奇這時候已經走完了所有樓梯。我們把擋住路的門推開，然後想從私語者的脖子上把雷諾·史塔奇的手掰開。

這件事很難，而且因為私語者已經死了，所以這件事也沒有什麼意義了。

雷諾看出來人是我，所以雙手隨意地垂了下來。他的目光還是那麼無神，長臉也還是沒有表情。

已經死了的賭徒被米奇抬到了房間另一端的輕便床上。

很容易看出來，這個房間以前是個辦公室。房間裡有兩扇窗戶，光線從窗戶裡透了進來。因為這些光線，我可以看見丹·羅爾夫的屍體被藏在了床底。我還能看見地板中間有一把柯爾特自動手槍。

雷諾的雙肩垂著，身體搖搖晃晃。

我問：「受傷了？」

他彎著身體，用兩隻手在小腹處壓住，冷靜地說：「我被他打了四槍。」

我命令米奇：「找醫生去。」

雷諾說：「不用了，我肚子裡剩的東西跟皮特差不多了。」

我將一張折疊椅拖了過來，讓他坐下。這樣一來他可以蜷著身子，讓心神穩定下來。米奇從房間裡跑出去，下樓了。

雷諾問：「在這之前，你知不知道他還活著？」

「不知道。我跟你說的那些話，都是泰德·萊特告訴我的。」

他說：「泰德急著離開。我怕出意外，所以過來看一眼。在他對我開槍之前，一直躺著裝死，成功地將我騙了過去。」他盯著私語者的屍體，目光無神，「該死的傢伙，裝得就像現在這樣。已經死了還不肯安分，還包紮自己的傷口，躺在那裡等人來。」他笑了一下。我第一次見到他的笑。「但是他現在就是一堆毫無用處的死肉了。」

他的聲音越來越小，椅子下面已經積起了一灘血水。我不敢去動他。他一直彎著身子，用手壓著傷口，好像只有這樣才能避免自己完全崩潰。

他看著地上的血，問我：「你他媽為什麼能確定自己不是殺她的凶手？」

我說：「到剛才為止，我一直都只是希望自己不是凶手。我也對你起過疑心，但是不能認定。那天晚上我喝了太多，已經醉倒，做了很多聽到鐘聲以及喊叫聲這樣的夢。之後我靈感乍現，覺得這些可能是真實發生在身邊的事情製造出的夢境，而不是單純的夢。」

「我醒過來的時候，燈已經被關掉了。我覺得我不可能在殺了她之後，去把燈關上，再躺回去把冰錐握住。當然，也有可能事情跟這個不一樣。那天晚上我在那裡，你知道這一點，而且在我向你要不在場證明的時候，你連考慮都沒考慮就直接答應了。因為這個，我就多想了一下。海倫·歐伯利把她知道的事告訴了道恩，然後道恩就想對我進行勒索。海倫·歐伯利把她知道的事也告訴了警察，警察聽完後，把你、私語者、羅爾夫和我連繫在一起了。我覺得那個狡猾的律師也曾勒索你，因為我在發現他的屍體之前，看見了歐馬拉在那條街上。因為這一點，再加上警察在黛娜的案件中把你也牽扯出來了，所以讓我得出一個結論：警察對我們兩個的懷疑程度是一樣的。因為海倫·歐伯利看見我從那個房間進去或者出來或者都看見，所以我被警察懷疑。那麼我很容易推斷出來，你也是因為這個，所以被警察懷疑。很容易就能排除私語者和羅爾夫是凶手，那麼凶手只可能是你或我了。不過我一直想不明白，你殺她的原因是什麼？」

地上的血跡在慢慢擴大，他看著那灘血，說道：「我告訴你，她都是

咎由自取。她打了電話給我，說私語者會到她那裡，向我提議，讓我先去那裡，這樣我就可以給私語者出其不意的一擊。這個提議我特別喜歡，所以到那裡去了。我在那周圍等了很久，私語者卻沒有來。」

他停了下來，看起來像是在研究血跡的形狀。但我知道，他停下來其實是因為疼痛。我也知道，只要他挺過去，他就會接著往下說。即使是死，他也要像活著的時候一樣，不論內心還是外在都要強悍。對他來說，現在說話無疑是一種折磨，可是他絕不會在有人看著的情況下停下來不說。雷諾‧史塔奇就是一個無論什麼事都面不改色的人，他準備扛到底。

片刻之後，他接著說：「我等得有些不耐煩，所以就去瘋狂地敲門，問她到底是什麼情況。她跟我說屋裡沒有人，並且讓我進去。我並不相信她，可是她發誓真的沒有別人。之後我們到廚房去了。你知道她是個什麼樣的人，所以那時候我開始起疑，我懷疑並不是我們在算計私語者，而是她跟私語者在算計我。」

米奇在這個時候走了進來，他跟我們說他打了電話，叫救護車過來。

趁著這點時間，雷諾緩了一口氣，然後接著講他的故事。

「後來我發現，私語者真的打過電話給她，說要到她這裡來。不過在我來之前，他就已經來過了。那個時候你已經醉倒了。她不敢開門讓他進去，所以他就離開了。不過因為她怕我會丟下她一個人，所以這些事她並沒有告訴我。她怕私語者再次回來，她需要人保護，而你已經昏過去了。這些內情，我當時一點都不知道。因為我知道她是個什麼樣的人，所以我就懷疑自己正一點點走到陷阱裡去。我想我應該把她抓住，幾個耳光逼她把實話說出來。我這麼想的，也就這麼做了。然後她拿起冰錐，開始尖叫起來。在她喊叫的時候，我聽見了腳步聲，這個腳步聲屬於男人。我覺得這大概是陷阱被破壞了。」

他現在想要平靜清晰地將每個字說出來，已經變得特別困難了，而且要花的時間也更多，忍受的痛苦也更大，所以他的語速變慢了。他的聲音變得含糊不清，他就算感覺到了這一點，也假裝毫不察覺。

「只有我一個人倒楣，我可不願意。所以我把她手裡的冰錐搶了過來，

然後去刺她。你在這個時候跑了過來，你閉著眼，搖搖晃晃地亂衝亂撞。她向著你倒了下去，你隨著也倒了下去。你倒下後翻了身，手剛好搭在了冰錐柄上面。你抓住冰錐的柄，然後睡著了，安安靜靜的，就像她那樣。這個時候我才意識到自己做的事。該死的！做什麼都是徒勞，因為她已經死了。所以我把燈關了，然後回家。至於你——」

救護人員抬著一個破爛的墊子進來了，結束了雷諾的故事。因為毒鎮讓這些救護人員終日忙碌，所以他們都是滿臉的疲憊。我覺得自己很幸運。想要的消息都已經弄到手了，要是還留在這裡聽著他說話說到死，那可不是讓人開心的事。

我將米奇拉到了房間的一個角落，靠在他耳邊，低聲說：「這件事從現在起，就交到你手上了。雖然說這件事應該不會牽扯到我，但我太清楚毒鎮這個地方了，我不願意冒一點風險，所以要藏起來。我會將你的車開到某個車站去，然後搭上去奧格登的火車。我會用P.F.金恩這個名字登記入住羅斯福酒店。你暫時別離開，將這件事處理完。等到所有事情都搞定了，再來跟我說，讓我可以用真名出現了，或者去宏都拉斯度個假更好。」

近一個星期的時間，我都待在奧格登。這段期間，為了使報告讀起來不會顯得我打壞了太多社會規則、州法和腦袋，我一直在謹慎措辭。

米奇在第六天晚上來了。他跟我說了好幾件事：雷諾死了；我已經不是通緝犯了；第一國家銀行已經找回了大部分被搶走的財物；對殺害提姆・洛南一事麥克斯溫供認不諱；在戒嚴令下，伯森維爾市已經逐漸變成一個芳香的玫瑰花床，並且是沒刺的那種。

我跟米奇一起回舊金山了。其實，我真的不必浪費那些精力，絞盡腦汁去編造那份看起來平靜祥和的報告。那個老傢伙是不可能被騙過去的，我在他那裡可是吃了許多苦頭。

海鴿 文化出版圖書有限公司
Seadove Publishing Company Ltd.

探偵事務所 05

漢密特的
懸疑推理小說

作者	達許‧漢密特
譯者	葉盈如
美術構成	驟賴耙工作室
封面設計	斐類設計工作室
發行人	羅清維
企畫執行	張緯倫、林義傑
責任行政	陳淑貞

出版	海鴿文化出版圖書有限公司
出版登記	行政院新聞局局版北市業字第780號
發行部	台北市信義區林口街54-4號1樓
電話	02-27273008
傳真	02-27270603
e‐mail	seadove.book@msa.hinet.net

總經銷	創智文化有限公司
住址	新北市土城區忠承路89號6樓
電話	02-22683489
傳真	02-22696560
網址	www.booknews.com.tw

香港總經銷	和平圖書有限公司
住址	香港柴灣嘉業街12號百樂門大廈17樓
電話	（852）2804-6687
傳真	（852）2804-6409

出版日期	2019年10月01日　一版一刷
特價	399元
郵政劃撥	18989626　戶名：海鴿文化出版圖書有限公司

國家圖書館出版品預行編目資料

漢密特的懸疑推理小說 ／ 達許‧漢密特作；葉盈如譯.
-- 一版. -- 臺北市 ： 海鴿文化，2019.10
面 ； 公分. -- （探偵事務所；5）
ISBN 978-986-392-285-8（平裝）

874.57   108010818

Seadove

Seadove

Seadove

Seadove